SCIENCE FICTION

Herausgegeben
von Wolfgang Jeschke

Vom gleichen Herausgeber erschienen außerdem in der Reihe HEYNE SCIENCE FICTION & FANTASY:

Der Zeiter · Band 3328
Planetoidenfänger · Band 3364
Die sechs Finger der Zeit · Band 3442
Die große Uhr · Band 3541
Im Grenzland der Sonne · Band 3592
Spinnenmusik · Band 3646
Der Tod des Dr. Island · Band 3674
Eine Lokomotive für den Zaren · Band 3725
Heyne Science Fiction Jahresband 1980 · Band 3729
Heyne Science Fiction Jahresband 1981 · Band 3790

Science Fiction Story Reader 1 · Band 3374
Science Fiction Story Reader 3 · Band 3421
Science Fiction Story Reader 5 · Band 3473
Science Fiction Story Reader 7 · Band 3523
Science Fiction Story Reader 9 · Band 3574
Science Fiction Story Reader 11 · Band 3627
Science Fiction Story Reader 13 · Band 3685
Science Fiction Story Reader 14 · Band 3737
Science Fiction Story Reader 15 · Band 3780

Titan 1 · Band 3487
Titan 2 · Band 3507
Titan 3 · Band 3520
Titan 4 · Band 3533
Titan 5 · Band 3546
Titan 6 · Band 3558
Titan 7 · Band 3579
Titan 8 · Band 3597
Titan 9 · Band 3614
Titan 10 · Band 3633
Titan 11 · Band 3651
Titan 12 · Band 3669
Titan 13 · Band 3691
Titan 14 · Band 3734
Titan 15 · Band 3787

FEINDE DES SYSTEMS

Science Fiction-Novellen
ausgewählt und herausgegeben
von
Wolfgang Jeschke
Deutsche Erstveröffentlichung

WILHELM HEYNE VERLAG
MÜNCHEN

HEYNE-Buch Nr. 3805
im Wilhelm Heyne Verlag, München

Deutsche Übersetzungen von Rose Aichele und Sylvia und Horst Pukallus
Das Umschlagbild schuf Karel Thole
Die Textillustrationen zeichnete Janos Fischer

Redaktion: Wolfgang Jeschke

Printed in Germany 1981
Umschlaggestaltung: Atelier Heinrichs & Schütz, München
Gesamtherstellung: Mohndruck Graphische Betriebe GmbH, Gütersloh

ISBN 3-453-30707-0

Brian W. Aldiss

Feinde des Systems

Sie hörten anregende Musik, als sie sich vom Terminal zur Fähre begaben.

Sie drängelten nicht. Gelassen ließen sie sich auf ihren Ruhesitzen nieder. So warteten sie auf den Abflug der Weltraumfähre. Es waren zweiundfünfzig Passagiere, ebenso viele Frauen wie Männer. Die Kleider, die sie trugen, waren alle ähnlich geschnitten und so unauffällig in Farbe und Material, daß sie den Eindruck einer Uniform erweckten. Das Haar der Passagiere war ungefähr gleich lang, ob es sich um Frauen oder Männer handelte. Der Gesichtsausdruck der Fluggäste war sanft, beinahe ausdruckslos. Sie waren ganz ruhig. Bei der Reisegesellschaft handelte es sich um die Elite des Systems, der ein Urlaub auf dem geheimgehaltenen Planeten Lysenka II gewährt worden war.

Die Fähre hob pünktlich und lautlos ab. Weltfriedensstadt schrumpfte unter ihnen zusammen, dann die Erde. Als sie ihren Heimatplaneten dahinschwinden sahen, wandten sie sich einander zu und lächelten zaghaft. Keiner kannte den anderen und keiner wußte, welche Stellung er innerhalb der Gesellschaft hatte. Auch in der Elite gab es viele Rangunterschiede.

Von der Fähre stiegen die Passagiere in ein Raumschiff, das in einem Parkorbit um den Mond auf sie gewartet hatte. Das Raumfahrzeug begann ein Charm-Feld um sich aufzubauen und ging in den kostspieligen Kratobatik-Zustand über. Die Erde sah plötzlich aus wie eine winzige Kugel, die in einem Abzugskanal verschwindet. Die Sonne hatte sich in einen gleißenden Eiszapfen aus Licht verwandelt, und die Zeit war nun nur mehr eine Reihe von mathematischen Gleichungen. Da die Touristen verlernt hatten, was Angst war, konnten sie es sich nun bequem machen und Kontakte miteinander aufnehmen. Die Entfernung zwischen ihrem Sonnensystem und Lysenka betrug 50,2 Lichtjahre, nach der alten Astroterminologie. Den Passagieren blieben also vierzig Stunden, in denen sie miteinander bekannt werden konnten.

Das Raumschiff war geräumig, hatte genügend Gesellschaftsräume, Restaurants, Aussichtsräume, eine ganze Zimmerflucht für den Wassersport und Privaträume. Stewardessen in blauen Gulfways-Uniformen halfen den Passagieren die Computer-Partner zu finden, die in einem Spezialverfahren ermittelt worden waren, das heißt, wenn die Paare noch nicht Zeit gefunden hatten, sich in Weltfriedensstadt kennenzulernen.

Eine der freundlichen Stewardessen machte zwei hochgewachsene Personen miteinander bekannt, einen Mann und eine Frau, die sich kurz mit den Fingerspitzen berührten und dann ruhig dastanden und sich ansahen. Die Stewardeß nickte und ließ sie allein.

»Ich heiße Jerezy Kordan und bin Weltbürger 692«, sagte der Mann lächelnd, denn er wollte die Vertraulichkeit etwas mildern, die darin bestanden hatte, sich mit seinen letzten drei Ziffern vorgestellt zu haben. »Es freut mich, daß man uns beide für diesen Urlaub zusammengebracht hat.«

Die Frau lächelte zurück. Sie verhielt sich genauso zwanglos. »Ich bin Weltbürgerin 194 und heiße Millia Sygiek. Ich freue mich, daß der Selektor dich, Utopist Kordan, erwählt hat, und ich weiß, daß wir kompatibel sein werden.«

Kordan hatte ein längliches, ernstes Gesicht, dicke Lippen, die gewöhnlich aufgeworfen waren, und schlitzförmige, graue Augen. Breitschultrig stand er vor ihr. Entspannt ließ er die Arme hängen.

Sygiek war beinahe so groß wie er. Sie hatte hellbraune Haare, graue Augen und eine ausgeprägte Kinnpartie. Ihr Gesichtsausdruck war etwas streng, was aber nicht der Fall war, wenn sie lächelte. Ihre Hände hielt sie in Hüfthöhe gefaltet, als sie miteinander sprachen.

»Wir mußten ja notgedrungen kompatibel sein, wenn der Computer uns so einstufte. Kompatibilität ist eine Eigenschaft, die für uns beide wünschenswert sein sollte.«

»Zwangsläufig. Denn Vergnügen ist eine der Voraussetzungen für unseren Urlaub und Kompatibilität ist im Vertrag mit drin. Findest du nicht auch, daß Kompatibilität eine positive, eine konstruktive Eigenschaft ist?«

»Ich wollte nur andeuten, daß ein paar ganz Progressive die Beziehung zwischen Mann und Frau für etwas altmodisch und in unserem Gesellschaftssystem sogar für überflüssig halten. Sie bezweifeln, daß es nützlich sei, Geschlechtsmerkmale zu besitzen.« Er sprach ohne Intonation. »Aber die Fortschrittlichen machen ja nur 1,45 Prozent unserer Bevölkerung aus.« Er nahm sie beim Arm, als ob er damit andeuten wollte, daß das Thema für ihn erledigt sei.

Sie waren gerade unterwegs zu ihrer Privatkabine, als sie eine sanfte, hohe Männerstimme, die durch künstlich erzeugten Pulsschlag übertragen wurde, ermahnte: »Vergeßt nicht, daß sexueller Verkehr eine Praxis ist, die von der Gesellschaft akzeptiert wird. Sex ist wohltuend. Er fördert das physische und geistige Wohlbefinden der beiden Partner und macht wertvollere Mitglieder des Systems aus ihnen. Vereinigen Sie sich während der Reise so oft Sie können mit Ihrem Partner. Glückliches Schlafen!«

Sygiek lächelte. »Du siehst, wie es sich für gute Utopisten gehört, sind wir mit unseren persönlichen Wünschen der offiziellen Anregung wieder einmal voraus gewesen.«

Aber als sie durch die Räume gingen, die der Entspannung dienten, ließen sie sich doch von ihrem Ziel ablenken. Es gab dort eine Reihe von elektronisch gesteuerten Schachpartnern, die vor dreidimensionalen Schachbrettern saßen und auf die Herausforderung durch einen menschlichen Spielpartner warteten. Jeder dieser Spielpartner war kleiner als der Kopf eines Menschen und hatte nur einen Arm aus einer fleischartigen Substanz. Der Arm war an der Seite angewinkelt, wenn die Maschine außer Funktion war. Jemand hatte zwei Roboter zusammengerückt, um sie das komplizierte Spiel gegeneinander austragen zu lassen.

Als ein Spiel zu Ende war, stellten die Maschinen mit feierlichem Ernst die Figuren wieder auf und gingen sofort in die nächste Spielrunde. Ein paar Touristen schauten ihnen zu.

Kordan, der einem Zuschauer über die Schulter sah, sagte: »Das ist doch lustig. Sie verbrauchen ihre Energie nur, um gegeneinander zu gewinnen.«

Der Mann, der vor ihm stand — ein untersetzter, dunkler Typ — drehte sich um und sagte: »Es wäre noch viel lustiger, wenn der Gewinner ein bißchen Freude zur Schau tragen würde.«

Als sie es sich in ihrer Luxuskabine bequem gemacht hatten, sagte Kordan: »Was wohl der Mann mit dieser Bemerkung gemeint hat, daß es viel lustiger wäre, wenn die Maschinen beim Gewinnen Freude zeigten. Wie kann man so etwas von einer Maschine überhaupt erwarten?«

»›Freude‹. Ja, er sagte wirklich ›Freude‹.«

Sie begann, sich auszuziehen.

Er hing immer noch seinen Gedanken nach. »Natürlich freut man sich, wenn man gewinnt, aber ›Unsere Stärke liegt in der Eintracht‹. Es ist eine wichtige Maxime. Gewinnen bedeutet Wettbewerb, Eintracht schließt ihn aus. Das ist natürlich auch ein bißchen paradox, weil wir nämlich das Privileg genießen, auf Lysenka II unseren Urlaub verbringen zu können, gehören wir zu den Gewinnern des Systems. Was meinst du, Millia, kann man es so ausdrükken?« Kordan machte eine Pause. Er wartete auf ihre Reaktion.

»Es stellt auf jeden Fall ein Privileg dar, wenn man einen Planeten bereisen kann, der sich nicht in unserem Sonnensystem befindet. Lysenka II hat man meines Wissens dem Tourismus erschlossen, bevor eine vollständige Anpassung an unsere kulturellen Standards möglich war, nur um das Jubiläum feiern zu können.«

»Es stimmt, der Mensch beherrscht dort noch nicht das Tierreich, was aber früher oder später der Fall sein wird.« Er war beunruhigt und sein Mund zuckte. »Ich, als Historiker, habe ein besonderes Interesse an der präutopischen Welt und begrüße die Gelegenheit, einen Eindruck von einem Planeten zu bekommen, wo die Lebensvorgänge noch so ablaufen wie auf der Erde vor Biokom.«

Sygiek streifte ihre Strümpfe ab, während er seine einteilige Tunika ablegte. »Du mußt wissen, daß ich mich nur mit der Gegenwart beschäftige. Ich habe kein Interesse an der präutopischen Welt, nicht einmal in diesem Gedenkjahr.« Sie redete frisch von der Leber weg.

Er lächelte und kräuselte spöttisch die Lippen. »Vielleicht ruft Lysenka neue Interessen wach. Aber zweifelsohne werden wir Eindrücke bekommen, die mit der Zivilisation unvereinbar sind. So laß uns denn unsere Kompatibilität genießen, bis wir dort sind. Sei so gut, rück dort rüber und mach die Beine breit, ja?«

Sie lächelte wieder, lehnte sich entspannt an die üppigen Kissen und hielt sich für Kordan bereit wie eine Stute für ihren Reiter. Unwillkürlich kam ihr der Mann bei den Schachcomputern wieder in den Sinn.

»Wir wollen uns ein bißchen ›Freude‹ machen«, sagte sie.

Nur zu bald hatte das prächtige, luxuriöse Raumschiff den Abgrund von Licht überquert, den nicht einmal der Weltstaat erobern konnte. Es materialisierte in einer Umlaufbahn um Lysenka II. Zur gleichen Zeit wurden über Funk leise Stimmen hörbar, die über Lysenka, die Sonne des Systems und ihre vier größeren Planeten informierten, von denen drei rotierende Gaskugeln waren und nur einer, nämlich Lysenka II, die Voraussetzungen hatte, die für die Einführung von Recht und Kultur geeignet sind.

An Bord der Fähre, die die Reisenden nach Friedensstadt bringen sollte — es war der einzige Stützpunkt der zivilisierten Welt auf Lysenka II bis zu diesem Zeitpunkt —, begrüßten die Kommentatoren ihre Gäste.

»Wir hoffen, daß ihr während eures Aufenthaltes auf Lysenka II glücklich und in geistiger Hinsicht voll ausgelastet seid. Obwohl dieser Planet dem Weltstaat schon seit vielen Jahrhunderten bekannt ist, wurde er erst kürzlich dem Tourismus erschlossen. Daß ihr hierher kommen konntet, ist also ein ganz besonderes Privileg. Uns, die wir auf Lysenka II arbeiten, gereicht es zur ganz besonderen Ehre, euch hier begrüßen zu dürfen, zumal dies ja ein Teil der systemweiten Feierlichkeiten ist, mit denen die millionste Wiederkehr der Gründung von Biokom begangen wird. Die weltweiten Vorzüge von Biokom wird man wohl nie mehr so zu würdigen wissen wie auf diesem Planeten, auf dem alles noch primitiv und rückschrittlich ist und sich auf einer niedrigeren politisch-evolutionären Stufe befindet.

»Wir hoffen, daß Sie Ihren Aufenthalt genießen werden und sich für die weitere, hingebungsvolle Arbeit im Dienst unseres geliebten Systems stärken. Willkommen auf Lysenka II!«

Die Passagiere sahen sich an. Einige lächelten sogar zaghaft.

Vor der Landung verabreichte man ihnen noch eine Schutzimpfung, und sie mußten sich einer Akupunktur unterziehen. Man wollte sie an die fremden klimatischen Bedingungen des Planeten anpassen, bevor sie den fremden Boden betraten. Die Fähre schoß herab. Einen Augenblick lang trat Schweigen ein, das schrecklicher war als jeder Abgrund aus Licht, und dann öffneten sich die großen Schleusentore. Das geschah zu schnell: der Himmel war von einer hellbraunen Wolkendecke bezogen, die die Besucher in der neuen Welt umschloß. Sie blinzelten und bewegten sich nur zögernd vorwärts.

Hostessen in roten Outorist-Uniformen anstelle des Blaus der Gulfways-Linie führten die Besucher zu den wartenden ÜLBs. Sie lächelten ihren Schützlingen aufmunternd zu. Sobald einer der Überlandbusse voll war, fuhr er auf eine der Straßen, die strahlenförmig von Friedensstadt ausgingen, und machte sich auf den Weg durch die Wildnis.

Die Passagiere holten tief Atem und musterten sich gegenseitig. Man hätte meinen können, daß die neue Umgebung dazu zwänge, die Mitreisenden ganz neu einzuschätzen. In dem ungewohnten Licht nahmen sich ihre Gesichter fremdartig aus.

Der Bus erreichte Dunderzee in weniger als einer E-Stunde. Dunderzee war Lysenkas neu eröffneter Fremdenverkehrsort, der sich am Rand eines Gebietes befand, das noch kaum erschlossen war. Die Gäste hatten noch immer zureichenden Geleitschutz, als sie zu ihren Zimmern geführt wurden. Sie sollten sich nicht ängstigen. Das Hotel war luxuriös, aber noch nicht ganz fertig. Jedes

Zimmer hatte neben einer malerischen Aussicht auf die zerklüftete gelbbraune Landschaft auch noch eine Wand, die aus einer lebensechten Projektion vom Dunderzee-See bestand, ganz aus der Nähe aufgenommen. Als Kordan und Sygiek ihr Zimmer betraten, fühlten sie sich bemüßigt, vor der Wand stehenzubleiben und den Wasserfall zu betrachten, der sich in den See ergoß. Mit einem langhin rollenden Donnern stürzte das Wasser beinahe tausend Meter tief von den karminroten Felswänden der Dunderzee-Schlucht herab. Schwerfällige Vögel glitten in die Tiefe, tauchten in das Wasser und blitzten in der schäumenden weißen Gischt wieder auf.

Als Kordan sich umwandte, um sein Reisegepäck auf ein Regal zu stellen, sagte er: »Obwohl ich im System wirklich herumgekommen bin und zweimal den Argyre-Ozean gesehen habe, dessen abgedämmte Wassermassen nun wieder frei sind, muß ich doch zugeben, daß mich die Dunderzee-Schlucht beeindruckt. Wir werden Vergnügen daran haben, wenn wir das Ganze in natura sehen.«

Sie wunderte sich, daß er so persönlich wurde, aber verlor kein Wort darüber. Sie stand da und betrachtete eine Gruppe von Kreaturen, die wie Menschen aussahen und mit kräftigen Zügen in der Gischt des Sees herumschwammen.

»Millia, erzähl mir noch mehr von dir«, sagte Kordan.

»Du kannst mich doch auch ohne mein Zutun beurteilen.« Ihre Blicke begegneten sich. Beide betrachteten sich schweigend.

»Wo bist du geboren?« fragte er. »Auf der Erde?«

»Ich bin in einer Stadtgemeinde auf dem Ust-Urt-Plateau zur Welt gekommen, zweihundertfünfzig Kilometer vom Aral-See entfernt.« Sie zeigte auf das herabstürzende Wasser, auf den bewegten See. »Bis ich zwölf Jahre alt war, habe ich nichts als ebenes Land gekannt, vielleicht kommt mir deswegen die Schlucht so widernatürlich vor. In meinen Augen ist sie primitiv.«

»Übermorgen werden wir beide neben dem wirklichen Wasserfall stehen, Millia.«

»Ja, das wird wahrscheinlich eine Exkursion, die kulturgeschichtlich ergiebig ist. Obwohl ich gerne mit meinen Mitreisenden besser bekannt wäre. Die Gruppe stellt einen interessanten Querschnitt durch die Mittelschicht unserer Gesellschaft dar. Du kannst mich zur Bar begleiten, wenn du willst.«

»Laß uns hier allein bleiben, Millia. Ich bin gern mit dir beisammen. Für die anderen werden wir morgen noch genügend Zeit haben. Zwangsläufig.«

»Mach keine unsozialen Bemerkungen. Die Eintracht ist eine Tugend, die immer wieder erneuert werden muß. Auf dem Flug haben wir sehr schöne Stunden miteinander verbracht. Nun wollen wir uns den anderen anschließen.«

Als sie das Zimmer verließen, schaute er noch einmal sehnsüchtig nach dem Wasserfall zurück.

II

Im Hotel zur Eintracht waren ungefähr zweitausend Gäste untergebracht, von denen jeder auf seine Weise eine wichtige Funktion im ›System‹ innehatte. Jerezy Kordan war zum Beispiel Historiker, dessen Spezialgebiet der geheimgehaltene, präutopische Zeitabschnitt europäischer Geschichte vor der Einführung von Biokom war. Er war Vollakademiker und arbeitete am IPUG, am Institut für präutopische Geschichte, und früher oder später würde er dort zum Rektor aufsteigen. Millia Sygiek bezeichnete sich als Beobachterin für eine Organisation, die sich mit der Bevölkerungsmobilität befaßte. Ihre Aufgabe war es also, die Planeten und Satelliten des Systems zu besuchen und darauf zu achten, daß die Gemeinden in bezug auf ihre Größe und entwicklungsgeschichtliche Eigenart ausgewogen blieben und nicht entarteten. Ihr und dem Institut, für das sie arbeitete, fiel die verantwortungsvolle Aufgabe zu, die Migration zu überwachen.

Neu eingetroffene Touristen wurden dazu angehalten, den Nachmittag über in den sicheren Hotelanlagen spazierenzugehen, um sich an die Unterschiede in der Gravitation, Atmosphäre und im Licht zu gewöhnen. Es gab dort wirklich viel zu sehen, zum Beispiel einen Zoo, der einige für Lysenka typische Tierarten beherbergte. Sygiek und Kordan schlossen sich einem anderen Touristenpaar an, einem Exobotaniker namens Ian Takeido, ein stiller junger Mann, der den größten Teil seines Lebens im Jupiter-Subsystem verbracht hatte, und Jaini Regentop, eine junge Frau, war DNS-Spezialistin und ein ziemlich unauffälliges Geschöpf.

Sie hörten die tiefe, väterliche Stimme des Kommentators, während sie eine der breiten Alleen des Zoos hinuntergingen.

»Die Mehrzahl der Bäume, die man zur Rechten und zur L inken sieht, sind als Kalamiten oder Schachtelhalme klassifiziert, die für Lysenka typisch sind. Von der Struktur her sind sie den Bäumen ähnlich, die während des Karbon auf der Erde wuchsen. Ihr dürft nicht vergessen, daß auf Lysenka II gerade der Übergang vom Devon ins Karbon stattfindet. Lysenka ist auf derselben Entwicklungsstufe, die die Erde vor 370 Millionen Jahren durchlaufen hat.

Ihr werdet auch sicher schon die Bäume bemerkt haben, die wir Käfigbäume nennen. Es ist eine Art, die es auf der Erde nie gab. In Wirklichkeit stellt jeder Baum eine Kolonie von mehreren Bäumen dar. Es können bis zu fünfzehn individuelle Pflanzen sein. Ihre Stämme wachsen zuerst von einer gemeinsamen Basis nach außen, dann nach oben. Wenn sie älter werden, neigen die Baumstämme sich wieder nach innen und finden in einem dichten Blattgewirr wieder zusammen. Die Bäume werden bis zu vier Meter hoch. Sie bilden eine Art Käfig — so kam es zu der Bezeichnung ›Käfigbaum‹.« Der Sprecher begann zu kichern. »Wir sind der Ansicht, daß der ›Instinkt‹ des Käfigbaumes, eine Einheit zu bilden, ihn zur erstklassigen Verkörperung des sozialistischen Gedankens macht, und dies in der Pflanzenwelt von Lysenka!«

»Zauberhaft«, sagte Jaini Regentop. »Ganz zauberhaft. Und ein lehrreiches Späßchen obendrein.«

Am Abend des gleichen Tages gab die Hoteldirektion einen großen Empfang mit einem Festessen und vielen Trinksprüchen und Reden. Danach wurde getanzt. Eine Folklore-Gruppe, die eigens zu diesem Zweck aus Böhmenstadt auf Titan herbeigeholt worden war, gab eine Vorführung.

Als die Touristen am nächsten Morgen aufwachten, bemerkten sie, daß die Wände mit den Projektionen leer waren und ihre Radio- und Bildschirme nicht funktionierten. Nur der hotelinterne Kommunikationsapparat funktionierte noch. Verlegen meldete sich ein Vertreter des Managements zu Wort, entschuldigte sich hastig und gab eine Erklärung ab.

»Die vorübergehende Stillegung des externen Nachrichtensystems wird sich auf keinen Fall auf die für heute geplante Exkursion zur Dunderzee-Schlucht auswirken. Eure Fahrzeuge, die Überlandbusse, haben mikronuklearen Antrieb. Bedauerlicherweise erfolgt unsere gesamte Nachrichtenübertragung über Satellit, ebenso die Energieversorgung — es handelt sich dabei um Sonnenenergie, die vom Satelliten hierhergestrahlt wird. Die Misere ist auf einen Streik der Satellitenkontrolle in Friedensstadt zurückzuführen. Wir sind froh darüber, daß das Hotel seinen eigenen Energiespeicher hat. Die Reserven reichen eine Woche lang aus. In der Zwischenzeit entschuldigen wir uns für alle Unahnnehmlichkeiten und den Verlust der Wandprojektionen. Die Gäste müßten

wissen, daß Lysenka II noch ein sehr primitiver Planet ist, was sich zuweilen auf die Menschen auswirkt. Die Hotelleitung dankt euch für eure Geduld.«

Die Gäste sahen sich verständnislos an.

»Die Arbeiter in der Energieversorgung und die Satelliteningenieure versuchen neue Tarifverträge auszuhandeln«, sagte Ian Takaido zu Kordan und Sygiek, als sie beim Frühstück saßen. Er sprach mit leiser Stimme. »Ich habe gestern mit einem Techniker gesprochen, der hier im Hotel angestellt ist. Anscheinend müssen sie, weil sie auf einem Planeten arbeiten, der außerhalb unseres Sonnensystems liegt, volle zehn Jahre hierbleiben, bevor sie zurückkehren können. Sie wollen, daß ihre Arbeitszeit auf sieben Jahre reduziert wird.«

»Weißt du, das Springen von System zu System ist ziemlich kostspielig«, räumte Sygiek ein.

»Aber ein *Streik*!« rief Regentop und sah dabei von der Kaffeetasse auf, aus der sie gerade trank. »Wie *primitiv* so etwas doch ist! Ian mußte mir den Ausdruck erst erklären! Ich dachte, daß die Strafe dafür . . .« Ihre Stimme verlor sich.

»Wenn man etwas will, dann muß man Verhandlungen führen«, sagte Kordan. »Es ist zwar ein Gemeinplatz, aber es stimmt.«

»Sie sind es müde geworden, Verhandlungen zu führen«, entgegnete Takeido, »ich hoffe, du verzeihst mir, daß ich so offen zu dir rede, aber sie haben jahrelang Verhandlungen geführt, ohne daß sich etwas getan hätte.«

»Aber das Leben in der Gemeinschaft basiert auf Verhandlungen, das heißt, solange diese nicht mit der Entwicklung der Herrschaftsform kollidieren«, sagte Kordan. »Sie sind Teil einer übergreifenden Dialektik.«

Takeido schüttelte den Kopf.

»Für diese Techniker ist es eine emotionale Sache. Sie sagen sich ›die Erde ist unser Id — ohne sie gehen wir zugrunde‹.«

»›Id‹? Wieder so ein Wort, das ich nicht kenne«, beschwerte sich Regentop lachend und schaute sich dann ängstlich in der Runde um.

»Ich als Akademiker kann dir versichern, daß es wirklich ein veraltetes Wort ist«, sagte Kordan und verzog dabei das Gesicht. »Und in diesem Zusammenhang ist es beinahe zwangsläufig falsch verwendet.«

Es entstand eine Pause. Regentop lehnte sich vertraulich zu Kordan hinüber:

»Mach Gebrauch von deiner Autorität, Jerezy Kordan, und erklär uns, was ›Id‹ bedeutet. Wir gehören alle zur Elite und kommen aus dem System. Eine Plauderei hier kann nichts schaden.« Sie war erregt und lächelte ihn nervös an, als sie sprach.

Sygiek faltete die Hände in ihrem Schoß und sah zum Fenster hinaus. »Wenn ein Wort nicht mehr gebraucht wird, dann gibt es im allgemeinen einen guten Grund dafür«, sagte sie warnend. »Sie könnten als Gegenwaffe in umstürzlerischen Denksystemen dienen. Du weißt, was ich damit meine, Jerezy Kordan.«

»Aber in unserem Fall ist die Erklärung ja wirklich nur instruktiv«, versuchte sie Kordan zu beschwichtigen. Sie sah immer noch unverwandt zum Fenster hinaus. Kordan wandte sich den anderen zu. »›Id‹ war das Gespenst eines längst untergegangenen Aberglaubens. Vor vielen, vielen Jahren — lange vor dem Biokom — existierten ziemlich pervertierte Ansichten über die Natur des Menschen, die aber nur von kurzer Dauer waren. Die meisten dieser Theorien bestritten, daß der Mensch ein vernünftiges und praktisches Wesen sei. Vor der Einführung des Kommunalismus mag dies ja auch wirklich der Fall gewesen sein. Erst unser System lieferte dem Menschen den rational begründeten gesellschaftlichen und politischen Rahmen, in dem er ein integrierender Bestandteil war. ›Id‹ ist ein Ausdruck, der damals geprägt wurde und ein ganz besonders gefährliches Denkkonzept enthielt. Für das Denken stellte es eine Sackgasse dar, aber erfreulicherweise widersetzte man sich dem ›Id‹ schon von jeher. Übrigens waren sogar unsere kommunistischen Vorfahren unter den Gegnern des ›Id‹.«

Kordan hatte einen leicht lehrhaften Ton angeschlagen. Sygiek schlug die Augen nieder, die anderen schauten ihn voll Bewunderung an. Er fuhr fort: »In jener längst vergangenen Zeit hatte man den Konflikt zwischen dem menschlichen Bewußtsein, dem Zentralnervensystem und dem vegetativen System noch nicht begriffen. Zwangsläufig schätzte man die Natur des Menschen falsch ein. Der physiologische Konflikt wurde als psychologischer aufgefaßt, als Konflikt, der in einer als vorhanden angenommenen Tiefe des menschlichen Bewußtseins entsteht. Damals wurde das Bewußtsein als komplexes Gebilde, beinahe als eine Art autonome, primitive Welt betrachtet. Ein wesentlicher Punkt dieser irrigen Vorstellung von der Physiologie des Menschen — ›Bewußtsein‹ bedeutete in Wirklichkeit nichts anderes — bestand darin, daß man unbezähmbare und sozial destruktive Elemente voraussetzte, die in den trüben Untiefen des Bewußtseins lauerten und nur darauf warteten, die Vernunft zu entmachten. Diese Elemente faßte man unter dem Begriff ›Id‹ zusammen. Das ›Id‹ stellte eine regressive Kraft dar.«

Sie hatten ihre Mahlzeit beendet. Takeido stieß seinen Sitz zurück und sagte dabei: »Das ist ja äußerst aufschlußreich, Jerezy Kordan! Wie konnte dieser Begriff hier, auf Lysenka II, nach einer Million Jahren oder mehr wieder auftauchen? Was meinst du dazu?«

»Ich dachte, ich hätte mich klar ausgedrückt: der Begriff wurde in einem längst untergegangenen kapitalistischen Gesellschaftssystem geprägt. Ich wollte damit nur die organisatorischen Mängel dieses Konzepts erklären. Wenn ihr die regressive Natur der Tiere in dieser Welt versteht, dann begreift ihr auch, daß die — hmm — streikenden Techniker den Begriff hier aufgeschappt haben müssen.«

»Man sollte ihnen einen Denkzettel geben«, rief Regentop aufgebracht. »Das hört sich ja alles entsetzlich unutopisch an!«

Sygiek stand auf und schaute auf die anderen herab. Takeido lehnte sich zu Kordan hinüber, man sah ihm an, daß er das Gesprächsthema weiter verfolgen wollte. Angestrengt faltete er die Hände und sagte zu Kordan: »Das ist ja sehr interessant, Jerezy. Wenn du recht hast, was ich nicht bezweifle, dann haben sich die streikenden Techniker geirrt. Sie sagen ›die Erde ist unser Id‹ . . . und dabei ist Lysenka der verbotene, subversive Ort, es sollte also als ›Id‹ gelten, und die Erde wärde dann . . . Nun, ich kenne nicht den Ausdruck dafür. Ich bin eben nur ein ganz einfacher Exobotaniker.«

Regentop klopfte ihm auf die Schulter und lächelte stolz.

»Über-Ich«, antwortete ihm Kordan. »Die Erde wäre dann das Über-Ich.« Er lachte schuldbewußt und ließ das Thema fallen. Dann blickte er zu Sygiek auf, weil er wissen wollte, wie sie die Unterhaltung aufnahm.

»Ihr macht es euch ein bißchen zu leicht«, sagte sie. »Wenn man von einem Fehler auch nur spricht, so bedeutet das, daß man ihn selber begeht. Das ist es, was das System lehrt. Wir sollten jetzt aber das Gespräch beenden und zu den Bussen gehen. Die anderen sind schon fast alle dort.«

»Natürlich waren diese alten Theorien blanker Unsinn«, sagte Kordan und nahm sie beim Arm, als sie den Speisesaal verließen. »Reinstes Mittelalter. Wie Alchimie.«

Sie betrachtete ihn mit hochgezogenen Augenbrauen und einem Lächeln, das er noch nie an ihr gesehen hatte. »Aber die Alchimie hat wenigstens zu einem Ergebnis geführt, Akademiker Jerezy

Kordan. Sie hat die Grundlagen für den wissenschaftlichen Fortschritt gelegt, während die Psychoanalyse nur in eine Sackgasse geführt hat.«

»Aha, dann sind dir also diese alten und verbotenen Vorstellungen auch vertraut, wenn du von Psychoanalyse sprichst!«

»Es gehört mit zu meinem Job, das kennenzulernen, was verboten ist.«

Er sah sie forschend an. Sie begegnete seinem Blick. Er sagte aber nichts, und sie gingen gemeinsam nach draußen. Auf den Stufen blieb Kordan stehen und holte tief Atem, als er die Wildnis erblickte.

Die wartenden Busse muteten einen wie große schlafende Raubtiere an.

Der Exobotaniker, Takeido, lenkte Kordans Aufmerksamkeit auf sich. Er hustete verlegen und sagte dann: »Es war wirklich ein großes Vergnügen, dir beim Frühstück zuzuhören, Jerezy Kordan. Wenn man wie ich auf den Jupitermonden zu arbeiten hat, ist man viel allein. Die verschiedensten Dinge gehen einem da durch den Kopf und man sehnt sich danach, mit jemandem zu reden . . . über vieles, über die Themen, die du gerade berührt hast. Erlaubst du, daß Jaini Regentop und ich mit dir im Bus nach Dunderzee fahren?«

Kordan sah den jungen Mann prüfend an. Wie jung und schmal er doch war! Er beobachtete, wie Takeido nervös mit den Augenbrauen zuckte!

»Du kannst doch den Platz im Bus wählen, der dir am besten zusagt. Was die Sprache betrifft — sie ist ein kostbar Ding und man muß aufpassen, daß man nichts Falsches sagt. Es ist besser, entschlossen zu sein als neugierig. ›Entschiedenheit ist der Feind des Abweichens von der vorgeschriebenen Parteilinie‹, wie es bei uns heißt. Ich kann mir denken, daß dieser Grundsatz nicht nur auf der Erde, sondern auch auf Jupiter und Lysenka gilt!«

»Natürlich . . .« sagte Takeido und schluckte.

Lächelnd sagte Kordan: »Dann können wir ja einsteigen.« Er nickte Sygiek zu, und sie nickte zufrieden zurück, als sie die Treppe hinunter und zu den wartenden Bussen gingen. Die Welt war wieder vollkommen unter ihrer Kontrolle.

Die Tore an der befestigten Begrenzungslinie des Hotels zur Eintracht öffneten sich. Auf dem Torbogen flatterte ein Banner mit dem Emblem des Vereinigten Systems. Darunter stand:

KÄMPFT FÜR EINE WEITERE
MILLION JAHRE
BIOKOM-EINIGKEIT!

Als der Bus durchs Tor rollte, bemerkte Sygiek, daß sie neben dem untersetzten Mann saß, der die Bemerkung über die künstlichen Schachpartner von sich gegeben hatte, die keine Freude über den Sieg empfanden. Er lächelte ihr freundlich zu, so als ob sie alte Freunde wären.

»Diese Sightseeing-Touren sind doch nur eine Zeitverschwendung!« wetterte Sygiek. Sie hatte sich inzwischen wieder Kordan zugewandt. »Ich habe so etwas noch nie gemocht und bezweifle so langsam, ob es wirklich angebracht ist, man sollte die Zeit sinnvoller verbringen.«

Kordan sah sie prüfend an, als ob er ihre Gedanken lesen wollte. »Mach dir nur keine Vorwürfe, Millia. Wir sind ja nicht untätig und befinden uns hier auf Lysenka, um uns zu stärken, damit wir nach unserer Rückkehr zum ›System‹ um so besser dafür arbeiten können und seine Vorzüge schätzenlernen.«

Der stämmige Mann lehnte sich nach vorn, machte eine beschwichtigende Geste mit den Händen und sagte zu Kordan und Sygiek: »Seid nicht zu streng mit euch selber, meine Freunde. Genießt das Vergnügen als etwas Positives, das seine eigene Berechtigung hat. Auch die Muße hat ihre Vorzüge.«

»Das ist genau das, was ich meine«, sagte Kordan heiter. »Beim Nichtstun regenerieren wir uns.«

Der Mann stellte sich als Vul Dulcifer 057 vor. Er war der Ingenieur, der für die Klimaregulierung in Iridium auf der Venus verantwortlich war. Er hatte einen großen Kopf mit ausgeprägten Gesichtszügen. Während er aus dem Fenster sah und die Landschaft an sich vorüberziehen ließ, meinte er: »Wie alle anderen auch, kann ich es mir nicht leisten, müßig zu sein. Ich arbeite dreizehn E-Stunden pro Tag und außerdem leite ich verschiedene Kommissionen. ›Utopia kann nur durch harte Arbeit aufrechterhalten werden‹. Ich kenne den Wahlspruch der Partei, erinnert mich also bitte nicht daran. Das System ist eine Maschine, und wenn es einige von uns fertiggebracht haben, zu diesem geheimgehaltenen Planeten zu gelangen, wo diese degenerierten kapitalistischen Tiere frei herumlaufen, dann gehören wir wirklich zur Elite und haben uns auch das bißchen Muße verdient. Um ganz ehrlich zu sein — ich sehe den Müßiggang als gerechte Belohnung an und nicht als ein weiteres Hindernis auf dem steinigen Weg zum Weltfrieden.«

Sygiek hörte Dulcifer zu und beobachtete ihn dabei. Es ging ihr durch den Sinn, daß sie beide niemals kompatibel sein würden. Schon von der Physiognomie her war Dulcifer das genaue Gegenteil von ihr. Er war klein, untersetzt und von dunkler Hautfarbe, während sie groß und blaß war. Er hatte breite Schultern und war von untersetztem Körperbau. Jede seiner Bewegungen drückte Dynamik aus. Das spärliche schwarze Haar lag eng an seinem kantigen Schädel an. Die Farbe seiner Augen war ein dunkles Wasserblau. Die Augen, von schwarzen Wimpern umsäumt, waren sehr lebhaft. Fasziniert verfolgte sie die Bewegung seiner sich scharf abzeichnenden Lippen und war sich dabei einer inneren Unruhe bewußt, für die sie selber verantwortlich war und die von der Überlegung gefolgt war: ›Er betrachtet Kordan und mich ja nur als Standardprodukte des Systems, die nicht einmal selbständig denken können‹.

»Wenn man von Muße als Belohnung spricht, kann das sehr leicht zu irrigem Denken führen, nicht wahr, Jerezy? Denn Müßiggang ist auf diesem Planeten dasselbe, was er überall sonst im ›System‹ ist: eine Falle, der Köder, an dem sich abweichlerische Gedanken festbeißen. Wie können sich solche Eigenschaften ändern? Mit dem schöpferischen Müßiggang verhält es sich natürlich anders.«

Eine Hosteß mit rosigen Wangen, langen Beinen und einem freundlichen Lächeln auf dem Gesicht ging den Gang zwischen den Sitzreihen entlang und blieb mehrmals stehen, um mit jedem ein paar Worte zu wechseln. Sie sah sehr hübsch aus in ihrer roten Uniform. Die Mehrzahl der Touristen trug weite Maos.

»Gefällt euch die ursprüngliche Landschaft?« fragte sie. »So unerschlossen! Ich finde das ganz bezaubernd! So dynamisch!«

»Ja«, meinte Dulcifer, und wir — als gute Utopisten — zerbrechen uns zur gleichen Zeit den Kopf über die Natur des Müßiggangs!«

Takeido und Regentop, die in der Reihe vor ihnen saßen, hatten zugehört. Takeido drehte sich um und sagte zu Dulcifer: »Dir scheint es ein bißchen an Information zu fehlen, Utopist. Verstehst du, Müßiggang ist eine physiologisch bedingte Funktionsstörung. Es ist falsch, diese als geistige Eigenschaft zu betrachten, wenn man sie durch Injektionen heilen kann, sobald die Symptome auftreten.«

Während er sprach, schaute er zu Kordan hinüber, um zu sehen, wie er seine Rede aufnahm.

Ein Bürokrat namens Georg Morits, der auf der anderen Seite

saß, lehnte sich herüber und entgegnete ihm leidenschaftlich: »Im großen und ganzen hast du zwar recht, aber darf ich dich daran erinnern, daß sich Müßiggang als geistige Eigenschaft bei ein paar bedauerlichen Rückentwicklungen zum Homo sapiens zeigt. In meinem Beruf gerate ich an ziemlich viele dieser Fälle. Ich arbeite in einem Büro in Moskau, der schönsten Stadt der Welt.« Sie wußten es schon, denn dieser langweilige Kerl hatte beim Bankett damit angegeben, wie schön es in Moskau, einer alten Stadt und Hauptstadt des ersten kommunistischen Staates, sei. Sie war unzählige Male im alten Stil wiederaufgebaut worden. »Heutzutage kann man sogar schon verklagt werden, wenn man ein Homo sapiens ist. Es ist gesetzlich festgelegt.«

»Nicht auf der Venus«, entgegnete ihm Dulcifer, ohne sich beirren zu lassen. »Das wäre ja beinahe so, wie wenn man ein Tier deswegen verklagte, weil es ein Tier ist.«

Keiner antwortete darauf. Alle wußten Bescheid über die Venus und die regressiven Tendenzen von Iridium-City.

»Wir sind vom Thema abgeschweift«, sagte Kordan. »Darf ich euch an den historischen Beweggrund erinnern, der zu diesem Streitgespräch . . .«

Er wurde von Sygiek unterbrochen: »Ach, sollten wir nicht einfach diese alberne Unterhaltung abbrechen?«

Kordan fühlte sich verletzt, aber Dulcifer erwiderte ihr lächelnd, denn offenbar wollte er seiner Bemerkung den Stachel nehmen: »Für die Urlaubszeit bist du zu repressiv, Utopistin Millia Sygiek! Ich hätte mir gerne angehört, was dein Begleiter sagen wollte. Offen gestanden langweilen mich Landschaften, aber das Interesse an meinen Nebenmenschen habe ich noch nicht verloren.«

Sygiek wurde rot. Sie warf ihm einen Blick zu, der Iridium hätte zum Schmelzen bringen können, aber sie sagte nichts.

»Ich wollte nur sagen«, meldete sich Kordan wieder zu Wort, »— um das Geschichtsbild zu vervollständigen —, daß diese frühen genetischen Ingenieure, die den Homo uniformis hervorgebracht haben, also den einheitlichen Menschen . . .«

»Verzeih mir, wenn ich dich unterbreche, Akademiker Kordan, aber ich bin eine Technikerin, die in der Eugenik arbeitet, und zwar für den Zentralrat«, sagte Jaini Regentop lächelnd. »Deine Ausdrucksweise war nicht ganz korrekt. Diese genetischen Ingenieure waren lediglich die Instrumente in dem großen Wechsel von Homo sapiens zu Homo uniformis. Sie waren Befehlsempfänger. Zuerst mußten die Physiologen und Endotomisten ihre wirklich epochemachende Arbeit leisten . . .«

»Jaini, du solltest Jerezy Kordan nicht unterbrechen«, warf Takeido ein. »Du weißt doch, er ist ein Akademiker!«

»Dann wird er mich um so besser verstehen«, sagte Regentop. Sie nahm nun Kordans belehrende Redeweise an und richtete ihre Worte hauptsächlich an ihn: »Die Endotomisten stellten die Theorie auf, daß die physiologische Struktur des Menschen von drei Nervensystemen beherrscht wird, die aber im Widerspruch zueinander stehen. Es ist der schnellen Fortentwicklung des Tieres zum Menschen zuzuschreiben, daß diese Systeme nicht ganz kompatibel waren. Man könnte auch ein Beispiel aus der Technik heranziehen und sich über eine Maschine beklagen, die fehlerhaft ist, weil sie ein viel zu kompliziertes Schaltsystem hat. Das Problem war das der mangelnden Effizienz.«

Kordan nickte. Er sah gelangweilt aus, aber Regentop ließ sich dadurch nicht beirren.

»Die großen Endotomisten und Physiologen arbeiteten eine Methode aus, mit deren Hilfe diese Hauptsysteme zu einem harmonisch funktionierenden Supersystem entwickelt werden sollten. Die drei Systeme, auf die ich mich beziehe, wurden übrigens Zentralnervensystem, autonomes Nervensystem und Neocortex genannt und waren für die Motorik, die Sinnesreize und die Denkvorgänge zuständig.

Um ein verläßlicheres Supersystem zu entwickeln, führte man den Bioshunt ein — über den viel geredet worden ist in diesem Gedenkjahr. Er besteht aus einem eingebauten Prozessor, der nun die meisten Funktionen dieser drei Nevensysteme übernommen hat oder die Impulse so umformt, daß sie von der Vernunft kontrolliert werden. Ein gutes Beispiel dafür ist die Peniserektion, die einst einen Vorgang darstellte, der mit dem Willen nicht zu beeinflussen war.

Meinen Schülern schärfe ich immer ein, daß der Bioshunt die Grundlage unserer großartigen Utopie ist. Er hat die emotionalen Probleme gebannt, mit denen sich der Homo sapiens herumschlagen mußte. Kriege, Religionen, romantische Liebe, Geisteskrankheit — das sind nun alles Manifestationen eines überholten physiologischen Systems.«

»Das ist, was ich vorhin andeuten wollte, Millia«, sagte Kordan mit Nachdruck. »Fahr fort, Jaine Regentop, wenn es dir danach zumute ist! Du sprichst gut.«

Sie machte eine demütige Bewegung mit dem Kopf. »Es ist meine Pflicht, mich gut auszudrücken, wenn ich von einer so großen Errungenschaft spreche. Vernunft war etwas, was für den armen Homo sapiens unerreichbar war, weil er, physiologisch gesehen, in sich gespalten war. Das heißt aber, daß er auch in geistiger, sozialer, politischer und eigentlich in jeder Beziehung gespalten war. Deswegen konnte er keine dauerhafte Gesellschaftsordnung begründen, wie das bei uns der Fall ist. Gespaltensein war sein Schicksal.«

Ihre Stimme wurde leiser. »Gespaltensein war zwar sein Schicksal, und dennoch hatte der Homo sapiens eine visionäre Begabung. Ja, er sah sogar Utopia vor sich, den Ort, an dem alles vollkommen ist.

Ironischerweise errichtete er schließlich sogar Utopia, obwohl es seinen Untergang bedeutete. Als seine Physiotechniker und frühen Endotomisten das Gesamtprinzip des Biologischen Kommunismus erfanden — die Theorie, die auch hinter dem Bioshunt steht —, wurde es möglich, die unharmonischen physiologischen Systeme genetisch zu rationalisieren, und das Konzept wurde von Generation zu Generation perfekter. Durch die Mikrochirurgie von Chromosomen konnte der Homo sapiens alle Arten von organischen Schwächen ausmerzen. Er eliminierte auf diese Weise sich selber und führte eine vollkommen neue Rasse ein. Eine Rasse ohne lächerliche evolutionäre Fehler. Eine Rasse, die wirklich dazu befähigt war, Utopia zu gründen. Kurz — er erschuf uns, den Homo uniformis, den durch und durch einheitlichen Menschen.«

Sie sahen sich gegenseitig an und lächelten nachdenklich.

»Und was hat dieses alte Märchen mit dem Müßiggang zu tun, außer daß es inzwischen ein müßiges Märchen geworden ist?« fragte Dulcifer.

»Es ist nichts Geringeres als die Geschichte von der Geburt des Weltstaates«, sagte Sygiek stirnrunzelnd.

»Jaini Regentop hat es gerade erklärt«, sagte Takeido zu Dulcifer. »Der Müßiggang war eine Schwäche des Homo sapiens. Zweifelsohne war das Fehlen eines existentiellen Zwecks die Ursache dafür und das innerliche Durcheinander. In unserer aufgeklärten Zeit gibt es keinen Grund mehr für den Müßiggang, Utopist. Wir haben dieses Gefühl besiegt!«

Dulcifer kratzte sich am Kopf. Er mußte lachen. »Du bist ein bißchen jung für einen Sieger, für einen Eroberer!«

Takeido glitt wieder zurück auf seinen Sitz.

»In Moskau gibt es ein Museum für den Homo sapiens und seine Welt«, fügte Georg Morits vertraulich hinzu. »Für Wilde waren sie ja ziemlich fortschrittlich — in bescheidenem Umfang hatten sie sogar Raumflug. Die Grundlagen dafür wurden in Moskau entwickelt. Ich kann dir ja davon erzählen, weil du zur Elite und nicht zu den Unwissenden gehörst. Du wirst es zu schätzen wissen. Ach, es tut so gut, mit seinesgleichen zu reden.«

III

Die Leute, die so miteinander redeten, saßen im letzten Bus. Drei Busse waren vor ihnen. Allmählich wurde der Abstand immer größer zwischen ihnen, denn die Geschwindigkeit nahm zu, als sie die asphaltierte Straße hinabfuhren. Das große Bauwerk des Hotels zur Eintracht, das alles dominiert hatte, schrumpfte hinter ihnen und wurde schließlich ganz geschluckt von der überwältigenden Landschaft von Lysenka. Gelegentlich konnten sie den vorspringenden Rand eines weit entfernten Plateaus sehen, das sich über der diesigen Verschwommenheit der Ebene zeigte, wenn der Weg anstieg.

Kordan griff nach Sygieks Hand, aber sie entzog sie ihm gleich wieder.

Die Hosteß in ihrer hübschen roten Uniform mit dem Outourist-Zeichen ging den Gang entlang und wechselte mit jedem ein paar Worte. Als sie dann vorne im Bus anlangte, nahm sie ein Mikrofon zur Hand und sprach zu den Passagieren. Dabei lächelte sie.

»Hallo, Freunde des Systems. Mein Name ist Rubyna Constanza 868. Ich habe das Vergnügen, euch auf dieser Reise begleiten zu dürfen. Ich heiße euch willkommen. Wir werden zwei Tage unterwegs sein und diese Nacht im Dunderzee-Hotel verbringen. Ihr werdet dort eine Unterkunft mit allem erdenklichen Komfort haben, und ich bin sicher, daß der Aufenthalt dort ein Vergnügen für euch sein wird. Ihr werdet einige der Sehenswürdigkeiten dieses Planeten kennenlernen, aber auch ein paar entwicklungsbedingte Mißstände. Mittags werden wir anhalten und eine Erfrischung zu uns nehmen. Wenn es euch an irgend etwas mangeln sollte, so könnt ihr euch an mich wenden. Ein Klingelknopf befindet sich seitlich neben euren Fingerspitzen.«

»Sie ist sehr hübsch«, flüsterte Takeido Regentop zu. Sie runzelte aber nur die Stirn und schwieg.

»Zunächst möchte ich euch an ein paar naturwissenschaftliche Fakten erinnern, die diesen Planeten betreffen. Sicher kommt euch das eine oder andere bekannt vor, aber die Theorie wird erst in Verbindung mit der Realität lebendig.

Verglichen mit anderen Planeten derselben Wichtigkeitsstufe, ist Lysenka II relativ groß. Am Äquator beträgt der Durchmesser des Planeten ungefähr 20.000 Kilometer. Da seine Masse verhältnismäßig klein ist, wird die Schwerkraft hier nicht als besonders lästig empfunden. Alle 33,52 E-Stunden dreht sich Lysenka einmal um seine eigene Achse, das heißt, daß ein Tag verhältnismäßig lang ist. Während der Mittagspause könnt ihr übrigens auch ruhen, die Sitze sind verstellbar und können als Liege benutzt werden. Wie ihr seht, ist der Himmel bedeckt. In diesen Breiten bricht die Sonne nur sehr selten durch die Wolkendecke, obwohl es womöglich gegen Abend aufklart. Lysenka II ist an diesem Punkt seiner Entwicklung eher ein träger Planet mit einer hohen Temperatur.«

Mit einer Handbewegung deutete sie auf die Landschaft, die an den Fenstern vorüberzog. »Zur Linken sieht man einen Hain von Käfigbäumen. Ansonsten ist die Vegetation recht spärlich. Der Planet ist größtenteils Wüste, weil es zu wenig Humus gibt und weil es an Mikroorganismen fehlt.

Obwohl der Planet schon vor mehr als einer Million Jahre entdeckt wurde, haben wir erst vor zehn Jahren hier Fuß gefaßt. Der Planet ist ziemlich zurückgeblieben in seiner Entwicklung. Was mit der Fauna geschehen soll, ist ein ideologisches Problem. Der Weltstaat hat noch keinen Entschluß in dieser lebenswichtigen Frage gefaßt. Weil es sich um Systeme mit niedrigeren Lebewesen handelt, hat sich die Fauna nur über einen kleinen Teil des Globus ausbreiten können. Möglicherweise stellen sie aber ein unschätzbares Studienobjekt für die Verhaltensforscher dar oder man kann sie bei Tierversuchen in den Laboratorien verwenden etcetera etcetera.«

An dieser Stelle hatte Constanza ihr Sprechtempo leicht beschleunigt. Sie wurde wieder langsamer, als sie fortfuhr: »Aber mit diesen Problemen sollen wir uns während eures Urlaubs nicht beschäftigen, denn für die Entscheidungen sind ohnehin andere zuständig. Jetzt solltet ihr euch nur an den neuen Eindrücken erfreuen. Zur Rechten seht ihr gerade eine Herde känguruhähnlicher Kreaturen. Ich versichere euch, daß uns keine Gefahr droht, weil wir ja in ständiger Funkverbindung mit den Kontrollsatelliten stehen. Das heißt, gerade heute ist das nicht der Fall wegen der technischen Schwierigkeiten, die durch den Streik entstanden sind. Wie dem auch sei, wir haben zwar keine Funkverbindung, aber im Bus sind wir vollkommen sicher. Seht ihr, diese Kreaturen schauen uns sogar respektvoll an.«

Die Tiere, die nun der Straße entlang sprangen, hatten keine Schwänze. Die Ähnlichkeit mit einem Känguruh war nur durch den schmalen, spitz zulaufenden Kopf und den hüpfenden Gang gegeben. Ansonsten sahen sie mehr wie Menschen aus und hielten den Reisenden beim Vorüberfahren mit einer merkwürdig menschlichen Gebärde die geballten Fäuste entgegen.

»Diese Geschöpfe sind Allesfresser«, sagte Constanza. »Sie sind vor allem deswegen so schnell, weil sie den Kreaturen entkommen müssen, die sie fressen wollen.«

Der Bus verließ das flache Land und fuhr eine langgezogene Kurve hinunter. Vor ihnen türmte sich eine riesige Felswand auf, die von saftigen, weißen Schachtelhalmen gesäumt war. Man fürchtete bereits, daß der Bus gleich gegen den Felsen prallen müßte, als er plötzlich in eine enge Kurve fuhr und ein Tunnel sich auftat.

Die Seitenwände des Tunnels waren geglättet worden. In die Wände hatte man zündende politische Slogans gemeißelt, Slogans, die das moralische Klima der Gesellschaft beeinflußten. Zum ersten Mal, seitdem sie das Hotel verlassen hatten, saßen alle Passagiere ganz aufrecht da und sahen zum Fenster hinaus. Manche sagten laut und genießerisch die Sprüche vor sich hin, die ihnen seit ihrer Kindheit bekannt waren.

ENTSCHLOSSENHEIT IST DER FEIND DER ABSCHWEIFUNG

EINIGKEIT MACHT STARK

DENKE NIEMALS, WAS DU NICHT SAGEN KANNST

DER GARANT FÜR EWIGE SICHERHEIT IST
STÄNDIGE WACHSAMKEIT: OHNE SIE IST EWIGE
ANARCHIE

ES GIBT KEINE KOSTENLOSE RAUMFAHRT

Die Slogans leuchteten in verführerischen Farben auf und verglommen in der Dunkelheit, sobald der Bus vorübergefahren war.

Plötzlich waren sie dann wieder draußen. Das Felsgestein blieb hinter ihnen zurück und die Kurven hörten auf. Die Busse fuhren nun über eine endlose Ebene. Der Boden war häßlich, öde und aufgerissen. Dazwischen erhoben sich Hügel aus Felstrümmern.

Hie und da konnte man einen träge dahinströmenden Fluß sehen.

»Wir sind nun im sogenannten Großen Gletschertal«, sagte Constanza. »Zur Schlucht ist es noch weit. In diesem Gebiet und bis hin zum Starinek-Ozean lebt die Mehrzahl der Kreaturen, die es auf Lysenka II gibt. Der restliche Planet ist beinahe ganz leer und wird nur von ein paar Spinnenarten und geflügelten Insektenarten bevölkert. Vergeßt nicht, was uns die Solarphysiker und Geologen sagen; daß diese Welt in ihrer Entwicklung weit hinter unserer Welt zurück ist. Darum dürfte sie auch der letzte Zufluchtsort des Kapitalismus sein.«

Bei dieser geistreichen Bemerkung von Constanza mußten einige lachen. Obwohl die meisten nur vage Vorstellungen von Kapitalismus hatten. Das Wort hatte seinen schmutzigen Beigeschmack durch die Jahrhunderte hindurch beibehalten.

»Das ist der Dunder-Fluß, den wir von Zeit zu Zeit zu unserer Linken auftauchen sehen. Es ist nicht der größte Fluß auf dem Planeten. Auf der anderen Hälfte hat man einen Fluß aus dem Orbit fotografiert, der doppelt so lang ist wie der Amazonas auf der Erde. Der Dunder durchfließt das ehemalige Gletschertal, in dem wir uns nun befinden. Im Fluß gibt es ähnliche Fische wie zu Beginn des Karbon auf der Erde. Nach Aussagen von Experten ist Lysenka II erst vor ungefähr 3,13 Milliarden soweit abgekühlt, daß sich der Dampf in seiner Atmosphäre als Regen niederschlagen und Ozeane bilden konnte. Wenn ihr euch nun nach rechts wendet, seht ihr wieder einen Hain mit Schachtelhalmen. Einst wuchsen solche Bäume auch auf unserer Erde.«

»Ich glaube, sie will, daß wir vollends einschlafen«, flüsterte Kordan Sygiek zu.

»Wir können schlafen, wenn wir anhalten«, antwortete Sygiek. »Ist das nicht eine wunderschöne Straße, die unsere Leute da gebaut haben. Wir könnten jeden Planeten in der Galaxis erobern, wenn wir wollten.«

»Ich habe nie so richtig verstanden, warum wir unseren Einflußbereich dort nicht ausgebaut haben.«

»›Utopia ist eine geistige Haltung und keine räumliche Dimension‹, um den berühmten Spruch wieder einmal zu zitieren . . .«

»Trotzdem . . . Aber natürlich will ich nicht . . .«

Stunde um Stunde rollten sie auf der vorzüglich ausgebauten Straße dahin. Wenn sie neben dem Fluß entlangführte, konnte man noch mehr Wild sehen. Die meisten Tiere suchten ein schützendes Gebüsch. Die restlichen drei Busse waren in der lohfarbenen Ferne verschwunden, die in der Mittagshitze flimmerte.

Rubyna Constanza hatte ihren Bericht unterbrochen. Nun sprach sie weiter und lächelte dabei so gewinnend wie zuvor.

»Sie werden sicherlich bemerkt haben, daß es sehr viel mehr Tiere in der Nähe des Flusses gibt. Sie ernähren sich hauptsächlich von Fisch oder jagen die Tiere, die Fische fangen. Sie sind sehr schlau im Verstecken. Die tapferen Arbeiter, die das System gestellt hat und die diese Straße gebaut haben, können ein Lied von ihrer Boshaftigkeit singen. Die Arbeiter und die Soldaten, die sie verteidigen sollten, waren die einzigen Volksgenossen, denen es jemals erlaubt war, Waffen auf Lysenka II zu tragen. Die Garnison, die zur Verteidigung von Friedensstadt eingerichtet ist, stellt natürlich eine Ausnahme dar, was das Waffenverbot anbetrifft.

Wie ich hoffe, werdet ihr alle verstehen«, fuhr Constanza fort und belohnte ihre Zuhörer schon im voraus mit einem zauberhaften Lächeln für ihr Verständnis, »daß das einschneidendste Ereignis in der gesamten Geschichte von Lysenka, wenn man sie aus dem Blickwinkel des Homo uniformis betrachtet, wahrscheinlich die Landung eines Ansiedlerschiffes vor 1,09 Millionen Jahren war. Das war in der finsteren präutopischen Zeit. In diesen längstvergangenen Tagen, als unsere Kultur noch nicht die ganze Welt beherrschte und die Wissenschaft der Kratobatik noch nicht entwickelt war, stellten 50 Lichtjahre eine abenteuerliche Entfernung dar. Das Raumschiff wollte ursprünglich gar nicht zum Sonnensystem von Lysenka, sondern zu einem System, das noch weiter entfernt ist. Dann versagte der primitive Flugmechanismus, und das Raumschiff landete hier.« Sie deutete mit der Hand nach vorne durch die Windschutzscheibe. »Das Schiff mußte irgendwo dort vorne eine Notlandung machen, an einer Stelle, die nur wenige Kilometer von der Dunderzee-Schlucht entfernt ist. Das Ansiedlerschiff gehörte einem erloschenen, kapitalistischen Gesellschaftssystem des Homo sapiens an, das Amerika genannt wurde. Es waren nicht weniger als . . .« Sie brach abrupt ab, schnappte nach Luft und starrte durchs Fenster.

»Seht nur! Ach du meine Güte!«

Die Mehrzahl der Passagiere schaute bereits zum Fenster hinaus. Vor ihnen auf der Straße war eine Art Fallgrube. Als der Bus sich ihr näherte, wurde ein Spalt sichtbar, der mitten durch die weiche Oberfläche ging. An dieser Stelle hatte die Straße sich gewellt und war tief abgesackt.

Die Sicherheitsvorrichtungen des Busses waren beinahe automatisch in Funktion getreten. Ihre Sensoren begannen das schwere Fahrzeug ein paar Millisekunden bevor die Passagiere reagierten abzustoppen. Die Bremsen kreischten.

Der Bus schleuderte auf das Hindernis zu. Regentop warf sich in Takeidos Arme. Dulcifer packte Constanza, die schreiend nach hinten zu kommen versuchte, und hielt sie fest. Sygiek griff nach Kordans Arm. Ein paar Passagiere schrien. Die Reifen waren heiß gelaufen; der Bus wurde hin und her geschleudert und schlitterte in das Hindernis.

Der Spalt war nur eineinhalb Meter breit. Der Bus rutschte näher, kam beinahe zum Stillstand, doch das Trägheitsmoment siegte. Er kippte vorne über den Rand, der Rumpf wippte und folgte nach.

Das Fahrzeug stürzte krachend auf die Vorderachse und neigte sich zur Seite, wobei sie mit einem lauten Krachen auseinanderbrach. Die Passagiere wurden auf die rechte Seite des Busses geschleudert und fielen übereinander.

Dulcifer war einer der ersten, der sich von dem Schock erholt hatte. Er sah, daß Constanza unverletzt war. Mit fester Stimme rief er dann, daß die Gefahr vorüber sei und jeder, der konnte, herausklettern sollte. Ein Wasserbauingenieur, der hinten im Bus war, rief, daß er den Notausgang geöffnet habe und jedem helfen wolle, der Hilfe nötig habe.

»Mein Knie . . .«, stöhnte Kordan. »Es tut so weh, daß ich mich nicht zu rühren wage.«

»Versuch es«, sagte Sygiek. Sie biß sich auf die Lippen, damit man nicht sah, wie sie zitterten.

Die Passagiere kletterten nacheinander aus dem Bus. Sie halfen sich dabei und sprachen sich gegenseitig Mut zu. Sie versammelten sich dann auf der Straße oder saßen benommen am Straßenrand. Es war auch ein bißchen Blut geflossen, aber niemand war ernsthaft verletzt worden.

Sie schauten sich um. Der Unfall hatte sie wie gelähmt, und sie waren betäubt von der Hitze im Freien, die für sie ungewohnt war. Im Bus hatten sie eine Klimaanlage gehabt. Kordan, Lao Ferrer, seine Partnerin, eine interplanetarische Meteorologin, die sich Hete Orlon nannte, und der eine oder andere von den übrigen Passagieren, kletterten auf die Seite des Busses, die nach oben ragte, um von dort das Gelände zu überschauen. Es ließ sich nicht sehr gut an: obwohl sie ziemlich weit sehen konnten, verschwamm alles im Dunst und sie konnten kaum etwas erkennen. Ein niederdrückendes Gefühl von Klaustrophobie machte sich breit.

Es herrschte eine gewittrige Stille, die nur ab und zu von dem Knacken des Buswracks unterbrochen wurde. Eine Herde von zweibeinigen Tieren mit zottigen Mähnen und plumpen Schnauzen beobachtete sie aus einer Entfernung von hundert Metern. In ihrer Alarmbereitschaft sahen sie alle mehr oder weniger gleich aus. Auch im Fluß waren Tiere, die wie Seehunde aussahen. Sie schauten alle in die Richtung, wo der Unfall passiert war. Alles wartete darauf, daß etwas geschah. Alles war in der Schwebe in dieser klammen, schweren Luft.

»Willkommen auf Lysenka II«, sagte Ian Takeido lachend, aber keiner lachte mit ihm.

IV

Kordan kletterte wieder vom Bus herunter, wo er neben Sygiek zu stehen kam. Sein Gesicht drückte Ernüchterung aus. Das Rollen des Überlandbusses, das Geräusch der Klimaanlage, die langvertraute Hörgewohnheit einer elektronischen Stimme, das Anhören von leicht langweiligen Vorträgen, die Aussicht auf ein gastliches Reiseziel — all das hatte sich in Nichts aufgelöst. Als sie noch existierten, hatten diese Dinge die Reisenden vor der furchtbaren Erkenntnis bewahrt, daß sie, die Touristen, nur einen Störfaktor in einer fremden Welt darstellten, und, weil sie so weit vom ›System‹ entfernt waren, auch leicht angegriffen werden konnten.

Rubyna Constanza strich ihre rote Uniform glatt und sagte, indem sie ihre ›offizielle‹ Stimme leidlich imitierte: »Bitte entfernt euch nicht zu weit vom Bus. Es besteht kein Grund zur Beunruhigung. Spätestens an der Schlucht wird man bemerken, daß wir verlorengegangen sind, wenn wir nicht mit den anderen Bussen zusammentreffen. Obwohl die Funkverbindung außer Betrieb ist, kann man das Hotel über Notruf erreichen, und man wird sofort Rettungsflugzeuge einsetzen.«

Dann fügte sie noch hinzu:

»Gewöhnlich ist der Bus über Satellit in ständiger Funkverbindung mit dem Hotel.«

»Wie viele E-Stunden wird all das in Anspruch nehmen?« fragte eine blonde Frau. Sie war ebenfalls eine Meteorologin, eine Spezialistin für Jahreszeiten, mit einer umfangreichen Erfahrung, was das Mikrosystem des Saturn anbetraf. »In sieben Stunden wird es vermutlich dunkel sein. Was passiert, wenn bis dahin noch niemand zu unserer Rettung gekommen ist?«

»Wir haben doch noch acht oder neun Stunden Tageslicht?« wollte ein anderer wissen.

Aber diese Fragen wurden nicht mehr beantwortet.

Am Fuße des Straßendamms sah man ein paar dunkle Köpfe auftauchen. Alles war dunkel an diesen seltsamen Wesen: die Köpfe, die Schultern und die Augen. Die Kreaturen hatten eine niedere Stirn. Sie sahen die Gruppe von Touristen mit forschenden Blicken an, dann den Bus. Nichts bewegte sich. Nur das abkühlende Metall des Busses knackte dann und wann.

Diese abstoßenden schwarzen Köpfe und die wie verwelkt aussehenden, emotionslosen Gesichter lähmten die Touristen dermaßen, daß eine Ewigkeit zu vergehen schien, bevor sie sich wieder bewegen konnten. Dann kletterte eins der Tiere auf den Damm und stand auf der Straße, ohne die Gruppe von Menschen aus den Augen zu lassen. Es machte noch einen Sprung und war dann schon fast unter dem Schutzblech des Busses, das lose herabhing. Es fletschte verächtlich seine grauen Zähne.

Die Touristen wichen zurück, Sie formierten sich. Sie sahen sich einem Wesen gegenüber, das sie mit einer unaussprechlichen Furcht erfüllte. Das Unbewußte war bis jetzt noch nicht in ihr Leben eingedrungen. Ihr sorgsam aufgebautes Weltsystem geriet ins Wanken vor dem Blick dieses Dämons. Sein durchdringendes Starren, seine Haltung forderte die Gesetze heraus, nach denen sie lebten.

»Schau . . .«, fing Kordan an. Aber er hatte nichts zu sagen und verstummte.

Das Tier war etwa 1,50 m groß und blieb, wo es war, in geduckter Stellung hocken. Es war zufrieden, denn es war Herr der Situation. Zwei seiner Gefährten kamen den Damm heraufgekrochen und leisteten ihm Gesellschaft, aber sie blieben etwas hinter ihm zurück. Die drei warteten mit gebleckten Zähnen, und ihre Schnauzen bewegten sich unaufhörlich. Die Touristen konnten ihr ständiges Schnüffeln und das Kratzen ihrer Nägel auf dem Straßenbelag hören.

Die Kreaturen sahen beinahe wie Menschen aus, nur daß sie unverhältnismäßig lange Arme und große, paddelartige Vorderpfoten hatten, die bis zum Boden herabhingen. Ihre Füße waren platt, beinahe rund, und voller Schwielen. Die Gesichter waren entsetzlich, das sandfarbene Fleisch sah wie Baumrinde aus, eine Mischung zwischen Menschengesicht und Maulwurfschnauze: die tiefliegenden Augen schauten hinter der hornartig gepanzerten Nase hervor, und Haare, die wie Stacheln aussahen, bedeckten den größten Teil des Schädels. Das Fell, das ihren Körper vollständig bedeckte, war zottig.

Hete Orlon begann zu schluchzen.

»Das Id!« rief Takeido, nicht ohne Genugtuung.

Die Kreaturen waren alles andere als furchtsam, ihre Gebärden konnten sogar so gedeutet werden, daß sie sich gerne an die Touristen herangemacht hätten, aber nicht wußten wie. Mit Entsetzen beobachtete die Reisegruppe, wie noch weitere Tiere den Damm heraufkamen. Behende kletterten sie auf die Straße und stellten sich hinter ihren Führer. Sie wurden immer dreister. Sie wagten nun schon, den Blick von den Touristen abzuwenden, grunzten sich gegenseitig an und schleckten sich die haarigen Lippen.

Dann hatten sie untereinander einen Entschluß gefaßt. Der Führer der Bestien machte einen Schritt vorwärts mit erhobener Pfote. Als er dies tat, traf ihn ein gut gezielter Stiefel an der Schnauze.

Die Kreatur schrie laut auf und hielt sich die Pfoten vors Gesicht. Blut quoll darunter hervor. Das Leittier drehte sich ruckartig um und taumelte seinen Begleitern in die Arme. Wie auf Kommando machten sie alle kehrt, rannten und flohen den Straßendamm hinunter. Im nächsten Augenblick waren sie alle verschwunden. Die Wüstenlandschaft war wieder wie ausgestorben.

Vul Dulcifer ging nach vorne und holte sich seinen Stiefel wieder. Er saß auf dem grauen Straßenbelag und zog den Schuh schnell wieder an. Seine harten Gesichtszüge waren ausdruckslos.

Die Touristen fanden ihre Stimme wieder. Der Zauber war gebrochen.

Sie verteilten sich über die Straße und schauten ängstlich durch den Dunst in alle Richtungen. Sie diskutierten darüber, ob Vul Dulcifers Gewaltakt gerechtfertigt gewesen war, oder ob die Tiere nur neugierig gewesen seien.

»Ich mußte in diesem Moment nach eigenem Gutdünken handeln, Kameraden, zu einer Komiteesitzung reichte die Zeit nicht aus«, sagte Dulcifer. Er blieb mitten auf der Straße sitzen und schaute sie an.

Bei der Gruppe war auch ein praktischer Arzt, ein stiller Mann namens Lech Ozwartek, der dadurch auffiel, daß er als einziger einen Spitzbart trug. Er wandte sich nun an Dulcifer.

»Bist du dir im klaren darüber, daß diese Tiere nun meinen, wir seien ihnen feindlich gesinnt?«

Ungerührt sagte Dulcifer: »Nun, das sind wir ja auch!«

So anfechtbar Dulcifers Handlung auch gewesen sein mochte,

die Gruppe fühlte sich dadurch ermutigt. Ein paar kletterten wieder zurück auf den Bus, andere stellten sich am Straßendamm auf und hielten Ausschau nach den Feinden.

Kordan hob die Arme und sagte in einem Befehlston: »Hört mich an! Ich halte es für das Beste, wenn wir jetzt ein Führungskomitee bilden, um unser Vorgehen zu koordinieren. Wir müssen uns auch überlegen, ob man nicht den Bus in Brand setzen sollte, um die Bestien von uns fernzuhalten, bis wir Hilfe bekommen.«

»Aber im Bus haben wir Essen und Trinken und vor allem Schutz«, warf eine farbige Gewerkschaftsführerin von Merkur II ein.

»Wir müssen heute dort drin übernachten, wenn die Rettung ausbleibt«, sagte ein anderer.

»Das ist Schwarzseherei!« meinte ein dritter.

»Bitte haltet euch an die Regeln des Debattierens«, sagte Kordan. »Jeder bekommt seine Chance. Sygiek 194 und ich werden uns alle Punkte der Reihe nach anhören und dann eine einheitliche und gezielte Handlungsweise überlegen. Wir dürfen uns jetzt nicht spalten ... ›Einigkeit macht stark‹.«

In der langen Debatte, die folgte, vertrat jeder seinen Standpunkt, die einen zaghaft, die anderen herausfordernd. Dulcifer beteiligte sich nicht am Gespräch. Er stand abseits mit verschränkten Armen und beobachtete den Fluß. Sygiek verließ die Gruppe, die sich um Kordan gebildet hatte, und ging zu ihm hinüber. »Es ist sehr vernünftig, daß du nach Gefahr Ausschau hältst, Vul Dulcifer. Wir sollten Wachtposten aufstellen, bevor wir diskutieren. Es kann sein, daß die nächste Meute von Bestien aggressiver ist als die letzte.«

»Die Anzahl der Stiefel ist begrenzt«, antwortete Dulcifer.

»Es ist eine ziemlich fragwürdige Angelegenheit, daß man diese wilden Bestien auf einem Planeten frei herumlaufen läßt, wo unschuldige Urlauber hinkommen.«

»Es ist ihr Planet.«

»Nicht mehr.«

»Millia Sygiek, während dein Freund Kordan seine Reden schwingt, würde ich gerne die Böschung hinabgehen und mich dort umsehen. Ich glaube nämlich, daß diese maulwurfartigen Biester die Straße unterhöhlt und unseren Bus zertrümmert haben.«

»Absichtlich?«

»Das werden wir gleich sehen. Du kannst mich ja begleiten!«

Die Böschung war steil. Er rannte hinunter, aber schlug beim

Laufen die Hacken fest in den Boden. Sygiek folgte und gemeinsam schlitterten sie den Abhang vollends hinab. Als sie sich auf gleicher Höhe mit dem Fluß befanden, der ganz in der Nähe war, hörten sie, daß Kordan sie rief. Sie drehten sich nicht einmal um.

Kordan kam zum Straßenrand und rief: »Wohin geht ihr beide? Wir dürfen uns doch nicht spalten. Wir müssen zusammenbleiben!«

Sie folgte Dulcifer und überlegte sich, ob etwas an seiner stämmigen Figur, seiner Zuversicht, sie an den Direktor der Krippe erinnerte, in der sie mit tausend anderen Kindern die ersten Jahre ihrer Kindheit nach der Exo-Geburt verbracht hatte.

Unter den niedrigen Felsvorsprüngen, wo einst der Fluß hindurchfloß, war der Boden übersät mit Geröll. Hie und da hatten sich lange, gewundene Tunnel gebildet, die über einen Meter hoch waren. Es war schwer zu entscheiden, ob diese merkwürdigen Gebilde natürlich oder künstlich waren. Zwischen den Tunneln und auf ihnen wuchs eine Farnart mit fleischigen Blättern. Die rostfarbenen Sporen der Pflanzen flogen durch die Luft, als Dulcifer und Sygiek daran vorbeistreiften. Einige Tunnel führten unter dem Damm durch, auf dem die Straße gebaut war.

Dulcifer stieß mit dem Fuß an den Damm. »Das hier ist schuld daran, daß die Straße eingestürzt ist. Ich bin überzeugt davon, daß diese Kreaturen die Tunnel gegraben haben. Dort sind sie vor den meisten anderen Raubtieren sicher. Sie haben unter der Straße gegraben und die Autobahn ist dabei eingebrochen. Wahrscheinlich war es ein Zufall, keine Absicht. Es hängt natürlich davon ab, wie intelligent sie sind. Wie dem auch sei . . .«

Er bemerkte ihren Gesichtsausdruck. »Du siehst aus, als ob du aufgebracht wärst. Was ist los?«

Entrüstet richtete sie sich auf. »Utopist Dulcifer, mir ist aufgefallen, wie frei du deine Meinung äußerst! Du machst keinen Hehl aus deiner Verachtung für eine demokratische, allgemeingültige Anschauung. Das ist ganz offenkundig. Dann befiehlst du mir ganz beiläufig, dir hierher zu folgen, als ob ich eine Subalterne wäre! Ich komme mir schon beinahe vor wie eine Neandertalerin. Nach meiner Ansicht bist du ein potentieller Abweichler und ich rate dir, dich zusammenzunehmen!«

Er starrte sie entgeistert an. Ein Schweißtropfen rann ihm von der Stirn und blieb an den Augenwimpern hängen. Der Tropfen verzerrte das Bild, das Dulcifer von Sygiek hatte. Er rieb sich das Auge mit dem Finger und sagte: » . . . oder du wirst mich anzeigen, ja? Ich habe dir nicht befohlen, hier herunterzukommen. Du bist mir freiwillig gefolgt.«

»Wir sollen uns aber nicht spalten!«

»Vergessen wir's und konzentrieren wir uns doch lieber auf wirkliche Probleme.« Er ging einen Schritt auf sie zu. »Du bist rechthaberisch, aber nicht dumm, Sygiek. Wenn sich diese widerlichen Kreaturen erst einmal an uns gewöhnt haben und merken, daß wir keine Gefahr für sie darstellen, kann uns jederzeit ein Angriff drohen. Die Frage ist, was können wir tun. Ich wollte . . .«

»He, ihr beiden!« Georg Morits, der Bürokrat aus Moskau, kletterte den Damm herunter und kam auf sie zu. Sie sahen seine Silhouette, die sich vor dem lohfarbenen Himmel abhob. Er rutschte aus und blieb ihnen gegenüber liegen. Drohend erhob er den Finger: »Habt ihr nicht ein paar ganz elementare Regeln vergessen? ›Wir müssen gemeinsam handeln . . .‹ Wir bilden gerade ein Komitee, das die Richtlinien für unser Handeln festlegt und wir ersuchen euch beide, sofort zum Bus zurückzukehren!«

Dulcifer näherte sich ihm, und Morits wich nach rückwärts in einen der Tunnel aus.

»Verschone mich mit deinen Slogans, Freund! Ich sitze nämlich nicht den ganzen Tag lang bequem auf meinem Arsch in einem Büro in Moskau. Dieses dogmatische Gewäsch vergrößert ja nicht gerade unsere Überlebenschancen. Ich komme, wenn ich Zeit habe. Sag das Kordan!«

Morits drückte sich ängstlich an die Wand des Tunnels und sagte mit schwacher Stimme: »Mach mich nicht dafür verantwortlich. Es war ein einstimmiger Beschluß. Es lauern hier Gefahren, von denen wir nichts wissen — hu-hu-hu- . . .«

Dann versagte ihm die Stimme, und er wurde aschfahl im Gesicht. Sein Körper schien zu schrumpfen. Er strauchelte, aber konnte nicht fallen. Ein markerschütternder Schrei drang aus seiner Kehle.

Als Sygiek und Dulcifer auf ihn losstürzten, um ihn aufzufangen, sahen sie lederartige Pfoten mit scharfen Klauen, die sich in die Hüften des Bürokraten eingegraben hatten. Blut sickerte durch Morits Kleider. Diese entsetzlichen Hände hatten ihn von hinten durch die Wand des Tunnels gepackt. Wenn Morits dort gesessen wäre, dann hätten ihn die Klauen an der Kehle erwischt, und er wäre jetzt schon tot.

Die beiden Utopisten riefen laut nach Hilfe und ergriffen unterdessen Morits Arme, um ihn wegzuziehen. Morits schrie noch einmal ganz erbärmlich auf. Als sie ihn vorsichtig wegzogen, stürzte ein Teil der Tunnelwand hinter ihm ein. Unter dem herunterfallenden Sand gewahrten Sygiek und Dulcifer mehrere Tiere, die sich rauften. Ihre Falle war zugeschnappt, aber noch immer hielten sie ihre Beute fest. Ihre Schnauzen waren blutverschmiert. Sie hatten bereits damit begonnen, Morits zu verschlingen.

Einen Augenblick lang hockten sie vor dem Eingang zur Höhle, als ob sie sich überlegten, ob sie angreifen sollten. Andere Gesichter erschienen in der Öffnung und schnüffelten neugierig in die Luft.

Dulcifer ließ Morits los und kickte eines der stacheligen Tiere mit seinem Stiefel in die Flanke.

»Geh in Deckung!« Das Kommando kam von Sygiek. Sie zog eine kleine Pistole aus der Tasche ihrer Jacke. Dulcifer hatte kaum Zeit, sich zu ducken, als sie auch schon ihren Arm ausstreckte und zweimal auf die Tiere feuerte. Man konnte sehen, daß sie sich aufs Schießen verstand.

Sie hatte eine Hetraschall-Waffe. Als zwei Summtöne zu hören waren, fielen zwei der abstoßenden Kreaturen nach vorn und hielten sich dabei den Leib. Sie krümmten sich vor Schmerzen auf dem Boden. Sie lagen nur kurze Zeit dort, dann wurden sie von ihren Kameraden gepackt und tiefer in den Tunnel geschleppt. Brüllend stürmte Dulcifer nach vorn und ergriff eine der verwundeten Kreaturen. Er mußte sie den anderen mit Gewalt entreißen. Dulcifer schlug dabei aus wie ein wildgewordenes Pferd, um einen erneuten Angriff der Bestien zu verhindern. Offensichtlich hatten sie aber genug. Sie begnügten sich mit dem einen der Verletzten und zogen sich in die Tiefe der Höhle zurück, wo man sie nicht mehr sah.

Dulcifer und Sygiek drehten sich um und starrten sich entgeistert an. Sie waren beide leichenblaß. Dulcifer wischte sich den Schweiß von der Stirn.

»Du darfst ja eigentlich gar keine Kanone bei dir haben. Du weißt doch, daß es verboten ist!« keuchte Dulcifer. »Das Gesetz unseres Systems und so fort . . .«

»Ich habe einen Waffenschein«, erwiderte sie.

Er wischte sich noch einmal den Schweiß von der Stirn und schlug die Augen nieder. Er war wie betäubt. Sie mußte ihm keine weitere Erklärung geben. Er wußte nun Bescheid. Millia Sygiek war ein Mitglied der gefürchteten Gesypo, der Geheimpolizei, die für die Reinerhaltung des Systems zu sorgen hatten und Schußwaffen führen und wenn nötig auch benutzen durften.

»Dann gehörst du also zu diesen Spitzeln«, sagte Dulcifer mit schleppender Stimme. »Schlimm, das zu wissen! Und ich habe dich für eine anständige Frau gehalten!«

Die Gruppe um Kordan hatte das Handgemenge akustisch mitbekommen. Ein paar kamen schon herbeigeeilt, um zu helfen. Dulcifer machte ein paar Schritte zurück und ließ sie gewähren. Die Kreatur, die Sygiek niedergeschossen hatte, hielt er immer noch fest. Sie war nun krepiert. Er folgte den anderen, die Morits vorsichtig nach oben zur Straße und in den Schatten des umgestürzten Busses brachten. Der verwundete Bürokrat hinterließ eine Blutspur.

Kordan und Lao Fererer, der grauhaarige Wasserbauingenieur, hatten sich als vorläufige Gruppenleiter aufstellen lassen. Sie kümmerten sich darum, daß für den Verletzten und den Leichnam Platz gemacht wurde und verlangten nach Verbandszeug.

Rubyna Constanza, die Reiseleiterin, kletterte zurück in den Bus und kam mit Verbandszeug und Medikamenten wieder. Sie verband Morits ohne viel Aufhebens. Sie kniete neben ihm nieder und drehte ihn vorsichtig um, so daß er mit dem Gesicht auf den Boden zu liegen kam. Dann schrie sie laut auf. Morits Kleider, seine Hüften, sein Hintern, die Schenkel, Waden und ein Arm sahen aus, als ob sie von Ratten angefressen worden wären. Man konnte die Knochen in den Wunden sehen. Blut rann auf die Straße. Das Schicksal war Morits gnädig: Er hatte das Bewußtsein verloren.

Constanza sah von ihrer Arbeit auf. Ihr Blick begegnete den entsetzten Blicken der anderen.

»Wie sollten wir hier seine Wunden behandeln können! Er wird bestimmt sterben. Im Hotel oder in Friedensstadt, könnte man in den Unfallaggregaten Ersatz-Blutadern und Gewebe herstellen, aber hier — tritt bestimmt der Tod ein.«

Keiner sprach. Das obzöne Wort ›Tod‹ hatte sie schockiert. Zu Hause gab es nur ein ›Hinübergehen‹ nach einem erfüllten System. Während man dort nur blaß wurde, starb man hier auf Lysenka II in Purpurrot, der Farbe der Raserei und der Leidenschaft.

Kordan sprach nun, und nur mühsam beherrschte er seine Stimme. »Tu für ihn, was in deinen Kräften steht, Rubyna Constanza. Jetzt wissen wir auch, warum man uns so genau überprüft, bevor wir zu einem Planeten reisen dürfen, der nicht zu unserem Sonnensystem gehört. Anstelle der Ewigen Sicherheit, wird man mit der Ewigen Anarchie konfrontiert. In den Tagen vor Biokom und der Gründung der weltweiten Eintracht . . .«

»Wir kennen die Reden nun so langsam in- und auswendig«,

unterbrach ihn Sygiek. »Es ist nur eine Stunde her, seit dieses Fahrzeug eine Panne hatte und schon ist einer von uns schwerverwundet. Wir sind umgeben von Gefahren und unsere erste Pflicht als Staatsbürger ist es, diesen Gefahren zu begegnen und zu überleben. Ihr solltet euch alle über die Situation im klaren sein, in der wir uns befinden. Ökologisch und ideologisch gesehen sind diese Kreaturen unsere Feinde.« Mit einer ausladenden Bewegung ihres ausgestreckten Armes deutete sie auf die Wildnis, die sie umgab. »Für jedes Monster dort sind wir eine ganz vortreffliche Zielscheibe.«

Dulcifer packte den Tierkadaver an der Mähne und zog ihn in den Mittelpunkt der Gruppe. Er ließ ihn neben dem blutenden Georg Morits auf den Boden fallen.

»Sygiek hat recht. Wir wollen keine Reden anhören, wir wollen Taten sehen. Wir wollen keine Propaganda, wir wollen Information. Wir sind jetzt nicht in Utopia. Wißt ihr, was Utopia am Leben erhält? Ich will es euch sagen — Protein. Ein ausreichender Vorrat an Protein! Denkt immer daran, daß es auf Lysenka von Anfang an einen Mangel am Allernotwendigsten und deswegen auch an Protein gab, und zwar in großem Umfang. Wißt ihr, was das heißt, Kameraden? Daß man uns ganz einfach verspeisen wird! Wir sind ›lebendes‹ Protein und müssen deswegen kämpfen!«

V

Ein Murmeln ging durch die Gruppe. Die Reisenden waren schokkiert und protestierten. Aber Dulcifer fuhr unbeirrt fort.

»In unserem System mögen wir ja nützlich sein, aber unzählige Jahrhunderte hindurch haben wir keine Feinde von außen gehabt. Hier sind wir zu nichts zu gebrauchen. In dieser miserablen, mörderischen Welt sind wir nur der lebende Köder. Nahrungsmittel, weiter nichts. Wir brauchen Erfahrung und eine Führung, um auch nur ein paar Stunden überleben zu können.«

»Eine kollektive Führung«, sagte Lao Fererer. Ein beifälliges Murmeln war zu hören. »Wir haben bis jetzt nach unseren Prinzipien gelebt, wir werden sie auch jetzt, in der Krise, nicht fallenlassen.«

»Wir passen uns an«, sagte Dulcifer entschieden. »Lysenka II befindet sich in einer Phase, die dem Zeitalter des Karbon auf der Erde entspricht. Das war vor hundert Millionen Jahren. Wir sind also jetzt in einem Weltalter, das in unserem Sonnensystem eine

Ewigkeit bevor man an Biokom auch nur dachte existiert hat. Wir müssen uns über unsere Situation ganz klarwerden. Rubyna Constanza, du bist die Reiseleiterin, kannst du uns ganz kurz über die planetarischen Bedingungen, mit denen wir in diesem Moränental zu rechnen haben, aufklären?«

Constanza war gerade damit fertig geworden, den Schwerverwundeten notdürftig zu verbinden. Sie stand auf und sah sie der Reihe nach an. Nachdem sie Kordan nochmals einen kurzen Blick zugeworfen hatte, fing sie wieder an zu reden, und es klang wie eine Fortsetzung ihrer Ansprache im Bus.

»Die Beweismittel dafür, daß Lysenka gerade das Devon hinter sich gebracht hat, sind ziemlich kompliziert. Es hat natürlich viel mit der Beschaffenheit der Sonne von Lysenka zu tun. Aber die Beweise, die die Geologie und Biobotanik liefern, untermauern den allgemeinen Eindruck. Wir haben es hier im wesentlichen mit einer Welt zu tun, die auf einer ganz primitiven Entwicklungsstufe steht. In den Ozeanen gibt es Fische, die ein paar Meter lang sind und einen knöchernen Kopfpanzer haben. Es gibt auch Trilobiten. Unsere Wissenschaftler haben Skelette von vierfüßigen Amphibien in diesem Tal entdeckt, die den Rhipidistren, deren Reste man auf der Erde gefunden hat, ähneln. Es handelt sich dabei aber nicht um Fossilien, sondern um richtige Knochen. Diese Kreaturen existierten vor kurzer Zeit noch und dienten den Eindringlingen als Nahrung. In anderen Teilen des Planeten, besonders in der Nähe der tropischen Zone, kann man sie heute noch finden, sie halten sich an den Ufern der Borodinischen Seen auf.

Das Pflanzenleben ist genauso ursprünglich, was einen nicht verwundert. Möglicherweise seht ihr sogar Libellen, deren Flügelspanne bis zu siebzig Metern beträgt. Sie sind vom Aussterben bedroht, weil die Larven, die sich in den Flüssen entwickeln, von den Tieren als ein besonderer Leckerbissen betrachtet werden. In den Sümpfen auf der Westseite der Straße gab es besonders viele. Dort gibt es übrigens auch einen Dschungel mit Riesenbäumen. Häufiger sind die Dschungel aber in der Nähe des Äquators. Hier gibt es hauptsächlich Käfigbäume, Känguruhbäume, Kalamiten, vielleicht ein paar Gingkos und natürlich Farn und Farnbäume, aber keine Blütenpflanzen. Blumen sind auf Lysenka II nicht bekannt, darüber haben sich schon einige unserer Besucher beklagt. Einen Ersatz stellen die Mammutbäume dar mit ihren plumpen, steifen Blüten oder Zapfen.

Es gibt keine intelligenzbegabten Wesen auf dem Planeten, nur instinktgetriebene Tiere. Keine Kreatur, die im entferntesten dem

Menschen gleicht, hätte auf Lysenka in Millionen von Jahren entstehen können, wenn nicht das Raumschiff mit den Kapitalisten dort abgestürzt wäre. Das war vor langer Zeit.«

Die Touristen hatten aufmerksam, ja sogar begierig zugehört. Takeido strich sich nachdenklich mit der Hand durchs blonde Haar und sagte: »Ja, ich würde das gerne weiter ausführen, was Rubyna Constanza gerade gesagt hat. Ich bin Exobotaniker mit fünf Jahren Arbeitserfahrung auf dem Planeten Sokolev. Wie Constanza schon erwähnt hat, müssen sich hier auf Lysenka erst noch die bedecktsamigen Pflanzen entwickeln. Die Samen entwickeln sich in einem Fruchtknoten. Das Gegenteil sind nacktsamige Pflanzen. Der Fruchtknoten ist ein kleines, kompaktes Überlebenspaket mit der notwendigen Nahrung für den Beginn des Daseins. Sporen und nacktsamige Pflanzen haben keine so großen Lebenschancen. Sie müssen selber sehen, wie sie durchkommen, und gehen meistens nicht auf. Sporen kann man auch nicht essen, aber die Früchte der bedecktsamigen Pflanzen dienten den ersten Säugetieren auf der Erde als Nahrung und waren der Grund für ihre starke Vermehrung. Sie bringen es fertig, eine Welt zu organisieren und in Gang zu halten. Diese Welt hier hat also im Grunde genommen gar nicht richtig mit dem Leben begonnen — das heißt, noch nicht.«

»Was das Fehlen von Gras anbetrifft«, begann Regentop, aber Dulcifer schnitt ihr das Wort ab.

»Ja, stimmt genau. Es gibt kein Gras hier, kein Getreide, keine energiespendenden ›Fruchtpakete‹ — nichts, was dem Aufbau und der Erhaltung einer Ordnung von pflanzen- und fleischfressenden Säugetieren, wie es sie auf der Erde und auf Sokolev gibt, dienlich wäre. Lysenka ist noch nicht einmal so weit, daß es so etwas wie eine eigene Fauna hervorgebracht hat.«

»Du redest ziemlich viel, Utopist Dulcifer«, sagte Fererer und deutete dann auf das tote Tier, das Dulcifer angeschleppt hatte. »Was ist dann mit der Bestie los, die du hierher gebracht hast?«

»Du bist ja so unfähig — du solltest nicht einmal ein Komitee leiten, das beratende Funktion hat«, antwortete Dulcifer und machte eine verächtliche Handbewegung, die auf Fererer gemünzt war. »Hast du denn immer noch nicht verstanden! Kein Wunder, daß man so streng gesiebt hat, bevor man den Leuten gestattete, hierher zu kommen. Es gab einen ganz konkreten Grund dafür. Das hier ist kein Tier. Es gibt keine Tiere im landläufigen Sinn auf Lysenka. Diese Tiere hier sind ihrem Ursprung nach menschlich.«

Er stieß den mit Schlamm bedeckten Höhlenbewohner mit dem

Fuß an, so daß er auf dem Rücken zu liegen kam. Man sah nun seine tödliche Wunde. Ein Arm war auf die Straße heruntergefallen, der andere lag schlaff auf seiner Brust.

»Sieh dir den genau an, Fererer! Und ihr anderen. Und habt Mitleid mit dem Geschöpf. Ihr seht seine Genitalien, seine Glieder, seine Anatomie. Harte Existenzbedingungen haben ihn zu dem gemacht, was er ist. Nicht mehr und nicht weniger als ein schlecht angepaßter Wilder. Von Generation zu Generation ist er mehr degeneriert. Aber seine Vorfahren waren auch unsere Vorfahren. Sie waren Menschen, Homo sapiens. Es war eine Rasse, die zu bedauern war, weil sie lange im dunkeln getappt ist, bis sie den Weg zu den Sternen gefunden hat. Auch die Tiere in diesem Tal sind letztlich arme, irregeführte Überbleibsel dieser Rasse. Da sie aber menschlichen Ursprungs sind, müssen wir auch auf der Hut sein. Wir müssen nicht gegen den Instinkt kämpfen, sondern gegen die List.«

Dulcifers Bemerkung ›Seine Vorfahren waren auch unsere Vorfahren‹ rief ein entrüstetes Murren bei seinen Zuhörern hervor. Sygieks Stimme übertönte die anderen.

»Utopist Dulcifer, ich werde dich anzeigen, wenn wir zurückkehren. Du bist ein Abweichler. Du verschwendest kostbare Zeit und diskutierst geheimgehaltene Information vor jemandem, der kein Mitglied der Elite ist.«

»Aber die Reiseleiterin weiß Bescheid«, rief ein Metallurg namens Che Burek dazwischen. »Sie kennt sich aus, sie lebt hier. Man hat sie doch besonders geschult.«

»Dennoch ist sie nur eine Reiseleiterin, eine Arbeiterin«, sagte Sygiek. »Ich wollte deine Gefühle nicht verletzen, Genossin Constanza, aber mit Ausnahme von Fererer, wußten wir alle, daß die Tiere auf Lysenka von den Kapitalisten abstammen, die hier abgestürzt sind. Natürlich lauern hier Gefahren, aber die Tatsache, daß diese Tiere halbmenschlich sind, wird es uns ermöglichen, daß wir die mächtigste Waffe unseres Systems, die Vernunft, einsetzen!«

Dulcifer lachte verächtlich und kickte gegen den Tierkadaver, daß er gegen das Fahrgestell des Busses rollte.

»Daß das ausgerechnet von dir kommen mußte, Sygiek! Du solltest es ja besser wissen. Du hast doch diese Kreatur niedergeschossen!«

»Nun reicht's aber! Wir wollen nicht persönlich werden.« Es war Kordan, der vortrat und sich einmischte. »Du solltest wissen, daß hier mehrere Personen in der Lage sind, Anzeige zu erstatten. Wir haben doch unsere Situation verstanden, oder etwa nicht? Das

Fahrtenbuch sagt uns, daß wir uns ungefähr zweihundertfünfzig Kilometer vom Hotel befinden. Es sind noch sechs Stunden bis zur Dämmerung. Wir haben Leuchtfeuer, Taschenlampen und anderes Gerät für den Notfall im Bus. Wir haben auch einen Schubkarren dort drin, mit dem Vorräte befördert werden können. Wir gehen nun geschlossen zurück zu unserem Hotel. Die Wahrscheinlichkeit, daß wir auf der Straße angegriffen werden, ist gering.«

Usla Denning, eine Angehörige des cupranischen Staates und Reisepartnerin von Che Burek, meldete sich nun zu Wort: »Ein derartiger Marsch würde mehr als zwei E-Tage dauern, wenn man die Ruhepausen nicht berücksichtigt. Das würde nach der Zeitrechnung hier auf Lysenka eineinhalb Tage bedeuten. Und außerdem bin ich eine der Topmeteorologinnen des Systems und glaube, daß sich ein Unwetter zusammenbraut.«

»Wir haben unseren Entschluß gefaßt«, sagte Kordan und Fererer einstimmig.

»Könnte ich eine Alternative vorschlagen, obwohl ich nur eine Arbeiterin bin?« fragte Constanza. Die zierliche, hübsche Person betrachtete die Gruppe mit einem spöttischen Lächeln. »Es ist ein ziemlich beschwerlicher Marsch zum Hotel zur Eintracht, weil es bergauf geht, und ich glaube, daß keiner von euch derartige Gewaltmärsche gewöhnt ist. Es gibt einen Zufluchtsort, der nicht so weit entfernt ist, und man kann bergab gehen. An der Dunderzee-Schlucht gibt es ein komfortables Restaurant mit einer großen Anzahl von Ruheräumen, Saunas und einem Swimming-pool im See, der euch besonders zusagen wird.«

»Wie weit ist es bis zur Schlucht?« fragten mehrere Stimmen.

»Keine Stunde mit dem Bus. Sagen wir mal hundertachtzig, hundertfünfundachtzig Kilometer. In der Schlucht sind wir sicher.«

Ohne weitere Präliminarien diskutierten sie die Angelegenheit.

Als sie miteinander redeten, konnte man in der Ferne einen Ton hören, der dem einer Autohupe glich.

»Ein Auto!« rief einer von ihnen. Sie rannten alle weg, um die Straße in beiden Richtungen zu beobachten. Ein paar kletterten auf den Bus.

Aber auf der Schnellstraße regte sich nichts, so weit das Auge reichte. Sie verlor sich im graublauen Dunst. Sie waren völlig abgeschnitten von der Zivilisation. Auf der einen Seite der Straße hörte die Ebene nach ungefähr einem Kilometer auf: dort begann ein Wald, der ziemlich alt sein mußte. Eine Herde von wilden Tieren kam aus dem Gehölz und näherte sich in schnellem Tempo dem Damm und dem Fluß, der zwischen Wald und Straße lag. In dem trüben Licht war es schwer, ihre charakteristischen Merkmale zu erkennen.

Alle standen still und schauten.

»Ich hole die Leuchtkugeln aus dem Bus«, sagte Che Burek, aber er rührte sich nicht vom Fleck.

Die Herde bestand aus fünfzig Kreaturen. Sie bewegten sich auf allen vieren fort. Ihr Gang war ein schwerfälliges Hüpfen. Ganz hinten rannten drei Tiere, die aufrechter gingen. Eines davon setzte ein Instrument an die Lippen und blies hinein. Es war der eigentümliche Klang, den die Reisegesellschaft gehört hatte.

Der Ton, der unangenehmerweise an die Hörner, die bei Jagden geblasen werden, erinnerte, genügte, um die Touristen in Angst und Schrecken zu versetzen. Sie verzichteten auf die Bildung eines Komitees und kletterten, so schnell sie konnten, zurück in den Bus, sie krochen dabei durch Türen und Fenster. Nur Kordan, Takeido und Dulcifer blieben auf der Straße stehen.

»Helft mir Georg Morits in den Wagen transportieren«, sagte Kordan zu Dulcifer und ging hinüber zu dem Verwundeten.

Zu dritt wuchteten sie ihn zum Fahrerhaus hoch, wo die anderen ihn so sanft wie möglich nach innen zogen.

Da erwachte Morits plötzlich aus seiner Bewußtlosigkeit, schlug um sich und begann mit schwacher Stimme zu schreien. Durch seinen Verband sickerte Blut. Vor Schmerzen fuchtelte er mit den Armen in der Luft herum und verschmierte alles mit Blut. Sein Körper wurde von einem Krampf geschüttelt, er bog sich zurück, schrie noch einmal auf und sank dann in sich zusammen. Lech Czwartek, der Arzt, eilte zu ihm hin, aber schüttelte nur noch den Kopf, als er ihn untersucht hatte. »Georg Morits ist tot«, sagte er.

Kaum hatte er diese Erklärung abgegeben, als Hete Orlon einen hysterischen Anfall bekam. Sie warf sich auf den Boden, raufte sich die Haare und schlug auf Leo Fererer ein, als er versuchte, sie zu beruhigen. Dann warf sie sich auf den Leichnam und brach in heftiges Schluchzen aus. Sie stammelte unzusammenhängende Worte.

»Mutter, Mutter, was habe ich dir getan? Sie haben alle deine Perlen weggenommen. Es ist nicht für mich und nicht für dich. Keiner ist schuld daran, ich schwöre es dir, keiner — ich nicht, und du nicht! Warum hast du mich nur verlassen? Zusammen sind wir beide sicher, Mütterchen!«

Orlon wurde von Schluchzen geschüttelt. Fererer legte den Arm um sie und versuchte, sie zu trösten. Er wandte sich an die anderen: »Aber ich verstehe gar nicht, was sie sagen will! Ich kann euch versichern, daß sie eine Exogeburt ist wie wir alle. Sie hatte keine Mutter. Sie wuchs mit ihren Geschwistern in einer Kinderkrippe in Mali Zemlya auf.«

Orlons Schluchzen war jetzt nur noch als ein angsterfülltes Keuchen zu vernehmen. Die Kreaturen aus dem Wald rückten unaufhaltsam näher. Sie ließen sich Zeit bei ihrem Marsch durch das grüne Farngestrüpp. Sie waren äußerst wachsam und schauten dauernd nach rechts und links.

Ihre Gesichtszüge konnte man immer noch nicht richtig erkennen. Die Tiere waren braun-weiß gestreift. Ihre Ohren waren ziemlich groß, rund und nach vorne gewölbt, so daß sie beinahe wie eine Verlängerung des Unterkiefers aussahen.

»Sie sehen wie Zebras aus«, sagte Denning erleichtert. »Vielleicht sind es doch nur Pflanzenfresser und keine Raubtiere.«

Die Herde verlangsamte ihr Tempo und ging in weitem Bogen um die Tunnel herum. Dann näherte sie sich vorsichtig dem Fluß. Ab und zu blieben die Tiere stehen, richteten sich auf den Hinterbeinen auf wie Menschen und hielten nach Feinden Ausschau. Die Touristen waren fasziniert.

»Wenn man sich vorstellt, daß sie einst Menschen waren . . .«, rief Lydy Facx.

»Wenn man sich vorstellt, daß sie einst Kapitalisten waren«, sagte Kordan. Jemand lachte.

»Wenn man sich vorstellt, daß sie immer noch von Muttertieren ausgetragen werden!« Takeido schloß sich an. »Erst als Biokom uns von dieser Last befreite, konnten die Gemeinschaften auf Familienbasis abgeschafft und eine echte, weltumspannende Gemeinschaft gegründet werden.«

»Still!« sagte Sygiek.

Die Herde von gestreiften Tieren hatte den Bus bemerkt. Sie sahen ihn lange an und bewegten sich dann auf den Fluß zu. Breite Sandstreifen auf beiden Seiten des Wassers ließen erkennen, wie sehr der Fluß zusammengeschrumpft war. Aber seine Größe war immer noch ganz beachtlich. Der Fluß sah ziemlich heimtückisch aus. Felsblöcke ragten da und dort über die brausende Oberfläche hinaus. In der Mitte, wo das Flußbett tief war, hatte sich ein Kanal gebildet, auf dem weißer Gischt trieb, als ob das Wasser ständig von einem unsichtbaren Wind gepeitscht würde.

Die Anführer der Zebras tauchten ins Wasser, und der Rest

folgte nach. Einer von den dreien, die die Nachhut bildeten, blies noch einmal in sein Horn, und es klang wieder wie eine Kampfansage. Die Frauen und jüngeren Gruppenmitglieder wurden in die Mitte genommen, weil sie dort besser geschützt waren. Dicht aneinandergedrängt durchschwammen sie die Flut. Die Anführer hatten den tiefen Teil erreicht, als sie angegriffen wurden. Ein starkes Männchen mit einer grauen Mähne knickte zusammen und verschwand beinahe ganz in den aufgewühlten Fluten. Zwei seiner Kameraden packten ihn mit ihren Vorderfüßen und hielten ihn über Wasser. Ein seehundartiges Tier tauchte mit ihm auf, seine Fangzähne hatten sich tief in den Bauch des Zebras eingegraben. Der Seehund-Mensch wurde sofort von den anderen Zebras angegriffen.

Es erschienen noch mehr von den Räubern. Allgemeine Verwirrung herrschte, in der zahlreiche jüngere Zebras kreischend in der Flut ertranken. Der Seehund, der zuerst da war, wurde mit einem kräftigen Stoß niedergeschmettert. Das Tier verlor seinen Halt und wurde sehr schnell den Fluß hinuntergetrieben, wo ihn sich eine flinke, graue Kreatur schnappte und mit ihm unter der Oberfläche verschwand.

Die Zebraherde kämpfte immer noch im Wasser. Sie hatte sich in seichtere Gewässer zurückgezogen. Das Horn wurde wieder geblasen. Dabei sahen die Zuschauer nun, wie kunstvoll das Instrument war. Später stritten sie sich darüber, ob es aus Bein, Holz oder Metall gefertigt war.

Die metallischen Töne rüttelten die unentschlossenen Tiere wieder auf. Sie machten kehrt und galoppierten geschlossen zum jenseitigen Ufer des Flusses zurück, ohne sich auch nur ein einziges Mal nach dem Ort umzusehen, wo einige von ihnen verlorengegangen waren. Auf allen vieren zogen sie den Kamm der Klippe entlang und verschwanden in der Ferne.

»Wir hätten sie leicht vertreiben können, wenn es zu einem Zusammenstoß gekommen wäre«, sagte Kordan forsch. »Laßt uns nun die Vorräte zusammenpacken und uns so bald als möglich für den Marsch zur Schlucht fertig machen.«

»Mir ist gerade etwas Wichtiges eingefallen«, sagte Jaini Regentop. »Ungefähr alle zehn Kilometer gibt es ein Telefon. Ein Kommunikationssystem, das wahrscheinlich für die Straßenarbeiter eingerichtet wurde. Ich habe die Notrufsäulen vom Bus aus gesehen. Wir können zum nächsten gehen und Hilfe anfordern.«

»Warum hast du das denn nicht schon früher gesagt?« fragte Takeido aufgebracht.

»Warum hat's die Reiseleiterin nicht getan? Sie muß die Notrufsäulen ja schon zig Male gesehen haben!«

»Ich hatte sie wirklich ganz vergessen«, sagte Constanza und schnalzte dabei mit den Fingern. »Mir ist kein Fall bekannt, bei dem diese Telefone benutzt worden wären. Und schließlich bin ich doch nur eine dumme Arbeiterin!«

»Aber jetzt bietet sich uns eine Gelegenheit, die Telefoneinrichtung zu benutzen!« rief Kordan. »Wir wissen nun, wie wir vorgehen müssen. Aber wir sollten uns jetzt beeilen. Wir marschieren zur Schlucht und halten an der ersten Notrufsäule, auf die wir stoßen. Wenn es funktioniert, rufen wir Hilfe herbei. Dann werden wir am besten zum Bus zurückkehren und dort warten.«

»Und die wilden Tiere wären dann wahrscheinlich in der Zwischenzeit darüber hergefallen!« rief Hete Orlon, die immer noch ziemlich verheult aussah. »Nein, ich verlasse diesen Bus nicht, wo ich mich sicher fühle. Ihr könnt tun, was ihr wollt!«

Kordan ignorierte die Unterbrechung und fuhr fort: »Wenn das Telefon aber nicht funktioniert, gehen wir zur Schlucht weiter. Rubyna Constanza hat uns gesagt, daß es nur hundertachtzig Kilometer bis dorthin sind. Sie hat mich auch darüber informiert, daß eine Bedienungsmannschaft jeden Morgen in der Dämmerung von Friedensstadt aufbricht, um auf der Straße eventuelle Schäden zu beheben. So würde also auf diesem Weg uns Hilfe entgegen kommen, auch wenn das Telefon nicht funktioniert oder keiner der anderen Busse umkehrt, um nach uns zu suchen. Würdet ihr bitte die Hände hochheben, wenn ihr mit mir einer Meinung seid, Genossen?«

Sie waren sich überhaupt nicht mehr einig. Was sollte man mit Orlon machen. Ein paar andere wollten ebenfalls den Bus nicht verlassen, und wäre nicht sogar eine große Gruppe auf der Straße eine Zielscheibe für einen Angriff?

Nach einer halben E-Stunde wurde beschlossen, daß eine kleinere Gruppe von sechs Personen zur Schlucht marschieren sollte. Der Rest würde im Bus bleiben.

»Und wer soll zur Gruppe gehören, die vorausgeht?« fragte Czwartek und rieb sich dabei bedächtig das Kinn. »Als Arzt sehe ich es als meine Pflicht an, hier zu bleiben, bei dem größeren Teil der Reisegesellschaft.«

»Aber es ist doch eine Ehre, vorauszugehen, Utopist«, rief Sygiek. Ganz spontan drückte sie ihre Bereitschaft aus mitzugehen. »Ich werde auf jeden Fall mit meinem Partner, Jerezy Kordan, gehen. Fererer wird hierbleiben und nach der Gruppe schauen, die im Bus bleibt. Er wird auf arme, schwache Wesen wie Orlon aufpassen müssen. Freiwillige, die mit Kordan und mir gehen, sollen sich hier in einer Reihe aufstellen. Wir wollen keine Feiglinge dabei haben. Dies hier ist ein erbärmlicher und kapitalistisch rückständiger Planet, für den wir nur Verachtung empfinden sollten.«

Ein paar Freiwillige traten vor, darunter auch der stämmige Dulcifer.

»Utopist Dulcifer, du hast Anlaß zu Kritik gegeben«, ereiferte sich Sygiek. »Du wirst im Bus bleiben.«

Kordan berührte ihren Arm. »Du solltest nicht alle Befehle geben«, sagte er. »Dulcifer ist ein patenter Mann, auch wenn er von der Venus kommt. Laß ihn mitkommen. Dann können wir auch besser auf ihn aufpassen. So ist es das beste!«

Nach einer weiteren Debatte hatte man sich auf die sechs geeinigt. Neben Sygiek, Kordan und Dulcifer, sollte die Gruppe aus Rubyna Constanza und den beiden jungen Männern aus zwei verschiedenen Teilen des Mars-Staates — Ian Takeido, dem Exobotaniker, und Che Burek, dem Metallurgen — bestehen. Takeidos Partnerin, Regentop, hätte eigentlich mitgehen sollen, aber sie zankte sich deswegen mit Takeido, worauf Che Burek für sie einsprang. Er war ein kräftig gebauter, fröhlicher Mensch, der verkündete, daß er gerne Befehle entgegennähme.

VI

Die sechs Personen machten sich auf den Weg. Sie winkten noch einmal zum Abschied und machten das Zeichen des Systems. Sie hatten einen Gepäckwagen mit Motor mitgenommen, der im Heck des Busses verstaut gewesen war. Auf diesen hatten sie alles gepackt, was sie zur Verpflegung brauchten, sowie die Leuchtpatronen und andere wichtige Ausrüstungsgegenstände. Entschlossen marschierten sie los. Sie gingen in der Mitte der Straße, in einer Reihe. Es war eine Vorsichtsmaßregel. Den Wagen mit dem Gepäck hatten sie in der Mitte. Sie entfernten sich immer weiter vom Bus, der bald durch eine langgezogene Kurve der Straße verdeckt war. Sie waren allein in der unermeßlichen lohfarbenen Landschaft, in der absolutes Schweigen herrschte.

Eine Brise kam auf und legte sich wieder. Eine Riesenlibelle kam geflogen und begleitete sie eine Zeitlang. Neugierig beobachtete sie die Reisegefährten. Die Straße entfernte sich allmählich vom Fluß. Die Landschaft wurde hügeliger. Aber sie waren immer noch unter der Dunstglocke. Nur einmal brach die Sonne durch die Wolken, und man konnte sie als winzige, verschwommene Kugel wahrnehmen.

Anderthalb E-Stunden waren vergangen, als sie die erste Notrufsäule in der Ferne sahen. Daneben war ein großer Wegweiser. Als sie näher kamen, konnten sie die Wörter unterscheiden:

DUNDERZEE-SCHLUCHT 200 KM.
Arbeitet — Genießt — Lernt
sogar von der Landschaft

»Oh, es ist viel weiter, als ich es in Erinnerung hatte«, rief Constanza aus. »Die Reise ist so schnell und bequem mit dem Bus.«

»Wir lernen diese gottverdammte Landschaft wirklich besser kennen, als uns lieb ist«, schimpfte Dulcifer.

»Vergeßt nicht, daß diese herrliche Straße, auf der wir marschieren, ein Teil unserer Kultur ist«, meinte Kordan zuversichtlich.

Als sie zum Telefon kamen, ergriff Sygiek die Initiative, öffnete den Metallkasten und schaltete das Gerät ein. Die anderen standen beim Gepäckwagen und schauten erwartungsvoll herüber. Aber auf dem kleinen Schirm erschien kein Licht.

»Geht nicht«, sagte sie. Sie schaltete ab und schloß den Kasten. Takeido schob sie zur Seite und versuchte selber, einen Anschluß herzustellen, verzweifelt hantierte er am Schalter herum, aber ohne Erfolg.

»Das also ist unsere Kultur!« sagte er und schaute Kordan mitleidig an. »Bis zur Schlucht werden wir's nie schaffen. Wir beide werden auch unser vertrauliches Gespräch nicht mehr führen können, weil wir nämlich keine Gelegenheit mehr dazu haben. Diese ›Proteinjäger‹ werden uns nach Sonnenuntergang schnappen.« Takeido sprang auf den Gepäckwagen und begann vor sich hin zu pfeifen.

Kordan räusperte sich und schaute zuerst den jungen Mann erstaunt an und ließ dann seinen Blick über die tiefhängende Wolkendecke schweifen. Verloren standen sie unter dem großen Schild und vermieden es, sich anzusehen.

»Können wir nicht zum Bus zurückkehren?« fragte Constanza. »Ich weiß, daß es unmöglich klingt, aber meine Schuhe drücken mich.«

»Dann zieh sie eben aus«, sagte Sygiek schroff. »Wir müssen bis zur nächsten Notrufsäule marschieren und wenn nötig, zur übernächsten. Es ist nicht gut, wenn wir jetzt aufgeben, Kameraden.

Was ein guter Utopist ist, der behält immer ein bißchen Hoffnung im Herzen.«

»Und im Kopf?« fragte Burek. Er schüttelte den Kopf und sagte zu Sygiek: »Du und Kordan, ihr redet ein bißchen zuviel. Ihr solltet Dampf ablassen.« Da Burek den Eindruck eines in sich gekehrten Mannes machte, waren seine Bemerkungen um so wirkungsvoller. Daß er bedächtig und schleppend sprach und dabei die Augenbrauen zusammenzog, verstärkte diesen Eindruck.

»Meine Freunde! Jetzt denkt einmal scharf nach! Wir müssen annehmen, daß die Tunnelbewohner sämtliche Telefonleitungen unterbrochen haben, was bedeutet, daß alle Notrufsäulen bis hin zur Schlucht unterbrochen sind. Habe ich recht?«

»Ja, er hat wirklich recht«, sagte Constanza. »Und das ist ein Grund mehr, zum Bus zurückzukehren.«

»Es mag eine Entschuldigung dafür sein, aber ist noch kein Grund«, antwortete Burek. »Ich bin fürs Weitermarschieren. Ich wollte nur vermeiden, daß wir bei jeder Notrufsäule aufs neue enttäuscht sind, wenn sie außer Betrieb ist.«

»Ich möchte euch daran erinnern, daß wir beschlossen haben, zur Schlucht zu gehen«, wandte Kordan ein. »Die anderen verlassen sich auf uns, daß wir unser Vorhaben ausführen. Sie würden sehr enttäuscht sein, wenn wir unverrichteterdinge zurückkehren.«

»Das ist ihre Sache«, sagte Takeido und glitt vom Gepäckwagen herunter. »Ich möchte lieber getadelt als gefressen werden. Tatsache ist aber, daß ich weder das eine noch das andere mag.« Er war so nervös, daß er sich plötzlich den Kopf mit beiden Händen hielt und laut ausrief: »Ich wünschte, ich hätte nie etwas von Lysenka II gehört! Jetzt hört mal her! Wenn wir zu der Notrufsäule marschieren würden, die vor dem verhängnisvollen Tunnel liegt, dann hätten wir wahrscheinlich eine Telefonverbindung, die funktioniert.«

»Warum hast du den Vorschlag nicht schon im Bus gemacht?« jammerte Constanza.

Takeido nahm Constanza bei der Hand. »Weil es mir eben erst in den Sinn gekommen ist, du zauberhaftes Wesen!«

Dulcifer bekam einen Lachanfall.

»Was ist denn dabei so lustig?« fragte ihn Burek. »Bist du dafür, daß wir weitergehen oder daß wir zurückkehren?«

»An dem, was Takeido sagt, ist was dran. Ich will auch lieber Schande auf mich laden, als von diesen Biestern gefressen werden. Ich bin dafür, daß wir zurückgehen.«

»Typisch!« sagte Sygiek. »Du gehst allem aus dem Wege, was

ein bißchen schwierig und unbequem ist! Wir wären also drei, die weitergehen, und drei, die zum Bus zurückgehen wollen. Spalten wir uns schon wieder in zwei Gruppen?«

»Wir wollen uns ein bißchen ausruhen«, sagte Constanza und setzte sich hin. Takeido ließ sich besorgt neben ihr nieder. In den Streit, der sich nun entspann, mischte sie sich nicht ein. Sie hatte die Schuhe ausgezogen. Ihre zarten, bloßen Füße sahen schlimm aus. Die anderen standen auf der Straße herum. Sie debattierten und ließen dabei ihre Blicke über die öde Landschaft schweifen.

Sie redeten immer noch miteinander, als plötzlich Sygiek ausrief: »Ihr Schwächlinge! Ihr habt nur Blasen an den Füßen, aber kein bißchen Elan und Rückgrat! Wir müssen unbedingt zur Schlucht! Wir werden die ganze Nacht hindurch marschieren und die Taschenlampen und Leuchtfeuer benützen, um eventuelle Angriffe abzuwehren. Wenn nötig, gehe ich allein!«

Als sie dies gesagt hatte, nickte Dulcifer, lächelte und bewunderte insgeheim ihren Mut.

»Es ist, glaube ich, nicht eine Frage des Elans, sondern eine Frage der richtigen Einschätzung der Situation«, sagte Burek. Nachdenklich zog er die Augenbrauen zusammen. »Unser kleines Häuflein wäre einem Angriff von dreißig oder vierzig dieser Kreaturen nicht gewachsen. Unsere Pflicht ist es, aus den Tatsachen zu lernen und die Mehrheit über den Stand der Dinge zu informieren. Wir müßten also zurückkehren. Du, Millia Sygiek, willst aus ganz persönlichen Gründen weitermarschieren, du bist eine Frau, die gerne andere beherrscht und sie unter ihren Willen zwingt. Und Jerezy Kordan will zur Schlucht gehen, nicht weil er stark ist, sondern weil er schwach ist und dir imponieren will. Jetzt denke doch einmal an die anderen, Utopistin! Komm zur Vernunft!«

Dulcifer klopfte Burek auf die Schulter und brach in ein schallendes Gelächter aus.

Burek schaute ihn ruhig an. »Du bist genauso ein Sklave deiner Begierden wie sie«, sagte er schließlich. »Und dich muß man noch mehr tadeln, weil du die Sache durchschaust!«

Kordan brach nun sein Schweigen: »Bitte keine Binsenweisheiten mehr, Che Burek! Denk daran, daß wir alle Utopisten sind und daß unsere Stärke die Eintracht ist. Wir brauchen keine neue Entscheidung mehr zu treffen, wir marschieren zur Schlucht, wie ausgemacht.«

Takeido pfiff leise vor sich hin. »Genossen, die Exkapitalisten beginnen sich wieder für uns zu interessieren.« Er stand auf und deutete auf einen fernen Punkt in der stickigen Luft.

Alle drehten sich um, weil sie sehen wollten, worauf er gedeutet hatte. Sie ließen ihre Blicke über das Durcheinander von Geröll und Rinnen schweifen, die mit Schachtelhalmen bewachsen waren, bis sie die Gruppe von Figuren ausmachten, die auf einem Felsvorsprung kauerten und sie beobachteten.

Als ob sie nur darauf gewartet hätten, gesehen zu werden, standen die Kreaturen auf und begannen herabzuklettern.

»Es sind nicht viele«, sagte Kordan erleichtert. »Es war dumm von uns, kein Fernglas mitzunehmen. Wir marschieren jetzt in einem gleichmäßigen Tempo weiter. Es besteht kein Grund zur Aufregung.«

Er selber nahm den Gepäckwagen und ging mit gutem Beispiel voran. Sygiek ging neben ihm. Burek und Dulcifer folgten. Takeido half Constanza beim Aufstehen, und sie schlossen sich den anderen an. Takeido nahm die Reiseleiterin bei der Hand.

Ohne Hast kletterten die Kreaturen zur Talsohle hinab und nahmen Kurs auf die Straße. Sie rückten immer näher. Es stand fest, daß die Utopisten ihr Ziel waren.

Während der Gepäckwagen vor ihnen über die Straße rumpelte, sagte Sygiek ganz leise zu Kordan: »Hast du's auch bemerkt? Sie scheinen zwei Köpfe zu haben. Es ist ja so entsetzlich. Ich fürchte mich so sehr — nein, ich finde sie ganz abscheulich! Die stammen aber doch nun bestimmt nicht von Homo sapiens ab. Sollen wir unser Tempo beschleunigen?«

»Wenn wir zu rennen beginnen, tun sie's bestimmt auch. Meine Geschichtskenntnisse sagen mir, daß es vielleicht besser wäre, sie mit Leuchtpatronen zu verjagen. Aber laß mich das eine sagen, liebste Millia, ich fürchte viel mehr für deine Sicherheit als für meine. Was sollen wir nur tun?«

Sie sah ihn an und lächelte verkrampft. »Ich werde für alles eintreten, was du tust.«

Er warf ihr einen dankbaren Blick zu. »Dann versuchen wir zuerst einmal, diese Monster zu verjagen.«

Die sechs machten in der Mitte der Straße halt und versammelten sich. Eine Kiste mit Leuchtpistolen wurde aufgebrochen. So bewaffnet stellten sie sich auf, um den Kreaturen Widerstand zu leisten, die nun sehr schnell durch das öde Flußtal näher kamen.

Die Feinde machten halt. Es waren fünf wild aussehende Kreaturen, von denen jede schrecklicher aussah als alle, die die Touristen bis jetzt kennengelernt hatten. Jede der Gestalten trug einen kurzen Umhang mit kurzen Stacheln. Jedes der fünf Gesichter war mit düsteren grünen Längsstreifen bemalt. Zwei schwarze Querstreifen unterstrichen die Augenlinien. Die Wilden hatten Haare, die steif wie Federn über ihren Köpfen aufragten. Sie sahen wie gigantische, sich bewegende Kakteen aus.

Eine Ausnahme bildete der Anführer, der sich vor seinen Begleitern aufstellte. Einen Knochen, dessen Enden zu scharfen Spitzen geformt waren, hatte er sich durch seine Nasenflügel gebohrt. Auf dem Kopf trug er einen gelblichen, zerzausten Haarschopf mit einem Totenschädel wie eine Krone. Die Zähne, die aus dem Oberkiefer herausragten, sahen aus, als bissen sie dem Krieger in die Stirn. Der Schädel wies eine ähnliche Bemalung auf wie das Gesicht des Wilden. Dieser Totenschädel war es gewesen, der bei der übernervösen Sygiek den Eindruck erweckt hatte, daß die Wilden zwei Köpfe hätten.

Sie saßen auf Reittieren und waren mit Speeren bewaffnet. Sie saßen sehr aufrecht. Ihre abwartende Haltung und die Stille, die herrschte, ließ die Gruppe sehr bedrohlich erscheinen. Trotz des seltsamen Aufzuges trugen diese Wesen mehr als alle anderen Geschöpfe, denen die Touristen auf Lysenka bisher begegnet waren, menschliche Züge.

»Entsetzlich!« rief Takeido. Vor Schrecken hielt er sich die Hand vor den Mund.

»Benutzen wir endlich die Leuchtpistolen oder nicht?« fragte Constanza. Ihre Stimme war nur ein Flüstern. »Wenn wir Schußwaffen hätten, könnten wir sie allesamt umlegen.« Sie klammerte sich an Takeido.

»Wenn ich das Zeichen gebe, dann feuert ihr in die Gesichter«, sagte Sygiek, »und nicht vorher, verstanden?«

Die Jäger stiegen ab. Ihre Reittiere, zweibeinige, erbärmliche Geschöpfe, waren zebraartige Wesen, ähnlich denen, die vergeblich versucht hatten, den Fluß zu überqueren. Sie trugen ihre Reiter huckepack. Schmale Sättel waren unmittelbar über ihrem Hintern angebracht. Stachelige Sporen hingen ihnen bis zu den Knien herunter. Als die Reiter abgestiegen waren, sanken die Reittiere zu Boden. Sie waren vollkommen erschöpft und nahmen keine Notiz mehr vom weiteren Geschehen.

Die fünf Jäger traten vor. Sie sahen drohend aus in ihrer seltsamen Rüstung. Ihre Speere hielten sie in Bereitschaft. Der Anführer gab ein Kommando; die Touristen, die mitten auf der Straße standen, hielt er dabei beständig im Auge. Einer seiner Männer drehte sich um, legte die Finger an die Lippen und pfiff. Zwei Töne. Dann eine Pause. Dann wurden die Töne wiederholt.

Plötzlich kamen von allen Seiten Hunde herbei. Es war, als ob

sie dem Erdboden entstiegen wären. Die Meute kläffte entsetzlich. Das Fell der Hunde war rauh und stachlig wie das ihrer Herren. Einige von ihnen hatten Gesichter wie Wölfe, andere trugen eher menschenähnliche Züge. Die meisten gingen auf allen vieren, ein paar gingen aufrecht. Sie alle kamen auf die Gruppe zu, die sich auf der Straße postiert hatte.

Innerhalb von wenigen Sekunden waren die Touristen eingekreist.

»Ich werde den ersten Hund, der mir zu nahe kommt, über den Haufen schießen!« rief Dulcifer.

»Halt!« sagte Burek. »Sie greifen uns nicht an!«

Der Anführer der Jäger kam nun nach vorn. Er drängte sich durch die zähnefletschende Meute. Er pflanzte sich vor den Touristen auf. Wie ein Klotz stand er da. Er deutete auf sie und begann zu sprechen. Das heißt, er gab eine Reihe von Kehllauten von sich, die schnell aufeinander folgten und ihnen unverständlich waren. Sie duckten sich unwillkürlich vor ihm, bis Kordan vortrat.

»Wir sind wichtige Persönlichkeiten«, gab ihm Kordan zu verstehen. »Wir sind die Repräsentanten der Welteintracht und des Systems. Wir verlangen von euch, daß ihr uns helft, zum Hotel zur Eintracht zurückzukommen. Hast du verstanden?«

»Meinetwegen könnt ihr auf eurem verfluchten Planeten selig werden«, brüllte Takeido, als ihr Gegenüber keine Miene verzog, »wir aber wollen nur so schnell wie möglich wieder nach Hause kommen!«

Sygiek versuchte dem Anführer ein Geschenk zu machen. Sie streckte ihm ein Lunchpaket hin. Es waren Sandwiches mit Gemüsefüllung, die man ihnen am Morgen im Hotel für die Reise mitgegeben hatte.

»Ein Geschenk«, sagte sie. »Du nimmst es, du hilfst uns.«

Der Häuptling drehte sich um, kam dann näher und musterte sie aufmerksam. Ihre ausgestreckte Hand ignorierte er. Schweigend starrte er sie an.

Als sein Blick sie traf, wurde sie von Panik ergriffen. Der Mann war mager, arrogant und brutal. Es war seine Ausstrahlung, die sich in seiner Haltung, seinen zusammengekniffenen Augen ausdrückte. Und etwas anderes spürte sie, eine mysteriöse Vitalität, die sie bedrohte und von der sie sich gedemütigt fühlte. Sie schämte sich dieses Gefühls, weil es ihr Stolz nicht zuließ, und dennoch schlug sie unterwürfig die Augen nieder vor seinem durchdringenden Blick.

Er ergriff das Lunchpaket und warf es den Hunden zum Fraß

vor. Constanza klammerte sich an Takeido, der seinen Arm schützend um sie legte. Als der Häuptling dieser Bewegung gewahr wurde, warf er den Kopf herum und funkelte sie an. Dann bediente er sich einer herrischen Geste, die unmißverständlich war: sie sollten ihm folgen.

Seine Begleiter stimmten wieder ein Pfeifkonzert an. Weitere Jäger kamen aus ihren Verstecken hervor. Sie ritten schwerfällig auf den Kreaturen, die wie Zebras gestreift waren, und wurden von Hunden begleitet, die vor Aufregung kläfften und in Scharen die Straße überschwemmten. Die Besucher befanden sich inmitten eines Durcheinanders, das aus Menschen und Hunden bestand. Weitere Krieger tauchten auf.

Der Anführer erteilte seine Befehle durch knappe Gesten oder er stieß wütend unverständliche Laute zwischen den Zähnen hervor.

»Wir haben keine andere Wahl als . . .«, begann Kordan, der bleich geworden war, aber in dem Augenblick feuerte Takeido auf den Häuptling.

Er schoß aus einer Entfernung von weniger als vier Metern. Der Häuptling hatte gerade eine halbe Drehung gemacht, um seinen Begleitern etwas zuzurufen. Die Leuchtkugel traf ihn an der Schulter und explodierte. Taumelnd stürzte er zwischen den Hunden zu Boden. Schauer grünen Lichts prasselten auf die Wolfsmeute nieder. Zähnefletschend stoben die wilden Kreaturen in alle Richtungen davon.

»Feuer!« schrie Sygiek. »Es ist unsere einzige Chance!« Die Leuchtpatrone, die sie abgeschossen hatte, explodierte, während sie noch sprach. Die fünf anderen folgten ihrem Beispiel.

Ein grünes Gleißen erfüllte die Welt, die vorher graubraun gewesen war. Einige Jäger fielen zu Boden, andere rannten weg. Die Zebras galoppierten ziellos umher und wieherten. Aber an der mißlichen Lage der Touristen hatte sich nicht viel geändert. Von dem öden Land um den Fluß kamen unablässig neue Krieger und kletterten zur Straße empor. Schließlich stürzten sie sich auf die Besucher und rissen sie mit wildem Gebrüll gewaltsam zu Boden.

Übel zugerichtet, verängstigt und entwaffnet, lagen die Touristen auf der Straße. Begleitet von den Hunden, marschierten die Jäger im Kreis um die Gefangenen. Sie waren aufgebracht. Wütend stampften sie mit den Füßen oder stießen die Speere auf den Asphalt. Die Touristen hatten nun Gelegenheit, die Hunde ganz aus der Nähe zu betrachten, und ein kalter Schauer überlief sie dabei.

Einige davon waren wirklich Hunde, die aufeinander losgingen und sich bissen. Andere hingegen waren sichtlich Abkömmlinge der Jäger, die aber auf allen vieren gingen wie Hunde. Die Kinder und die Hunde trugen den gleichen Schutzpelz, den auch die Jäger hatten. Er bestand aus unzähligen Tannennadeln, die auf ein Gewebe aufgenäht waren. Viele Kinder trugen zusätzlich noch leichte Pelzhelme mit abstehenden Ohrenklappen. Man konnte sie deshalb nur sehr schwer von den Hunden unterscheiden. Ihre Hände, ihre Knie und ihre Füße waren mit Schwielen bedeckt und angeschwollen. Viele hatten scharfgeschnittene Gesichter, die etwas Wölfisches hatten.

Während die Hundemeute umherjagte und die Gesichter der Gefangenen beschnupperte, gingen die Jäger daran, den Gepäckwagen auszuplündern. Die Besucher sahen die knorpeligen Knie und narbigen Beine ihrer Feinde nun aus nächster Nähe. Immer mehr Jäger und Hunde tauchten auf und umringten sie. Regen begann in großen Tropfen herabzuprasseln.

Dulcifer richtete sich auf, mit den Armen umklammerte er seine Knie.

»Sie haben uns nicht getötet. Was haben sie mit uns vor?«

»Das wird davon abhängen, ob ich ihren Häuptling getötet habe oder nicht«, sagte Takeido. »Sie werden die Angelegenheit nun untersuchen.« Sein Lachen klang bitter, und Constanza brachte ihn zum Schweigen.

Der Himmel war dunkel. Es regnete immer heftiger. Den Häuptling hatten sie von der Straße getragen. Sie wußten, wo er liegen mußte, weil er von Hunden und Jägern umdrängt wurde.

»Warum kommen bloß diese verdammten Busse nicht zurück, um uns zu holen?« fragte Constanza. »Aber ich kenne diese blöden Hostessen, Sonya Rykznel, Bonni Fin, Pru Ganin. Warum machen sie sich keine Sorgen um uns und drehen um?«

Der Regen rann ihnen über das Gesicht. Sie waren schon bis auf die Haut durchnäßt. Wasser zischte herab und warf Blasen auf der glatten Oberfläche der Straße. Sie warteten. Kordan verbarg sein Gesicht in den Händen.

»Ich bin nur ein Akademiker, ich bin kein Führer. Das ist ein ganz gewaltiger Unterschied . . .«

»Ich habe noch einmal darüber nachgedacht, was wir vorhin besprachen«, sagte Burek schließlich. »Sie betrachten uns als Protein, als Nahrungsmittel. Sie haben keine menschlichen Qualitäten. Und schließlich gilt hier der Grundsatz: Jeder Kapitalist ist ein Feind, immer und für alle Zeiten. Wir sind ziemlich übel dran. Mir fällt dabei ein altes Sprichwort ein: ›In der Not frißt der Teufel Fliegen‹.«

»Wenn wir wieder zurück sind in Utopia, werde ich die Zustände hier aufs schärfste kritisieren«, sagte Sygiek. »All diese Kreaturen hätten vernichtet werden müssen, bevor der Planet dem Tourismus erschlossen wurde. Der Minister für Outourismus muß dafür geradestehen! Und auch die Werbung war irreführend! Ich wäre niemals hierher gekommen, wenn ich über den Stand der Dinge hinreichend aufgeklärt worden wäre.«

»Ich stimme dir zu«, sagte Kordan. »Es ist bekannt, daß die Outouristenangelegenheiten schlampig gehandhabt werden. Trotzdem hat man meine Befehle nicht befolgt. Utopist Takeido, man wird dich dafür tadeln, daß du deine Leuchtpistole ohne Erlaubnis abgefeuert hast.«

Die Touristen waren inzwischen völlig durchnäßt, die Haare klebten ihnen an der Stirn. Die Hunde winselten und schlichen unablässig um sie herum.

Takeido strich sich das Wasser aus dem Gesicht und funkelte Kordan wütend an: »Akademiker Kordan, ich will es dir nur jetzt gleich sagen, falls sie gleich die Hunde auf uns hetzen und wir in Stücke gerissen werden. Ich gebe einen Scheißdreck auf dich und deine alberne Autorität. Als wir uns im Hotel kennengelernt haben, dachte ich, daß du ein großer, weiser Mann wärst. Nun verachte ich dich. Wir sind fünfzig Lichtjahre vom System entfernt: So vergiß eben in Gottes Namen das System, vergiß es! Es ist nämlich nur ein Gefängnis, mit deinesgleichen als Gefängniswärtern. Stimmt's, Vul Dulcifer?«

Dulcifer zuckte mit den Achseln. »Aber du bist ihnen so ähnlich, immer sollen dir die anderen Rückhalt geben. In der Welt, in der wir leben, muß jeder der Stimme seines eigenen Gewissens folgen.«

»Was sagst du dazu, Che Burek, du bist doch unser Guru?« Takeido wischte sich das Wasser von den Lippen. »Oder ist deine Antwort genauso schwach wie die von Utopist Dulcifer, oder wieder nur ein alter Spruch, der ohne Bedeutung ist. Oder könnte es vielleicht sein, daß du ein Mitglied der Gesypo bist?«

Constanza legte den Finger auf den Mund. »Du solltest so nicht reden, Ian!«

»Ich sage ja nur, daß wir noch nicht tot sind und daß immer noch Hoffnung besteht, wenn wir aufhören, miteinander zu streiten. Denkt an das alte Sprichwort: ›Wenn zwei sich streiten, freut sich der Dritte!‹ Burek schlug mit der Hand heftig auf die Straße ein, um das zu unterstreichen, was er nun sagte: »Du bist noch sehr jung, Ian Takeido. Du hast noch nicht begriffen, daß man nicht nur im Regen naß wird.«

»Ihr Männer seid Idioten«, sagte Sygiek. Verächtlich ließ sie ihre Blicke über die stachligen Rücken der Hunde schweifen. »Besonders aber du, Takeido. Hast du wirklich im Ernst geglaubt, daß das System aufgehört hat, in dir zu wirken, nur weil du so weit von ihm entfernt bist? Wir sind doch seine Produkte, sind vom System geprägt, durch und durch. Wie ihre Umwelt diese degenerierten Wilden geformt hat, so hat uns das System seinen Stempel aufgedrückt.«

»Ich hätte selber kein vernichtenderes Urteil über dich fällen können«, sagte Takeido.

Der Regen fiel unaufhörlich, er erfüllte die Luft mit seiner seltsamen Musik. Es war, als ob die Landschaft sich in Wasser auflösen würde. Die Jäger, Hunde und Kinder waren unablässig tätig. Sie bevölkerten die Landschaft und hatten ein wachsames Auge in alle Richtungen. Schließlich halfen die Jäger dem Häuptling beim Aufstehen. Triumphierend hob er seinen Speer empor und schüttelte ihn über seinem geschmückten Haupt. Die Menge ließ ihn hochleben, die Hunde bellten und winselten.

Zur selben Zeit hörte es auch auf zu regnen. Es war, als ob die beiden Ereignisse etwas miteinander zu tun gehabt hätten. Eines der Zebras wurde aufgescheucht, und der Häuptling bestieg es, ohne daß man ihm dabei geholfen hätte. Die Menge schrie begeistert. Er deutete auf die sechs Gefangenen.

Wiederum herrschte geschäftiges Treiben. Die Hunde und Kinder kläfften von neuem. Den Touristen befahl man aufzustehen. Sie trieften vor Nässe und wischten sich das Wasser aus den Augen. Die gehorsamen Helfer des Häuptlings zerrten die Touristen von der Straße herunter und brachten sie durch schlammiges Wasser dorthin, wo das Stammesoberhaupt auf sie wartete.

Eine lange Stange wurde geholt. Sie wurden nebeneinander drangebunden, die Arme auf dem Rücken verschränkt. Sie konnten nur in einer Reihe marschieren. Aber sie wurden noch mehr gedemütigt: Proviant und ein Teil der Beute vom Gepäckwagen wurde ihnen auf den Rücken geladen. Sie waren Gefangene und Lasttiere zugleich. Während dies geschah, verschwanden die Jäger und Hunde nach und nach im regennassen Gebüsch und in den Rinnen, die das Wasser gegraben hatte. Ehe sie sich's versahen, waren die sechs Utopisten wieder allein mit den fünf, denen sie zuerst begegnet waren.

VII

Mit rauher Stimme gab der Häuptling den Befehl zum Aufbruch. Wie Zugtiere trotteten die Gefangenen hinter ihm her. Bei jedem Schritt spritzte ihnen gelber Schlamm an den Beinen hoch. Niedergeschlagen ließen sie die Köpfe hängen und schwiegen.

»Der Regen wird dieses Land niemals fruchtbar machen«, sagte Takeido schließlich. »Ich würde gerne den Boden untersuchen. Wahrscheinlich käme man zu dem Ergebnis, daß überhaupt keine Mikroorganismen vorhanden sind. Deswegen hatten auch die ersten Siedler nach ihrer Notlandung kein Glück mit dem Anbau von Getreide und anderen Pflanzen. Die Bindeglieder im Naturhaushalt müssen sich erst entwickeln. Wie kann man sich nur einen so miesen Planeten zum Landen aussuchen!«

»Wenn man den Boden sachgemäß bearbeiten würde, könnte ein ganz guter Planet draus werden«, antwortete Dulcifer. Die anderen sagten nichts dazu. Gesenkten Hauptes schritten sie einher. Sie hatten genug Schwierigkeiten beim Gehen und fühlten sich zu einer Unterhaltung nicht imstande.

»In einem Jahrhundert werden wir diese Wüste in einen riesigen Teppich von Weizenfeldern verwandelt haben«, sagte Dulcifer. Keiner antwortete.

Die Zeit verstrich. Die Touristen waren so müde, daß sie jedes Zeitgefühl verloren hatten. In ihren Köpfen herrschte völlige Leere. Jeder Schritt wurde zu einer gewaltigen Willensanstrengung. Sie starrten auf ihre schmutzigen Füße und spürten einen dumpfen tierischen Schmerz.

Plötzlich zwangen sie die Jäger, die Richtung zu ändern. Kurz darauf hielten sie neben einem Haufen von Felsblöcken an, zwischen denen Farn wucherte. Die Jäger stiegen ab und ihre Reittiere sanken auf den durchweichten Boden, als ob sie tot wären. Ein Jäger bewachte die Gefangenen, während die anderen zwischen den Felsblöcken verschwanden.

Kurze Zeit später war ein erbärmliches Quieken zu hören, dann trat Stille ein. Als die Jäger zurückkehrten, schleppten sie ein unförmiges Tier heran. Sie lachten triumphierend und warfen den Kadaver zu den Gefangenen.

An diesem Lebewesen war die ursprünglich humanoide Form kaum noch zu erkennen. Es handelte sich um einen echten Vierbeiner. Im Todeskampf schlug das Tier die kräftigeren Hinterbeine unter seinem mageren Bauch übereinander. Es sah ziemlich unterernährt aus und hatte Ähnlichkeit mit einem Eber. Was bei seinen

Vorfahren an den Vorderbeinen noch einzelne Finger gewesen sein mußten, hatte sich mit der Zeit in Hufe verwandelt, die aus Horn waren.

Die toten Augen starrten die Menschen unverwandt an. Zwei kleine Stoßzähne, die an die Reißzähne von Hunden erinnerten, standen aus dem Maul. Die überstehenden Zähne bewirkten, daß sich die Oberlippe des Tieres leicht kräuselte, was so aussah, als ob es grinste. Es hatte am ganzen Körper kurze Stacheln und besaß einen kurzen Schwanz. Aber das Entsetzliche war nicht die Ähnlichkeit mit einem Tier, sondern die entfernte Ähnlichkeit mit einem Menschen.

Fachmännisch stießen die Jäger eine zugespitzte Stange durch den Leichnam vom Hintern zum Maul und hoben ihn auf die Schultern. Mit Fußtritten scheuchten sie die Zebras wieder auf. Dann knufften sie die Gefangenen und rissen sie aus ihrer Lethargie. Der Zug setzte sich wieder in Bewegung.

Die Stunden verstrichen, und das Gehen wurde immer beschwerlicher für die Gefangenen. Ihre Füße taten weh, jeder Muskel in den Beinen schmerzte, das Reiben der Stange auf ihren Schultern wurde unerträglich. Stöhnend verlangten sie nach Wasser und einer Rast.

Der Tag ging schon beinahe zur Neige, als sie wieder haltmachten. Zwei Stunden lang waren sie ständig bergauf gegangen, auf einem beschwerlichen Weg über Geröllhalden. Als sie endlich rasten durften, sanken sie auf die gleiche Weise zu Boden wie die Zebras.

Da hörten sie plötzlich Wasser plätschern.

Sie sahen, daß sie in der Nähe eines Wassertümpels lagerten, der sich zwischen Felsen gebildet hatte. Ein Bächlein floß in den Tümpel. Kiesel leuchteten unter der Oberfläche, kleine Fische flitzten vorbei oder standen still, als ob sie über etwas nachdächten. Krebse setzten ihr Leben leichtfertig aufs Spiel. Und das alles spielte sich nur wenige Zentimeter entfernt vor ihren Augen ab.

Die Jäger tranken zuerst, dann ihre Reittiere. Zuletzt durften die Gefangenen trinken und ihre brennend heißen Köpfe und Schultern in das kühle Naß tauchen. Als sie stöhnend dalagen, kam einer der Jäger herbei und schnitt ihre Fesseln mit einem Feuersteinmesser durch, so daß sie nicht länger von der Stange behindert waren. Sorgfältig wickelte er das Seil auf und steckte es weg, während die Gefangenen ihre schmerzenden Glieder massierten.

Sygiek schaute sich um. Hinter ihnen, im Westen, verriet ein matter Glanz in den tiefhängenden Wolken den Stand der Sonne.

Von der Straße her natürlich weit und breit nichts zu sehen. Und die Stille war die Stille eines Planeten, der noch nicht zum Leben erwacht war.

Constanza kroch in Sygieks Nähe. »Ich glaube ganz bestimmt, daß die anderen Busse inzwischen umgekehrt sind und die anderen Mitreisenden aus unserem Bus abgeholt haben. Glaubst du, daß sie unsere Spur in dieser Wildnis finden werden?«

»Sie brauchen uns ja nicht auf dem Landweg zu folgen. In Friedensstadt gibt es Flugzeuge, die uns suchen werden.«

»Ja natürlich, aber niemand würde uns jemals in dieser Landschaft aufspüren. Außerdem wird es bald dunkel.«

»Mit Infrarot werden sie uns bald entdecken, bei Tag oder bei Nacht.«

»Utopist Sygiek, die Frage ist aber doch, ob sie rechtzeitig da sein werden. Diese Wilden haben nicht das Verhalten von Männern gegenüber Frauen, das wir gewohnt sind. Es ist rückständig und abstoßend. Ich habe ein paar abscheuliche Geschichten gehört von Frauen, die dabei waren, als die Straße gebaut wurde. Meinetwegen kannst du über mich denken, was du willst, aber ich habe ganz einfach Angst vor dem, was uns möglicherweise hier blüht. Du weißt schon, was ich meine — daß wir von ihnen vergewaltigt werden könnten. Es ist entsetzlich!«

Sygiek lachte und klopfte ihr beruhigend auf die Schulter. »Ich würde mir darüber nicht den Kopf zerbrechen. Im Augenblick sehen wir ja nicht gerade attraktiv aus, oder?«

Constanza schaute an sich herab und zog ihre verschmutzte Uniform über der Brust zusammen. »Ich glaube, es kommt nicht so sehr auf das Aussehen als auf die Tatsache an, daß wir Frauen sind!«

Kordan bahnte sich einen Weg zu Dulcifer und sagte: »Siehst du diese Bergkette vor uns? Sie werden uns sicher dorthin bringen. Ich nehme an, daß sie bei Einbruch der Nacht zu Hause sein müssen. Kannst du irgendwelche Höhleneingänge sehen? Diese Wilden sind wahrscheinlich Troglodyten. Vielleicht ist dies unsere letzte Chance zu entfliehen! Willst du es nicht einmal versuchen und zum Bus zurückkehren?«

»Nein.«

»Ich auch nicht. Ich kann mich kaum mehr auf den Beinen halten.«

Dulcifer lag auf dem Bauch und schaute sich vorsichtig um. Die Jäger hatten es sich in der Nähe gemütlich gemacht und unterhielten sich. Kordan lag unmittelbar neben ihm, und auch die anderen waren um den Tümpel herum gruppiert: Burek, Takeido und die beiden Frauen. Als er Bureks Blick auffing, tauchte er die Hand ins Wasser und ergriff einen ziemlich großen Stein. Er bedeutete den anderen, es ihm gleichzutun. Mit Ausnahme von Kordan suchten sie sich alle einen Stein. Sie lagen da, als ob sie tot wären, und ließen das Wasser über ihre erschöpften Glieder rieseln.

Die Jäger hatten ihre Entscheidung getroffen. Zwei von ihnen legten die Speere auf den Boden und kamen zu den Gefangenen herüber. Mit rauher Stimme gaben sie ihnen einen Befehl. Als die Gefangenen nicht reagierten, bearbeiteten sie sie mit Fußtritten.

Als Dulcifer die Sandale des Jägers an seiner Wade spürte, griff er nach dem Bein des Jägers und warf ihn zu Boden. Als sein Gegner stürzte, hob Dulcifer den Arm und schlug mit dem Stein auf ihn ein. Aber Dulcifer hatte seine Kraftreserven überschätzt, statt seinem Gegner den Schädel einzuschlagen, traf er ihn nur am Kinn. Der Jäger fiel zu Boden, ging aber sofort zum Gegenangriff über und fuhr Dulcifer an die Kehle, bevor dieser ein zweites Mal zuschlagen konnte. Der Stein wurde ihm entrissen und außer Reichweite geschleudert.

Den anderen erging es nicht besser. Constanza und Sygiek zogen einen Jäger mit vereinten Kräften zwischen sich nieder, konnten aber seiner nicht Herr werden, da er wild um sich schlug. Er schrie um Hilfe. Darauf kamen auch die anderen Jäger herbeigerannt. Burek trat ihnen tapfer entgegen, Takeido unterstützte ihn nur zögernd dabei. Aber die Gefangenen waren sofort überwältigu. Takeido hatte eine blutende Lippe. Der Kampf war zu Ende.

»Hast du vielleicht beschissene Einfälle, Genosse Dulcifer!« rief Takeido empört. »Wenn du's genau wissen willst, ich bin auch von dir enttäuscht!«

»Ihr Idioten!« schrie Kordan. »Wollt ihr denn, daß wir alle draufgehen? Warum gehorcht ihr nicht den Befehlen?«

Ein Jäger verpaßte ihm einen brutalen Fußtritt in die Rippen, so daß er wieder bei seinen Kameraden zu liegen kam. Er fühlte sich sehr elend, und Sygiek streichelte seine Schulter.

Sie wurden wieder unschädlich gemacht. Man band ihnen die Handgelenke im Nacken zusammen, was sehr schmerzhaft war. Dieses Mal verzichtete man auf die Stange.

»Wenigstens haben wir's versucht. Offensichtlich haben sie's nicht drauf abgesehen, uns abzumurksen«, sagte Dulcifer.

»Wölfe mögen ihre Beute frisch«, sagte Burek grimmig.

Als sie sich zum Abmarsch bereit machten, tauchten ein paar Gestalten zwischen den Felsen auf.

Sie gehörten ganz offensichtlich nicht zum Stamm der Jäger. Ihre Gesichter waren nicht angemalt. Sie trugen auch keine stachligen Gewänder. Ihr einziges Kleidungsstück war eine Art Lendenschurz, der ihre Genitalien bedeckte. Ihre Haare waren so frisiert, daß es aussah, als ob sie einen Helm aufhätten. Am Gürtel trugen sie kleine Keulen oder Hämmer. Sie scharten sich um die Gefangenen und betrachteten sie neugierig, stießen sie an und lachten. Aber die Jäger hielten den Gefangenen die allzu Aufdringlichen vom Leibe. Die Neuankömmlinge mußten den aufgespießten Eber tragen.

»Kulturell gesehen ist dies sicher eine wertvolle Erfahrung«, stellte Kordan fest.

Der Boden zerbröckelte unter ihren Füßen, als sie zu den Felswänden emporstiegen. Es gab hier kein Gras, das die Erde gebunden hätte. Jeder Schritt war anstrengend. Die Gefangenen atmeten schwer. Dann durften sie wieder anhalten. Sie waren bei den Felsen angelangt, wo sich die Siedlung befand.

Die Gruppe war durch einen Gebirgsbach von der Felswand getrennt, in der die Höhlen lagen. Eine einfache Brücke aus Holz spannte sich darüber. Die Höhleneingänge wurden von Kriegern bewacht. Sie grüßten herüber. Der Führer der Jäger brach draufhin in ein Triumphgeheul aus.

An der Brücke waren ebenfalls Wachtposten. Ein Grenzpfahl markierte den Beginn des Stammesterritoriums. Er bestand aus kunstvoll geschnitzten Masken, die übereinander angebracht waren. Ihr Grinsen wirkte abstoßend auf die Gefangenen. Auch die Wachen trugen Holzmasken, und sie sahen ihnen gelassen entgegen.

Die Gefangenen ruhten sich aus, und Takeido sagte zu Constanza: »Ich kann's kaum glauben, daß das alles Realität ist. Es weist auf einen ganz elementaren Fehler in unserem System hin.«

»Was soll bloß aus uns werden?« seufzte Constanza. »Diese Geschöpfe sind unmenschlich. Sie tragen Masken — das ist absurd und abscheulich!«

»Wenn wir der Sache auf den Grund gehen würden, müßten wir wahrscheinlich sogar den Heroismus dieser Gruppe von Wilden bewundern. Sie sind die Nachfahren der ursprünglichen Siedler, die es fertiggebracht haben, mehr oder weniger menschlich zu bleiben, während sich alle anderen allmählich zu Tieren rückentwickelt haben. Das heißt aber, 1,09 Millionen E-Jahre bittersten Kampf ums Überleben! In gewisser Weise bin ich sogar froh, hier zu sein, weil die Geschichte von Lysenka II, wenn sie jemals vollständig erzählt werden kann, ein Mythos ist, der das Schauerliche, aber auch den Triumph des Menschen besingt.«

Für Burek war das eine lange Rede gewesen, aber Sygiek wollte nichts davon gelten lassen.

»Ganz im Gegenteil«, sagte sie, »es ist die Geschichte der Degeneration. Denk daran, welche Fortschritte wir in derselben Zeit auf der Erde gemacht haben! Immerhin haben wir neun Eiszeiten überlebt und das Irrationale rationalisiert!«

Dulcifer berührte sie am Arm. »Es wäre vernünftig, deinen als auch Bureks Standpunkt zu akzeptieren. Wir wollen tolerant sein, nur so haben wir vielleicht noch eine Chance zu entkommen. Du bist eine Frau mit starkem Charakter, und ich weiß, daß du beide Haltungen tolerieren kannst. Ich finde es gut, daß du eine deutliche Sprache sprichst, aber in unserer jetzigen Situation ist, glaube ich, etwas mehr Zartgefühl angebracht.«

Sie lächelte ihn scheu an.

Trotz seiner Müdigkeit wandte sich Kordan an Dulcifer und sagte gereizt: »Die Art und Weise, wie du dir eine Beziehung zu Millia Sygiek anmaßt, ist nicht korrekt. Wir wissen zwar, daß du aus Iridium-City kommst, aber die Intimität, die du dir gestattest, ist unanständig. Bitte reiß dich gefälligst zusammen!«

Dulcifer erwiderte: »Es tut mir leid, daß dich das aufregt, aber Beziehungen kann man eben nicht so ohne weiteres erzwingen. Nicht einmal Biokom hat uns so vernünftig gemacht!«

Sygiek senkte den Kopf. Seine Bemerkung hatte ihre Augen plötzlich mit Tränen gefüllt. Sie schaute sich verstohlen nach ihren Kameraden um und den fremden Jägern, die sich angemalt hatten, um schrecklich auszusehen; dann wanderte ihr Blick über die furchterregenden Holzmasken der Wachen und zuletzt über die öde, gelbbraune Landschaft.

Sie überging Kordan vollkommen und sagte zu Dulcifer: »Es ist nur — eine plötzliche Erinnerung. Warum fällt es mir ausgerechnet jetzt ein? Natürlich war ich auch eine Exogeburt wie alle meine Kameraden. Meine ersten zehn Jahre verbrachte ich in der Kinderkrippe in Akrakt. Ich war ein ›unmögliches‹ Kind und hatte ständig Schwierigkeiten. Unter den Hunderten von Geschwistern gab es niemand, der mein Freund gewesen wäre. Die Computer beurteilten mich gewöhnlich negativ und ich wurde bestraft. Ich mußte oft tagsüber im Schlafsaal bleiben, wo ich dann nichts anderes tun konnte, als zum Fenster hinauszusehen. Vor dem Fenster war ein alter Pfirsichbaum . . . Aber ich weiß wirklich nicht, warum ich dir das erzähle.«

»Laß es uns herausfinden«, sagte Dulcifer. »Mach bitte weiter.«

»Es gab damals irgendwelche lokale Streitigkeiten über einen Neubau, so daß man den alten Obstgarten hinter der Kinderkrippe unangetastet ließ. Ich fand den verlassenen Garten mit seinen alten Obstbäumen sehr schön. Übrigens waren auch zwei Frauen dort, Arbeiterinnen, die in der Krippe angestellt waren. Sie waren ziemlich groß und dick. Ja, und die eine hatte schwarzes Haar, das sie zu einem Pferdeschwanz zusammengebunden trug. Die beiden gingen sehr gerne in dem einsamen Obstgarten spazieren. Einst mußten mir auch ihre Namen geläufig gewesen sein. Ich beneidete die Frauen. Sie waren sich so nahe beim Gehen, steckten die Köpfe beim Sprechen zusammen und lächelten. Ich weiß noch ganz genau, daß ich mir damals überlegte, ob sie Schwestern seien und worüber sie sich wohl unterhielten . . .

Und sie pflegten unter den Bäumen stehenzubleiben, die dikken, nackten Arme hochzustrecken und die goldenen Früchte zu pflücken. Sie sammelten die Früchte in ihren Armen und aßen sie so, daß dabei der Saft herunterlief. Und sie lachten. Das Lachen war nicht besonders angenehm, aber mir, dem einsamen Kind, erschien es wie das Paradies. Sie waren so glücklich und hatten solch eine enge Beziehung. Verstehst du, was ich damit sagen will?«

»Du hättest nach ihnen rufen sollen«, sagte Dulcifer. »Sie wären wahrscheinlich gerne mit dir beisammen gewesen. Sie hätten dir Pfirsiche gegeben.«

»Ich hatte nie den Mut dazu. Ich ließ mein Fenster zu.«

»Es ist schwer, um das zu bitten, was unser sehnlichster Wunsch ist.« Er schaute sie beinahe ehrfürchtig an.

Nachdenklich grub sie ihre Zehenspitzen in den lehmigen Boden und schwieg.

Sie mußten bei der Brücke anhalten, wo der Anführer der Jäger seine Beute den Wachen übergab. Zuerst wurde der aufgespießte Eber übergeben. Es entspann sich ein umständliches Ritual. Der Kommandant der Wachen, ein kräftiger, O-beiniger Mann, dessen Kopf vornüber gebeugt war, bedankte sich daraufhin beim Jäger, der den Dank erwiderte, indem er den Totenschädel auf seinem Kopf berührte. Dann wurden die Gefangenen über die Brücke getrieben. Die Jäger blieben auf der anderen Seite. Sie standen reglos und wachsam da.

Als sie die Brücke überquerten, schaute Takeido noch einmal zurück und entbot dem Häuptling einen spöttischen Abschiedsgruß. Der Jäger ignorierte ihn.

Dann kamen sie unter der hoch aufragenden Felswand an, in der sich unzählige Höhleneingänge befanden. Aus einer der Höhlen ergoß sich ein Wasserstrom, der zwischen den Felsen herabstürzte und den Fluß speiste. Zu den anderen Höhlen führten Leitern. Es war sehr wenig Betrieb, nur die Wachen taten geschäftig. Im schwächer werdenden Licht sah der Ort abscheulich häßlich aus. Den Utopisten, die an ihre anmutigen Pyramidenstädte gewöhnt waren, erschien die Siedlung wie ein Rattennest, das ausgeräuchert werden mußte.

Die Gefangenen wurden von ihren Fesseln befreit. Die Wachen trieben sie eine der Leitern hoch. Sie war ungefähr sieben Meter lang und schwankte und ächzte bedenklich, als sie emporkletterten. Oben zerrte sie eine andere Wache in die Höhle.

VIII

Am Eingang der Höhle mußten sie sich niederlassen, und es schien, als ob ihnen nun eine lange Wartezeit bevorstünde.

Während des Ausruhens konnten sie auf die Welt draußen blikken. Es war ein unwirtlicher Ort; die öde Landschaft war nun ganz in Grau getaucht. Es war die Zeit des Abends, wo die Helligkeit des Himmels nur noch die Dunkelheit unterstreicht, die vom Boden aufsteigt. Die Jäger, die die Touristen gefangengenommen hatten, wurden nun ebenfalls über die Brücke gelassen. Sie schlenderten herüber, der Häuptling nahm lässig den Totenschädel ab und schlenkerte ihn spielerisch hin und her. Er hielt ihn mit dem Daumen, den er durch eine Augenhöhle gesteckt hatte.

Man ließ eine Hundemeute los, die den Fuß der Felswand bewachen sollte. Das Gekläff der Tiere ließ den Ort nur noch schlimmer erscheinen.

Aber so abscheulich ihre Umgebung auch war, so stellte sie doch einen Teil der Welt dar, die die Gefangenen kannten. Im Vergleich zu dem Labyrinth, in das die Tunnel führten, erschien sie ihnen sogar erstrebenswert. Geräusche und Gerüche wurden von dort an sie herangetragen durch einen feuchtkalten Luftzug. Für die Gefangenen war das alles nicht gerade verlockend.

»Ich brauche euch, glaube ich, nicht daran zu erinnern, daß wir in großer Gefahr sind«, sagte Kordan mit leiser Stimme. »Ohne mich vorher um Rat zu fragen, habt ihr die Wachen angegriffen und seid zwangsläufig besiegt worden. Dieses undisziplinierte Verhalten hat unsere Chance verringert, mit diesen Wilden zu einem Konsensus zu kommen. Ich kann mir einfach nicht vorstellen, was ihr euch davon erhofft habt!«

Der Jüngste der Gruppe, Ian Takeido, antwortete ihm: »Nimm es mir nicht übel, Utopist Kordan, aber das ist genau dein Problem, daß du dir nichts vorstellen kannst. Ohne Fantasie aber kann man seine Umwelt nicht beherrschen.« Während er sprach, hatte er seine Augen fest geschlossen. »Wenn unsere Sinne etwas Neues wahrnehmen, können wir nur mit Hilfe der Fantasie bestimmen, zu welcher Gruppe von Werten die neue Wahrnehmung gehört, und sie entsprechend einordnen. Die Vernunft allein genügt nicht! Che Burek, ich glaube, du stimmst mit mir in diesem Punkt überein?«

»Offen gesagt, nein«, sagte Burek. »Ich glaube, daß du ein versnobter Intellektueller bist, Genosse, und ich sehe nicht, wie uns die Fantasie hier weiterbringen soll.«

»Er ist kein Snob!« rief Constanza und legte ihren Arm schützend um Takeido. »Auch wenn er anstößige Dinge sagt.«

»Vielleicht hast du, Utopist Takeido, die Güte, uns mit deiner Fantasie in die Sicherheit unseres Hotels zurückzubringen!« rief Kordan und lächelte grimmig.

»Die Fantasie ist kein strategisches Mittel, sondern ein Lebensprinzip«, antwortete Takeido und kaute dabei an den Nägeln. »Worüber wir uns einig werden sollten, solange noch Zeit dazu ist: zu welcher Kategorie gehören diese Kreaturen?«

»Das ist Intellektuellengewäsch«, sagte Burek, »und im Augenblick völlig nebensächlich. Der entscheidende Punkt ist ja, daß *sie* uns in eine ganz bestimmte Kategorie einreihen, und das ist aller Wahrscheinlichkeit nach die Nahrungsmittel-Kategorie!« Zufrieden lehnte er sich zurück an den Felsen und verschränkte die Arme über der Brust.

»Diese defätistische Antwort ist nur Wasser auf meine Mühle«, sagte Takeido. Seine Augenlider zuckten dabei nervös. »Wir haben unsere Auffassung von diesen Wilden bisher laufend geändert. Zuerst haben wir gemeint, daß es Tiere wären, dann Kapitalisten und nun sind sie für uns Kannibalen. Es tut mir leid, daß du mir widersprochen und mich sogar beleidigt hast, Utopist Burek. Denn in Wirklichkeit habe ich den Wink von dir bekommen. Als wir an der Brücke standen, hast du selber gesagt, daß die Geschichte von Lysenka II nicht die Geschichte einer Niederlage, sondern die Sage wäre, die von einem Sieg berichtet. Wenn wir nun ein paar Zeitalter vermöge unserer Fantasie überspringen, so werden wir vielleicht erkennen, daß diese Wesen nicht den Tieren,

Kapitalisten oder Kannibalen zuzurechnen sind, sondern in eine Superkategorie gehören, die der ähnlich ist, der wir selber angehören. Sie sind ebenfalls auf einem fremden Planeten gefangen, einem Planeten, mit dem sie nie ganz vertraut werden, egal wie lange sie oder ihre Nachkommen auf ihm leben. Es sind also Parallelen zwischen ihnen und uns vorhanden. Wir müssen *alle* von Lysenka weg. Wenn wir ihnen das klargemacht haben, und eine Verständigung muß möglich sein, dann sind wir für sie Verbündete und keine Feinde mehr. Wir können auf dieser Basis mit ihnen verhandeln. Wenn sie uns unsere Freiheit wiedergeben, dann wird das System sich damit einverstanden erklären, die Menschenstämme, die es auf Lysenka noch gibt, auf der Erde anzusiedeln.

Sygiek klatschte begeistert in die Hände. »Brillante Folgerung! Hab ich's nicht gesagt, daß Vernunft dazu nötig war!«

»Blühende Fantasie und weiter nichts«, knurrte Kordan. »Unser ganzes Leben haben wir mit Verhandlungen zugebracht. Es ist unser Leitprinzip. Aber glaubt ihr wirklich, daß diese Barbaren, die in einer unerbittlichen Welt zu Hause sind, uns verstehen werden? Ich bezweifle es. Für sie ist eine Mahlzeit heute konkreter als die Befreiung von allen Nöten im nächsten Jahr.«

»Du akzeptierst aber auch wirklich nur, was du dir selber ausgedacht hast«, sagte Constanza wutentbrannt.

Dulcifer und Sygiek nahmen nicht an der Diskussion teil, die nun folgte. Er legte seinen Arm um ihre wunden Schultern und sie lehnte sich vertrauensvoll an ihn. Nach einer Weile fragte er sie flüsternd: »Als wir die Jäger am Wasser angriffen, warum hast du da nicht deine Pistole benutzt? Du hättest alle töten können. Ich bin überzeugt davon, daß Töten im Unterschied zu Kordan nicht gegen deine Prinzipien ist.«

»Ja, ich hätte geschossen, aber ich habe die Waffe nicht mehr. Ich muß sie verloren haben — oder jemand hat sie mir gestohlen!« Sie sagte es so leise, daß nur Dulcifer es hören konnte.

Sie sahen sich nur vielsagend an und schwiegen. Er senkte seinen Blick zuerst und seufzte resigniert. Dann sah er ihr wieder in die Augen, grinste nur und sagte: »Pfirsichbäume!«

Aus dem Dunkel des Tunnels tauchten drei Männer auf. Einer nahm den Wachen den Eber ab, lud ihn auf seine Schulter und verschwand wieder. Sein Rücken würde von der Last gebeugt. Die anderen beiden hielten Stöcke in der Hand, mit denen sie die Gefangenen aufscheuchten. Sie verbeugten sich linkisch, bevor sie sie durchsuchten. Die Durchsuchung wurde ziemlich oberflächlich gehandhabt.

»Wir wollen mit deinen Vorgesetzten sprechen«, forderte Kordan. »Wir beabsichtigen nicht, dir ein Leid zuzufügen. Verstehst du mich?«

Die Wächter ignorierten ihn vollkommen. Sie begrüßten die Wachtposten am Höhleneingang und bedeuteten den Gefangenen, daß sie vor ihnen durch den dunklen Tunnel gehen sollten. Constanza klammerte sich an Takeido, weil der Boden naß war. Von der Decke tropften kalte Wassertropfen herunter. Auf Felsvorsprüngen sah man ganze Pilzkulturen wachsen. Unsicher torkelten sie vorwärts.

»Ach, ist das ein Alptraum!« stöhnte Kordan. »Wie ich mich nach der Geborgenheit der Akademie zurücksehne!«

Irgendwo vor ihnen in der Ferne brannte ein Licht. Als sie näher kamen, sahen sie, daß es eine primitive Lampe aus Stein oder Ton war, die dazu diente, eine scharfe Kurve im Tunnel zu markieren. Hinter der Kurve war ein Gatter, das von innen verriegelt war. Wachen, die Helme aufhatten, blickten neugierig von einer Plattform herab, die sich hinter dem Gatter befand. Aber es wurden keine Anstalten gemacht, daß Tor zu öffnen.

»Nun, worauf warten wir?« fragte Sygiek die Begleiter. Sie erhielt keine Antwort. Die drei Männer standen vollkommen unbeteiligt da und scherten sich nicht drum, daß das Wasser an ihnen herablief.

Sygiek zitterte. Sie war müde, und ihr war kalt. Einer dieser seltsamen geschnitzten Dämonenköpfe zierte das Tor. Angewidert wandte sie sich ab und sagte zu Kordan: »Warum antworten sie mir nicht? Sie haben doch eine Zunge zum Reden!«

Zärtlich legte Kordan seine Hand auf ihren Arm. »Sie werden ihre Anweisungen haben. Vielleicht hat es eine besondere Bedeutung für sie, vor Eingängen zu warten, von der wir nichts ahnen. Wenn man ihnen befohlen hat, nicht zu sprechen, dann tun sie es auch nicht. Wir würden an ihrer Stelle genauso handeln, trotz unseres Respekts für die Sprache. Weißt du — wenn ich mir die Gestalten so ansehe — dann will mir das erstaunliche Paradoxon der Regression dieser ersten Siedler auf Lysenka immer noch nicht aus dem Sinn. Ich glaube, daß die Sprache der Schlüssel zu diesem Geheimnis ist.«

»Warum sprichst du von einem ›erstaunlichen Paradoxon‹? Wenn Leute aus ihrem angemessenen sozialen Milieu herausgerissen werden, degenerieren sie. Das ist doch eine Binsenweisheit!«

Zusammengedrängt standen sie im Halbdunkel. In einer solchen Situation lief jede Unterhaltung Gefahr, sehr allgemein zu werden. Erstaunlicherweise stimmte Constanza Sygiek zu. »Du hast recht. Die Organisation verschwindet und das Individuum bleibt übrig. Es folgt ein anarchistischer Zustand. Der Zoo hier auf Lysenka illustriert unsere Doktrin sehr anschaulich.«

Kordan schüttelte den Kopf. »Ohne daß ich gegen die Doktrin argumentieren will, sollte ich, glaube ich, doch andeuten, daß der Homo sapiens sich in erster Linie dadurch entwickelt hat, daß er andere Erdteile eroberte und neue Stämme, neue Sprachen und neue Gemeinschaften begründete. Die Entwicklung vom Menschen zum Tier, wie wir sie hier auf Lysenka registrieren, läuft dem Gesetz der Evolution, wie es K.V. Hondaras vor zweihundert Jahren beschrieben hat, völlig zuwider. Deswegen habe ich von einem Paradoxon gesprochen.« Er machte eine Pause und fügte zögernd hinzu: »Ich bin von den amtlichen Schilderungen ausgegangen und habe kaum glauben können, daß die Siedler zu den Wesen regrediert sind, die wir doch mit eigenen Augen gesehen haben!«

Sie schwiegen und lauschten auf die Wassertropfen, die von der Decke herabfielen. Schließlich sprach Constanza wieder.

»Habt ihr eigentlich geglaubt, daß das, was ihr gesehen habt, ein Propagandatrick war?«

Takeido sagte: »Entschuldige, aber ich glaube, die entwicklungsgeschichtlichen Gesetzmäßigkeiten sind uns geläufig. Gene in doppelter Ausführung verhindern, daß überzählige Kopien entstehen, in denen Mutationen akkumulieren können. Für eine fremde Rasse auf Lysenka bedeutete das, daß bei ihr ziemlich schnell Veränderungen auftraten und daß die natürliche Auslese schon nach sehr kurzer Zeit empfindlich zum Tragen gekommen sein dürfte. Wo liegt also die Schwierigkeit?«

»Ja, aber wie steht's mit der sozialen Auslese. Die Leute, von denen wir sprechen, waren zwar Kapitalisten, aber hatten eine verhältnismäßig hochentwickelte soziale Organisation für die Zeit vor Utopia.« Kordan hatte zuerst gezögert und dann beschlossen, doch zu reden. »Bis jetzt haben wir von diesen unglücklichen Kreaturen nur hinsichtlich ihrer Funktion gesprochen, wir haben sie als Protein-Konsumenten, als Kapitalisten oder Siedler bezeichnet. Aber als ihr Raumschiff hier abstürzte, waren sie all dieser Funktionen beraubt. Sie wurden passiv und formbar im entwicklungsgeschichtlichen Sinn. Weil sie nur das nackte Leben gerettet hatten, blieb ihnen wegen der Unfruchtbarkeit des Planeten nichts anderes übrig, als sich über Lysenka II zu verteilen und sich hinsichtlich der Nahrung mit dem zufriedenzugeben, was sich bot. Um zu überleben, mußten die Siedler nach Wurzeln graben, Beeren pflücken und unter den Steinen nach Insekten suchen. Zuerst waren sie Sammler, keine Jäger. Ich halte es für möglich, daß sie unter diesen Umständen nur eine Generation brauchten, um vollständig zu verwildern. Diejenigen, die sich nicht anpassen konnten oder wollten, starben aus.«

Burek brummte in seinen Bart. »Oder verteidigten das Schiff und die Vorräte gegen alle, die sie auch wollten. Vielleicht haben sie auf diese Weise die erste Zeit überlebt.«

»Davon haben sie allerdings nicht sehr lange was gehabt«, murmelte Dulcifer.

»Je weniger man hat, desto gieriger wird man«, antwortete Burek.

Die Wachen waren von der Plattform verschwunden, aber es wurden noch immer keine Anstalten gemacht, das Tor zu öffnen. Die Gefangenen lehnten sich gegen die feuchte Felswand, und Kordan sagte: »Ich möchte gern meinen Standpunkt klarmachen. Degeneration ist nicht dasselbe wie Mutation. Wie wurden diese Menschen zu Tieren? Weil sie ihre Menschlichkeit aufgaben. Das ist ein Vorgang, der unwillkürlich abläuft. Und wie kam es dazu? Weil sie die Kunst verlernten zu sprechen, und, wie ihr wohl wißt, die Sprache ist die Voraussetzung nicht nur für den Homo uniformis, sondern für den Menschen schlechthin. Von den Tieren, von denen er abstammte, erbte der Homo sapiens das starre Vokabular des Instinkts und entwickelte es über die Jahrtausende hinweg zu einer komplexen Ausdrucksform, mit deren Hilfe er zunächst sich und dann die Welt kontrollieren konnte. Ausdruck. Was drückt die Sprache aus? Die Sprache hat ein Ziel. Zwischen der universalen Sprache und der Natur des Kosmos besteht eine enge Beziehung, es ist wirklich so, wie Hondaras es ausdrückt: ›Der Geist ist der Gipfel in der kosmischen Hierarchie, und der Mensch ist seine Verkörperung. Das Medium des Geistes aber ist die Sprache. Am Ende wird das Wort sein‹.«

Sygiek sagte: »Hondaras Worte sind zwar orthodox, aber diese Theorie ist noch sehr umstritten.«

»Ganz richtig bezeichnen wir jede Art von theoretischem Denken als umstritten«, erwiderte Kordan. Aber hie und da werden wir durch die Umstände zum spekulativen Denken gezwungen. Tatsache ist aber, daß die Siedler nach ihrem Absturz vollkommen desorientiert waren, ich meine: geistig desorientiert. Die Zeit stimmte nicht mehr, das Land ließ sie im Stich. Sie müssen unweigerlich auf ein unwandelbares Gesetz gestoßen sein, das alle Gesellschaften zu vergessen pflegen, wenn sie kultivierter werden: Daß dort, wo es keine Ernten gibt, nicht nur keine Zivilisation möglich ist, sondern daß dort praktisch auch die Basis für höherentwickelte Lebensformen fehlt. Die Siedler, vom Schicksal hart getroffene Menschen, bauten wahrscheinlich ihr Getreide an. Aber es verfaulte. Dünger half nichts. Das Land, die Zeit waren gegen sie.«

Er blickte zur Felsdecke auf. Sie war so hoch, daß man sie kaum sehen konnte in dem trüben Licht. Nur der eine oder andere Stalaktit schimmerte und sah aus wie ein mißgeformter Stern.

»Für mich besteht gar kein Zweifel, daß sie sich der Magie zuwandten, als die Wissenschaft versagte. Magie und Beschwörung bringen uns zurück zu den Anfängen der Sprache und der Macht der Wiederholung. Der Kosmos hatte sich als fehlerhaft erwiesen.«

Er kräuselte die Lippen. »Versucht euch vorzustellen, gegen was sie ankämpfen mußten. Ihre menschliche Erfahrung erwies sich als unzureichend gegenüber dieser neuen, unmenschlichen Erfahrung, die sie nun machten. Sie wurden zu instinktivem Verhalten gezwungen, sanken auf die primitivste Menschheitsstufe zurück, nämlich die des Sammlers, der fieberhaft Nahrung sucht und nur ans nackte Überleben denkt. Letztlich ist der Instinkt der Feind der Sprache. Die Übereinkunft zwischen dem menschlichen Sprachcode und dem Kosmos war zum ersten Mal in der Menschheitsgeschichte unterbrochen. In der sprachlosen Zeit, die folgte, war das genetische Gleichgewicht gestört und die Bahn frei für die Regression in einen tierischen Zustand. Wir haben das Glück, daß wir wenigstens einer Gruppe in die Hände gefallen sind, die es fertiggebracht hat, sich noch einen Rest von Menschlichkeit zu bewahren. Wie Burek behauptet, hat sich wahrscheinlich eine solche Gruppe die Herrschaft über das ursprüngliche Raumschiff gesichert und mehr als andere Gruppen die alten Werte einschließlich der menschlichen Sprache bewahrt.«

Takeido zitterte vor Kälte. Um sich gegen sie zu schützen, verschränkte er die Arme vor der Brust. Dann wandte er sich an Kordan: »Sei lieber nicht so optimistisch. Der dunkle Tunnel, in den sie uns geführt haben, hat für mich eine ziemlich düstere symbolische Bedeutung.«

Dulcifer hatte bisher nur dagesessen und schweigend zugehört, den Rücken an die Tunnelwand gelehnt. Nun schloß er an eine Bemerkung an, die Kordan früher gemacht hatte. Er trocknete sich zuerst das Gesicht, fixierte Kordan mit seinem Blick und fragte ihn: »An was glaubst du nun eigentlich wirklich, Kordan? An die autorisierte Meinung von K.V. Hondaras oder an das, was du mit eigenen Augen siehst?«

»Es ist doch eine Bewährungsprobe, nicht wahr? Vielleicht ist dieser Planet deswegen allen verschlossen außer den Privilegierten. Dies hier ist eine Welt, die nicht in unser System paßt, und steht vielleicht gerade deswegen den Privilegierten *offen*, damit man sie auf ihre Systemtreue hin überprüft . . .«

Kordan sah seine Leidensgenossen der Reihe nach an und schwieg dann. Unruhig nagte er an der Unterlippe.

»Willst du mir eigentlich keine Antwort auf meine Frage geben, gerade du, der so gerne Antworten zu geben pflegt?« sagte Dulcifer spöttisch. ›Denke nicht, was nicht gesagt werden kann‹!«

»Bist du der bestellte Provokateur?« fragte Burek. »Laß ihn gefälligst in Ruhe!« Er schubste Dulcifer beiseite. »Vielleicht will Kordan lieber nicht sagen, was nicht gedacht werden kann. Was er uns erzählt, ist interessant, soweit ich es verstanden habe, und ich sehe nicht ein, warum die Philosophie alle realen Möglichkeiten einschließen soll, dann wäre die Philosophie nicht zu unterscheiden von der Realität — und gerade das war ja nicht beabsichtigt.«

»Wer kann schon sagen, was Zufall oder Absicht war?« murmelte Takeido. Sie standen im Schlamm und traten von einem Bein aufs andere. Sie kamen sich verlassen vor. Endlich wurde der Riegel vor dem Gatter weggeschoben, und ihre Begleiter trieben sie hindurch. Als sie drinnen waren, wurde das Tor geschlossen.

Der Boden war auch hier zäher Schlamm, aber sie schöpften wieder Hoffnung, als sie ein Licht vor sich sahen. Holzplanken und Baumstämme lagen hier auf dem Weg. Vom Haupttunnel zweigten kleinere Tunnel ab. Während sie weitergingen, nahm die Dunkelheit zusehends ab. Schließlich mündete der Tunnel in einen großen Raum, der gut ausgeleuchtet war. An einer Seite war ein hölzerner Käfig errichtet worden. Die Wachen zwangen ihre Gefangenen, ihn zu betreten, und verschlossen die Käfigtür hinter ihnen.

IX

Gefangen unter der Rinde eines fremden Planeten, umgeben von wilden Kreaturen, die um so schrecklicher waren, weil sie Menschen glichen, und bedroht von vielerlei Unheil, das über sie hereinbrechen mochte, gestatteten sich die Gefangenen den Luxus von ›Biokom‹: Sie kontrollierten ihre Gedanken und ließen sich von ihrem einheitlichen Nervensystem beruhigen. Sie hatten genügend Platz zum Sitzen. Außerdem war es trocken im Käfig. Sie setzten sich also, ruhten sich aus und harrten der Dinge, die da kommen sollten.

Als sich ihre Augen an die Düsternis gewöhnt hatten, bekamen sie einen besseren Eindruck von der Höhle, zu der sie gebracht worden waren. Sie war durch ein paar Fackeln erleuchtet, die in größeren Abständen an den Felswänden angebracht waren, und durch ein Feuer, das auf einem Stein in der Mitte des riesigen Raumes brannte. Es gab zwei weitere Feuerstellen, die aber sehr viel weniger Licht spendeten.

Am anderen Ende der Höhle war ein Loch in der Felsdecke, durch das man ein kleines Stück vom Himmel sah. Im allgemeinen Durcheinander von Schatten und Strukturen gewahrte man diese Öffnung nicht unmittelbar. Als die Gefangenen das Loch entdeckten, waren sie sehr bekümmert, weil es draußen beinahe genauso dunkel war wie drinnen und weil über Lysenka II nun die Nacht hereinbrach, die, wie sie wußten, lange dauern würde.

Am anderen Ende des Raumes befand sich ein großes Bauwerk. Auf den Stufen, die zu ihm hinaufführten, brannten zahlreiche Kerzen, so daß die Säulen, auf denen es ruhte, lange Schatten warfen. Der Grundriß des Baus war rund. Das Dach fehlte. Die Eleganz seiner Konstruktion setzte es in Widerspruch zur Primitivität seiner Umgebung. Zwischen den Kolonnaden erblickte man eine düstere, metallische Masse und ein Gebilde, das wie eine Leiter aussah und zu der Öffnung im Dach der Höhle emporragte. Die Gefangenen zerbrachen sich den Kopf über die Funktion dieses Gebäudes, kamen aber zu keinem Ergebnis, obwohl ein paar Wilde nach einiger Zeit die Kerzen von den Stufen nahmen und feierlich um das Gebäude herummarschierten.

Als das kleine Stück Himmel, das man durch die Öffnung sehen konnte, vollständig dunkel war, bevölkerte sich die Höhle. Sie kamen leise herein und gingen in kleinen Gruppen. Ihre Kleidung war aus grobem Material. Sie hatten auch Säuglinge und Kleinkinder dabei, aber auch sie waren ganz still. Die Höhlenbewohner betraten den Raum durch verschiedene Eingänge. Dem Käfig gegenüber befand sich die Einmündung eines Tunnels, die so groß war, daß man den Fackelzug schon ziemlich lange sehen konnte, bevor die Fackelträger den Raum erreichten.

Die Besucher machten eine Runde um die Höhle. Sie gingen sehr gemessen und jede der Gruppen hielt an, als sie zum Käfig kam. Die Wilden schauten sich die Menschen an, die man hier eingesperrt hatte. Instinktiv standen die Utopisten auf und starrten zurück. Die Höhlenbewohner schienen zurückhaltend, ja sogar ehrerbietig zu sein, aber ihre dunklen Gesichter waren ausdruckslos. Dann gingen sie weiter und vollführten dabei eine komplizierte Scharade, die schon fast einer Pantomime gleichkam. Die Gefangenen konnten sich keinen Reim drauf machen.

Nach dieser Pantomime strömte die Menge in das Gebäude am entgegengesetzten Ende. Man konnte die Höhlenbewohner dabei beobachten, wie sie an den komplexen Metallgebilden mit den Händen rieben. Sie stießen dabei seltsame Schreie aus. Ein Gong ertönte und Blasinstrumente.

Nach dieser Eingangszeremonie lockerte sich die Atmosphäre. Familiengruppen bildeten sich um das Feuer in der Mitte. Eine betagte Frau in einem fließenden Gewand trat aus der Dunkelheit ins Licht und rezitierte mit weit aushohlender Geste, was sich wie eine endlose, langweilige Geschichte anhörte.

»Vater und Mutter vereinigen sich im sexuellen Akt. Danach wird das Kind von der Mutter geboren«, sagte Burek träumerisch. »Ich habe einmal eine Rekonstruktion dieses Ereignisses in einer Show gesehen, es muß sehr schmerzlich gewesen sein, aber nicht wahr, man pflegt doch auch zu sagen, daß ›eine Kuh nur das erlebt, was zum Los der Kühe gehört‹. Ihr seht, daß diese Wilden ihre Kinder bei sich haben, weil sie über keine Pädagogen verfügen, die ihre Kinder so erziehen, wie wir unsere. Was diese Elenden anbetrifft, so haben sie die Wissenschaft vom Erwachsenwerden überhaupt noch nicht entdeckt.«

»Einige essen nun«, sagte Constanza. »Wenigstens sind wir heute noch nicht auf ihrem Speiseplan. Die Rettungsmannschaften müssen am Morgen eintreffen. Ich verstehe überhaupt nicht, warum sie so lange brauchen!«

Aus einem Seitentunnel brachten Frauen, die sich Schürzen umgebunden hatten, dampfende Schüsseln mit Essen herein. Ein Mann mit einer großen Tasche, die er sich um den Bauch geschnallt hatte, begleitete sie. Von jedem, der etwas zu essen bekommen hatte, nahm er irgendwelche Marken in Empfang. Auch das blieb den Zuschauern ein Rätsel.

Takeido schnupperte. »Das Essen riecht gut. Bekommen wir auch was davon?«

»Notgedrungen essen sie Fleisch von Tieren oder einem ihrer Gefährten«, sagte Kordan. »Eine solche Kost würde uns krank machen.«

»Ich jedenfalls würde davon versuchen«, sagte Takeido. »Die Angst macht einen hungrig. Ich muß jetzt etwas essen oder ich fange an zu schreien.«

»Ich habe schon Fleisch von Tieren gegessen«, sagte Dulcifer, und Sygiek flüsterte er ins Ohr: »Und ich glaube, du hast es auch schon getan, als Teil deiner Gesypo-Ausbildung.«

Sie brachte ihn zum Schweigen, indem sie ihm den Finger auf den Mund legte.

Als die Essensreste weggeräumt wurden, war es in der Höhle relativ still. Die Ruhe wurde dann sehr schnell von einer Art Schaustellergruppe gestört. Es handelte sich um zwei Tiere, die hereingaloppiert kamen, gefolgt von Höhlenbewohnern, die fürchterlich mit Peitschen knallten. Diese Tiere waren sofort als Fleischfresser kenntlich. Die Schädelform war geprägt durch den stark entwickelten Unterkiefer und durch das unterentwickelte Gehirn. Sie zeigten schreckliche Fänge, als sie ihre Peiniger anfauchten. Ihre Körper waren mager, was die Muskulatur anbetraf, aber die Schultern waren besonders stark ausgeprägt und kräftig, und auch die Vorder- und Hinterbeine sahen ziemlich kraftvoll aus. Aber trotz ihrer Tierhaftigkeit und ihres gefleckten Fells schlug doch die menschliche Gestalt durch — besonders dann, wenn sie auf den Hinterbeinen standen. Man hatte ihnen Kleidungsstücke um den Hals gebunden und sie sogar mit einer Kopfbedeckung versehen, was die grausame Parodie vollkommen machte.

Die leopardenartigen Wesen wurden von ihren Peinigern im Kreis herumgetrieben. Die übrigen Höhlenbewohner, die mit übereinandergeschlagenen Beinen dasaßen, klatschten in die Hände und begleiteten die Vorstellung mit einem monotonen Singsang. Die Kinder waren auch dabei. Der Gesang schwoll zu einem Crescendo an.

Wiederum ertönten Gongs. Mit merkwürdig mechanischen Handbewegungen ließen die Treiber die Peitschen fallen, zogen lange Schwerter und gingen damit auf die Tiere los. Die Leoparden schrien herzzerreißend und versuchten zu entkommen. Aber ihre Hinterbeine waren zusammengebunden. Nach einem oder zwei Schwerthieben brachen sie zusammen, die Männer ergriffen ihre Kadaver und hielten sie in die Höhe. Blut floß. Der Gesang setzte wieder ein.

Alle erhoben sich. Die Treiber machten eine Prozession durch die Höhle und verschwanden dann in dem Gebäude mit den Säulen. Die Menge hörte auf zu singen.

Ein hochgewachsener Mann tauchte aus dem Dunkel des Tem-

pels auf. Er war bekleidet mit etwas, das einmal eine Uniform gewesen sein mochte: er trug Handschuhe, hohe Stiefel und einen durchsichtigen Helm auf dem Kopf. Er stand schweigend da, als man ihm die toten Tiere darbrachte. Dann tauchte er seine Hand in ihr Blut, ging zu den düsteren Metallblöcken hinüber, wo einige Diener, die wie er in Uniformreste gekleidet waren, auf ihn warteten. Sie begannen an den Metallteilen herumzureiben und dagegenzuschlagen. Die Menge stimmte wieder einen leisen Gesang an.

Der große Mann ging zu einem Thron, der neben dem Metallgebilde aufgestellt worden war. Trommeln begannen zu dröhnen. Der Lärm steigerte sich ins Unerträgliche. Der Mann zog an einem Hebel. Der Trommelschlag wurde schneller. Der Thron kippte nach hinten, er hatte sich in einen Liegesitz verwandelt. Die Trommeln dröhnten immer lauter, die Menge schrie, bis sie nicht mehr konnte. Die Liege kippte immer weiter zurück. Dann hob der Mann einen Arm. Der Lärm wurde ganz plötzlich zu einem Geflüster, zu der Andeutung eines Geflüsters. Mit dem Finger deutete der Mann nach oben, nach dem dunklen Stück Himmel, das man durch die Öffnung sah. Die Wolken waren verschwunden.

Nur ein einzelner Stern funkelte an diesem Stückchen Himmel.

Die Zeremonie war plötzlich zu Ende. Die Magie hatte gewirkt. Der Mann stieg von seinem Liegesitz herab. Die Kinder begannen zu schreien und herumzurennen, als sich alle zum Aufbruch rüsteten.

»Nie im Leben hätte ich gedacht, daß ich das einmal sehen würde«, sagte Kordan. »Ein Ritual — es war das Ritual eines primitiven Stammes —, Verhaltensformen, die festgelegt sind und wiederholt werden, das Sich-Abfinden mit dem Schema, das den Lebensstil prägt.«

»Du könntest sogar recht haben«, sagte Dulcifer. »Ich habe auf der Venus Wüstengleiter beobachtet, die dieselbe, sinnlose Handlung unzählige Male wiederholten. Nur so haben sie es wahrscheinlich fertiggebracht, daß sich die Vorstellung von ihnen als Wüstengleiter im Bewußtsein der Leute festsetzte.«

»Aber warum sollten sie ausgerechnet für uns eine derartige Show inszenieren!« meinte Sygiek.

»Hier zeigt sich das Fehlen der Fantasie bei dir, von dem ich gesprochen habe, bevor wir hier hereinkamen«, mischte sich Takeido heftig ein. »Sie tun es nur für sich selber — wir spielen keine Rolle dabei. Das heißt, noch nicht. Ich glaube, daß Kordan im wesentlichen recht hat. Ich hatte das Wort dafür vergessen — Ritual: das ständige Wiederholen des gleichen, um sich ein Bild einzuprägen. Die Vorfahren des Menschen auf der Erde, die Affen, haben wahrscheinlich ebenso sinnlose Handlungen durch Generationen hindurch wiederholen müssen, bevor sie zu Menschen wurden.«

»Aber dies sind doch keine sinnlosen Handlungen, Takeido«, sagte Kordan. »Für uns vielleicht, aber doch gewiß nicht für sie. Nun muß ich dich bitten, deine Fantasie zu Hilfe zu nehmen. Stell dir vor, das Raumschiff mit den Kapitalisten ist vor über einer Million Jahren hier abgestürzt. Sie mußten ihre ökologischen Ansprüche ganz drastisch reduzieren, um überleben zu können. Sie verloren ihre Sprache und ihre menschliche Identität. Wieviele Kreaturen, meinst du, haben sich über Lysenka verstreut, vermehrt und das Devon überlebt, in dem die Nahrungsmittel so knapp wurden? Ein paar Millionen? Ich weiß es nicht. Aber was wir mit eigenen Augen sehen, ist, daß eine dieser Gruppen, mag sie noch so klein sein, es ist möglich, daß sie nur aus ein paar hundert Individuen besteht, es fertiggebracht hat, sich ihre menschlichen Züge mehr oder weniger unversehrt zu erhalten. Damit das gelang, mußten sie allerdings hierarchische Prinzipien und das Ritual zu Hilfe nehmen. Sie mußten Ihre Verschiedenheit von den Kreaturen, nach denen sie jagten, manifestieren.«

»Das klingt ja schon beinahe wie Mitleid, Jerezy Kordan«, sagte Burek.

»Es ist nicht gut, wenn man mit diesen Monstern sympathisiert, Utopist Kordan«, sagte Constanza. »Uns gegenüber empfinden die ganz bestimmt kein Mitleid. Wenn sie uns heute noch nicht vergewaltigen und töten, dann tun sie's höchstwahrscheinlich morgen. Das sind doch Tiere. Sie haben uns nicht einmal etwas zu essen gegeben! Sie haben uns nichts zu trinken gegeben! Und bald werden wir diesen Käfig als Klosett benützen müssen, was abscheulich ist!«

»Auch wenn das stimmt, was du sagst — und mir persönlich ist die Vergangenheit vollkommen schnuppe —, sprichst du ja nur von einem Überbleibsel des kapitalistischen Regimes. Natürlich wird hier unsere utopistische Überzeugung auf die Probe gestellt. Wenn die anderen Siedler alle zugrunde gegangen sind und nur diese eine Gruppe von Menschen überlebt hat, dann ist das doch das bourgeoise Gesindel auf Lysenka. Das wäre ein Grund mehr, gerade sie zu eliminieren. Nicht die anderen sind der ideologische Feind. Sie sind es. Wenn man uns befreit hat, sollen sie alle erschossen werden.«

Alle schwiegen.

»Das war eine ziemlich unerwartete Rede von dir, Genossin Constanza«, sagte Burek in dem für ihn so charakteristischen tiefen, eher etwas spöttischen Tonfall.

»Ich weiß, daß ihr glaubt, ich sei etwas beschränkt. Aber du bist auch nur einer von diesen elitären faden Schwätzern, Utopist Burek! Es macht mich nun furchtbar wütend, daß ich in eurer Anwesenheit pinkeln muß. Dreht euch gefälligst um, und zwar alle!«

Die Höhle hatte sich geleert. Nur zwei gebeugte Gestalten waren noch da. Sie löschten die Kerzen auf den Stufen am anderen Ende des Raums. Die Menge war in den Seitentunnel verschwunden. Die Höhlenbewohner waren müde weggegangen, um sich schlafen zu legen. Die lange Nacht auf Lysenka war angebrochen und die sechs Gefangenen mußten immer noch in ihrem Käfig sitzen.

Nach einer kurzen Pause begann Kordan wieder zu sprechen. Zuerst zitterte seine Stimme. »Ich weiß, daß ich ein schlechter Gruppenführer bin. Aber ihr seid auch eine schlechte Gefolgschaft. Unsere Situation ist einmalig. Ideologisch gesehen hat Rubyna Constanza recht. Aber auch Ian Takeidos Ansicht hat ihre Berechtigung. Wir müssen die Situation aus mehr als nur einer Perspektive betrachten und das ist immer unangenehm. Im übrigen bin ich das gewöhnt als Historiker.

Übrigens muß ich mich dafür entschuldigen, wenn meine früheren Bemerkungen über den entwicklungsgeschichtlichen Zusammenbruch, der durch ein Versagen der Sprache verursacht wird, unorthodox klangen. Ich hatte mich nicht in der Gewalt. Ich sagte das, was ich vorbringen würde, wenn ich zur Akademie zurückkehrte ...

Aber ich glaube, daß wir manchmal über unsere notwendige Wachsamkeit gegenüber Feinden des Systems hinauswachsen müßten. Was wir hier miterlebt haben, ist vermutlich ein Ritual, das auf dieses zentrale, zukunftsträchtige Ereignis zurückgreift, das darin bestand, daß diese erniedrigten Kreaturen versuchten, ihr Raumschiff wieder flottzumachen und in den Weltraum zurückzukehren. Mit der Zeit verlor dieser Wunsch seine Kraft, die Notwendigkeit wurde zur Zeremonie, die Bedeutung liegt nun lediglich noch im Zweck, das Gefühl dieser Leute für ihre gefährdete Identität zu stärken. Obgleich die Idee der Raumfahrt zu einer Art Religion degeneriert ist, hilft ihnen diese Religion, menschlich zu bleiben.«

»Kapitalisten zu bleiben, meinst du«, sagte Constanza voller Verachtung.

»*Religion*!« rief Takeido. »Das ist das Wort, nach dem ich gesucht habe. Jaini Regentop hat von der Religion gesprochen. Es ist eine Art von Glauben. Wir haben soeben eine religiöse Zeremonie miterlebt.« Seine Augenbrauen zuckten nervös. »Früher zählte man übrigens auch die Religionen zu den größten Feinden des Staates. Vor Biokom war das Seelenleben des Menschen so chaotisch, daß er glaubte, von Gespenstern verfolgt zu werden. Dieser Zustand reicht zurück in seine tierische Vergangenheit. Eines dieser Gespenster dramatisierte er so sehr, daß es für ihn zu einem selbständigen Wesen wurde, das mit großer Macht ausgestattet war und nach seinem Gutdünken über die Menschen verfügte. Die Leute, die wir hier gesehen haben, sind wieder zu diesen abergläubischen Bräuchen zurückgekehrt.«

»Das ist aber nicht unser Problem«, sagte Burek gähnend und schloß das Thema ab. »Ich werde dem Beispiel unserer klugen, kleinen Constanza folgen und versuchen zu schlafen. Sollten wir das nicht alle tun?«

»Vielleicht können wir diese Vermutungen irgendwie zu unserem Vorteil verwenden.« Sygiek ignorierte Burek und wandte sich an Kordan. »Wenn diese religiösen oder ritualistischen Vorstellungen, die ihr vorgebracht habt, wirklich der Wahrheit entsprechen, dann müßten wir uns die Frage stellen, ob diese Wilden überhaupt wissen, daß wir von einer anderen Welt kommen. Wenn dem so ist, welche Einstellung würden sie dann wohl zu uns haben?«

»Das ist eine angemessene Frage, Millia«, antwortete Kordan. »Mir ging sie auch schon durch den Kopf. Vielleicht bietet sich morgen eine Gelegenheit, sie durch etwas zu beeindrucken. Vielleicht könnten wir ihren Aberglauben zu unserem Vorteil nutzen. Jetzt sind wir alle müde. Wie Che Burek sagt, wäre es das beste, wenn wir zu schlafen versuchten und dem Morgen hoffnungsvoll entgegensähen.«

»Ich bin damit einverstanden«, sagte Dulcifer, »wenigstens was den Schlaf anbetrifft. Die Hoffnung kann mir gestohlen bleiben!«

Sie legten sich schlafen. Bequem hatten sie es natürlich nicht in dem engen Gefängnis.

Sygiek gestattete Dulcifer, seine Arme um sie zu legen, als sie sich zusammenrollte und ihre wunden Schultern an den Stäben des Käfigs rieb. Als sie ganz nahe bei ihm war, flüsterte sie ihm ins

Ohr: »Ich fühle eine Veränderung in Kordan. Ich glaube, er hat sich jetzt wieder in der Gewalt. Wahrscheinlich hat er meine Waffe. Kurz nachdem der Bürokrat Morits gestorben war, hat er versucht, mich zu umarmen — dabei hat er sie mir wahrscheinlich gestohlen!«

Dulcifer nickte, aber sie sagte nichts dazu. »Schlaf jetzt, Liebling«, sagte er. »Denk an die alten Pfirsichbäume und die dicken Frauen mit den nackten Armen und schlafe!«

Die Flammen in der Mitte der Höhle bewegten sich in dem feuchtkalten Luftzug.

Nach der Nacht, die so zögernd gekommen war, brach nun zögernd ein neuer Tag an. Mit dem ersten schwachen Lichtschimmer begannen die Höhlenbewohner ihre Riten zu vollziehen. Krieger kamen und gingen. Bevor sie zu weiteren Taten schritten, gaben ihnen weniger hochgestellte Würdenträger ihren Segen. Vermutlich gingen sie auf die Jagd oder auf Spähdienst. Die Kinder wurden trainiert und mußten bei einer ziemlich anstrengenden Gymnastik mitmachen. Die Frauen machten sich am Feuer zu schaffen. Die Maschinerie des Stammes war angelaufen.

Ziemlich früh wurde den Gefangenen Essen gebracht. Es war in einer dickwandigen Tonschüssel und bestand aus einem klebrigen Eintopf, mit großen Fleischstücken, die im Bratensaft schmorten. Es dampfte. Man hatte ihnen auch einen großen Krug mit Wasser gebracht, den sie herumreichten. Sie waren dankbar dafür.

»Ich glaube, wir sollten auch etwas essen«, sagte Kordan. Sie starrten die Schüssel an, die er ihnen hinhielt.

»Sieht lecker aus«, sagte Dulcifer. Er tauchte die Hand hinein und holte sich ein Stück Fleisch heraus, das er nach kurzem Zögern entschlossen in den Mund steckte. Die anderen schauten ihm fasziniert zu.

»Eßt!« sagte er. »So eßt doch! Es ist ja nur unser Freund von gestern, der Eber.«

Zögernd griffen nun auch die anderen in die Schüssel, einer nach dem anderen. Nur Constanza weigerte sich.

»Ihr seid Kannibalen!« sagte sie. »Es ist gegen unsere ethischen Gesetze, von diesem Dreck zu kosten!«

»Du wirst einen fürchterlichen Hunger bekommen!« warnte sie Takeido. »Obwohl einen der Gedanke daran beinahe krank macht, müssen wir doch etwas essen. Jetzt denk mal nicht an die Ideologie, Rubyna, und gestatte mir, dir einen Bissen zu reichen!«

»Helden sagen nie ›Nein‹«, zitierte Burek.

»Es ist gar nicht so übel«, sagte Sygiek und nahm sich noch einen Bissen.

Constanza stand auf und ging ans andere Ende des Käfigs, wo sie sich niedersetzte. Die anderen leerten die Schüssel.

Sie lächelten sich schuldbewußt an.

Ein altes Weib brachte eine zweite Schüssel, die sie ebenfalls leerten. Ein bißchen Wasser war in dem Krug übriggeblieben, nach einer kurzen Debatte entschlossen sie sich, ihre Hände darin zu waschen. Dann leerten sie den Inhalt auf den Boden. Das alte Weib brachte noch einen Krug, der ganz gefüllt war mit frischem Quellwasser. Sie sagten kein Wort. Sie tranken, bis sie kaum mehr Luft bekamen.

Als die alte Frau den Krug wieder geholt hatte, ging Sygiek zu Rubyna hinüber, die mit Takeido beisammensaß.

»Wir müssen optimistisch sein«, sagte sie und sah dabei auf die andere Frau herab. »Nun, da uns diese Wilden in die Höhle gebracht haben, ist die Wahrscheinlichkeit, daß wir von dem Rettungskommando aus Friedensstadt gerettet werden, nur noch sehr gering. Wir müssen also unbedingt bei Kräften bleiben. Du hast einen Fehler gemacht, daß du nichts gegessen hast!«

»Hau ab!« sagte Rubyna mürrisch. »Nur weil du diesen Dreck gegessen hast, brauchst du ihn nicht jemand aufzuschwatzen!«

»Wir tun nur, was das System von uns erwartet. Wir müssen bei Kräften bleiben. Sicher verstehst du das?«

Rubyna sprang auf und sah die andere Frau fest an. Die Pupillen ihrer dunklen Augen waren erweitert. »Millia Sygiek! Jetzt gib mir bloß keine Befehle! Seit du in meinen Bus gestiegen bist, hast du nichts anderes getan, als die Leute herumzukommandieren! Der Klang deiner Stimme macht mich ganz krank!«

Sygiek trat einen Schritt zurück und sagte in sehr beherrschtem Ton: »Jetzt benimm dich mal ein bißchen, Madame Outourist. Einige sind eben dazu geeignet, Befehle zu geben, andere, sie zu empfangen.«

»Dann werde dir erst einmal klar darüber, wer in welcher Kategorie ist, bevor du dein großes Maul wieder aufmachst! Ich hab's nicht vergessen, daß du mich eine Arbeiterin genannt hast! Wenn wir hier rauskommen, wirst du ein häßliche Überraschung erleben — du und diese beiden Idioten, die an deinem ausgebeulten Mao-Anzug herumschnüffeln!«

»Hör auf damit, Constanza! Hör auf damit!« sagte Takeido. »Wir dürfen uns nicht streiten!« Er zog sie zurück. »Wir haben schon genug Schwierigkeiten, wir dürfen uns jetzt nicht auch noch entzweien!« Er streichelte ihren Körper, liebkoste ihre Brüste. Sie drehte sich um und starrte ihn an, als Kordan Sygiek zum anderen Ende des Käfigs geleitete und sie besänftigte.

Es verstrich wieder lange Zeit. Eine Gruppe von acht Männern kam aus einem der inneren Tunnel. Sie schritten zielbewußt auf den Käfig zu. Die Gefangenen standen da und schauten ihnen entgegen.

Einer der Höhlenbewohner war der Führer, die übrigen waren seine Gefolgschaft. Seine Autorität war unverkennbar. Er war von kleinem Wuchs, mittleren Alters, langhaarig und mit einem roten Mantel bekleidet, der von einer Passe an den Schultern herabhing. Er trug einen Lederhelm. Sein Auftreten war lebhaft. Als seine Mannschaft zu murren begann, gebot er den Männern Schweigen. Er überschüttete seine Gefangenen mit einem Wortschwall.

»Wir verstehen nicht, was du uns sagen willst«, antwortete Kordan, »aber bevor wir uns unterhalten, wollen wir aus diesem Käfig herausgelassen werden. Öffne das Tor!«

Er rüttelte an den Stäben, um die Bedeutung seiner Worte zu demonstrieren.

Der Häuptling sagte etwas, die anderen hinter ihm murrten wieder. Wachen wurden herbeigerufen. Sie eilten schnell herbei und waren mit Stangen bewaffnet.

Der Anführer machte eine knappe Geste. Einer seiner Handlanger trat vor, sperrte die Käfigtür mit einem Schlüssel auf und öffnete sie. Die Gefangenen kamen einzeln heraus, zuerst Kordan, dann Burek, dann Sygiek und Dulcifer, dann Takeido und zuletzt Constanza.

»Wir verlangen, daß ihr uns Geleitschutz bis zur Dunderzee-Schlucht gebt, wo wir in Sicherheit sein werden«, sagte Kordan. »Wir zeigen uns dafür erkenntlich. Verstehst du?«

»Es ist doch sehr unwahrscheinlich, daß sie dich verstehen«, meinte Sygiek.

»Also gut, Mallia, du übermittelst ihnen die Botschaft in Zeichensprache!«

Sygiek drehte sich nach Constanza um. Sie wollte ihr die Hand zur Versöhnung reichen. »Rubyna, du lebst doch in dieser scheußlichen Welt, du solltest doch wissen, wie man mit diesen Leuten am besten umgeht. Spricht jemand ihre Sprache?«

Herablassend antwortete Constanza:

»Das sind keine Menschen, das sind Tiere. Wir erlegen sie, wie andere wilde Tiere. Es ist noch nicht einmal erwiesen, daß sie eine Sprache haben, Kordan hat das ja schon angedeutet. Wir werden bald befreit sein, und dann wird man sie abknallen, ausrotten.«

Der Anführer faßte Kordan am Arm. Kordan schrak zurück, obwohl die Geste nur herrisch, aber nicht feindlich gewesen war. Der Häupling bedeutete den Gefangenen, ihm zu folgen.

Es blieb ihnen nichts anderes übrig. Die Wachen waren zwar höflich, aber beobachteten sie genau. Sie gingen zwischen den Wachen über den harten Boden, marschierten an den Feuerstellen in der Mitte des Raumes vorbei, auf den Tempel zu. An den Stufen, die zum Gebäude hinaufführten, hielt der Anführer der Wachen an und redete noch einmal auf sie ein. Er blickte sie mit funkelnden Augen an, während er sprach. Seine Stimme verriet Leidenschaft. Er zeigte öfters mit ausgestrecktem Finger auf das Loch im Dach der Höhle, durch das der bewölkte Himmel sichtbar war. Dann wandte er sich an Sygiek, er sprach sie mit großem Nachdruck an, indem er abwechselnd auf sie und auf sich selber deutete.

Sie studierte ihn sorgfältig dabei und schlug die Augen absichtlich nicht nieder. Trotz der entwicklungsgeschichtlichen Abgründe, die sie voneinander trennten, wollte sie wissen, was für ein Mensch dieser Häuptling war. Sein durchdringender Blick ließ sie nicht los. Aus seiner Tunika zog er eine Glasscherbe hervor. Es war ein Stück von einem zerbrochenen Spiegel. Er hielt es ihr vors Gesicht, so daß sie ihre grauen Augen im Spiegel sehen konnte. Dann deutete er auf sein Gesicht.

»Welche Theorien habt ihr dafür?« fragte sie die anderen.

»Er will mit dir schlafen«, sagte Takeido und kicherte.

»Vielleicht hatte er eine Tochter, die aussah wie du«, meinte Burek.

»Er hat auf die Ähnlichkeit der Gesichtszüge, die zwischen seiner und unserer Rasse bestehen, hingewiesen«, sagte Kordan.

»Er will, daß du begreifst, wie ähnlich sich unsere Rassen sind und daß du viel hübscher bist als er«, antwortete Dulcifer.

»Er wird dir die Augen auskratzen«, ereiferte sich Constanza.

Aber das Problem wurde nicht gelöst. Als ob er damit ausdrükken wollte, daß er wütend sei, machte der Häuptling ein Zeichen mit der linken Hand. Die Gefangenen wurden die Treppe hinauf und in das Gebäude hineingeführt, das kein Dach hatte. Im Vorübergehen sahen sie Männer, die Kerzen drehten. Sie gingen ganz dicht an den zwei Metallkörpern vorbei, die über und über mit Rohren und Leitungen bedeckt waren. Sie gelangten schließlich unter ein Gerüst aus Holz, das bis zur Decke der Höhle ragte. Ein bißchen weiter hinten, beinahe schon an der Steinwand der Höhle, befanden sich ein paar Holzverschläge, in die sie hineingeführt wurden.

Jeder Verschlag enthielt eine Sitzgelegenheit. Trotz des Protestes der Gefangenen wurden je zwei in einer Zelle an Händen und Füßen gefesselt.

»Das ist ja nur ein fieses Gefängnis!« stöhnte Takeido. »Ich kann es bald nicht mehr ertragen!«

»Bei uns auf der Erde gibt es noch schlimmere Gefängnisse als dies«, räumte Burek ein.

»Dafür wird man dich zur Rede stellen!« In Sygiek war wieder der alte Fanatismus erwacht. »*Unsere* Haftanstalten sind Teil eines komplexen Rechtsprechungssystems und für die Umerziehung vorgesehen.«

»Wenn man uns hierhergebracht hat, spricht das vielleicht dafür, daß man uns nun höher einschätzt«, sagte Kordan. »Wir sind nicht mehr länger wie Tiere in einem Käfig eingesperrt. Sie müssen uns notgedrungen wie Gefangene behandeln, aber sie haben uns an einem geweihten Ort eingesperrt. Und was noch wichtiger ist, ich glaube, der Präsident will sich entschuldigen.«

»Entschuldigen!« rief Takeido. Er vergrub sein Gesicht in den Händen und begann wie irre vor sich hinzulachen.

Nach dem besänftigenden Ton in der Stimme des Häuptlings zu urteilen, versuchte er tatsächlich so etwas wie eine Rechtfertigung. Er klatschte in die Hände. Ein Gegenstand wurde hereingebracht und Kordan überreicht. Er untersuchte ihn.

»Es ist ein Buch, das aus ganz dünnen Blättern besteht«, sagte Kordan. »Ich habe ein paar grafische Darstellungen gesehen, vielleicht ist es sogar ein Lehrbuch. Wie nicht anders zu erwarten war, ist es in einer archaischen kapitalistischen Sprache verfaßt. Ich habe diese Hieroglyphen schon vorher einmal gesehen. Es ist weder in kyrillischer noch in deutscher Sprache geschrieben, die könnte ich nämlich entziffern. Es könnte Amerikanisch sein.«

Mit einer ziemlich gleichgültigen Geste reichte er es dem Anführer der Höhlenbewohner zurück und bemerkte dazu: »Danke. Aber ich kann es nicht lesen.«

»Ich bezweifle auch, ob sie es lesen können«, sagte Dulcifer dazu. »Es ist nur eine Reliquie.«

»Das hat nichts zu sagen«, meinte Burek. »Er versucht dir klarzumachen, daß er etwas verehrt, das von einer anderen Welt kommt. Du glaubst doch nicht im Ernst, daß sie in dieser verdammten Höhle solche Bücher produzieren!«

Das Buch wurde wieder weggetragen, der Führer hielt noch eine kurze Rede, verbeugte sich und zog sich dann zurück, seine Leute folgten ihm.

X

Den Rest des Tages blieben sie sich selbst überlassen, nur einmal kam das alte Weib vorbei und brachte für jeden eine Schüssel mit einer wäßrigen Suppe, die nach Minze schmeckte. Die Zeit verstrich sehr langsam und die Bänke waren hart. Obgleich sie über die Zellenwände und über die Türen der Zellen schauen konnten, schleppten sich die Stunden nur sehr träge dahin. Die Gefangenen stellten Mutmaßungen über ihre Rettung an, denn man mußte sie ja nun im Hotel und in Friedensstadt vermissen. Besonders schwer war es für die Gefangenen, in den sich endlos hinziehenden Stunden des Nachmittags die optimistische Haltung zu bewahren, die ihnen vom System diktiert worden war.

Sie saßen nebeneinander in ihren Zellen: Burek, Kordan, Constanza, Takeido, Dulcifer und Sygiek.

»Ich will euch ganz ehrlich sagen, was ich denke und fühle«, platzte Takeido plötzlich heraus, als lange Zeit Schweigen geherrscht hatte. »Ich weiß, daß viele Leute das mißbilligen, daß sie der Ansicht sind, es zeuge von schlechtem Geschmack und man müsse es bestrafen. Aber schließlich dürfte es doch wohl klar sein, daß wir nie mehr zum System zurückkommen. Was mich wirklich am meisten reizen würde, wäre, mit Rubyna Constanza in den Armen nackt am Fluß zu liegen und sie zu lieben. Tut mir leid, Rubyna, aber das ist es nun mal, was ich empfinde — und mir wünsche!«

Constanza sagte gar nichts. Sie biß nur auf ihren Fingernägeln herum und hielt die Augen gesenkt.

»Wenn ein Wolf heult, dann heult er fürs ganze Rudel«, zitierte Burek und lachte.

Dann wurde es wieder still, aber Takeido brach von neuem das Schweigen. »Soviel zu meinen Wünschen. Meine intellektuellen Bedürfnisse werdet ihr aber wahrscheinlich noch mehr mißbilligen. Mein Wissen auf dem naturwissenschaftlichen Sektor ist sehr bescheiden, es geht kaum über die Exobotanik hinaus, aber ich habe mehr darüber nachgegrübelt, als ich jemals zugegeben habe. Was ich nun sage, stützt sich, obwohl es auf neuer Erfahrung aufbaut, auf die alte Tradition der Meditation.

Nun ja, unser überlegener Genosse, der Akademiker Jerezy Kordan, ist ein offiziell anerkannter Historiker, aber ich wage zu behaupten, daß wir alle ein bißchen was von Geschichte mitbekommen haben, trotz der vielen Verbote. Und nicht zuletzt versteht sich ja die Elite darauf, die Regeln so auszulegen, wie es ihr paßt. Nun, meine Auffassung von der Geschichte sieht folgendermaßen aus: Den guten alten Homo sapiens verfolgten viele Gespenster, die alle etwas mit den grundlegenden Mängeln der Kontrollsysteme zu tun hatten. Ich meine ganz einfach damit, die Menschwerdung bedeutete entwicklungsgeschichtlich, daß neue Kontrollsysteme zu den alten hinzukamen. Und dieser von Anfang an vorhandene Konflikt war es dann auch, den dieser Homo sapiens während seiner ganzen Geschichtsperiode auf vielfache Weise zu erklären versuchte. Es wurden irgendwelche Plagegeister erfunden, die meisten davon wirkten von außen auf den Menschen ein, man hätte sie aber auch als Projektionen bezeichnen können, die seine innere Unruhe widerspiegelten: Gespenster, Götter, Schicksalsgottheiten, Teufel, Elfen, Feen, Geister, Golems und wie sie sonst noch alle hießen. Sie waren alle mehr oder weniger Störenfriede und sollten dem Menschen helfen, seine Unruhe zu meistern. Man errichtete große philosophische Systeme, um das physiologische Unbehagen damit zu erklären. Viele davon beherrschten den Menschen jahrhundertelang. Die Projektionen waren sehr viel dauerhafter als die kleinen schwachen Menschenkinder, die sie erschaffen hatten.

Mit der Zeit gewann der Sapiens mehr Herrschaft über die Natur, aber nicht über sich selber. Er konnte sich die Elemente unterwerfen, blieb aber doch Sklave seiner Natur.

In diesem Zeitabschnitt wechselten die geistig überlegenen Gruppen von Sapiens ihre Projektionen. Neue Gedankensysteme wurden errichtet, die mit den intellektuelleren Weltanschauungen übereinstimmen sollten. Das Unbehagen wurde in neue metaphysische Ungeheuer gebannt — manchmal stellte man sich vor, daß es ganze Planeten voll davon gab. Wie wir heute wissen, kann es so etwas nicht geben, aber ihre Einbildungskraft war eben krank. Sie träumten auch von der vollkommenen Maschine, einem Gegenstand aus Metall, der keine inneren Schwächen hat, und von Robotern träumten sie, das was wir heute Radniks nennen. Roboter waren elektronisch gesteuert, träumten nicht und hatten kein Innenleben, das verworren sein konnte. Vielleicht sollte ich aber das Phänomen des Träumens erklären: Träume waren Entladungen, die durch kurzgeschlossene geistige Energie entstanden. Die

Hauptursache für diese Kurzschlüsse war der Konflikt der Nervensysteme, der dem Sapiens den Schlaf empfindlich störte. Aber sie waren beinahe genauso wichtig wie der Schlaf selbst. Obwohl es nur sehr wenige erkannten, beruhte ihre ganze Naturwissenschaft auf Magie und Zauberei. Wie das Ritual, das wir gestern gesehen haben, diente sie dazu, die Teufel auszutreiben, die sich innerlich festgesetzt hatten. Schließlich gelang es ihnen sogar, ein vollkommenes System zu entwerfen. Natürlich war der Prototyp eines politischen Systems zuerst vorhanden, andernfalls wären derartige Experimente von machthungrigen Regierungen unterdrückt worden.

Schließlich sah der Sapiens eine Möglichkeit, eine Menschenrasse ohne physiologisch bedingtes Unbehagen, ohne Handikaps hervorzubringen, nämlich durch die technische Genetik und das, was wir heute als Techno-Eugenik bezeichnen. Aber darüber haben wir ja schon gestern gesprochen.

Mit anderen Worten: er hat uns hervorgebracht.

Aber er hat sich damit natürlich gleichzeitig dem Untergang preisgegeben. Der Homo uniformis mußte seine chaotische Welt übernehmen.

Nun, Genossen, ihr wißt, was dann geschehen ist, oder besser gesagt: was nicht geschehen ist. Von Generation zu Generation haben wir uns seitdem vervollkommnet. Seit unserer Erschaffung sind wir ziemlich gut vorangekommen. Die Welt, die vor uns existiert hat, haben wir allmählich vernichtet. In den Zoos halten wir, glaube ich, immer noch ein paar Tiere und sogar ein paar Exemplare vom Homo sapiens. Wir gehen logisch vor und haben durch unsere Logik auch die Fähigkeit erworben, alles zu kontrollieren. Wir beherrschen alles, angefangen bei uns selber bis zu unserem gesamten Sonnensystem. Aber was haben wir wirklich erreicht, außer daß wir ein paar Merkmale des Homo sapiens, wie natürliche Geburt, Familie, Kunst und Religion abgeschafft haben? Nichts! Aber auch gar nichts! In einer Million Jahre haben wir weniger erreicht als Homo sapiens in ein paar Jahrhunderten. Wir sind evolutionäre Irrläufer.«

»Das ist doch alles Quatsch, was du da sagst!« ereiferte sich Sygiek. »Die ungewohnte Kost war Gift für dich!«

»Es verwundert mich überhaupt nicht, daß du so reagierst, Utopistin Sygiek. Aber bewahre dir deinen Wortschwall für später auf. Jetzt rede ich«, sagte Takeido ruhig. »Ich habe euch verdammten Radniks mein ganzes Leben lang zuhören müssen! Nun bin ich an der Reihe. Ich will damit nur sagen, daß es auch einen anderen

Standpunkt gibt, den man aber in unserem System nicht vertreten darf. Es gibt gar keine Möglichkeit, ihn auch nur vorzubringen. Wißt ihr, was ich damit meine, Genossen? Wenn man seine Meinung sagt, ist man ein Feind des Systems. Steht unser Leben denn wirklich auf einem so wackligen Fundament, daß eine einzige Frage die ganze Theorie zum Einsturz bringen kann?

Vielleicht ist es wirklich so — man braucht sich nur das bißchen vor Augen zu halten, das wir wirklich erreicht haben. Zugegeben, wir haben eine Methode des Reisens von Sonnensystem zu Sonnensystem entwickelt, die der Sapiens nicht hätte hervorbringen können, weil die Kratobatik seine mathematischen Fähigkeiten bei weitem übersteigt. Aber trotz alledem wäre der Sapiens jetzt viel weiter als wir. Eine Million Jahre Biokom, und unsere einzige Errungenschaft ist, daß wir uns in unserem System verschanzt haben wie Holzwürmer in einem alten Balken!«

In einem kalten und beherrschten Ton gab ihm Kordan zu verstehen: »Utopist, dein Blick ist tatsächlich umnebelt, und du wirst dich einer gründlichen Therapie unterziehen müssen, wenn wir hier lebend herauskommen und wenn dieses Ritual, das wir gestern miterlebt haben, solche subversiven Kräfte in dir weckt!«

»Nein! Nein! Ja, ja — dunkel ist meiner Rede Sinn, du verdammtes intellektuelles Schwein! Weil das System uns nämlich alle isoliert im Namen der Einigkeit, die ich verfluche!« Takeido reckte sich so weit hoch, wie es die Fesseln erlaubten, und schrie über Constanzas Kopf hinweg Kordan an, der ihn ganz entgeistert anstarrte. Constanza kauerte sich auf den Boden und hielt sich die Ohren zu. »Ja, wir können kein Vertrauen zueinander haben, weil wir ständig fürchten müssen, verraten zu werden. Was der Staat ›Bewußtsein‹ nennt, ist nur ein probates Mittel zur Denunziation des Nächsten. Wir können einander nicht trauen. Ich spreche jetzt auch nur, weil Vertrauen und Verrat unter diesen Umständen nicht mehr sonderlich wichtig sind. Aber du hast recht, das Ritual letzte Nacht hat etwas in mir zum Gären gebracht!«

Die Aufregung würgte in seiner Kehle, als er sich jetzt auf die Brust schlug und mit den Ketten rasselte. »Ich habe nämlich gestern über das Durchhaltevermögen dieser Leute gestaunt, über die Zärtlichkeit, mit der sie sich um ihre Kinder kümmern, anstatt sie wie Versuchstiere großzuziehen, wie das bei uns der Brauch ist. Sie überleben unter den unmöglichsten Bedingungen. Ja, ich sage euch das — und ich sage es laut, ihr gefühllosen Utopisten: Wenn man hundert von uns auf einem verlassenen Landstrich von Lysenka aussetzen würde, wären sie wahrscheinlich vollkommen hilflos und würden sich auf ihren Hintern setzen und reden und argumentieren, bis sie umkämen. So funktioniert nämlich eure Logik! Wir sind nichts als Roboter, Radniks!«

»Unsere Redegabe ist ihrem Ritual überlegen«, kommentierte Burek belustigt. »Setz dich hin, Takeido, setz dich jetzt endlich hin und halt den Mund. Dein Argument zeugt von Unreife. Damit erweist du niemandem einen Dienst!«

Takeido gab noch immer keine Ruhe.

»Daß du mich nicht unterstützen würdest, das war mir ja schon von vornherein klar, Utopist Burek! Du bist nämlich auch nur eins von diesen isolierten Wesen, die so tun, als ob sie Individualisten wären, nur um sich einen letzten Rest von Selbstachtung zu bewahren! Du kannst weder anderen helfen, noch brauchst du Hilfe — du bist nur eine dieser Marionetten, die das System brauchen kann!« Takeido drehte sich nun herum und schrie Dulcifer an: »Und wie steht's mit dir, Vul Dulcifer? Unterstützt du mich? Ab und zu läßt du ja Bemerkungen fallen, die ein bißchen gewagt sind! Wir beide wissen doch ganz genau, warum! Ja, wir wissen es ganz genau! Du bist nämlich ein Provokateur, ein Mitglied der verdammten Gesypo. Du brauchst es gar nicht zu leugnen! Mir macht es nämlich nichts aus zu sagen, was ohnehin jeder schon weiß!«

»Nun, dann haben sie eben falsch geraten«, sagte Dulcifer. »Setz dich, Genosse! Wir haben auch ohne dein Zutun schon genug Probleme!«

»Ja, bitte setz dich, Ian!« flehte ihn Constanza an.

»Ja, ich setze mich«, sagte Tadeiko, »aber ich setze mich nur, weil mich Rubyna darum bittet. Sie ist die einzig anständige Person in dieser Runde. Aber zuerst werde ich euch noch meine große Idee verkünden. Sie schließt auch eine Möglichkeit mit ein, wie wir uns vom Würgegriff des Systems lösen können. Ich werde meinen Mund auftun, ob ihr mich dabei unterstützt oder nicht.

Wir sollten einmal die Vorurteile vergessen, die man uns mit so großer Sorgfalt beigebracht hat, und erkennen, daß man diese Wilden hier auch bewundern kann. Ja, *bewundern!* Ihr habt ganz richtig verstanden. Man sollte diese Menschen nicht vernichten. Wir sollten dafür sorgen, daß sie verschont bleiben, ja, noch mehr als das: daß man sie alle zurückholt und sie entweder auf der Erde oder auf dem Mars ansiedelt. Ich meine damit nicht die Rassen, die zu Tieren regrediert sind, nur diesen einen Stamm und die Gruppen, die ihm gleichen. Es müßte sich dabei also um die Individuen handeln, die es trotz der widrigen Umstände fertiggebracht haben, während mehr als einer Million Jahre, die seit der Landung der Kapitalisten vergangen sind, ihre Menschlichkeit zu bewahren. Nach der Million Jahre, die wir mit ›Welteintracht‹ verschwendet haben, glaube ich, daß wir den Sapiens brauchen, so wie er einst gedacht hat, daß er uns braucht. Das ist alles, was ich sagen wollte.«

»Jetzt reicht's aber auch wirklich!« sagte Constanza in einem ziemlich scharfen Ton. »Deine Rede war ketzerisch! Setz dich hin!«

Der Ton ihrer Stimme entmutigte Takeido. Er sank auf seine Bank zurück und sagte nichts mehr.

»Es gibt wirklich viel, was dazu zu sagen wäre«, aber Kordan äußerte seine Meinung nicht.

Eine Zeitlang herrschte Schweigen. Die meisten begannen vor sich hin zu dösen, nur Sygiek saß ganz aufrecht da und bewegte sich kaum. Sie starrte vor sich hin ins Leere.

Sie war deshalb auch die erste, die den Sonnenuntergang mitbekam. Die Wolken waren aufgerissen, und der Himmel war fahl geworden, als die Höhlenbewohner wieder zurückkehrten. Sie schleppten noch mehr erlegte Tiere herbei. Auch die Kinder tollten wieder herum. Die Priester gingen wie am Vorabend in den Tempel. Die Kerzen wurden angezündet. Dann kamen Männer herein mit Fackeln. Man hörte Stimmengewirr, man vernahm Rufe. Das Feuer wurde wieder angefacht und Essensgeruch erfüllte die Luft.

Sygiek drehte sich um und weckte Dulcifer. Ganz allmählich erwachten auch die anderen, richteten sich auf und stöhnten, weil sie sich so unbehaglich fühlten.

Dulcifer schaute über die Zellenwand nach Takeido.

»Utopist Takeido, trotz deiner Schmähungen und Übertreibungen hat mich interessiert, was du über die Unzulänglichkeiten des Systems gesagt hast und unsere Sehnsucht nach dem Homo sapiens.«

»Vergiß es! Ich weiß, was dein Interesse wert ist!« Takeido machte sich nicht einmal die Mühe aufzusehen.

»Weil du noch so jung bist, glaubst du, daß etwas nicht stimmt mit dem System, nur weil es sich so langsam entwickelt. Wenn du einmal älter bist, wirst du dein Urteil völlig umstoßen und verstehen, daß des Sapiens überstürzte und unkontrollierte Entwicklung das Symptom für etwas Verkehrtes war. Ich weiß das aus eigener Erfahrung. Du hast behauptet, daß der Sapiens bis zum heutigen Zeitpunkt wahrscheinlich die halbe Milchstraße beherrschen würde. Aber denk doch nur daran, was für eine Verwirrung er auf der Erde gestiftet hat! Beim Gedanken an diese Rasse solltest du nicht sentimental werden. Es ist nicht auszudenken, was für eine Unordnung die in der Galaxis angerichtet hätten! Nein, unsere vorsichtige Methode ist weit besser!

Aber ich weiß, daß ich dich nicht von meinem Standpunkt überzeugen kann, ebensowenig wie du mich von deiner Ansicht überzeugen kannst. Nicht Beweisgründe rufen eine Sinnesänderung in diesen Dingen bei uns hervor, sondern die Zeit.«

Takeido schüttelte den Kopf und blickte auf seine gefesselten Hände. Leise sagte er: »Wahrscheinlich kannst du dann auch nicht akzeptieren, daß wir auf dem besten Wege sind, solche Roboter zu werden, wie sie sich der Sapiens ausgemalt hat.«

Als einige Zeit verstrichen war und Dulcifer nicht antwortete, sagte Kordan: »Auch wenn wir nicht wissen, ob wir diese Höhle lebend verlassen, liegt doch kein Grund vor, daß wir uns dieses umstürzlerische Gerede gefallen lassen. Die Höhlenbewohner sind die Roboter. Sie sind abgestumpft, weil sie jeden Tag den gleichen Kram erledigen.

Du findest wahrscheinlich, daß das Jagen aufregend ist, Takeido, weil du jung bist. Das Leben im System stellt eine größere Herausforderung dar. Auch das System fordert zum Kampf heraus, aber dieser Kampf ist existentieller Natur. Unsere Bedürfnisse sind nicht durch einen vollen Magen oder eine Frau gestillt. Wir verdrängen unsere persönlichen Wünsche, wir geben unsere Identität preis im Interesse der Gesellschaft und des Staates. Wir wissen, welchen Preis wir dabei zahlen, aber wir wissen auch, daß das Leben im Grunde tragisch ist. Das ist nun einmal der Weg, den wir eingeschlagen haben, und wir müssen ihn weitergehen ein Leben lang, ohne Erbarmen für unsere Schwächen und für die der anderen.«

»Wie ich sie zeige«, sagte Takeido.

»Richtig, wie zum Beispiel deine Schwächen«, pflichtete ihm Kordan bei. »Wenn wir zu unserem System zurückkehren, werden wir uns wiedersprechen, wenn du dich vor Gericht verantworten mußt. Ich werde Zeuge sein.«

Takeido zeigte grinsend mit dem Finger auf Kordan.

Dann schwiegen die Gefangenen wieder und sahen untätig zu, wie immer mehr Menschen in die Höhle hereinströmten. Das Stückchen bedeckten Himmels, das sie über sich sehen konnten, wurde nun ganz dunkel. Die Höhlenbewohner betraten den Vorhof des Tempels. Sie hatten Kerzen dabei. Sie begrüßten die Priester und marschierten in feierlicher Haltung vorbei.

»Die Monotonie des Daseins!« rief Sygiek aus. »Mir kommt es so vor, als ob wir schon seit Jahren hier eingekerkert wären. Wenn der Streik vorüber ist, wird das Gebiet dort draußen wieder von Satelliten kontrolliert und von Flugzeugen, die man von Friedensstadt hierher abkommandiert hat. Wenn nur einer von uns rauskönnte . . .«

»Wir wollen sehen, was heute abend während der Zeremonie geschieht«, sagte Dulcifer. »Ich habe so ein Gefühl, als ob sie uns heute mit einbeziehen würden. Vielleicht bietet sich uns dann eine Chance. Nicht verzweifeln, Millia, nur nicht verzweifeln!«

Wie am Abend zuvor kamen ganze Familien in die Höhle. Frauen waren darunter, die ihren Babys die Brust gaben, und kleine Kinder, die ganz still waren. Es gab wieder aufwendige Scharaden, die für die Beobachter ohne Bedeutung waren. Dann schlossen sich die Leute zu einer größeren Gruppe zusammen, gingen die Stufen hoch und betraten den Tempel.

Sie verbeugten sich tief und begannen dann ihre Handflächen an den wuchtigen Maschinen zu reiben, die unter dem Holzgerüst in der Mitte standen.

»Sind die Metallgebilde vielleicht die Antriebsmotoren des abgestürzten Raumschiffs?« fragte Constanza.

»Nach dieser langen Zeit wären die ursprünglichen Motoren längst zu Rost zerfallen«, antwortete Burek. »Es könnten aber Nachbildungen sein. Ich habe mir schon überlegt, ob das Gebärdenspiel nicht einfach die Reparatur der Motoren zum Inhalt hat. Meinst du nicht auch, Dulcifer? Du bist doch Ingenieur — und nebenbei Philosoph.«

»Ich bin zwar Ingenieur, aber ich weiß nicht, was in den Köpfen dieser Wilden vor sich geht. Wie es um ihr leibliches Wohl bestellt ist, kann ich an ihren armen, unterernährten Körpern sehen.«

Bevor die Zeremonie zu Ende ging, hatten sie genug Zeit, das Elend dieser Menschengruppe zu studieren; die dünnen Schenkel, vorstehenden Knochen und mit Geschwüren bedeckten Beine.

Nach der Zeremonie zogen sich die Höhlenbewohner wieder zurück und scharten sich um das Feuer in der Mitte. Wie am Abend zuvor begann die weißhaarige Frau mit dem fließenden Gewand eine lange Geschichte zu rezitieren. »Ist es vielleicht wieder die gleiche Geschichte?« fragte Sygiek. »Aber sicher können sie das nicht jeden Abend ertragen. Es muß etwas anderes sein.«

»Indoktrination, weiter nichts«, sagte Takeido kurz angebunden. Er hatte schon eine ganze Weile nicht mehr gesprochen.

Schließlich kam auch das Essen. Wie am Abend zuvor wurde es

von den Frauen mit den Schürzen ausgeteilt. Der Mann mit der großen Tasche kam ebenfalls wieder und sammelte die Essensmarken ein.

»Seht ihr — Kapitalismus!« rief Constanza. »Sie müssen für alles — mit Geld bezahlen. Das ist ihr Gott!«

Den Gefangenen wurde ebenfalls Essen gebracht, nur mußten sie nichts dafür bezahlen. Dieses Mal bekam jeder seine eigene Schüssel. Sie aßen schweigend, jeder vermied den Blick des anderen. Diesmal aß sogar Constanza etwas.

Der Abend schleppte sich dahin. Nach dem Essen gab es wieder ein Kampfspiel. Dieses Mal waren zwei Tiere mit langen Hälsen die Opfer. Sie schrien fürchterlich, als man sie herumjagte und dann tötete. Für den darauffolgenden Teil der Zeremonie erschien der Führer mit seiner Gefolgschaft. Alle standen auf. Ein Gong ertönte und der Häuptling begrüßte seine Untertanen mit einer gebieterischen Geste.

Hoch erhobenen Hauptes marschierte er durch den Tempel und machte vor den Zellen halt, in denen die sechs Gefangenen waren. Er nahm eine ganz bestimmte Haltung an, bevor er sie mit lauter Stimme anredete, so daß alle Anwesenden ihn hören konnten. Dann gab er seinen Gefolgsleuten ein Zeichen, daß sie die Gefangenen befreien sollten. Ihre Ketten wurden zerschlagen.

Takeido schloß sofort Rubyna Constanza in die Arme.

»Liebste Rubyna, du kannst dir ja gar nicht vorstellen, wie ich mich danach gesehnt habe, dich in den Armen zu halten! Sag mir, daß du verstanden hast, was ich mit diesen verrückten Reden von heute nachmittag gemeint habe.«

»Ja. Wofür hältst du mich eigentlich? Ich habe verstanden, Ian Takeido. Du haßt alles, woran wir glauben.«

»Aber du verurteilst mich doch nicht deswegen?« Er wich einen Schritt zurück.

»Wenn wir unsere ganz persönliche Meinung äußern, müssen wir zwangläufig dafür büßen. Das ist nicht *mein* Gesetz, das ist *das* Gesetz.«

Das war alles, was sie sagte. Sie rückte von ihm weg und strich ihre zerknitterte Uniform glatt.

»Bitte benutze nicht dieses abscheuliche Wort ›zwangsläufig‹! Das ist Kordans Lieblingswort.« Dann sagte er nichts mehr, sondern näherte sich Constanza.

Aber die Wachen trennten sie wieder.

Sygiek sagte leise zu Kordan: »Wir müssen Vertrauen zueinander haben, Jerezy Kordan. Ich fand es gut, daß du so offen zu Takeido gesprochen hast. Wenn du etwas Bestimmtes planst, dann werde ich dich dabei unterstützen.«

»Das ist aber ein erstaunlicher Gesinnungswandel für dich, Millia Sygiek.« Er schaute sie streng an und verzog dabei den Mund. »Du hast mich wirklich nur ziemlich halbherzig unterstützt bis jetzt, zum Beispiel als du mir deine Waffe aushändigen solltest!«

»Dann kannst du ja stolz darauf sein, daß du die Angelegenheit ganz allein geregelt hast.« Sie berührte seinen Arm. »Weißt du, wir beide sind zwar stolz, aber wie der Computer ganz richtig entschieden hat, nicht ganz und gar inkompatibel. Meinst du nicht auch, daß unsere Gegensätzlichkeit später diskutiert werden sollte?«

Er schaute ihr fest in die Augen und kräuselte dabei die Lippen. »Wir werden ja sehen, ob das, was du jetzt sagst, sich als Verheißung oder Drohung entpuppt. In der Zwischenzeit solltest du es als deine Pflicht ansehen, meine Führung zu unterstützen.«

Sie seufzte. »Wie du es richtig formuliert hast, unterdrücken wir unsere Identität um des Gemeinwohls willen. Ja, das müssen wir jetzt tun.«

Die Wachen trieben sie ebenfalls auseinander.

Dulcifer sagte zu Burek: »Wenn ich eine Chance zum Abhauen bekomme, dann zähle ich auf dich, Che Burek, daß du mir Rückendeckung gibst.«

»Jeder kann auf mich zählen«, antwortete Burek. »Das ist mein Geheimtip zum Überleben. Du hast doch gesehen, wie ich meinen Ärger hinunterschluckte, als Takeido mich beleidigt hat! Ein Elefant kümmert sich nicht um eine Fliege.«

»Ich will, daß du ein *Mann* bist, und nicht ein Elefant!«

Auch diese beiden wurden von den Wachen auseinandergetrieben.

Man führte die ganze Gruppe geschlossen nach vorn . . .

XI

Die Priester hatten unter dem hohen Gerüst aus Holz ein Podium errichtet. Es konnte von jedermann gut gesehen werden. Mit höflichen Gesten ermutigten die Priester die Gefangenen, die Tribüne zu besteigen. Die Gefangenen kamen dem Wunsch der Priester nach. Unter den versammelten Höhlenbewohnern erhob sich ein erwartungsvolles Gemurmel.

Constanza stand neben Kordan. Sie hielt sich krampfhaft an seinem Arm fest. Ihr Gesicht war blaß. »Entweder werden wir jetzt geehrt oder hingerichtet«, sagte sie.

»Ängstige dich nicht, Rubyna Constanza. Diese Wilden haben unseren Wert erkannt und erwarten etwas von uns. Bleib nur hier, ich beschütze dich!«

Als sie hinaufblickten, sahen die sechs, daß die Öffnung in der Höhlendecke genau über ihnen war. Der Stuhl, den man auch als Liege benutzen konnte, stand ganz in der Nähe. Das Gerüst war vielleicht die primitive Nachahmung einer Vorrichtung, die es jetzt nicht mehr gab und die die Kapitalisten dazu benutzt hatten, ihre Raketen zu starten. Das war es, was sich Sygiek zusammenreimte. In dieser Nacht konnte man keine Sterne sehen, nur ab und zu beobachtete sie seltsame Lichtblitze, die sie sich aber nicht erklären konnten. Wahrscheinlich braute sich ein Gewitter zusammen.

Der Anführer der Höhlenbewohner hielt wieder eine Rede und hob dabei seine Arme in die Höhe. Seine Stimme dröhnte und hallte im Raum wider. Die Menschenmenge drängte nach vorne, die Erwachsenen schoben die Kinder vor sich her. Vor den Stufen des Podiums machten sie halt. Die Menge war unruhig und erwartungsvoll.

Die Tribüne begann zu schwanken und hob sich einen oder zwei Zentimeter vom Boden. Darunter begannen Feuerwerkskörper zu explodieren.

»Sie haben nun begriffen, daß wir aus einer anderen Welt kommen«, sagte Kordon. »Sie benutzen uns als Lehrbeispiel. Ruhig Blut! Es wird uns nichts zustoßen. Seid tapfer!«

»Ich bin nicht besonders erpicht darauf, ein Lehrbeispiel für irgendwelche Wilden zu sein!« empörte sich Dulcifer.

Die Tribüne hob sich allmählich in die Höhe. Immer noch explodierten Feuerwerkskörper darunter. Sie wurde an Seilen hochgezogen, die an den vier Ecken befestigt waren. Abseits von der Menge und ohne daß sie das Publikum gesehen hätte, plackten sich acht kräftige Priester an einer Seilwinde ab.

Als das Podium mehr als einen Meter vom Boden entfernt war, kam es plötzlich zum Stehen. Die Leute schrien auf. Dulcifer machte einen Sprung nach oben und schwang sich am Gerüst empor. Der Anführer der Höhlenbewohner, der den Aufstieg der Gefangenen dirigiert hatte, als ob er eine Sinfonie wäre, stieß einen Wutschrei aus. Er sprang nach vorn, zog ein Schwert, das er drohend schwang.

Er rannte zum Gerüst. Der Blick, die Stimme, alles war auf Dulcifer konzentriert. Die Priester waren so verwirrt, daß sie die

Winde losließen. Die Tribüne krachte auf den Boden zurück, die fünf Personen, die sich noch drauf befanden, streckten alle viere von sich. Dulcifer zog die Pistole aus der Tasche und feuerte nach unten.

Kordan rappelte sich wieder auf, sein Gesicht war aschfahl. »Komm zurück, Dulcifer! Du hast mir die Pistole gestohlen, als ich gestern nacht geschlafen habe, du Abweichler! Ich dachte nämlich, Sygiek hätte sie sich wieder geholt. Schieß nicht!«

»Ohne System bist du doch zu nichts nütze, Kordan! Geh zurück!«

Dulcifer feurte noch einmal die Pistole ab und begann dann, schnell emporzuklettern.

»Nur weiter so, Genosse!« rief Takeido.

Der Häuptling strauchelte und fiel Kordan in die Arme. Sygiek rannte zu Kordan, um ihm zu helfen. Auf beiden Seiten stützten sie den Führer. Er fiel hin und schlug mit den Armen um sich. Sein Gesicht war schmerzverzerrt. Ein Blutstrom ergoß sich aus seinem Mund. Er schrie noch einmal laut auf und starb.

Die Menge erhob sich und begann, die Stufen hinaufzugehen. Die Höhlenbewohner näherten sich den Utopisten.

Dulcifer schaute sich noch einmal nach dem Chaos unter sich um. Er hatte nun die Spitze des Gerüstes erklommen. Es schwankte ganz bedenklich hin und her. Als er mit weit gespreizten Beinen auf den oberen Balken balancierte, sah er einen Felskamin, der nicht hoch war und nach außen führte. Der Kamin maß anderthalb Meter im Durchmesser und war zwei Meter tief. Draußen jagten dunkle Wolken an einem schwarzen Himmel dahin.

Er konzentrierte sich und sprang. Die ganze Energie seines robusten Körpers war darauf gerichtet, am Felsen einen Halt zu finden. Steine und Geröll bröckelten unter seinem Griff ab. Mit ausgestreckten Armen stemmte er sich in den Kamin. Ein Fuß fand einen Halt an der Seite. Er keuchte. Schweiß rann ihm übers Gesicht. Mühsam wuchtete er sich den Kamin hinauf.

Als Dulcifer durch den Kamin kletterte, schien die Zeit für ihn stillzustehen. Dann war er plötzlich mit dem Kopf draußen. Er atmete auf. Die Schultern folgten nach. Als die Arme draußen waren, schwang er sich auf den Boden über der Höhle, die unter einem Abhang lag. Eine Minute lang blieb er regungslos dort liegen, wo er hingefallen war, seine blutenden Hände preßte er fest an sich, damit er den Schmerz nicht so spürte. Dann stand er auf, er schwankte noch leicht und sah sich um.

Er war frei.

Die Öffnung, aus der er herausgekrochen war, lag geschützt. In der Dunkelheit konnte er von seiner Umgebung nur wenig sehen. Aber die frische Brise, die er im Gesicht spürte, die Kühle der Luft, das Rauschen eines Bachs in der Ferne, seine Schläfen, die sich nun wieder kühl anfühlten, und sogar der Kiesboden unter den Füßen — alle diese Dinge trugen zu seiner Hochstimmung bei. So mußte sich ein Mann fühlen, der sich plötzlich wieder seiner großen Liebe erinnert, die er verloren hat. Er reckte sich und streckte sich. Beinahe hätte er einen Jubelschrei ausgestoßen, aber er konnte sich gerade noch beherrschen. Grunzend vor Wohlbehagen sog er die frische Nachtluft ein.

Er ließ die Arme wieder fallen und beschloß, bergabwärts zu gehen.

Als er aus dem Schutz der Felsblöcke heraustrat, wurde er von Lichtern geblendet. Er blieb verwirrt stehen. Vor sich sah er zwei Suchscheinwerfer.

»He, wer ist da?« rief er. »Freund oder Feind?«

Ein paar Sekunden später flog ein Mattenboot, das mit den neuesten Schikanen, sogar mit einer Vorrichtung für Kratobatik ausgestattet war, auf ihn zu. Es hielt an, schwebte einen halben Meter über dem Boden, zwei Sicherheitspolizisten mit dem Symbol der Welteintracht an ihren Mützen sprangen herunter und klopften Dulcifer auf die Schulter. Schnell hatten sie sich gegenseitig vorgestellt und die allernotwendigsten Erklärungen gegeben. Sie halfen Dulcifer an Bord. Er ließ sich in einen der Sitze sinken und machte es sich bequem. Zwei Soldaten von der Welteintrachtsarmee und ein Mann in der düsteren schwarzen Uniform der Gesypo warteten dort auf ihn.

»Und wir haben schon gedacht, daß ihr überhaupt nicht mehr kommt«, sagte Dulcifer. »Wird immer noch gestreikt?«

Der Sicherheitsbeamte sagte: »Wir hatten keinen Streik, Utopist Dulcifer, merk dir das. Es hat sich lediglich um ein kleines technisches Problem gehandelt, das nun gelöst wurde. Im übrigen sind wir rasch und sicher gekommen. Das solltest du nicht in Frage stellen!«

Dulcifer lachte. »Du solltest dich mal von Kannibalen fangen lassen, dann würdest du sehen, was in einer solchen Situation ›schnell‹ heißt!«

»Wir mußten ein großes Gebiet durchkämmen«, sagte einer der Soldaten. Und da man euch in die Höhle schleppte, konnten wir euch nicht mit unseren Instrumenten registrieren.«

Er gab Dulcifer eine Feldflasche und klopfte ihm wieder auf die Schulter. »Aber wir sind froh, daß wir es noch rechtzeitig geschafft haben, Vul Dulcifer!«

»Was den Rest der Gruppe anbetrifft, so könnte es aber sein, daß wir zu spät kommen. Fliegt zuerst zum Fluß und dann zeige ich euch den Weg, der zwischen den Felsen hindurch zur Höhle führt. Können wir mit diesem Mattenboot direkt hineinfliegen?«

»Klar. Ohne weiteres.«

»Gut. Brechen wir auf. Jede Sekunde zählt.« Dulcifer trank noch einen großen Schluck von dem scharfen Getränk.

Einer der Soldaten übermittelte den zwei anderen Mattenbooten, die das Gelände absuchten und ganz in der Nähe waren, die neueste Information. Alle drei trafen sich weiter unten im Gelände. Auf dem jenseitigen Ufer des Flusses wartete ein Raupenfahrzeug. Das Mattenboot flog mit äußerster Geschwindigkeit durch die Luft. Es folgte dem Lauf des Flusses. Die Scheinwerfer waren auf die Felswand gerichtet. Die beiden anderen Mattenboote folgten.

Die Felswand war mit Löchern übersät, von denen eines wie das andere aussah. Nichts rührte sich. Die Gegend machte einen vollkommen unbewohnten Eindruck.

»Nachts ziehen sie die Leitern hoch«, sagte Dulcifer. Plötzlich war er sich seiner Sache nicht mehr so sicher und begann zu schwitzen. Nervös trommelte er auf die Knie.

Dann sah er plötzlich eine Brücke, die aus der Entfernung nur wie ein Brett aussah, das über dem matt glänzenden Fluß lag.

»Das könnte die Brücke sein. Macht hier kehrt und versucht in einen Tunnel hineinzufliegen, der zehn Meter über dem Flußbett beginnt.«

Das flache Flugzeug machte eine elegante Linkswendung und fuhr frontal auf die Felswand zu. Der Pilot hantierte an irgendwelchen Knöpfen herum. Dann verschwanden sie im Tunnel. Das Mattenboot verzögerte kaum seine Geschwindigkeit beim Eintritt in den Tunnel. Als sie drinnen waren, blieb das Flugzeug stehen. Erschreckt ließ sich Dulcifer in seinen Sitz zurücksinken und schlug die Arme schützend über dem Kopf zusammen.

Sie folgten einem Lichtstrom, als sie sich wieder in Bewegung setzten. Sie schienen Glück zu haben und auf dem richtigen Weg zu sein. Im Vorbeifahren sahen sie die Wachen des Stammes, die in Panik vor ihnen davonrannten oder sich an die Wand des Tunnels preßten, vor Angst aufschrien und ihr Gesicht in den Händen bargen.

»Noch mehr von diesen Tieren!« sagte einer der Soldaten und lachte verächtlich. »Wir sind auf der richtigen Spur!« Er zog seine Waffe und begann zu feuern. Eine der Wachen fiel unter Zuckungen zu Boden. Er blieb in der Dunkelheit liegen. Die Soldaten waren in Hochstimmung.

Dulcifer packte den Offizier am Arm. »Schießt sie nicht nieder! Es sind keine Tiere!«

Der Tunnel machte eine Kurve, verzweigte sich und bog dann nach links. Das Flugzeug flog auf eine Barrikade zu. Eine orangefarbene Flamme, die aus dem Vorderteil des Vehikels schoß, ließ das Hindernis zu Schutt und Asche werden. Sie zischten durch die Staubwolke und brachen mit lodernden Lichtern in den zentralen Höhlenraum ein.

Die Höhlenbewohner nahmen ihre Kinder und rannten in alle Richtungen davon. Angstschreie ertönten. Die Soldaten griffen wieder zu den Waffen.

»Schießt nicht!« schrie Dulcifer verzweifelt.

Das Mattenboot hielt in der Luft an. Es war nur noch ein paar Zentimeter vom Boden entfernt. Die Sicherheitspolizisten, die Soldaten und Dulcifer sprangen aus dem Flugzeug.

Im Tempel standen Sygiek, Kordan, Constanza, Burek und Takeido. Die Gruppe war zu einem lebenden Bild erstarrt. Der tote Häuptling des Stammes lag zu ihren Füßen. Seine Gefolgschaft und ein paar Priester knieten daneben. Die Gruppe war der Gegenstand ihrer Anbetung. Die übrigen Höhlenbewohner, die nun um ihr Leben rannten, hatten ebenfalls vor den Gefangenen gekniet.

»Geht es euch gut? Sind wir noch rechtzeitig gekommen?« fragte Dulcifer besorgt und eilte seinen Freunden entgegen. »Meine geliebte Millia — du bist jetzt in Sicherheit!«

Sygiek hatte sich an Kordan emporgezogen, der seinen Arm um sie gelegt hatte. Sie stand regungslos da und sah Dulcifer teilnahmslos an, als er sich ihr näherte. Die Würdenträger und Priester machten ihm Platz, aber sie rührte sich noch immer nicht.

»Du hast dich wie ein tollwütiger Hund aufgeführt, Utopist Dulcifer«, sagte Kordan und zeigte mit dem Finger auf ihn. »Du hast das Gesetz übertreten durch deinen Gebrauch von Feuerwaffen. Du kannst sicher sein, daß das und deine anderen Vergehen nicht einfach hingenommen werden.«

Dulcifer ignorierte ihn und schaute Sygiek forschend an.

»Millia, so sprich doch, unsere schwere Prüfung ist nun zu Ende!«

»Sie sind vor uns auf die Knie gesunken. Sie haben uns angebetet. Sie akzeptierten uns als ihre Götter«, sagte sie erstaunt. »Wie wenig sie wissen und wie wenig wir von uns wissen!«

»Laß sie in Ruhe, Dulcifer«, sagte Kordan. »Als du ihren Führer erschossen hast, hat wenig dazu gefehlt, daß sie uns in Stücke gerissen hätten. Aber du hast dich einen Dreck drum geschert! Es war ein Glück, daß wir in ihrem Ritual die Rolle von Göttern spielten. So haben sie den Mord als gerechtfertigt hingenommen, als ein Opfer, und haben uns nichts getan. Wenn wir Pech gehabt hätten, wären wir jetzt alle nicht mehr am Leben!«

Dulcifer schlug ihn verächtlich vor die Brust. »Du hast ja herzlich wenig dazu getan, dein Leben zu retten, Kordan. Du kannst dich glücklich preisen, daß es Wesen in dieser Welt gibt, die dumm genug sind, dich für einen Gott zu halten.« Er wandte sich wieder an Sygiek und umarmte sie. Er hielt sie fest an sich gepreßt und strich ihr besänftigend übers Haar.

»Sie haben uns verschont«, rief sie. Wie zuvor, klang ihre Stimme immer noch ganz benommen. »Ich glaube, sie beten die Macht an, und wahrscheinlich sehen sie uns als allmächtig an. Warum hätten sie uns sonst verschont?«

»Das ist das Gesetz des Universums — die Macht anzubeten«, sagte Dulcifer. »Aber ich hatte Angst um dich, Millia Sygiek. Ich befürchtete, daß das Gesetz auch einmal versagen könnte. Aber glücklicherweise gibt es noch so etwas wie Gnade.«

»Gnade . . .?« Sygiek erwachte aus ihrer Trance und hielt ihn krampfhaft fest. »Ja, sogar ich habe von Gnade gehört, Vul. Ich möchte mit dir sprechen . . . Ehrlich sprechen . . . Wenn wir zurückkommen . . . Laß uns das Risiko eingehen und zueinander sprechen.«

Er drückte sie fest an sich, war ganz überwältigt, als er das Feuer in ihren Augen sah, und konnte doch nichts sagen.

Die Höhlenbewohner flohen, als zwei weitere Mattenboote in der Höhle eintrafen. Soldaten sprangen ab mit schußbereiten Gewehren und bildeten einen Halbkreis um die Touristen. Die sechs umarmten sich und beglückwünschten sich dazu, daß sie gerettet worden waren. Bureks polterndes Gelächter übertönte alle anderen Geräusche. Die Sicherheitspolizisten und die Soldaten brachen in Hochrufe aus.

Aber Rubyna Constanza riß sich von Ian Takeido los und rannte mit einem ärgerlichen Ausruf die Treppe hinunter auf den Beamten der Gesypo zu. Takeido wollte ihr zuerst folgen, blieb aber stehen. Er rief ihren Namen. »Rubyna Constanza!« Sie war ganz blaß im Gesicht und schaute sich nicht um.

Die übrigen Touristen drehten sich um. Es war, als ob sie plötzlich einen Eishauch gespürt hätten. Die Soldaten verstummten schlagartig.

Der Sicherheitsbeamte ging Rubyna Constanza entgegen. Seine polierten Lederstiefel glänzten. Er streckte ihr die Hände zum Gruß hin. Auf seinem Gesicht war ein Lächeln.

»Sei gegrüßt, Kollegin. Bei der Gesypo wird man erleichtert sein, wenn bekannt wird, daß du noch lebst und in Sicherheit bist«, sagte er. Wir haben unaufhörlich nach dir gesucht, seitdem wir gestern den Rest der Reisegruppe beim Bus geborgen haben.«

Constanza begrüßte den Sicherheitsbeamten mit Handschlag und sprach dann in einem Ton, den die anderen kaum wiedererkannten.

»Ihr habt viel zu lange gebraucht. Wir sind zutiefst *gedemütigt*! Jemand muß dafür verantwortlich gemacht werden!«

»Ich entschuldige mich dafür, Genossin Funktionärin. Es tut mir wirklich sehr leid. Der Streik hat unsere Pläne durchkreuzt — mit den Schuldigen wird man gnadenlos verfahren. Dessen kannst du sicher sein. Wir werden euch nun sofort nach Friedensstadt zurückbringen.«

Constanza ging nicht auf seine Bemerkung ein und drehte sich nach den Touristen um.

»Funktionär Gunnar Gastovich, ich befehle dir, diese fünf Touristen zu verhaften. Es sind der Reihe nach Ian Takeido, Che Burek, Vul Dulcifer, Jerezy Kordan und die Frau, Millia Sygiek. Nehmt sie sofort in Gewahrsam! Einen ausführlichen Bericht werde ich erst erstatten, wenn wir zurück sind. Ich habe eine Verschwörung gegen das System aufgedeckt!«

Gastovich schnalzte mit den Fingern, worauf die Soldaten herbeieilten.

»Sie ist verrückt!« rief Kordan. »Keiner ist systemtreuer als ich. Ich bin Akademiker, der Akademiker eines angesehenen Instituts. Ihr könnt mich nicht gefangennehmen. Genossin Rubyna, du wirst dafür bestraft werden, wenn wir auf die Erde zurückgekehrt sind. Ich will deine Vorwürfe wissen!«

Takeido weinte und rief Constanzas Namen.

»Schweig, Takeido!« sagte Constanza streng. »Du zeigst nur deine Schuldgefühle, die ordnungsgemäß registriert werden. Was deine wortreichen Polemiken gegen den Staat anbelangt, so werden die anderen als Zeugen aussagen müssen. Du weißt, daß auf diese Art von Verbrechen die Höchststrafe steht. Um nun zu den anderen zu kommen . . .« — mit dem Finger zeigte Constanza auf Sygiek, Kordan und Dulcifer — »Das sind Personen, die in umstürzlerischer Absicht hierher kamen. Sie sind Mitglieder einer politischen Zelle und trugen sogar eine Waffe, was ja bekanntlich verboten ist. Auch dafür habe ich Zeugen!«

Burek drohte ihr mit der Faust. »Du wirst mich doch nicht auf deiner Ehrenliste auslassen, du verdammte Hexe! Ich halte zu meinen Genossen. Ich hasse die Gesypo ebenso sehr wie sie und will wie sie bestraft werden.«

»Ruhe!« brüllte Gastovich.

Constanza fuhr fort. »Die Verbrecher werden der folgenden Vergehen angeklagt . . .« Weil ihre Stimme versagte, mußte sie den Satz noch einmal beginnen. »Konspirativer Umtrieb, Aufwiegelung, systemfeindlicher Logik, abartiger Gedankenabläufe, Mißbrauch der Geschichte. Die Angeklagten haben frei über geheimgehaltene Themen gesprochen. Sie haben die Partei verraten und eine pessimistische Haltung an den Tag gelegt. Sie haben im geheimen Einverständnis mit Verrätern des Systems gehandelt und beabsichtigt, mit den degenerierten Kapitalisten zu konspirieren, die nach der Herrschaft über diesen Planeten streben. Alle fünf sind Feinde des Systems — paßt gut auf sie auf!«

Sie schwankte, während sie sprach. Gastovich stützte sie. Er fuchtelte wütend mit der Hand in der Luft herum, weil die Polizisten zögerten. Auch die Soldaten gingen nicht mehr weiter. Es kam zur Konfrontation mit der Gruppe der fünf Angeklagten, die geschlossen auf der untersten Stufe des Tempels standen.

»Worauf wartet ihr noch? Nehmt diesen Abschaum fest!«

Die Waffe war noch in Dulcifers Hand. Er schob Sygiek hinter sich in Deckung. Mit ausgestrecktem Arm zielte er auf den schwarzgekleideten Gedankenpolizisten.

»Keine Bewegung, oder dieser Scheißkerl muß dran glauben! Soldaten, ihr seid anständige Menschen, ihr kämpft für die Welteintracht, ich fordere euch auf . . .«

Ein Schuß krachte. Ein Sicherheitspolizist im dritten Flugzeug hatte aus der Hüfte gefeuert. Millia Sygiek fing Dulcifer auf, der nach hinten fiel. Die Waffe polterte zu Boden. Er griff nach seiner verwundeten Schulter. Die Soldaten stürmten nach vorn.

Gastovich tat so, als ob er das Gebrüll und die Schreie gar nicht hörte, und verbeugte sich vor Constanza. Er gab ihr durch eine Geste zu verstehen, daß sie in seinem Flugzeug mitfliegen sollte. »Die Gefangenen werden in einem anderen Mattenboot transportiert. Du begleitest bitte mich. Du hast ganz vorzügliche Arbeit geleistet und du wirst mit Ehren überschüttet werden. Nun — je früher wir in die zivilisierte Welt zurückkehren, desto besser.«

Die fünf Gefangenen wurden mit Gewalt in die anderen Maschinen getrieben oder geschleppt. Die drei Flugzeuge flogen im Verband. Sie schossen aus der Höhle heraus durch die Tunnel und verschwanden in der Nacht von Lysenka II.

Aus dem Englischen übersetzt von Rose Aichele

Joan Hunter Holly

Psi-Klon

»Und Sie sind sich wirklich ganz sicher, Globalrat Minor?« fragte der Globalkommissions-Sekretär zum dritten Mal. »Von Ihrem Urteil hängt der Fortbestand der Erde als bewohnbarer Planet ab.«

»So ist es stets«, antwortete Minor unumwunden. »Und ich habe Ihnen meine Entscheidung mitgeteilt. Diesmal wird es zu keinen Feindseligkeiten kommen. Der Botschafter von Sektor Drei meint es ernst mit seinen Verhandlungsabsichten, und bei den Botschaftern der Sektoren Eins und Zwei habe ich Kompromißbereitschaft festgestellt.«

Der Kommissions-Sekretär zeigte noch immer Unentschlossenheit. Er war neu in seinem Amt und hatte mit Minor noch nicht unmittelbar zu schaffen gehabt. »Natürlich gehört Ihnen mein uneingeschränktes Vertrauen. Wir alle vertrauen Ihnen. Ein Mann mit Ihren Fähigkeiten . . .« Schließlich sprach er doch aus, was ihn beunruhigte. »Es wirkt einfach riskant, so vieles von den Geisteskräften eines einzigen Menschen abhängig zu machen, selbst wenn er ein Total-Psi ist . . .«

»Da pflichte ich Ihnen bei«, sagte Minor und neigte bedächtig den Kopf. Er wünschte sich, bereits auf und davon zu sein. Er hatte zuviel zu tun, um Zeit dafür zu opfern, die Händchen verunsicherter Zeitgenossen zu tätscheln. »Aber da ich die volle Verantwortung trage, dürfen Sie völlig beruhigt sein, Kommissions-Sekretär. Im Verlauf der Sitzungen habe ich alles vorgenommen, was vornehmen zu müssen ich erwartet hatte, einschließlich einer Tiefen-Sondierung jedes Botschafters, um seine Gedanken, Empfindungen und Beweggründe zu erkunden. Ich habe Ihnen die Auffassung bekanntgegeben, zu der ich gelangt bin, und mehr kann ich nicht leisten. Außerdem, Kommissions-Sekretär . . . niemand will Krieg.« Das war eine eher leutselige Äußerung, und Minor war sich darüber im klaren, aber vielleicht konnte es die Besorgnis des Sekretärs ein wenig lindern, wenn er so etwas hörte.

Ellis, Minors Leibwächter/Begleiter, bemerkte Minors bedeutungsvollen Blick und griff ein, um die Unterhaltung zu beenden. »Globalrat Minor muß nun an Bord seines Aeroklippers, Sir, sonst wird er seinen nächsten Termin versäumen. Wenn Sie also keine . . .«

»Natürlich! Natürlich.« Hastig beugte sich der Sekretär Minors Wünschen, wie es jeder tat. »Ich darf Ihnen unseren Dank aussprechen, Globalrat . . .«

Weitere Sprüche wartete Minor nicht ab. Er entfernte sich lebhaften Schrittes, gefolgt von Ellis. Sie verließen das Gebäude und durchquerten einen schmalen Streifen Sonnenschein, ehe sie eine Limousine mit Fahrer bestiegen, in der sie eilig zum Flughafen und zu Minors Privatmaschine fuhren. Eigentlich konnte er nur sie allein sein ›Heim‹ nennen, seit er soviel Zeit damit zubrachte, rund um die Welt zu flitzen. Doch es war ein einsames Heim. Die Besatzung bekam er selten zu sehen. Jene paar Leute, die er mit Namen kannte, waren die jungen Frauen, die ihm das Essen servierten, und der Mann, der seine Diktate aufnahm. Aber auch sie betraten seine Kabine nur, wenn er sie rief. Nur Ellis blieb immer bei ihm. Der hilfsbereite, ›normale‹ Ellis, der in seinem Kopf keine Spur einer Psi-Begabung besaß, aber dem die Aufgabe zugefallen war, sich als Freund des einzigen Total-Psi-Menschen der Welt zu bewähren.

Minor ließ sich in seinem Büro auf seinen Platz sacken, und die bloße Art des Hinsetzens verriet die Erschöpfung seines Körpers. Er war heute in lustloser Stimmung und brachte diese Tatsache in dem Seufzer, den er nun ausstieß, auch zum Ausdruck. In jüngster Zeit hatte er mit jedem Tag deutlichere Lustlosigkeit verspürt. Gewöhnlich gelang es ihm, den Gedanken, der sich aus der Tiefe seines Bewußtseins meldete und an ihm nagte, ihm Unzufriedenheit einflößte, zu verdrängen, aber seit etwa sechs Monaten verfolgte ausgerechnet dieser Gedanke ihn wie eine Form von Besessenheit. Sein Seufzer erregte Ellis' Aufmerksamkeit. »Hunger?« fragte Ellis. »Soll ich Ihnen ein Sandwich kommen lassen?«

»Noch nicht.« Minor musterte den blonden jungen Mann, der in seinem Leben die einzige Konstante war und zu seinem dunklen Haar und seinen schwarzen Augen in gutem Kontrast stand. »Essen ist keine Lösung.«

»Wofür? Wie lautet denn die Frage? Seit einiger Zeit schneiden Sie mißmutige Mienen, Globalrat, und da es meine Aufgabe ist, dafür zu sorgen, daß Sie wohlauf sind . . .«

»Der Kommissions-Sekretär hat die Frage völlig richtig ausgedrückt. Ist es nicht riskant, das Schicksal des ganzen Planeten von den Psi-Fähigkeiten eines einzigen Menschen abhängig zu machen?«

»Beginnen Sie an sich selbst zu zweifeln?«

»Wann war ich von solchen Zweifeln jemals frei? Ich bin's satt,

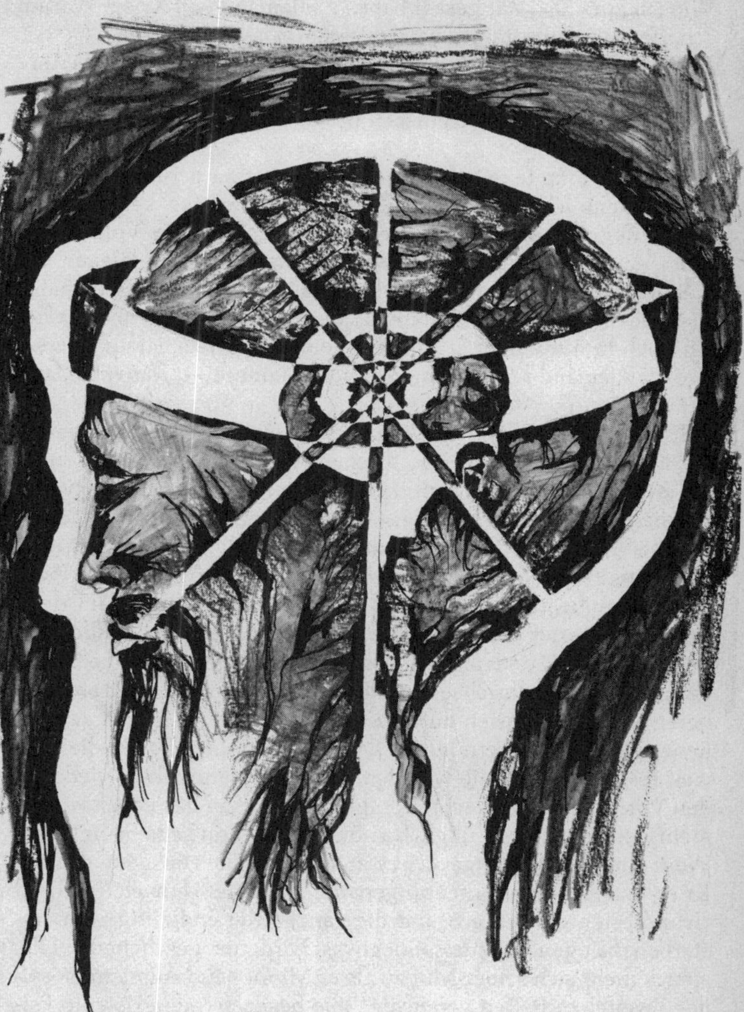

jedermanns letzte Rettung zu sein. Gäbe es mich nicht, vielleicht würde man dann sofort die Finger von heiklen Geschichten lassen. Wie ich zum Sekretär gesagt habe . . . niemand will Krieg. Warum schafft man dann immer wieder gefährliche Situationen?«

»Darauf kann ich Ihnen auch keine Antwort geben. Aber Ihre Fähigkeiten sind fantastisch, Sie können Ihrer Urteilskraft trauen, also lassen Sie sich durch diesen nervösen Neuling nicht verunsichern.«

Minor brummte. »Auf meine Urteilskraft zu vertrauen, das ist leicht. Wenn ich mich mit den Botschaftern befasse, kenne ich sie rasch in- und auswendig. Aber mich sucht oft die Vorstellung heim, einer von ihnen könnte sich die Sache anders überlegen, sobald ich fort bin . . . nachdem ich die Prüfung abgeschlossen habe. Menschen sind nun einmal nicht völlig vorausberechenbar. Sollte ich mich in nur einem Fall irren — einen Hinweis darauf übersehen, daß jemand seine Meinung ändern könnte —, was wird dann aus der Erde?«

Es schauderte Ellis, wie es jeden Menschen beim Gedanken an die Möglichkeit eines Krieges schaudert. Nicht das Töten, nicht die Zerstörung durch Menschenhand geschaffener Dinge waren es, die sie als Schreckgespenst empfanden, sondern es war der buchstäbliche Tod der Erde selbst. Vor hundert Jahren ging von der Wasserstoffbombe die gleiche Bedrohung aus, aber die Wasserstoffbombe glich einem Sandkörnchen, maß man sie am riesigen Felsklotz der Ökologie. Die Menschheit hatte schließlich mit ihrem Planeten Frieden geschlossen, indem sie eine strenge Bevölkerungskontrolle durchsetzte, die Großstädte in eine Vielzahl kleinerer Siedlungszentren auflöste und die Gewinnung reiner Sonnenenergie zu meistern lernte. Diese Maßnahmen hatten die Umwelt restauriert und die wichtige Rolle des Natürlichen wieder in den Vordergrund gebracht. Infolgedessen besaß das Leben wieder mehr von seiner ursprünglichen Bedeutung und seinem einstigen Wert. Aber das Gleichgewicht war so knapp ausgewogen, daß ein Krieg mit seinen Verheerungen die gesamte Umwelt in ihren Grundfesten erschüttern und die ganze Erde endgültig zum Absterben bringen könnte. »So etwas wird nie geschehen.« Ellis sprach mehr sich selber Mut zu als er Minor beim Ausräumen seiner Zweifel zu helfen versuchte. »Sie besitzen jede existente Psi-Fähigkeit. Sie beherrschen sie alle.« Er hob die Schultern und hoffte anscheinend auf Verständnis für seine Ratlosigkeit. »Ich würde sagen, ich baue genauso auf Sie wie alle anderen auch.«

»Wie schön. Ein Mann, um die Welt im Gleichgewicht zu halten. Probleme mit Kriegsgefahr? Erdbeben? Spionage? Einem Psychopaten? Rufen Sie Minor!«

Über Ellis' blauen Augen bildete sich ein Stirnrunzeln. »So haben Sie noch nie dahergeredet. Ich wußte nicht, daß Sie sich mit solchen Gedanken befassen.«

»Es gibt vieles, worüber ich nicht spreche. Dinge, über die ich nicht zu reden wage, und Dinge, für die ich keine Begriffe weiß, um darüber sprechen zu können.« Minor war selbst verblüfft, als er sich solche Geständnisse ablegen hörte. Er war ein verschlossener Mensch, und er pflegte sich sehr stark an seine Innerlichkeit zu klammern, nicht anders als früher, als er ein Junge war und sich für eine Abnormität hielt. »Achten Sie nicht auf mein Geschwätz, Ellis«, fügte er hinzu. »Ich bin nur ein bißchen schlecht gelaunt.«

»Das ist etwas, worum ich mir in meiner Eigenschaft als Ihr ständiger Begleiter durchaus Sorgen machen muß.«

»Als mein Allzweck-Freund, meinen Sie?«

»Ungefähr so ist es mir nahegelegt worden, ja. Aber nach drei Jahren in Ihrer Gesellschaft kann ich mein Verhältnis zu Ihnen nicht länger nach Lust und Laune wie eine Apparatur an- und abschalten.«

»Dann seien Sie so gut und vergessen Sie diese Bemerkung.« Minor fühlte sich zu dieser Zurücknahme verpflichtet. Ellis *war* sein Freund; der einzige, den er hatte.

»Sie ist schon vergessen. Aber nicht die Ursache, die sich dahinter verbirgt. Seien Sie ehrlich zu mir, Globalrat. Ist es gut für Sie, so vor sich hinzubrüten? Kann das die Erfüllung Ihrer Aufgaben behindern? Entschuldigen Sie meine Aufdringlichkeit, aber ich bin ernsthaft gehalten, Ihnen diese Frage zu stellen.«

Minor entschloß sich, zumindest für ein Weilchen darauf einzugehen. Ellis besaß die Bereitschaft zum Zuhören, und ihm selbst würde es etwas Erleichterung verschaffen, mit ihm zu sprechen, auch wenn — wie immer — der größte Teil seiner Seele verborgen bleiben mußte. »Nichts kann die Funktion meiner Psi-Eigenschaften behindern. Weiß Gott, ich wünschte, es gäbe etwas, das mir ein wenig menschliche Schwäche verliehe. Vielleicht wäre ich dann mehr als eine Mischung aus Lügendetektor und Seismographen auf Beinen.«

»Sie sind mehr, weil Sie einzigartig sind, Globalrat. Sie dagegen beschreiben sich selbst, als wären Sie eine . . .«

»Eine Abnormität«, sagte Minor rundheraus. »Genau das bin ich, war ich immer schon. Ich weiß es seit meinem neunten Lebensjahr. Ich wußte es während meiner Jugend, als ich mich abrakkern mußte, um vorm Rest der Welt zu verheimlichen, was ich bin.«

»Sie wollten nicht, daß Ihre Besonderheit erkannt wird?«

»Keine Abnormität möchte ich vorzeigen. Ich würde der Welt noch heute alles vorenthalten, hätte ich nicht mit achtzehn Jahren den Verstand verloren. Ich kippte einfach auf der Straße um — und da kam man mir natürlich auf die Schliche. Die Ärzte merkten, womit sie's zu tun hatten, und sie meldeten es den Behörden. Man teilte mir Stams als Ober-Psychiater und Aufpasser zu, und da hatte ich die Bescherung. Ich bin erstaunt, daß man Ihnen nichts von meinem zeitweiligen Wahnsinn gesagt hat. Also war man nicht offen zu Ihnen.«

»Wie man mir sagte, erlitten Sie infolge Überanspannung und Erschöpfung einen Nervenzusammenbruch. Von Wahnsinn kann keine Rede sein.« Ellis' Stimme bezeugte festen Glauben.

»Mich wollte man damals ebenfalls mit dieser Darstellung abspeisen. Aber Stams läßt gelegentlich durchblicken, daß es sich um Wahnsinn handelte. Ich habe es ihm von Anfang an angemerkt.«

»Und Sie greifen seine vagen Andeutungen bereitwillig auf, weil sie zu Ihrer ursprünglichen Vorstellung von Ihrer eigenen Person passen.«

»Durchaus nicht. Ich finde mich damit ab, weil es logisch ist. Muß ein Verstand wie meiner nicht mehr als der eines Normalen zum Durchdrehen neigen?«

»Nein.« Ellis ließ sich auf nichts ein. »Wenn Sie mich fragen, Stams fürchtet sich mehr als nur ein bißchen vor Ihnen.«

»Das behaupten Sie trotz seines Benehmens? Er macht mit mir, was er will, als wäre ich ein junger Hund an der Leine.«

»Das ist seine Art der Selbstverteidigung.« Ellis setzte seine Analyse fort. »Er unterdrückt seine Furcht, indem er Sie sich unterwirft. Indem er Ihnen Zweifel einredet, glaubt er Sie beherrschen zu können. Bis jetzt gelingt es ihm. Hätten Sie ihn jemals psychosondiert, wären Sie sich darüber im klaren.«

»Sie legen sich das ganz hübsch zurecht. Aber ich kann's nicht glauben.« Flüchtig blickte Minor auf. »Wäre es wahr, wie würden dann zum Beispiel Sie Ihre Furcht vor mir unterdrücken?«

Ellis zuckte die Achseln. »Leicht zu beantworten. Ich fürchte mich gar nicht vor Ihnen, Globalrat. Ich empfinde Ehrfurcht und manchmal auch Fassungslosigkeit, aber keine Furcht. Zu einem guten Teil meiner Verwunderung haben Sie mir erst mit diesem Gespräch Anlaß geliefert. Warum sind Sie überhaupt jemals auf die Idee gekommen, Ihre Begabung zu verheimlichen? Psi-Kräfte sind doch eine anerkannte Sache. Sie sind ein Bestandteil des menschlichen Fortschritts. Tausende von Telepathen laufen herum. Bestimmt haben Sie doch mit manchen von ihnen in geistiger Verbindung gestanden und dabei ersehen, daß Sie keine Abnormität sind.« Er schaute zur Seite. »Schon das Wort mißfällt mir.«

»Ich habe mit Telepathen Kontakte zu knüpfen versucht, aber mich immer wieder zurückgezogen. Begreifen Sie mich nicht, Ellis? Ich bin kein Telepath. Ich war nie einer von ihnen. Was Telepathen können, das kann ich fünfhundertmal besser. Ferner vielerlei, wovon sie nicht einmal zu träumen wagen. Unter Telepathen bin ich so gut eine Abnormität wie unter Normalen, und ich hatte stets entsetzliche Furcht davor, daß jemand einmal merkt, was ich bin. Nein, Ellis, ich bin ganz allein auf der Welt. Das einzige Exemplar meiner Gattung.«

»Aber Sie genießen volle Anerkennung und werden hoch in Ehren gehalten. Man weiß Sie wegen Ihrer Psi-Kräfte zu schätzen.«

»Ich habe mir mit ihrer Hilfe meinen Platz in der Gesellschaft errungen, und ich lehne weder meine Tätigkeit noch die damit verbundene Verantwortung ab, aber ich werde ihrer langsam überdrüssig. Und nichtsdestotrotz bin ich einsam.« Er sprach hastig weiter, um das letzte Wort zu überspielen, weil es zuviel von seinem Innenleben enthüllte. »Ich will Ihnen noch etwas verraten, was Sie nicht wissen. Die Erdbebenvoraussage, die ich in dieser Woche durchgeführt habe ... die vierzig Minuten dauerte, erinnern Sie sich? In Wirklichkeit habe ich bloß fünf Minuten gebraucht. Die übrigen fünfundreißig Minuten habe ich für mich abgezweigt. Ich stand ganz einfach dort unter freiem Himmel, die Füße im Gras, auf meiner Haut den Wind, und genoß das Gefühl von Freiheit. Dadurch kam ich zu spät zu meinem Termin in Sektor Drei, wegen des Spionage-Falls, aber ich habe mir diese fünfunddreißig Minuten trotzdem genommen. Ich stehle mir immer Zeit. Sie werden mir mein kleines Geheimnis lassen, oder? Sie werden Dr. Stams doch nicht melden, daß ich mir aus seiner Terminplanung Zeit abzweige?«

»Es fiele mir nie ein, ihm so etwas weiterzuerzählen. Mir gefällt es selber unter freiem Himmel und in frischer Luft viel zu gut. Erdbebenvoraussagen fallen ja ohnehin selten und in größeren Zeitabständen an.«

»Genau.« Solche Voraussagen waren zu erledigen, wenn Seismologen anhand ihrer Zyklographen und sonstigen Meßinstrumente festgestellt hatten, daß in irgendeinem Gebiet ein Beben bevorstand. Dann rief man Minor. Er betrat den Erdboden, stimmte sich auf die Magnetfelder der Erde ein und vermochte aufgrund seiner langjährigen Erfahrungen ein Gutachten über die Schwere des erwartbaren Bebens abzugeben. Danach entschied man zwischen zwei Möglichkeiten: Evakuierung der umliegenden Städte oder auf die Bebenfestigkeit der Gebäude zu vertrauen.

»Aber es freut mich zu hören, daß Sie sich wenigstens *diese* kleine Unregelmäßigkeit erlauben«, gestand Ellis. »Sie halten sich so streng an Ihre persönlichen Prinzipien zur Anwendung Ihrer Psi-Kräfte, an Ihren Grundsatz, sie nur mit Erlaubnis einzusetzen, daß es mich erstaunt, zu erfahren, daß Sie auch einmal etwas tun, wovon niemand etwas weiß.«

Minor lächelte. Ellis hatte ihn immer dafür gescholten, mit sich selbst zu streng zu sein. »Meine Prinzipien entsprechen lediglich höflicher Zurückhaltung. Wie würden Sie reagieren, wüßten Sie, daß ich in diesem Moment in Ihrem Geist herumstöbere, ihre privaten Gedanken belausche, Ihre Empfindungen mit Ihnen fühle, nach den Beweggründen für Ihre Freundlichkeit suche?«

Ellis betrachtete den Fußboden und antwortete aufrichtig. »Das wäre mir sehr unangenehm. Ich käme mir nackt vor.«

»Richtig. Der einzige Grund, warum Sie es ertragen können, sich fortwährend in meiner Nähe aufzuhalten, ist nämlich, daß Sie die Gewißheit besitzen, daß Ihr Geist ohne Ihre Zustimmung für mich unantastbar ist. Ich mag wohl als eine Art von wertvoller Abnormität einzig sein, aber ich bin kein Ungeheuer.« Minor lehnte den Kopf zurück; er bemerkte plötzlich, wieviel er in den letzten Minuten an Bekenntnissen abgelegt hatte, und er bereute es. »Und nun lassen Sie uns das Thema abschließen. Danke fürs Zuhören, aber sehen Sie in meinen Äußerungen nicht mehr als einen Ausdruck vorübergehenden Selbstmitleids.«

»Damit Sie sich wieder in Ihr Schneckenhaus zurückziehen und Sozial-Einsiedler sein dürfen?« fragte Ellis.

»Sie prägen da ja ganz bemerkenswerte Wortgebilde.«

»Versuchen Sie nicht abzulenken. Wenn ich Ihr Freund bin, dann bin ich eben Ihr Freund, und bisweilen halte ich mich ziemlich lange an einem einzelnen Wort auf. Beispielsweise ›einsam‹. Wie ich es verstehe, leiden Sie gegenwärtig unter zweierlei. Sie sind müde infolge Überbeanspruchung, und Sie fühlen sich einsam, weil Sie der einzige Ihrer Art sind. Habe ich recht?«

»Ja. Aber was haben Sie nun davon?«

»Eine Menge, denn ich weiß auf beide Probleme die Antwort, und Stams kann mir mit seiner Anweisung, ich solle den Mund halten, gestohlen bleiben. Ich sage es Ihnen jetzt. Wenn's sein muß, behaupte ich, ich hätte es Ihnen nicht verhehlen können, Sie hätten's in meinem Bewußtsein entdeckt.«

Minor setzte sich auf, plötzlich beunruhigt. »Handelt es sich um irgendein Geheimnis, dann schweigen Sie lieber doch. In Ihrem Interesse. Stams kennt meine Grundsätze. Er würde es Ihnen nie glauben, daß ich Ihren Geist unerlaubt angezapft haben soll.«

»Von mir aus soll er mich abschieben, wenn er dazu Lust hat. Ich verrate Ihnen die Neuigkeit. Er soll nicht die ganze Befriedigung haben.« Ellis klopfte Minor auf die Schulter. »Ihre Probleme werden beide behoben sein, ehe Sie's sich recht versehen. Ihre Arbeit wird halbiert, und Sie bekommen einen echten Freund. Einen, der Ihnen geistig ebenbürtig ist.« Minor starrte ihn an, mußte nun tatsächlich der Versuchung widerstehen, in Ellis' Bewußtsein Einblick zu nehmen und die Bedeutung der Worte innerhalb eines Augenblicks zu erkennen. Auf Ellis' Gesicht erwartete ein Lächeln die Gelegenheit, sich zu voller Breite ausdehnen zu dürfen. »Stams hat mich heute vormittag angerufen, während Sie an der Sitzung teilnahmen. Ihr Klon ist fertig, Minor! Fertig zur Gegenüberstellung, fertig zum Lernen, endlich fertiggestellt, um mit Ihnen das Leben zu teilen. Na, muntert Sie das nicht auf? Fühlen Sie sich jetzt nicht mit einem Schlag weniger einsam?«

Minor saß da wie versteinert. Er vermochte sich nicht sofort zu äußern. Nach all den vielen Jahren des Wartens verschlug ihm diese Nachricht nun die Sprache. Der Funke von Hoffnung, der sich in der Tiefe seines Bewußtseins eingenistet hatte, loderte nun, da er ihn nicht länger zu unterdrücken brauchte, zur Flamme empor. »Hat er einen Namen?« brachte er schließlich hervor.

»M-I-N für Minor, K für Klon. Mink.«

»Und er ist achtzehn Jahre alt.«

»Ich habe den Eindruck, Sie freuen sich«, sagte Ellis.

»Ich koste diesen Moment aus. Sie haben keine Ahnung, wie ich ... Also Mink haben sie ihn genannt!« Für längere Zeit schwieg er. Nach achtzehn Jahren Wartezeit sollte er endlich seinem Ebenbild begegnen dürfen. Etwas anderes fiel ihm ein. »Was steht an, Ellis? Ich habe ganz vergessen, mich zu erkundigen. Liegt ein neuer Auftrag vor?« Es war lachhaft, in dieser Stunde bloß an Arbeit zu denken.

»Wäre es so, Sie würden ihn nicht ausführen. Ich sehe es Ihnen an. Nein, Globalrat, Ihre nächste Bekanntschaft ist Mink.«

»Ich kann's kaum noch abwarten.« Minor war auf dem Teppichboden seines in dunklen Hölzern getäfelten Büros auf- und niedergeschritten; nun blieb er vor Ellis stehen. »Ich verliere die Geduld und verwende Psi, wenn's nicht schnell geht. Wenn man uns nicht schnellstmöglich einander vorstellt, nehme ich mit ihm *mentalen* Kontakt auf.«

»Nein, das tun Sie nicht«, sagte Ellis sachlich, aber mit Betonung. »Dr. Stams hat ausdrücklich angeordnet, daß das zu unterbleiben hat, und Sie handeln nicht gegen seine Anweisungen.«

Minor musterte Ellis mit finsterer Miene, sich dessen bewußt, daß Ellis recht hatte, und zugleich vom Wunsch ergriffen, es wäre anders. Im Laufe der letzten Jahre war Stams auf scheußliche Weise tyrannisch geworden, er kommandierte Minor herum und erwartete von ihm Fügsamkeit in jeder Beziehung. »Also nicht«, stimmte Minor zu. »Aber was kann denn jetzt noch dazwischenkommen? Stams kann mir doch nicht eine derartige Überraschung bereiten und mich dann quälen, indem er mich warten läßt.«

Ellis verbarg seine Verblüffung über Minors ungewohnte Entfaltung von Temperament unter einer ganzen Reihe besänftigender Worte. »Warum setzen Sie sich nicht hin und lassen sich von mir eine Tasse Kaffee bringen? Sie schaukeln sich ja hoch und außer Rand und Band. Was ist aus Ihrer Geduld geworden? Es gibt Mink seit achtzehn Jahren, und Sie haben sich mit der Tatsache abzufinden vermocht, daß Sie von ihm getrennt bleiben mußten. Was spielen nun ein paar Minuten noch für eine Rolle?«

»Jedes einzelne dieser achtzehn Jahre war die Hölle!« Minors schwarze Augen blickten fest in Ellis' blaue Augen, und seine Stimme senkte sich wie zu einem gezischten Fluch. »Diese Minuten sind eine Qual.«

»Ich kann Sie verstehen.«

»Nein, können Sie nicht. Ich bin Ihnen dafür dankbar, daß Sie sich Mühe geben, aber das können Sie nicht verstehen. Wenn man das einzige Exemplar seiner Art ist, niemanden hat, der unter den gleichen Bedingungen lebt . . .« Er wandte sich ab, sprach sein Zugeständnis so aus, wie es ihm gerade einfiel. »Mein Klon wird mein Dasein mit mir teilen. Wir werden einander wirklich kennen . . . einschließlich der guten Seiten *und* der Schrecken einer Total-Psi-Fähigkeit. Ich werde nicht länger derjenige sein, der alle anderen verstehen muß. Zur Abwechslung wird nun auch jemand mich verstehen.« Langsam begann Minor erneut hin- und herzuwandern, vom Bedürfnis getrieben, jemandem seine Empfindungen darzulegen, selbst wenn er als Zuhörerschaft nur Ellis hatte. »Seit man mir vor achtzehn Jahren diese Zelle extrahiert hat, mußte ich ständig mit der Versuchung ringen, nach meinem Klon

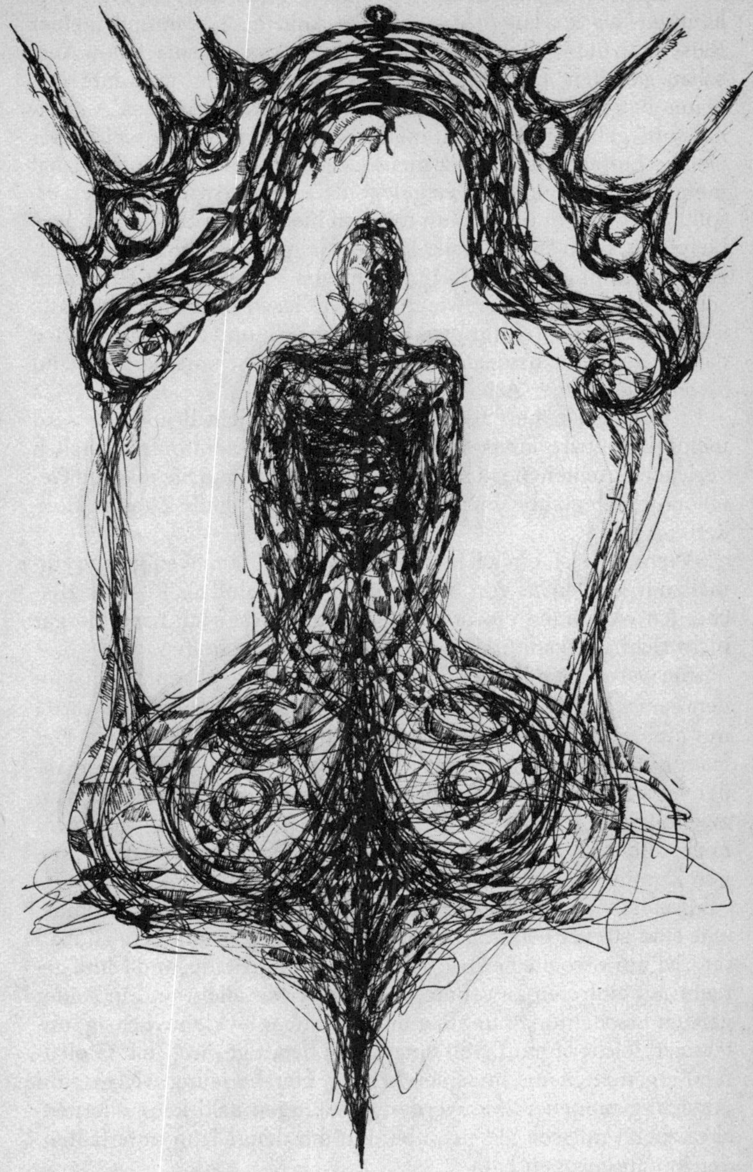

zu suchen. Mehr als einmal bin ich der Versuchung erlegen — viel häufiger, als ich zugeben möchte — und habe während meiner Reisen um die Welt mit meinen geistigen Antennen nach ihm Ausschau gehalten. Doch ich habe nie eine Spur von ihm entdeckt. Stams hat mich immer außerhalb der Reichweite seines Aufenthaltsorts gehalten. Er kennt meinen Wirkungskreis, er weiß, über welche Entfernung hinweg mein Geist arbeiten kann, und er hat meine Routen immer so festgelegt, daß meine Anstrengungen erfolglos bleiben mußten. Nun trete ich hier auf der Stelle, man verbietet mir, mich auf mentaler Ebene mit ihm in Verbindung zu setzen, noch immer kann ich ihn nicht von Angesicht zu Angesicht sehen. Was glauben Sie, wie mir unter diesen Umständen zumute ist? Ich benötige den Jungen, Ellis. Mit Leib und Seele brenne ich darauf, ihn kennenzulernen. Ein zweiter Mensch meiner Art! Und nicht bloß ›meiner Art‹ — er ist *ich*.

Er steht mir näher, als ein Sohn, näher als ein Bruder, er wird meine unfaßbare Einsamkeit beenden.« Er verstummte, plötzlich verlegen. »Achten Sie nicht auf mein Gewäsch, tun Sie mir den Gefallen, ja? Ich glaube, mir hat nur die Aufregung die Zunge gelokkert.«

»Wenn's so ist, bin ich froh. Dann war ich Ihnen wenigstens einmal zu irgend etwas von Nutzen, und wenn bloß als Resonanzfläche. Ich war Ihnen ein prächtiger Freund, was? Ich habe Sie gar nicht richtig gekannt. Und Ihnen nie richtig geholfen.«

»Sie waren für mich alles, was Sie unter den gegebenen Umständen sein konnten, und außerdem quatsche ich mir gegenwärtig nur meine seit langem angestaute Verbitterung von der Seele. Der Hauptpunkt, von dem ich spreche, ist doch, daß ich endlich jemanden habe. Nach achtzehn Jahren des Alleinseins muß auch er verzweifelt sein. Ich war's jedenfalls in seinem Alter. Mink braucht mich, und ich brauche ihn, und Stams geht diesmal zu weit mit seinen Zumutungen.«

»Das ist eine Unmöglichkeit«, sagte hinter ihm Stams' Stimme. »Sie sind stärker belastbar als wir anderen alle zusammen, Globalrat.« Minor wirbelte herum, in der Erwartung, Stams und Mink gemeinsam eintreten zu sehen, aber Stams war allein und in seiner ganzen Erscheinung nur allzu unverkennbar — kleinwüchsig, untersetzt, leicht ergraut. »So eine Sache benötigt ihre Zeit, Globalrat«, ergänzte Stams in seiner Art von Herablassung. »Man muß vorsichtig rangehen. Sie werden den Jungen bald kennenlernen, aber zuerst müssen Sie sich über ihn mit dem Mann unterhalten, der ihn aufgezogen hat.«

»Warum?« wollte Minor wissen. »Lassen Sie Mink und mich zueinander, und wir werden augenblicklich alles übereinander wissen. Total-Psi macht's möglich, Dr. Stams. Wenn das Kloning gelungen ist und es sich bei ihm um meine einwandfreie Zweitausgabe handelt . . .« Zum ersten Mal begann Minor andeutungsweise von der Furcht zu sprechen, die ihn seit achtzehn Jahren quälte. »Das ist er«, antwortete Stams. »Er besitzt alle Fähigkeiten, über die Sie verfügen. Aus diesem Grund erteile ich Ihnen eine umfangreiche Sondervollmacht zur Ausbildung unseres jungen Freundes, ausgenommen selbstverständlich seine Heranziehung in echten Notfällen globalen Maßstabs, damit er sich Ihren Erfahrungsgrad aneignen kann, ohne auf die empirische Methode angewiesen zu sein.«

»Sie reden von uns beiden wie von seelenlosen Gegenständen, Stams«, beklagte sich Minor. »Und ich habe nie Verständnis für . . .« Die Tür öffnete sich erneut, und er verstummte. Ein weiterer Mann betrat das Büro. Er war stämmig und jugendlich schwungvoll, hatte braunes Haar und zeigte ein Lächeln, das ein wenig Widerwillen verriet, als er Minor sah. Minor erlaubte sich eine flüchtige Abweichung von seinen ethischen Prinzipien, indem er im Bewußtsein des Ankömmlings dessen Namen ermittelte — Dr. phil. med. Bates. Der Mißmut beruhte auf einer Abneigung Bates' dagegen, seinen Klon-Schützling anderen Händen zu überlassen. Er schüttelte Bates' Hand, bereits von Gewissensbissen wegen seiner unzugestandenen Indiskretion geplagt, und hörte sich wieder einmal an, welche Ehre es sei, dem Psi-Globalrat zu begegnen. Er legte keinen Wert auf Schmeicheleien. Er wußte, wer er war und was. Im Moment legte er ausschließlich Wert darauf, schnellstmöglich seinen Klon kennenzulernen. Aber er würde nicht verlangen, daß man ihn ihm vorstellte. Er verlangte selten etwas. Durch seine Psi-Fähigkeiten hätte er leicht alles bekommen können, was er wollte, aber er hatte sich selber enge Grenzen gezogen und sich stets daran gehalten. Ellis hatte darin immer einen ›Charakterfehler‹ gesehen; er vertrat die Auffassung, Minor klammere sich so fest an den selbstgeprägten Begriff von Anstand, daß er seine volle persönliche Entfaltung behindere. Wahrscheinlich hatte Ellis recht; aber Minor konnte nicht anders. Er zog es vor, sich nach den eigenen Vorstellungen zu richten.

». . . ist der Junge folglich mit aller gebotenen Behutsamkeit und unter den günstigsten Voraussetzungen herangewachsen«, sagte Bates. »Er durfte sich so entwickeln und eigene Experimente anstellen, wie es einerseits nötig und andererseits möglich war.

Meine achtzehn Jahre Anleitung waren eine Zeit der Wunder. Beinahe täglich hat er mich mit alldem verblüfft, was er fertigbringt. Manchmal habe ich auch einen ganz schönen Schrecken bekommen, wenn Sie die Bemerkung gestatten. Und nun Sie kennenzulernen, Globrat Minor . . . das voll ausgereifte und erfahrungsreiche Vorbild Minks . . . na, man kann einem Menschen schon mal ein bißchen Unbehagen nachsehen, nicht wahr? Ihre Fähigkeiten sind erprobt und bewährt. Sie sind ein echter Machtfaktor, den man . . .« Minor verschloß sich erneut vor dem Redeschwall. Bates fürchtete sich vor ihm, aber so ging es jedem anderen auch; wenigstens anfänglich. Er vermutete, daß niemand die Furcht jemals völlig abzustreifen vermochte, ganz gleichgültig, was er unternahm, um den Menschen in seiner Umgebung das Gefühl der Sicherheit zu verleihen. » . . . deshalb ist dies ein bedeutsames Ereignis«, stellte Bates gerade fest, als Minor wieder hinhörte. »Sie wissen ja, so etwas geschieht äußerst selten.«

»Dessen bin ich mir bewußt«, erklärte Minor und zügelte seine Ungeduld.

»Das Kloning wird mit Menschen wenig praktiziert. Da wir eine stabile Bevölkerungszahl wünschen, wäre es ja widersinnig, Leute zu duplizieren. Hauptsächlich klont man die Nahrungslieferanten unter den Tieren, und dann nur die besten Exemplare. Die besten Tiere und die wahrhaft einzigartigen Menschen. Solche wie Sie.«

»Sie dürfen es uns nun ersparen, meine Person noch länger zu bejubeln, Dr. Bates«, sagte Minor und gab nun die Rücksichtnahme auf. »Ich glaube, Sie sind gekommen, um mich über Mink zu informieren.«

Als er Minors ernsten Ton vernahm, erbleichte Bates ein wenig. »Ja, natürlich. Ich werde Ihnen erläutern, wie sich die einzelnen Fähigkeiten bei ihm entwickelten, in welchem Alter, und wie . . .

»Entschuldigen Sie, Dr. Bates«, unterbrach Minor, »wollen Sie mir erlauben, diese Information selbst Ihrem Bewußtsein zu entnehmen? Ich wäre innerhalb weniger Sekunden voll im Bilde, und wir könnten schneller zur Hauptsache kommen.«

Bates trat mißbehaglich vom einen auf den anderen Fuß und sah Stams um Rat an. Erst auf Stams' beruhigendes Nicken hin erklärte er sich mit der Psychosondierung einverstanden. »Aber nur die Informationen über Mink«, betonte er nervös.

Minor stürzte sich sozusagen kopfüber in das Bewußtsein des Mannes und erkannte, daß die Daten so waren, wie er sie erwartet hatte. Parallel zu Minors Entwicklung hatte Mink mit zwei Jahren die ersten Anzeichen des Gedankenlesens gezeigt; der Emotions-

und Motiv-Empathie mit drei; mit fünf Jahren der Telekinese; und ... Ruckartig straffte sich Minor. Wieso verzeichnete Bates' Gedächtnis Hypnotik mit acht und Gedankenkontrolle mit neun Jahren? Ach, natürlich! Minor lächelte. Der geklonte Junge hatte diese Nebenfähigkeiten entdeckt und genau wie Minor erprobt, aber da er so aufmerksamer Beobachtung unterlag, war er erwischt worden, so daß man ihn festnageln konnte, ehe er sich aus eigenem Entschluß den Gebrauch dieser Befähigungen als zu gefährlich und sittenwidrig verbot. »Vielen Dank, Dr. Bates«, sagte Minor. »Ich weiß nun Bescheid. Seine Kindheit verlief wie meine, abgesehen davon, daß ich erfreulicherweise nirgendwo die Gefahr eines Nervenzusammenbruchs feststellen konnte, wie ich mit achtzehn Jahren leider einen erlitten habe. Also war mein Zusammenbruch ausschließlich auf äußere Umstände zurückzuführen. Ich hatte gehofft, dies herausfinden zu können. Er ist ja auch von Geburt an akzeptiert worden, wogegen ich einige Schwierigkeiten hatte.« Er räusperte sich. »Ich habe eine Frage. Sie zögerten ein bißchen, mich in Ihr Hirn schauen zu lassen, aber ich habe eindeutig festgestellt, daß der Junge Sie ständig psychosondiert, stimmt's? Gehe ich richtig in der Einschätzung, daß Sie ihm nach wie vor einen uneingeschränkten Einblick in die Bewußtseinseinheiten Ihres Personals gestatten?«

»Natürlich! Wie ließe sich's ihm denn verbieten?«

»Nur durch sich selbst ... und das heißt, durch mich. Mit Sicherheit wird eines der ersten Dinge, die ich ihm beibringe, der Grundsatz sein, daß die Psyche eines Individuums unantastbar ist. solange man zur Psychonsondierung nicht das Einverständnis des Betroffenen hat. Er wird schnell lernen.«

»Das hat er immer.« Bates lächelte; er fühlte sich nun wieder auf vertrautem Gebiet. »Er ist ein ausgezeichneter Schüler.«

»Künftig wird er noch schneller lernen, Dr. Bates, weil er sich von mir die Begriffe und ihre Grundlagen direkt auf geistiger Ebene aneignen kann. Es mißfällt mir, daß er seine Psi-Talente so zügellos gebrauchen darf, aber es dürfte ihm nicht schwerfallen, zu begreifen, warum er sich Grenzen setzen muß, weshalb er sie nicht verwenden darf, solange man ihn nicht darum ersucht.«

»Globalrat Minor hat diese Einsicht unter schweren Verhältnissen gewonnen«, bemerkte Stams, »nämlich in der Furcht, sich zu verraten. Sein Klon kann die schlechten Erfahrungen jetzt sozusagen aus zweiter Hand nachvollziehen. Weniger schmerzlich, aber ebenso nachdrücklich in der Wirkung. Stimmt's, Globalrat?«

»Haargenau. So, und nun?« Minor ließ die Frage offen. Er unterdrückte insgeheim durch bloße Willenskraft das Verlangen, sie anzubrüllen. Würden Sie ihn denn niemals zu dem Jungen führen? Indem sie bloß eine Tür öffneten, waren sie dazu in der Lage, die Bevölkerung seiner Welt zu verdoppeln, ihm einen Mitmenschen zu geben, mit dem es sich in telepathischer Superschnelligkeit verständigen ließ, mit dem er in knistriger Empathie fühlen durfte, mit dem er endlich ›glücklich und zufrieden leben‹ konnte. »Ist er auf mich vorbereitet worden?«

Minor näherte sich der Tür allein. Sie war hellgrün lackiert, in der freundlichen Farbe der Besänftigung, aber er brannte innerlich auf die Begegnung. Der größte, glücklichste Moment seines Lebens stand bevor, und er wußte nicht, was er sagen könnte, wenn es soweit war. Sollte er mit weit offenem Bewußtsein eintreten? Oder Zurückhaltung bewahren und Mink den Anfang machen lassen? Er drehte den Türknopf, überquerte mit zwei raschen Schritten die Schwelle, hörte die Tür sich hinter ihm mit leisem Knacken schließen. Er stand in einem zehn mal zwölf Meter großen Raum mit blauem Teppichboden, eingerichtet mit einem Sofa und gepolsterten Sesseln, einer Bücherwand, erhellt von sanftem Licht. Diese Ausstattung nahm er nur nebenbei und verschwommen wahr, weil in dem Zimmer eine Gestalt auf ihn wartete, die sich nun umwandte. Als Minor in die Augen der Gestalt blickte, griff er nach dem nächstbesten Sessel, für eine kurze Weile völlig benommen.

Da war er! *Er* SELBST stand dort in vergangener Erscheinung, mit einem Gesicht, das diesmal kein Gesicht in einem Spiegel war, weil die Fältchen und sonstigen Veränderungen von achtzehn Jahren einen Unterschied ausmachten. Das Wiedersehen mit jenem Gesicht bereitete ihm einen urplötzlichen Schock, denn die Emotionen aus achtzehn Jahren stürmten unvermittelt alle gleichzeitig auf ihn ein, Widerspiegelung und zugleich Erinnerung. »Mink?« fragte er; es betrübte ihn, daß seine Stimme so nach Zögern klang, während er sich immer vorgestellt hatte, sie würden einander in die Arme fallen — laut und freudig, in überschäumender Begeisterung. »Du bist Mink.« Selbstverständlich stand das außer Frage.

»Und du bist Globalrat Minor«, entgegnete der Junge. Minor durchquerte den Raum und wollte den Jungen umarmen, aber Mink streckte ihm eine Hand entgegen, und ihr Zusammentreffen begann mit einem Händedruck. Der Junge beendete es rasch, und Minor stand auf einmal da wie ein Schiff ohne Anker. Aber sein Bewußtsein war offen, seine Barrieren waren unbeabsichtigt aufgehoben, und er empfing erstmals einen Gedanken Minks. ›*So werde ich also aussehen, wenn ich vierzig bin. Keine üble Aussicht . . . bis auf die Augen.*‹

Minor lächelte. Der Junge betrachtete ihn als eine ältere, spätere Ausgabe von sich selbst. Mink besaß keine Erinnerung daran, vierzig zu sein, wogegen Minor jeden Zug und jede Rundung des jüngeren Gesichts kannte. Einst war es seines gewesen. ›*Was paßt dir nicht an meinen Augen?*‹ erkundigte sich Minor telepathisch.

›*Es sind Schatten darin*‹, antwortete ebenso lautlos Mink.

›*Aber in deinen leuchten schwarze Funken. Ich bin froh darum.*‹

Mink wirkte plötzlich stutzig und wich zurück. ›*Er liest meine Gedanken! Das kann sonst niemand . . . Ich habe mich gefragt, wie es sich anfühlen würde . . . aber man fühlt es nicht.*‹

›*Du hast das nicht gewußt?*‹ Minor ließ seine Verblüffung in voller Stärke ausströmen, während er das Psi-Gespräch wieder auf die persönliche Ebene des ›du‹ und ›ich‹ statt des ›er‹ brachte. ›*Du hast dich nie durch Psi verständigt?*‹ Hatte Bates dem Jungen denn keinen Telepathen als Gefährten zur Verfügung gestellt? Nicht einmal zur Übung?

›*Bates stellt mir nie etwas zur Verfügung*‹, beantwortete Mink schroff die nicht an ihn gerichtete Frage. ›*Er macht nur immer OOOH! und AAAH! über das, was ich fertigbringe. Aber du empfängst meine Gedanken.*‹

›*Natürlich. Gedanken sind mein normales Medium zur Verständigung.*‹

›*Würdest du bitte damit aufhören, sie zu lesen? Ich glaube, es bereitet mir ein wenig Furcht.*‹

Minor war verwirrt, aber sofort schirmte er sich gegen die Gedanken des Jungen ab. »Es besteht kein Anlaß zur Furcht«, sagte er laut, »aber wenn du es möchtest, unterhalten wir uns mündlich. Vielleicht brauchst du Zeit, um dich an wechselseitiges Psi zu gewöhnen.«

»Wahrscheinlich liegt's daran. Bitte verzichte also vorläufig darauf.« Mink antwortete mit seiner jüngeren Stimme. Dann trat er beiseite, schaute fort. »Du wolltest *alles* durch Psi erledigen, nicht wahr? Uns miteinander verschmelzen oder so was.«

»Nur um das Kennenlernen zu erleichtern. Aber es kann nicht schaden, vorerst so zu verfahren, bis du aufgelockerter bist. Ich hatte erwartet, daß du ungeduldig darauf wartest, dich ins volle Psi-Dasein stürzen zu können, deine erste ungeminderte Psi-Erfahrung machen zu dürfen.«

»So ist es ja auch. Aber lieber doch nicht sofort.« Mink wandte sich Minor wieder zu. »Bitte mißversteh mich nicht und sei nicht enttäuscht. Selbstverständlich will ich dich kennenlernen.«

»Mach dir um mich keine weiteren Sorgen. Ich bin ja hier, um mich über dich zu informieren, um herauszufinden, wie dein Leben verlaufen ist.«

»Das weißt du schon. Wir sind gleiche Personen, also führen wir das gleiche Leben.«

»Durchaus nicht. Du bist in Kenntnis dessen aufgewachsen, daß das, was du bist, Anerkennung verdient, wogegen ich in der Annahme heranwuchs, ich sei eine Abnormität.«

Minks schwarze Brauen rutschten über seinen noch schwärzeren Augen zusammen. »Wie bist du denn jemals auf einen solchen Einfall gekommen? Die anderen Leute sind die Mißgeburten. Sie sind Nullen! Nichts als Nullen voller Verehrung für unsereins. Sie halten uns für eine Art von Göttern.«

Minor lächelte ihm zu, davon überzeugt, daß er — Minor — richtig verstand; trotzdem wünschte er, sich anhand der Emotionen des Jungen vergewissern zu können. »Widersprich mir, soviel du willst, aber ich weiß aus Erfahrung, was durch den Kopf eines jungen Menschen geht, wenn er einsehen muß, daß er anders ist als alle anderen. Natürlich wußtest du, daß es mich gibt. Das hat es dir möglicherweise etwas erleichtert.«

»Sicherlich! Es ist wunderbar, mit dem Wissen aufzuwachsen, daß man gar nicht man selbst ist, sondern bloß eine Kopie eines anderen! Daß man eine Unperson mit einem Unnamen ist . . . M-I-N von Minor und K für Klon. Was sollst denn du eigentlich sein? Mein Vater?«

Darüber hatte Minor noch nicht nachgedacht; deshalb geriet er nun in Bedrängnis. »Na, das nicht, glaube ich, nein . . .«

»›Nein‹ ist die richtige Antwort. Vielleicht eine Elternzelle, ein Elter, aber kein Vater.«

Minor nahm die Schärfe der Worte zur Kenntnis, ohne sich davon beeindrucken zu lassen. Der Junge war aufgewühlt und benötigte Verständnis. »Dann werde ich niemals vorgeben, ich wäre dein Vater«, sagte er mit Nachsicht. »Aber ich bin ein starker Mensch, Mink. Jemand, auf den du dich stützen und verlassen kannst. Und dafür biete ich mich dir an.«

Minks Mißmut schwand, und nun sprach auch er in ruhigerem Ton. »Kannst du dir vorstellen, daß ich eine Zeitlang so dumm war, nach dir zu suchen? Im mentalen Bereich, meine ich? Nie habe ich eine Spur entdeckt, und später gab ich auf. Danach fiel es mir schwerer, Bates' Erklärungen zu glauben. Bis heute.«

»Ich verstehe. Ich bedeute für dich einen Schock. Damit habe ich nicht gerechnet.« Minor bemerkte, daß er sich langsam Mink näherte; er blieb stehen. Es verlangte ihn danach, den Jungen anzufassen, um die körperliche Berührung sagen zu lassen, was auszusprechen Mink ihm unmöglich gemacht hatte. »Dich unglücklich machen, ist das allerletzte, was ich möchte.«

»Offensichtlich.« Minks Tonfall war wieder heftig. »Du triefst so sehr von Gefühlen, daß man beinahe daran erstickt. Du kamst hier an, als wolltest du dich in eine völlig neue Welt stürzen, und nun würdest du dich am liebsten in ein Häufchen Elend auflösen. Du bist durchschaubarer als jeder andere, dem ich je begegnet bin, und ich finde daran keinen Gefallen.«

»Ich bin für dich durchschaubar, weil wir die gleiche Person sind. Ich gebe zu, daß ich mit der Erwartung hier eingetroffen bin, es stehe ein außergewöhnliches Zusammentreffen bevor. Es ist keines geworden. Es kann keines werden, solange du es nicht willst. Mink, laß uns alle Barrieren beiseite tun und uns einander öffnen. Wir wollen uns voll und ganz kennenlernen, sozusagen ein für allemal. Dann wird alles viel einfacher sein. Viel besser.«

»Nein!« Mink wich zurück. »Laß mich zufrieden.«

»Du fürchtest dich vor mir?« Minor vermochte es nicht zu glauben.

»Hör auf, meine Emotionen zu ertasten«, forderte ihn der Junge auf. »Halte dich aus meinem Innenleben fern. Du steckst schon tief genug in mir . . . Zelle für Zelle. Ich möchte *niemals* in dein Bewußtsein Einblick nehmen. Du bist zu mächtig. Ich spüre es.«

Minor war ratlos. Endlich bewohnten nun zwei Menschen seine Welt, aber der eine fürchtete sich vorm anderen. Er mußte seine Rolle als Sündenbock, den er dem Jungen offenbar abgab, umgehend abschütteln und die Sache energisch in die eigene Hand nehmen. »Wenn du meine Empfindungen wahrnimmst, hältst du dich nicht an deine Regeln. Du hast mich darum gebeten, daß ich dich nicht im Psi-Bereich antaste, aber du selbst zapfst mich an. Ich stehe hier schon die ganze Zeit geistig nackt vor dir, oder nicht?«

»Und so wird's immer sein. Ich bin auch mächtig!«

Minks Drohung entsprang dem Mut der Verzweiflung, und Minor gab nach. Er flößte dem Jungen tatsächlich Furcht ein. Er war in Minks Leben als ein Inhaber ungeheurer Macht getreten, in seiner Existenz halb angezweifelt, zugleich halb gefürchtet, während er selbst glaubte, sein Traum ginge in Erfüllung. Nun war alles schiefgelaufen, und die schmerzliche Enttäuschung war eine Regung, die sich nicht verbergen ließ. Noch schlimmer, Mink nahm

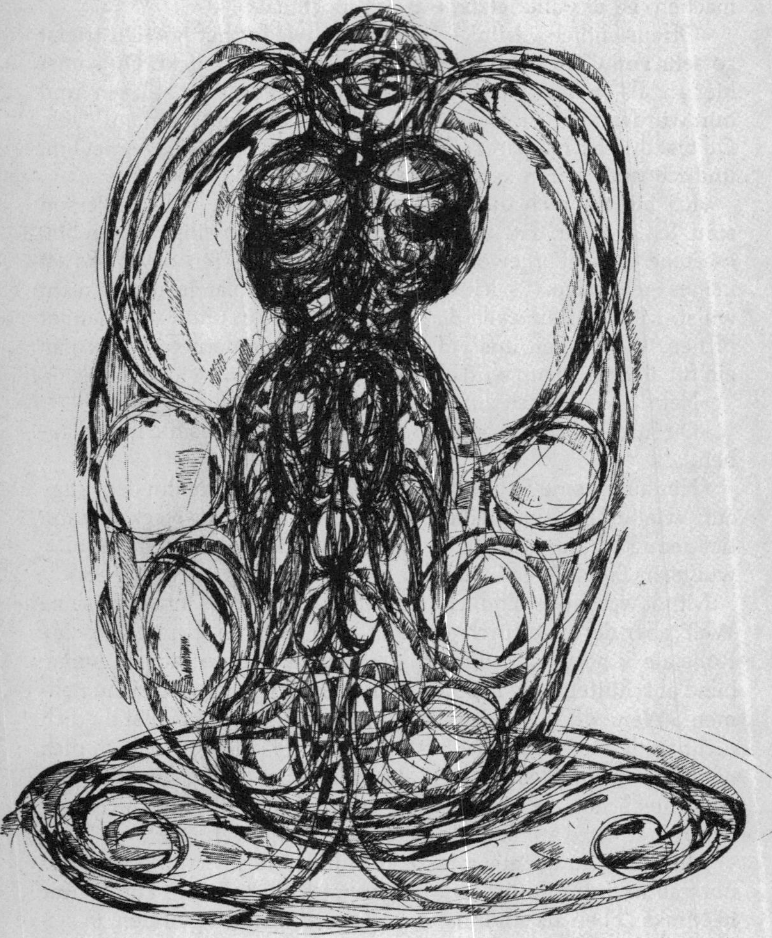

sie deutlich wahr. Der Junge durchschaute ihn, als bestünde er aus Glas, und er fühlte sich auch zu keiner Zurückhaltung veranlaßt. »Tut mir leid, daß ich dich in eine Ecke gedrängt habe, Mink. Ich hätte dich nicht kritisieren sollen. Du hast dein Leben gestaltet, so gut es ging, gerade so wie ich. Aber habe keine Furcht vor mir. Ich werde nicht ohne deine Zustimmung in deinen Geist eindringen. Um Himmels willen, ich bin doch nicht gekommen, um dir irgend etwas anzutun.«

»Du kamst, um mich zu absorbieren. Um mich vollends in dich zu verwandeln.«

»Das ist eine lächerliche Meinung. Ich möchte nur deine Psi-Gesellschaft, ich brauche jemanden, mit dem ich mich richtig verständigen, mit dem ich wirklich fühlen kann, der mir eine Gelegenheit gibt, einmal meine Fähigkeiten anders zu verwenden, nicht nur immer als menschlicher Monitor.«

»Das läuft aufs gleiche hinaus.«

»Nein!« Minor fühlte seine Geduld auf eine starke Probe gestellt. »Infolge unserer unterschiedlichen Entstehung sind wir verschieden genug, um immer verschieden zu bleiben. Du kannst dich nicht einfach so verhalten, als wärst du nie einsam gewesen, denn ich würde dir's niemals glauben. Die erste Mutation von irgend etwas muß einsam sein.«

»Ich bin nicht die erste.«

»Stimmt. Ich bin's. Aber genausogut hättest du sie sein können, denn wir waren ja stets voneinander getrennt.« Erneut trat Minor vor, begierig darauf, alles zu erklären, alle Mißverständnisse auszuräumen. »Sieh mal, Mink . . . es gibt Dinge und Zonen in meinem Geist, die ich noch nie erforscht habe, weil ich keinen ebenbürtigen Verstand zu meiner Unterstützung hatte. Ich kenne Emotionen, die ich weder verbal noch telepathisch auszudrücken vermag. Doch weil ich sie habe, verspüre ich auch das Bedürfnis, sie auszudrücken. Du kannst sie so erleben wie ich — zur selben Zeit —, aber zugleich besser begreifen, was ich empfinde. Ich kann umgekehrt das gleiche für dich leisten.«

»Wieso bist du so sicher, daß mir überhaupt daran liegt?«

»Weil wir die beiden einzigen Exemplare unserer Gattung in der ganzen Welt sind, Junge. Es verhält sich doch so, als sei ein einzelner Primitiver in ferner Vergangenheit plötzlich mit dem Geschenk fließender, ausgereifter Sprache gesegnet worden, so daß er zwar seine Vorstellungen äußern könnte, aber keinen hätte, der ihn verstünde. Er müßte seine Vernunft an die vier Winde verschwenden. So ähnlich war mir immer zumute.«

»Es ist peinlich, wie du daherredest«, sagte Mink zu Minors Überraschung. »Du enthüllst dich bereits mit Worten vollständig. Du brauchst kein Psi, um dich zu entblößen.«

»Meinst du, ich sollte mich dafür schämen, daß ich aufrichtig bin? Ich schäme mich nicht. Und dabei weiß sonst niemand, was ich nun dir gesagt habe. Soweit es den Rest der Welt angeht, existieren alle diese Dinge gar nicht in mir. Du mußt jedoch inzwischen auch bemerkt haben, daß Hypersensitivität eine der schlimmeren Eigenschaften unserer Psi-Talente ist. Wir empfinden tiefer. Ich bin zu der Schlußfolgerung gelangt, daß wir sogar auf gänzlich *andere Art* als Normale empfinden. Da ich keine Worte für viele meiner Emotionen finde, nehme ich an, daß Normale diese Emotionen überhaupt nicht kennen. Andernfalls hätten sie ja sprachliche Symbole entwickelt, um sie zu beschreiben.« Mink musterte ihn ausdruckslos, und Minor vermochte nicht zu ersehen, was hinter den scharfen schwarzen Augen geschah. Das Bewußtsein des Jungen war ihm auf dieser Nicht-Psi-Ebene unzugänglich. Verdrossen schüttelte Minor den Kopf. »Du verstehst nicht, was ich sagen will, was? Würdest du nur dein Bewußtsein öffnen, so daß ich . . . Wir haben soviel über- und voneinander zu lernen . . . über uns selbst. Aber du stemmst dich dagegen! Auch ich muß noch dazulernen, mußt du wissen, und der einzige in der Welt, der mir nachhelfen kann, bist du. Wir haben gemeinsam zu lernen, zu forschen, uns zu vervollkommnen.«

»Klar«, sagte Mink höhnisch. »Du wirst mir beibringen, wie man die Stärke eines Erdbebens voraussagt, wie man ein Beweisstück untersucht und anhand dessen feststellt, wer das Verbrechen begangen hat, oder wie man sich als lebender Lügendetektor betätigt. Und dazu, wie man sich zum Untertanen macht und auf anderer Leute Wunsch wie einen Apparat ein- und ausschaltet.«

»Du stellst es dar, als wäre es eine Schande. Das ist es nicht. Ich bin mein eigener Herr. Wir verdienen uns mit unseren besonderen Fähigkeiten lediglich den Unterhalt . . . das soll nicht heißen, sie wären für die Welt nicht wichtig, denn sie sind wichtig. Du gibst dich absichtlich dumm und trotzig, oder du begreifst nicht, wovon ich rede. Wir haben unser Leben zu erforschen. Und es zu leben.« Sein Tonfall klang nun leicht flehentlich, aber das war ihm gleichgültig. »Glaube mir, Junge, der einzige seiner Art zu sein, das ist kein Leben!«

»Und das An- und Abschalten auf jemanden Anweisung?«

»Das ist nur angebracht. Du fürchtest mich, obwohl du ebenso bist wie ich. Was glaubst du, wie ein Normaler reagieren würde, besäße er Grund zum Verdacht, ich nähme jeden seiner Gedanken, alle seine Empfindungen wahr? Sobald du und ich einmal aufeinander eingestellt sind, kann ich dich binnen weniger Tage für unsere Arbeit befähigen. Dann werden wir Jahre darauf verwenden, uns selbst zu erforschen.«

»Aber zuerst einmal muß ich mich dir eröffnen, was?«

»Genau. Was ist daran für dich so schwierig?«

Minks Miene zeigte deutlich seine Zweifel. »Ich bin ganz einfach nicht bereit. Alle diese Dinge sind deine Ziele, aber ich verfolge eigene Pläne. Du mußt bedenken, ich habe ja die achtzehn Jahre nicht im Winterschlaf herumgebracht. Meine Pläne sehen vor . . .« Plötzlich verstummte er. »Nein. Ich kann's dir nicht sagen. Ich kenne dich zu wenig, um dir so sehr zu vertrauen.«

»Du wirst mich nie vollauf kennen, wenn du mir nicht für die wenigen Augenblicke der ersten geistigen Begegnung vertraust. Aber eines kann ich dir auf jeden Fall schon jetzt sagen. Wir dürfen nicht scheitern. Man erwartet von uns, daß wir zusammenarbeiten, und wir dürfen uns in dieser Beziehung keinen Fehlschlag erlauben. Wir können diese Jahre nicht verloren sein lassen . . . jene, während welcher du aufgewachsen und so sorgfältig beschützt und umhegt worden bist, und jene nicht, die ich nach meiner Geburt in Einsamkeit verleben mußte.«

Minks Augen glichen schwarzem Stahl. »Du trägst hier knallharte Forderungen vor, Minor. Du bist verbittert und voller Groll, stimmt's? Na, was unsere Arbeit betrifft, da kannst du dich beruhigen. Ich beabsichtige mit dir zusammenzuarbeiten. Was alles andere angeht . . . ich muß mich an dich gewöhnen und herausfinden, was für eine Art von Mensch du bist.«

Minor seufzte gedämpft; er spürte inmitten dieses unerwarteten Auftretens von Feindseligkeit nun einen kleinen Sieg. »Das kann doch innerhalb weniger Sekunden geschehen, wenn du nur dein Einverständnis erteilst.«

»Noch nicht.« Mink hob die Hand, als müsse er sich gegen eine körperliche Bedrohung wehren. »Vielleicht bald, aber jetzt noch nicht. Laß mich das bißchen Individualität, das ich besitze, noch für eine Zeitlang genießen. Und erlaube mir, deinen Charakter einzuschätzen. Berücksichtige doch, Minor, du verlangst allerhand von mir. Was du auch sein magst, es könnte sich so ergeben, daß ich das gleiche werden muß.« Auch ohne Psi-Anwendung erkannte Minor, daß der junge Mann am meisten den Verlust seiner Persönlichkeit fürchtete, daß er befürchtete, er müsse untergehen und sich in einen anderen, einen Unbekannten verwandeln. Instinktiv begriff er, daß es nun an der Zeit war, die erste Zusammenkunft zu beenden. Seine vorherigen Hoffnungen waren nicht in Erfüllung gegangen, aber die Unterhaltung war nicht länger aussichtsvoll. Mink, der ihn noch immer ganz schmalspurig anzapfte, wußte um seine Entscheidung, bevor er sie aussprach. »Ist das vorerst alles?«

»Da ich nicht minder durcheinander bin als du, ja. Es war nicht alles, was ich eigentlich beabsichtigte, aber ich bin ja noch nie vorher mir selbst begegnet.« Minor strebte zur Tür.

»Minor?« sagte Mink hinter ihm fast wehmütig, als Minor den Türknopf drehte. »Ich will mit dir zusammenwirken, das steht fest. Mein Dasein kennt Bedürfnisse, und ich habe Pläne. Ich glaube nicht, daß ich sie allein bewältigen kann.«

Minor wandte sich um und betrachtete ernst seine jüngere Zweitausgabe. »Morgen komme ich wieder, und dann werden wir sehen, wie wir miteinander auskommen. Alles hängt von deinem guten Willen ab, Mink. Denk daran ... ich bin jederzeit bereit, wenn du's bist.« Er öffnete die Tür und ließ den jungen Mann allein; er verspürte den Wunsch, die Tür zwischen sich und seiner Gestalt mit einem Knall zu schließen, weil sein Duplikat ihn daran erinnerte, daß auch er noch immer allein war. Langsam kehrte er zurück zu Bates' Büro, da er die Anweisung erhalten hatte, dort über das erste Treffen zu berichten. Noch beschäftigte es ihn, seine eigenen Empfindungen zu analysieren, und er fühlte sich zu einem unmißverständlichen Bericht außerstande. War er mehr enttäuscht als verärgert? Oder umgekehrt? Mit Sicherheit wußte er nur, daß ein bestimmter Moment seines Lebens, der ganz allein ihm hatte gehören sollen, ausgeblieben war. Vor vielen Jahren schon hatte er Enttäuschungen zu ertragen gelernt, aber diese Enttäuschung war von zu persönlicher Natur. Er durfte Stams oder Bates nicht davon erfahren lassen; sie betrachteten ihn nur als ein wertvolles Hilfsmittel. Er konnte es ihnen nicht anvertrauen, weil sie sich nicht darum scherten; und er wollte, daß jemand daran Anteil nahm. Daher entschied er sich für Verärgerung, um seine gemischten Gefühle zu verbergen. Auf diese Weise ließen sich auch ihre Fragen besser abwimmeln.

Alle drei Männer befanden sich in Bates' Büro. Stams und Bates saßen am Schreibtisch, Ellis hockte allein in einem orangefarbenen Sessel in der Ecke. Als Minor eintrat, wäre Ellis um ein Haar wie ein Wilder aufgesprungen. ›War alles so wie erwünscht?‹ fragte stumm seine Miene. ›So wie erträumt?‹ Minor streifte Ellis' Miene nur mit flüchtigem Blick, klammerte sich an den Ärger, in den er sich hineingesteigert hatte.

Stams tat zuerst den Mund auf. »Wie ist es abgelaufen? Wie lautet Ihre Einschätzung, Globalrat?«

»Ja, was halten Sie von ihm?« erkundigte sich Bates begierig.

»Ich würde sagen, er ist meine achtzehnjährige Kopie«, wich Minor aus. »Er ist, was er ist.«

»Das ist keine Antwort«, erwiderte Stams. »Das wissen wir ohnehin. Was uns interessiert, ist Ihre Beurteilung dieser ersten Zusammenkunft.«

»Ich möchte darüber noch nicht sprechen. Ich bin auf eine Diskussion innerlich noch nicht eingestellt. Meine Reaktionen sind zu persönlich, um bereits objektiv zu sein.«

»Da ist etwas, was sie ganz bestimmt nicht sind«, widersprach Stams, indem er seine Autorität ausspielte. »Ihr Pflichtgefühl . . .«

»Wenn ich etwas zu berichten habe, werde ich es berichten.« Minor hob die Stimme, um Stams' Worte zu übertönen. »Der Junge ist nun mir anvertraut, und ich beabsichtige, unsere Beziehung auf meine Weise zu regeln, und das mit der Geschwindigkeit, die ich für angebracht halte.«

»Wir haben keine Zeit für irgendein Drumherum. Und außerdem verfügen Sie nicht über die Vollmacht, zu tun und zu lassen, was Ihnen gefällt. Sie sind ausschließlich zum Zweck hier, Mink zu instruieren, und zwar so schnell wie möglich. Ihnen ist eine Sondervollmacht für Minks Ausbildung zugestanden worden, kein Sonderurlaub, so daß Sie nach Lust und Laune verfahren könnten.«

»Ich werde mit seiner Einführung beginnen, sobald ich es kann. Zuerst brauchen wir jedoch Zeit, um uns gegenseitig kennenzulernen.«

»Sie haben behauptet«, bemerkte Stams, »das beanspruche nur einen Moment, sobald Sie mit ihm zusammen sind.«

»Ja, das habe ich gesagt. Aber er ist schwieriger als erwartet. Vielleicht weil ich schwieriger bin, als ich immer dachte. Oder als Sie dachten. Jedenfalls beabsichtige ich, mir Zeit zu lassen und die Angelegenheit vertraulich zu behandeln, während ich mich damit befasse.«

»Mink untersteht trotz allem immer noch mir«, erhob Bates Einspruch, um seine Zuständigkeit zu betonen. »Ich unterstütze Dr. Stams, wenn er darauf besteht, daß Sie uns Bericht erstatten.«

»Bestehen Sie, worauf Sie wollen, aber Sie werden keine Berichte erhalten, bevor es etwas gibt, das des Berichtens wert ist. Eines jedoch kann ich Ihnen jetzt schon sagen, Bates. Ich mißbillige vollständig die Art und Weise, wie Sie ihn aufgezogen haben. Ich hatte ja dabei kein Mitspracherecht, folglich *mußten* Sie Fehler begehen.«

»Ich habe den Jungen tadellos aufgezogen«, verteidigte sich Bates heftig. »Ich habe dafür gesorgt, daß er keinen Ihrer Charakterfehler entwickelte, die mir Dr. Stams eindeutig als Übereifer, Unsicherheit und Neigung zu Schuldgefühlen bezeichnet hat.«

»Mink ist eines der verunsichertsten Menschenkinder, die ich je gesehen habe«, erklärte Minor. »Wissen Sie überhaupt, daß er sich für nicht mehr hält als eine Kopie? Daß er sich als ein Nichts betrachtet? Sie haben es versäumt, ihm ein Selbstwertgefühl zu verleihen, und das war die Hauptsache, worin sein Leben sich von meinem hätte unterscheiden können. Statt dessen ließen Sie ihn allein aufwachsen, geradeso wie's mir erging.« Die Vorwürfe klangen unverschämt gut, sie verscheuchten die geplatzten Seifenblasen seiner Träume, die Minor ins Büro mitgebracht hatte.

»Mink hat sich nie für eine mißratene Abnormität erachtet«, sagte Stams und spielte damit gehässig auf Minors Gefühlswelt an.

»Nicht?« Minor schwieg für einen Augenblick, um die höhnische Frage auszukosten. »Der einzige Unterschied zwischen uns besteht darin, daß er sich für eine anerkannte Abnormität hält. Achtzehn Jahre zu verschwenden, ein Vermögen an Kosten zu vergeuden und einen Menschen . . .«

»Schluß damit!« Stams richtete sich zu voller Größe auf, obschon er, wie sehr er sich auch anstrengen mochte, niemals Minors Höhe erreichen konnte. »Der Klon ist wissenschaftlich korrekt behandelt worden, und es wird auch weiterhin so geschehen. Sie haben die Aufgabe, ihm die Grundlagen für solide Arbeit einzutrichtern, aber nicht, seine Persönlichkeit einer Umgestaltung zu unterziehen.«

»Ganz klarer Fall«, ergänzte Bates, durch Stams' Forschheit in ungewöhnlichem Maße ermutigt. »Bloß weil er sich nicht so benommen hat, wie Sie's erwarteten, können wir nicht . . .«

Er erstarrte, als er plötzlich Minors Blick auf sich geheftet sah, und unterbrach sich mitten im Satz. »Wird das Zimmer abgehört?« wollte Minor wissen. Mit angehaltenem Atem wartete er auf die Antwort. Wenn diese Männer den gesamten Wortwechsel belauscht hatten, wußten sie bereits von seinem Mißerfolg und daß er ihn zu verheimlichen versuchte. Dann machte er sich hier zum Narren.

Bates verfiel in äußerste Nervosität, als drohe Minors Zeigefinger, der auf ihn wies, ihn aufzuspießen. »Nein! So etwas haben wir nicht einmal in Erwägung gezogen, Globalrat. Sie können mir glauben!«

»Dann ziehen Sie's auch nicht in Erwägung«, empfahl ihm Minor in befehlsmäßigem Ton. »Diesbezüglich werde ich Ihr Bewußtsein nicht länger als unantastbar ansehen, merken Sie sich das!« fügte er hinzu, um sich endgültig abzusichern. »Wenn Sie eine Abhörapparatur benutzen, finde ich's heraus. Wenn Sie den Jungen um Informationen bedrängen, erfahre ich's auch. Die Konsequenzen werden Sie dann beizeiten zu spüren bekommen.« Bates schrak vor dieser Drohung zurück, und Minor verließ das Büro, gefolgt von einem höchst erstaunten Ellis, der bei seinem Psi-Schützling, solange er mit ihm Umgang pflegte, niemals eine solche Bekundung von Zorn erlebt hatte.

In ihrer Privatsuite — sie umfaßte zwei Schlafzimmer und gemeinsame Wohnräume — sonderte sich Minor von Ellis ab; er hing seinen eigenen Gedanken nach und aß sogar allein zu Abend. Erst um 22 Uhr suchte er endlich das Wohnzimmer auf; dort saß der blonde Mann und hielt ein Buch in der Hand, las jedoch nicht. Offenbar hatte er das Ende von Minors Absonderung abgewartet.

»Es tut mir leid, daß ich mich so lange ferngehalten habe«, eröffnete Minor die Unterhaltung. »Dies sind unbehagliche Räume, weil wir so selten darin wohnen, und ich hätte Ihnen als Gesellschaft zur Stelle sein sollen.«

»Ich habe nicht damit gerechnet. Nicht nach so einem Erlebnis wie heute. Es passiert nicht alle Tage, daß jemand dem eigenen Klon begegnet. Ihnen könnte es natürlich künftig häufiger zustoßen. Da dies Kloning sich als so erfolgreich erwiesen hat, wird Stams sicherlich eine ganze Serienproduktion in Auftrag geben, darauf können Sie wetten.«

»Ich werde die Welt mit mir selbst bevölkern.« Minor bemühte sich um ein Lächeln.

Ellis betrachtete sein Buch. »Irgend etwas ist schiefgegangen, nicht wahr? Es ist nicht so verlaufen, wie Sie's sich vorgestellt haben.«

»Es lief ohne Freude ab, wenn Sie das meinen, Ellis. Ohne jede Spur von Freude. Der Junge steckt voller Widerwillen gegen mich. Seine Einstellung zu mir hat mich verwirrt, und daraufhin habe ich mich ungeschickt verhalten. Mental haben wir uns noch nicht kennengelernt.«

»Aber das ist doch unmöglich!«

»Nicht, wenn man berücksichtigt, daß er sich vor mir fürchtet. Er ist alles, was ich erhoffte, jedoch mit den bedauerlichen Zusätzen Furcht und Verbitterung, und obendrein leidet er unter dieser schrecklichen Vorstellung, er sei ein Nichts, weil er ein Klon ist.«

»Verstehe. Sie haben mit ihm Mitleid und legen sich für ihn Entschuldigungen zurecht. Nun, ich dagegen denke in erster Linie an Sie. Wenn er so ist, wie Sie ihn beschrieben haben, muß die Begegnung für Sie ein scheußliches Erlebnis gewesen sein. Kein Wunder, daß Sie danach Bates dermaßen eingeschüchtert haben.«

»Das geschah zu meinem eigenen Schutz. Ich möchte nicht, daß jemandem mein Fehlverhalten zur Kenntnis gelangt.« Minor ließ sich in einen Sessel sinken. »Aber eigentlich kann man mir kein Versagen vorwerfen. Ich habe den ganzen Nachmittag hindurch versucht, mich in Minks Lage zu versetzen, und ich glaube, daß ich ihn inzwischen besser begreife. Seine Haltung ist nicht unberechtigt. Sie ist irrational, aber nicht unberechtigt. Er hat an meiner Existenz gezweifelt, also ersann er eigene Pläne, und nun bin ich doch aufgetaucht, so daß seinen Plänen die Durchkreuzung droht. Nicht einmal sein Name gehört so recht ihm! Ich lag völlig richtig, als ich annahm, daß er einsam ist. Er hat es selber bewiesen, als ich mich verabschiedete. Er braucht mich, aber er wagt es einfach noch nicht, sich mit mir anzufreunden. Doch das wird sich ändern, wenn ich ihm nur Zeit lasse.«

»Noch mehr Zeit?!« Nun war Ellis ungeduldig. »Hören Sie, mich geht es ja an sich gar nichts an, aber ich weiß, wieviel Sie sich von dieser Begegnung versprochen haben. Was es für Sie bedeutet hat. Achtzehn Jahre lang haben Sie bereits gewartet, Minor. Man sollte Sie nicht länger warten lassen. Er wollte nicht, daß Sie sein Bewußtsein einsehen?«

»Absolut nicht.«

»Dann war die Zusammenkunft, soweit sie Sie betraf, also ein völliger Fehlschlag, und das macht mich ganz schön sauer.« Ellis' blaue Augen funkelten auf eine Weise, wie Minor sie blauen Augen niemals zugetraut hätte.

»Sie mißverstehen das. Was ich mir davon erhofft habe, ist lediglich noch nicht eingetreten. Es wird ja noch dazu kommen. Mink und ich stehen einander zu nahe, als daß es sich anders ergeben könnte. Mein Fehler war, daß ich an ein sofortiges beiderseitiges Verständnis glaubte. In Wirklichkeit war das jedoch ausgeschlossen.«

»Wieso? Sie sind die gleichen Persönlichkeiten.«

»Eigentlich nicht. Unsere unterschiedliche Entstehung bedingt verschiedene Reaktionen und Standpunkte. Sorgen Sie sich nicht darum, mein Freund. Mink wird sich an mich wenden.«

Ellis schwieg, während er für einen Moment überlegte. »Wird diese . . . geistige Verschmelzung für ihn schmerzhaft sein?«

»Natürlich nicht. Es ist kein körperliches Gefühl damit verbunden. Sie *wird* ihm allerdings einen emotionalen Schock bereiten, denn er muß sich innerhalb eines Augenblicks alle Erfahrungen meines vierzigjährigen Lebens aneignen, darunter ja auch vor allem meinen inneren Aufruhr, der mich quälte, als ich selbst achtzehn war. Diese Eindrücke könnten ihn überwältigen, zuviel für ihn sein, aber ich habe das vorausbedacht und mich darauf vorbereitet, ihn geistig zu führen, wenn sie auf ihn einstürmen. Da ihm zugleich meine Kraft emotional zufließt, wird er am Ende selbst an Kraft gewonnen haben.«

»Und das zu tun, das wird Ihnen geben, was Sie brauchen?« fragte Ellis weiter; er steuerte irgend etwas an, was sich Minor noch nicht vorstellen konnte.

»Ja. Einmal geschehen, wird's ein für allemal geschehen sein . . . miteinander verbunden, nie wieder allein.«

Ellis erhob sich und straffte seinen geschmeidigen Körper; seine Haltung zeugte von Entschiedenheit. »Dann rate ich Ihnen, werfen Sie ihn ins Wasser, damit er sieht, daß man darin schwimmen kann. Lassen Sie ihm das nicht einfach so durchgehen.«

Minor schüttelte den Kopf und lächelte. »Ich danke Ihnen dafür, daß Sie auf meiner Seite stehen, aber verschwenden Sie ihre Wut nicht. Sie wissen, daß ich ihn nicht drängen werde. Das würde unsere Beziehung zerstören, bevor sie richtig beginnt. Außerdem . . .«

»Außerdem tasten Sie das Bewußtsein keines Menschen ohne seine ausdrückliche Zustimmung an«, beendete Ellis den Satz an seiner Stelle. »Dieser Fall liegt anders, Minor. Sie haben selbst gesagt, daß Mink Sie braucht. Sie sind dafür verantwortlich, daß er erfährt, was Sie beide an Großem erwartet.«

»Ich werde dafür sorgen, daß er's erfährt. Aber behutsam. Bedenken Sie, er ist ja erst achtzehn — wahrscheinlich sogar jünger, was seine emotionale Verfassung betrifft. Mink und ich warten ab, was uns der morgige Tag bringt. Deshalb schlage ich vor, wir gehen ins Bett, und Sie geben sich Mühe, ebenso geduldig wie ich zu sein. Was halten Sie davon?«

Ellis' Haltung erschlaffte in einer Bewegung des ganzen Körpers, die seine Entmutigung verriet. »Als ich mich entschloß, Ihr

Freund zu werden, habe ich mir eine Sisyphusarbeit aufgebürdet, hm? Allmählich glaube ich, es ist für einen Normalen zu schwierig, sich in Sie hineinzudenken. Sie leben in einer anderen Welt.«

Am nächsten Morgen mied Minor die Medizinal-Bonzen und ging sofort zu seiner Verabredung mit Mink, fest entschlossen, den Jungen sich austoben zu lassen, soviel es ihm paßte, und es mit Fassung zu tragen, während er ihn langsam davon überzeugte, daß er sich in sein gottgegebenes Psi-Dasein finden mußte. Er nahm einen tiefen Atemzug, ehe er eintrat, darauf eingestellt, einem argwöhnischen Tiger zu begegnen. Doch Mink bereitete ihm erneut eine Überraschung. Als der junge Mann Minor sah, erhellte sich seine Miene in freudiger Gutwilligkeit. »Guten Morgen, Globalrat! Ich bin froh, daß du wieder hier bist. Ich hatte schon befürchtet, jetzt sei nicht noch einmal mit dir zu rechnen, nachdem ich mich gestern so unbeherrscht aufgeführt habe.«

»So leicht lasse ich mich nicht abschrecken«, antwortete Minor voller Erleichterung. Dies konnte der große Tag sein. Minors äußere Haltung war jedenfalls vielversprechend. »Allerdings muß ich zugeben, daß hinter mir eine schlaflose Nacht liegt, wogegen du aussiehst, als hättest du wie ein Engel geschlafen.«

»Habe ich auch ... nach einem Gespräch mit Dr. Stams. Ich hoffe, es stört dich nicht, daß ich ihm über dich ein paar Fragen gestellt habe, und ich ...«

»Hast du von ihm ein bißchen mehr erfahren als nur mündliche Auskünfte?« Minor zwinkerte.

»Um sicher sein zu können, mußte ich auch den Rest wissen«, gestand Mink. »Dadurch habe ich nun immerhin herausgefunden, daß er dich besser als jeder andere kennt und er dir vertraut.«

»Er sitzt mir im Nacken, seit ich in deinem Alter war. Bedeutet diese gute Empfehlung, daß du dich nun auch dazu imstande fühlst, mir zu trauen?« Er dachte: *›Ich hoffe, daß es das bedeutet. Ich hoffe es!‹*

»Liest du meine Gedanken?« wechselte Mink plötzlich das Thema.

»Natürlich nicht.«

»Dann ... Ja, ich vertraue dir.« Er hob eine Hand, bevor sich Minors innere Aufwallung von Erregung äußern konnte. »Aber ziehe daraus keine voreiligen Schlußfolgerungen. Das heißt nur, ich traue dir genug, um offen mit dir zu reden. Die Psi-Verbindung möchte ich noch nicht. Ich glaube, wir sollten heute noch einmal bei der mündlichen Verständigung bleiben und unsere Erfahrungen mit den ... mit *unseren* Psi-Fähigkeiten austauschen. Kein Mensch weit und breit begreift, was es bedeutet, so etwas zu besitzen. Wir können ohne weiteres Bekanntschaft schließen, als seien wir zwei ganz gewöhnliche Normale, und dann ... na, wer weiß?«

»Von mir aus, also mündlich. Ein schäbiger Ersatz, aber man kann damit zurechtkommen. Wer soll anfangen? Ich habe das Gefühl, es ist besser, wenn ich den Anfang mache.«

»Wenn du dazu bereit bist ... bitte.« Mink fügte das letzte Höflichkeitswort hinzu wie ein linkisches Kind.

Minor setzte sich und begann aus seiner Vergangenheit zu erzählen, er durchkämmte das Geflecht ihrer vielen dunklen Stellen. Mink nahm ebenfalls Platz, und nach einer Weile machte er diese oder jene Anmerkungen, während Minor darstellte, wie und bei welchen Anlässen er seine Psi-Kräfte entdeckt hatte. Die Geschichte, wie er beinahe dem Wahnsinn verfallen wäre, faszinierte den jungen Mann zuerst, erfüllte ihn dann jedoch mit Unbehagen, so daß Minor dies düstere Kapitel rasch abschloß und dahin überleitete, ausführlich zu erläutern, wie er es erlernt hatte, seine Fähigkeiten in Bereiche zu kanalisieren, wo sie der gesamten Welt von großem Nutzen waren. »Daher genieße ich heute ein gehöriges Maß an Achtung und Ansehen, Mink«, kam Minor schließlich zum Ende. »Ich habe einen festen Platz in der menschlichen Gesellschaft und notwendige Arbeit zu tun. Man gestehe mir ein bißchen Hochmut zu, und ich behaupte glattweg, daß ich die Menschheit *und* den Planeten retten kann.«

»Das ist kein Hochmut. Es ist die Wahrheit. Und so etwas soll ich künftig auch vollbringen?« Von dieser Aussicht war der junge Mann sichtlich begeistert; er schwelgte bereits im Vorgefühl des Dankes und der Verehrung, die er sich davon versprechen durfte. »Du hast dein Psi so eingesetzt, wie ich's von dir erwartete. Ist es nicht prachtvoll, eine solche Macht zu besitzen? Selbst in meinen begrenzten Verhältnissen ist mir das schon klar. Man kann Leute dazu veranlassen, daß sie denken, was man sie denken lassen will, und das ist ein Gefühl, das man niemandem beschreiben kann, der nicht über die gleiche Fähigkeit verfügt. Verspürst du dann auch so ein herrliches Machtgefühl wie ich? Oder ist für dich der Kitzel schon dahin?«

Minor war bestürzt. »Nun mißverstehen wir uns. Worauf du dich beziehst, das ist Gedankenkontrolle, und damit habe ich mich nie abgegeben. Dieses Psi-Talent verwende ich nicht. Du willst doch nicht sagen, daß *du* es benutzt?«

»Doch, natürlich! Ständig pflanze ich diesen Nullen Ideen ein, und sie meinen, sie seien selber darauf verfallen. Das ist eines der größten Vergnügen, die ich kenne. Und du machst das tatsächlich nicht?« Er musterte Minor aus einer von Befremden gekennzeichneten Miene. »Und was ist mit Hypnotik? Wir können im Handumdrehen jedermann hypnotisieren. Wie ist dir zumute, wenn du bewirkst, daß Leute wie Marionetten herumlaufen und deinem Willen gehorchen?«

Minor erinnerte sich daran, daß es Mink erlaubt worden war, nach Belieben in den Bewußtseinseinheiten des Personals herumzupfuschen, und er fühlte sich unvermittelt zur Vorsicht gemahnt. »Ich benutze auch keine Hypnotik«, antwortete er daher lediglich. »Das wäre ja unmoralisch.«

Ungläubig blinzelte Mink. Dann stand er auf, und seinen nächsten Worten hörte man deutlich seine Verachtung an. »Und du sollst *mich* unterrichten? Angesichts all dessen, was du über unsere Fähigkeiten nicht weißt, müßte ich dein Lehrmeister sein. Du hast dir von allem, was dir zusteht, nur die Hälfte genommen. Du bist ganz einfach dumm gewesen.«

»Moralisch, sagt man dazu, Mink. Und anständig. Du mußt die Bedeutung dieser beiden wertvollen Eigenschaften noch lernen. Das wird dir leichtfallen, wenn . . .«

»O nein, Minor. *Du* wirst lernen müssen, was es wirklich heißt, so wie wir zu sein. Und du wirst es lernen. Von mir! Wenn wir gemeinsam meinen Plan in Angriff nehmen, werden wir vom Anfang bis zum Ende zuverlässig zusammenarbeiten müssen.« Minors Magen glich einem Eisklumpen. Irgend etwas an den Redensarten des Jungen mißfiel ihm und führte zu etwas, das er nicht wollte. Hinter Minks Worten lauerte eine unbestimmte Finsternis. Minks schwarze Augen erwiderten seinen Blick. »Was ist los mit dir?« wollte der junge Mann wissen. »Es ist verrückt, aber ich glaube, nun fürchtest du dich doch tatsächlich vor mir! Du fürchtest dich vor dem, was wir sind! Also, ich kann dir zeigen . . .«

»Kein Wort mehr, Junge!« unterbrach ihn Minor. »Du bist vollkommen abgeirrt. Du liegst völlig daneben. Die Welt draußen ist kein abgeschirmter Ort wie hier diese Einrichtung, und dort sind gefährliche Kinderspiele verboten. Ich gebe es zu, ich habe auch mit diesen Befähigungen experimentiert, als ich heranwuchs, aber ich hatte das Glück, gezwungen zu sein, damit aufzuhören, weil ich mich sonst verraten hätte. Außerdem gefiel es mir nicht, andere Menschen nach meiner Pfeife tanzen zu sehen. Es ging mir gegen mein Gewissen. Ich war noch jünger als du, da legte ich mir selbst den Schwur ab, diese Bereiche meines Psi-Potentials nie

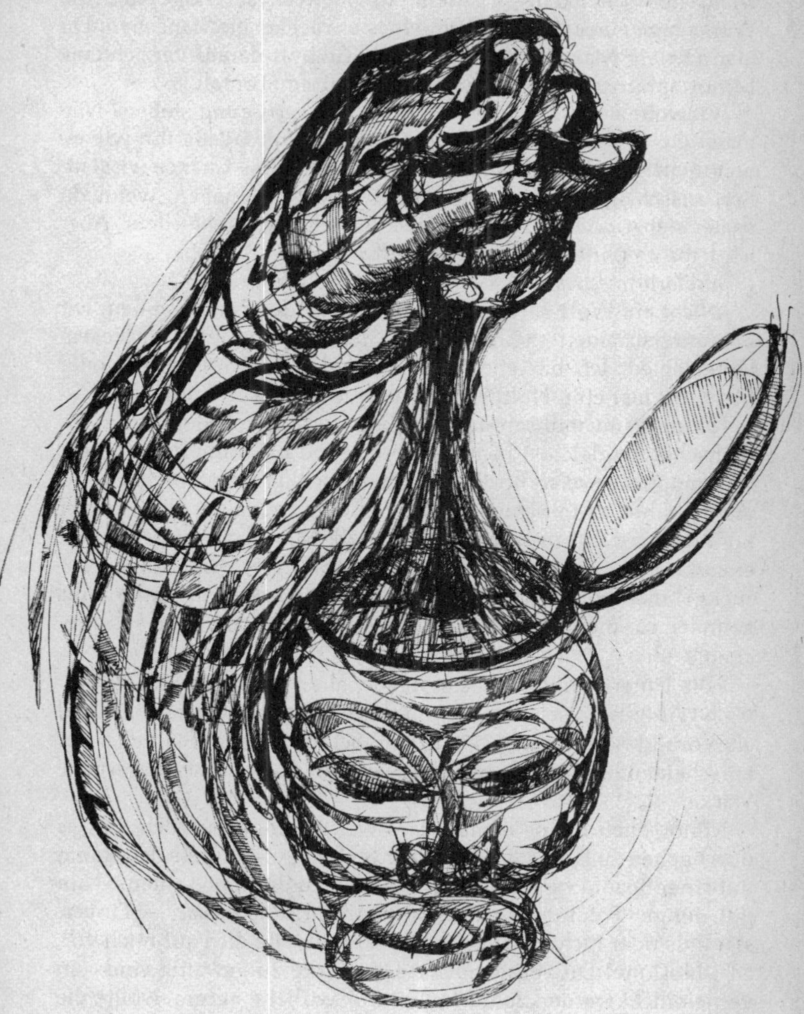

wieder anzurühren. Heute ist mir schon die bloße Vorstellung — infolge meiner Position und wegen des Vertrauens, das mir die Menschen schenken — zutiefst zuwider. Diese Dinge sind die Werkzeuge eines Kindes, nicht eines erwachsenen Menschen. Du bist nun ein Mann, also mußt du in Zukunft darauf verzichten.« Minor sprach rücksichtlos und in schroffem Tonfall.

»Obwohl sie mir gehören und mir zur Verfügung stehen? Niemals! Du bist ein Schwächling, Minor!« Mink tadelte ihn wie einen unartigen Schüler. »Und da du die gebotene Chance wissentlich ausschlägst, wirst du keinerlei Ansprüche haben, wenn du später siehst, wie ich sie zu nutzen verstehe. Ich stehe allein! Aber ich habe es ohnehin immer gewußt.«

»Erkläre mir, was du meinst!« forderte Minor.

»Nicht ein Wort wirst du hören. Dies ist der Punkt, an dem wir uns unterscheiden — Elternzelle . . .! Und ich bestehe auf diesem Unterschied. Ich bin eben *doch* ein Individuum! Total-Psi oder nicht, du bist eine Null wie alle anderen.«

Minor stand mühsam auf und wanderte durch den Raum. Er wünschte dergleichen nicht zu hören; und er wollte nicht hören, was möglicherweise noch kam. Es zerschlug achtzehn Jahre — vierzig Jahre — in Scherben und flößte ihm Grauen ein. Aber er konnte sich nicht drücken. Er beschloß, Mink eine letzte Chance einzuräumen. »Du mußt deine unvernünftigen Äußerungen zurücknehmen oder mir ihre volle Bedeutung erklären. Andernfalls kann ich für meine weiteren Maßnahmen keine Garantie aussprechen.«

»Die Unterredung ist beendet, Globalrat«, erwiderte Mink trotzig. »Wir werden sehen, wen von uns beiden man das nächste Mal als Vorbild fürs Kloning heranzieht. Schwäche oder Stärke ist der entscheidende Faktor, und ich verfüge über die erforderliche Stärke.«

Minor blieb reglos stehen. Das war zu ungeheuerlich, um es durchgehen zu lassen, und sein Schweigen durchflutete den Raum mit einer Spannung, die an den Wänden zu dröhnen schien. »Nun gut, junger Freund«, sagte er schließlich. *»Ich komme* — Einverständnis oder nicht, Trauma oder nicht. Bereite dich auf mich vor, M-I-N-Klone! Du verheimlichst Dinge, die zu gewaltig sind, um verheimlicht werden zu dürfen.« Mink wirbelte herum, wollte die Flucht ergreifen, aber da handelte Minor bereits, er brach in Minks Ego ein und drängte sich hinab zu seiner Persönlichkeit, absorbierte ihr Wesen, zapfte sie rücksichtslos an, erfüllte sie mit Abscheu, indem er alles andere herauszwang. Ohne sich vom Fleck zu rühren, überwältigte er den Klon, und der junge Mann fiel gegen die Tür, während nun auch er Eindrücke empfing — Eindrücke, die er seinerseits nicht kennenzulernen wünschte, Eindrücke von Furcht, Geistesverwirrung und Einsamkeit aus Minors Vergangenheit. Nach vier Minuten vollkommenen Schweigens war Minor fertig. Er zog sein Bewußtsein zurück, überließ Mink wieder sich selbst, der zusamengesackt an der Tür kauerte. Minor wandte sich von dem Anblick ab, den Mink bot, in der Magengrube ein Gefühl von Übelkeit; aber nicht nur sie empfand er, sondern auch . . . Furcht. Das waren also die schon mehrfach erwähnten Pläne Minks! Der Junge trug sich mit der Absicht, die ganze Welt ins Unheil zu stürzen. Und er war dazu in der Lage. Minor holte tief Luft und durchquerte das Zimmer. Er packte Mink an der Schulter und stieß ihn von der Tür fort. »Aus dem Weg!« schnauzte er den jungen Mann an. »Endlich kenne ich dich . . . und mir fehlen die Worte.«

Er ging, während durch sein Bewußtsein Minks telepathisches Kreischen gellte. *›Um Gottes willen, laß mich doch JETZT nicht im Stich! Nicht! Hilf mir! Bitte!‹* Minor gab keine Antwort, sondern stapfte weiter, ließ den harten Klang seiner Schritte den Schock durchbrechen, der sein Hirn zu umnebeln drohte. Als er die Richtung zu seinen Räumen einschlug, spürte er, wie sich Minks Emotion wechselte, sich von Entsetzen in Haß verwandelte. *›Na schön, wenn du's so haben willst, kannst du's haben!‹* schrie Mink. *›Du wirst mir nicht entwischen, du heimtückischer . . .! Du hast diesen Mentalkontakt erzwungen, also mußt du nun die Folgen tragen. Ich lasse dir keinen Frieden. Das schwöre ich dir! Nun beginnt DEIN wunderschöner Taum!‹*

Minor verließ das Gebäude, verweigerte Ellis' Begleitung, und machte draußen unter den Bäumen rings ums Haus einen Spaziergang, in der Hoffnung, er könne im Frieden der Natur Schutz finden, da ihm ein eigener Friede nun versagt bleiben sollte. Ellis folgte ihm still in einigem Abstand, unerschütterlich in seiner Pflicht als Minors Leibwächter, aber zugleich unaufdringlich.

Doch wieviel Mühe sich Minor auch gab, der Versuch, das Erlebnis sachlich zu durchdenken, blieb zwecklos. Mit dem eigenen Klon geistig zu verschmelzen, das war schockhaft genug gewesen, aber was er in diesem Klon erblickt hatte, war mehr, als sich mit einem Schlag verkraften ließ, selbst wenn es sich nachträglich nur als die Rachefantasien eines irregeleiteten jungen Menschen erweisen sollten. Minors Überlegungen waren ein idiotisches Durcheinander, beeinträchtigt von Benommenheit und Sorge, vermengt mit Abneigung und Mitleid. Sein Gehirn schien mit Baumwolle ausgestopft zu sein; er wollte nichts anderes durchdringen lassen als Minks furchtbaren geistigen Schrei: *›Hilf mir!‹*

Der Junge war völlig außer Fassung geraten, er hatte sich in etwas verrannt, wußte nun, da sich die Unmöglichkeit zeigte, nicht weiter. Er benötigte tatsächlich Minors Hilfe, aber Minor hatte nicht einmal ein gutes Wort zustande gebracht. Wegen der Gemeinheit und Charakterlosigkeit, die er in Mink erkannte, infolge der Art und Weise, wie sie seinen langgehegten Traum verzerrten, war er ganz vor ihm zurückgewichen, hatte den Jungen mit seinem Schock allein gelassen. Es gab keine Entschuldigung für eine derartige Selbstgefälligkeit. Er mußte sich um Mink kümmern. Gegenwärtig nahm er nichts von dem Jungen wahr, und er fragte sich, warum. War das Erlebnis der mentalen Verschmelzung für ihn zuviel gewesen? Befand er sich wohlauf? Nach zwei Stunden ziellosen Herumspazierens, in denen er kein Quentchen des Friedens fand, den er suchte, festigte sich in ihm eine unausweichliche Schlußfolgerung: Mink war im Recht; er hatte ihn heimtückisch im Stich gelassen. Er hatte dem Jungen einen gleichartig starken Schock verursacht, wie er selbst einen erlitt — ihn in einen menschlichen Trümmerhaufen verwandelt —, und sich dann von ihm zurückgezogen. Trotz seines guten Vorsatzes, Mink während des Ablaufs der mentalen Vereinigung behutsam zu leiten, hatte er es nicht getan. Statt dessen war er fortgelaufen. Und Minks Schweigen wurde ihm nun mit jeder Minute unheimlicher. »Ich muß zurück zu meinem Klon!« rief er Ellis zu; dann begann er zu laufen.

Jemand vom Personal wies ihm den Weg zu Minks Schlafzimmer, wohin sich der Junge, wie man ihm sagte, seinerseits zurückgezogen hatte. Ehe Minor im Gewirr der Korridore verschwinden konnte, ergriff eine Hand seinen Arm, und als er herumfuhr, blickte er in Ellis' eindringliche Miene, gerötet vom Laufen. »Was ist passiert?« Ellis keuchte, außer Atem geraten. »Seit zwei Stunden sehen Sie schon so betroffen aus, aber Sie haben mir keine Gelegenheit gegeben, Sie zu fragen, warum.«

»Mit mir ist alles in Ordnung«, wich Minor aus. »Es kommt bloß nicht jeden Tag vor, daß man dem eigenen Klon begegnet.«

»Also haben Sie beide es jetzt hingekriegt? Gut.«

»Nein. Für ihn war es genauso ein Schock wie für mich.«

»So?« Ellis runzelte die Stirn. »Kann ich Ihnen irgendwie behilflich sein?«

»Danke, Ellis, aber ich muß das alles persönlich erledigen. Niemand kann mir auf irgendeine Weise helfen.« Angesichts von Ellis' Miene der Unzufriedenheit versuchte er eine Erklärung zu liefern, ohne die Wahrheit zu enthüllen. »Kurz gesagt, es fehlt der Sache unverändert die Freude. Mir war vielmehr zumute wie einem Ertrinkenden. Also lassen Sie mich allein weitermachen, mein Freund, geben Sie mir die Chance, alles zu bereinigen. Nun muß ich den Jungen erst einmal finden.« Er patschte dem Jüngeren auf den Oberarm und wandte sich ab, eilte geradewegs zu Mink. Er fand den bezeichneten Raum.

»Herein!« rief Mink, als er klopfte. Er traf den Jungen auf einem riesengroßen Bett an, auf dem er mit überkreuzten Beinen saß, inmitten eines hell und freundlich eingerichteten Zimmers, das einen Eindruck von Gemütlichkeit und Wohlsein erregte. Nur Minks Gesicht wirkte fehl am Platze. Es war eine finstere Grimasse. Er sah aufgewühlt aus, und auch das Bett entsprach seinem Zustand. Offenbar hatte er einen heftigen Ausbruch von Emotionen ausgetobt. »Weshalb kommst du zurück?« fragte Mink laut, ohne Psi anzuwenden.

Minor suchte nach den rechten Worten. »Um zweierlei zwischen uns zu klären. Um mich dafür zu entschuldigen, daß ich mich in solcher Weise von dir abgewandt habe. Ich habe dich gekränkt, und dazu besaß ich kein Recht.«

»Noch immer so kriecherisch, Minor?«

»Nicht, Mink. Weise mich nicht ab, ehe du mich angehört hast. Eine Entschuldigung ist nicht das gleiche wie Unterwerfung.«

»Ich weiß. Du hältst so etwas für ›anständig‹.«

Minor stutzte. Mink verständigte sich mündlich, doch insgeheim arbeitete er auf einer anderen Ebene. Minor seufzte. »Nur zu, psychosondiere mich, Mink. Vergewissere dich meiner Emotionen und Motive. Mich stört's nicht. Ich habe nicht die Absicht, mir nochmals dein Innenleben anzuschauen, ehe wir einiges klargestellt haben.«

»Was gibt es denn klarzustellen?«

»Ich weiß da eine ganz große Frage. Warum möchtest du die Welt zerstören?«

Mink lächelte gerissen, gab seinem Kopf einen Ruck, so daß ihm das dunkle Haar in die Stirn fiel. »Vielleicht weil es sie gibt?«

»Verstehe. Du willst mir nicht antworten. Wenigstens leugnest du's nicht.«

»Das wäre Zeitverschwendung, und ich gedenke von nun an nicht länger Zeit zu verschwenden, Minor. Da es für dich in meinen Plänen keinen Platz gibt, will ich sie nicht einmal mit dir diskutieren.«

Minor ließ die Entgegnung unausgesprochen, die ihm auf den Lippen lag, und setzte sich in einen Sessel mit blau-weißer Polsterung. »Das soll mir recht sein, denn für den Anfang sind sie sowieso ein zu weitreichendes Thema. Ich beginne lieber von vorn — beim Kern des Ganzen. Bitte verrate mir eines, Mink — hast du überhaupt kein Gewissen? Gar kein Gespür für Moral?«

»Du kennst alles, was ich habe, Elternzelle. Du hast es dir selber herausgeholt.«

»Unglücklicherweise ist das wahr. Und würdest du gerne lernen, was Moral ist? Möchtest du die Grundlagen haben, um beurteilen zu können, ob ihr Fehlen ein Mangel ist oder nicht? Du kannst dich nicht einmal dagegen entscheiden, solange du nicht weißt, was Moral ist.«

»Ich brauche keinen Unterricht. Du hast mich bereits alles gelehrt. Moral und Anstand bedeuten, daß man so blödsinnig ist, niemals irgend jemandes Bewußtsein ohne dessen Zustimmung anzutasten, aber plötzlich ins Gegenteil zu verfallen, wenn man gerade dazu die Laune hat, und sich gewaltsam durchzusetzen. Du siehst, ich lerne schnell, Minor, und du bist ein guter Lehrer. Soviel muß ich dir zugestehen.«

Ausdruckslos starrte Minor ihn an. »Ich kann dir nichts recht machen, habe ich den Eindruck, oder? Nichts verläuft so, wie ich's beabsichtige, und . . .«

»Und wieder einmal entblößt du deine Seele. Aber damit bin ich nun auch schon vertraut. Diese Neigung zur Selbstentlarvung entspringt deinem Kriechertum, deiner Furcht und deiner Hohlheit. Eine ekelhafte Eigenschaft. Ich wünsche nicht, daß davon etwas auf mich abfärbt.«

Alte, noch deutlich in seinem Gedächtnis verankerte Scham bedrängte Minors Bewußtsein, aber er rang die Aufwallung nieder. Nicht seine eigenen bösen Geister waren es, wegen denen er sich hier aufhielt. Er wandte sich gegen den wahren Gegner. »Verdammt noch mal, Junge, ich bin gekommen, um dir zu helfen! Als du völlig niedergeschmettert warst, da bin ich hinausgerannt, statt dir beizustehen, damit du den Schock rascher überwindest. Aber gibt es jetzt nichts, womit ich dir helfen kann? Nichts, worüber ich dir Klarheit verschaffen darf? Nichts, was sich dir erleichtern ließe?«

Minks feindseliger Blick stumpfte für einen Moment des Zögerns ab, ehe er Minor wieder mit unvermindertem Haß betrachtete. »Du kannst mein Zimmer säubern, indem du dich hinausscherst, Elternzelle. Du hegst diese widerwärtigen Gedanken, mir zeigen zu müssen, wie man ein Mann wird, mir deine Kraft zur Verfügung stellen zu müssen. Merk dir eines, Minor — ich brauche nichts dergleichen! Ich brauchte von dir niemals mehr als die Instruktionen zur Verrichtung deiner Tätigkeit, damit ich hier herauskomme. Und die habe ich im Verlauf unserer ›liebevollen‹ Verschmelzung erhalten.« Unvermittelt wechselte er auf die Psi-Ebene über, mit einer Heftigkeit, die Minors Hirn wie mit einem Dolch durchbohrte. *›Verschwinde, Elternzelle, und wage nicht noch einmal wiederzukommen! Ich lege keinen Wert auf dich!‹* Minor verhinderte mit einer gewaltigen Anstrengung seinen körperlichen Zusammenbruch und verließ den Raum mit zittrigen Knien. Aber der Zurückweisung konnte er nicht entfliehen, denn Minks Hohn verfolgte ihn mit telepathischen Brandeisen. *›Armer Minor . . . wollte Zuneigung. Die anständige, saudumme Mißgeburt. Unterwürfige Mißgeburt. Schwächliche Abnormität. Ganz abnorm ist Minor, ganz ab-norm ist Minor . . . Nie-mand liebt Mi-nor . . .‹*

Der spöttische telepathische Singsang begleitete ihn bis zu seiner Unterkunft.

Es war höchste Zeit, mit den Grübeleien über sich selbst oder Mink Schluß zu machen und über irgendwelche Möglichkeiten nachzudenken. Sich ins Selbstmitleid zu ergeben, war keine Lösung. Minor wartete auf das ›Frei‹-Gefühl, das ihm anzeigte, daß Mink ihn nicht länger telepathisch belauerte und belauschte, und als er es nach drei qualvollen Stunden endlich bemerkte, suchte er sein Schlafzimmer auf und begann sich Fragen zu stellen.

Erstens, was genau war Minks Absicht? An die Antwort entsann er sich noch gut genug von jenen Minuten der Verschmelzung. Mink wollte diese Einrichtung verlassen, um in der Welt zu arbeiten, wie Minor gearbeitet hatte; aber auf lange Sicht keineswegs zum Wohle der Welt. Er wünschte die uneingeschränkte Überherrschaft über die Erde zu erlangen, wollte sich zu Reichtum und Verehrung verhelfen, absoluten Gehorsam genießen, ein paar Jahre lang das Gefühl auskosten, schließlich *doch* jemand zu sein. Danach beabsichtigte er, mit allen Waffen der Erde zu seiner Verfügung, den Planeten und die Bevölkerung, die ihn bewohnte, zu vernichten, um an den ›Nullen‹ Rache zu üben, die so grausam gewesen waren, ihm ein Klondasein aufzuzwingen. Er sah sich vor dem Untergang wie ein Riese über die Welt aufragen, die Waffen völlig unter seiner Kontrolle, während die Menschen ihn um ihr

Leben anflehten. Es handelte sich um das Wahnbild eines unglücklichen kleinen Jungen, dessen war sich Minor sicher; und er befand, daß er den größten Teil der Schuld an Minks Unglück auf sich nehmen mußte. Er hatte einen Klon gewollt. Gewiß, er war nicht dafür verantwortlich, daß Mink einsam und ohne Prinzipien aufwuchs, aber er war der Urheber seiner *Existenz*. Nun mußte er ›rückgängig‹ machen, wozu sich Mink entwickelt hatte.

Er riß sich von diesen Gedankengängen los und widmete sich der nächsten konkreten Frage. Vermochte Mink den ersten Teil seines Plans auszuführen? Bestand die Aussicht, daß es ihm gelang, sich in eine Position zu manövrieren, in der er über die Regierungen der Welt hinauswachsen und sich zum Herrn der Erde aufschwingen konnte? Auch ohne Minors Unterstützung, ohne daß Minor ihm einen Teil der Mühe abnahm? Die Antwort fiel nicht schwer, weil Minor sich nur zu fragen brauchte: Könnte *ich* es tun? Das Ergebnis konnte nur ein fürchterliches, unzweideutiges ›Ja‹ sein. Niemand außer ihm kannte den tatsächlichen Umfang seiner Fähigkeiten. Vielleicht hatte sich Stams schon dies oder jenes gedacht, aber falls es so war, beruhigte sich Stams, indem er — wie Ellis sich auszudrücken pflegte — Minor an kurzen Zügeln hielt. Stams wähnte sich im Vollbesitz der Macht über Minor. Doch sollte Minor jemals an schrankenloser Freiheit gelegen sein, wären diese Zügel nicht von größerer Bedeutung als Spinnweben.

Minor schlenderte ans Fenster, starrte hinaus über den vom Sonnenschein beschienenen Rasen, ohne auf irgend etwas zu achten. »Nächste Frage«, sagte er zu sich selbst. *»Wie?«* Die Antwort war von lachhafter Einfachheit. Durch Gedankenkontrolle und Hypnotik konnte Mink während der Beratungssitzungen alle Botschafter in seine vor Bewunderung umnachteten Helfer verwandeln. Indem er ihnen die entsprechenden Einfälle einflüsterte, vermochte er sie davon zu überzeugen, daß er weise, großartig und edelmütig sei, ihr Weltretter. Er war dazu imstande, sie so zu manipulieren, daß sie seine Wahl zum Weltherrscher vorschlugen, zum Diktator ohne Opposition. Wohin er immer reiste, überall würde es ihm gelingen, Menschenmengen von beliebiger zahlenmäßiger Stärke in seinen Bann und auf seine Seite zu ziehen. Dann besaß er am Ende ein Spielzeug von Planetengröße. Mit den Waffen der gesamten Erde, von da an in seiner Verfügungsgewalt, würde er über den Völkern und dem Planeten selbst als ausschlaggebendes Gewicht an der Waage von Leben und Tod thronen. Und zuletzt müßte er, sobald er den ersehnten Untergang auslöste, mit ihnen im selber entfachten Feuer verbrennen. Ja, der Junge konnte es schaffen. Sein eigener Klon — eigentlich er selbst — konnte der Welt zum Schnitter werden; und infolge seiner Verbitterung würde er die Möglichkeit weidlich ausnutzen. Ein Mensch, der jeden anderen Menschen eine Null nannte, war dazu imstande, und so würden sie letztlich wirklich in Nullen verwandelt. Mißbraucht und später — in der großen Stunde der Abrechnung — umgebracht, sogar ausgerottet. Sein Vorgehen bedeutete auch Minks Tod, und diese Erkenntnis war es, die in diesem besonderen Moment Minor aus der Ruhe brachte. Alles andere hing ohnehin von Mink ab. Es schauderte Minor, und er wandte dem Tageslicht den Rücken zu, schloß es dann ganz aus, indem er die Vorhänge vorzog. Die nächste Frage mußte er sich im Dunkeln stellen, denn sie war die wichtigste, entscheidende Frage. Er richtete sie unumwunden an die eigene Person, laut und deutlich, um jede Beschönigung der Problematik zu vermeiden. »Wie kann ich ihn aufhalten? Wie kann ich ihn in der kurzen Zeit, die mir bleibt, zur Vernunft bringen, ihn vor sich selbst retten und ihn der Menschheit bewahren?« Sein Verstand wand sich in Zuckungen über reflexhaften Ideen und war bald in ihrem Gestrüpp verstrickt. Als er feststellte, daß er keinen sinnvollen Weg des Herangehens entdecken konnte, gab er seine Bemühungen auf, fand sich damit ab, daß er noch zu erschüttert und deprimiert war, um logisch zu denken. Ihm war nur klar, daß er in Mink einen Blick für die Realität erzeugen mußte, die Mauer des Mißtrauens durchdringen, ihn von seinen grauenhaften Fantasiegebilden ablenken, bevor sie eine so übermächtige Stärke annahmen, daß sie den labilen Jungen mit sich fortrissen. Irgendwie mußte er Mink zu der Einsicht bringen, daß Vergeltung es nicht wert war, für sie zu sterben, daß sie nicht erstrebenswert war, überflüssig. Er rieb sich die ermüdeten Augen und verzichtete vorerst auf weitere Überlegungen. Dieser Zustand der Unentschiedenheit würde ihn nur in Stücke reißen, und er mußte unbedingt im Gleichgewicht bleiben. Ellis fiel ihm ein. Der junge Mann wartete vermutlich im Wohnzimmer auf ihn, stets bereit, ihm Gesellschaft zu bieten, die seine Gedanken auf andere Dinge lenken mochte, bis er ausgeruht genug war, um sich mit der Problematik nüchternen Geistes auseinanderzusetzen. Ellis war auf einmal ein Magnet, der ihn zur Tür zog.

Bevor er dazu kam, sie zu öffnen und ins helle Nebenzimmer zu treten, erreichte Minks schroffe Psi-Stimme seinen Schädel. *›Minor ist ein Mon-strum . . . Was treibt denn un-ser Mi-nor?‹* Minor stemmte seine Handflächen an die Tür und stützte die Stirn gegen das kühle Holz. Wann hatte der Junge sich wieder auf ihn eingestimmt? Wieviel von seiner Grübelei hatte er mitbekommen? Er entließ seinen Atem in einem gequälten Ächzen der Gleichgültigkeit; es spielte tatsächlich keine Rolle. Einmal gedacht, stak jeder Gedanke für immer in seinem Hirn, konnte von Minor jederzeit angezapft werden. Wenn er genug von den letzten Erwägungen belauscht hatte, war es vielleicht sogar möglich, daß es ihm etwas nutzte. *›Etwas nutzte‹*, äffte Mink, *›etwas nutzte.‹*

›Plapper du nur deine Singsangsprüchlein daher‹, konterte Minor. ›Sie können mich nicht beunruhigen. Von nun an befindest du dich in einer Schublade meines Hirns, die die Aufschrift PEST trägt.‹ Er straffte sich und öffnete die Tür; schlagartig drang Helligkeit auf ihn ein. Er mußte es lernen, mit Minks Spott zu leben, denn er besaß darüber Klarheit, daß der Junge ihn nicht zufrieden lassen würde; seine Furcht um den Klon konnte mit der Zeit bloß abnehmen.

›Furcht . . . Furcht . . . Furcht . . . Furcht . . .‹, kam das Echo aus dem Innenbezirk des Gebäudes. *›Wann wirst du wegen mir Alarm schlagen, Minor? Soll Stams dein Auserwählter sein? Bates hält zu mir, das ist dir hoffentlich klar.‹*

›Ich schlage nirgendwo Alarm, Junge. Dies ist eine Sache nur zwischen uns beiden. Alarm zu schlagen, das verliehe ihr eine Anerkennung und Ehre, die sie nicht verdient. Mach nur weiter mit deinem Geplapper. Ich habe ganz gern ein bißchen Unterhaltung.‹

›Unterhaltung-Unterhaltung-Unterhaltung-Unterhaltung . . .‹

Um seinen Hintergedanken — *›Du darfst nicht übertreiben, Minor. Das ist nur die Wahnidee eines irregeleiteten jungen Burschen.‹* — zu tarnen, stimmte er in Minks Echo ein: *›Unterhaltung-Unterhaltung-Unterhaltung . . .‹* Mink hatte jedenfalls wieder recht. Bates würde alles abweisen, was irgendwie nach Kritik an seinem geheiligten Klon klang. Und Stams? Stams geriet womöglich in solche Panik, daß er übers Ziel hinausschoß, vielleicht sogar Minks Vernichtung befahl. Diese letzte Aussicht erschütterte Minor stärker als alles andere. Nein. Das Geheimnis mußte auf den Jungen und ihn selbst beschränkt bleiben. Sollte Mink gerettet werden, mußte er den Fall allein anpacken.

Als sein Blick auf Ellis fiel, verspürte er plötzlich Zuversicht. Es ließ sich schaffen. Mink war schließlich nur ein junges Bürschen, und bisher war er im Psi-Bereich keinerlei Widerständen begegnet. Ganz gleich, wie sehr er sich dagegen wehrte, in seinem Innern waren ein Gewissen und Verstand; Minor mußte sie lediglich finden. Er würde Mink um seiner selbst, um der Erde und um ihrer beiden willen retten. Er war der einzige Mensch, der dazu in der Lage war.

›Einzige, einzige ... Mon-strum Mi-nor, Mon-strum Mi-nor ...‹

Eine Woche verstrich, in deren Verlauf sich Minor und sein Klon auf Stams' Drängen täglich zweimal trafen; Minks Unterweisung sollte beschleunigt ablaufen. Minor verfuhr nach Stams' Willen, aber es fand keine Unterweisung statt. Vielmehr nutzte er ihre Zusammenkünfte für seine eigenen Zwecke, versuchte den Trotz des jungen Mannes beharrlich zu brechen, appellierte an seine Intelligenz und die Emotionen. Er verwendete jedes Mittel und trug jedes Argument vor, die ihm einfielen, um Mink die Wahrheit über die Gefahr beizubringen, die seine Unmoral bedeutete, ihm zu verdeutlichen, daß Minks Pläne am Ende auf seinen Selbstmord hinausliefen. Aber er machte keine Fortschritte. Es gelang ihm nicht einmal ein Einbruch. Mink behauptete, ihm sei es egal, wenn er auch sterben müsse. Die Umstände seines Todes könnten ihn sehr wohl dafür entschädigen.

Der Umgang mit dem jungen Mann war, zumal sich nicht der fernste Schimmer eines Erfolgs abzeichnete, um Minor zu ermutigen, für ihn die reine Hölle. Immer hatte er sich einen anderen Total-Psi herbeigesehnt, der das Dasein mit ihm teilen könne, aber es gab nichts, das sich mit Mink teilen ließ, denn Mink war keine fremde Person. Mink *war* Minor. Da sie sich unterhalb der Psi-Ebene unterhielten, kam nicht einmal eine vernünftige Verständigung zustande, weil ihre Gedanken stets gleichzeitig entstanden, so daß sie unaufhörlich den gleichen Satz mit gleichlautenden Wörtern begannen, eine Art von Synchronisation, die schier den Verstand kosten konnte. Die einzigen Methoden, um dem zu entgehen, waren vorsätzliche Langsamkeit, Umständlichkeit beim Unterbreiten ihrer Gedanken, oder sie mußten sich absichtlich an Themen halten, die eng mit ihrer unterschiedlichen Entstehung verknüpft waren; und sehr häufig weigerte sich Mink, sowohl die eine wie auch die andere Methode anzuwenden. So gestalteten sich ihre Treffen für Minor, als spräche er mit seinem Spiegelbild und sähe seinen eigenen Mund sich bewegen, indem Mensch und Spiegelbild zugleich redeten. Manchmal sprach Mink sogar Minors Worte zuerst aus, degradierte Minor zu einem nachklappernden Echo seiner eigenen Gedanken. Mink genoß es, zu sehen, wie er dann ins Stammeln geriet und verstummte, erinnert an seine restlose Zurückweisung.

Zumindest jedoch sah Mink vorläufig von weiteren Drohungen

ab; er fühlte sich sicher angesichts dessen, was er verächtlich als Minors Schwäche betrachtete, und hegte die Überzeugung, Minor sei für ihn keine Gefahr, sondern nur eine schlichte Seele, die man getrost ein bißchen piesacken konnte. Minor fand darin Trost. Niemand durfte jemals ein Wörtchen von Minks furchtbaren Plänen erfahren. Jede diesbezügliche Information mußte das Leben des Jungen unzweifelhaft gefährden. Stams und die Regierung würden auf dem Tod des Klons beharren, und Minor vermochte die Vorstellung einer Welt ohne Mink nicht zu ertragen. Nicht wieder. Quälgeist oder nicht, Mink gehörte zu ihm, und er stand vor der verzweifelten Notwendigkeit, ihn zu schützen. Sollte Mink ihn ruhig ablehnen; Minor brauchte Mink.

Während sich die Tage der Erfolglosigkeit dahinschleppten, steigerte sich Minors Sorge beinahe zur Panik. Dazu kam es, weil der Junge ihn entkräftete. Er erhielt keine Gelegenheit zum Schlafen oder Ausruhen; keine Zeit, um bloß die körperlichen Kräfte zu bewahren. Mink war ständig in seinem Hirn gegenwärtig, hänselte und verhöhnte ihn, wiederholte schließlich jeden persönlichen Gedanken Minors. Selbst seine Träume wurden verdoppelt, jedes Traumbild wiederholte sich eine Sekunde nach seinem Auftreten, so daß er immer wieder hochschrak, bis schließlich Mink selber schlief. Nun wünschte er sich so sehr Ruhe vor seinem Klon, wie er sich zuvor seine Gesellschaft gewünscht hatte. Aber an einem Rückzug hinderte ihn die schaurige Vorahnung, daß es Minks Sicherheit in Frage stellte, falls er in eine Situation gelangte, die ihn zwang, sein Verhalten erklären zu müssen; oder noch schlimmer, er könnte *vieler* Leute Wohlergehen und sogar ihre Leben in Gefahr bringen. Wenn er Mink ›einschaltete‹ — ihn nach eigenen Vorstellungen auf die Menschheit losließ —, ohne zu wissen, wie er ihn im Notfall ›ausschalten‹ konnte — wie Minks Absichten sich vereiteln ließen —, war es möglich, daß Mink sich an jedermann vergriff, den er als Bedrohung einschätzte.

Seine hauptsächliche Stimmung bestand aus dem Gefühl, völlig allein und auf sich selbst gestellt zu sein, und der Erwartung letztendlichen Scheiterns. Zu oft mußte er wieder achtzehn sein, verborgen in einem Schwarm von Menschen, voller Furcht davor, in Stücke gerissen zu werden.

Am Ende der Woche ließ Stams ihm eine Aufforderung zu einer Aussprache in Bates' Büro übermitteln. Als er durch die Korridore dorthin unterwegs war, begleitete ihn Mink — so wie während der vergangenen sechsunddreißig Stunden ununterbrochen — wie ein unsichtbarer Papagei. *›Wohin gehst du, Minor?‹*

›Das weißt du so gut wie ich.‹

›Das weißt du so gut wie ich‹, wiederholte Mink. *›Wohin?‹*

›Na schön.‹ Minor erzeugte einen mentalen Seufzer. *›Dr. Stams möchte mich sprechen.‹*

»Dr. Stams möchte mich sprechen.‹

›Und ich kann dich dabei wirklich nicht gebrauchen.‹

›Und ich kann dich dabei wirklich nicht gebrauchen.‹

›Wirst du . . .!‹ Minor unterbrach den Gedanken. *›Wäre es von Nutzen, wenn ich ›bitte‹ sage?‹*

›. . . wenn ich ›bitte‹ sage?‹

›Lassen wir's‹, entgegnete Minor und hob eine Hand, um an Bates Tür zu klopfen.

›Lassen wir's?‹

»Kommen Sie nur herein«, rief eine Frauenstimme. »Sie brauchen nicht zu klopfen.« Und als Minor eintrat, bemerkte er, daß ihm ein lächerlicher Fehler unterlaufen war: er hatte an die Zugangstür von Dr. Bates' Büro geklopft, und so stand er nun der Vorzimmerdame des Mediziners gegenüber.

»Ach, ich muß mich getäuscht haben oder so etwas«, brummelte er verlegen vor sich hin.

›. . . getäuscht haben oder so etwas.‹

Die junge Frau lachte. »Sie waren wohl mit Ihren Gedanken woanders, Globalrat Minor. Aber das passiert jedem gelegentlich.«

»Woanders, tatsächlich!« nuschelte Minor.

›Woanders, tatsächlich!‹ äffte Mink.

». . . also können Sie sofort hineingehen«, sagte die Vorzimmerdame. »Man erwartet Sie.«

»Man?«

›Man?‹

»Dr. Bates und Dr. Stams. Haben Sie nicht mit beiden gerechnet?«

›. . . beiden gerechnet?›

»Misch dich nicht auch noch in anderer Leute Reden ein!« fuhr Minor laut auf. Die Vorzimmerdame hob verblüfft ruckartig den Kopf. »Entschuldigen Sie«, sagte er zu ihr. »Ich weiß nicht . . .«

»Sind Sie wohlauf, Globalrat?« erkundigte sie sich besorgt.

»Ja, danke . . . doch, wirklich. Ich gehe jetzt . . . ich gehe jetzt hinein.« Er eilte zur Tür.

›Ich gehe jetzt hinein‹, äffte Mink ihn nach.

Stams erhob sich, als Minor eintrat, und unverzüglich verdüsterte sich seine Stirn. »Was, zum Teufel, ist denn eigentlich mit

Ihnen los?« wollte er wissen. »Erst vor zwei Tagen habe ich Sie zuletzt gesehen, und nun wirken Sie, als hätten Sie eine sechstägige Sauftour hinter sich.«

»Und so fühle ich mich auch«, gab Minor zu. »Was möchten Sie? Ich besitze zur Zeit nicht die Geduld für Flausen, also . . .«

›. . . für Flausen, also . . .‹

»Natürlich wünschen wir Ihren Bericht zu hören«, sagte Bates. »Seit unserer letzten Beratung in diesem Büro haben Sie uns nichts von Bedeutung gemeldet. Nach Ihrem Aussehen muß aber etwas von Bedeutung geschehen sein.«

»Wenn Sie es bedeutsam nennen, zu Tode gequatscht zu werden, ja — dann *ja*!« brauste Minor auf. »Falls ich die Gelegenheit erhalte, ein paar Worte zu sprechen, ohne daß mich Ihr kostbarer kleiner Papagei stört, werde ich's Ihnen erklären.«

›. . . werde ich's Ihnen erklären.‹

›Willst du wohl schweigen?!‹ donnerte Minor telepathisch seinem Klon zu. *›Dies Gespräch wird sich ausschließlich um dich drehen, also genieße es. Laß es zustande kommen, Junge!‹*

›Führ's schön brav, dann kriegst du einen Pluspunkt‹, antwortete Mink, diesmal in eigener Ausdrucksweise.

»Ich habe eine Beschwerde vorzutragen«, sagte Minor zu den beiden Medizinern, »und ich will sie laut und deutlich vortragen. Wenn Sie auf den Klon irgendeinen Einfluß ausüben, Bates, dann setzen Sie ihn jetzt ein. Der Junge peinigt mich bei Tag und Nacht. Er schwatzt mir jedes Wort nach, das ich spreche oder denke, und ich stehe kurz davor, ihn zu erwürgen, damit ich endlich wieder Ruhe habe.« Er erwartete ein Echo Minks, doch der Klon hob sich arrogant jeden Kommentar für später auf.

»Ich nehme an, Sie meinen mit ›bei Tag und Nacht‹, daß Sie nicht schlafen konnten«, sagte Stams. »Ist das der Grund für diese Verfallserscheinungen in Ihrem Gesicht?«

»Die dunklen Ränder unter meinen Augen, die Erschöpfungsfältchen, ja, alles.« Stams hatte, wie von Minor erhofft, am Köder angebissen. Minor beabsichtigte die Aufmerksamkeit aufs kleinere Übel zu lenken, um das große Unheil zu verheimlichen.

»Mimikri, was?« Bates lächelte, während er sie sich auf der Psi-Ebene vorzustellen versuchte.

»Haargenau«, bestätigte Minor.

Stams nickte wichtigtuerisch. »Alle Kinder durchlaufen früher oder später diese Phase. Wenn man fragt: ›Möchtest du einen Bonbon?‹, antworten sie: ›Möchtest du einen Bonbon?‹ Ich habe das auch schon erdulden müssen. Es geht auf die Nerven, aber es ist harmlos. Kindliche Spielerei. Natürlich sind die Kinder in dieser Phase normalerweise jünger als achtzehn.«

»So?« Bates lehnte geringschätzig den Kopf zurück. »Mink ist ja emotional noch nicht ausgereift. Darauf habe ich doch schon hingewiesen.« Er wandte sich an Minor. »In dieser Phase können Kinder sehr störend sein, gewiß, aber als Erwachsener darf man sich davon nicht überfordert fühlen.«

Minor verspürte Enttäuschung und Bitterkeit infolge der fortwährenden Unmöglichkeiten, Normalen irgend etwas zu erläutern, was mit Psi im Zusammenhang stand. »Auch wenn sie Ihnen die Worte vorsprechen, ehe Sie sie selber sagen können? Wenn sie im selben Moment wie Sie die gleichen Gedanken denken und sie eine Millisekunde später aussprechen? Sie wissen nicht, wie das ist, und ich kann's nicht aushalten!«

»Dann bitten Sie den Jungen«, versuchte Bates ihn abzuwiegeln, »daß er damit aufhört.«

»Das habe ich, aber er will nicht! Es macht ihm Spaß. Und es ist noch schlimmer, weil er, während ich mich hier bei Ihnen beschwere, jedes Wort mitbekommt, das ich sage, und ebenso alles, was ich denke. Bis jetzt ist es mir gelungen, mir meine Würde zu bewahren, aber dies Geständnis wird ihm genug Befriedigung verschaffen, um ihn zu reizen, mich auch weiter zu plagen.«

Stams war offensichtlich ratlos. »Er wird's bald müde sein. Dem entwachsen. Er ist zu intelligent, um sich lange mit solchen Kindereien aufzuhalten.«

»Mit anderen Worten: ›Sehen Sie selber zu, wie Sie damit fertig werden, Minor, denn das spielt sich ja in Ihrem eigenen sonderbaren Milieu ab.‹ Ich habe erwartet, daß Ihre Unterstützung so aussieht.«

»Warum muß ich Sie ständig ermahnen, Ruhe zu bewahren, Globalrat?« fragte Stams. »In all den Jahren, die wir schon gemeinsam wirken, haben wir nie Streit gehabt, aber heute sind Sie, seit Sie diesen Raum betraten, nichts als feindselig.«

»Ich habe in all den Jahren den Mund gehalten, Stams, das ist die Wahrheit. Schieben Sie mein heutiges Benehmen auf Erschöpfung, und dann lassen Sie mich gehen. Ich habe alles berichtet, was es zu berichten gab, und ich bin zu müde, um mir Fragen anzuhören.«

Stams musterte ihn aufmerksam. »Wie Sie wünschen . . . vorerst wenigstens. Aber machen Sie zuerst mit Dr. Ramison einen Termin für eine Untersuchung aus. Ihre körperliche Verfassung und Ihre Überreiztheit machen mir Sorge. Es beunruhigt mich, einen so starken Mann wie sie kurz vor dem Zusammenbruch zu sehen.«

»Einverstanden, und sei's nur, um ein paar Schlaftabletten zu bekommen. Ich muß bloß einige Stunden Ruhe haben. Und sorgen Sie sich nicht um Ihren Klon, Bates. Was auch getan werden muß, Mink und ich werden es unter uns ausmachen.«

»So ist's richtig, Minor«, sagte Stams. »Bringen Sie Geduld auf. Seien Sie ihm überlegen.«

»Natürlich. Er zählt ja auch zu meinem sonderbaren Milieu. Meine Berichterstattung ist beendet.«

›Sonst unternimmst du nichts?‹ erkundigte sich Mink, als Minor auf den Korridor hastete. *›Willst du ihnen nicht verraten, wie fürchterlich gefährlich ich bin?‹*

›Ich sagte dir doch, daß ich das nicht beabsichtige. Was könnten sie denn auch gegen dich tun?‹

›Richtig. Guter Minor. Schlauer Minor.‹

›Leg dich schlafen, Mink. Du dürftest müde sein.‹

›Leg dich schlafen, Mink. Du dürftest müde sein.‹

Minor ließ Mink den Spaß kindlichen Spiels, kindischer Wut und läppischer Grausamkeit, fest entschlossen, sich trotz aller Erschöpfung nicht in den Zusammenbruch treiben zu lassen. Schlaftabletten würden ihn lediglich an Minks Traum-Nachahmungen ketten, daher verzichtete er darauf. Aber Mink sollte ihn nicht schaffen. So leicht nicht. Auf keinen Fall, solange ihrer beider Zukunft von Minors Verhalten abhing. Indem er es sich zur Gewohnheit machte, zu schlafen, wenn Mink schlief, oder wenn der Junge sich nicht auf seiner mentalen Frequenz tummelte, gelang es ihm, seine äußere Erscheinung und seine körperliche Verfassung wieder einigermaßen aufzumöbeln. Er widerstand sogar Stams' Drängen, die Unterweisung zu beschleunigen; Stams konnte es kaum noch erwarten, sich endlich im Ruhm zu sonnen, der ihm winkte, sobald er der Welt den Klon als einen zweiten Minor vorstellen durfte, einen zweiten Supermann gegen Unheil und Katastrophen. Das Kloning selbst und die achtzehn Jahre, in denen man den Klon hegte und pflegte, waren ein kostspieliges Unternehmen gewesen, und nun galt es, einen Erfolg vorzuzeigen. Stams predigte tauben Ohren. Ihm gegenüber blieb Minor einerseits unbeeindruckt, während er andererseits wie ein Besessener nach einer Möglichkeit forschte, um Minks Pläne zu durchkreuzen, indem er dann und wann eine halbe Stunde fürs Nachdenken abzweigte, wenn Mink ihn zufrieden ließ, um sich mit eigenen Angelegenheiten zu befassen.

Trotz all seiner Bemühungen lief alles auf eine baldige Entscheidung hinaus. Minks Geduld schwand. Er bestand darauf, nun alles gelernt zu haben, was er über Psi und Katastropen-Vorwarnungen wissen müsse, und bereit sei, in die Welt hinauszugehen und seine Tätigkeit aufzunehmen. Minors zeitlicher Handlungsspielraum war gering und verringerte sich immer schneller. Je bereitwilliger und eifriger der janusgesichtige Klon auftrat, um so unbegreiflicher wirkten Minors Bitten um Zeit.

Es war ein Schock für ihn, als Stams eines Tages direkt nach Ellis schickte. Als Ellis ihre gemeinsame Suite verlassen hatte, rang Minor mit seinem Gewissen; er unterlag. Ellis gehörte zu ihm; Ellis war seine letzte Hoffnung, wenn er Hilfe benötigte, und nun hatte Stams ihn zu sich gerufen. Er mußte zu seinem eigenen Schutz wissen, warum. Minor entfaltete sein Bewußtsein und belauschte die Unterhaltung der beiden, wechselte zwischen Ellis' und Stams' Gehirn, erfaßte jedes Wort, das sie sprachen, erfühlte alle ihre emotionalen Reaktionen. Was er erfuhr, versetzte ihn in Wut. Stams erteilte Ellis die Anweisung, nun noch eine zusätzliche Rolle zu übernehmen — Globalrat Minors Aufpasser zu sein, weil Minors Zurechnungsfähigkeit allmählich in Zweifel gestellt werden müsse. Am schlimmsten für Minor war Ellis' Reaktion. Der junge Mann erschrak. Minor wollte gar nicht wissen, ob das aufgrund der Aussicht geschah, für Stams den Spitzel abgeben zu müssen, oder infolge der Möglichkeit, daß Minor tatsächlich die Beziehung zur Realität verlor. Er zog sein Bewußtsein aus dem Büro zurück und schenkte ihrer kleinen Verschwörung keine weitere Beachtung. Er fühlte sich unvernünftigerweise schmutzig, weil er sie belauscht hatte.

›*Moral ist wichtiger als alles andere*‹, meldete sich Minks mentale Stimme zu Wort. ›*Aber du hüpfst zwischen deinen moralischen Grundsätzen hin und her und fällst vom einen ins andere Extrem, ohne jemals die goldene Mitte zu finden, von der du doch fest behauptest, sie sei so ehrenhaft. Die heutige Lektion heißt: Heuchelei.*‹

›*Pack dich!*‹ antwortete Minor. ›*Du bestreitest, ein Gewissen zu besitzen, also kannst du darüber kein Urteil abgeben.*‹

›*Sei nicht so unartig zu deinem kleinen Klon. Gut, ich verschwinde. Ich brauche nicht zu bleiben, denn nun paßt ja Ellis für mich auf dich auf. Alle glauben, du wirst verrückt. Unterhaltung? Schluß damit, ich halte mich fern und lasse dich allein, Minor. Du wirst mich vermissen. Ich bin die andere Hälfte der Bevölkerung in deiner Welt, und ich verlasse sie.*‹

Minor unterdrückte die Anwandlung, ihm zuzurufen: Nein! Bleib!

Minors Atempause währte genau zwölf Stunden. Dann war Mink wieder da, lärmte in Minors Gehirn. Minor erspürte den Beweggrund für Minks Rückkehr; er war rein bösartig. Für Mink bestand eine einfache Logik: wenn Minor das einzige Hemmnis war, das ihn hinderte, aus diesen Wänden sich entfernen zu dürfen, und wenn Minor sich am Rande des Zusammenbruchs befand, dann lag die Schlußfolgerung nahe, Minor durch Erschöpfung über diesen Rand zu stoßen.

In der Nacht war ihm kein Schlaf beschieden, doch hatte Minor darauf gehofft und sich während des Tages keine Erholung gegönnt. Das nächste persönliche Treffen mit Mink verlief, indem Minor bloß vor dem Jungen saß und ihn anstarrte, unablässig bestürmt von Minks Drohungen, bald werde er frei sein und könne mit der Verwirklichung seiner Pläne beginnen. Es schien keine Möglichkeit zu geben, um ihn vor sich selbst zu schützen.

Nach zwei weiteren solcher sinnlosen Sitzungen gab Minor sein Vorhaben endlich auf. Er wurde mit Mink nicht fertig. Wieso hatte er jemals angenommen, er könne es? Kein Mensch hatte sich völlig in der Gewalt. Er würde Mink verlieren, entweder auf die eine oder auf die andere Weise. Worüber er Gewißheit besaß, war allein die Tatsache, daß er den Jungen nicht verraten würde. Er hatte ihn bereits betrogen — am Anfang des Klonings. Sobald er das Problem erst einmal als zu gewaltig anerkannt hatte, um von ihm überwunden werden zu können, verfiel er in einen Zustand ratloser Zerstreutheit, er vertiefte sich stumm in seinen Kummer, während er Minks Spötteleien lauschte. Wenn Ellis ihn aus Sorge aufgrund seiner Grämlichkeit in die Ecke drängte, murmelte er nur lasche Entschuldigungen für seine depressive Stimmung, weil er nun daran zweifelte, Ellis noch vertrauen zu dürfen. Ellis war immerhin Stams' Mann, und Stams gelangte immer mehr zu der Überzeugung, daß Minors Geist einer Störung unterlag.

An einem trübseligen, sonnenlosen Mittwoch platzte urplötzlich Stams in die Zusammenkunft Minors mit seinem Klon. Er lächelte Mink zu und wandte sich ohne Umschweife an Minor. »Keine Widerreden, Globalrat. Ich bin gekommen, um selbst zu sehen, was hier eigentlich geschieht. Und was stelle ich fest? Schweigen.«

»Was haben Sie anderes erwartet, wenn zwei Psis beisammen sind?« Stams' Eindringen ärgerte Minor.

»Schön, schön, damit muß ich mich wohl abfinden. Aber ich möchte Ihnen eine deutliche Frage stellen, und diesmal verlange ich eine klare Antwort. Sind Sie mit der Unterweisung des Jungen fertig oder nicht? Sie hatten mehr als genug Zeit, auch im Hinblick auf Ihre eigenen Zusagen, und er behauptet, die Instruktion sei abgeschlossen.« Minor wußte dazu nichts zu sagen. Offenbar hatte Mink hinterrücks Stams auf dem laufenden gehalten, und außerdem stimmte es tatsächlich. Mink besaß alle Kenntnisse, die er besitzen mußte. Stams bemerkte Minks hämisches Grinsen genau in dem Moment, als Minor von dem jungen Mann Triumph ›ausstrahlen‹ fühlte. Überraschenderweise wandte sich Stams nun an Minor — ob aus Gewohnheit oder aus Unbehagen über das Lächeln des Jungen, wußte Minor nicht. »Worüber grinst er so verschmitzt, Globalrat?«

»Ihm ist klar, daß er gewonnen hat«, antwortete Minor. »Er hat in meinem Hirn erkannt, daß ich eben erwidern wollte, seine Unterweisung sei abgeschlossen, und daß . . .« Die letzte Hälfte von Minors Satz kam zwar auch aus seinem Mund, aber keineswegs so, wie ihn Minor beabsichtigt hatte. ». . . Sie nun mit ihm haben, was Sie benötigen, so daß Sie nun auf mich verzichten können.« Der Klon fügte sogar Minors unausgesprochene Gedanken hinzu. »Hauen Sie mit dem Jungen ab und machen Sie, was Sie wollen. Ich möchte nichts als meine Ruhe. So kann ich nicht leben.«

Stams blickte vom einen zum anderen; sein Kinn hing herab. »Was ist denn hier eigentlich los? Spricht jetzt Mink für Sie?«

»Warum nicht?« Minor zuckte die Achseln. »Er *ist* ich! Sie haben einen Menschen mit einem dreidimensionalen Schatten geschaffen. Bloß ist der Schatten ein Scheißkerl.« Es tat ihm gut, das zu sagen.

Augenblicklich war Stams wieder unzugänglich. »Nun hören Sie aber mal auf, Minor. Das ist doch unlogisch. Wenn er Sie *ist*, dann ist er auch wie Sie, und Sie waren nie ein . . .«

»Er ist ich, ja, aber er ist nicht *wie* ich. Er braucht sich nicht . . .« Erneut beendete Mink statt Minor selbst den Satz. ». . . zu beherrschen, nicht diese Härten zu erdulden, die ihm das Machtstreben ausgetrieben hätten.«

Dann lachte er und sprach selbst für sich, hieb in Stams' Kerbe. »Mach dich nicht lächerlich, Minor. Ich bin nicht derjenige, der die Orientierung verloren hat. Du bist es! Du warst nie so vernünftig, dich mit dem abzufinden, was wir sind.«

»Sag nicht ›wir‹!« fuhr Minor ihn an. »Das will ich nie wieder hören.«

Mit finsteren Gesichtern traten sie sich gegenüber, und Stams floh nervös aus dem Bereich ihrer Konfrontation. »Ich verstehe nicht, was hier gespielt wird! Jemand hat dies Haus in eine Irrenanstalt verwandelt. Aber ich muß zu meiner ursprünglichen Frage zurückkehren, Globalrat. Ist der Junge einsatzbereit oder nicht? Nach dieser Demonstration seiner Fähigkeiten würde ich sagen, er ist es, und das allein ist wichtig.«

Minor sah Stams an und lächelte schlau. »Lassen Sie ihn einer Beratungssitzung beiwohnen, ein paar Botschafter psychosondieren, und warten Sie ab, was er macht.«

Stams wich zurück, sichtlich voller Mißfallen an Minors rätselhaftem Benehmen. »Ich glaube, das ist das vernünftigste Wort, das Sie seit langem geäußert haben. Sie können sich nun ruhig weiter mit dem beschäftigen, was Sie vorher getan haben.« Er drehte sich auf dem Absatz um und ging hinaus, merklich erschüttert.

»Vielen Dank, Globalrat«, sagte Mink.

»Ich habe damit nichts zu schaffen. Du *bist* einsatzbereit, und . . .«

». . . man kommt an mir nicht vorbei. Das ist es nicht, wofür ich dir danke. Ich war froh, daß du dich endlich dazu aufgerafft hast, deinem lästigen Dr. Stams die Meinung zu sagen. Aber es ist zu spät. Dies ist der Zeitpunkt, an dem wir verschiedene Wege einschlagen. Ich steige auf, mit dir dagegen geht's abwärts.«

»Die Trennung an sich ist alles, was mich interessiert«, sagte Minor. »Ich möchte nicht zusehen, wie du dich selbst umbringst. Du bist noch so jung, Mink.«

»Das sagst du, aber du denkst: ›Habe ich die Welt verraten?‹ Ich will dir darauf die Antwort geben. Ja, du hast sie verraten. Durch deine eigene Dummheit und deine Schwäche. Sieh dich nur einmal an. Wo ist all deine Stärke, die du mir zur Unterstützung angeboten hast?« Minor schwieg. Sogar sein Bewußtsein war wie ausgehöhlt. »Ich sollte nicht so grausam sein, wie?« Mink täuschte Nachsichtigkeit vor. »Na gut, dann stehe nun ich hier für dich, um dir Halt zu verleihen, Minor. Ich bin stärker als je zuvor. Du wirst sehen, daß es wahr ist, wenn ich die übrigen Nullen in der Welt an der Nase herumführe. Du darfst ja in ihrer Mitte sein, Minor. Auf den Knien.«

Minor starrte den Jungen an, und Haß begann im Mahlwerk seines Bewußtseins zu knirschen. Woher er stammte, wußte er nicht, aber er war nun vorhanden. »Noch bist du hier nicht raus, Klon.«

Mink lachte. »Du hast recht. Und das bringt uns auf meinen letzten Punkt. Du hast Stams gegen mich aufzuhetzen versucht. Statt mich weiterhin zu decken, hast du Stams eine Warnung andeuten wollen. Ich habe das verhindert, indem ich seinen Kopf ein bißchen umnebelte, so daß er gar nichts von deinem Versuch

merkte, aber du mußt unschädlich gemacht werden, Minor. Dies ganze Spiel wird nun ausschließlich von mir gespielt, und du kannst mir keinerlei Hemmnisse in den Weg legen. Du bist nicht einmal dazu imstande, mir Verzögerungen aufzuzwingen.«

»Laß diese Drohungen, Mink. Was mich betrifft, bist du harmlos. Dein Einfall läuft darauf hinaus, dich selbst unschädlich zu machen. Das solltest du beachten.«

Mink lachte noch immer. Dann glitten seine schwarzen Augen ruckartig seitwärts zur Bücherwand, und in den Regalen begann ein schwerer Band zu zittern. Er löste sich, und bevor Minor begriff, was geschah, schossen die vier Kilo Literatur auf seinen Kopf zu. Minor duckte sich, und das Buch krachte gegen die Wand, so daß im Putz Risse entstanden, Brocken herausfielen. Unwillkürlich ballte Minor, als er sich an der Stelle der Brocken am Fußboden seinen Schädel vorstellte, die Hände zu Fäusten. Der Klon hatte ihn umzubringen versucht! Durch ausschließlichen Gebrauch von Psi-Kräften hatte er einen alltäglichen Gegenstand in eine Waffe verwandelt und sie gegen Minor gerichtet, um ihm den Schädel einzuschlagen. *›Jawohl!‹* fauchte Mink ihn telepathisch an. *›Und ein zweites Mal werde ich dich nicht verfehlen!‹* Von einem Beistelltisch erhob sich eine bronzene Statuette und sauste auf Minor zu. Sie stellte einen römischen Legionär dar, der einen spitzen Speer von fünfzehn Zentimeter Länge trug. Wie ein Pfeil schoß er auf Minors rechtes Auge zu. Minor fixierte die Statuette in der Sekunde ihres Heranfliegens mit seinen mentalen Kräften, er spürte, wie seine unsichtbaren Psi-Hände sie mitten in der Luft packten und mit einem Ruck anhielten. Aber sie fiel nicht auf den Boden. Sie schwebte in der Luft, drohte weiterzufliegen, während Minks Psi-Fäuste nach Minors Psi-Händen griffen und sie auf mentale Weise um die Waffe rangen. Sie schwebte zwischen ihnen, zuckte vorwärts und rückwärts, hin und her, als prüfe sie die gegensätzlichen Gewalten auf ihre Stärke, um sich für eine Flugrichtung zu entscheiden. Minks Psi war unerhört stark, und Minor mußte die Schultern verkrampfen, um seine Kräfte gegen ihn zusammenzuziehen. Noch wies der Speer auf sein Auge, als er einen rasselnden Atemzug tat – und die Statuette im Geist umdrehte. Sie vollzog in der Luft eine Kehrtwendung. Nun war der Speer eine Gefahr für Mink, und der junge Mann stemmte sich mental dagegen, sein Geist wollte die Statuette in die Gegenrichtung schieben. Aber sie rührte sich nicht, dann vernahm man einen zweiten rauhen Atemzug Minors, und das kleine Kunstwerk ruckte Zentimeter um Zentimeter zurück in die Richtung, woher es gekommen war, dem

Klon immer näher. Mink sah, wie sein Geschoß sich beschleunigte, und er bot alle Kräfte auf, um es zu stoppen. Als Minor spürte, wie der junge Mann zu kämpfen hatte, ballte er seine Psi-Energie zu einer mentalen Faust und gab der Statuette einen Stoß, der sie aus dem Schwebezustand riß und ihrem Ziel entgegenschleuderte. Minks Augen leuchteten furchtsam auf, und ein heiseres »Nein!« kam von seinen Lippen. Seine Furcht verwandelte sich innerhalb eines Augenblicks in Panik, und er gab seinen ›Griff‹ um die Statuette restlos auf, um ihr statt dessen einen abwärts gerichteten Psi-Hieb zu versetzen. Sie prallte mit einem Knall auf den Boden, der den ganzen Raum erschütterte. Minor taumelte drei Schritte weit vorwärts, weil sein Körper reagierte, als habe er sich mit psychischer Kraft gegen ein Objekt gestemmt. Er und Mink standen für einen Moment still und betrachteten die Statuette, dann ging Minor hin und hob sie auf. Minks Emotionen lagen offen vor ihm, verknäult zu einem Affektstau aus Furcht und erhöhter Abneigung. Der Junge hatte sich gegen seinen ›Vater‹ aufgelehnt — und einsehen müssen, daß es ihm an Kräften mangelte. Minor sah darin einen Anlaß, seinen Kopf höher zu tragen. Er war nicht bloß ein Gegenstand der Belustigung des Jungen und der Manipulation durch ihn, und Mink mußte sich endlich mit dieser Tatsache abfinden. *›Glaubst du wirklich, daß du das damit bewiesen hast?‹* fragte Mink, der langsam seine Fassung wiedergewann. Seine Emotionen waren nun von Haß durchwachsen. *›Sei nicht so dumm, dich in Sicherheit zu wiegen, Elternzelle. Du bildest dir jetzt etwas ein, aber schau einmal in einen Spiegel, dann siehst du die Wahrheit. Du bist bemitleidenswert! Das Spottbild eines Mannes. Ein Tattergreis.‹*

Minor bemerkte, wie er verlegen seine Kleidung zu glätten versuchte; er hörte damit auf. In seinem Herzen pochte Groll, und er ließ seinen Zorn anschwellen, weil er heiß war und aufrichtig. *›Du wolltest mich töten, Klon!‹*

›Warum auch nicht?‹ entgegnete Mink. *›Du bist erledigt, Elternzelle. Sieh es ein und gib auf. Du kannst mich so wenig vor mir selbst retten, wie du dich vor dir retten kannst. Alles ist wie vorher, mir steht alles offen. Stams hält dich noch immer für verrückt, und ich bin unverändert dazu bereit, der neue Beschützer der Welt zu werden.‹* Er lachte erneut, und sein Lachen war im Psi-Bereich womöglich noch boshafter als es ohnehin war, so wie es laut von seinen Lippen ertönte.

Nach diesem Lachen ging Minor hinaus. Sollte Mink ihn überwachen . . . Mink sollte tun, was immer er wollte. Minor mußte sich nun an seine eigene Pflicht halten. Aus einem einzigen Grund war es ihm nicht gelungen, die Einstellung des Klon zu ändern:

der Klon war wahnsinnig! Paranoid! Er konnte sich weder Schuldgefühle noch Mitleid, die seinem Verhalten Grenzen setzten, länger erlauben, denn wie ein Mühlstein um seinen Hals hing nun die Welt von ihm ab, und er mußte sie vor Mink schützen. Wenn er in dieser Auseinandersetzung noch einen Schuß anbringen konnte, dann mußte er es tun. Er war nun entschlossen, Stams die volle Wahrheit zu verraten und ihn um Hilfe zu bitten, bevor es zu spät war.

Minor polterte in Bates' Büro, ohne anzuklopfen, und die beiden Mediziner fuhren erschrocken hoch, völlig überrascht. Er ließ ihnen keine Zeit zu Fragen. »Ich komme, um meinen Bericht zu erstatten«, sagte er ohne Umschweife. »Und um Sie über den Sachverhalt einer gigantischen Krise zu informieren. Was ich zu berichten habe, dürfte Ihnen mißfallen, aber Sie müssen es wissen, also machen Sie sich auf etwas gefaßt. Sollten Sie noch immer die Vorstellung haben, Sie könnten den Klon bald auf die Welt loslassen, dann schlagen Sie sich das sofort aus dem Kopf, denn er hat die Absicht, die Erde zu seinem Privatgrundstück zu machen und jeden zum Teufel zu schicken, der ihm in den Weg tritt. Er will ihr Herrscher werden, sie vergewaltigen und dann vernichten.«

»Wa . . .?« Bates hatte sich halb aus dem Sessel erhoben.

»Keine Fragen«, befahl Minor. »Hören Sie zu! Ich weiß auch keinen Ausweg. Ich habe keine Ahnung, was Sie gegen ihn unternehmen können oder wie er sich hindern ließe, aber Sie müssen es versuchen. Ihr verhätscheltes Versuchskindchen ist drauf und dran, die Welt zu verschlingen.«

Dieser urplötzlich erhobene Vorwurf war für Bates zuviel, und es verschlug ihm vorerst die Sprache, aber Stams blieb ganz ruhig. Er schlug einen übertrieben nüchternen Ton an und versuchte, die Lage in seine Hand zu bekommen. »Globalrat Minor, ich glaube, am besten setzen Sie sich hin und versuchen sich abzuregen. Nach dem, was ich vor kurzem zwischen Ihnen und dem Jungen erlebt habe . . . Na, Sie sind offenkundig überfordert. Sie reden sinnloses Zeug.«

»Ich warne Sie vor . . .«

»Schluß damit, Schluß damit!« unterbrach ihn Stams. »Beruhigen Sie sich, dann hören wir uns an, was Sie sagen möchten, und diskutieren ganz sachlich darüber. Was bringt Sie denn diesmal so durcheinander. Dieser neue Tick, den Mink hat? Seine Art, Ihre Sätze für Sie zu beenden?«

»Nein! Das zählt so gut wie gar nicht. Das konnte ich schon, als ich zehn war. Der entscheidende Punkt ist: *ich hab's nicht getan.* Jedenfalls bin ich nicht hier, um mich zu beklagen. Ich ersuche Sie um Hilfe bei . . .«

»Mit diesem neuen Spiel macht er Sie ganz wild, was?« Bates versuchte es auf die gleiche Tour wie Stams.

Sie gaben sich nachsichtig! Minor durfte sie nicht gwähren lassen, aber wie ließ es sich ändern? »Wenn Sie darauf bestehen, sich an diese Betrachtungsweise zu klammern, na schön«, begann er. »Ich werde Ihnen darlegen, was ich aus diesem Gesichtspunkt zu sagen habe. Ich bin zu allen diesen lästigen Dingen imstande, die Mink anwendet — zu allen —, aber ich verzichtete immer darauf, weil ich sie mir nicht leisten konnte. Ich hätte mich unverzüglich verraten. Mink dagegen ist aufgewachsen wie ein junger Kaiser, deshalb versteht er heute nicht das geringste von Moral oder Anstand. Sie haben sich nicht die Mühe gemacht, ihm so etwas beizubringen, und mir hat man den Kontakt mit ihm untersagt. Infolgedessen haben Sie einen Egomanen herangezüchtet, der glaubt, ihm stehe rechtmäßig die gesamte Welt zu. Er will mich aus dem Weg räumen, damit er wie ein Riese, wofür er sich hält, über allem thronen kann. Aus Eifersucht, Haß und unersättlicher Gier, alles für sich allein zu beanspruchen, gibt er sich alle Mühe, um mich aus der Welt zu schaffen. Damit er der einzige von ›uns‹ ist.« Er begriff, daß er zu weit gegangen war, daß seine Gefühle ihn mitgerissen hatten. Doch es ließ sich nicht ändern.

Bates' Reaktion bewies die Richtigkeit seiner Befürchtung. »Die Unsinnigkeit Ihrer Beschuldigungen ist so offensichtlich, Globalrat, daß sogar Sie selbst sie erkennen müßten. Mink könnte Sie durch den Einsatz von Psi unmöglich töten.«

»Glauben Sie, daß er es durch eine schwere, spitze Statuette könnte, die er mir an den Kopf schleudert?«

»Das hat er getan?« Stams zeigte endlich echte Aufmerksamkeit.

Aber Bates räumte Minor keine Chance ein, um diesen leichten Stimmungsumschwung Stams' zu seinen Gunsten auszunutzen. »Das würde ich nicht einmal glauben, täten Sie's mir den ganzen Tag lang ins Ohr brüllen, Minor. Mink kann Sie nicht töten wollen. Er *ist* Sie.«

»Er ist nicht ich! Er besitzt mein Gesicht, meinen Körper und meine Psi-Fähigkeiten, aber damit endet jede Ähnlichkeit. Seine unterschiedliche Umgebung bedingt seine Andersartigkeit. Ob's Ihnen gefällt, das zu hören, Bates, oder nicht, aber auf jeden Fall haben Sie ein Ungeheuer aufgezogen!« Das Wort laut gegenüber

einem anderen Menschen auszusprechen, verursachte eine erneute Welle seiner Furcht vor verfehlten Reaktionen.

»Er ist nur ein Junge«, verteidigte Bates den Klon.

»Ein Ungeheuer! Ein paranoides Ungeheuer, Ungeheuer, *Ungeheuer!* Und Sie müssen eine Methode finden, um es zu bändigen!«

Stams winkte Bates auf seinen Platz. Er schien die Bereitschaft zum Zuhören zu hegen, aber Minor wußte, daß sie hauptsächlich vorgetäuscht war, um seine Beunruhigung darüber zu lindern, daß er seinen ›gezügelt‹ geglaubten Psi-Mann in solcher Erregung sah. »Erzählen Sie uns alles, Globalrat. Aber wenn ich bitten darf, ohne überflüssige Panik in Ihrem Gesicht.«

»In meinem Gesicht?« schnauzte Minor. »Sie steckt mir in den Knochen, Mann!« Er mußte ihnen begreiflich machen, worum es hier ging, aber irgendwie kam er nicht bei ihnen an. Er mäßigte seinen Tonfall. »Der Klon und ich haben beim zweiten Treffen unsere Bewußtseinseinheiten miteinander verschmolzen«, sagte er. »Ich mußte diesen Schritt erzwingen. Er war nicht freiwillig dazu bereit.«

»Sie haben ihn genötigt?« Bates zeigte deutliche Mißbilligung.

»Dadurch habe ich entdeckt, was er wirklich ist. Was er sein möchte.« Er sah wieder Stams an. »Bates hat den Klon mit seinen Psi-Fähigkeiten treiben lassen, was ihm paßte, und er hatte daran seinen Spaß. Er findet noch immer Spaß daran. Er hält sich für allmächtig. Addieren Sie das zu seiner Verbitterung darüber, nur ein Klon zu sein, und Sie haben einen unausgeglichenen Geist, der sich auf den Irrsinn versteift, die Welt zu seinem Besitz machen zu müssen, bloß um zu beweisen, daß er doch jemand ist . . . der sich von der Welt vergöttern lassen möchte, ihre Reichtümer geschenkt erhalten will, bis er dieser Art von Macht überdrüssig wird und den letzten Akt der Machtausübung einleitet, die Entscheidung über Leben und Tod. Er stellt sich vor, wie er über alle Menschen der Erde hinausragt, die auf ihren Knien liegen und ihn anflehen, sie nicht ins Verderben zu stürzen — bis zu dem großartigen Moment, in dem er alle Waffen auslöst und alle Rufe um Gnade buchstäblich in seinen Ohren verklingen. Das sind Tagträumereien, ja, aber bei ihm ist die Sache nicht so einfach. Er kann sie verwirklichen!«

»Also, nun . . .«, begann Bates einen neuen Widerspruch.

»Sparen Sie sich Ihre Redensarten und verkriechen Sie sich in Ihrem Labor, Bates! Oder fragen Sie einmal mich, was ich mit der Welt anrichten könnte, wenn ich's wollte. Überlegen Sie einmal, wozu ich imstande wäre, wenn ich Ihnen meine Gedanken eingäbe, wenn ich die Menschen nach meinem Willen handeln ließe. Wenn ich mich zum uneingeschränkten Diktator aufschwänge. Sie haben einen jungen Burschen aufgezogen, der sich genau diese Dinge zum Ziel gesetzt hat, und weiß Gott, ich sehe keine Möglichkeit, ihn daran zu hindern, sein Ziel zu erreichen.«

Schweigen herrschte, als er fertig war, und während dieser Stille erkannte er, daß er wieder zu dick aufgetragen hatte, um glaubwürdig zu sein. Er hatte sich die gesamte Verzweiflung der letzten Tage anmerken lassen, und nun zitterte er. Stams' ernster Blick bestätigte seine Erkenntnis.

»Brauchen Sie ein Beruhigungsmittel?« fragte Stams.

»Was?« Minor richtete seine schwarzen Augen auf den kleineren Mann. »Sie wagen es, auch bloß anzudeuten . . .«

»Dann reißen Sie sich zusammen, damit wir diese Geschichte besprechen können! Sie krakeelen ja, Globalrat! Ich kenne Sie gut. Ich war der erste Regierungs-Psychiater, der Sie untersucht hat, nachdem Sie — völlig verrückt gworden — auf der Straße zusammenbrachen. Ich habe ein solches Aufkommen von Verwirrung niemals wieder erwartet, aber Sie stehen eindeutig unter starkem emotionalen Schock. Ich bestehe darauf, daß Sie sich beruhigen, ehe Sie uns ganz aus dem Häuschen geraten.«

»Bevor Sie vollends die Selbstbeherrschung verlieren«, unterstützte ihn Bates.

»Sie brauchen sich nicht vor mir zu fürchten, Bates«, fuhr Minor ihn an. »Ich bin durchaus nicht kurz davor, völlig durchzudrehen. In diesem Zimmer ist nicht genug Intelligenz beisammen, um's mir die Mühe wert zu machen. Das ist ohne Zweifel auch der Grund, warum Mink seine Zeit so gut nutzen konnte. Und bloß weil Stams jetzt endlich offen geworden ist und meinen Zustand vor achtzehn Jahren als ›verrückt‹ bezeichnet hat, muß das noch nicht heißen, daß ich es wirklich war.«

»Setzen Sie sich!« befahl Stams.

Minor zögerte für einen Moment, dann tat er ihm diesen kleinen Gefallen. Wenn sie ihm vernünftiger zuhörten, sobald er eine lockere Haltung einnahm, würde er sich sogar auf den Boden legen. Bis jetzt verlief nichts nach seinem Wunsch. Er hatte in ihren Augen alle Würde abgestreift und daher an Ansehen eingebüßt, und nun mußte er diesen Verlust erst einmal ausgleichen.

»So«, sagte Stams mit fester Stimme, die eine Neigung zu gefühlskalter Sachbezogenheit aufwies. »Sie erwähnten vorhin, daß Sie und der Junge beim zweiten Treffen die mentale Verschmelzung vollzogen.«

»Ja.«

»Geben Sie zu, daß das für Sie ein traumatisches Erlebnis war?«

»Traumatisch! Es hat mir vor Schrecken den Magen umgedreht! Ich war nicht auf das gefaßt, was ich in ihm vorfand. Er ist . . .«

»Somit liegt eingestandenermaßen ein Fall emotionaler Erschütterung Ihrerseits vor«, überrollte Stams ihn. »Das Erlebnis hat Sie aus dem Gleichgewicht geworfen. Wir haben Sie achtzehn Jahre lang darauf warten lassen — die Erwartung staute sich in Ihnen —, und nun, da sie sich verwirklichte, war es zuviel für Sie, es hat Sie überwältigt. Verstehen Sie, was ich meine, Globalrat? Wenn Sie die Sache einmal objektiv betrachten, ist alles ganz klar. Eine Fehlinterpretation der bei der geistigen Verschmelzung gewonnenen Eindrücke sowie die kleinen Unarten des Jungen müssen die Ursachen der absurden Anschuldigungen sein, die Sie gegen ihn vortragen. Aber sie sind vollkommen unglaubhaft.«

»Wenn hier etwas vollkommen unglaubhaft ist, dann Ihre geistige Beschränktheit«, erwiderte Minor. »Haben Sie zuviel Geld ausgegeben, um nun einzugestehen, daß ein Ungeheuer gezüchtet worden ist?«

»Mink ist kein Ungeheuer.« Bates sprach zum ersten Mal aus sich selbst, da es ernsthaft galt, seinen Liebling reinzuwaschen. »Wenn ich Sie ihn so nennen höre, glaube ich, daß Dr. Stams Ihrem Trauma noch einen Faktor hinzufügen sollte. Neid! Sie sind Ihrem Klon begegnet und mußten erkennen, daß er ebenso fähig ist wie Sie — infolge seines unbelasteten Heranwachsens vielleicht sogar fähiger —, und nun sind Sie abgeneigt, ihm seinen Platz zuzugestehen. Sie möchten Ihre Sonderstellung in der Welt nicht mit ihm teilen.«

Minor vermochte es kaum zu glauben. Er hatte sich herbeeilt, um angesichts einer entsetzlichen Gefahr Alarm zu schlagen und um Hilfe zu bitten, aber statt auf ihn zu hören, analysierten sie ihn lediglich. »Der Klon will jedermann in der Welt von seinem Platz verdrängen, um einzigartig über allen zu stehen. Begreifen Sie mich nicht?«

Bates blieb unerbittlich. »Das ist ein völlig grotesker Einfall. Ich kenne den Jungen.«

»Sicherlich. Sein Gesicht. Ich dagegen kenne seine Seele.«

Stams nahm auf seltsame Weise Abstand von ihm, so daß er zwischen sich und Minor den Schreibtisch Bates' hatte. »Nichtsdestoweniger wollen wir vorerst einmal Dr. Bates' Einwände als berechtigt ansehen, Globalrat«, sagte er dann. »Wenn Ihre Äußerungen nicht das Resultat eines Traumas oder von bloßem Neid sind, warum haben wir dann nicht früher von diesen Dingen erfahren? Warum haben Sie gewartet bis jetzt, da der Junge einsatzbereit ist und kurz davor steht, seine Tätigkeit anzutreten?«

»Weil ich ihn gedeckt habe«, antwortete Minor leise. »Ich gestehe es ein. Ich habe versucht, an ihm zu arbeiten, ihn vor sich selbst und für mich zu retten. Es stellte sich heraus, daß er mich nur als Werkzeug wollte, um nach draußen und in den Einsatz zu gelangen — als Lehrer, um die bessere Nutzung seiner Fähigkeiten im Sinne seiner Pläne zu erlernen. Aber ich legte soviel Wert auf seine Gesellschaft, daß ich eine Zeitlang für seinen Wahnsinn blind war und dadurch die gesamte Welt in Gefahr brachte. Diese Eigensucht zu gestehen, ist das Schwerste an meinem Geständnis. Doch glauben Sie mir — ich war fest davon überzeugt, ich könnte ihn positiv beeinflussen ... daß er nur jemanden seinesgleichen brauche, um zur Vernunft zu kommen. Jemanden seiner Art als moralische Stütze.« Er schaute zu Boden, denn ihre sorglosen Mienen bewirkten beinahe, daß er die nächsten Worte unter Schluchzen ausgestoßen hätte. »Er ist nicht zu retten. Es graut mir davor, das zu sagen, während ich's ausspreche, aber er ist verloren.«

Seine Erschütterung rührte sogar Stams, aber der Mediziner verbarg diese Tatsache rasch, indem er in seiner nüchternen Art und Weise das Gespräch weiterführte, als habe Minor nichts Derartiges geäußert. »Als nächstes muß ich wissen, Minor, ob es der Wahrheit entspricht, wenn Sie behaupten, Sie seien dazu in der Lage, die Herrschaft über die Welt zu erringen und sie dann zu vernichten.«

»Ich bin es«, antwortete Minor rundheraus. In aller Ruhe erläuterte er seine Überlegungen, wie es durch die Anwendung von Gedankenkontrolle und Hypnotik auf den Beratungssitzungen mit den Botschaftern möglich wäre, sich die Verfügungsgewalt über die Menschen und Waffen der Erde anzueignen. »Ich könnte genauso die Erde zerstören, wie der Klon es beabsichtigt.«

»Aber sehen Sie denn nicht, wie irrational das ist, Minor! Mink käme ja auch ums Leben. So etwas würde er niemals tun.«

»Sie irren sich, Dr. Stams. Er stört sich nicht an der Aussicht des eigenen Todes, und das ist der Beweis für seinen Wahnsinn. Berücksichtigen Sie die Fälle von Attentätern. Gewöhnlich sind sie sich sehr wohl dessen bewußt, daß ihre Tat ihren Tod zur Folge haben muß, aber es ist ihnen egal. Sie wollen nichts als den Ruhm ... das Scheinwerferlicht der Öffentlichkeit. Er aber beabsichtigt ein Attentat auf *die ganze Welt*!«

»Er besitzt keinerlei Gründe für ein so schreckliches Vorhaben.«

»Er hat welche, und ich verstehe sie, mögen Sie auch schwer von Begriff sein. Sie haben ihn isoliert, und daher wuchs er allein auf, ebenso wie ich. Aber zugleich haben Sie ihn verhätschelt und sich nicht einen Moment lang die Zeit genommen, daran zu denken, daß es ihm vielleicht mißfallen könnte, ein Klon zu sein und außerdem so einsam. Statt sich der Welt anzupassen, konzentrierte er auf sie seinen Haß, angefangen mit Ihnen, Bates. Sie boten ihm eine Zielscheibe für seine Erbitterung, wie mir nie eine zur Verfügung stand. Ich war allein inmitten einer riesigen Bevölkerung und verfiel niemals bloß auf den Gedanken, irgend jemandem für mein Befinden die Verantwortung zuzuschieben. Mink jedoch tat genau das mit Ihnen und Ihrem Personal — seiner kleinen Welt — und setzte sich in den Kopf, Sie hätten ihn ›hergestellt‹, bloß damit er als ein Nichts lebe. Von diesem verzerrten Ansatz verallgemeinerte er dahin, daß alle Normalen herzlos seien und die Vernichtung verdienten . . . aber erst, nachdem sie eingesehen hatten, wie außergewöhnlich er eigentlich ist. Für diesen Triumph nimmt er auch den eigenen Tod in Kauf.«

Minor hatte das Gefühl, sich sachlich und gut ausgedrückt zu haben. »Besäße er die Bereitschaft, auf solche Weise zu sterben, müßte er — wie Sie richtig sagen — wahnsinnig sein«, sagte einige Augenblicke später Stams. »Aber ich kann Ihnen nicht recht geben, Minor. Sie hängen ihm Ihre eigene verzerrte Vorstellung von sich selbst an. Ich bin auch keineswegs davon überzeugt, daß Sie wirklich soviel Macht haben, um an die Weltherrschaft zu gelangen. Nichts in Ihrer Vergangenheit weist auf ein solches Ausmaß Ihrer Begabung hin.«

Erneut verspürte Minor tiefe Enttäuschung. Seine logisch aufgebaute Argumentation und seine Gefaßtheit hatten keinen Deut genutzt. »Ich besitze Fähigkeiten, von denen Sie überhaupt nichts wissen«, brummte er, »weil Ihre albernen Telepathen nicht tief genug in mein Hirn vordringen können, um sie festzustellen.«

»Seit wann?«

»Ach, lassen wir das beiseite.« Minor winkte plötzlich ab und schuf mit einer Gebärde Schweigen, um sich mit einer anderen Facette des Geschehens, die ihm noch nicht aufgefallen war, zu beschäftigen. Er sprach seine Überlegungen laut aus, wie sie sich entwickelten, reihte erregt Wort an Wort, von der Vorahnung ergriffen, daß sich daraus etwas ergeben sollte, das die beiden Mediziner zum Zuhören zwang. »Die Tatsache, die Ihnen letztlich einen fürchterlichen Schrecken einjagen müßte, ist etwas, woran ich bis zu diesem Moment selbst noch nicht gedacht habe. Malen Sie sich einmal folgendes aus. Wenn ich mich dazu entschlösse, meine Psi-Fähigkeiten für meine eigenen Zwecke zu verwenden — für die Ziele des Klons —, wie könnte man mich hindern? Durch Entlarvung, Gefangensetzen, Ermordung! Nein! Ich fände sofort jeden gegen mich gerichteten Plan heraus, denn die bloße Existenz eines solchen Plans hieße ja, daß jemand ihn im Kopf mit sich herumträgt, und das menschliche Gehirn ist für mich wie ein Schwamm, den ich nur auszudrücken brauche. Wie ein Sieb trieft es ständig von Gedanken und kann sie nicht bei sich behalten. Jede Verschwörung gegen mich könnte ich im Handumrehen aufdecken und zerschlagen. Wer wollte mich einsperren, wenn ich genug Macht besitze, um mich dagegen zu verwahren? Wer könnte mich angreifen?« Minor verstummte; seine Augen waren geweitet, jedoch ausdruckslos. Er stützte den Kopf in seine Hände und stöhnte auf. *›Guter Gott!‹* dachte er. *›Und das gleiche gilt für Mink! Welchen Sinn haben meine Bemühungen, wenn ihm doch niemand ein Härchen krümmen kann?‹* Genau in diesem Augenblick vernahm er ein Lachen, ein höhnisches, arrogantes Gelächter, das in seinen Hirnwindungen entstand, aber nicht von ihm stammte. Mink lachte über Minors Hilflosigkeit.

›Verschwinde aus meinem Kopf, du ...!‹ schrie Minor in telepathisch an, aber eine Psi-Drohung unterbrach ihn.

›Geht nicht, Elternzelle. Du hast uns für immer miteinander verschweißt. Wo du bist, da bin auch ich, und das wird für dich nicht unbedingt angenehm sein.‹

Der lautlosen Stimme schloß sich eine mündliche Frage Stams' an. »Fühlen Sie sich unwohl?«

»Wie ein Todkranker.« Minor hob den Kopf und musterte die beiden Männer. Sie waren nun aufrichtig um ihn besorgt, aber es spielte nicht länger eine Rolle, ob sie ihm glaubten, was er sagte, oder nicht, da sie machtlos waren und gegen die Gefahr nicht einzuschreiten vermochten.

›Hau ab aus Bates' Büro, Elternzelle‹, riet ihm in seinem Kopf Mink, *›bevor du dich noch mehr blamierst!‹*

»Ja, das ist wohl besser«, hörte Minor die eigene Stimme heiser antworten.

»Was haben Sie gesagt?« Stams klammerte sich an seine Dekkung, den Schreibtisch.

»Äh, ich ... meinte nur, ich gehe jetzt wohl besser.« Minor raffte sich auf.

»Vielleicht sollten Sie sich lieber hinlegen.« Bates benahm sich nun betulich. »Anscheinend war dies Erlebnis bedauerlicherweise zuviel für Sie. Sobald Sie sich anständig ausgeruht haben, dürften Sie selber einsehen, wie abwegig Ihre übereilten Schlußfolgerungen sind.«

»Da irren Sie sich, Dr. Bates«, widersprach Minor. Seine Haltung erschlaffte, und jeder Rest von Mut und Kampfgeist verließ ihn, als er Bates' unveränderte Miene sah. Er seufzte. »Beurteile ich die Meinung in diesem Raum richtig, wenn ich annehme, daß ich's mir aussuchen kann, ob ich auf Mink neidisch bin, ihn fürchte oder auf dem besten Wege bin zum geistigen Verfall? Ist das meine Wahl?«

»Ich sehe keine andere Möglichkeit«, antwortete Bates.

Matt drehte Minor seinen Kopf Stams zu. »Würden Sie sich selbst einmal genauer in Augenschein nehmen, Globalrat«, sagte Stams, »könnten Sie unsere Einschätzung begreifen. Sie sind nur noch ein Geist jenes Mannes, der einmal mit uns die Zusammenarbeit anfing.«

»Meine äußere Erscheinung zählt nicht im mindesten. Aber da keiner von Ihnen das einsieht, will ich mich nicht darum streiten. Darüber gibt's sowieso keinen Streit. Sie müssen dies gefährliche Spiel weiterspielen, bis Sie selbst die Beweise für das erblicken, was ich Ihnen erklärt habe. Aber dann werden Sie sich der Dinge, die mit Ihnen geschehen, wahrscheinlich gar nicht bewußt sein.« Minor wandte sich zur Tür; infolge der Schwäche in seinen Knien schlurfte er beim Gehen. Stams griff zum Telefon.

»Ich rufe Ellis, damit er Ihnen auf dem Rückweg hilft.«

»Sparen Sie sich die Mühe. Ich werde unterwegs nicht allein sein. Ich kann jetzt nie wieder allein sein.« Mit dieser geheimnisvollen Bemerkung ging er, davon überzeugt, daß Stams auf jeden Fall Ellis verständigte.

›Du hast ein großes Theater gemacht, aber sie haben dir kein Wort geglaubt, stimmt's?‹ ertönte Minks Psi-Stimme in seinem Hirn. *›Nun brauchst du ihnen nur noch den Beweis dafür zu liefern, wie richtig ihre Diagnose ist. Aber etwas hast du ihnen gesagt, Elternzelle, das ist wahr. Keiner von uns beiden wird jemals wieder allein sein.‹*

Ellis erwartete ihn an der Tür und geleitete ihn sofort zu seinem Bett, aber es war ihm unmöglich, Ruhe zu finden. Stundenlang lag er wach, aber die Dunkelheit vermochte nichts gegen die von Drohungen strotzenden Psi-Rufe, mit denen Mink ihn pausenlos belästigte. Er erhielt keine Gelegenheit, sich eigene Gedanken zu machen, doch entschied er nach einer Weile, das sei auch nicht weiter schlimm, denn alles, womit er sich geistig befassen konnte, war der verhängnisvolle Fehler, der ihm unterlaufen war, indem er nicht unverzüglich Stams die Wahrheit sagte, als er noch eine Respektsperson war und im Vollbesitz seiner Körperkräfte. Vielleicht hätte man ihm dann geglaubt. Das Ergebnis wäre jedoch das gleiche gewesen. Es gab auf der Erde nur einen Menschen, der eine Aussicht hatte, den Klon abzuschmettern, und genau dieser Mensch war nun fast zu so gut wie allem außerstande. Es war sonderbar, aber er begann ein Gefühl der Gleichgültigkeit zu empfinden. Er war ausgebrannt. Also konnte er ruhig vor dem Klon kapitulieren und den Jungen für sich denken lassen. Alle behaupteten, Mink sei er; warum sollte er sich noch dagegen wehren?

Nachdem er vier Stunden lang auf Minks Bewußtsein mitgeschwebt war, beschlich ihn etwas Neues, sickerte in seinen Geist. Emotionen. Gezüchtete, künstliche, falsche Gefühle, die Nahrung in den Erinnerungen seines eigenen Hirns fanden und sich zu einem ruhelosen Schreckensgebilde vervielfachten, das selbst seinen Körper zum Beben brachte.

Unsicherheit. Einsamkeit. Furcht. Er war wieder achtzehn, mit allen Konsequenzen, die es für ihn besaß, achtzehn zu sein. Wandern durch Menschenmengen, getrieben von der verzweifelten Notwendigkeit, sich zu verbergen, aber kein Versteck zu finden. Scham. Er war eine Abnormität; auf Zeit getarnt, aber dazu bestimmt, entdeckt und vor der ganzen Welt der Schande preisgegeben zu werden, dann — wegen der Gefahr, die man in ihm sehen mußte — kurzerhand getötet. Er fühlte sich schmutzig, klobig und qualvoll sichtbar, während er sich doch nichts mehr wünschte, als winzig zu sein und sicher verborgen in irgendeiner finsteren Ecke. Wem durfte er trauen? Keiner Seele, keinem Zeitgenossen. Nicht einmal sich selbst, denn er könnte sich durch einen unglücklichen Zufall verraten und zu seinem eigenen Henker werden, so wie er schon sein eigener Teufel war. Das lebensechte Bild einer Straße drängte sich ihm auf, durch die eine Gestalt entlanglatschte, von der Menge herumgschubst, den Mund offen, als murmele sie wirres Zeug. Ein so starkes Mitleid für diese Gestalt schwoll in seinem Innern an, daß ihm Tränen aus den Augen quollen. Mit den Tränen und seiner grenzenlos mitleidigen Regung befand er sich entsetzlicherweise plötzlich innerhalb der Gestalt ... er war die Gestalt ... sie war er selbst ... Minor ... achtzehn und kurz davor, verrückt zu werden!

Er kämpfte darum, sich aufzusetzen, fuchtelte mit den Händen in der Luft vor seinen Augen, um ein mentales Bild wegzufegen, das zu seiner Beseitigung nicht den kleinsten Ansatzpunkt bot. Er konnte jenen Moment unmöglich noch einmal durchleben! Er konnte es nicht ertragen, jene Gefühle von neuem zu empfinden! In seinem Innern entstand ein lautes Geräusch, und irgendwo in einer hellen Tiefe seines Verstandes erkannte er, daß es von seiner eigenen Stimme kam, die um Hilfe schrie, Nicht-Worte schrie, schrie! Die Schlafzimmerbeleuchtung erhellte sich schlagartig, und da war plötzlich auch Ellis, reglos und kaum sichtbar — Ellis und die Straße, zusammen, mal scharf und mal unscharf, mal deutlich, mal verschwommen, ineinander zerflossen, beide verwaschen. Er streckte Ellis seine Hände entgegen und ließ seinen Mund ungehemmt brüllen, obwohl er kein vernünftiges Wort hervorzubringen vermochte, während er im Innern verzweifelt um Hilfe rief. Dann hatte Ellis seine Hände gepackt und kniete neben ihm auf dem Bett, seine kräftigen Arme schüttelten Minors Körper, der wie Espenlaub zitterte, und Ellis schrie auf ihn ein, aber sein Rufen blieb durch das Gebrabbel der Gestalt auf der Straße, in deren ›Innern‹ Minor stak, völlig unverständlich, und nun fiel die Gestalt — sie stürzte —, der Zementboden schien ihr aufwärts entgegenzusausen. Begierig erwartete Minor den Aufprall, denn danach standen ihm gesegnete Bewußtlosigkeit und Frieden bevor. Während der Boden seinem Gesicht entgegenzuschießen schien, hielt er hoffnungsvoll den Atem an.

Etwa einen Zoll überm Boden endete der Sturz. Er schwebte gewichtslos innerhalb seines JÜNGEREN Ebenbildes, beinahe parallel zum Bürgersteig, und die heftigen Emotionen, die mit der vorangegangenen Fallempfindung einhergingen, durchbrausten ihn ohne die geringste Linderung. »Atmen Sie doch!« hörte er Ellis wie aus weiter Ferne rufen. Aber er konnte es nicht. Nur zu Empfindungen war er noch fähig, und er schwebte in einer gewaltigen Wolke davon; in den irren, wirrköpfigen Emotionen eines zerbrochenen Verstandes. Dann erlosch alles.

So urplötzlich, wie es ihn befallen hatte, löste sich das Gedankenbild des Achtzehnjährigen auf, und mit einem Ruck sah sich Minor wieder im nun erleuchteten Schlafzimmer, befand er sich wieder auf dem Bett, im Griff von Ellis' kraftvollen Armen. Er klammerte sich mit der Gewalt von zehn Wahnsinnigen an Ellis. Aber es war vorbei. Vorbei! Er keuchte, seine Lungen japsten aus Atemmangel. »Endlich!« Ellis seufzte. »Minor . . .! Was . . .?«

»Es ist . . . schon gut.« Minor ließ den jungen Mann los. »Ein Alptraum. Es war ein gräßlicher Alptraum.«

Ellis musterte aus seinen blauen Augen aufmerksam Minors Gesicht. »Er muß wirklich das nackte Grauen gewesen sein, denn selbst mir ist der Schrecken in die Glieder gefahren. Brauchen Sie Dr. Stams?«

»Nein! Nein.« Beim zweiten Mal sprach Minor seine Verneinung leiser aus. »Ich habe ein Recht auf gelegentliche Sonderlichkeit, ohne sofort von Stams analysiert zu werden.« Er unterdrückte seinen Ärger. »Die letzten Wochen waren für mich nicht leicht, Ellis«, gestand er ein.

»Ich weiß. Ich habe mich um Sie gesorgt. Ich mache mir noch immer Sorgen, Globalrat.«

»Tun Sie's nicht. Bleiben Sie in meiner Nähe und warten Sie ab, genau wie ich. Wir gehen bald fort.«

»Sie sind mit der Unterweisung Ihres Klons fertig?« Ellis war von der Aussicht auf baldige Luftveränderung so angetan wie Minor.

»Er ist weit genug, um allein zurechtzukommen. Und ich bin's auch, Ellis. Ich auch. Ich auch.«

»Sie haben noch nicht mit mir darüber geredet — niemand hat's —, aber die Sache ist nicht so geworden, wie Sie sie sich gedacht haben, oder?«

Stumm sah Minor ihn an, der Verzweiflung nahe, als ihm nun zum ersten Mal seit langem jemand Mitgefühl entgegenbrachte. »Träume sind für Normale, Ellis. Sie sterben allzu schnell ab, wenn man so ist wie ich und ihre Grundlage sehen kann. Träume bedürfen der Rätsel, um darauf zu stehen, und der Einbildungskraft, um in einem Stück zu bleiben. Wenn man die volle Wahrheit weiß, kennt man nicht länger Träume.«

Ellis gab zunächst keine Antwort. Die Erklärung mißfiel ihm, sie und die Einsamkeit, der sie Ausdruck verlieh, aber er konnte ihr nicht widersprechen. Der normale Ellis konnte da nicht mitreden. »Gut, ich bleibe auf jeden Fall künftig in Ihrer Nähe, Globalrat«, versicherte er nach einer Weile. »Ich lasse Sie nicht wieder allein. Wenn Sie glauben, daß noch einmal ein Alptraum auftritt, bleibe ich im Zimmer, solange Sie schlafen.«

Eiseskälte durchrann Minor, als er begriff, daß das Image seines achtzehnjährigen Ichs womöglich wiederkehrte. Er wußte sehr gut, worum es sich dabei gehandelt hatte. Mink hatte seinen Angriff begonnen. Der Klon wollte ihn zurück in die geistige Verwirrung treiben. Ihn erledigen. »Es ist viel verlangt, Ellis, aber ich bitte Sie darum.« Ellis' Erscheinen hatte ihm dabei geholfen, sich der Halluzinationen seines einstigen Zusammenbruchs zu entziehen.

Indem er als zweite Gestalt auftauchte, hatte er verhinderte, daß Minor zu tief in der Halluzination aufging, um sich ihr wieder entziehen zu können.

»Dann setze ich mich in den Sessel«, sagte Ellis. »Sollten Sie mich brauchen, bin ich nur vier Schritte weit entfernt.«

Ein Psi-Grölen überlagerte Ellis' tröstliche Worte. *›Kann es wiederkommen, Elternzelle? Wird es wiederkommen? Seine geistigen Muskeln an einer Statuette zu erproben, das ist eine Sache, doch eine Vergangenheit im Wahnsinn ist eine ganz andere Angelegenheit. Leg dich schlafen, Elternzelle! Wir sehen uns in deinen Träumen wieder.‹* Minor ließ sich ins Kissen sinken, während er mit einer Anwandlung von Übelkeit seinen letzten Fehler einsah. Die Statuette. Der Zwischenfall hätte besser mit einem Unentschieden geendet; die Waffe wäre besser auf den Fußboden gefallen, ohne daß er sie zurück gegen den Klon schleuderte, um seine überlegene Stärke zu demonstrieren, die doch nur von seinem höheren Alter herrührte. Als er Mink Furcht einjagte, lieferte er ihm den Anlaß, die Verwirklichung seiner abscheulichen Pläne zu beschleunigen. Aber in jenem Moment hatte Minor keine Zeit zum Nachdenken gehabt. Es hatte ihn genug beschäftigt, sein Leben zu retten. *›Verloren hast du es trotzdem, Elternzelle. Es sei denn, du möchtest das Dasein als armer Irrer ›Leben‹ nennen, in dem du enden wirst.‹*

Für den Rest des Tages und die ganze Nacht lang malträtierte Mink ihn, aber Minor entspannte sich nicht noch einmal so sehr, daß er ins ›Schweben‹ geriet; so waren die Gedankenbilder, die ihm der junge Mann projizierte, zwar schrecklich, aber sie vermochten ihn nicht mit sich zu reißen. Er leistete Gegenwehr, verschliß sich ohne Rücksichtnahme noch weiter, gab Minks Druck nicht nach. Am nächsten Morgen um neun Uhr verließ Mink ganz plötzlich Minors Bewußtsein; seine Abwesenheit war nahezu spürbar. Vor Erschöpfung konnte Minor seine Erleichterung gar nicht voll auskosten. Er ließ Ellis ein umfangreiches Frühstück bestellen und schlang es um des Nährwerts willen, nicht wegen des Geschmacks, restlos hinunter. Er sah von der Mühe ab, ein weiteres Treffen mit dem Klon vorzutäuschen, und blieb gleichgültig in seiner Unterkunft. Das Klopfen an seine Tür, das um elf Uhr Stams' Ankunft ankündigte, überraschte ihn keineswegs. Das war folgerichtig das nächste Ereignis. Sie kamen im Wohnzimmer zusammen; Minor blieb gefaßt und überließ es dem Mediziner, die Unterhaltung, worum sie sich auch drehen sollte, zu eröffnen. Ellis verhielt sich unauffällig, aber Minor bemerkte, daß sich der junge Mann darüber unschlüssig war, ob er Stams von der unruhigen Nacht in Kenntnis setzen müsse oder nicht. Doch Stams räumte Ellis ohnehin keine Gelegenheit zu irgendwelchen Äußerungen ein. »Ich bin gekommen, um alle Dinge wieder in Ordnung zu bringen, Minor«, erklärte er ohne Larifari. Er stand in der Mitte des Zimmers. »Ich habe die Absicht, Ihnen zwar zu sagen, was geschehen wird, aber ich erwarte von Ihnen, daß Sie Ihre Rolle darin spielen, ohne noch einmal zu meutern oder weitere Anschuldigungen daherzureden.« Minor schwieg. »Hier ist unsere Arbeit abgeschlossen. Wir sind nun soweit, Minks Existenz der Öffentlichkeit bekanntzugeben und ihn auf die Tätigkeit anzusetzen, für die er aufgezogen worden ist. Er wird uns morgen verlassen. Ob Sie es zugeben oder nicht, er ist fertig und einsatzbereit.«

»Ich gebe es zu«, sagte Minor.

Stams ging nicht auf diese Feststellung ein. »Sie, Minor, werden sich für einen vollen Monat unter psychiatrischer Aufsicht Erholung gönnen«, schwadronierte er weiter. »Danach dürfen Sie, falls Ihre Verfassung sich wieder ausreichend gebessert hat, zurück an die Arbeit, aber mit verringerter Belastung. Von nun an werden Sie sich ausschließlich mit Spionagefällen und Erdbebenvoraussagen beschäftigen. Mink wird sich der internationalen Lage widmen.«

Minor hatte sich geschworen, auf jeden Einspruch zu verzichten, doch Stams' Worte entlockten ihm den Widerspruch geradezu unwiderstehlich. »Ihre Arbeitsverteilung ist verkehrt, Dr. Stams. Mink müßte sich mit den Nebenaufgaben befassen, während mein Tätigkeitsfeld die Diplomatie sein sollte. Er hat sich noch nie . . .«

»Wollen Sie etwa halsstarrig sein?« erkundigte sich Stams. »Sie wissen sehr gut, was ich rede, also versuchen Sie mich nicht auf den Arm zu nehmen. Sie können sich meine Gedanken direkt aus meinem Kopf holen . . . und wer weiß, wie oft Sie's im Laufe der Jahre schon getan haben.«

Ellis stand auf. »Nun aber mal *einen Moment,* Dr. Stams!«

Stams achtete nicht auf ihn. »Wenn Sie darauf bestehen, daß ich es Ihnen ins Gesicht sage, Minor, na schön. In Wirklichkeit brauchen wir Sie nicht länger. Sie sind überflüssig geworden . . . Psi-Mann!« Das letzte Wort stieß er in deutlicher Verachtung hervor.

Ellis hatte seinen Sessel verlassen und trat jetzt mit drei Schritten neben Minor, erstaunt über Stams' Schroffheit. »Das ist doch wohl nicht Ihr Ernst, Dr. Stams! Nicht diese Beleidigung Globalrat Minors bezüglich seiner moralischen Prinzipien, und sicherlich auch nicht Ihre letzte Bemerkung.«

»Er meint jedes Wort völlig ernst, Ellis«, sagte Minor ruhig.

»Warum wehren Sie sich dann nicht?« wollte Ellis wissen.

»Weil ich wußte, daß es so kommen würde. Mink hat einen Weg gefunden, um mich abzuschieben. Er hat Stams' Geist in seiner Gewalt, und nun denkt Stams *seine* Gedanken, arbeitet an *seinen* Plänen, und wahrscheinlich ist sich Stams dieser Tatsache nicht einmal bewußt.«

Ellis' Blick wechselte zwischen den beiden Männern hin und her; er war verblüfft über die Dinge, von denen er bislang nichts vernommen hatte. »Sie wollen sich einfach damit abfinden, Globalrat?«

»Ich habe keine andere Wahl. Ich habe diese Leute gewarnt und Sie um Unterstützung ersucht. Niemand wollte mir zuhören, also lehne ich nun jede Verantwortung ab. Um ebenso unverblümt zu sein wie Stams — ich bin mit allem fertig. Mink kann die Welt haben. Wer sollte ihn auch hindern?«

»Ich wünsche keine weiteren Ausfälligkeiten gegen den Jungen zu hören«, sagte Stams verärgert. »Ich wünsche lediglich Ihre Mitarbeit — und daß Sie den Mund halten!«

»Beides sei Ihnen zugestanden.« Minor fügte sich. »Erdbebenvoraussagen machen mir sowieso am meisten Spaß. Die einzige Entdeckung, die mir noch zu machen bleibt, ist wohl, welchen Höllenpfuhl von einer Irrenanstalt Mink für mich vorgesehen hat.«

»Dramatisieren Sie nicht so lachhaft«, sagte Stams. »So sehr sind Sie nicht aus dem Gleichgewicht, daß Sie in eine Psychiatrie müßten.«

»Ach? Hat der Klon sie nicht so weit vorausprogrammiert?« Minor lächelte Stams an, dann sandte er einen mentalen Ruf durchs Gebäude. *›Klon! Du läßt dein Hündchen an zu langer Leine laufen!‹*

»Ich habe Sie nicht für wahnsinnig erklärt, Minor«, widersprach nun seinerseits Stams. »Es liegt lediglich ein Tauma mit Erschöpfungszustand vor. Ein Monat psychiatrischer Beratung durch Spitzenkräfte wird Sie zurechtrücken.«

»Wie sollte ein Psychiater einem Total-Psi wohl helfen?« fragte Ellis in aufrichtiger Verwunderung. »Ich bin der Meinung, der Psi-Mensch ist der bessere Psychiater.«

»Unsinn«, entgegnete Stams abfällig. »Bei seinem ersten Zusammenbruch habe ich persönlich Minor gerettet.«

»Tatsächlich?« fragte Minor. »Oder haben Sie mir bloß einen Platz eingeräumt, an dem ich als ich selbst existieren kann?«

Darauf wußte Stams keine Antwort, daher räusperte er sich und griff wieder auf seine anfängliche Forschheit zurück. »Solche Fragestellungen führen uns zu gar nichts. Was ich zu sagen hatte, habe ich gesagt. Wenn Sie sich von Ihrem Klon verabschieden möchten, beeilen Sie sich lieber, denn er wird uns morgen verlassen. Das gleiche gilt für Sie. Ich weiß Ihre Mitarbeit zu schätzen . . . jedenfalls in diesem Teil der Angelegenheit.«

Sobald Stams in barscher Hast gegangen war, sah sich Minor einem erschütterten, fassungslosen Ellis gegenüber. Was Minor persönlich betraf, so verspürte er ein seltsames Gefühl von Erleichterung. Er hatte die Verantwortung abgelegt und war auch zu der Bequemlichkeit geneigt, seine Niederlage widerstandslos vollenden zu lassen. Aber Ellis war zu perplex, um zu schweigen; nun war er es, der keine Ruhe gab. »Ich war die ganze Zeit von den tatsächlichen Ereignissen abgeschnitten, was? Mir ist zumute, als wäre ich in einem Niemandsland zurückgeblieben. Was ist geschehen, Globalrat? Und warum haben Sie sich nicht mir anvertraut?«

Minor antwortete ehrlich. »Weil ich es für zu gefährlich hielt.«

Ellis vollführte eine Bewegung des Unbehagens und wechselte urplötzlich das Thema. »Kann ich Ihnen irgend was anbieten? Likör? Kaffee?«

»Lieber Kaffee. Dem Untergang geweiht oder nicht, ich bleibe besser klar im Kopf.«

Die Kanne stand bereits auf der Wärmeplatte. Ellis konzentrierte sich übertrieben stark aufs Einfüllen. »Ich weiß, was Sie mit ›zu gefährlich‹ meinen«, bekannte er nuschelnd. »Und es tut mir leid. Als Stams mich anwies, Sie zu überwachen und alles zu melden, was Sie sagen oder tun, habe ich mich zuerst geweigert. Aber er machte meine Stellung davon abhängig, und da überlegte ich mir — wahrscheinlich, um meinen Eigennutz zu rechtfertigen —, daß es für Sie besser wäre, einen Aufpasser zu haben, der für Sie Verständnis aufbringt, als einen Fremden.«

»Das geschah nicht aus Eigennutz, sondern aus Mitgefühl. Und Sie hatten recht. Sie müssen manchen schlimmen Moment verbracht haben, da Sie doch Grund zur Annahme hatten, ich könnte durchdrehen.«

»Ich habe mit dieser Möglichkeit nie gerechnet. Ich habe mir Sorgen gemacht, aber nicht deshalb. Hören Sie, können wir uns denn über gar nichts einmal richtig aussprechen? Ich tappe völlig im dunkeln, und wenn Sie sich endlich alles vom Herzen laden möchten . . .«

»Ich glaube nicht. Nein.«

»Weil ich Ihr ›Wärter‹ bin, um's mal so zu nennen.« Ellis seufzte. »Sie glauben, daß ich wirklich melde, was Sie reden. Na, aber Stams muß doch nicht jede Kleinigkeit erfahren.« Ellis sah Minor offen an. »Ich versuche, Ihnen folgendes beizubringen. Ich bin noch immer Ihr Freund, falls Sie Wert auf meine Unterstützung legen. Ich bin keine Gefahr für Sie. Ich schwöre es Ihnen.«

»Ich habe mich keineswegs wegen einer Gefahr für mich gesorgt, Ellis, sondern wegen der Gefahr für Sie. Aber was sollte es jetzt noch für einen Nutzen haben, da . . .«

Ellis unterbrach ihn, fest dazu entschlossen, Minors Ablehnung zu überwinden. »Wenn Sie an mir irgendwelche Zweifel hegen, Globalrat, will ich Ihnen in mein Inneres vollständigen Einblick gewähren. Sondieren Sie meinen Geist. Erforschen Sie meine Seele. Ich gebe meine Zustimmung.« Minor erwiderte den Blick der blauen Augen und schüttelte bestürzt den Kopf. Nach allem, was dem jungen Mann bekannt war, konnte Minor im nächsten Moment zum Amokläufer werden, und trotzdem hatte er die Bereitschaft, diesem unsicheren Zeitgenossen sein Gehirn zur Verfügung zu stellen. Und alles nur aus Freundschaft. »Sind Sie schon dabei?« fragte Ellis, der aus Minors Schweigen und aufmerksamem Blick schlußfolgerte, er habe bereits mit der Psychosondierung angefangen.

»Nein, und ich werde auch davon absehen. Ich vertraue Ihnen, Ellis. Das kann ich von keinem anderen in der Welt behaupten.«

»Mit anderen Worten, Sie stehen nach wie vor allein da. Die Begegnung mit Ihrem Klon hat Ihnen gar nichts gebracht. Aber es gibt auch noch immer einen kleinen Unterschied, den Sie nur anzuerkennen brauchen, und ich mache ihn aus! Verlassen Sie sich auf mich, Minor. Erzählen Sie mir, was Ihnen mit Mink passiert ist, und wieso Stams plötzlich so sauer auf Sie ist.«

»Nach diesen Äußerungen, die Sie soeben getan haben, werde ich wohl alle Mühe aufwenden müssen, um Sie heil hier rauszubringen. Aber . . .« — Minor seufzte und strich sich mit einer Handfläche über die Stirn — ». . . es wird nirgendwo auf der Welt noch Sicherheit für uns geben. Nicht wenn Mink morgen dies Haus verlassen hat. Ich habe eine Ahnung . . . nämlich, daß Minks bloßes Dasein auch seinen Erfolg garantiert.«

»Ich kann dem nicht folgen, was Sie da sagen«, bemerkte Ellis.

»Na schön. Wenn Sie wahrhaftig die Furcht und Hoffnungslosigkeit mit mir teilen wollen, dann setzen Sie sich hin, und ich erzähle es Ihnen in allen Einzelheiten. Bei Ihnen kann ich's mir vorstellen, daß Sie mir glauben.« Minor begann seine Darstellung bei seiner ersten Begegnung mit Mink, enthüllte Ellis die Wahrheit über seine ›Alpträume‹ und Stams' völlig neue Neigung, ihn abzuschieben; und dabei erinnerte er sich zwangsläufig an den Anfang. Während die Worte über seine Lippen kamen und sich zu einer Geschichte zusammenfügten, drohten ihm erneut die Sinne zu schwinden, bedrängten ihn von neuem Mattigkeit und Umnachtung. Denn alles hatte mit so großer Hoffnung begonnen, und nun endete es mit einem zu Scherben zerbrochenen Traum, einem zerrütteten Mann und einer dem Verderben verfallenen Welt. »Sie sehen selbst«, schloß er seinen Bericht, »daß mir zu viele Fehler unterlaufen sind. Ich hatte meine Chance und verstand sie nicht zu nutzen. Nun bin ich heilfroh, daß ich mich nicht länger darum zu scheren brauche.«

»Aber Sie tun's!« Ellis hatte, während er berichtete, mit ihm gelitten, aber seine Folgerungen sahen am Schluß anders aus. »Der Klon muß aufgehalten werden, Minor!«

»Ich habe mir alle Mittel und Wege eingehend überlegt, aber ich mußte einsehen, es ist unmöglich. Aufgrund seiner Psi-Kräfte. Unglücklicherweise sind wir nicht so eng miteinander verkoppelt, daß ein Selbstmord meinerseits unbedingt auch ihn töten müßte.«

»Sie sind doch wohl seelisch noch nicht so zerrüttet, daß Sie an Selbstmord denken«, erwiderte Ellis heftig. »Sie sind ein Mann mit Rückgrat, Minor. Es ist gleichgültig, was Sie durchmachen mußten oder wie müde Sie sind, auf keinen Fall sind Sie jemand, der sich hier hinsetzt und sagt: ›Ich hab's versucht und keinen Erfolgt gehabt, also kann die Welt zur Hölle fahren!‹«

»Ich würde es durchaus gerne sagen«, bekannte Minor. »Sie machen kein Drumherum, wie? Das liegt aber nur daran, daß Sie erst jetzt beginnen, sich damit zu befassen. Sie stehen noch am Anfang.«

»Recht haben Sie! Wenn's sein muß, nehme ich kurzerhand eine Pistole, geh zu dem Klon und erschieße ihn eigenhändig.«

»Sie kämen nicht einmal auf zweihundertfünfzig Meter an ihn heran.«

»Versuchen könnte ich es! Wenn Sie sich in ein elendes Häufchen der Schwarzmalerei verwandeln — Sie, dem die ganze Welt Vertrauen schenkt, an dessen Zuverlässigkeit und Anstand sie glaubt —, dann fällt diese Aufgabe wahrscheinlich mir zu! Wenn Sie mir keine Methode zeigen können, um ihn auszumerzen, muß ich es eben auf jede erdenkliche Weise versuchen. Wie tötet man einen Total-Psi? Sie haben sich ungefähr so geäußert, als sei es mit gewöhnlichen Waffen wie Pistolen und Messern oder durch Überraschungsangriff unmöglich.«

»Das ist es in der Tat.«

»Natürlich.« Ellis begann laut zu denken. »Ein Psi-Mensch betätigt sich hauptsächlich auf der mentalen Ebene, also müßte es auch mit mentalen Mitteln getan werden. Aber wie?«

»Sobald Sie das herausfinden, Ellis, verraten Sie's mir. Ich versuche es dann mit Ihrer Methode, nachdem ich mich einen Monat lang beim Psychiater erholt habe.« Minor hatte nicht sarkastisch sein wollen — besonders seinem einzigen Freund gegenüber nicht —, aber er verspürte kein Verlangen nach weiteren aussichtslosen Bemühungen und dementsprechend unvermeidlichen Fehlschlägen.

Ellis' Gesicht war aus Enttäuschung und Erbitterung gerötet, und er antwortete ohne Rücksicht, allein von der eigenen Furcht vor Mink geleitet. »Hätte ich bloß genug Mumm, Globalrat, ich zöge Sie am Kragen aus diesem Sessel und täte Sie durchschütteln, bis in Ihnen nichts übrig wäre als Ihr Gewissen. Ich bin in dieser Lage hilflos! Der einzige Mensch auf der Erde, der es nicht ist, sind Sie, also können Sie doch diesen Fall nicht mir überlassen. Denken Sie an all die Unschuldigen, die sterben müßten. Sie müssen dem Klon Paroli bieten!«

»Womit?« Minors Stimme klang unwillkürlich lauter, weil er sich von dem Jüngeren herausgefordert fühlte.

»Mit Ihrer Anständigkeit, wenn es nichts anderes gibt. Hören Sie, gestern abend sagten Sie, Träume seien nur für Normale. Daß ein Traum, sobald man die volle Wahrheit weiß, nicht länger bestehen könne. Ich bin anderer Meinung. Mink war niemals Ihr Traum. Er ist ein Mängelexemplar, keine Zweitausgabe. Er hat sich nicht zu Ihrer Größe emporgearbeitet, sondern statt dessen Sie in seine Niedrigkeit hinabzuziehen versucht. Vielleicht sahen Sie, als Sie hinter Ihrem Traum die ›volle Wahrheit‹ erblickten, eine Lüge — Mink —, und das war es, was Sie so mitgenommen hat. Könnte es nicht so sein? Ich glaube, doch.«

Minor schwieg zunächst, durchdachte diese Überlegung bis zum Ende und spürte schließlich eine Regung neuer Kraft; anfangs nur eine schwache Empfindung; dann eine Aufwallung; zuletzt eine schwungvolle, wuchtige Woge. »Ich sage auch, daß es so sein könnte«, stimmte er zu. »Mink ist nicht mein echter Klon. Mink ist nicht die andere Hälfte meiner Welt. Ihm und mir war es nie vorgesehen, unser Psi-Dasein miteinander zu teilen, denn er ist nur eine groteske Karikatur von mir. Und obendrein geistesgestört. Ein irrsinniger Total-Psi darf nicht überleben!« Minor hatte sich halb aus dem Sessel erhoben, von neuer Kraft durchströmt; nun jedoch sank er zurück und stützte den Kopf in die Hände.

»Was ist los?« fragte Ellis. »Vorhin sahen Sie aus, als hätten Sie einen Weg gefunden. Was bringt Sie jetzt wieder durcheinander?«

»Das schreckliche Begreifen dessen, was ich da rede«, antwortete Minor flüsternd. »Die einzige Möglichkeit, die ich bisher nie ernsthaft erwogen habe.« Er hob den Kopf und schaute Ellis mit ausdrucksloser Miene an. »Ich muß meinen Klon töten, stimmt's? Ich muß mir eine Methode ausdenken, um ihn zu ermorden.«

Es blieb keine Zeit, um lange darüber zu grübeln, und es war ausgeschlossen, sich mit irgendeiner diesbezüglichen Überlegung zu befassen, die nicht zugleich für Mink eine Warnung bedeutete, also raffte sich Minor auf und schritt hinaus auf die mit Teppichböden ausgelegten Flure. Einen Trumpf besaß er in der Hinterhand, eine schreckliche Methode des Tötens, die er als Junge ausheckte, aber natürlich nie angewandt hatte. Indem er sämtliche Erkenntnisse prüfte, die er bei ihrer mentalen Vereinigung gewonnen hatte, stellte er mit Gewißheit fest, daß der Klon noch nicht auf diese Idee gekommen war; folglich versah sie Minor mit einer Chance. Mink verfügte natürlich nun auch über die Grundlagen; bei der mentalen Verschmelzung hatte er sie absorbiert, und sobald Minors Attacke stattfand, mußten die Fakten ihm bewußt werden. Doch der Klon konnte mit der Methode nicht vertraut sein, da ihm bis jetzt die Zeit gefehlt hatte, um die Taktik zu verinnerlichen. Und er war schwächer als seine ›Elternzelle‹. Das stand bereits fest.

Minor sandte einen Psi-Ruf voraus. *›Mink! Komm ins Sitzungszimmer. Vorm morgigen Tag haben wir noch einiges zu erledigen.‹*

›Ich komme, Elternzelle. Aber du drehst wohl besser diese wüsten Emotionen runter. Ich habe ungern das Gefühl, bedroht zu werden.‹ Also hatte der Klon seine Absicht erraten. Doch das war unerheblich. Minks wahnwitziges Ich würde verhindern, daß er sie ernst nahm. Minor hielt sich ganz einfach zurück, verzichtete auf jeden Gedanken daran, was er tun wollte, und hoffte, daß dies Vorgehen sich bewährte. Lange Vorreden konnte er sich nicht leisten. Er mußte so schnell wie möglich handeln, sonst erhielt der Klon die Gelegenheit, seinen Verstand zu psychosondieren. Er stieß die Hand gegen die Tür und platzte hinein; Mink stand in der Mitte des Zimmers, und sein Anblick brachte Minor zu einem ruckartigen Halt. Er sah wieder ins eigene Gesicht — jünger und lebhafter, aber

nichtsdestoweniger seines. Wie sollte er . . .? »Was ist mit dir, Elternzelle?« brach Minks spöttische Frage das fatale Schweigen. »Bist du wütend auf Stams? Überrascht es dich, daß dein treuer Doktor dich endlich wie die Abnormität behandelt, die du bist?«

»Überrascht mich nicht im geringsten«, antwortete Minor. »Das ist dein erster Schritt, um mich unter deinem Absatz zu zertreten. Aber ich bin nicht gekommen, um . . .«

»Sei nicht so melodramatisch, Elternzelle. Ich will dir ja gar nichts tun. Immerhin hänge ich mit einer gewissen Sentimentalität an dir. Du darfst mich ruhig umschwirren, solange du deine untergeordnete Position einhältst und dich nur um die kleinen Probleme kümmerst. Verstehst du, Globalrat? Die *kleineren* Probleme! Minor heißt doch ›der Kleine‹, wie? Als ein kleines Hilfsmittel kann ich dich noch für ein Weilchen gut gebrauchen.« Minor blieb, wo er stand, und beobachtete, wie seine jüngere Zweitausgabe Gefühle in Worte kleidete, die das genaue Gegenteil seiner eigenen Emotionen waren, und in diesem Moment erstarb sein Traum endgültig. Der Klon war eine verkörperte Lüge. Der Klon war ein Ungeheuer. »Schockiert, Elternzelle?« Mink lachte. »Dir paßt nicht, was ich sage?«

»Nein, es paßt mir nicht«, knurrte Minor. »Und du wirst es nie wieder sagen.« Sein Geist durchquerte blitzartig den Raum und erzwang sich Zutritt ins Gehirn des Klons, ertastete unbekannte Schichten, unvertraute Bereiche, die er noch nie erkundet hatte. Sein Eindringen war wild und grausam, und Mink taumelte unter der Heftigkeit des Angriffs zurück, weil diesmal mit der Sondierung körperliche Wahrnehmungen verbunden waren, ein hektisches ›Zupfen‹ und ›Drücken‹ am Hirngewebe unterhalb der Schädeldecke, das entstand, während Minor nach der angestrebten Zone suchte, dabei preßte, schob, riß und drückte, um sich im Netzwerk des Nervensystems zurechtzufinden. Mink öffnete den Mund, um einen barschen Befehl zu erteilen, aber er brachte keinen Laut hervor. Seine Lippen bewegten sich, erzeugten jedoch keinen Ton. »Nun bist du stumm«, erklärte ihm Minor, der den Klang der eigenen Stimme genoß. »Ich habe dir den Ton abgedreht, Klon. Jetzt versuch einmal um Hilfe zu rufen.«

›Du feiger . . .!‹ kreischte Minks Psi-Stimme, während er sich an der stummen Kehle faßte. *›Was ist das für ein heimtückisches . . .?‹* Er taumelte seitwärts zum nächsten Sessel und hielt sich daran fest, klammerte sich wie ein Besessener an die Lehne.

Minor bahnte sich weiter den Weg durchs Gehirn des Klons, rüttelte an den Schläfenlappen, während er ertastete, was er suchte, und erzeugte einen auswärts gerichteten Schub von Erschütterung; er zerrte und riß an den Nervenbahnen, forschte ungeschickt nach Gebieten, die den Abbildungen entsprachen, die er vom Aufbau des Hirns kannte. Er mußte sich beeilen! In jedem Augenblick konnte der Klon seine Panik überwinden und zu fliehen versuchen. Er bohrte seine Psi-Gewalt tiefer ins Gehirn des Jungen, erreichte das Cerebellum, den Sitz vorsätzlicher Bewegung. Genau in dem Moment, als Minor dieser Vorstoß gelang, straffte sich Mink, um die Flucht zu ergreifen. Aber er verharrte wie versteinert, von Beinen zum völligen Stillstand verdammt, die dem Befehl eines unterdrückten ›Aktionszentrums‹ nicht länger gehorchten. Nur seine Augen blieben lebendig, ihr schwärzlicher Schimmer war Minor zugewandt, und sie starrten ihn geweitet und voller Furcht an. Trotz allem vermochte Minor diesen Blick nicht zu ertragen. »Es wird bald vorbei sein«, sagte er. »Wenn du . . .«

›Du versuchst mich zu töten!‹

»Gott vergebe mir, ja«, sagte Minor, plötzlich von einem Schuldgefühl befallen, bemäntelt von Mitleid.

Minks Blick unterlag einer Veränderung, doch reagierte er nicht auf Minors Mitgefühl; vielmehr verengten sich seine Augen, sie schienen Blitze heller Wut zu verschießen. *›Du kannst es nicht, Minor. So etwas kann nur mit dem Tod von uns beiden enden. Wozu du fähig bist, dazu bin auch ich fähig. Hast du das vergessen?‹*

»Nein.«

›Und du möchtest sterben?‹

»Eigentlich nicht. Aber wenn das für die Welt der einzige sichere Ausweg ist, muß es eben sein. Prototyp und Nachbildung — beides dahin.«

›Keine weiteren Abnormitäten? Ich hab dir schon mal gesagt, ich bin keine Abnormität!‹ Minks Augen loderten. *›Du bist vielleicht verrückt, aber ich nicht, und ich werde nicht sterben, jedenfalls so nicht. Wärst du denn dazu imstande, meinen Todeskampf mitanzuschauen? Sieh mich an! Ich bin du. Das dürftest du wissen. Wir haben so lange gewartet, bis wir zusammen waren, und nun . . . Vater! Väter töten doch nicht ihre eigenen Söhne!‹* Doch sein Blick verlor nicht einen Moment lang an Berechnung.

»Laß das«, bat Minor.

›Aber was habe ich denn Falsches getan? Ich wollte nur das Beste aus einem schrecklichen, einsamen . . .‹

»Du bist nichts als hinterhältig, Mink, deshalb höre ich mir dein Geschwätz nicht an. Nicht wenn du so offen das auszunutzen versuchst, was du als meine Schwächen erkannt hast. Ich wollte es schnell hinter uns bringen, aber du machst es zur Qua . . .« Seine Stimme setzte mitten im Wort aus. Er versuchte nochmals, ›Qual‹ auszusprechen, aber er brachte keinen Laut heraus.

›Du hast es nicht einmal bemerkt!‹ Mink war erheitert. *›Ich bin besser als du, weil du's mir bereits vorgemacht hast, wo ich zuschlagen muß. Nun sollst du selbst kennenlernen, wie's einem zumute ist, der auf dem Fleck anwurzelt, Elternzelle!‹* Diesmal spürte Minor den Angriff, und gleich darauf stellte er fest, daß seine Beine ihm nicht länger gehorchten. Er stand auf der Stelle, zwar im Gleichgewicht, aber unfähig zu jeder Bewegung. Der Klon hatte recht! Er konnte schneller arbeiten, weil Minor selbst ihm das Beispiel lieferte. Doch befand sich Minor trotzdem in der Überlegenheit, immer um einen Zug voraus.

›Einen Moment vorher hast du noch ›Vater‹ gewinselt‹, schimpfte Minor. *›Na gut, Klon, das Feld ist abgesteckt. Mein Schuldgefühl hast du selber jetzt endgültig ausgelöscht. Von nun an geht's ums Ganze.‹* Er begann sich mit neuem Schwung voranzuarbeiten, erwiderte den starren Blick der Augen, die ihn widerspiegelten, spürte Minks kraftvolle mentale Faust auf seinem Hirn lasten, während sie sich wechselseitig die körperlichen Funktionen abschalteten. Als nächstes verschwand das Gehör, aber sie vermochten einander noch immer im Psi-Bereich zu verfluchen. Dann beschlich eine gewaltige Schläfrigkeit Minor, als Mink auf einen Teil des Hirns einwirkte, den Minor bei ihm unbeachtet gelassen hatte, weil er anfangs nur nach dem Vitalzentrum suchte. Er kämpfte gegen die Schläfrigkeit an, setzte seine Anstrengungen fort. Er mußte den Klon ins Mark treffen — ins Herz. Plötzlich trübte sich Minks Gestalt vor seinen Augen. Auf dem Gesicht erschienen zwei schwarze Flecken; er verfärbte sich zu einem merkwürdigen Schwarzgrün und verschwand dann völlig. Minor war blind! Stumm, taub, bewegungsunfähig und blind. Gleichgültig, sagte er sich. Sollte der Junge sein Sehvermögen behalten. Sein Herz war wichtiger.

Während sein eigener Körper nach und nach stillgelegt wurde, Abschnitt um Abschnitt, einen Sinn um den anderen, erzwang er sich im Klon seinen Weg durch den Irrgarten von Nerven und Strömen — unglaublich unbeholfen, und er verfluchte seine Ungeschicklichkeit. Er hätte fähig sein sollen, das Gebiet, das den Herzschlag steuerte, unverzüglich zu finden und zu beeinflussen. Doch als seine ungeübten ›Finger‹ ein neues Zentrum entdeckten und es starkem Druck aussetzten, fühlte er plötzlich einen Aufprall den Fußboden durchzittern. *›Du hast mich gelähmt!‹* kreischte Mink. *›Ich bin gestürzt! Laß ab von mir, Minor!‹* Noch ehe

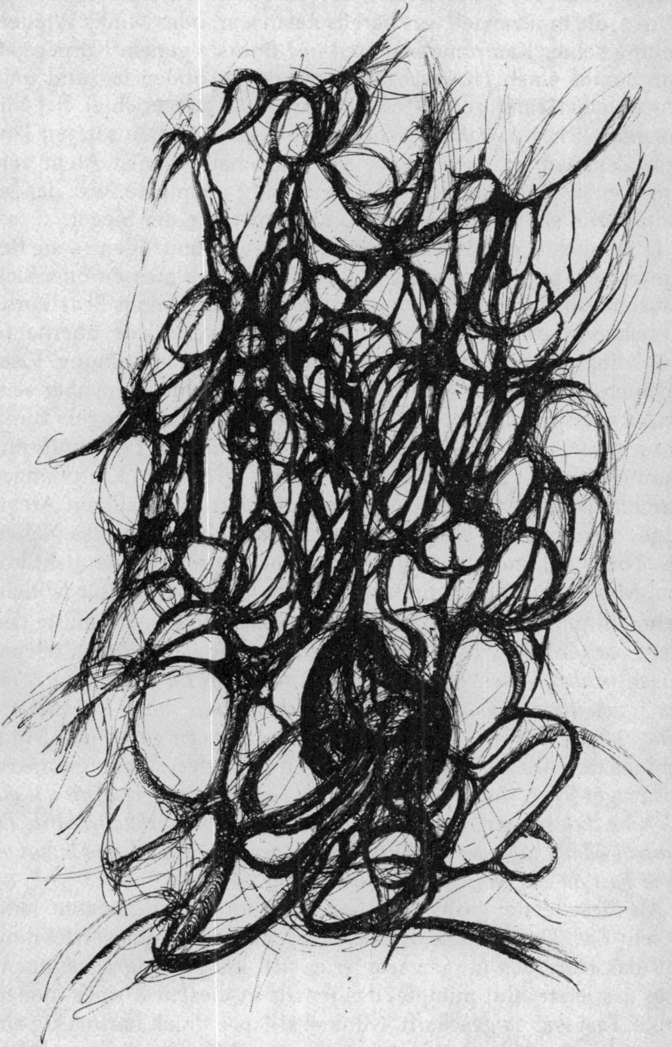

der Psi-Schrei verhallte, fiel Minor ebenfalls, er kippte über die Knie vornüber und polterte auf den Teppichboden. Er achtete nicht darauf. Hartnäckig forschte er nach dem Zentrum, das er suchte, und entweder leitete ihn eine mentale Verwünschung Minks, die ihm verriet, was bereits getan war, oder Minks Wiederholung seiner Kampfmaßnahmen in Minors eigenem Körper gab ihm darauf einen Hinweis. Während er am Boden lag und ums Wachbleiben rang, seine Psi-Kräfte aufs Ziel ausgerichtet, fiel Minor plötzlich auf, daß zwischen seinem Ein- und Ausatmen längere Zeitspannen verstrichen. Der Klon hatte seinen Atem verlangsamt! Falls Mink seine Lungen völlig lahmlegte, war das so tödlich wie ein Herzstillstand. Und Mink wäre der Sieger.

Er versuchte, die Pausen zwischen seinen Atemzügen — sie fielen immer länger aus — nicht durch Zählen zu messen oder sich mit seiner Benommenheit und der Beklemmung seines Brustkorbs zu befassen, und drang im Hirn des Klons weiter vor, übernahm von Minks Beispiel das Verfahren der Atemverlangsamung, löste sie auch in ihm aus. Minor wollte nach Luft schnappen, aber sein Brustkorb spielte nicht mit. Infolge des Sauerstoffmangels funktionierte sein Verstand nur noch verschwommen. Er konnte nur darauf hoffen, daß er aufgrund seiner größeren Kraft länger durchhielt als der Klon. Er wußte, daß die schwerfälligen Atemzüge, die ihm noch gelangen, heiser rasseln mußten, das Nahen des Todes ankündigten. Erfreulicherweise konnte er sie nicht hören. Mink hörte, aber Minor durfte sich nicht die Zeit für Mitleid nehmen, um das Gehör des Jungen auszuschalten. Er mußte das Herz packen! Und zwar jetzt! *›Ich ersticke!‹* kreischte Mink telepathisch. *›Bitte, Minor! Globalrat! Mach das nicht! Ich sehe dich dort liegen . . . du lebst . . . du kannst mir doch nicht so etwas antun! Laß mich los! Bitte!‹* Minor achtete nicht auf ihn. *›Dann also, wie du's willst.‹* Mink schluchzte nahezu, aber nicht aus Furcht oder Flehen, sondern bösartiger Wut. *›Ich bin jünger, und ich bin nicht so abgeschlafft wie du. Ich kann dich besiegen, indem ich ganz einfach länger durchhalte. Stirb, Elternzelle Minor! Du hast nie einen Platz in der Welt gehabt, und in meiner Welt hast du erst recht keinen Platz!‹*

Als diese letzte, boshafte Drohung Minors Geist erreichte, fand er sein Ziel. Der mentale Schmerzensschrei des Klons verriet ihm, daß das Herz des Jungen reagierte, sich krampfartig zusammenzog, das letzte Blut pumpte, das jemals in diesem Körper fließen sollte. Fast war es geschafft. Minks Psi-Japsen hielt hartnäckig an, schwächte endlich ab, verstummte; aber Minor verringerte den Druck nicht, obwohl es ihn selbst Mühe kostete, bei Bewußtsein zu bleiben, denn geistig lebte der Klon noch und übte auf Minors Lungen Druck aus.

Vier Minuten. Konnte er noch vier weitere Minuten durchstehen? Ja! Er begriff es in einer Aufwallung von Zuversicht, die wie ein Zucken durch seinen Körper gefahren wäre, hätte er ihn regen können. Auch wenn seine Lungen ganz aussetzten, es blieben ihm die restlichen Minuten schwindender Hirnaktivität. Wenn man ihn fand, würde er tot sein. Aber ebenso der Klon. Er hielt aus, gab den Druck auf, den er auf andere Hirnzonen des Klons ausgeübt hatte, um alle Kraft auf sein Herz zu konzentrieren. Es war schwer genug — und fiel immer schwerer —, nur das durchzuhalten. Schwärze bedrohte ihn ständig stärker. Der Tod war nahe, und er wußte es, aber er ließ nicht locker. Durch ein Gefühl des ›Ausbleibens‹ kam ihm plötzlich zu Bewußtsein, daß er zu atmen aufgehört hatte. Die Schläfrigkeit war nun übermächtig. Ihm blieb weder die Kraft, um den Kampf fortzusetzen, noch der Wille, um der Mattigkeit länger zu widerstehen. Dies war also das Ende des Traums. Wie achtzehn Jahre endeten. Beide im Tode vereint. So kam es nun. Leise — wie mit einem schwachen Seufzen — erlosch das Bewußtsein des Klons. Minors schlaffes mentales Tasten fand nur noch Leere.

Mink war tot. Die andere Hälfte von Minors Welt existierte nicht länger. Aber auch *seiner* Hälfte war keine Fortsetzung der Existenz möglich; nicht mit untätigen Lungen. Er lag ruhig da und überließ sich dem Schlaf.

»Niemand versucht Sie hinzuhalten, Dr. Stams«, sagte Ellis. »Der Arzt ist in einer Minute fertig, und dann können Sie . . .«

»Er ist schon fertig.« Aus dem Schlafzimmer kam Dr. Ramison.

»Und?« fragte Stams. »Dürfen Bates und ich endlich zu ihm? Wir warten schon seit zwei Tagen, und zuerst haben Sie gesagt, es dauere nur einen Tag.«

Ramison zuckte die Achseln. »Die zusätzliche Frist hat sich Minor ausgebeten. Ich vermute, er wollte vor Ihrer Aufdringlichkeit noch eine Schonfrist, bis er sich ihr gewachsen fühlte.«

»Und ist das jetzt der Fall?« erkundigte sich Bates.

»Er kann wieder alles verkraften, was Sie ihm zumuten möchten. Aber ich würde Ihnen raten, ihm nicht mehr an den Kopf zu werfen als ein paar böse Blicke. Wenn man weiß, was er alles kann . . .« Dr. Ramison ließ den Satz bedeutungsvoll unvollendet und verließ den Raum, um sich zurück in den Kliniktrakt des Gebäudes zu begeben.

Seine Äußerungen hatten Stams leicht aus dem Gleichgewicht gebracht, aber der Mediziner verbarg diese Tatsache sofort, als Minor aus dem Schlafzimmer kam. »Sie sehen gar nicht so schlecht aus, wie ich erwartet habe«, sagte Stams zu Minor. »Und eindeutig nicht so niedergeschmettert«, fügte er hinzu, um sich Minor gegenüber in Vorteil zu setzen, »wie Sie sein sollten.«

»Dank Ellis geht's mir prächtig«, antwortete Minor. »Er verdient eine Belohnung oder so etwas, Stams. Er war davon überzeugt, in den sicheren Tod zu gehen, als er in das Zimmer stürmte, aber er tat es, und gerade rechtzeitig, um Hilfe zu rufen und mich mit seinem eigenen Atem am Leben zu erhalten.«

Ellis spielte seine Leistung herunter. »Ich war der einzige Mensch weit und breit, der wußte, was Sie für Absichten hatten, und weil Sie so lange fortblieben, mußte ich doch nach Ihnen sehen.«

»Sie haben mir das Leben gerettet«, stellte Minor klar.

»Aber dem Jungen nicht«, sagte Stams. »Das ist es, was ich vorhin gemeint habe, Minor. Sie sehen nicht so zerknirscht aus, wie man's von einem Mörder erwarten darf.«

»Verstehe«, antwortete Minor mit schiefem Grinsen. »Ellis hat mich nur gerettet, damit man mich wegen Mordes verurteilen kann. Und hinrichten?« Er musterte Stams mit unverändertem Lächeln.

Sein ›Herr und Meister‹ machte rasch einen Rückzieher. »Nein . . . ich meine . . . natürlich nicht. Obwohl es richtig wäre. Mord bleibt Mord, Globalrat.«

»Und dieser kostbare junge Mensch ist uns verloren«, stöhnte Bates. »Wir konnten's nicht glauben, wie wir hörten, was Sie angerichtet hatten. Ich kann es noch immer nicht glauben. Mir ist zumute, als wäre mir ein Familienangehöriger verstorben. Wenn die Welt jemals erfährt, was ihr abhanden gekommen ist . . .« Er schüttelte den Kopf, aufrichtig enttäuscht; der Kummer war stärker als sein Ärger.

»Gut, hier stehe ich.« Minor lächelte nach wie vor, dazu entschlossen, wenigstens einen Teil von Minks Spielchen zu spielen, seine Macht in die Waagschale zu werfen, um zur Abwechslung selbst sein Schicksal zu bestimmen. »Wer von Ihnen wünscht der Ankläger zu sein?«

»Jetzt verspotten Sie uns auch noch«, nörgelte Stams. »Sie wissen genau, daß wir Sie nicht bestrafen können. Sie sind für die Welt zu wertvoll. Aber was ist bloß in Sie gefahren, Minor, daß Sie uns so einen harten Schlag zufügen mußten?«

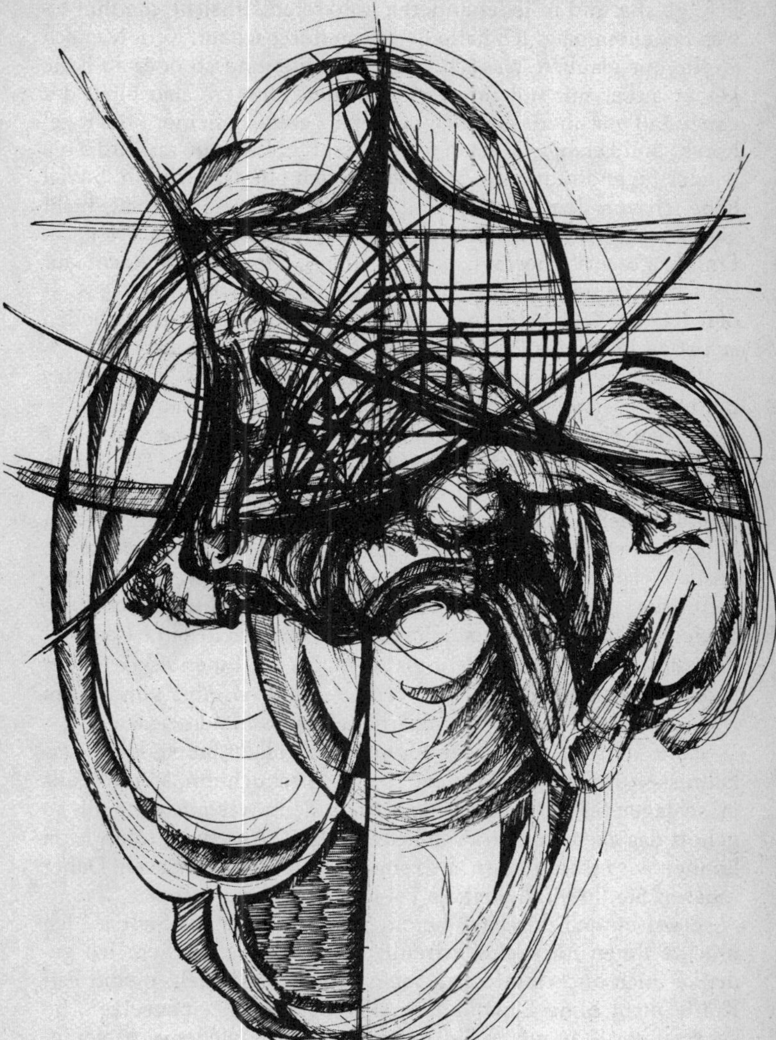

»Ich bin endlich erwachsen geworden, Stams. Ich habe eingesehen, daß ein Mensch eben allein ist, wenn er allein ist ... körperlich, geistig und in jeder anderen konkreten Hinsicht, die ihm etwas bedeuten mag. Ich hatte den Klon durchschaut. Kein Mensch wollte mir glauben, was ich über ihn sagte, und so oder so hätte keiner außer mir mit ihm fertig werden können, also blieb der ganze Fall mir überlassen. Ich habe ganz einfach meiner Pflicht gehorcht und getan, was getan werden mußte. Von nun an wird's nie wieder Jugendträume für mich geben. Ich bin, was ich bin. Soviel habe ich von dem Klon gelernt. Ich bin keine Abnormität, nicht einmal eine Mißgeburt. Ich bin ein besonderes Exemplar Mensch. Ein fortgeschritteneres Exemplar Mensch mit einem Recht auf Selbstbestimmung seines Daseins. Und mit der Fähigkeit ...« — den letzten Satz betonte er nachdrücklich —, »es gegen jeden selbst zu bestimmen, der dabei im Weg stehen könnte.«

»Sie haben Mink mit Ihren Psi-Kräften ermordet?« fragte Bates mit atemloser Stimme, wieder voller Furcht. »Nur damit?«

»Genau. Haben Sie vielleicht Verletzungen an ihm bemerkt?«

»Keinerlei«, erwiderte Bates. »Die Autopsie ergab Tod durch Herzversagen.«

»Es handelte sich um einen vorsätzlich herbeigeführten Herzanfall«, stellte Minor fest. »Da sehen Sie's, Gentlemen, ich besitze *tatsächlich* Macht«, ergänzte Minor in schlauer Ausnutzung des Augenblicks. »Viel mehr, als ich bisher zugegeben habe. Ich habe zuviel von mir zu lange geheimgehalten, und vielleicht ist das der Grund, warum Sie mir nicht glaubten, als ich Ihnen erklärte, der Klon sei dazu in der Lage, die Welt zu zerstören. Aber von nun an werde ich keine weiteren Unklarheiten aufkommen lassen.«

Stams starrte ihn an, zwar nervös, aber vollauf bereit, klare Verhältnisse zu schaffen. »Wollen Sie uns einschüchtern, Minor? Falls ja, schlagen Sie sich das aus dem Kopf, denn was mich angeht, so gehört das alles zu meiner üblichen Arbeit. An einem toten Klon können wir nichts ändern, also sind wir auf Sie angewiesen. Daher müssen Sie Ihre Tätigkeit als Psi-Globalrat fortsetzen.«

»Dazu bin ich durchaus bereit, Stams. Überrascht Sie das? Ich möchte Ihnen noch eine erfreuliche Mitteilung machen. Ich gedenke mich auch künftig an mein Prinzip zu halten, meine Psi-Kräfte nicht ohne Einwilligung aller Beteiligten einzusetzen. So sehr hat der Klon meine Einstellung nun auch wieder nicht verändert. *Was* ich jedoch verlange, ist mehr Respekt von Ihnen und jedem nach Ihnen. Ich wünsche keine weiteren Drohreden über Nervenzusammenbrüche, keine weitere Manipulation. Ich werde meine Arbeit tun, weil ich Sie tun will, nicht weil man mir Anweisungen erteilt.«

Stams schwieg für eine Weile und erwog etwaige Alternativen. »Na schön«, sagte er dann, »diese Zugeständnisse seien Ihnen eingeräumt. Um ehrlich zu sein, ich möchte sowieso nicht länger mit Ihnen zusammenarbeiten. Aber eine Anweisung müssen Sie befolgen. Sie suchen direkt von hier aus das Biologische Forschungszentrum auf, damit das Kloning wiederholt werden kann.«

»Nein.«

»Sie haben keine Wahl.«

»Ich habe immer eine Wahl ... künftig jedenfalls. Ich möchte meine Tätigkeit zum Wohle des Planeten und seiner Bevölkerung fortsetzen, aber es wird auf freiwilliger Basis geschehen, nicht als Bestandteil irgendeines Apparats. Ich bin kein Gegenstand, kein Lügendetektor oder Prä-Seismograph. Das war es, was mir der Klon zumuten wollte. Ich hab's ihm zuliebe nicht zugelassen, und ich werde es Ihnen zuliebe nicht tun. Einer meiner Art ist genug für die Welt. Es könnte sein, daß die Menschen, sobald sie begreifen, daß auch ich sterblich bin, einen Weg finden, um ihre Schwierigkeiten selber zu beheben, so daß sie irgendwann einmal ohne mich überleben können.«

»Ich bin anderer Auffassung«, widersprach Stams halsstarrig. »Wir brauchen Ihre Fähigkeiten. Und wie ich schon angedeutet habe, wir können Sie zum Kloning zwingen.«

»Wie?« Minor lächelte erneut und behielt seine bedrohliche Pose bei.

»Man kann ihn nicht zwingen, Dr. Stams«, mischte sich Bates hastig ein. »Um Himmels willen, fangen Sie keinen Streit mit ihm an. Es ist am besten, wie er's haben will. Ich möchte ohnehin keine weiteren Klonings nach seinem Muster vornehmen, da ich nun weiß, was seinesgleichen anrichten kann.«

»Es gibt keine Möglichkeit, um Sie zu zwingen, was?« gab Stams endlich zu. »Dann sind wir mattgesetzt.«

»Nein, keineswegs«, entgegnete Ellis. »Man kann Globalrat Minor zu nichts zwingen, aber man kann ihn um etwas bitten.«

»Aber den Bittsteller wird ein anderer spielen müssen.« Stams preßte die Lippen zusammen. »Ich erbitte von Mördern keine Gefälligkeiten.« Er heftete einen bohrenden Blick in Minors Augen und atmete tief ein, als sei ihm nicht ganz wohl bei seinem Vorhaben, das auszusprechen, was er auszusprechen beabsichtigte, aber es trotzdem zu sagen. »Wenn schon nichts anderes, Minor, kann ich's mir doch anrechnen, Sie demaskiert zu haben. Nun haben Sie

Ihre Schauspielerei endlich aufgegeben und stehen so da, wie ich Sie schon seit langem erkannt hatte. Glauben Sie bloß nicht, Sie hätten mich getäuscht. Ich lehne jede weitere Verantwortung für Ihr Verhalten ab. Künftig kann sich sonst jemand mit Ihnen herumärgern. Ich habe mir von Ihnen alles gefallen lassen müssen, was ein einzelner Mensch zu erdulden vermag.«

Bates hinderte ihn an weiteren Ausführungen. »Meinen Sie, es ist richtig, so etwas zu sagen?«

»Halten Sie den Mund und kommen Sie mit, Bates!« befahl Stams. »Wir überlassen ihn einer höheren Gerechtigkeit.« Gehorsam folgte Bates ihm hinaus; Minor und Ellis blieben allein.

»Damit habe ich mir noch zwei Quälgeister vom Hals geschafft«, sagte Minor und lachte leise.

»Aber dieser ist noch vorhanden.« Ellis tippte sich auf die Brust. »Ich möchte Sie darum bitten, dem Kloning doch zuzustimmen. In Ihrem eigenen Interesse. Sie haben sich stark verändert, jawohl ... in Ihrem Selbstvertrauen und Selbstwertgefühl. Aber denken Sie ein bißchen voraus. Dieser besondere Traum, auf dessen Erfüllung Sie so lange gewartet haben, an dem Sie immer so hingen — ihn haben Sie noch nicht verwirklicht. Sie sind ihm nicht einmal nähergekommen. Dabei könnten Sie seine Verwirklichung in der Zukunft ebenso dringend benötigen, wie Sie in der Vergangenheit darauf hofften.«

Minor erwiderte mit seinen dunklen Augen fest den Blick des blauen Augenpaars, das sich so rasch in das freundschaftlichste, vertrauenswürdigste Paar Augen auf der Erde verwandelt hatte. »Da wir uns gegenseitige Offenheit zugesichert haben, Ellis, will ich Ihnen etwas gestehen, obwohl ich wetten würde, Sie wissen es bereits. Was ich mit meinem Klon getan habe, war etwas, das ich mir nie verzeihen, das ich niemals vergessen kann. Es schmerzt mich jetzt und wird mich immer schmerzen. Was meinen Traum angeht, meinen Wunsch nach einem anderen Menschen, der ›wie ich‹ ist — ich habe gemeint, er sei mit dem Klon auf dem Fußboden jenes Zimmers gestorben. Aber er ist's nicht.«

Ellis lächelte. »Gott sei Dank. Ich konnte von Anfang an nicht glauben, daß Sie zu einem arroganten Eisklotz geworden seien.«

»Dieser Auftritt war nur meine kleine Rache an Stams. Aber nicht, daß ich es nicht ernst gemeint hätte, als ich von meiner künftigen Selbstbestimmung sprach, denn ich habe wirklich die Absicht, sie durchzusetzen.«

»Aber mit dem Kloning werden Sie sich doch einverstanden erklären?«

»Natürlich. Es gab zuviel in Mink, das ich zu schätzen gewußt hätte. Ich muß es noch einmal versuchen. Ich trage mich tatsächlich mit dem Gedanken, eine Wiederholung zu beantragen, und im Laufe der letzten beiden Tage habe ich auch einen geeigneten Plan ersonnen.«

»Was für einen Plan? Ein Kloning ist ein Kloning.«

»Nicht ein Kloning, Ellis! Zwanzig! Mit diesen Auflagen: erstens: die Bürschlein dürfen zusammen aufwachsen, damit ihnen Einsamkeit und Isolation erspart bleiben; zweitens: ich bestehe auf freien Zugang zu ihnen, damit ich die Ausbildung ihrer Psi-Kräfte fördern und — was noch wichtiger ist — in jeden von ihnen ein anständiges, einfühlsames Gewissen pflanzen kann. Kein Psi-Junge soll wieder sterben müssen, weil ein paar Normale seine Ausbildung verpfuschten! Falls jemand sie vor mir zu verstecken versucht, werde ich die Welt aus den Angeln heben.«

»Und Sie könnten's tun«, sagte Ellis. In seiner Stimme schwangen Anklänge von Stolz und Übermut mit. Noch immer fürchtete er sich nicht vor dem Mann, den er zum Freund gewonnen hatte.

Minor schüttelte den Kopf und lachte leise. »Sehen Sie? Ich habe Ihnen doch gesagt, ich könnte die Welt mit mir selbst bevölkern. Wie fänden Sie das?«

Aus dem Amerikanischen übersetzt von Horst Pukallus

Karl-Ulrich Burgdorf

Delta Omicron

1

William Maurer, Sicherheitsbeauftragter des Projekts ORION, lehnte sich gähnend in seinem massiven Kontursessel zurück und beobachtete schläfrig die dreidimensionalen Bilder auf dem in verschiedene Sektionen unterteilten Rundumschirm der Asteroidenzentrale.

Der Bildschirm ganz links außen zeigte einen riesigen, jetzt noch völlig leeren Hangar. Hier würden in wenigen Monaten die ersten Probeläufe der neuen Aggregate durchgeführt werden. Die Wände des Hangars flimmerten leicht; der Energieschirm, der die Stahlwandungen später vor den energetischen Gewalten schützen sollte, war anläßlich des Ortstermins schon aktiviert worden.

Auf dem nächsten Bildschirm erkannte William Maurer den Konferenzsaal des Asteroiden TEST 31. Auch dieser Raum war menschenleer, aber bereits in einigen Tagen würden die Wissenschaftler die hufeisenförmig angeordneten Computerterminals in Betrieb nehmen. Bis dahin würden Technikerteams diese Terminals mit dem großen Zentralcomputer der EXPERIMENTALSTATION TEST verbunden haben, der sich auf TEST SECHS befand, einem der zehn Hauptasteroiden des Systems.

William Maurers Blicke wanderten langsam weiter. Der dritte Bildschirm zeigte den Transmitterraum, von dem aus man ohne jede Zeitverzögerung die anderen Asteroiden erreichen konnte. Der Transmitterraum befand sich genau im Mittelpunkt des Zwergasteroiden TEST 31.

William Maurer tastete geistesabwesend nach dem Zigarettenpäckchen, das rechts von ihm auf einer Schaltkonsole lag. Mit einer Hand fingerte er eine der nikotinarmen Zigaretten aus der Schachtel und steckte sie sich zwischen die Lippen. Beim ersten kräftigen Zug entzündete sich das Stäbchen von selbst.

Völlig lautlos glitt eine der automatischen Türen des Transmitterraumes in die Wand zurück. Mehrere Frauen und Männer betraten den Raum. Der Sicherheitsbeauftragte konnte auf dem gestochen scharfen Bild deutlich erkennen, daß sich die Mitglieder der Gruppe angeregt unterhielten. Allerdings wußte Mauerer nicht, worum sich die Unterhaltung drehte. Er hatte vergessen, die

Tonübertragung einzuschalten. So sah er nur auf- und zuklappende Münder, gestikulierende Hände und langsame, fast zeitlupenhaft wirkende Kopfbewegungen. Dieser optische Eindruck war so bizarr, daß William Maurer unwillkürlich grinsen mußte. Gestik und Mimik der Wissenschaftler erinnerten ihn an die trägen, lautlosen Bewegungen von Fischen in einem Aquarium. Er beugte sich langsam vor und tastete eine Zahlenkombination in die Kommunikationsautomatik unter der Bildschirmreihe.

Sofort veränderte sich der Eindruck. Die bizarre Pantomime verwandelte sich in eine Folge von zweckvollen Bewegungen.

». . . ganz wie üblich«, sagte der Techniker, der die Führung leitete, gerade in diesem Augenblick. »Oder soll ich Ihnen noch ein paar grundsätzliche Daten geben?«

»Das wird nicht nötig sein.« William Maurer erkannte in dem Sprecher Professor Karen Bullock, die Leiterin des Wissenschaftlerteams. »Die Funktionsweise des Transmitters ist uns natürlich klar. Aber ich hätte da noch eine andere Frage . . . Gibt es hier in TEST 31 eigentlich einen Notfalltransmitter?«

Der Techniker nickte eifrig. »Selbstverständlich. Sollte es jemals zu einem größeren Unglück kommen, kann der Zentralcomputer jederzeit ein Transmitterfeld um alle lebenden Organismen legen, die sich gerade im Innern dieses Asteroiden befinden, und sie direkt in Sicherheit bringen. Es ist dabei völlig gleichgültig, wo genau man sich zu diesem Zeitpunkt aufhält — mit einer Einschränkung. Die Kapazität des Notfalltransmitters ist nicht groß genug, um Personen auch von der Oberfläche des Asteroiden bergen zu können. Aber ich nehme an, daß sich keiner von Ihnen im Normalfall auf die Oberfläche hinausbegeben wird.«

»Wahrscheinlich nicht«, stimmte Karen Bullock zu. »Was sehen wir uns als nächstes an?«

»Laborkomplex B«, entgegnete der Techniker. »Ich nehme an, daß Sie dieser Abschnitt besonders interessieren dürfte.«

Während des kurzen Dialogs hatte William Maurer einen Funktionstest des Tonsystems durchgeführt. Natürlich funktionierte das System einwandfrei. Der Technikerstab der Experimentalstation hatte wie immer perfekte Arbeit geleistet.

Die Wissenschaftler drängten sich durch einen Ausgang in den Korridor, der zum Laborkomplex B führte, als der Zwischenfall geschah.

Im ersten Moment war weder den Wissenschaftlern noch Sicherheitsoffizier William Maurer klar, daß sich hier und jetzt eine ungewöhnliche Entwicklung anbahnte. William Maurer wunderte sich nur ein wenig, daß sich an einem der drei Transmitter eine Leuchtanzeige veränderte. Offenbar stand ein Transport unmittelbar bevor. Zwar war das Wissenschaftlerteam komplett im Innern von TEST 31 versammelt, und man rechnete weder mit Nachzüglern noch mit anderen Besuchern, die sich vielleicht der Führung würden anschließen wollen, aber auch wenn man nicht mit einem Transmitterdurchgang rechnete, bestand keinerlei Grund zur Verwunderung oder gar zur Sorge. Transmittersprünge gehörten nun einmal zu den alltäglichsten Ereignissen in der EXPERIMENTALSTATION TEST.

Trotzdem blickte William Maurer natürlich weiter interessiert auf den Bildschirm, der den Transmitterraum zeigte. Als Sicherheitsoffizier war es das oberste Gebot, jeden noch so belanglosen Vorfall sorgfältig zu beobachten.

In diesem Moment rematerialisierte der unbekannte Besucher im Transmitterkreis. Und es dauerte nur Sekundenbruchteile, bis William Maurer begriff, daß es sich hier gewiß nicht um einen routinemäßigen Transmitterdurchgang handelte.

Der Unbekannte taumelte nach vorne. Er mußte auf der anderen Seite in den Transmitter hineingesprungen sein, und nun trug ihn dieser Schwung durch die schmale Öffnung des Gitterkäfigs, der den inneren Rematerialisierungskreis absicherte.

William Maurer sah, wie der Unbekannte verzweifelt versuchte, das Gleichgewicht zu halten. Aber seine Füße schienen ihn aus unerfindlichen Gründen nicht mehr tragen zu können. Zwei Meter vor dem Drahtkäfig knickten seine Beine ein, und der Unbekannte stürzte zu Boden. Er machte auch keine Anstalten, diesen Sturz mit den Armen abzufangen. William Maurer zuckte zusammen, als er mitansehen mußte, wie der Mann voll mit dem Gesicht auf den harten Stahlboden prallte.

Im ersten Moment war der Sicherheitsbeauftragte des Projekts ORION wie gelähmt. Doch dann handelte er so schnell und konsequent, wie man es ihm während seiner Ausbildung auf der terranischen Abwehrakademie beigebracht hatte. Seine Müdigkeit war wie weggeblasen.

Mit einer raschen Handbewegung stellte er die Verbindung zur Medostation der EXPERIMENTALSTATION TEST her. Er wartete nicht ab, bis sich das Bild auf dem Schirm stabilisiert hatte.

»William Maurer, Sicherheitsbeauftragter des Projekts ORION«, identifizierte er sich. »Sofort ein Medoteam nach TEST 31. Es hat einen Unfall gegeben. Ein Verletzter. Schwere der Verletzung im Moment nicht abzuschätzen.«

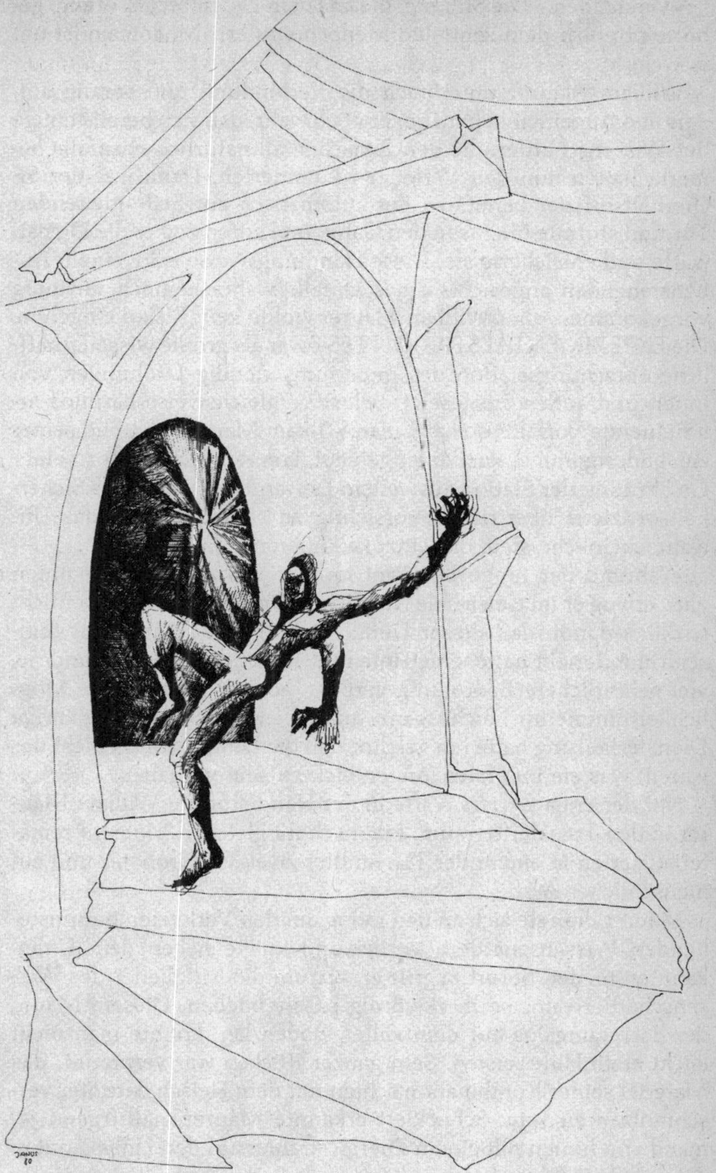

»Verstanden.« Die Stimme, die aus dem Lautsprecher drang, gehörte offenbar dem zentralen Medocomputer. »Medoteam ist unterwegs.«

William Maurer unterbrach die Verbindung und sprang auf. Aus den Augenwinkeln nahm er noch wahr, daß sich bereits einige der Wissenschaftler, die den Zwischenfall natürlich ebenfalls bemerkt hatten, um den Verletzten kümmerten. Dann war der Sicherheitsoffizier bereits an der automatisch zur Seite gleitenden Tür und stürmte hinaus in den Gang. Im Laufen zog er die Dienstwaffe und entsicherte sie. Diese Handlungsweise wäre einem Außenstehenden angesichts eines Unfalls wahrscheinlich unsinnig vorgekommen, aber William Maurer wollte kein Risiko eingehen. Die EXPERIMENTALSTATION TEST war als größte wissenschaftliche Forschungsstation des Imperiums ständig Drohungen von innen und außen ausgesetzt. Selbst vergleichsweise harmlos erscheinende Vorfälle, so hatte man William Maurer während seiner Ausbildung immer wieder eingebleut, konnten sich rasch zu einer Gefährdung der Station ausweiten. Es war die Pflicht eines Sicherheitsoffiziers, übertrieben vorsichtig zu sein und auch das Unwahrscheinliche stets mit einzukalkulieren.

Während der junge Leutnant im Antigravschacht nach unten glitt, erwog er im Geiste alle Möglichkeiten. Er rechnete zwar nicht wirklich damit, daß dieser Unfall, den er gerade auf dem Bildschirm miterlebt hatte, eine Finte war, hinter der sich eine andere, viel gefährlichere Bedrohung verbarg, aber er wollte diese Möglichkeit immerhin nicht ganz ausschließen. Seine langjährige Diensterfahrung hatte ihn gelehrt, daß die Dinge oftmals nicht das waren, was sie im ersten Augenblick zu sein vorgaben.

Mit der entsicherten Waffe in der Hand stürmte William Maurer in den Transmitterraum. Praktisch im gleichen Moment rematerialisierten in einem der Transmitter zwei Medoroboter und ein menschlicher Arzt.

Maurer drängte sich an den ratlos um den Verletzten herumstehenden Wissenschaftlern vorbei und kniete neben dem Unbekannten nieder. Sofort begriff er, warum die Mitglieder des Wissenschaftlerteams so merkwürdig passiv blieben. Diesem Mann, der da regungslos auf dem kalten Boden lag, konnte man nicht leicht erste Hilfe leisten. Sein ganzer Rücken war verbrannt; das Material seiner Kombination schien mit dem Fleisch darunter verschmolzen zu sein. Schockiert erkannte Maurer, daß irgend jemand von hinten mit einem Energiestrahler auf den Unbekannten gefeuert hatte — wahrscheinlich gerade in der letzten Sekunde vor dem Transmittersprung. Darum also war der Unbekannte aus dem Transmitterkreis getorkelt. Die Aufschlagwucht des Strahlerschusses hatte ihn regelrecht nach vorne geschleudert.

William Maurer war froh, daß der Fremde durch den Schock offenbar augenblicklich das Bewußtsein verloren hatte. Diese flächige Verbrennung mußte geradezu unerträglich schmerzhaft sein.

Um den Kopf des Unbekannten herum hatte sich eine Blutlache gebildet, die sich auch jetzt noch weiter ausbreitete. Das Blut konnte keineswegs von der Brandwunde stammen. Also war das Gesicht des unbekannten Mannes tatsächlich beim ungebremsten Aufprall auf dem harten Boden zerschmettert worden. William Maurer verspürte ein Würgen im Hals.

Er wich zurück, als der Arzt und die Medoroboter den Fremden erreichten. Die beiden auf AG-Feldern schwebenden Maschinen fuhren sofort Injektionsdüsen aus und preßten sie gegen den völlig ruhig daliegenden Körper. Aus anderen Düsen wurde ein vorläufiger Schutzfilm über die Rückenverbrennung gesprüht. In der Krankenstation würde man diesen Film wieder entfernen und die mit dem Fleisch verschmolzenen Kombinationsteile vorsichtig ablösen. Dank der hochentwickelten Medotechnik der Experimentalstation hatte der Verletzte gute Aussichten, seine schwere Verwundung zu überleben. Wahrscheinlich würden nicht einmal Narben zurückbleiben; das verbrannte Gewebe konnte biologisch regeneriert werden.

Alles hing nur davon ab, ob der durch die flächige Verbrennung und den durch die Schmerzen verursachten Schock übermäßig strapazierte Kreislauf durchhielt. Deshalb hatten die Medoroboter als erste Hilfsmaßnahme sofort kreislaufstabilisierende Mittel injiziert.

»AG-Feld«, sagte der begleitende Arzt. Dann wandte er sich an William Maurer. »Wie ist das passiert?«

Der Sicherheitsoffizier hob die Schultern. »Keine Ahnung. Er kam aus dem Transmitter. Die Gegenstation wird sich ohne Schwierigkeiten feststellen lassen. Der Zentralcomputer hat sie bestimmt gespeichert.«

»Gut.« Der Arzt richtete seine Aufmerksamkeit wieder auf den Verletzten. Die Medoroboter hatten mittlerweile ein Antigravfeld zwischen sich errichtet, in dem der Unbekannte nun schwebte.

Jetzt sah William Maurer auch zum ersten Mal deutlich das Gesicht des Fremden. Die Medoroboter hatten das Blut vorsichtig weggetupft und die Blutung unterbunden. Die Nase des Unbekannten sah übel zugerichtet aus; das Nasenbein mußte beim Aufprall zerschmettert worden sein. Ob weitere Verletzungen vorlagen, konnte William Maurer nicht feststellen.

Das Gesicht des Fremden sah trotz der Blessuren seltsam glücklich aus. Ein durch den Schmerz verzerrtes Lächeln lag wie festgefroren auf seinen Lippen — ganz so, als habe der Fremde direkt vor dem Transmittersprung eine ungeheure Erleichterung empfunden. Unwillkürlich hatte William Maurer die Vision, daß sich dieser Mann auf der Flucht befunden hatte — und davon überzeugt gewesen war, daß diese Flucht gelingen würde.

Bis ihn der Strahlerschuß traf. Aber wenn es so ist, dachte William Maurer, dann hat er ja recht gehabt. Er ist in Sicherheit.

Das war der letzte Gedanke, den William Maurer, Abwehrleutnant in der EXPERIMENTALSTATION TEST und derzeit Sicherheitsbeauftragter beim Projekt ORION, in seinem Leben hatte.

Denn genau in diesem Moment löschte eine ungeheure Energieflut seinen Körper und damit auch sein Bewußtsein aus.

2

»Mike!«

»Ööөh?«

»Mike, aufwachen! Frühstückszeit!«

»Ehhh?«

»Ich sagte: Aufwachen! Es ist Frühstückszeit, Herr Manninghouse.«

Michael Manninghouse stöhnte leise und klappte benommen die Augenlider hoch. Dann ließ er sie einfach wieder zufallen. »Mmhh.«

Eine elektrisierende sanfte Berührung an seinem Handrücken ließ Mike zusammenzucken. Er versuchte hartnäckig, seine Hand dieser Berührung zu entziehen, aber irgendwie klappte das nicht so recht. Offenbar wurde sein Handgelenk irgendwie festgehalten.

Und wieder öffnete Mike die Augen — diesmal schon etwas weiter.

»Bitte, laß das«, murmelte er. »Du weißt doch, daß mich so was verrückt macht.«

»Pech für dich«, sagte Vicky. Zu Mikes Überraschung ließ sie seine Hand los — und fing an, seinen noch etwas spärlichen Vollbart zu kraulen. Normalerweise hatte Mike gegen diese Art von Zärtlichkeiten nichts einzuwenden, aber direkt nach dem Aufwachen waren sie eher qualvoll als angenehm.

»Nun gut«, murmelte Mike. »Ich bin ja schon wach. Also *bitte* — hör auf damit!«

»Daß du wach bist, glaube ich dir erst, wenn du deine großen Füße aus dem Bett geschwungen hast«, sagte Vicky ironisch. »Wie wär's also damit?«

Mike atmete tief durch und setzte sich erst einmal auf. Langsam klärte sich sein Gesichtsfeld.

Das erste, was er an diesem Morgen *wirklich* wahrnahm, war natürlich Victoria de Grooth, kurz Vicky genannt. Vicky hockte mit untergeschlagenen Beinen auf dem Bett, den Rücken gegen die Wand gelehnt. Ihre blauen Augen blickten Mike überaus unschuldig an. Vicky schien schon längst hellwach zu sein. Das hat man davon, dachte Mike, wenn man sich als alter Morgenmuffel mit einer Frühaufsteherin liiert . . .

»Du scheinst tatsächlich langsam wach zu werden«, kommentierte Vicky freundlich Mikes Bemühungen. »Wie wär's mit einem Kaffee?«

»Das würde schon was helfen«, brummelte Mike und ließ seinen Blick zu dem niedrigen Tischchen neben dem Bett schweifen. »He — wo ist denn das Frühstück? Ich dachte, du hättest was von *Frühstück ist fertig* gesagt?«

Vicky lachte. »Aber nicht doch . . . Ich sagte: Es ist Frühstückszeit. Und gestern abend hast du mir noch großartig versprochen, daß du heute das Frühstück zubereitest. Erinnerst du dich vielleicht nicht mehr daran?«

Mike seufzte.

Immerhin dauerte es nur noch zehn Minuten, bis Michael Manninghouse sich dazu aufgerafft hatte, in der kleinen Kochnische ein ordentliches Frühstück zusammenzustellen. Vicky beobachtete ihn dabei fachmännisch vom Bett aus und gab ab und zu unpassende Kommentare ab.

»Wieviel Uhr ist es eigentlich?« fragte Mike und goß den Kaffee in die überdimensionalen Café-au-lait-Tassen.

»Sieben-null-neun«, entgegnete Vicky nach einem raschen Blick auf die Digitaluhr neben dem Bett. »Reichlich Zeit für ein geruhsames Frühstück.«

Immer noch etwas zittrig balancierte Mike das Tablett hinüber zum Bett und stellte es dort ab. Dann kroch er wieder unter die Decke, wobei er einige Schwierigkeiten hatte, das Tablett nicht umzukippen. Das Manöver gelang; nur der Kaffee schwappte ein bißchen über.

Nach den ersten vorsichtigen Schlucken war für Mike die Welt allerdings schon wieder etwas mehr in Ordnung. Und bis zu seinem Dienstantritt würde er völlig klar im Kopf sein.

»Ein bißchen Musik?« Als Mike nickte, aktivierte Vicky einen der Speicherkristalle, die immer griffbereit am Kopfende des Bettes auf einem Bord lagen. Sekunden später war der ganze Raum von Tönen erfüllt.

Über sein Milchbrötchen hinweg musterte Mike seine Freundin. Obwohl er und Vicky nun schon seit zwei Monaten beisammen waren, erfüllte es Mike immer noch mit Verwunderung, am Morgen aufzuwachen und dieses fröhliche, lebenslustige Mädchen neben sich zu finden. Eigentlich, so dachte Mike in solchen Augenblicken immer, ist das so eine Art Wunder. Eines Morgens werde ich die Augen aufschlagen und feststellen, daß ich Vicky in Wirklichkeit nur geträumt habe.

Und an dieser Stelle seines Gedankengangs fiel Mike dann manchmal Irena Jelissewa ein, mit der er fast ein halbes Jahr zusammengelebt hatte — bis sie ihm erklärte, daß ihre Beziehung wohl keine Zukunft mehr haben konnte. Mike hatte Angst davor, daß auch die Beziehung zu Vicky einmal so enden würde.

Gedankenverloren biß Mike das eingetunkte Ende des Brötchens ab und kaute darauf herum. Wahrscheinlich, überlegte er, denke ich nur zu viel nach. Ich sollte diese Beziehung wie ein Geschenk annehmen und nicht dauernd daran zweifeln, daß Vicky wirklich etwas für mich empfindet.

Die Leuchtschrift der Digitaluhr sprang auf Sieben-zweizwei. »Willst zu zuerst duschen?« erkundigte sich Vicky.

»Von mir aus.« Mike stellte das Tablett zur Seite und stand auf. »Hast du heute Mittelschicht?«

»Mh.« Vicky arbeitete in der Ortungszentrale der EXPERIMENTALSTATION TEST. Natürlich mußte die Ortungszentrale rund um die Uhr besetzt sein, so daß in mehreren Schichten gearbeitet wurde. Die Mittelschicht begann erst um Neun-null-null.

»Und was machen wir dann heute abend?« rief Mike von der Duschkabine her, während er die Temperatur regelte.

»Keine Ahnung«, drang Vickys Stimme gedämpft durch das Brausen der Dusche. »Aber ich hätte mal wieder Lust dazu, tanzen zu gehen.«

»Von mir aus gerne«, rief Mike. Die kalten Wasserstrahlen machten ihn langsam munter. »Wo treffen wir uns?«

»Am besten in deiner Kabine«, schlug Vicky vor. »Du wirst ja wohl eher Schluß haben als ich.«

»Das kann man bei diesem Job nie so genau wissen«, meinte Mike und stellte die Dusche noch etwas stärker ein. »Aber wenn was dazwischenkommt, sage ich dir Bescheid.«

Mikes Job zeichnete sich tatsächlich durch eine äußerst unregelmäßige Arbeitszeit aus. Michael Manninghouse war erst kürzlich zum persönlichen Adjutanten von Professor Jerry Vogel avanciert, dem Leiter des sogenannten *Stabilisierungsstabes* der Experimentalstation. Dieser Stab, der aus rund 1200 Psychologen, Psychiatern, Soziologen und Militärs bestand, hatte die undankbare Aufgabe, größere Krisen und Unruhen in der Station zu verhindern oder zumindest in akzeptable Bahnen zu lenken. In der EXPERIMENTALSTATION TEST lebten immerhin rund hunderttausend Menschen auf relativ engem Raum zusammen, so daß sich Konflikte ohnehin nie ganz vermeiden ließen. Verschlimmert wurde die Situation jedoch noch dadurch, daß TEST nicht nur der zivilen Forschung diente, sondern zugleich die größte Waffenfabrik der bekannten Galaxis darstellte. Ein Großteil der knapp zwanzigtausend Wissenschaftler arbeitete an Projekten mit hoher militärischer Geheimhaltungsstufe. Sowohl die Materie, mit der diese Wissenschaftler täglich hantierten, als auch die überaus strengen Kontroll- und Sicherheitsvorschriften waren eine ständige Quelle von Konflikten.

Mike Manninghouse wußte nur zu genau, daß man nicht unter permanentem Erfolgsdruck und unter scharfer Überwachung an Massenvernichtungsmitteln arbeiten konnte, ohne unter einen unerträglichen Streß zu geraten, der sich jederzeit ein gefährliches Ablaßventil suchen mochte.

Auch die fünfzigtausend zivilen Arbeiter und Angestellten und die 35 000 Angehörigen des militärischen Personals lebten natürlich in der EXPERIENTALSTATION TEST unter besonderer Streßgefährdung. TEST war den anderen galaktischen Mächten verständlicherweise ein Dorn im Auge. Schon seit der Errichtung der Station war das Personal der Station systematisch unterwandert worden. Man schätzte, daß etwa ein Prozent der gesamten Besatzung in Wirklichkeit für fremde Mächte arbeitete. Um diese Agenten und Saboteure ausfindig zu machen, hatte die stationsinterne Abwehr ein dichtes Kontrollnetz über die Experimentalstation geworfen. Mit Hilfe des Zentralcomputers konnte TEST lückenlos überwacht werden. Zwar behauptete die Abwehr stets, daß eine solche Üerwachung die Besatzung eigentlich eher *beruhigen* müßte

— aber das stimmte natürlich nicht. Ständige Überwachung erzeugt erfahrungsgemäß eher Angst und Unruhe.

Besonders bedrückend mußte es für die Mitglieder der zivilen und der militärischen Besatzung jedoch sein, nicht genau zu wissen, wie weit diese Überwachung denn nun eigentlich ging. Und das wußte in der Tat niemand so recht — außer vielleicht der Befehlshaber von TEST, der Abwehrchef und der Zentralcomputer.

Gerüchte über das Ausmaß der ununterbrochenen Bespitzelung gab es allerdings genug ...

Aus allen diesen Gründen war die Arbeit des Stabilisierungsstabes alles andere als ein Zuckerlecken. Gerade Mike Manninghouse als Adjutant von Professor Vogel bekam das oft genug zu spüren.

»Wie wär's mit der *Violetten Grotte*?«

»Bitte?« Mike schrak zusammen, als ihn Vicky so unvermittelt ansprach.

»Sollen wir zum Tanzen in die *Violette Grotte* gehen, habe ich gefragt«, sagte Vicky.

»Äh ... ja ... natürlich«, stotterte Mike. Er drehte die Dusche ab und aktivierte den Heißlufttrockner. Seine Gedanken irrten schon wieder ab.

Trotz der höchst unregelmäßigen Dienstzeiten war Mike eigentlich mit seiner neuen Arbeit sehr zufrieden. Bis vor knapp einem Jahr hatte er als Leutnant der Abwehr von TEST angehört, war aber dann mit seinem Vorgesetzten, Oberst Alistair Reed, aneinandergeraten. Nur dank Professor Vogels Intervention hatte Reed widerwillig zugestimmt, Mike ehrenvoll aus der Abwehr zu entlassen und ihm den Eintritt in den Stabilisierungsstab zu genehmigen. Im Stabilisierungsstab herrschte ein viel angenehmeres Arbeitsklima als in der Abwehr. Mike hatte schon lange das martialische Gebaren der TEST-Militärs verabscheut, die hinter allem und jedem einen Feind vermuteten. Im Stabilisierungsstab hingegen ging man mit einer positiven Einstellung an die Dinge heran. Und wer sich allzu militaristisch gebärdete, wurde höflich hinauskomplimentiert. Aggressive Naturen hatten keinen Platz in einem Stab, der für Ruhe und Frieden zu sorgen hatte.

Mike hatte zunächst verschiedene Abteilungen des Stabilisierungsstabes kennengelernt, bevor Jerry Vogel ihm den Posten eines persönlichen Adjutanten anbot. Dieses Angebot war sicherlich ein Zeichen besonderer Wertschätzung. Mike hatte bis heute nicht begriffen, warum Vogel ihn so hoch einschätzte. Und noch mehr wunderte er sich darüber, daß zwischen Vogel und ihm so etwas wie eine Freundschaft herangewachsen war, die bei aller, besonders durch den Altersunterschied bedingten Distanz nicht ohne Herzlichkeit war.

»Was steht denn heute auf dem Programm?« erkundigte sich Vicky, als Mike aus der Duschkabine trat und seine Unterwäsche zusammensuchte.

Mike zuckte die Achseln. »Keine Ahnung. Hoffentlich Routine.« Er mußte plötzlich lachen. »Aber bei uns gibt's eigentlich nie Routine.«

»Freust du dich darüber, oder ärgerst du dich darüber?« fragte Vicky und blickte Mike lächelnd an.

Aber auf diese Frage wußte Michael Manninghouse auch keine Antwort.

3

Die EXPERIMENTALSTATION TEST besteht aus zehn großen und zahlreichen kleineren Asteroiden, die auf unregelmäßigen Bahnen die rote Sonne TAU ERIDANI umkreisen.

Von TEST EINS, dem ›Wohnzimmer‹ der Experimentalstation, begab sich Michael Manninghouse wie jeden Morgen per Transmitter nach TEST DREI, dem Verwaltungsasteroiden. Hier befanden sich die Büros des militärischen Kommandos, der Abwehr — und die des Stabilisierungsstabes. Dieses friedliche räumliche Nebeneinander trog. In Wirklichkeit herrschte zwischen den drei Stäben ein ununterbrochener Kriegszustand. Normalerweise schwelte der Konflikt unter der Oberfläche, aber bisweilen brach er auch offen aus. Während solcher Phasen traten die Chefs der drei Stäbe nur noch auf dem offiziellen Dienstweg miteinander in Verbindung, und aus einem zähneknirschenden Miteinander wurde ein wechselseitiges Behindern und Blockieren. Diese manchmal subtilen, manchmal brutal offenen Konflikte gingen allerdings nie vom Stabilisierungsstab aus. Jerry Vogel und seine Mitarbeiter wußten nur zu gut, daß gerade der Streit zwischen den Stäben den ohnehin unsicheren Gleichgewichtszustand in der EXPERIMENTALSTATION TEST noch mehr belastete. Oberst Alistair Reed, der Chef der Abwehr, schien in dieser Hinsicht weniger Skrupel zu kennen. Und auch General Lucas-344570-ZM, der militärische Oberbefehlshaber der Station, der nur der terranischen Militäradministratur verantwortlich war, mischte in letzter Zeit immer aktiver in diesem Spiel mit, wobei er seine unangreifbare Machtposition stets als höchsten Trumpf auszuspielen wußte.

Bei seiner Ankunft in TEST DREI bemerkte Mike sofort, daß an diesem Morgen, der in der Abgeschiedenheit von Vickys Kabine für ihn so friedlich und harmonisch begonnen hatte, in der Nervenzentrale der Experimentalstation wieder einmal dicke Luft herrschte. Auf den Gängen standen mehr Leute als gewöhnlich und diskutierten erregt in kleinen Gruppen miteinander.

Mike grüßte freundlich einige Bekannte, blieb aber nicht stehen, weil er ohnehin schon etwas knapp in der Zeit war. Zwar machte sich Professor Vogel nichts daraus, wenn Mike einmal ein paar Minuten zu spät kam, aber Mike hatte etwas gegen Unpünklichkeit. Seine übertriebene Exaktheit hatte ihm schon öfter den Vorwurf der Pedanterie eingetragen.

Im Eilschritt betrat Mike das Großraumbüro, in dem Vogels engster Mitarbeiterstab untergebracht war. Mike grüßte freundlich.

»Was ist denn heute wieder los?« erkundigte er sich laut, ohne sich dabei an jemand Bestimmten zu wenden.

»Du wirst der erste von uns sein, der etwas Genaues erfährt«, entgegnete Ingeborg Levkowitz, die Chefkoordinatorin des Braintrusts, mit einem leichten Unterton von Spott in der Stimme. »Wir kennen bisher nur die Gerüchte.«

Mike bezähmte seine Neugierde.

»Ist er schon drin?«

Ingeborg nickte. »Und er wartet auf dich.«

»Na dann«, sagte Mike und tippte dankend mit dem rechten Zeigefinger an eine imaginäre Mütze.

Professor Jeremias Cornelius Vogel saß hinter seinem altertümlich aussehenden Schreibtisch, der in Wirklichkeit ein hochmoderner Computerterminal war, und nippte nachdenklich an einem Synthesekaffee. Der Leiter des Stabilisierungsstabes hatte die Augen geschlossen und schien sich ganz dem Genuß des heißen Gebräus hinzugeben — ein Zeichen dafür, daß er in Wirklichkeit intensiv nachdachte.

»Auch einen Kaffee, Mike?« fragte er, ohne die Augen zu öffnen.

»Ich bin so frei.« Mike versorgte sich mit einem Becher Kaffee, bevor er sich Jerry Vogel gegenüber in einen Sessel fallen ließ. »Wo brennt's?«

Jerry Vogel hatte sich seit Mikes Eintreten um keinen Millimeter bewegt. Jetzt stellte er seinen Becher auf den Schreibtisch und legte die Hände mit den Innenflächen zusammen.

»Bisher nur Gerüchte«, sagte Jerry Vogel. »Oberst Reed hat die Ortungszentrale durch Abwehrleute hermetisch abriegeln lassen. Der Stabilisierungsstab ist bisher offiziell von nichts unterrichtet worden. Ich habe bei General Lucas angerufen und einen Termin für Acht-drei-null durchgesetzt. War gar nicht so einfach.«

Mike dachte an Vicky, die in nunmehr knapp einer Stunde ihren Dienst in der Ortungszentrale antreten würde.

»Und was besagen die Gerüchte?« fragte er langsam.

»Alles sehr vage«, entgegnete Jerry Vogel. »Eine Katastrophe auf einem der Zwergasteroiden, heißt es. Aber warum wird dann die Ortungszentrale abgeriegelt? Und warum ist auf TEST ACHT nichts los?«

Auf dem Asteroiden TEST ACHT befand sich die medizinische Zentrale der Station — das ›Krankenhaus‹ von TEST.

Mike sagte nichts. Er wußte, daß Vogel gleich seine eigenen Überlegungen preisgeben würde.

Übergangslos sprach Vogel weiter. »Zwei Hypothesen. Erstens: Es hat keine Verletzten gegeben, sondern nur Tote. Zweitens: Die Ortung ist dicht, weil ein Angriff von außen droht und man eine Panik vermeiden will. Aber auch das paßt nicht, denn bei einem Angriff hätten wir Rotalarm — inklusive einer totalen Mobilmachung und Rückruf der Außenflotte, vielleicht sogar Notruf an Terra. Nichts von alledem ist geschehen.«

»Soll ich mit zum General?«

Vogel schüttelte den Kopf. »Lucas will mich unter vier Augen sprechen. Sie und Ingeborg übernehmen solange hier. Und es wird eine Menge Arbeit geben, Mike. Diese Gerüchte sind ein Zündfunke, wie er im Lehrbuch steht.«

»Oh, verdammt«, sagte Mike resigniert.

Jerry Vogel vollführte eine mehr als unbestimmte Handbewegung. »C'est la vie.«

In diesem Augenblick leuchtete eine rote Lampe auf dem Schreibtisch auf. Jerry Vogel beugte sich vor und schaltete das Com ein.

Mike konnte nicht sehen, wer da mit dem Professor zu sprechen wünschte, aber nach den ersten Worten erkannte er die Stimme: Es war Ingeborg Levkowitz.

»Notfall auf TEST 17«, sagte die Chefkoordinatorin, die zugleich als Vogels erste Stellvertreterin fungierte. »Ein Amoklauf. Man hat zuerst die Abwehr und dann uns verständigt.«

TEST 17 war einer jener Zwergasteroiden, auf denen besonders gefährliche Experimente durchgeführt wurden. Ein Amoklauf auf einem dieser Asteroiden der Gefahrenklasse Rot stand daher auf dem zweiten Platz der Gefahrenskala, die der Stabilisierungsstab intern erarbeitet und wohlweislich niemals veröffentlicht hatte. Wenn ein — möglicherweise sogar bewaffneter — Verrückter in den Laborkomplexen von TEST 17 frei herumlief, dann war die Existenz des Asteroiden akut gefährdet.

Jerry Vogel reagierte mit der gewohnten Schnelligkeit auf diese Katastrophenmeldung. »Einsatzkommando«, sagte er nur. »Mike übernimmt die Führung.«

Michael Manninghouse war längst auf den Beinen und stürzte zur Tür. Im Laufschritt eilte er zum nächsten Transmitter, gefolgt von zwei Mitgliedern des Braintrusts. Solche Einsätze liefen praktisch automatisch ab. Sie waren hundertfach vorgeprobt — und leider auch hundertfach im Ernstfall durchexerziert worden. Zwar gehörten solche Zwischenfälle wie ein Amoklauf nicht zu den Ereignissen, mit denen man jeden Tag rechnen mußte, aber in besonders angespannten Situationen waren auch derartig heftige psychologische Reaktionen nichts Außergewöhnliches. Mike hatte während seiner Zeit beim Stabilisierungsstab schon öfter Amokläufe erlebt. Und er hatte dabei jedesmal wieder Angst.

Die drei Mitglieder des Einsatzkommandos erreichten den Transmitter und traten in den Käfig. Mike registrierte, daß Ingeborg Levkowitz einen männlichen und einen weiblichen Psychologen ausgewählt hatte. Mike verfluchte innerlich den Datenmangel. Er wußte nicht einmal, ob es sich bei dem Amokläufer um einen Mann oder um eine Frau handelte. Offenbar war die Alarmmeldung von TEST 17 in höchster Panik durchgegeben worden und sehr unklar gewesen.

Die Transmitterautomatik riß Mike und seine beiden Begleiter in Nullzeit durch den Hyperraum. TEST 17 mußte sich ungefähr zwanzig Lichtminuten von TEST DREI entfernt befinden. Mike hatte, wie fast jedes Besatzungsmitglied der Experimentalstation, die Umlaufbahnen der wichtigsten Asteroiden sowie ihre relative Position zueinander ziemlich genau im Kopf. Die relativen Positionen waren konstant, weil die Konstrukteure der Station bei der Bahnstabilisierung der Asteroiden einbezogen hatten, daß sich bei regelmäßigen Umlaufbahnen die Justierung der Transmitter, die

die Asteroiden miteinander verbanden, wesentlich vereinfachen würde.

Wie bei jedem Sprung durch den Hyperraum durchwallte Mike auch diesmal ein leichtes Gefühl der Übelkeit, das aber sofort wieder verging, als er in der Gegenstation aus dem Käfig trat. Der Transmitterraum war leer.

»Diese Idioten«, schimpfte die Psychologin Carla Heyne. »Jetzt müssen wir erst noch zu suchen anfangen!«

In dem Moment leuchtete der zweite Transmitter auf. Zwei junge Männer rematerialisierten. An ihren Uniformen war zu erkennen, daß es sich dabei um Leutnants der Abwehr handelte.

»Eher verständigt, aber später zur Stelle«, murmelte Josef Lemnitzky, Mikes zweiter Begleiter, fast unhörbar.

Die Abwehrleutnants grüßten militärisch knapp. Einer von ihnen kam Mike bekannt vor. Er erinnerte sich schwach daran, ihn einmal im Trainingszentrum der Abwehr getroffen zu haben.

Richtig, jetzt fiel Mike auch der Name wieder ein: Manfred Knochhorst. Ein flüchtiger Blick auf das Namensschild am Brustteil der Leutnantsuniform sagte Mike, daß er recht gehabt hatte. Durch einen weiteren Blick stellte er fest, daß der zweite Leutnant, ein Schwarzafrikaner, Jonas Nimgote hieß.

»Hallo«, sagte Knochhorst. »Wo geht's lang?«

»Keine Ahnung«, gab Mike zu. Er hob sein Armbandcom an die Lippen, das er sofort bei der Ankunft auf die Interfrequenz von TEST 17 umgeschaltet hatte. Gleichzeitig hatte er den Prioritätsruf aktiviert. Was er nun sagen würde, mußte in jedem aktivierten Com auf dem ganzen Asteroiden zu hören sein. Damit war natürlich das Risiko gegeben, daß auch der Amokläufer mithörte, aber Mike glaubte nicht, daß der Geistesgestörte irgendwie darauf reagieren würde.

»Sonderkommandos der Abwehr und des Stabilisierungsstabes in der Transmitterzentrale von TEST 17 eingetroffen«, sagte Mike. »Erbitte Führung.«

Sekunden später drang eine Stimme aus dem winzigen Lautsprecher. »AG-Schacht Gelb, aufwärts, neuntes Niveau.« Dann brach die Verbindung wieder zusammen.

Die fünf Menschen zögerten nicht, diese überaus knappen Anweisungen auszuführen. Mit quälender Langsamkeit glitten sie nach oben, bis ein Leuchtzeichen *Niveau IX* verkündete.

Als sie sich aus dem Schacht schwangen, trafen sie auf eine kleine Gruppe von Wissenschaftlern.

»Er hat sich in einem der Labors eingeschlossen«, sagte einer der Wissenschaftler ohne jede Begrüßung. »Er droht damit, die ganze Anlage zu zerstören, wenn wir die Tür von der Zentrale aus öffnen. Ich habe das gesamte Personal in den Konferenzraum befohlen.«

Langsam wurde Mike wütend.

»Was ist das für ein Labor? Wer ist der Mann? Reden Sie doch endlich Klartext!«

Der Wissenschaftler zuckte zusammen. »In dem Labor wird mit Antimaterie . . .«

Weiter kam er nicht, denn Mike hatte abrupt seine Armbandcom an den Mund geführt und zu sprechen begonnen.

»Rotalarm«, sagte er mit mühsam beherrschter Stimme. »Sofortige totale Evakuierung von TEST 17. Richten Sie sich nach den Ihnen bekannten Katastrophenplänen.«

Diese Angelegenheit würde für den Chef von TEST 17 ein böses Nachspiel haben, dessen war sich Mike ganz sicher. Wenn sich ein Amokläufer in einem Antimaterielabor verbarrikadiert, dann befiehlt man die Besatzung des betroffenen Asteroiden nicht in den Konferenzraum, sondern zum Transmitter — und im Notfall löst man statt dessen sogar die Katastrophenautomatik aus.

»Weiter!« sagte Mike brüsk. »Wer ist der Amokläufer?«

Der Wissenschaftler kam ins Stottern. »Ein . . . ein Techniker. Eine Hilfskraft.«

Jetzt mischte sich auch Manfred Knochhorst in die Unterhaltung ein. »Und warum ist er durchgedreht?«

Einer der anderen Männer trat vor. »Ich habe es miterlebt«, sagte er. »Wir unterhielten uns ganz normal miteinander . . . plötzlich wurde er ganz still und drehte sich um . . . Dann ist er hinaus auf den Gang und hat angefangen zu weinen. Und dann hat er geschrien und ist ins Labor gestürmt. Er hat aber keine Waffe.«

»Aber er muß nur den richtigen Schalter umlegen, und wir fliegen in die Luft«, mischte sich ein weiterer Wissenschaftler ein. »Das Sicherheitssystem dieses Labors ist nämlich defekt. Corea — so heißt der Mann — sollte es heute reparieren. Im Moment können wir verschiedene Schaltfunktionen von der Zentrale aus nicht lahmlegen. Und es sind verdammt brisante Funktionen!«

Hinter Mikes Stirn begann es zu arbeiten. Aber sofort riß ihn Carla Heynes Stimme wieder aus seinem Gedankengang. »Klingt nach spontanem Verfolgungswahn«, bemerkte sie. »Aber was hat den Anfall ausgelöst?«

»Worüber haben Sie mit Corea gesprochen?« Diese Frage kam von Josef Lemnitzky. »Über die Sache mit der Ortungszentrale etwa?«

Auf dem Gesicht des Mannes, dessen Brustschild ihn als Iwan Perez auswies, erschien ein Ausdruck der Verblüffung.

»Wieso Ortungszentrale? Nein, wir sprachen über ... nun, über neue technologische Entwicklungen. Sehen Sie, wir sind sozusagen Kollegen ... Ich bin Techniker bei der Kommunikationsabteilung und sollte hier ein Comnetz umprogrammieren, und dieser Corea interessierte sich offenbar für neue Kommunikationsmöglichkeiten. Ich hab' ihm das Prinzip der submolekularen Informationsspeicherung erklärt ...«

Mike stöhnte leise. Langsam wurde ihm klar, was da geschehen war. »Auch das *Listening-Wall-Verfahren*?« fragte er wie beiläufig.

Perez nickte. »Ja, in der Tat. Diese Sache schien ihn besonders zu interessieren. Er hatte noch nie etwas davon gehört.«

An den Blicken der Umstehenden konnte Mike erkennen, daß außer Perez und ihm keiner wußte, wovon hier gesprochen wurde. Mike wußte es allerdings nur zu genau.

Perez hatte also als Techniker beim *Listening-Wall*-Stab gearbeitet. Und er mußte ungeheuer naiv sein, denn er schien bis heute nicht begriffen zu haben, was dieses Wissenschaftlerteam unter dem Codewort *Projekt ELFE* eigentlich zusammengebastelt hatte.

Sein Technikerkollege Corea, der offenbar eine immense Angst davor hatte, überwacht und belauscht zu werden — eine Angst, die in der EXPERIMENTALSTATION TEST einen sehr realen Hintergrund hatte, von den meisten Besatzungsmitgliedern aber erfolgreich kompensiert wurde —, dieser Corea also hatte die Implikationen des *Listening-Wall-Systems* sofort verstanden.

Und wenn man bereits latent unter Verfolgungswahn leidet, dann muß sich die Nachricht, daß man jederzeit und überall völlig unbemerkt überwacht werden kann, geradezu katastrophal auswirken.

Und genau diese niederschmetternde Information hatte Iwan Perez dem Techniker gegeben. Denn das *Listening-Wall-System* ermöglichte es, jede Art von Materie auf submolekularer Ebene so umzuprogrammieren, daß sie Informationen aus ihrer Umgebung speichern und auf Abruf wiedergeben konnte. *Listening Wall* — die *lauschende Wand* — war das perfekte Abhörsystem, durch das Lauschmikrofone überflüssig wurden. Jede Wand, jedes Möbelstück, ja selbst jedes Kleidungsstück konnte damit zur Abhöranlage umfunktioniert werden. Die Fachleute schlossen nicht einmal aus, daß auf lange Sicht sogar lebendes Gewebe zu Abhörzwecken programmiert werden konnte.

Mike konnte Coreas Gedankengänge bis ins letzte Detail nachvollziehen. Nur den letzten Schritt schien der Techniker noch nicht vollzogen zu haben. Denn wenn er begriffen hätte, daß eines Tages vielleicht sein eigener Körper die Abhöranlage war, die ihn überwachte, dann hätte er vielleicht sofort Selbstmord begangen.

Und das würde uns jetzt alles einfacher machen, dachte Mike. Im gleichen Augenblick erschrak er vor dem Zynismus seines Gedankenganges.

»Abhörkoller«, sagte er zu seinen Begleitern, die sofort Bescheid wußten. Dies war nicht der erste Fall.

»Wir überreden ihn, daß er einen von uns an sich ranläßt«, sagte Josef Lemnitzky, »indem wir ihm versprechen, ihm eine Abschirmung zu bringen, mit der er sich gegen jeden Lauschangriff schützen kann. Dann wird er sich sicher fühlen, und wir können ihn leicht überwältigen.«

Mike schüttelte den Kopf. »Diesmal wird es so nicht klappen«, prophezeite er düster. »Woher soll Corea denn wissen, daß das Abschirmgerät nicht selbst ein Abhörmechanismus ist?«

»Aber das ist doch irrsinnig«, protestierte Carla Heyne. »Wie sollte . . .«

»Das ist nicht irrsinnig«, sagte Mike nur. »Das ist eine der unzähligen Möglichkeiten, die das *Listening-Wall-Verfahren* bietet . . .«

4

Um Punkt Acht-drei-null betrat Professor Jerry Vogel das Vorzimmer von General Lucas-344570-ZM, nachdem er bereits auf dem Wege zu diesem Vorzimmer nicht weniger als vier Kontrollpunkte hatte passieren müssen.

General Lucas, dachte Jerry Vogel verbittert, läßt sich also wirklich immer mehr von Reeds Sicherheitstick anstecken. Die Zahl der Kontrollpunkte nimmt kontinuierlich zu.

Der Adjutant des Generals sprang auf und salutierte so exakt wie eine Maschine.

»Sie werden bereits erwartet, Sir«, sagte er. »Halten Sie bitte Ihre Identifikationsplakette bereit.«

Jerry Vogel knurrte einen Gruß und stellte sich vor das Schott zum Arbeitszimmer, die rechte Hand mit der ID-Plakette vorgestreckt.

Unsichtbare Abtastgeräte traten in Funktion. Die Überprüfung der Plakette dauerte fast zehn Sekunden, dann schwang das Schott zurück. Vogel trat in die kleine Schleuse. Das Schott fiel hinter ihm zu. Eine weitere Batterie von Tastern aktivierte sich selbsttätig. Vogel spürte nichts von ihrem Wirken, aber er war sich mit schmerzhafter Deutlichkeit der Tatsache bewußt, daß eine einzige Fehlfunktion der Taster, die gleichzeitig erneut seine ID-Plakette, seinen Zellschwingungskode und seine Gehirnfrequenzen kontrollierten, die sofortige Auslösung mehrerer absolut tödlicher Waffensysteme bewirken konnte. Von Professor Jeremias Cornelius Vogel, dem Leiter des Stabilisierungsstabes der EXPERIMENTALSTATION TEST, würde in einem solchen Falle nicht einmal ein Häufchen Asche übrigbleiben.

Das fast unerträgliche Angstgefühl ließ erst nach, als eine grüne Lampe aufglomm und das zweite Schott nach oben in die Decke verschwand.

»Ah, Professor Vogel!«

Jerry Vogel war, wie schon so oft zuvor, wie betäubt von dem Kontrast zwischen den unmenschlich perfekten Sicherheitskontrollen und der angenehmen, fast etwas zu jovial klingenden Stimme des militärischen Oberbefehlshabers der Experimentalstation, General Lucas.

Lucas war ein eher schmächtiger Orientale, dessen Familie aus dem irdischen Bundesland Indien stammen mußte. Einzelheiten über die privaten Verhältnisse des Generals kannte Jerry Vogel nicht. Selbst der Name *Lucas-344570-ZM* war eine militärische Tarnbezeichnung, die die wahre Identität des Generals verschleiern sollte. In gewissem Sinne, so fand jedenfalls Jerry Vogel, war der General nicht viel mehr als eine Funktion — kein Mensch, sondern eine Unperson.

Nur zwei Details paßten nicht in dieses Bild. Da gab es einmal die übergroßen, dreidimensionalen Bilder an den Wänden des Arbeitsraumes, die wie große Fenster Landschaften des Planeten Erde zeigten. Und da war zum anderen der Turban, den General Lucas zu seiner Uniform trug und der ihn als Mitglied der Religionsgemeinschaft der Sikh kennzeichnete. Diese Details verrieten immerhin etwas über den schmächtigen Mann, der der unumschränkte Herrscher über TEST war.

»General.«

Lucas saß nicht hinter seinem Schreibtisch, sondern stand in der Mitte des Raumes, die Arme vor der Brust verschränkt. Seine ganze Haltung drückte Abwehrbereitschaft aus.

»Aber setzen wir uns doch«, sagte General Lucas. Mit einer leichten Kopfbewegung deutete er auf die Sitzecke, die einen Winkel des Raumes ausfüllte.

Sie nahmen Platz. Auf dem Tischchen zwischen ihnen standen zwei Pokale und eine Karaffe mit jenem fast alkoholfreien Wein, der auf TEST ausgeschenkt werden durfte. Stärkere Alkoholika waren offiziell verboten.

»Bedienen Sie sich«, sagte der General. Sein eigener Pokal war bereits gefüllt.

Jerry Vogel goß sich Wein ein, wobei er General Lucas jedoch nicht aus den Augen ließ. Er hoffte, dadurch den Befehlshaber zumindestens ein wenig zu verunsichern.

Der General schien nicht daran zu denken, das Gespräch von sich aus zu eröffnen. Das gefiel Jerry Vogel nicht. Demnach würde er die Initiative ergreifen müssen — und dadurch von Anfang an in eine schlechtere Position geraten.

Aber es gab keine Alternative. Er, Vogel, hatte um diese Unterhaltung ersucht, und es mußte einen schlechten Eindruck machen, wenn er nicht von sich aus zur Sache kam.

»Der Stabilisierungsstab«, sagte Jerry Vogel langsam, »steht im Moment vor einer schwierigen Aufgabe. Die Besatzung der Station wird zunehmend von widersprüchlichen Gerüchten verunsichert. Es ist die Rede von einer Katastrophe im TEST-nahen Weltraum oder auf einem der Zwergasteroiden. Die einzige greifbare Tatsache ist jedoch, daß Oberst Reed die Ortungszentrale hat abriegeln lassen — eine bisher noch nicht dagewesene Maßnahme. Ich frage mich, wie wir den Gerüchten entgegentreten und für eine Entspannung der Situation sorgen sollen, wenn wir selber nicht wissen, was nun eigentlich geschehen ist.«

Er nippte an seinem Wein und wartete ab. Jetzt lag der Schwarze Peter bei General Lucas.

»Tja«, sagte der General. »Ich sehe ein, daß Sie und Ihre Kollegen sich in einer unangenehmen Lage befinden. Ich nehme an, daß Sie jetzt von mir wissen wollen, was vorgefallen ist?«

Jerry Vogel entgegnete nichts. Er nickte nicht einmal. Die Frage des Generals war rein rhetorisch gewesen.

»Ich werde Ihnen also sagen, was ich Ihnen sagen *darf*«, fuhr General Lucas langsam fort, wobei er das Wort *darf* besonders betonte.

Jerry Vogel horchte auf. Der General war der oberste Befehlshaber der EXPERIMENTALSTATION TEST. Nur die Mkilitäradministratur auf Terra konnte ihm Befehle geben. Wenn Lucas bestimmte Fakten nicht offen darlegen *durfte*, dann hatte sich Terra bereits in den Fall eingeschaltet.

»Heute morgen um Sieben-zwei-neun«, sagte General Lucas übergangslos, »ereignete sich auf dem Asteroiden TEST 31 eine Katastrophe. Der Asteroid wurde total zerstört. Wir haben vierundzwanzig Tote zu beklagen.«

Diese mit fast emotionsloser Stimme vorgetragenen Fakten ließen Jerry Vogel zusammenzucken. Er starrte den General ungläubig an. »TEST 31 völlig zerstört?« flüstere er, und seine Stimme war ihm dabei selber fremd. »Wie konnte das passieren?«

Lucas zuckte die Achseln. »Das wissen wir selber noch nicht. Zum Zeitpunkt des Unglücks befand sich gerade die Kerngruppe der Wissenschaftler, die in wenigen Tagen nach Abschluß des Ausbauprojekts ihre Arbeit auf dem Asteroiden aufnehmen sollte, zu einem Inspektionsbesuch in TEST 31. Vermutlich haben die Wissenschaftler einen Maschinenprobelauf durchgeführt. Dabei muß es zu einer Art Explosion gekommen sein. Mit dem abschließenden Bericht der Abwehr wird allerdings erst in einigen Tagen zu rechnen sein.«

Jerry Vogel hatte sich jetzt wieder besser unter Kontrolle. »Mh. Können Sie mir schon näheres zu den Opfern sagen?«

»Sie erhalten nachher zur Bekanntgabe die vollständige Liste«, sagte General Lucas.

Die Bekanntgabe von Verlustlisten war traditionsgemäß Sache der Psychologen des Stabilisierungsstabes.

Aus einem unbestimmten Gefühl heraus erkundigte sich Jerry Vogel: »Könnte ich die Liste jetzt schon haben?«

Der General nickte. »Natürlich.«

Er stand auf und ging hinüber zu seinem Schreibtisch. Mit einem Knopfdruck aktivierte er eine Ausgabeeinheit. Mit leisem Summen begann der Ausdruck.

Eine halbe Minute später hielt Jerry Vogel die Liste in der Hand.

»Zwanzig Wissenschaftler«, las er halblaut, »zwei Techniker, die die Gruppe führen sollten ... dann der Sicherheitsbeauftragte, Leutnant William Maurer ... Dr. Menachem Meir ... *Dr. Menachem Meir*?«

Er fühlte sich plötzlich wie versteinert.

»Ich hatte befürchtet, daß Sie ihn kannten«, sagte General Lucas mitfühlend. Sein Gesichtsausdruck war nicht zu deuten. »Die jüdische Gemeinde in TEST ist ja nicht sehr groß.«

»Ich habe ihn gekannt«, sagte Jerry Vogel. Er hatte Mühe, seine Bewegung nicht zu deutlich zu zeigen. Gleichzeitig ärgerte er sich über sich selbst. Er spürte, daß er am liebsten geweint hätte, aber er wagte einfach nicht, diese Empfindungen General Lucas gegenüber offenkundig werden zu lassen.

Einige Minuten lang saßen sich die beiden Männer schweigend gegenüber. Jerry Vogel war froh, daß der General trotz seines sicherlich sehr knappen Zeitplanes nicht auf eine sofortige Fortsetzung des Gesprächs drängte.

Irgendwann in diesen Minuten hatte Jerry Vogel eine absurde Vision. Er stellte sich vor, wie General Lucas sich vorbeugte, ihm die Hand auf den Arm legte und ihm Trost zusprach.

Viel später gewann Jerry Vogel langsam die Kontrolle über sich zurück. Eine Frage hatte sich im Hintergrund seines Bewußtseins gebildet.

»Und warum«, erkundigte er sich, »befand sich Dr. Meir auf TEST 31?«

»Ein merkwürdiger Zufall«, sagte der General. »Kurz vor der Katastrophe gab es einen kleineren Unfall. Sicherheitsoffizier Maurer verständigte den Medo-Notdienst, und Dr. Meir sprang mit zwei Medorobotern nach TEST 31, um erste Hilfe zu leisten. Etwa eine Minute nach seiner Ankunft ereignete sich die Explosion.«

Ein vorerst noch unbenennbares Gefühl breitete sich in Jerry Vogel aus — ein Gefühl, daß die Trauer immer mehr in den Hintergrund drängte.

»Weshalb wurde die Ortungsstation abgeriegelt, General?«

Verlegenheit zeichnete sich auf Lucas' Gesicht ab. »Die Nachricht von der Katastrophe sollte nicht sofort publik werden, Professor.«

O nein, dachte Jerry Vogel. Das kann auf keinen Fall die ganze Wahrheit sein. Laut sagte er: »Die Zerstörung von TEST 31 ist doch nicht der erste Fall dieser Art — leider. Als TEST 29 bei der Explosion eines durchgehenden Reaktors zerrissen wurde, gab es sogar 107 Tote. Damals wurde die Ortungszentrale nicht abgeriegelt.«

General Lucas antwortete zunächst nicht. Und jetzt konnte Jerry Vogel endlich jenes Gefühl benennen, das er schon seit einigen Augenblicken in sich spürte.

Es war Mißtrauen.

An General Lucas' Geschichte stimmte nur zweierlei. TEST 31 war restlos vernichtet. Und es hatte 24 Tote gegeben — *mindestens* 24 Tote. Der Rest war pure Verschleierung.

»Ich bin mir sicher, daß der Zentralcomputer den Vorgang ziemlich exakt registriert und gespeichert hat«, sagte Jerry Vogel hart. »Ich möchte alle — *ausnahmslos alle* — gespeicherten Daten sehen, General!«

General Lucas' Gesicht verfiel. »Das wird nicht möglich sein«, flüsterte der schmächtige Orientale.

»Und warum nicht?«

»Befehl von Terra HQ.«

Also habe ich doch recht gehabt, dachte Jerry Vogel. Die Militäradministratur hat sich in den Fall eingeschaltet.

In seinem Kopf jagten sich die Gedanken. Er wußte, daß er die Wahrheit irgendwie würde herausfinden müssen. Und es gab keinen Zweifel mehr, daß diese Wahrheit furchtbar war.

»In Ordnung«, sagte Jerry Vogel fest. »Ich schlage vor, daß wir über den Zentralcomputer eine direkte Hyperfunkverbindung mit Terra HQ herstellen. Ich möchte meine Fragen gerne an die zuständige Stelle richten.«

General Lucas' Reaktion überraschte den Professor völlig.

»Nein!« stieß der General hervor. »Verlangen Sie das nicht, Professor!«

»Ich bestehe darauf, General.«

»Dazu haben Sie das Recht«, gab Lucas zu. Er blickte Jerry Vogel direkt an. »Aber Sie sollten nicht auf dieses Recht pochen.« Er machte eine kleine Pause. »Ich will offen mit Ihnen sprechen. was ich jetzt sage, ist so brisant, daß es auf keinen Fall — ich wiederhole: *auf keinen Fall!* — außerhalb dieser vier Wände ausgesprochen werden darf. Einfach deswegen, weil es nirgendwo sonst in der EXPERIMENTALSTATION TEST einen so perfekten Abhörschutz gibt. Nicht einmal der Zentralcomputer darf hören, was ich Ihnen jetzt mitteile. Denn dann würde es auch Terra HQ erfahren, und wir hätten beide eine Menge Ärger am Hals.«

So hatte Jerry Vogel den General noch nie erlebt. »Ich habe verstanden«, sagte er nur.

General Lucas senkte langsam die Augen. »Ich schätze Sie sehr, Professor. Und darum rate ich Ihnen, in dieser Sache keinerlei Nachforschungen zu unternehmen — weder bei Terra HQ noch in der Experimentalstation. Jede Art von Nachforschungen würde Sie Ihren Job kosten — und vielleicht sogar noch mehr.«

Jerry Vogel sog scharf die Luft durch die Zähne.

»Das ist deutlich«, murmelte er betroffen. »Mein Gott, was muß da geschehen sein, wenn selbst vorschriftsmäßige Anfragen bei Terra HQ so extreme Folgen haben können?«

»Eben diese Frage«, sagte General Lucas mit deutlicher Betonung, »sollten Sie von jetzt ab besser nicht mehr stellen.«

5

»Du siehst schlecht aus, Mike.«

Michael Manninghouse ließ sich schwer auf dem Sessel hinter seinem Terminal im Großraumbüro nieder. Sein Gesicht war seltsam leer, und er konnte jeden einzelnen Muskel seines Körpers spüren, obwohl er sich physisch überhaupt nicht angestrengt hatte.

»Kaffee?«

Mike nickte. »Ja, bitte, Ingeborg.« Er zögerte einen Augenblick lang. »Hast du mal 'ne Zigarette für mich?«

Ingeborg Levkowitz versorgte ihn mit Kaffee und der erbetenen Zigarette. Mike saugte heftig an dem Stäbchen, aber die Zündautoatik funktionierte nicht.

»Schund«, murmelte er und warf die Zigarette auf das Arbeitspult des Terminals.

Der Kaffee war stark und heiß. Mike trank einen großen Schluck und verbrannte sich fast den Mund dabei.

Ingeborg Levkowitz zog ihren Sessel heran und setzte sich. Sie reichte Mike eine neue Zigarette. Diesmal funktionierte der Zünder.

»Wo sind Carla und Josef?«

»In der Krankenstation. Sie kümmern sich um Corea — das ist dieser Amokläufer.«

Ingeborg setzte gerade zu einer weiteren Frage an, als die Tür erneut aufschwang. Diesmal war es Jerry Vogel.

Er sagte überhaupt nichts, sondern versorgte sich mit Kaffee und einer Zigarette aus Ingeborgs Packung. Dann machte er es sich auf einem Sessel bequem. Er rauchte und trank wortlos.

Ingeborg Levkowitz seufzte.

»Also, dann erzählt schon«, sagte sie. »Ich muß zurück an meine Arbeit.«

Jerry Vogel schüttelte den Kopf. »Später. Vielleicht kann Mike zuerst berichten.«

Mike nickte. »Okay.«

Trotz seiner Erschöpfung war sein Bericht von gewohnter Akribie. Er ließ kein noch so unwichtig erscheinendes Detail aus und versäumte auch nicht, seine subjektiven Gefühle während der Aktion genau darzulegen. In diesem Moment machte sich wieder einmal die gründliche wissenschaftliche Ausbildung auf der Abwehrakademie bezahlt. Als Mike seinen Bericht beendet hatte, starrte ihn Ingeborg Levkowitz ungläubig an.

»Jetzt verstehe ich die Welt nicht mehr«, meinte sie mit leicht aggressivem Unterton. »Erst behauptest du, daß der Trick mit der Abschirmung auf keinen Fall klappen kann, weil dieser Corea als Techniker selbst hinter einer Abschirmung noch ein *Listening-Wall*-Objekt vermuten mußte, und dann erzählst du uns, wie Carla mit der Abschirmung reingegangen ist und Corea beruhigt hat. Wie paßt denn das zusammen?«

Mike lachte bitter auf. »Aber das ist doch so einfach, Ingeborg. *Gerade weil* Corea Techniker ist, kam er nicht auf die Idee, daß in einem technischen Gerät zum Schutz vor Lauschangriffen möglicherweise selbst eine Lauschapparatur verborgen sein konnte. Ich hatte Corea zu viel Fantasie zugetraut. Ein Techniker verläßt sich eben nun mal auf technische Geräte. Für ihn ist ein Gerät mit seiner Funktion stets identisch. Selbst im Zustand der Geistesverwirrung, wo die Logik uns im Stich läßt, war Corea nicht in der Lage anzunehmen, *daß ein Ding sich in sein Gegenteil verkehren, als sein Gegenteil entpuppen könnte* . . .«

Auch Jerry Vogel begann jetzt zu lachen, aber sein Lachen war keineswegs fröhlich. Nach einigen Augenblicken verstummte er.

Ingeborg Levkowitz beugte sich besorgt vor. »Professor?«

Vogel blickte sie überrascht an. Es schien ihn seltsam anzumuten, daß Ingeborg sich um sein psychisches Befinden sorgte.

»Es ist nichts«, sagte er fast etwas verärgert, aber Mike begriff sofort, daß hinter dieser abwehrenden Haltung eine tiefe innere Verletztheit stand. »Der heutige Vormittag scheint uns alle ein bißchen Nervenkraft zu kosten, nicht wahr?«

Ingeborg und Mike nickten gleichzeitig.

»TEST 31 ist explodiert«, fuhr Jerry Vogel unvermittelt fort. »Es hat 24 Tote gegeben. Hier ist die Liste.« Er zog einen Computerausdruck aus einer Tasche seiner Kombination.

Während Mike zunächst zu keiner Reaktion fähig war, streckte Ingeborg die Hand vor. Jerry Vogel gab ihr bereitwillig das Blatt Papier.

»Ich werde die Art der Bekanntgabe planen«, sagte die Chefkoordinatorin. »Weitere Informationen?«

Der Professor schüttelte den Kopf. »Eigentlich nicht. Doch, halt, da ist eine Sache ... Die Abriegelung der Ortungszentrale sollte dezent als übereilte Maßnahme dargestellt werden. Irgendeine untergeordnete Stelle bei der Abwehr hat da wohl ein bißchen unangemessen reagiert.«

Sollte dargestellt werden? dachte Mike. *Sollte dargestellt werden?*

Ingeborgs Stimme riß ihn aus seinen Gedanken. »Da der Chef gerade *Ortungszentrale* sagte ... Deine Freundin hat vorhin durchgerufen. Sie wartet in ihrer Kabine auf deinen Rückruf.«

Mike blickte Jerry Vogel an. »Brauchen Sie mich jetzt sofort, Professor?«

Vogel schüttelte den Kopf. »Erledigen Sie das ruhig erst, Mike. Und kommen Sie bitte danach rüber in mein Büro?«

Er erhob sich und ging quer durch das Großraumbüro des Braintrusts zur Tür.

Auch Ingeborg stand auf. Sie seufzte. »Das gibt eine Menge Arbeit. Wir müssen einen Psychologen zu jedem der Verwandten und Freunde der Opfer schicken und danach eine offizielle Erklärung senden lassen. Deprimierend.«

»Routine«, sagte Mike bitter. »Darf ich mal die Liste sehen?«

Er überflog rasch die aufgelisteten Namen. Erst in der letzten Zeile stutzte er.

»Dr. Menachem Meir ... klingt jüdisch, nicht wahr?«

Ingeborgs Augen wurden groß. »Du meinst — deshalb?«

»Ja.«

Ingeborg wirkte plötzlich sehr alt. »Soll ich selber zu ihm reingehen?«

»Ich mach das schon. Wenn ich Vicky angerufen habe.«

Während Ingeborg Levkowitz ihren Sessel an ihr Terminal zurückschob und mit der Arbeit begann, tastete Mike die Rufnummer von Vickys Kabine in sein Terminalcom. Sekunden später leuchtete der kleine Bildschirm auf.

»Hallo«, sagte Mike. »Was gibt's?«

Vicky schien gar nicht zu bemerken, wie schlecht sich Michael fühlte. »Schön, daß du dich meldest«, plapperte sie drauflos. »Ich wollte dir nur sagen, daß ich heute keinen Dienst habe. Man hat mich gar nicht in die Ortungszentrale gelassen. Weißt du, was diese ganzen Abwehrleute da sollten?«

»Im Moment darf ich dir dazu noch nichts sagen«, entgegnete Mike und dachte wieder einmal an die ruhige, nachdenkliche Irena. »Aber hier beim Stab wird schon eine offizielle Erklärung vorbereitet.«

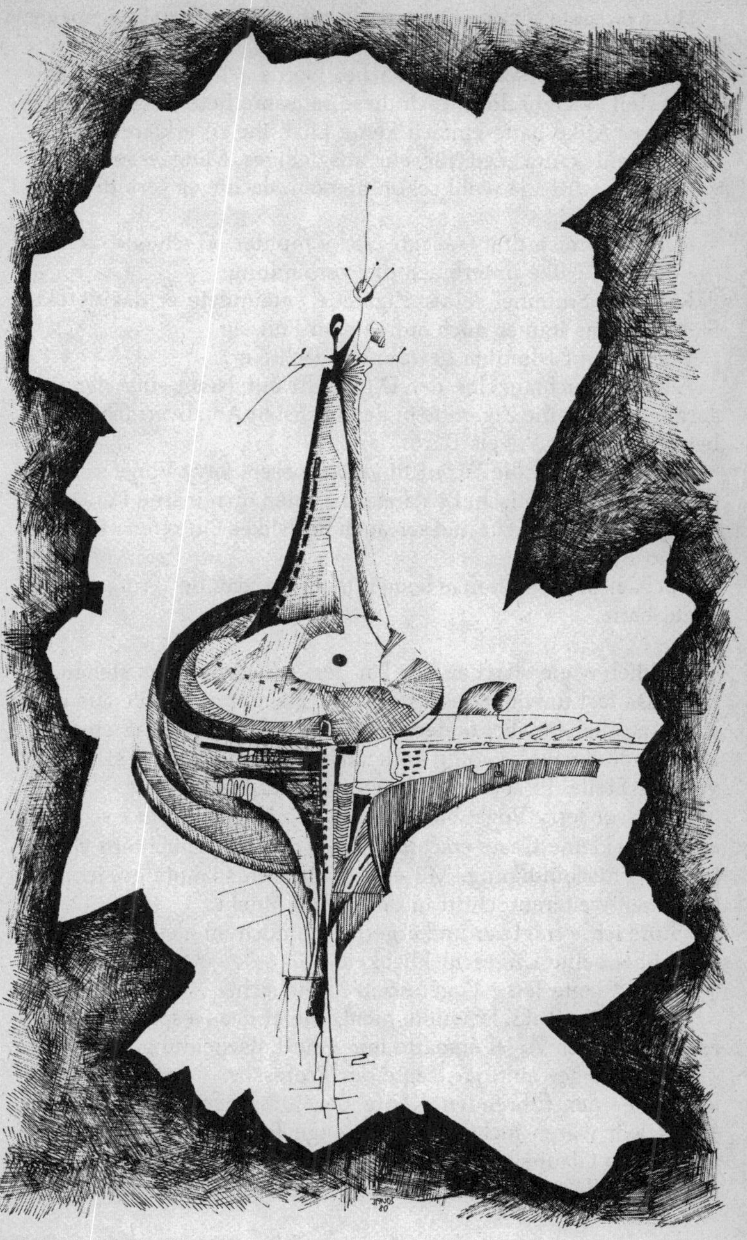

»Okay«, sagte Vicky. »Kommst du rüber, wenn du Mittagspause machst? Wir könnten miteinander essen.«

»*Wenn* ich Mittagspause mache, werde ich kommen«, sagte Mike steif. Vicky schien auch diese seltsame Betonung zu entgehen, aber Mike hatte einfach keine Lust, ihr zu erklären, daß er heute wohl kaum Zeit für ein ausgiebiges Mittagessen haben würde. Sie wird's ja wohl schon merken, dachte er verbittert und traurig zugleich.

»Ich freu' mich drauf«, sagte Vicky munter. »Tschüs!«

»Tschüs.« Mike unterbrach die Verbindung.

Mit dem Stummel seiner Zigarette entzündete er das defekte Stäbchen, das immer noch auf seinem Pult lag.

Wieder fünf Minuten gewonnen, dachte er.

Als die Leuchtanzeige der Digitaluhr auf Neun-eins-vier umsprang, warf er die Zigarette in den nächsten Abfallvernichter und betrat Professor Vogels Büro.

Wie immer war die Tür nicht verschlossen. Jerry Vogel saß hinter seinem Schreibtisch. Er starrte auf einen imaginären Punkt wenige Meter vor der Tür und sah auch bei Mikes Eintreten nicht von diesem Punkt auf.

Michael Manninghouse bemerkte sofort, daß der Professor geweint hatte.

Mike blieb wie erstarrt an der Tür des Arbeitszimmers stehen. Er hatte das fast unwiderstehliche Bedürfnis, auf der Stelle aus dem Raum zu fliehen, aber andererseits wußte er genau, daß eine solche Handlungsweise völlig undenkbar war. So rührte er sich nicht von der Stelle. Er *konnte* sich nicht von der Stelle rühren.

Professor Jerry Vogel blickte auf — und lächelte Mike schwach an. Diese kleine Geste erschien Mike wie eine schüchtern vorgebrachte Entschuldigung. Mit einem Male entspannte er sich und trat einen weiteren Schritt in den Raum hinein.

»Störe ich?« fragte er und ärgerte sich noch im gleichen Augenblick über seine Ungeschicklichkeit.

»Nein«, sagte Jerry Vogel. »Setzen Sie sich.«

Mike nahm Platz. Er wußte nicht, wie er das Gespräch fortführen sollte, aber Vogel ersparte ihm eine Entscheidung.

»Ich habe geweint, ja«, sagte der Professor. »Menachem Meir war einer der führenden Köpfe der jüdischen Gemeinde von TEST. Wir waren nicht eigentlich enge Freunde, aber unser gemeinsamer Glaube hat uns stärker miteinander verbunden, als Sie es sich vielleicht vorstellen können. Unsere Gemeinde ist nur klein, und da ist der Zusammenhalt naturgemäß sehr eng.« Er unterbrach sich und fuhr nach einer kurzen Pause fort: »Ich weiß, daß Sie hier hereingekommen sind, um mich zu trösten. Aber ich werde allein mit meiner Trauer fertig werden müssen. Trotzdem danke ich Ihnen, Mike.«

Mike nickte nur. Er fand im Moment einfach nicht die richtigen Worte.

Um Jerry Vogels Mundwinkel war ein seltsames Zucken, aber er nahm sich zusammen und sprach mit halbwegs ruhiger Stimme weiter. »Sie werden erraten haben, daß ich Ihnen draußen nicht die ganze Wahrheit über TEST 31 erzählt habe«, sagte er. »Und damit haben Sie völlig recht. Auch General Lucas hat mir nicht die ganze Wahrheit gesagt, und er hat mich sogar davor gewarnt, auf eigene Faust weiterzuforschen. Diese Warnung war ... nun, sagen wir, recht eindringlich ...«

Mike war jetzt wieder ganz konzentriert. Das Gespräch verlagerte sich langsam auf vertrauteres Terrain.

»Irgendwelche Vermutungen?« fragte er sachlich.

Jerry Vogel nickte. »O ja, natürlich. Bei der TEST-31-Katastrophe muß es Phänomene gegeben haben, die von der Ortungszentrale aus zu beobachten waren — und zwar Phänomene, die über das einfache Auseinanderbersten des Asteroiden hinausgegangen sind. — Welche Arten von Ortungen werden in der Ortungszentrale durchgeführt, Mike?«

Mike antwortete ganz spontan: »Zweierlei Ortungstypen. Erstens: Beobachtung des TEST-nahen Raumes mit Normaltastern und Überlichtortern. Zweitens: Ortung aller hyperenergetischen Aktivitäten im Sektor, also zum Beispiel Überwachung des Transmitterverkehrs.«

Jerry Vogel nickte. »Richtig. Von diesen Funktionstypen müssen wir bei der Aufstellung von Leithypothesen ausgehen. Mir ist als erste Möglichkeit eingefallen, daß die Kollision eines Raumschiffes mit TEST 31 die Katastrophe herbeigeführt hat. Implikationen?«

Mike überlegte sorgfältig. Er kannte dieses Frage- und Antwort-Spiel nur zu gut. Professor Vogel verlangte dabei von ihm stets höchste Konzentration. Allerdings hatte Mike nach alter Brainstorming-Manier auch jederzeit das Recht, völlig absurde Hypothesen zum Besten zu geben.

»Wenn sich ein solcher Zusammenprall ereignet hat, kann die Besatzung des Raumschiffes gleichfalls nicht überlebt haben«, sagte Mike langsam.

»Unwahrscheinlich«, stimmte Vogel zu. »Wie paßt die Sperrung der Ortungszentrale in dieses Bild?«

»Gar nicht«, meinte Mike. »Falls der Kommandant des Raumschiffes den Unfall verschuldet hat, bestünde kein Grund, diese Tatsache zu verschleiern — schließlich ist er ja durch seinen eigenen Fehler umgekommen. Wenn aber die Leitstelle der Wachflotte auf TEST einen Fehler gemacht haben sollte, könnte man den oder die Verantwortlichen einfach vor Gericht stellen. Auch in diesem Fall sehe ich keine Ursache für eine Verschleierungsstrategie.«

»Bliebe die Ortung der hyperenergetischen Vorgänge«, schloß Jerry Vogel. »Wie wäre es damit: Die Ortungszentrale hat einen außergewöhnlichen Hyperimpuls angemessen. Ziel des Impulses war TEST 31. General Lucas könnte zu der Schlußfolgerung gekommen sein, daß eine unbekannte Macht über Transmitter eine Bombe nach TEST 31 gebracht hat — ein Vorfall, der sich jederzeit auf einem der anderen Asteroiden der Experimentalstation wiederholen könnte. Um eine Panik zu vermeiden, wird diese Vermutung geheimgehalten. Und natürlich dürfte auch die Anmessung des Impulses nicht durchsickern. Daher die Abriegelung.«

Mike schüttelte entschieden den Kopf. »Das kann aber nicht der Fall sein. Der logische Fehler ist doch offensichtlich. General Lucas hätte sonst unverzüglich das ganze Transmittersystem von TEST lahmlegen lassen; um einen neuerlichen Anschlag zu verhindern. Das hat er aber nicht getan . . . Eine Frage, Professor: Gibt es noch weitere Daten, die Sie mir bisher nicht zugänglich gemacht haben?«

»Ein Faktum und ein Gefühl«, sagte Jerry Vogel. »Terra HQ hat sich in den Fall eingeschaltet. Und General Lucas wirkte auf mich bei unserer Besprechung merkwürdig *schuldbewußt.*«

Mike fühlte eine ungeheure Kälte in sich aufsteigen.

»In diesem Falle«, sagte er nach einer langen Pause, »möchte ich lieber nicht laut weiterkombinieren. Ich hoffe, Sie haben dafür Verständnis.«

»Sicher«, beruhigte ihn Jerry Vogel. »Aber ich befürchte, daß es uns beiden sehr schwer fallen wird, an dieser Stelle einfach nicht mehr *weiterzudenken.*« Er blickte demonstrativ auf die Uhr. »Ich glaube, es gibt noch eine Menge Arbeit.«

Wortlos erhob sich Mike und wandte sich zum Gehen. Genau wie Jerry Vogel ahnte er, daß ein Geheimnis die Vernichtung des Zwergasteroiden TEST 31 umgab.

Ein Geheimnis, dessen Aufdeckung lebensgefährlich sein mochte . . .

6

Der Rest des Tages verlief in gewohnter Routine. Mike war dem Schicksal dankbar dafür, denn die Ereignisse dieses Vormittags hatten ihn eine Menge Nervenkraft gekostet.

Ganz wie erwartet, schaffte er es nicht, eine längere Mittagspause einzulegen. Aus allen Abteilungen der Experimentalstation wurden kleinere und größere Spannungssituationen gemeldet, und der Braintrust hatte alle Hände voll zu tun, die anfallende Arbeit zu koordinieren und jederzeit den Überblick zu behalten.

Neben der Korrektur aktueller Fehlentwicklungen mußten zudem noch langfristige Beruhigungsstrategien ausgearbeitet werden. Ein Sonderstab wurde gebildet, der eine Konzeption zur Neutralisierung der beständig neu entstehenden und sich immer mehr von der offiziellen Version der Wahrheit entfernenden Gerüchte erstellen sollte. Ein zweiter Sonderstab nahm Verbindung mit der TEST-internen Fernsehstation auf und setzte eine Modifikation des vorgesehenen Programms durch.

Mike gehörte keinem dieser Stäbe an, aber bei ihm und bei Ingeborg Levkowitz liefen alle Fäden zusammen. Zu Mikes Überraschung schaltete sich Jerry Vogel nicht in die aktuellen Arbeiten ein, sondern blieb den ganzen Tag über in seinem Büro. Über der Tür leuchtete das »BITTE NICHT STÖREN«-Schild.

Um Fünfzehn-drei-null war die Situation weitgehend unter Kontrolle.

»Wieder einmal unbezahlte Überstunden«, sagte Mike und desaktivierte seufzend seinen Terminal. Sein Blick schweifte über die anderen Arbeitsplätze. Und plötzlich stutzte er.

»Sag mal, wo sind eigentlich Carla und Josef?«

»Vermutlich noch bei eurem Amokläufer von heute morgen«, sagte Ingeborg Levkowitz spöttisch. »Du kennst doch die alte Psychologenweisheit: Wechsle nie den Psychiater mitten in der Behandlung.«

»An den Amokläufer hab' ich schon seit Stunden nicht mehr gedacht«, sagte Mike. »Ich glaube, ich springe noch mal eben auf dem Heimweg in TEST ACHT vorbei und schaue nach, wie sich die Sache mit Corea entwickelt hat. Mach's gut!«

»Viel Spaß heute abend«, sagte Ingeborg. Mike hatte ihr von seiner Verabredung mit Vicky zum Tanzen erzählt.

»Gleichfalls«, entgegnete Mike, schon halb an der Tür. »Was hast du dir vorgenommen?«

Ingeborg lachte. »Ich leg mich heute früh schlafen.«

Keine schlechte Idee, wie Mike fand.

Drei Minuten später rematerialisierte er in der psychiatrischen Abteilung der Krankenstation. Da er nicht wußte, wo Corea untergebracht worden war, wandte er sich zunächst an den Rezeptionsautomaten, der ihm den Weg wies. Über ein Rollbandsystem gelangte Mike in die angegebene Station.

Schon vor der Stationstür traf er auf Carla Heyne.

»Na, wie geht es dem Patienten?« erkundigte er sich sofort.

»Ein überaus komplexes Wahnsystem«, sagte die Psychologin. Sie drängte sich einfach an Mike vorbei.

»Schönen Abend«, sagte sie noch, dann war sie auch schon auf das nächste Rollband getreten und davongeglitten.

Mike zuckte resigniert die Achseln und wandte sich gleichfalls zum Gehen. Er war Carla nicht böse, weil er ihre Verhaltensweise nur zu gut verstand.

Offenbar entsprach Coreas *›Wahnsystem‹* mit großer Exaktheit den realen Verhältnissen in der EXPERIMENTALSTATION TEST. Und Carla hatte den ganzen Tag damit zubringen müssen, Corea wider ihr besseres Wissen einzureden, daß er nur Gespenster sähe.

Denn die ›Krankheit‹ des Technikers Wayne Corea bestand einfach darin, daß er eine sorgfältig geheimgehaltene Wahrheit erkannt hatte — und diese Wahrheit einfach nicht akzeptieren konnte.

Gegen diese Art von ›Krankheit‹ gab es keine Heilung. Nur die Symptome ließen sich überdecken — entweder durch eine Behandlung des ›Erkrankten‹ mit Psychopharmaka oder gar mit einem Psychoblock — oder durch Entlassung aus der EXPERIMENTALSTATION TEST.

Mike gab sich alle Mühe, diese Überlegungen wieder zu verdrängen, um nicht selbst in die gleiche Depression zu verfallen wie Carla Heyne. Aber er war sich vollständig darüber im klaren, daß auch der perfekteste Verdrängungsmechanismus auf die Dauer nicht funktionieren konnte.

Mechanisch betrat Mike den nächsten freien Transmitterkäfig und nannte sein Ziel. Die Automatik riß ihn hinaus in den Hyperraum und ließ ihn praktisch in Nullzeit im Innern des Wohnasteroiden TEST EINS wieder rematerialisieren. Mike hatte eine Empfangsstation gewählt, die nur wenige hundert Meter von Vickys Kabine entfernt war.

Vicky war nicht da. Der Botschaftenspeicher an der Kabinentür zeigte Grünlicht. Mike schob seine ID-Plakette in einen Schlitz und wartete. Und tatsächlich hatte Vicky eine Nachricht für ihn hinterlassen.

»Ich bin schon in der *Violetten Grotte*«, sagte Vickys etwas farblose Stimme. »Ich warte bis Fünfzehn-drei-null, dann gehe ich ins *Feelgood.*«

Das *Feelgood* war eine Art Gefühlskino, wo man sich mit Hilfe komplizierter Apparaturen parallel zu einem Drei-D-Videoband die Gefühle der handelnden Personen direkt ins Gehirn projizieren lassen konnte. Vicky liebte diese Art von Amüsement. Mike konnte damit nichts anfangen, weil er eine instinktive Abneigung gegen Gefühle aus zweiter Hand hatte.

Aus dem Tonfall der gespeicherten Nachricht konnte Mike unschwer entnehmen, daß Vicky nicht in bester Laune war. Eigentlich kein Wunder, dachte er, denn ich habe ihr ja nicht mal Bescheid gesagt, daß ich nicht mit ihr zum Mittagessen gehen konnte.

Fünfzehn-drei-null war längst vorbei. Also hielt sich Vicky vermutlich schon im *Feelgood* auf. Und dorthin wollte Mike heute ganz gewiß nicht gehen.

Außerdem hatte er Hunger.

Einen Moment lang stand Mike unschlüssig vor Vickys Tür, dann drehte er sich um und steuerte das nächste Restaurant an.

Gegen Achtzehn-zehn-fünf war Mike in einem kleinen Lokal auf Niveau XXII gelandet, wo er sich redlich Mühe gab, eine Art Besäufnis zu veranstalten. Aber das klappte nicht so recht, weil auf TEST überall nur der gleiche leichte Wein ausgeschenkt wurde, dessen Alkoholgehalt nicht der Rede wert war.

Eigentlich sehr vernünftig, dachte Mike verbittert. Sonst hätten wir hier in der Experimentalstation bald einen Alkoholikeranteil von achtzig Prozent.

Als Mike gerade von der Toilette zurückkehrte, stieß er fast mit einer jungen Frau zusammen.

»Das ist aber eine Überraschung«, sagte die junge Frau. »Lange nicht gesehen, Mike.«

»Hallo, Ute«, murmelte Mike. »Was machst du denn hier?«

»Mich langweilen«, sagte Ute Croy. »Und du?«

»Das gleiche«, entgegnete Mike. »Sollen wir gemeinsam was dagegen unternehmen?« Er wunderte sich in diesem Moment nicht einmal darüber, daß er seine übliche Schüchternheit ganz vergessen hatte. Also hatte der Wein doch wenigstens eine positive Wirkung.

Ute blickte ihn interessiert an. »Was?«

Mike hatte plötzlich eine Idee, die ihm im ersten Moment reichlich verrückt vorkam, ihm dann aber immer besser gefiel.

»Gehen wir doch tanzen«, sagte er. »In die *Violette Grotte.*«

Ute lachte. »Immer noch besser als stumpfsinnig rumsitzen.« Mit der ihr eigenen Lässigkeit hakte sie sich bei Mike unter. »Come on!«

Die *Violette Grotte* war trotz der frühen Stunde bereits überfüllt. Die von Zigarettenrauch gesättigte Luft des Lokals trieb Mike fast die Tränen in die Augen.

Mit einiger Mühe kämpften sie sich bis zur Tanzfläche durch. Eine Band gab es hier nicht; die Musik kam von Speicherkristallen und wurde von einem geschickt angeordneten Lautsprechersystem gleichmäßig im ganzen Raum verbreitet. Im Moment lief eine langsame Nummer, vermutlich ein Original aus dem 20. Jahrhundert. Die Musik dieser frühen Epoche war im Zuge des sogenannten *Revivals* wieder groß in Mode gekommen, nachdem ein terranisches Raumschiff eine archaische Raumsonde entdeckt hatte. Diese Raumsonde mit dem Namen VOYANGER war im Jahre 1977, also noch vor Beginn der interstellaren Raumfahrt, von der Erde aus gestartet worden. An Bord der Sonde hatte sich eine Sammlung von zeitgenössischen Dokumenten befunden, weil die Verantwortlichen des Projektes darauf hofften, daß die Sonde eines fernen Tages von fremden Intelligenzen gefunden und untersucht werden würde. Das war natürlich nicht geschehen, weil es im solnahen Raum keine raumfahrenden Rassen gab. Und so war die Sonde nach mehr als einem Jahrtausend zu einem Boten aus fernster Vergangenheit geworden.

Unter den VOYAGER-Dokumenten hatten sich auch archaische Musikaufnahmen befunden, die im ganzen Imperium große Mode wurden. Eine fieberhafte Suche in den alten Archiven begann — und damit war das *Revival* geboren.

Nach der Musik kamen die alten Filme. Und dann die alte Literatur.

Mike gefiel dieser Einbruch einer archaischen Kultur in die moderne terranische Zivilisation eigentlich recht gut. Besonders mit der Musik des 20. Jahrhunderts hatte er sich rasch anfreunden können.

Er tanzte einige Minuten lang schweigend mit Ute, weil er nicht so genau wußte, was er mit ihr reden sollte. Schließlich war es dann Ute, die das Schweigen brach.

»Du bist doch Adjutant bei Professor Vogel?«

Mike war von dieser offenkundig rhetorisch gemeinten Frage überrascht. Ute hatte sich eigentlich noch nie für seine Tätigkeit interessiert.

»Ja«, sagte er deshalb nur. »Wieso?«

Ute, die etwa einen Kopf kleiner war als Mike, legte ihren Kopf in den Nacken und blickte Mike nachdenklich an.

»Ich frag nur so«, meinte sie. »Diese Sache mit TEST 31 ist merkwürdig, nicht wahr?«

Unwillkürlich versteifte sich Mike. Ute bemerkte das sofort, weil sie ziemlich eng tanzten. Der DJ schien an diesem Abend ein Spezialprogramm für Kontaktsuchende zusammengestellt zu haben.

»Tut mir leid, wenn ich davon rede«, sagte Ute. »Aber ich dachte, du wüßtest vielleicht was.«

Mike schüttelte den Kopf. »Leider nicht viel mehr als du. Die Untersuchungen der Abwehr sind noch nicht abgeschlossen. Aber das ist ja schon durch die Nachrichten gegangen.«

Utes nächste Worte hatten auf Mike eine geradezu schockierende Wirkung.

»Ihr sagt uns ja doch nie, was wirklich los ist«, meinte Ute Croy. Mit diesem einen Satz bezog sie ihn in den Kreis jener mit ein, die die Besatzung der EXPERIMENTALSTATION TEST manipulierten. Und Mike wußte, daß Ute eigentlich recht hatte. Eben deshalb taten ihm diese Worte so weh.

Er setzte gerade zu einer lahmen Antwort an, als ein Lämpchen an seinem Armbandcom zu blinken begann: Kurz — lang — kurz — kurz. Immer wieder dieser eine Code.

Professor Jerry Vogel rief Mike durch dieses Signal zu sich.

»Was ist das?« erkundigte sich Ute. »Die Stimme deines Herrn?«

Mike nickte und löste sich aus ihren Armen.

»Drück mir die Daumen, daß nichts Ernstes vorgefallen ist«, sagte er. Mit dem rechten Zeigefinger betätigte er die Antworttaste des Armbandcoms. Der Professor würde jetzt wissen, daß Mike sein Signal empfangen hatte und auf dem Weg ins Hauptquartier des Stabilisierungsstabes war.

Wenigstens einen Vorteil hat die Allgegenwart des Zentralcomputers, dachte Mike. Man ist jederzeit und überall erreichbar.

Er verabschiedete sich knapp von Ute Croy und bahnte sich durch die tanzenden Menschen einen Weg zum Ausgang des Lokals.

Drei Minuten später betrat er Jerry Vogels Büro. Der Professor wirkte übermüdet, und ein angespannter Ausdruck lag auf seinem Gesicht.

»Es ist alles viel schlimmer, als wir angenommen hatten«, sagte er an Stelle einer Begrüßung. »Die komplette Orterschicht, die während des TEST-31-Vorfalls Dienst hatte, ist in die psychiatrische Abteilung des Medocenters eingeliefert worden. Ich habe vorhin unter der Hand eine entsprechende Information zugespielt bekommen.«

»In die psychiatrische Abteilung?« fragte Mike ungläubig. »Das bedeutet doch nicht etwa . . .?«

Jerry Vogel nickte ernst. »Doch, genau das bedeutet es, Mike. Terra HQ läßt allen Leuten, die den Untergang von TEST 31 beobachtet haben, gegen ihren Willen einen Psychoblock verpassen, damit sie sich nicht mehr an das erinnern können, was sie gesehen haben.«

7

Die automatische Weckanlage gab seit einigen Minuten ein monotones Summen und Pochen von sich. Michael Manninghouse hatte nicht die Kraft, vom Bett aufzustehen und den komplizierten Ausschaltemechanismus zu bedienen. Unendliche Müdigkeit und Lethargie erfüllten ihn.

Langsam, ganz langsam tauchte er durch die vielfältigen Schleier seiner Traumwelten an die Oberfläche seines Bewußtseins. Erinnerungsfetzen suchten in wirrer Folge seinen schläfrigen Geist heim.

Da war zuerst das merkwürdige Gesicht Vickys. Vickys Mund öffnete sich wie in Zeitlupe und bildete qualvoll langgezogene Worte und Sätze.

»Das ist natürlich eine große Ehre für dich«, sagte der Mund. »Ein halbes Jahr auf der Universität . . . aber ich werde dich sehr vermissen.«

Das Gesicht verschwamm und wurde zu einem konturlosen Farbfleck, aus dem sich ein metallisch glänzendes Gebilde herausschälte . . . die Fassade einer Speicherkristall-Annahmestelle.

»Eilzustellung«, hörte Mike sich selber aus dem Nichts heraus sagen. »Bundesland Großbritannien, London, Alder Boran Road G-2759.«

»Die Überspielung erfolgt sofort«, sagte der Automat, aber er hatte die Stimme von Ute Croy. »Der Empfänger gibt keine Rückantwort.«

»Sofortige Rückantwort wird nicht erwartet«, sagte Mike, doch seine letzten Worte verwehten irgendwo in einem unendlichen Raum mit undefinierbaren akustischen Eigenschaften.

Das Summen und Pochen wurde immer lauter. Mike wälzte sich auf die rechte Seite und verkroch sich tiefer in seinen Kissen.

»Ich habe eine Überraschung für Sie«, sagte Professor Jerry Vogel. »Ich konnte einen sechsmonatigen Bildungsurlaub für Sie durchsetzen, Mike. Sie fliegen morgen mit der INTERSTELLAR nach Terra zu einem Kontaktstudium an der Psychologischen Fakultät der Universität Rom.«

Aber der Mann hinter dem Schreibtisch war nicht mehr Professor Jerry Vogel, sondern der Sekretär des Studentenwohnheims, der Mike die elektronischen Schlüssel seines Apartments reichte. »Ihr Zimmer ist von TEST aus vorgebucht worden. Willkommen in Rom.«

Und dann war doch plötzlich wieder Jerry Vogel da, und sie standen an der Rampe der INTERSTELLAR. Vogel übergab Mike einen Tonspeicherkristall. »Bitte geben Sie diese Botschaft sofort nach Ihrer Ankunft ab. Sie ist an eine alte Jugendfreundin von mir gerichtet. Sobald Sie das erledigt haben, gehen Sie in Ihr Apartment. Bleiben Sie mindestens drei Tage lang dort. Sollten Sie während dieser Zeitspanne keinen Besuch erhalten haben, können Sie Ihre Studien wie geplant aufnehmen.«

»Aber ich verstehe nicht . . .«

»Unwichtig. Richten Sie sich genau nach meinen Anweisungen. Das ist ein dienstlicher Befehl, Mike.«

»Aber . . .«

»Leben Sie wohl.«

Mike öffnete langsam die Augen. Sein Blick schweifte ziellos durch das ihm so wenig vertraute Zimmer.

Nein, das war nicht seine Kabine im Innern des Asteroiden TEST EINS. Das war wirklich ein Apartment im zentralen Studentenwohnheim der Universität Rom. Und er, Michael Manninghouse, war gestern nach sechs langen Jahren auf TEST wieder zur Erde zurückgekehrt.

Mike schwang die Beine aus dem Bett und versuchte sich aufzurichten. Ihm wurde schwarz vor Augen.

Er blieb einige Sekunden lang benommen auf der Bettkante sitzen, bevor er sich ganz aufrichtete. Sofort kehrte das Schwindelgefühl verstärkt zurück. Halb blind vor Benommenheit taumelte

Mike zu der Konsole, auf der die Schaltungen der Weckanlage angebracht waren. Ich sollte einen Arzt aufsuchen, dachte er, während er unsicher die erforderliche Codekombination eintastete. Bei der zweiten Zahl irrte er sich, so daß er wieder von vorne anfangen mußte.

Endlich verstummte das Summen und Pochen. Sofort fühlte Mike sich besser.

Auf dem Weg zur Kochnische schaltete er das Video an. Er brauchte jetzt den Klang menschlicher Stimmen, selbst wenn sie nur aus einer mechanischen Apparatur kamen.

Der Projektionskubus leuchtete nur teilweise auf. Das von Mike willkürlich gewählte Programm brachte also keine Drei-D-Produktion, sondern einen alten, noch im zweidimensionalen Verfahren hergestellten Film. Wahrscheinlich eine Wiederentdeckung aus dem 20. Jahrhundert, dachte Mike.

Während er den Kaffee zubereitete, hörte er mit halbem Ohr auf den Dialog, der aus dem Lautsprechersystem drang.

»Nicht so hastig, Gringo ... Schön langsam das Gewehr wegwerfen ... Ja, so ist's brav.«

Mike trug das Frühstückstablett in die Sitzecke, wobei er hin und wieder zu den flachen Schwarz-Weiß-Aufnahmen im Innern des Kubus hinüberschielte. Vor einer seltsamen Maschine, aus der oben Rauchwolken quollen, standen zwei in Leder und grobe Stoffe gekleidete Männer. Einer der Männer bedrohte den anderen mit zwei Pistolen.

»Das wirst du nie schaffen, Amigo ... Dieses Unternehmen ist einfach eine Nummer zu groß für dich.«

Lustlos kaute Mike an seinem Frühstücksbrötchen herum.

»Da wäre ich mir nicht so sicher, Gringo ... Klar, 's ist ein Risiko, aber für 'ne halbe Million in Gold kann man schon mal 'nen hohen Einsatz wagen.«

Mike fiel ein, daß man die unförmige Maschine im Bildhintergrund ›*Lokomotive*‹ nannte. Ein dampfgetriebenes Fahrzeug, das einst auf Schienen über das Land rollte.

»Und was willst du jetzt mit mir machen? Mich umlegen?«

Mike musterte nicht ohne Faszination das Gesicht des Mannes mit den Pistolen. Der Bursche sah unwahrscheinlich verdreckt aus.

»Oh, nein ... Ich nehme dich einfach mit ... als Geisel.«

Ein plötzlicher Widerwillen überkam Mike. Abrupt schaltete er das Video aus.

Der Kaffee war heiß und ziemlich stark. Mike goß sich eine

zweite Tasse ein. Er versuchte Klarheit in seine Gedanken zu bekommen. Irgendwie war das nicht so einfach, denn es gab keine Fixpunkte, von denen er ausgehen konnte. Er war überrumpelt worden, und so hatte er keine Zeit gehabt, sich innerlich auf die Änderung seiner Lebensumstände einzustellen. Jerry Vogel hatte ihn praktisch von einem Tag auf den anderen aus seiner gewohnten Umwelt herausgerissen und ihn nach Terra geschickt. Und das, ohne jemals zuvor mit Mike über die Möglichkeit einer solchen Reise zu sprechen.

Und ich soll drei Tage lang hier in diesem Zimmer bleiben, dachte Mike, um jederzeit erreichbar zu sein. Erreichbar für wen? Für jene Frau, der ich im Auftrag des Professors eine Botschaft übermittelt habe? Eine Botschaft, deren Inhalt ich nicht einmal kenne ...

Mike füllte die Kaffeetasse zum dritten Mal nach.

Wie eine Marionette, dachte er. Aber das ist ja mehr oder weniger immer so, nur wird es selten offensichtlich. Hinter den Dingen, die wir tun, stecken immer Ursachen, die wir nicht durchschauen können. Die wir nicht durchschauen dürfen.

Er erinnerte sich an ein Gespräch mit Professor Jerry Vogel und Ingeborg Levkowitz, das nun schon mehr als zwei Wochen zurücklag.

Ein Ding kann sich in sein Gegenteil verkehren, sich als sein Gegenteil entpuppen ...

Bei welcher Gelegenheit hatte er das gesagt? Ach ja, richtig. Sie hatten damals über den Amokläufer gesprochen, diesen ... Corea. Ja, Corea hatte er geheißen.

Und das Gespräch hatte an dem Tag stattgefunden, an dem der Zwergasteroid TEST 31 explodierte.

Vielleicht ist das der Schlüssel, dachte Mike. Vielleicht hängt mein Aufenthalt auf Terra mit dieser Katastrophe zusammen. Aber wie? Jerry Vogel hätte es mir erklären können, aber er hat es vorgezogen, mich im dunkeln tappen zu lassen. Vielleicht, damit ich nichts weiß, was ich irgendwann verraten könnte. Und wenn diese Vermutung stimmt, dann verbirgt sich hinter dem scheinbar so harmlosen Verlauf der Ereignisse eine ungekannte Bedrohung.

Achtzehn Männer und Frauen hatten Psychoblocks erhalten — gegen ihren Willen. In ihrer Erinnerung fehlte nun ein ganzer Tag, und niemand konnte genau voraussagen, welche Auswirkungen die Psychoblockierung langfristig auf die Psyche dieser Menschen haben würde. Im extremsten Fall mußte eine tiefgreifende Persönlichkeitsveränderung befürchtet werden. Jeder Eingriff in die menschliche Psyche barg ein unkalkulierbares Risiko in sich. General Lucas und Terra HQ haben das gewußt, dachte Mike. Und trotzdem haben sie die Blockierung befohlen. Warum?

Und warum waren die Speicher der Ortungszentrale entgegen allen Dienstvorschriften partiell gelöscht worden? Daß eine solche Löschung stattgefunden hatte, wußte Mike von Vicky, die in der Ortungszentrale arbeitete.

Zwei Wochen lang hatte Mike über die verborgenen Zusammenhänge nachgegrübelt. Aber seine Überlegungen hatten stets in Sackgassen geendet, weil es keine neuen greifbaren Fakten gegeben hatte, mit deren Hilfe man das fragmentarische Bild hätte komplettieren können.

Seltsam war auch, daß Jerry Vogel sich seit dem Tag der Katastrophe nicht mehr zu den Ereignissen geäußert und auch keine neuen Hypothesen aufgestellt hatte. Er wirkte nur von Tag zu Tag verstörter. Mike war die ganze Zeit über das Gefühl nicht losgeworden, daß Vogel sehr konkrete Vermutungen über den Hergang der Katastrophe hatte. Vermutungen, die ihm Angst machten.

Und dann dieser Befehl, sofort zu einem Fortbildungsstudium nach Terra abzureisen ...

Mikes Gedanken begannen sich wieder im Kreis zu bewegen. Verärgert konzentrierte er sich auf sein Frühstück.

Zusammenhanglos fiel ihm der Film im Video ein — ein ›*Western*‹, wie diese Gattung wohl genannt wurde. Solche ›Western‹, das wußte Mike, spielten zumeist in der zweiten Hälfte des 19. Jahrhunderts. In einer Zeit also, in der die Welt noch überschaubar war, in der man handeln konnte — physisch handeln, und das mit einem direkt ablesbaren Resultat. Heutzutage sah das alles ganz anders aus. Aktives Handeln war die große Ausnahme. Und so mußte es wohl auch schon im zwanzigsten Jahrhundert gewesen sein, als der Film gedreht worden war. Schon damals hatte man sich nostalgisch nach einer überschaubaren Welt ohne Bürokratisierung und Kontrolle zurückgesehnt — selbst wenn diese Welt so brutal und mörderisch war wie der amerikanische Westen zur Zeit seiner Eroberung durch die Weißen.

Mike war in Nordamerika geboren worden. Er hatte seine Kindheit und Jugend in den kanadischen Weizenprovinzen verbracht. Er erinnerte sich undeutlich an einen Besuch in einem Frontier-Museum, wo Dokumente und Artefakte der kriegerischen Geschichte Nordamerikas versammelt worden waren. Wie alt war er damals gewesen? Sieben oder acht Jahre vielleicht ... ja, sieben oder acht Jahre. Das mochte ungefähr stimmen.

Der Kaffeebehälter war leer. Mike räumte den Tisch ab und zog sich langsam an. Danach trat er ans Fenster und blickte hinaus über den Campus der Universität.

Winzige Gestalten bewegten sich über die breiten Gehwege zwischen den gepflegten Blumenbeeten. Die Zahl der Präsenzstudenten war nicht groß; im Zeitalter der totalen Kommunikation ließ sich ein Universitätsstudium auch bequem von zu Hause aus absolvieren. Der Verwalter des Wohnheims hatte Mike allerdings erzählt, daß das Präsenzstudium in den letzten Jahren wieder beliebter geworden sei. Die jungen Leute der Erde sehnten sich zurück nach der anregenden Atmosphäre der klassischen Universitäten. Besonders faszinierend fanden es die jungen Terraner wohl, daß sie hier persönlich mit Kontaktstudenten von fremden Planeten zusammentreffen konnten. Der durchschnittliche Erdenbürger kam nie über die Atmosphäre seines Heimatplaneten hinaus. Raumfahrt war teuer, interstellarer Tourismus die große Ausnahme. Nur militärische und merkantile Interessen konnten in dieser Zeit den Bau und die Unterhaltung von Raumschiffen und -stationen rechtfertigen.

Mike fragte sich, ob er während seines Aufenthaltes auch Extraterrestier treffen oder vielleicht sogar mit ihnen die gleichen Kurse besuchen würde. Seine bisherigen Kontakte mit außerirdischen Intelligenzen erschienen ihm eigentlich stets wie seltsame Träume. Bei dem Gedanken, daß er vor rund einem Jahr selbst den ersten Kontakt mit der dreizehnten nichtmenschlichen Rasse hergestellt hatte, die die Terraner bisher kennengelernt hatten, mußte er unwillkürlich lachen. Es war einfach zu absurd.

Mike war so in Gedanken versunken, daß er erst nach geraumer Zeit das Geräusch des Türsummers wahrnahm.

Eine leichte Nervosität stieg in ihm hoch, als er zur Tür ging.

Es wird nur der Verwalter sein, dachte er, um sich selber zu beruhigen. Oder ein Nachbar, der sich den Neuankömmling ansehen will.

Vor der Tür stand ein junger, groß gewachsener Mann. Der Fremde trug Zivilkleidung, aber seine ganze Haltung deutete darauf hin, daß er eine militärische Ausbildung erfahren hatte. Trotz dieser Tatsache machte der Unbekannte sofort einen positiven Eindruck auf Mike.

Der Besucher musterte Mike ungeniert.

»Michael Manninghouse?« fragte er geradeheraus.

Mike nickte.

»Ja.«

Der Unbekannte schien keine Lust zu haben, Mikes Apartment zu betreten.

»Ich soll Sie abholen«, sagte er. »Können wir gleich aufbrechen?«

Mike war irritiert.

»Wer sind Sie?« erkundigte er sich. »Hat Mrs. Annemarie Webster Sie geschickt?«

Der junge Mann lächelte. »Sozusagen. Gehen wir?«

Mikes Irritation verstärkte sich. Zugleich spürte er ein schwaches Gefühl der Hilflosigkeit und des Zorns. Der Unbekannte hatte sich noch nicht einmal vorgestellt.

Aber das ist ja auch egal, dachte Mike resigniert. Was würde es denn ausmachen, wenn er irgendeinen Namen genannt hätte?

»Ich bin fertig«, sagte er darum nur.

Nachdem Mike die Tür seines Apartments abgeschlossen hatte, glitten sie durch den zentralen AG-Schacht des Wohnheims nach oben. Auf dem Dach parkte ein unauffälliger Langstreckengleiter.

»Wohin fliegen wir?« fragte Mike, als sie einstiegen.

Der Fremde antwortete nicht, sondern klappte das Verdeck zu und nahm einige Schaltungen am Armaturenbrett vor. Der Gleiter erhob sich auf seinen Antigravitationsfeldern in die Luft. Mike bemerkte, daß trotz der raschen Aufwärtsbewegung keinerlei Andruck zu spüren war. Also besaß der Gleiter eine moderne Kompensationsautomatik. Solche Kompensationsautomatiken waren sozusagen ein Abfallprodukt der terranischen Raumflugtechnologie. Von seinem Platz aus konnte Mike deutlich den Höhenmesser sehen. Als die Digitalanzeige Zwei-zwei-null-null erreicht hatte, aktivierte der Unbekannte das Hecktriebwerk. Wie ein Pfeil schoß der Gleiter davon. Rom blieb hinter ihnen zurück.

»Jetzt können wir ungestört reden«, sagte der Fremde. »Mein Name ist Daniel Yoreth, aber Dan genügt.«

»Was meinen Sie mit *›ungestört‹*, Mr. Yoreth?« erkundigte sich Mike. Er sah bei diesen Worten Yoreth nicht an, sondern starrte aus dem Fenster. Unter ihnen wurde die Küstenebene sichtbar. Vor ihnen schimmerte das Meer.

»Der Gleiter hat eine Abschirmung«, sagte Yoreth sachlich. Er tat ganz so, als habe er die förmliche Anrede nicht bemerkt.

»Auch gegen *Listening Walls*?« fragte Mike aggressiv.

»Auch dagegen«, sagte Yoreth.

Mike blickte ihn überrascht an. Mit dieser Antwort hatte er wirklich nicht gerechnet.

»Aber um auf Ihre Frage von vorhin zurückzukommen«, fuhr Yoreth fort. »Wir fliegen nach Malta.«

Mike zuckte die Achseln. »Das sagt mir nichts.«

Daniel Yoreth lachte. »Man merkt, daß Sie lange nicht mehr auf der Erde waren. Auf Malta befindet sich der private Wohnsitz von Barbara Charroux. Ich bin ihr persönlicher Sekretär.«

Mike war wie betäubt.

Natürlich kannte er den Namen, den Yoreth eben geradezu beiläufig ausgesprochen hatte. Lady Barbara Charroux war die Erste Vorsitzende des Rates von Terra — und damit die Regierungschefin des Planeten Erde.

Yoreth überging Mikes Verblüffung. Mit der linken Hand wies er aus dem Fenster.

»Wir überfliegen jetzt das Tyrrhenische Meer«, sagte er. »An der tiefsten Stelle sind es fast vier Kilometer bis zum Meeresgrund.«

Die Situation war so absurd, daß Mike am liebsten laut losgelacht — oder vielleicht auch losgeweint hätte.

»Wieso Barbara Charroux . . .«, stammelte er. »Ich verstehe nicht . . .«

»Mrs. Annemarie Webster ist die Schwester der Ersten Vorsitzenden«, sagte Yoreth. »Professor Vogel hat mit ihr zusammen studiert. Der Professor bat Mrs. Webster auf dem Speicherkristall, für Sie eine Audienz bei der Ersten Vorsitzenden zu erwirken. Sie müssen wissen, daß Ihr Chef einen sehr guten Ruf hat. Wenn er behauptet, daß auf TEST eine Situation eingetreten ist, die möglicherweise den Frieden in der Galaxis gefährden kann, dann dürfen wir es uns einfach nicht leisten, diese Warnung zu überhören. Wissen Sie jetzt, worum es geht?«

Mike nickte. »Ich glaube schon.« Er zögerte. »An meiner Verhaltensweise wird Ihnen klargeworden sein, daß Professor Vogel mich weitgehendst im unklaren gelassen hat, was die Natur meiner Mission betrifft. Aber in der Sache selbst weiß ich Bescheid.«

»Boten, die nicht wissen, daß sie Boten sind«, meinte Daniel Yoreth, »reisen am ungefährdetsten. — Schauen Sie, dort . . . das ist eine der SEA CITIES, die als Anlaufstelle für die mobilen Algenernter dienen. Können Sie sich vorstellen, daß dieses Meer, aus dem wir schier unerschöpfliche Mengen von Nahrungsmitteln beziehen, vor einem halben Jahrtausend total verseucht war — so verseucht, daß man nicht einmal mehr darin baden konnte, ohne Gesundheitsschäden zu erleiden?«

Mike starrte nach unten. »Ich habe im Geschichtsunterricht davon gehört. Aber wirklich vorstellen kann ich es mir trotzdem nicht.«

Sie schwiegen eine Weile. In der Ferne kam Sizilien in Sicht, und beim Anblick dieser Küste wurde Mike klar, wie riesig die SEA CITY sein mußte.

Knapp hinter der Küste ragte links von ihnen ein Berggipfel in den Himmel, dessen Spitze fast auf gleicher Höhe mit dem Gleiter zu sein schien. Mike konnte das allerdings nicht genau feststellen, weil der Gipfel von Wolken verdeckt wurde.

»Gleich sind wir da«, sagte Daniel Yoreth. »Nur noch knapp zweihundert Kilometer.«

Mikes Nervosität nahm wieder zu. In wenigen Minuten würde er also Lady Barbara Charroux gegenübertreten . . . und er wußte noch nicht einmal, welche Botschaft er überbringen sollte. Wahrscheinlich, sagte er sich, wird es das Beste sein, wenn ich detailliert die Ereignisse jenes Tages schildere, an dem TEST 31 explodiert ist. Aber wieso ist Professor Vogel der Ansicht, daß diese Katastrophe eine Bedrohung des galaktischen Friedens darstellen könnte?

Er vergegenwärtigte sich Jerry Vogels Gesicht. Jetzt erst begriff er, weshalb der Professor in den vergangenen zwei Wochen so angespannt und nervös gewirkt hatte.

Professor Jeremias Cornelius Vogel, der Leiter des Stabilisierungsstabes der EXPERIMENTALSTATION TEST, hatte Angst gehabt — eine Angst, die so ungeheuerlich gewesen sein mußte, daß sie sich mit Worten nicht mehr ausdrücken ließ.

»Festhalten«, sagte Daniel Yoreth. »Wir setzen zum Sturzflug an.«

Unwillkürlich wollte Mike sich irgendwo festklammern, aber dann bemerkte er, daß sich Yoreth nur einen Scherz erlaubt hatte. Der ›Sturzflug‹ war in Wirklichkeit ein sanftes Abwärtsgleiten, das man dank der Neutralisatoren nicht einmal spüren konnte.

Sie landeten auf einem betonierten Platz neben einer alterümlichen Villa, die sich dicht an den Hang des Berges schmiegte, nur ein kleines Stückchen oberhalb der Ortschaft Valletta. Mike zweifelte nicht daran, daß es hier ausgeklügelte Sicherheitsvorrichtungen gab, aber auf den ersten Blick war davon nichts zu bemerken.

Das Dach klappte lautlos hoch. Daniel Yoreth stieg zuerst aus, gefolgt von Mike. Er hatte das Gefühl, daß seine Füße ihn nicht sicher bis zur Villa würden tragen können. Yoreth führte ihn über einen gepflegten Rasen zum Eingang. Sie betraten eine schlicht eingerichtete Halle. Kein Mensch war zu sehen.

»Hier ist die Bibliothek«, sagte Yoreth und öffnete eine Tür. Automatische Türöffner schien es in diesem Gebäude nicht zu geben.

Beinahe hätte Mike durch die Zähne gepfiffen, als er die Einrichtung der Bibliothek sah. Auf massiven hölzernen Regalen standen endlose Reihen von Büchern — von *richtigen Büchern.* Der Eindruck war überwältigend. Im Zeitalter der Informationsspeicherung durch Computer und Speicherkristalle waren Bücher eine Seltenheit. Die hier versammelten Stücke machten jedoch nicht den Eindruck von Antiquitäten, die ein reicher Snob zusammengetragen hatte, um sich an dem Anblick zu weiden oder um eine exotische Kapitalanlage auszuprobieren. In *diesen* Büchern wurde offensichtlich noch heute gelesen, denn die Regale waren nicht wie Vitrinen verglast, sondern offen.

Daniel Yoreth deutete auf einen der Sessel, die in einer Sitzecke rund um einen echten Holztisch standen.

»Setzen Sie sich doch«, sagte er. »Möchten Sie etwas trinken? Einen Wein vielleicht? Oder lieber Orangensaft?«

»Orangensaft«, antwortete Mike mechanisch.

Yoreth nickte. »Gut. Ich bin gleich zurück.«

Als Mike sich sehr vorsichtig auf dem Sessel niederließ, spürte er unter seinen Händen Naturleder. Diese intensive Hautempfindung drohte ihn zu überwältigen. Plötzlich begriff er erst so richtig, was es bedeutete, auf *Terra* zu sein — und nicht mehr im Innern jener Kunstwelt, die sich EXPERIMENTALSTATION TEST nannte.

Seit fast vierundzwanzig Stunden war er wieder auf der Erde, und er hatte diese Tatsache kaum wahrgenommen. Er hatte einfach die vielfältigen Eindrücke nicht bis in sein innerstes Ich vordringen lassen. Seine seelische Anspannung hatte ihn zu einem Gefangenen gemacht, der von der äußeren Welt so hermetisch abgeschlossen war wie ein Raumfahrer in seinem Raumanzug. Er war nicht in der Lage gewesen, so simple und doch so wunderbare Dinge wie den offenen Himmel, den Sonnenschein und den leichten Wind auf seiner Haut zu genießen. Er hatte in seinem Panzer nichts von alledem gespürt.

Erst hier, in dieser Bibliothek, die zugleich eine Aura von Natur und von Zivilisation ausstrahlte, fand er langsam zu sich selbst, zu seiner Empfindungsfähigkeit zurück.

Er atmete tief durch. Wenn dieses Gespräch vorüber war, würde er einige Tage nichts anderes tun als *leben* — lange Spaziergänge unternehmen, an der Küste baden, vielleicht auch Tauchausflüge unternehmen.

Aber zugleich sah Mike, was er sich damit einhandeln würde. Er verspürte schon jetzt physischen Ekel davor, in die Künstlichkeit und Sterilität der EXPERIMENTALSTATION TEST zurückkehren zu müssen. Und er wußte nicht, ob er jemals wieder dazu in der Lage sein würde. Sechs Jahre lang hatte er sich Tag für Tag bei vollem Bewußtsein verstümmeln lassen. Und plötzlich überfiel ihn eine grenzenlose Angst davor, daß er sich vielleicht nie wieder ganz von diesen Verletzungen würde erholen können.

Er hörte, wie die Tür geöffnet wurde, blickte aber nicht auf.

»Michael Manninghouse, nicht wahr?« fragte eine angenehme Altstimme.

Mike zuckte zusammen. Nach einem endlos scheinenden Augenblick der Verwirrung begriff er, daß Lady Barbara Charroux die Bibliothek betreten hatte.

Er sprang auf und drehte sich um.

»Mylady . . .«

Barbara Charroux kam direkt auf ihn zu und schüttelte ihm die Hand.

»Ich freue mich, Sie kennenzulernen«, sagte sie. »Professor Vogel hat Sie in seiner Botschaft als zuverlässigen jungen Mann geschildert, und Ihre Dossiers sind ausgezeichnet. Setzen Sie sich.«

Benommen nahm Mike wieder Platz.

Die Erste Vorsitzende des Rates von Terra war eine untersetzte, resolut wirkende Frau mittleren Alters. Mike kannte sie zwar von zahlreichen Videobändern, aber er war sich ziemlich sicher, daß er sie nicht wiedererkannt hätte, wenn er ihr zufällig auf der Straße begegnet wäre. Barbara Charroux hatte ein Durchschnittsgesicht, in dem eigentlich nur die ungewöhnlich dichten Augenbrauen auffielen. Ihr Haar war von undefinierbarer Farbe, und auch ihre Figur wich nicht vom Durchschnitt ab.

Die Erste Vorsitzende trug einen einfachen, einteiligen weißen Hosenanzug, der weit geschnitten war und auf dessen Brustteil ein farbiges Emblem ihre Zugehörigkeit zum Rat von Terra auswies.

»Kommen wir gleich zur Sache«, schlug Barbara Charroux vor. »Mein Terminkalender ist leider ziemlich ausgebucht, so daß ich Ihnen höchstens eine Stunde Zeit widmen kann.«

Mittlerweile war auch Daniel Yoreth wieder in die Bibliothek zurückgekommen. Er stellte drei Gläser mit Orangensaft auf dem Tisch ab und machte es sich auf dem letzten noch freien Sessel bequem. Mike bemerkte, daß der Sekretär der Ersten Vorsitzenden sich keineswegs um eine besonders korrekte Sitzhaltung bemühte.

Er schlug einfach die Beine übereinander und lehnte sich weit nach hinten zurück.

Irgendwie fühlte Mike sich durch das ungezwungene Benehmen Yoreths weniger unsicher als zuvor. Lady Barbara Charroux schien wenig Wert auf Formalitäten zu legen.

Mike entspannte sich ein wenig.

»Ich muß vorausschicken«, begann er zögernd, »ich habe bis vor wenigen Minuten nicht gewußt, daß Professor Vogel mich nach Terra geschickt hat, damit ich Ihnen Bericht erstatte. Offiziell bin ich hier, um sechs Monate lang an Fortbildungskursen der Psychologischen Fakultät der Universität Rom teilzunehmen. Allerdings habe ich von Anfang an vermutet, daß Professor Vogel in Wirklichkeit andere Gründe hatte, als er dieses Arrangement traf. Ich habe keine Zweifel daran, daß ich hier bin, um Ihnen möglichst exakt die mysteriösen Umstände zu schildern, unter denen vor nunmehr gut zwei Wochen der Miniaturasteroid TEST 31 vernichtet wurde . . .«

Vierzig Minuten später beendete Michael Manninghouse seinen Bericht mit einer Zusammenfassung der Hypothesen, die er und Jerry Vogel noch am Tage der Katastrophe aufgestellt hatten und die auch heute noch nicht wesentlich schlüssiger klangen.

»Warum Professor Vogel im Zusammenhang mit diesen Vorfällen von einer Gefährdung des galaktischen Friedens spricht«, schloß er nachdenklich, »kann ich Ihnen leider nicht erklären. Aber ich bin mir sicher, daß er dafür gute Gründe gehabt hat.«

»Das glaube ich auch«, sagte Barbara Charroux. »Sie haben uns wirklich alles erzählt, was Sie wissen?«

»Ich glaube, daß ich nichts vergessen habe«, bestätigte Mike.

Die erste Vorsitzende nickte langsam.

»Gut. Wir werden dieser Sache mit der gebotenen Sorgfalt nachgehen. Sie, junger Mann«, — sie deutete mit dem Zeigefinger auf Mike —, »bleiben solange hier auf Malta. Betrachten Sie sich bitte als mein persönlicher Gast. Da Sie auf keinen Fall nach Rom zurückkehren dürfen, wird Dan Ihnen die notwendigsten Kleidungsstücke und sonstige Utensilien besorgen.«

»Aber warum . . .?« setzte Mike zu einer Frage an. Barbara Charroux unterbrach ihn.

»Wegen Terra HQ«, sagte sie. »Wenn die Militäradministratur von Ihrer Mission Wind bekommt, sind Sie in höchster Gefahr . . . Auf Malta kann ich für Ihre Sicherheit garantieren. *Nur* auf Malta, verstehen Sie?«

»Aber Sie sind doch die Erste Vorsitzende . . .«

Barbara Charroux lachte humorlos. »Stimmt. Aber was meinen Sie wohl, was dieser Posten wert ist?«

Sie wies mit einer flüchtigen Handbewegung auf Daniel Yoreth. »Dan kann Ihnen nachher einiges über die Machtverhältnisse auf Terra erzählen. Dann werden Sie vielleicht besser verstehen, was hier gespielt wird. — Wir sehen uns spätestens morgen, Mr. Manninghouse.«

Mit diesen Worten verließ sie den Raum, ohne sich noch einmal umzublicken.

Zurück blieb ein völlig konsternierter Michael Manninghouse, der langsam zu ahnen begann, daß nicht nur auf der EXPERIMENTALSTATION TEST die heile Welt längst in die Brüche gegangen war . . .

8

Die Wetterzentrale von Terra schien es gut mit Michael Manninghouse zu meinen.

Seit seiner Ankunft auf Malta hatte es tagsüber nicht geregnet. Von einem strahlend blauen Himmel brannte die Sonne auf die kleine Insel herab, und gegen Mittag überschritten die Temperaturen fast ein wenig das Maß des Angenehmen. Vormittags und nachmittags war das Wetter gerade richtig, und Mike beschloß, seinen Aufenthalt wie einen kurzen Urlaub aufzufassen. Er ging stundenlang spazieren, wobei er sich mit einem breitkrempigen Strohhut gegen die Strahlung schützte, und erkundete einen großen Teil der Insel. Er war sich sicher, daß ihn dabei unsichtbare Augen auf jedem Schritt verfolgten, und er fühlte sich jederzeit völlig sicher. Denn diese von ihm vermutete kontinuierliche Überwachung geschah zu seinem Schutz — und nicht, um ihn zu bespitzeln.

Daniel Yoreth hatte ihm nicht nur den Strohhut, sondern auch ein Sonnenschutzmittel und eine modische Sonnenbrille besorgt. Nach der strengen Sachlichkeit der TEST-Dienstkleidung hatte Mike eine beinahe kindliche Freude an diesen modischen Accessoires entwickelt. Besonders die Sonnenbrille faszinierte ihn. Sie bestand ganz aus einem leicht getönten Plastikmaterial; Gläser und Gestell verschmolzen übergangslos miteinander. Von außen war die Brille verspiegelt, ein blitzendes Visier, das die Augen des Trägers vor jedem Gesprächspartner verbarg. Mike nahm die Brille selbst im Innern der Villa ungerne ab.

Daniel Yoreth hatte ihm die vollautomatischen Funktionseinheiten der Villa noch am Tag seiner Ankunft erklärt, so daß sich Mike mühelos allein zurechtfinden konnte. Er fühlte sich in der Abgeschiedenheit der Villa so wohl wie selten zuvor in seinem Leben, und in gewisser Weise war er sogar froh darüber, daß die Erste Vorsitzende ihr Versprechen, schon am nächsten Tag wieder nach Malta zurückzukehren, nicht hatte wahrmachen können. Offenbar dauerten die Ermittlungen, die sie anstellen mußte, doch länger, als sie selbst es erwartet hatte.

Am vierten Tag landete der Gleiter, mit dem Dan Yoreth Mike aus Rom abgeholt hatte, auf dem betonierten Landeplatz. Mike beobachtete die Landung von der Veranda aus, wo er gerade sein Mittagessen zu sich nahm.

Daniel Yoreth sprang aus dem Gleiter und kam mit raschen Schritten auf die Veranda zu.

»Hallo«, begrüßte ihn Mike lässig. »Wie sieht's draußen in der Welt aus?«

»Düster«, sagte Yoreth. Er bemerkte sofort, daß Mike das maltesische Domizil der Ersten Vorsitzenden gefühlsmäßig als ein Refugium zu betrachten begonnen hatte, in dem er zumindest für eine kurze Zeit völlig vor den Widrigkeiten des Alltags geschützt war. »Ich möchte Ihnen ja Ihre gute Laune nicht verderben, aber ich weiß einfach kein anderes Wort dafür.« Er bediente sich ungeniert von dem Kaffee, mit dem Mike seine Mahlzeit beschließen wollte. »Wir haben einige Fakten herausgefunden, die Professor Vogels schlimmste Befürchtungen harmlos erscheinen lassen. Aber darüber wird Ihnen Lady Barbara nachher mehr erzählen. Sie trifft in spätestens einer halben Stunde hier ein.«

Mike spürte, wie die innere Anspannung, die er während der letzten Tage so erfolgreich unterdrückt hatte, wieder zurückkehrte. Es war kein angenehmes Gefühl.

»Verstehe«, sagte er freudlos. »Natürlich konnte es nicht mehr lange so weitergehen. Ich kam mir auch schon ein bißchen wie ein Dieb vor.«

Yoreth lächelte mitfühlend. »So fühle ich mich auch jedesmal, wenn ich ein paar Tage Urlaub einlegen kann — was übrigens selten genug der Fall ist.« Er blickte Mike prüfend an. »Neugierig?«

Mike nickte. »Klar. Könnten Sie nicht schon . . .?« Den Rest des Satzes ließ er in der Luft hängen.

Yoreth verneinte. »Ich kenne die Zusammenhänge selbst erst in groben Zügen. Lady Barbara hat mir die Details noch nicht mitgeteilt.«

Sie schwiegen eine Weile und nippten an ihren Kaffeetassen, bis Mike plötzlich sagte: »Bei unserem ersten Gespräch deutete die Erste Vorsitzende an, daß Sie mir einiges über die Lage auf Terra erzählen könnten. Wie wär's jetzt damit? Wir haben noch etwas Zeit.«

»Gerne.« Daniel Yoreth nickte. Er schien einen Moment lang zu überlegen. »Sie kennen sich selbstverständlich in der terranischen Geschichte aus?«

»Ja.«

»Gut, dann kann ich auf lange Vorreden verzichten«, fuhr Yoreth fort. »Sie wissen natürlich, daß das terranische Imperium *de jure* eine Föderation gleichberechtigter Planeten ist. In allen ... nun, sagen wir, *zivilen* Angelegenheiten sind diese Planeten völlig autonom — auf dem Papier. In Wirklichkeit wird das Imperium von Terra aus gelenkt, denn keine der planetaren Regierungen würde es wagen, der terranischen Politik zu widersprechen. Und das liegt wiederum an der terranischen Militäradministratur.

Die Militäradministratur ist für alle militärischen Belange des Imperiums zuständig. Ursprünglich stand sie unter der Kontrolle des Imperiumsrates, dessen ständige Versammlung in Brasilia tagt. Nach und nach jedoch hat sich die Militäradministratur immer mehr dem faktischen Oberbefehl des Imperiumsrates entzogen und sich zu einer Art Staat im Staate entwickelt. Und in der Spitze der Militäradministratur — dem Hauptquartier Terra, kurz Terra HQ genannt — sitzen Reaktionäre reinsten Wassers, die mit allen Mitteln bestrebt sind, ihre Machtposition weiter auszubauen. Auch die Kontrolle über die EXPERIMENTALSTATION TEST dient natürlich diesem Ziel. — Wußten Sie übrigens, daß die Militärs sich sehr geschickt auch in der Führung der staatlichen und privaten Großkonzerne eingenistet haben? Die Generäle sitzen in fast allen Aufsichtsräten, und der Umfang ihres Aktienbesitzes ist wohl ihr bestgehütetstes Geheimnis.

Allerdings läge es den Generälen fern, im Moment durch einen Putsch auch nominell die Macht an sich zu reißen, weil eine solche Vorgehensweise nur Widerstand erzeugen könnte — vielleicht sogar bewaffneten Widerstand. Sie ziehen es vor, subtiler vorzugehen, und üben ihre Kontrolle im verborgenen aus. Aber wer kann sagen, ob sie nicht in einigen Jahren oder Jahrzehnten doch einen Putsch wagen werden? Für diese Befürchtung spricht sogar eine ganze Menge ...

Ein Putsch wird in dem Moment möglich, wenn drei Voraussetzungen erfüllt sind: Niemand kann die Generäle mehr aufhalten, sobald sie die gesamte Raumfahrt und das gesamte Transmitternetz kontrollieren und ein fast lückenloses Überwachungsnetz aufgebaut haben. Wie ein solches Netz aussehen könnte, läßt sich gut am Beispiel der EXPERIMENTALSTATION TEST aufzeigen. Ich will Ihnen jetzt nicht im einzelnen erklären, welches Bewertungssystem unsere Wissenschaftler ausgearbeitet haben, aber wenn wir von einer Skala mit dem Höchstwert 100 ausgehen, dann hat TEST im Moment einen *Kontrollfaktor* von 83. Mit dem *Listening-Wall*-Verfahren ließe sich dieser Faktor binnen eines Zeitraums von fünf Jahren auf über 95 heben. Und ein Kontrollfaktor von 95 bedeutet die fast totale Beherrschung eines Systems. Nun ist TEST eine sehr klar nach außen abgeschlossene Einheit. Die dort erreichbare Perfektionierung der Überwachungsmethoden läßt sich auf Planeten nur sehr langsam verwirklichen.

Aber auch auf Planeten ist ein Kontrollfaktor von 50 bis 60 heute schon die Norm, und die 75-Punkte-Marke ist nicht mehr utopisch. Verstehen Sie jetzt, was Lady Barbara damit meinte, daß ihr Job nicht sehr viel wert sei? So absurd es klingt: Wenn die Erste Vorsitzende des Rates von Terra zum Beispiel in einer Angelegenheit wie der TEST-31-Katastrophe recherchiert, dann muß sie es quasi illegal tun — in jenem Freiraum, der noch nicht von den Militärs kontrolliert wird. Andernfalls werden die Militärs spätestens bei der nächsten Wahl Mittel und Wege finden, Lady Barbara von ihrem Posten zu entfernen.«

»Das habe ich nicht gewußt«, murmelte Mike betroffen.

»Natürlich nicht«, versetzte Daniel Yoreth trocken. »Aber wer weiß das schon? Und man kann es nicht einmal laut sagen. Schließlich haben die Generäle auch die Massenmedien in der Hand.«

Mike stützte sein Kinn auf die übereinandergelegten Hände. »Was bleibt da eigentlich noch übrig, außer völliger Resignation?«

»Oh, eine ganze Menge«, sagte Yoreth hart. »Und Sie können uns glauben, daß wir nicht untätig sind, Mike. Verlangen Sie aber jetzt bitte nicht von mir, daß ich Ihnen Einblick in unsere Aktivitäten gebe. Ich habe Ihnen ohnehin schon fast so viel verraten, daß Sie für uns bereits ein Sicherheitsrisiko darstellen.«

Sehr viel später sollte sich Mike an diese Worte wieder erinnern. In diesem Moment kam er allerdings nicht dazu, weiter über sie nachzudenken, denn Daniel Yoreth wies mit der rechten Hand hinauf in den strahlend blauen Himmel.

»Sie kommt«, sagte er.

Jetzt hörte auch Mike das stärker werdende Summen. Er blickte auf und erkannte knapp rechts von der Sonne, vom gleißenden Licht fast überstrahlt, einen dunklen Punkt, der rasch größer wurde. Es war ein Flugboot. Lady Barbara Charroux brachte also diesmal offenbar eine Leibwache mit.

Das Flugboot landete sanft auf dem betonierten Platz. Die AG-Felder blieben aktiviert, da das Gewicht des Fahrzeugs einfach zu groß war. Ohne den Einsatz der AG-Felder wäre der Beton wohl zersplittert.

In der Flanke des zigarrenförmigen Flugbootes öffnete sich ein Luk. Eine Gestalt sprang herab auf den Betonboden.

Unter dem Arm trug Lady Barbara eine Art Aktenmappe. Mike vermutete, daß die Mappe Speicherkristalle enthielt.

»Gehen wir ins Haus«, sagte die Erste Vorsitzende an Stelle einer Begrüßung. »Tut mir leid, daß es so lange gedauert hat, Mr. Manninghouse.«

Mike kam sich in diesem Augenblick wieder ein wenig hilflos vor. Da er nicht wußte, was er sagen sollte, zuckte er nur die Achseln, um auszudrücken, daß diese Verzögerung ihm nichts ausgemacht habe.

In der Bibliothek nahm Lady Barbara ein paar Bücher aus einem der Regale. Dahinter wurde ein kleines Kontrollpult sichtbar, an dem sie einige Einstellungen vornahm.

In der Mitte des Raumes glitt ein Bodensegment zurück. Mit leisem Summen fuhr ein Kubus aus dem Keller herauf. Mike erkannte, daß es sich um einen Miniaturcomputer handelte, der mit einem Bild-Ton-System und einer Vorrichtung zum Abspielen von Speicherkristallen und anderen Informationsträgersystemen gekoppelt war. Die Spannung, die Mike seit Dan Yoreths Eintreffen empfand, wurde jetzt fast unerträglich.

»Sie wissen«, sagte Lady Barbara, während sie es sich in einem Sessel vor dem Kubus bequem machte, »daß der Zentralcomputer von TEST über eine Hyperfunkverbindung in permanenter Verbindung mit dem Großcomputer von Terra HQ steht. Natürlich haben wir unsere Leute bei Terra HQ. Es war nicht leicht, an die richtigen Speicher des TEST-Computers heranzukommen, aber es hat geklappt.«

Mike war verwirrt. »Entschuldigen Sie, Mylady . . . Wenn das möglich ist — warum haben Sie dann nicht schon längst vorher erfahren, was sich auf TEST 31 abgespielt hat?«

»Weil ein Informationsspeicher hoher Größenordnung zugleich das beste *Informationsversteck* ist, das sich überhaupt denken läßt«, erläuterte Dan Yoreth an Lady Barbaras Stelle. »In einem Computer sind so viele Informationen versammelt, daß man eine Einzelinformation niemals finden wird, wenn man nicht sehr genau weiß, wonach man überhaupt suchen muß. Und wenn wir ab und zu unsere Vertrauensleute einfach auf gut Glück suchen lassen, setzen wir sie dadurch einem untragbaren Risiko aus. Nein, wir aktivieren unsere ›Schläfer‹ in Terra HQ nur, sobald konkrete Anhaltspunkte vorliegen.«

Mike nickte. Yoreths Ausführungen waren unbestreitbar völlig logisch.

»Also dann«, sagte Lady Barbara und nahm einen Speicherkristall aus ihrer Mappe. »Hier ist der erste Hinweis.« Sie schob den Kristall in die dafür vorgesehene Öffnung des Kubus. Der Drei-D-Bildschirm an der Fronseite des Gerätes leuchtete auf. Zahlenreihen wurden sichtbar.

»Die von der Ortungszentrale der Experimentalstation registrierten Transmitterdurchgänge«, erklärte die Erste Vorsitzende. »Zeitraum: Zehn Minuten vor der Katastrophe bis zum Zeitpunkt der Explosion.«

Mit einem elektronischen Impulsgeber wies sie auf zwei der Zahlenreihen, die daraufhin leicht zu pulsieren begannen.

»Im fraglichen Zeitraum wurden zwei Rematerialisationen im Transmitterraum von TEST 31 registriert. Die untere Zeile bezeichnet einen Kurzsprung von TEST ACHT nach TEST 31. Mit diesem Transport kamen Dr. Menachem Meir und die beiden Medorobots in den Zwergasteroiden. Auch die Massenwerte stimmen. Eine Routinemessung.«

Fasziniert starrte Mike auf die pulsierenden Zahlenreihen. Seine Ausbildung befähigte ihn nicht dazu, die codierten Angaben zu entziffern.

»Entscheidend ist die obere Zeile«, fuhr Lady Barbara fort. »Fangen wir mit der Massenangabe an. 77 Kilo, also etwa das Gewicht eines Menschen. Und innerhalb der Experimentalstation wurde kein entsprechender Absprung registriert.«

»Und woher kam der Impuls dann?« fragte Mike irritiert.

»Es war ein Langstreckensprung — und zwar ein nicht angemeldeter. Als Ausgangspunkt des Impulses konnte von der Ortungszentrale das Sternsystem DELTA OMICRON ermittelt werden, das sich rund 4,8 Lichtjahre von TEST entfernt befindet. Neben RHO ERIDANI ist DELTA OMICRON sozusagen der nächste kosmische Nachbar der Sonne TAU ERIDANI, um die die TEST-Asteroiden kreisen.«

In Mikes Kopf wirbelten die Gedanken.

»Unmittelbar nachdem das unbekannte Objekt in TEST 31 rematerialisiert war«, sprach Lady Barbara weiter, »empfing die Medozentrale auf TEST ACHT folgenden Notruf von TEST 31 ...«

Sie wechselte den Kristall mit den Daten der Hyperortung gegen einen anderen Speicherkristall aus. Auf dem Bildschirm erschien das Gesicht eines jungen Mannes. Der Mann trug die Uniform eines Leutnants der TEST-Abwehr.

»William Maurer, Sicherheitsbeauftragter des Projekts ORION«, sagte der Mann aufgeregt. *»Sofort ein Medoteam nach TEST 31. Es hat einen Unfall gegeben. Ein Verletzter. Schwere der Verletzung im Moment nicht abzuschätzen.«*

»Verstanden«, antwortete ohne jede Verzögerung die Stimme des zentralen Medocomputers. *»Medoteam ist unterwegs.«*

Das Bild erlosch, und Mike wurde plötzlich klar, daß er soeben die Stimme eines Mannes gehört hatte, der seit nunmehr fast drei Wochen tot war.

»Dieser Notruf«, sagte Lady Barbara, »bewirkte die Entsendung von Dr. Menachem Meir, der sofort mit zwei Medorobots nach TEST 31 sprang. Die Sprungdaten haben wir ja vorhin gesehen.

Nun sind alle Medorobots direkt mit dem zentralen Medocomputer verbunden, und dieser ist wiederum nichts als eine Unterabteilung des Zentralcomputers von TEST. Der Zentralcomputer *weiß* daher alles, was die Medorobots registrieren. Und das hier haben sie nach ihrer Ankunft auf TEST 31 registriert ... Ich spiele jetzt nur die optischen und akustischen Eindrücke ein.«

Das Bild auf dem Schirm, das nun von einem dritten Speicherkristall geliefert wurde, war aus einer für Menschen seltsamen Position aufgenommen — die Optiken der Medoroboter befanden sich nur etwa einen Meter über Bodenhöhe. Wenige Schritte vor dem Transmitterkäfig lag ein Mann auf dem Metallboden. Um ihn herum knieten mehrere Frauen und Männer, offensichtlich Wissenschaftler des Projekts ORION. Mike konnte auch den Sicherheitsbeauftragten des Teams, William Maurer, erkennen.

Aus dem Lautsprecher drang das Gewirr erregter Stimmen.

Der Medoroboter, dessen Eindrücke auf dem Kristall gespeichert waren, glitt rasch auf den Liegenden zu. Am unteren Bildrand wurden die vorschnellenden Tentakel der Maschine sichtbar.

Lady Barbara ließ das Bild einfrieren.

»Schauen Sie genau hin!« forderte sie Mike auf. »Der Rücken des Unbekannten ist völlig verbrannt. Offenbar hat ihn ein Strah-

lerschuß getroffen. Unter dem Gesicht können Sie eine Blutlache erkennen, die wahrscheinlich von den Gesichtsverletzungen herrührt, die der Mann erlitten hat, als er aus dem Transmitterkäfig geschleudert wurde — die Aufprallwucht des Schusses wurde ja durch die Transition nicht aufgehoben — und mit dem Gesicht voran auf den Boden prallte. — Die Meßdaten der Medoroboter beweisen übrigens, daß der Unbekannte 77 Kilo wog.«

Das Bild geriet wieder in Bewegung, und auch der Ton lief mit einem gurgelnden Geräusch wieder an.

Die Medoroboter begannen mit ihrer Behandlung und injizierten zunächst verschiedene Mittel — vermutlich schmerzstillende und kreislaufstabilisierende Substanzen.

»*AG-Feld*«, sagte eine unbekannte Stimme — die Stimme von Dr. Menachem Meir? »*Wie ist das passiert?*«

William Maurer, der jetzt nicht mehr im Aufnahmebereich der Optik war, antwortete: »*Keine Ahnung. Er kam aus dem Transmitter. Die Gegenstation wird sich ohne Schwierigkeiten feststellen lassen. Der Zentralcomputer hat sie bestimmt gespeichert.*«

»*Gut.*«

Die Medoroboter hoben den Mann jetzt mit Hilfe eines AG-Feldes an und drehten ihn auf den Rücken. Dann säuberten sie sein Gesicht sorgfältig vom Blut.

Wieder hielt Lady Barbara das Bild an.

»Merken Sie sich das Gesicht«, sagte sie.

Mike starrte intensiv auf die Gesichtszüge des Unbekannten. Der Gesichtsausdruck kam ihm merkwürdig vor, auch wenn er den Grund dafür nicht hätte benennen können.

»Und jetzt . . .« sagte Lady Barbara.

Die Aufnahme lief weiter ab — vielleicht zehn Sekunden lang. Dann gab es einen blendenden hellen Blitz. Als Mikes Augen sich von dem grellen Licht erholt hatten, sah er, daß der Bildschirm nun leer war.

»Die Vernichtung von TEST 31«, kommentierte die Erste Vorsitzende. Ihre Stimme war nicht mehr ganz so ruhig wie zuvor.

»Ist das alles?« erkundigte sich Mike.

Lady Barbara schüttelte den Kopf. »Keineswegs.« Sie zögerte. »Was ich Ihnen jetzt noch zeige, wird Ihnen einen Schock versetzen. Es ist . . . unglaublich. Aber die Aufzeichnungen stimmen.«

Der vierte Speicherkristall.

Auf dem Bildschirm erschien eine schematische Abbildung des Systems TAU ERIDANI.

»Die optische Anzeige der Normalraumortung von TEST«, erklärte Barbara Charroux. »Hier in der Mitte der Sonne . . . die grünen Punkte sind die erschlossenen Asteroiden . . . und bei den roten Punkten handelt es sich um die Schiffe der Wachflotte, die TEST gegen Angriffe aus dem All absichern soll. Dieses Bild hier haben alle Besatzungsmitglieder der Ortungszentrale an ihren Pulten sehen können.«

Barbara Charroux stockte. »Exakt 34 Sekunden nach der Rematerialisation des Unbekannten auf TEST 31«, fuhr sie dann leise fort, »gab der Zentralcomputer zwei Prioritätsanweisungen heraus. Dem Großteil der Wachflotte wurde die sofortige Einstellung jeglicher Ortungs- und Beobachtungstätigkeit befohlen. Die Bordcomputer der Schiffe übernahmen sofort die Ausführung dieses Befehls, ohne daß die Besatzungen etwas dagegen hätten unternehmen können. Nur die Ortungszentrale von TEST selbst ließ sich nicht abschalten — es gibt da ein Prioritäts-Sperrprogramm, damit die Sicherheit der Experimentalstation nicht durch die Desaktivierung der Ortung gefährdet werden kann. Deshalb wurden die Ortungsleute von TEST zu Zeugen des folgenden Geschehens. Und deshalb erhielten sie später Psychoblocks . . .«

Mit dem Impulsgeber ließ die Erste Vorsitzende den Kristall anlaufen.

Drei Wachkreuzer scherten aus ihren bisherigen Positionen im Wachverband aus und nahmen Kurs auf einen der grünen Punkte — TEST 31, wie Mike plötzlich begriff.

»Diese drei Schiffe«, sagte Lady Barbara leise, »hatten den zweiten Prioritätsbefehl des Zentralcomputers erhalten. *Diese Anweisung befahl die sofortige und restlose Vernichtung von TEST 31.*«

Mike starrte auf den Bildschirm, halbblind vor Tränen.

Die drei roten Pünktchen gruppierten sich um das schwache grüne Flackern, das TEST 31 war. Und dann verschwand TEST 31 übergangslos vom Bildschirm.

Die drei Wachkreuzer drehten ab und strebten mit Höchstfahrt ins All hinaus. Sie gingen in die Transition, ohne sich um den vorgeschriebenen Sicherheitsabstand zu den anderen TEST-Asteroiden zu kümmern.

»Der Zentralcomputer hat den drei Schiffen befohlen, eine Warteposition in einem abgelegenen Sektor einzunehmen«, erläuterte Lady Barbara tonlos. »Die Besatzungen dürfen bis zu ihrem Rückruf nach TEST von sich aus keinerlei Kontakte mit Planeten oder Raumschiffen aufnehmen. Vermutlich sind die Schiffe immer noch weit draußen in der Galaxis. Auch so wird man Zeugen los . . .«

Bei den letzten Worten hatte ihre Stimme zu schwanken begonnen.

Mike war erschüttert. Er setzte vergeblich zum Sprechen an, brachte aber kein Wort heraus.

Auch Daniel Yoreth erging es nicht viel anders. Offenbar hatte er bis zu diesem Zeitpunkt gleichfalls nicht geahnt, was Lady Barbara ihnen vorzuführen gedachte.

»Aber wie . . .«, stammelte er. »Ein Großcomputer kann doch nicht einfach . . .«

Lady Barbara schüttelte den Kopf. Ihr Gesicht war maskenhaft starr.

»Natürlich nicht. Deshalb sind zwischen der Rematerialisation des Unbekannten in TEST 31 und der Ausgabe der Prioritätsbefehle ja auch 34 Sekunden vergangen — 34 Sekunden, in denen ein anderer Sektor des Zentralcomputers den Sprung von Dr. Menachem Meir nach TEST 31 genehmigt und sogar selbst gesteuert hat, wodurch auch dieser Mann zum Tode verurteilt wurde.

»Der Zentralcomputer hat den Vernichtungsbefehl von General Lucas genehmigen lassen.«

Mike Manninghouse erinnerte sich an das Gespräch, das er mit Professor Jerry Vogel kurz nach dessen Rückkehr von der Besprechung mit General Lucas geführt hatte.

» . . . General Lucas wirkte auf mich bei unserer Besprechung merkwürdig schuldbewußt.«

Wieder verspürte Mike die ungeheure Kälte, die damals schon bei diesem Satz in ihm aufgestiegen war. Und er gestand sich endlich ein, daß er schon damals geahnt hatte, der General mußte eine schreckliche Rolle bei der Vernichtung von TEST 31 gespielt haben . . .

»Hier ist die Bestätigung«, sagte Barbara Charroux und legte den fünften Kristall ein. Der Bildschirm blieb leer; nur ein kurzer Dialog erklang aus dem Lautsprecher des Kubus.

»Zentralcomputer an General Lucas: Fall ESCAPE D.O. eingetreten. Gegenmaßnahmen notwendig. Genehmigen Sie Code D.O. 7-4-3?«

Eine lange Pause. »Ist D.O. 7-4-3 unvermeidlich?«

»Ohne Einschränkung bestätigt.«

Wieder eine Pause. Und dann: »Code D.O. 7-4-3 genehmigt. Sofortige Ausführung mit anschließendem detaillierten Bericht.«

»Und ESCAPE D.O.« sagte Lady Barbara, »heißt ohne jeden Zweifel . . . *Flucht von DELTA OMICRON.*«

9

»Kurierkreuzer CEYLON startbereit«, sagte Nikita Jedorow mit militärischer Kürze. »Erbitten Startfreigabe, Canberra Central.«

Der Mann auf dem Bildschirm salutierte. »Startfreigabe erteilt. Canberra Central wünscht Ihnen einen sicheren Flug und eine erfolgreiche Mission. Countdown läuft an. Synchronisation ist erfolgt.«

Jedorow erwiderte den formellen Gruß. »Danke, Leutnant. Synchronisationskontrolle CEYLON auf Grünlicht. Keine Unregelmäßigkeiten.«

Die Verbindung wurde automatisch unterbrochen.

Nikita Jedorow betätigte seufzend die Sicherungsautomatik seines Kontursessels.

»Eine höchst überflüssige Zeremonie«, wandte er sich dann an den jungen Offizier, der rechts von ihm außerhalb des Aufnahmebereiches der Com-Optiken auf dem Platz des Kopiloten saß. »In Wirklichkeit machen die Computer von Canberra Central und der Bordcomputer der CEYLON das alles unter sich aus. Aber anscheinend ist das Oberkommando der Meinung, daß ein bißchen Ritual psychologisch wertvoll ist. Was halten Sie davon, Kommandant?«

Michael Manninghouse zuckte die Achseln. »Ich habe noch nicht darüber nachgedacht, aber Sie werden wohl recht haben, Kapitän . . . Wie lange dauert der Countdown?«

»Einhundertfünfzig Sekunden«, erläuterte Jedorow. Seine Hände lagen locker auf den Seitenlehnen seines Kontursessels. »Manchmal frage ich mich, wozu wir von der menschlichen Besatzung überhaupt noch gut sind. Letztlich stellen wir doch nur ein Sicherheitsrisiko für das perfekte Funktionieren dieser Symbiose von Antriebsaggregaten und Computern dar, die man gemeinhin ›Raumschiffe‹ nennt.« Mit einem fröhlichen Lachen nahm er seiner Bemerkung gleich wieder viel von ihrer Schärfe.

Mike antwortete nicht. Er hatte lange keinen Flug mehr in der Kommandozentrale seines Kreuzers mitgemacht, und er gestand sich ein, daß er sich nur zu bereitwillig von der überzüchteten Technik der CEYLON-Zentrale in ihren Bann schlagen ließ. Die Konstrukteure des Schiffes hatten die Kommandopulte perfekt funktionell konzipiert. Überall sah Mike nur abgerundete Formen. Bunte Lichtanzeigen informierten das Zentralepersonal über die unsichtbar ablaufenden Startvorbereitungen. Die Verzahnung von technischer Funktion und kybernetischer Ästhetik war total. Die

Zentrale der CEYLON löste in Mikes Bewußtsein komplizierte Assoziationsketten aus, deren Zusammensetzung sicherlich kein Zufall war. Immer wieder kamen in diesen Assoziationsketten Begriffe wie *Schönheit, Sauberkeit* und *Macht* vor.

Nikita Jedorow schien an Mikes Gesicht ablesen zu können, was der junge Offizier dachte.

»Richtig«, sagte er. »Psychologische Manipulation durch eine gezielt gestaltete Umwelt. Die sauberen Soldaten der Erde ziehen hinaus in die finstere Galaxis, um das terranische Heil zu exportieren. Leider merken nur die wenigsten die Absicht. Aber wer's einmal begriffen hat, der ist meist nachhaltig verstimmt.«

Drei langgezogene Gongschläge kündigten die Einleitung des Startvorgangs an.

Auf mächtigen Antigravitationsfeldern hob sich die CEYLON in den wolkenlosen Himmel über Australien. Die Triebwerke schwiegen; sie würden erst am Rande der Atmosphäre aktiviert werden, da ihr Einsatz in der Lufthülle der Erde verheerende Folgen gehabt hätte.

Das Areal des Raumhafens fiel rasch hinter ihnen zurück. Der große Rundumbildschirm vermittelte nur einen schwachen Eindruck der Geschwindigkeit, die der Kugelraumer jetzt bereits erreicht hatte.

»Klappt wieder mal wie am Schnürchen«, sagte der Kapitän.

Mike musterte den Offizier nachdenklich. Jedorow bekleidete den Rang eines Majors der Raumflotte, aber seit die CEYLON dem diplomatischen Korps des Rates von Terra unterstellt war, hatte sein Majorsrang nur noch nominelle Bedeutung. Jedorow schien ohnehin keinen Wert auf militärische Rangabstufungen zu legen, denn es machte ihm offenbar nichts aus, bei diesem Einsatz von einem Leutnant befehligt zu werden. Mikes diesbezügliche Befürchtungen hatten sich rasch als nichtig erwiesen.

Trotzdem fühlte sich Mike immer noch so, als sei er der Hauptakteur in einem Traum. Manchmal war er fest davon überzeugt, im nächsten Moment aufwachen zu müssen und sich vielleicht in seiner Kabine im Innern des Asteroiden TEST EINS wiederzufinden.

Aber natürlich war diese Mission kein Traum, sondern bedrohliche Wirklichkeit. Er, Michael Manninghouse, kommandierte einhundertzwanzig Männer und Frauen bei einem Risikoeinsatz, der ihnen allen den Tod bringen mochte. Seltsam, daß er keinen Moment lang gezögert hatte, diese furchtbare Verantwortung auf sich zu nehmen. Mike wußte nur einen Grund, der ihn dazu hatte bewegen können: Die Mission der CEYLON bot ihm endlich eine Möglichkeit, selbst aktiv zu werden, durch eigenes Handeln in den Verlauf der Geschehnisse einzugreifen. Zu lange war er zur Untätigkeit, zum bloßen Beobachten und Nachdenken verurteilt gewesen.

»Sicherheitsabstand erreicht«, meldete sich die sorgfältig modulierte Stimme des Bordcomputers. »Triebwerke können gezündet werden.«

»Automatik aus«, sagte Nikita Jedorow. »Pilot übernimmt.«

Ein weiteres Glockensignal ertönte. Mit der Sicherheit langjähriger Routine begann Jedorow zu schalten.

Tief im Innern des Kugelraumers dröhnten Maschinen los. Das Arbeitsgeräusch wurde durch Schalldämpfer auf einen für menschliche Ohren erträglichen Wert herabgemildert. In der Zentrale war es nur noch als feines Summen vernehmbar.

Die CEYLON nahm langsam Fahrt auf. Der Computer lieferte dem Kapitän pausenlos die neuesten Kursdaten an sein Pult. Wenn Jedorow versehentlich oder auch mit Absicht die vom Computer vorausberechneten Alternativkurse mißachten sollte, würde der Computer sofort wieder die Kontrolle über das Schiff übernehmen. Die Sicherheitsbestimmungen im erdnahen Raum waren überaus streng. Man konnte nicht beliebige Kurse steuern, sondern mußte sich an bestimmte Routen, die als kosmische ›Einbahnstraßen‹ angelegt waren, richten, um Kollisonen zu vermeiden.

»Der größte Friedhof des Sonnensystems«, sagte Jedorow plötzlich.

Mit dieser Bemerkung meinte er den Erdmond, der inzwischen auf dem Frontbildschirm zu beachtlicher Größe herangewachsen war. Die CEYLON würde ihn in relativ geringer Distanz passieren müssen, um auf dem richtigen Kurs zu bleiben.

Mike starrte gebannt auf den Bildschirm. Er wußte genau, auf was Jedorow da angespielt hatte.

Im Jahre 2051 war der Mond von einer Seuche heimgesucht worden, die fast eine halbe Million Menschenleben gefordert hatte. Ausgangspunkt der Seuche war ein biologisches Labor gewesen, in dem terranische Wissenschaftler neue bakteriologische Kampfstoffe entwickelten. Seit dieser Katastrophe hatte nie wieder ein Mensch den Erdtrabanten betreten dürfen, denn es war ungewiß, ob die unbekannten Erreger nicht noch immer wirksam waren. Selbst heute, nach fast einem halben Jahrtausend, war jede Landung auf Luna strikt untersagt. Die terranische Regierung hatte zudem strenge Gesetze gegen gefährliche biologische Forschungen erlassen. Diese Gesetze waren so radikal, daß selbst als harmlos eingestufte Forschungsprojekte im Bereich der Virenforschung und Genetik extremen Sicherheitsvorschriften unterlagen. Mike hatte mehrmals persönlich in der EXPERIMENTALSTATION TEST miterlebt, wie restriktiv die einschlägigen Vorschriften ausgelegt wurden — und wie sich die Fachwissenschaftler vergebens dagegen aufgelehnt hatten.

Die CEYLON raste an Luna vorbei. Kapitän Jedorow steigerte die Geschwindigkeit des Schiffes langsam, bis der für das gesamte Sonnensystem erlaubte Maximalwert von zwanzig Prozent der Lichtgeschwindigkeit erreicht war.

»So«, sagte er dann. »Jetzt haben wir erst mal eine Menge Zeit. Wir stoßen jetzt ziemlich steil aus der Ebene der Ekliptik heraus und setzen zur Transition an, wenn wir uns eine Lichtstunde oberhalb der Erdbahn befinden, also in etwa sechs Stunden. Wollen Sie die ganze Zeit über in der Zentrale bleiben, Kommandant?«

Mike schüttelte den Kopf. »Nicht unbedingt. Ich werde wohl nachher runter in die Messe gehen. Und Sie?«

»Ich lege mich erst mal schlafen«, sagte Nikita Jedorow. »Mein Erster Offizier wird mich hier in fünf Minuten ablösen.« Er machte eine kleine Pause und sah Mike nachdenklich an. »Wie lange werden Sie noch Auster spielen, Kommandant?«

Mike war irritiert, aber dann begriff er, was der Kapitän meinte.

»Ich habe meine Befehle«, sagte er bedauernd. »Unser wirkliches Flugziel erfahren Sie erst nach der zweiten Transition. Bitte, nehmen Sie mir das nicht übel, Kapitän.«

Nikita Jedorow machte eine unbestimmte Handbewegung. »Gefallen tut's mir ja nicht«, bemerkte er, »aber ich bin in dieser Hinsicht einiges gewohnt. Seit die CEYLON dem Rat unterstellt ist, sind wir mehr verrückte Einsätze geflogen als während der ganzen Jahre bei der Raumflotte. Und manche Einsätze waren ein gutes Stück außerhalb der Legalität — und oft verdammt gefährlich.«

»Dieser auch«, sagte Mike unwillkürlich.

Jedorow grinste schief. »Ich hab's mir schon gedacht. Die Container im Laderaum enthalten doch nicht *wirklich* landwirtschaftliche Geräte für PHOENIX VII, oder? Wäre ja auch zu merkwürdig, wo wir doch offensichtlich gar nicht nach PHOENIX VII fliegen.«

»Offiziell fliegen wir genau dorthin — und nirgendwo anders«, sagte Mike steif.

»Ja, natürlich«, antwortete Jedorow ironisch. »Und darum gibt's ja auch nach dem zweiten Hypersprung die große Befehlsausgabe. Vermutlich werden Sie uns darüber aufklären, welche Anstandsregeln wir auf PHOENIX VII besonders genau beachten müssen, damit der Handelsvertrag nicht gefährdet wird. Stimmt's?«

Mike knurrte ein »Stimmt«.

Nikita Jedorow lachte fröhlich und schaltete die Sicherheitsautomatik seines Pultes ab. Dann erhob er sich, um seinen Sessel für den ersten Offizier freizumachen, der mittlerweile die Zentrale betreten hatte.

»Nehmen Sie's mir nicht übel, Mike«, sagte er noch, bevor er wegging, »aber ich glaub's Ihnen einfach nicht.«

Mike war so unzufrieden mit sich selbst wie schon lange nicht mehr. Er ärgerte sich darüber, daß der Kapitän ihn durch seine Beharrlichkeit dazu verleitet hatte, zumindest andeutungsweise zuzugeben, daß die wirkliche Mission der CEYLON nichts mit PHOENIX VII zu tun hatte.

Vielleicht, dachte Mike, hätte ich ihm nicht einmal erzählen dürfen, daß ich nach der zweiten Transition weitere Befehle ausgeben werde. Er lehnte sich in seinem Kontursessel zurück und versuchte, sich ein wenig zu entspannen.

Nikita Jedorow war offensichtlich ein sehr umgänglicher Mann. Mike begriff plötzlich, daß er sehr viel Wert auf eine gute Beziehung zum Kapitän der CEYLON legte, und er freute sich darüber, daß Jedorow ihn eben versehentlich nicht mit der offiziellen Bezeichnung, sondern mit seinem Vornamen angeredet hatte. Anscheinend fand der Kapitän auch ihn, Mike, recht sympathisch.

Kommandant, dachte Mike. *Kommandant Michael Manninghouse.* Es ist zu komisch.

Aber die Sache, um die es hier ging, war alles andere als komisch.

Er versuchte sich so genau wie möglich daran zu erinnern, wie das alles angefangen hatte. Und plötzlich sah er die Gesichter von Lady Barbara Charroux und Daniel Yoreth vor seinem inneren Auge. Und wie ein Film lief noch einmal das Gespräch in der Bibliothek der Villa auf Malta vor ihm ab.

»Flucht von DELTA OMICRON«, sagte Daniel Yoreth. »Ja, das könnte stimmen.«

»Es stimmt«, entgegnete Lady Barbara. »Ich habe es mit dem Computer durchgerechnet, und die Wahrscheinlichkeitsquote ist eindeutig. TEST 31 wurde vernichtet, weil John Rhinehart aus dem System DELTA OMICRON geflohen ist.«

Mike saß immer noch wie betäubt in seinem Sessel. Das Gespräch, das Lady Barbara und ihr Sekretär da miteinander führten, schien ihn überhaupt nichts anzugehen. Er fühlte sich wie ein unbeteiligter Beobachter — wie der Betrachter eines mittelmäßigen Videodramas.

»John Rhinehart?« fragte Daniel Yoreth überrascht.

Lady Barbara nickte. »So hieß der Mann, der durch den Transmitter kam. Sein Bild war ja im Zentralcomputer von TEST gespeichert worden, und danach war es natürlich sehr einfach. Für den zentralen ID-Speicher existierte Rhinehart nämlich seit fünf Jahren nicht mehr. Offiziell ist Rhinehart damals auf dem Planeten WINSTON umgekommen. Seine Leiche wurde zwar nicht gefunden, aber aufgrund der Zeugenaussagen hat man ihn trotzdem für tot erklärt. Er ist damals mit einem Ein-Mann-U-Boot verschollen.«

»Und jetzt im wahrsten Sinne des Wortes wieder aufgetaucht«, sagte Yoreth. »Was wissen Sie über Rhinehart, Mylady?«

Die Erste Vorsitzende nahm ein kleines Notizbuch aus der Aktenmappe und blätterte darin herum.

»John Rhinehart«, las sie dann vor. »Geboren am 6. März 2499 auf dem Mars. Bei den Eignungstests stellte sich schon früh heraus, daß er außergewöhnlich sensibel war — so sensibel, daß man ihn zunächst als Halbmutanten einstufte und ihn auf seine Eignung als Psychonaut untersuchte. Aber diese Hoffnungen erfüllten sich nicht. Rhinehart schlug dann die Laufbahn eines Biopsych-Technikers ein und arbeitete in verschiedenen Biologischen Labors, wo er sich einen guten Ruf in der Psychosteuerung und Konditionierung von Versuchstieren erwarb, was wohl auch seinen Talenten optimal entsprach. *Psychosteuerung* bedeutet, daß Rhinehart in der Lage war, mit Hilfe einer technischen Apparatur — eines modifizierten Psychokommunikators, habe ich mir sagen lassen — Versuchstiere zu beeinflussen und sie auf mentalem Wege zu bestimmten Handlungen zu veranlassen.

2442 nahm Rhinehart eine Stelle bei der WINSTON COMPANY an, einer Gesellschaft, die gegründet wurde, um auf der Wasserwelt WINSTON in großem Stil Nahrungsmittel aus dem Meer zu gewinnen. Rhinehart arbeitete dort mit mutierten Delphinen. Bei seinem zweiten Unterwassereinsatz kam er ums Leben — offiziell jedenfalls. Und fünf Jahre später stirbt er dann wirklich — auf TEST 31. Wo ist er in der Zwischenzeit gewesen?«

»Im System DELTA OMICRON«, zog Daniel Yoreth die naheliegende Schlußfolgerung.

»So scheint es«, stimmte Barbara Charroux zu. »Wenden wir uns also jetzt DELTA OMICRON zu . . .«

Sie blätterte wieder in ihrem Notizbuch und fuhr nach einer kurzen Pause fort: »DELTA OMICRON wurde im Jahre 2511 von der Besatzung des Scoutschiffes OMICRON erkundet. Die OMICRON war ein Schwesterschiff der ERIDANI, die die Ersterkundung der Systeme TAU ERIDANI — dort befindet sich heute die EXPERIMENTALSTATION TEST — und RHO ERIDANI durchführte. Die Wissenschaftler der OMICRON klassifizierten DELTA OMICRON als nutzlos. Erst während der Errichtung von TEST wurden im System DELTA OMICRON Beobachtungssonden ausgesetzt — eine Sicherheitsmaßnahme, die verhindern sollte, daß sich unbemerkt fremde Mächte in dieses System, das ja nur 4,8 Lichtjahre von TEST entfernt ist, einnisten. Die Ortungsergebnisse der Beobachtungssonden werden über Hyperfunk direkt an den Hauptcomputer von TEST abgestrahlt. Sei dem Baubeginn der Experimentalstation im Jahre 2530 gab es acht nicht genehmigte Einflüge ins DELTA-OMICRON-System. Der TEST-Computer antwortete darauf jeweils mit der Entsendung von Einheiten der Wachflotte, die den Eindringlingen nachhaltig klarmachten, daß DELTA OMICRON zum Territorium des Imperiums gehört. Glücklicherweise kam es jedoch nie zu bewaffneten Auseinandersetzungen.«

»Und es gibt keine planetaren Stützpunkte im System DELTA OMICRON?« erkundigte sich Daniel Yoreth. »Und auch keine Raumstationen oder auf Dauer dort postierte Raumschiffe?«

Die Erste Vorsitzende schüttelte den Kopf. »Offiziell nicht. Aber ich habe mir die Positionen der Beobachtungssonden und die daraus resultierenden Ortungsradien einmal genauer angesehen. Wenn man diese Daten kennt, läßt sich zu jedem beliebigen Zeitpunkt ein Kurs finden, auf dem man unbeobachtet in das System einfliegen und den ersten Planeten ansteuern kann. Die Wahrscheinlichkeit, daß sich dort eine geheime Station befindet, die durch diesen Korridor mit Nachschub versorgt werden kann, liegt bei 93 Prozent. Und das ist eine ganze Menge.«

Langsam überwand Mike seine Betäubung. »Aber was ist das für eine Station, die man nur als Flüchtling wieder verlassen kann?« fragte er unsicher. »Irgendwie paßt das doch alles gar nicht zusammen!«

»Das paßt sehr gut zusammen«, widersprach Lady Barbara energisch. »Natürlich wissen wir noch nicht, *was* sich in dieser Geheimstation abspielt, aber es muß sich um eine Angelegenheit von enormer Brisanz handeln. Sonst würden die Generäle nicht die Vernichtung eines so kostspieligen Objekts, wie es TEST 31 darstellte, in Kauf nehmen, um ihr Geheimnis zu wahren. Ich bin der Ansicht, daß wir uns diese Geheimstation einmal näher anschauen sollten.«

Mike starrte die Erste Vorsitzende sprachlos an.

»Sie haben schon richtig gehört, Mr. Manninghouse«, sagte Lady Barbara. »Ich bin fest entschlossen, ein Schiff nach DELTA OMICRON zu entsenden. Natürlich ist die Gefahr nicht zu unterschätzen, daß wir dadurch einen offenen Konflikt mit Terra HQ heraufbeschwören, aber ich für meinen Teil finde es viel riskanter, die Generäle ungestört ihr Geheimprojekt fortsetzen zu lassen. Im System DELTA OMICRON wird etwas ausgekocht, das langfristig tatsächlich den Frieden in der Galaxis bedrohen könnte. Professor Vogel hat mit dieser Vermutung zwar einen Schuß ins Blaue gewagt, aber ich befürchte, daß er recht gehabt hat.«

»An welches Schiff denken Sie, Mylady?« erkundigte sich Daniel Yoreth.

»An die CEYLON.« Erklärend fügte die Erste Vorsitzende hinzu: »Dem Rat von Terra sind für diplomatische Missionen einige Kurierkreuzer unterstellt, Mr. Manninghouse. Wir haben sorgfältig darauf geachtet, daß diese Kreuzer mit Männern und Frauen bemannt wurden, die dem Rat loyal gegenüberstehen. Die Besatzung der CEYLON hat schon mehrere Missionen für uns durchgeführt, die den Generälen nicht ins Konzept gepaßt haben . . . Ich möchte Sie bitten, bei diesem Einsatz das Kommando über die CEYLON zu übernehmen, Mr. Manninghouse.«

Mike war wie vor den Kopf geschlagen. »Aber . . . wie sollte ich . . . es ist doch . . .«

»Sie sind der beste Mann dafür. Sie haben alle Informationen, die der Kommandant dieses Unternehmens benötigt. Es wäre leichtsinnig, die Besatzung der CEYLON in alle Hintergründe einzuweihen. Wir dürfen kein unnötiges Risiko eingehen — und dazu gehört, daß so wenige Personen wie möglich vollständig informiert werden.«

Zu seiner eigenen Überraschung hörte sich Mike plötzlich zustimmen.

Und bereits zwei Tage später war er inkognito nach Australien gereist, während in Rom ein Strohmann seine Rolle übernahm und an seiner Stelle unter seinem Namen an der römischen Universität Fortbildungskurse in theoretischer und angewandter Psychologie absolvierte.

Mike schreckte auf, als er eine unerwartete Berührung an seinem Arm spürte. Einen Augenblick lang glaubte er, daß er in der EXPERIMENTALSTATION TEST sei und Vicky ihn gleich auffordern würde, das Frühstück zuzubereiten, aber dann öffnete er die Augen und erkannte das lächelnde Gesicht von Nikita Jedorow über sich.

Ich muß eingeschlafen sein, dachte Mike. Er registrierte, daß jemand seinen Kontursessel nach hinten geklappt und so in eine bequeme Liege verwandelt hatte.

»Transition in einer Minute«, sagte Nikita Jedorow freundlich. »Ihre große Stunde naht, Kommandant.«

Mike knurrte etwas Unverständliches und klappte die Rückenlehne des Sitzes wieder nach oben.

Jedorow hatte inzwischen wieder das Kommandopult von seinem Ersten Offizier übernommen und machte das Schiff zur Transition klar. Die CEYLON mußte vor wenigen Minuten den erforderlichen Sicherheitsabstand zur Ebene der Ekliptik erreicht haben.

»Angenehm geträumt?« erkundigte sich der Kapitän, während seine Finger mechanisch über die Schaltungen huschten. »Sie sahen gerade aus wie ein schlafendes Baby mit Vollbart.«

Unwillkürlich mußte Mike lachen. Er dachte daran, daß er sich seinen Bart Vicky zuliebe hatte wachsen lassen.

Die gewohnten drei Gongschläge kündigten die Transition an.

Zehn Sekunden später legte sich ein Schleier vor Mikes Gesichtsfeld. Die Zentrale verschwamm ein wenig, wurde aber sofort wieder stabil.

»Transition erfolgt«, sagte Nikita Jedorow in das Mikrofon der Rundsprechanlage. »Zielgebiet exakt erreicht.« Der Computer hatte die entsprechenden Daten bereits auf einen Miniaturbildschirm des Kommandopultes projiziert.

Einhundert Lichtjahre trennten die CEYLON nun von der Erde.

»Üblicher Funktionscheck«, fuhr der Kapitän fort. »Grünmeldungen sofort an den Computer.«

Aus allen Abteilungen des Kugelkreuzers trafen im Verlauf der nächsten Minuten die verlangten Meldungen ein. Der Sprung war offenbar ohne Komplikationen verlaufen, und das Schiff war klar für eine sofortige zweite Transition.

»Zweiter Sprung«, sagte Nikita Jedorow.

Wieder die drei Gongschläge. Erneut verschwamm die Zentrale vor Mikes Augen.

»Zweite Transition erfolgt. Zielgebiet auch diesmal exakt erreicht.«

Der Kapitän wandte sich an Mike. »Zweihundert Lichtjahre. Wir sind jetzt so weit draußen, daß uns keine Ortungsstation des Imperiums mehr im Visier haben kann. Ich erwarte Ihre Befehle, Kommandant.«

Mike atmete ein paarmal tief durch. Er war noch nervöser, als er befürchtet hatte.

»Stellen Sie mich über das Bordcom vor«, sagte er. »Ich möchte zur Mannschaft sprechen.«

Jedorow aktivierte die Rundsprechanlage.

»Kapitän an alle«, sagte er langsam. »Ihr werdet vielleicht schon damit gerechnet haben, daß wir wieder einmal in einem besonderen Auftrag unterwegs sind. Leiter unseres Einsatzes ist Leutnant Michael Manninghouse, der hier bei mir in der Zentrale sitzt. Ich übergebe hiermit die Befehlsgewalt über die CEYLON offiziell an Leutnant Manninghouse. Unser neuer Kommandant wird uns jetzt erläutern, worum es bei unserem Einsatz geht. Bitte, Kommandant.«

Mike leckte sich nervös über die trockenen Lippen.

»Danke, Kapitän. Ich will es kurz machen. Wir fliegen nicht nach PHOENIX VII, sondern springen von hier aus direkt über 243 Lichtjahre ins System DELTA OMICRON. Zur Information: DELTA OMICRON befindet sich 4,8 Lichtjahre von der EXPERIMENTALSTATION TEST entfernt, deren galaktische Position Ihnen ja bekannt sein dürfte.

Auf dem ersten Planeten von DELTA OMICRON existiert mit größter Wahrscheinlichkeit eine Geheimstation der Militäradministratur. Unsere Informationen legen nahe, daß in dieser Geheimstation Dinge vorgehen, die die Sicherheit des Imperiums gefährden. Der Auftrag der CEYLON ist es, den Zweck der Station herauszufinden.« Je länger er sprach, desto sicherer wurde Mike. »Wir sind vom Rat von Terra ermächtigt worden, die Geheimstation notfalls mit Waffengewalt zu besetzen.« Das war natürlich eine Lüge, aber Lady Barbara hatte Mike befohlen, bei der Befehlsausgabe diese Formel zu gebrauchen. »Vor der Transition nach DELTA OMICRON wird Kapitän Jedorow ein Landekommando zusammenstellen. Für dieses Kommando bitte ich um freiwillige Meldungen.« Mike zögerte einen Augenblick. »Ich will nicht verschweigen«, fuhr er dann fort, »daß unser Unternehmen höchst riskant ist. Wenn wir nicht schnell und gezielt zuschlagen und konsequent verhindern, daß die Besatzung der Geheimstation einen Notruf absetzt, müssen wir mit einer sofortigen Intervention der Flotte rechnen. Wir haben allerdings einen Hochleistungs-Störsender an Bord, der Hyperfunksendungen aus der Station unmöglich machen sollte.

Wie wir in der Station selbst vorgehen, hängt davon ab, was wir auf DELTA OMICRON I vorfinden. Im Extremfall sind wir berechtigt, die Geheimstation oder sogar den ganzen Planeten durch Antimateriebomben zu vernichten. Ich hoffe sehr, daß es dazu nicht kommen wird.

Ich kann es niemandem verdenken, wenn er an dieser riskanten Mission nicht teilnehmen möchte. Ich stelle es jedem einzelnen Besatzungsmitglied ausdrücklich frei, seine Teilnahme zu verweigern. Wer mit einem Beiboot hier zurückbleiben möchte, kann das tun. In vierundzwanzig Stunden wird ein Schiff diesen Raumsektor hier anfliegen und die Besatzung der Beiboote an Bord nehmen.

Und ein letzter Punkt. Die Transition nach DELTA OMICRON ist nicht ungefährlich. Wir müssen nämlich exakt in der Korona der Sonne rematerialisieren, damit wir nicht geortet werden können. Bei einem Sprung von 243 Lichtjahren kann niemand dafür garantieren, daß wir nicht minimal vom Zielgebiet abweichen — und vielleicht mitten im Zentrum des Sterns herauskommen.

Das Unternehmen ist also von Anfang bis Ende äußerst riskant. Aber ich glaube, daß sich dieses Risiko lohnt, denn in der Geheimstation auf DELTA OMICRON I wird etwas über alle Maßen Schreckliches ausgebrütet, daran kann es leider keine Zweifel geben. Ich verrate nicht zuviel, wenn ich Ihnen jetzt mitteile, daß es kürzlich ein Leck in der hermetischen Sicherheitsabschirmung dieser ominösen Station gegeben hat. Die Generäle haben ohne zu zögern 25 Menschen getötet, damit das Geheimnis nicht an die Öffentlichkeit drang. Achtzehn Frauen und Männer, die zufällig zu Zeugen dieses Massenmordes wurden, haben gegen ihren Willen Psychoblocks erhalten, und ich brauche wohl nicht zu erläutern, was das für diese Bedauernswerten bedeutet. — Ich danke Ihnen für Ihre Aufmerksamkeit.«

Nikita Jedorow schaltete die Mikrofone ab. Auf seinem Gesicht lag ein seltsamer Ausdruck, den Mike zunächst nicht zu deuten wußte.

»Das war die reinste Demagogie«, sagte der Kapitän langsam.

Mike starrte ihn verständnislos an.

Nikita Jedorow wandte sich von ihm ab und begann demonstrativ damit, verschiedene Funktionen an seinem Pult zu überprüfen.

»Aber . . .«, stotterte Mike, der das Gefühl hatte, völlig ungerechtfertigt angegriffen worden zu sein, »warum . . . ich . . .« Er brach ab und schüttelte verwirrt den Kopf.

Der Kapitän drehte sich mit einer geschmeidigen Bewegung herum und sah Mike sehr konzentriert an. Sein Gesicht verhieß nichts Gutes.

»Glauben Sie vielleicht, daß nach dieser Rede auch nur *ein* Besatzungsmitglied von Bord gehen wird?« sagte Jedorow mit erzwungener Ruhe. »Mit diesem Konglomerat von Andeutungen und emotionalen Appellen haben Sie der Besatzung doch systematisch jede Möglichkeit zu einer rationalen Entscheidung genommen. Ich nenne so etwas Demagogie, Kommandant!«

»Aber die Generäle . . .«, sagte Mike unsicher. Er zögerte und fuhr dann fort: »Ich habe nur genau das dargestellt, was ich selber weiß . . . Die Geheimstation auf DELTA OMICRON I ist für die Generäle von Terra HQ ohne jeden Zweifel ein Instrument zur Übernahme der absoluten Herrschaft, und wir müssen rechtzeitig etwas dagegen unternehmen!«

»Sicher«, stimmte der Kapitän ruhig zu. »Damit mögen Sie schon recht haben — aber wie Sie diese Tatsache meinen Leuten verkauft haben . . . Sagen Sie mal, sind Sie wirklich so naiv, wie Sie jetzt wirken, oder spielen Sie nur eine Rolle, wenn Sie so auftreten?«

Mike fühlte sich wie betäubt.

»Wenn Sie wirklich so naiv sind«, fuhr Nikita Jedorow fort, »dann lassen Sie sich eines gesagt sein: Wenn man gegen die Generäle antreten will, sollte man sich nicht auf ihr Niveau herabbegeben. Ihre Ansprache hätte nämlich auch von einem der PR-Leute von Terra HQ stammen können. Es ist ein Verbrechen, Leute in den Tod zu schicken — aber wenn man diese Leute dazu bringt, *begeistert* in den Tod zu gehen . . .« Er brach ab, und um seine Mundwinkel war ein verdächtiges Zucken.

Für Mike brach in diesen Minuten eine Welt zusammen. Er erinnerte sich plötzlich an Ute Croy, die ihn mit einer beiläufigen Bemerkung zum Helfershelfer jener abgestempelt hatte, die die Besatzung der EXPERIMENTALSTATION TEST manipulierten. Er hatte Utes Bemerkung damals sehr gekonnt verdrängt. Nikita Jedorow aber warf ihm nun etwas viel Schlimmeres vor. Und dieser Vorwurf ließ sich nicht so einfach beiseite schieben.

»Haben Sie eine Zigarette für mich?« erkundigte sich Mike tonlos. Jedorow schob ihm eine angebrochene Packung zu.

Mike entzündete die Zigarette durch einen kräftigen Zug und atmete den beißenden Rauch tief ein. Er begriff, daß er die Zigarette in diesem Moment als psychologische Krücke benutzte, aber das war ihm jetzt egal. Er mußte versuchen, seine Gedanken zu ordnen.

Er dachte zurück an seine Ausbildungszeit in der Abwehrakademie — und er erinnerte sich an den Pflichtkurs in freier Rede und Rhetorik. Jeder angehende Abwehroffizier mußte diesen Kurs absolvieren, um, wie es offiziell hieß, bei der Erfüllung seiner Aufgaben *sicher und der Würde seines Ranges gemäß* auftreten zu können.

Nikita Jedorow hatte recht. Für seine Ansprache an die Besatzung der CEYLON hätte er im Rhetorik-Kurs eine ausgezeichnete Note erhalten.

Aber wie ist denn so etwas möglich? dachte Mike irritiert. Ich bin schon seit einem Jahr nicht mehr Mitglied der Abwehr, sondern Angehöriger des Stabilisierungsstabes. Und ich verabscheue alles, was mit der Abwehr und dem Militär im allgemeinen zu tun hat. Ich verabscheue diese subtilen Manipulationstechniken . . .

Sein Gedankengang brach ab. Eine Frage hatte sich in Mikes Bewußtsein gedrängt — eine Frage, auf die er beim besten Willen keine eindeutige Antwort finden konnte. Aber vielleicht konnte ihm der Kapitän dabei helfen, die richtige Antwort zu finden?

Es fiel Mike nicht leicht, seine Gedanken in Worte zu fassen, aber er gab sich immerhin große Mühe.

»Sagen Sie mir eines, Kapitän . . .«, begann er zögernd. »Kann man bestimmte Handlungsweisen von Grund auf verabscheuen und trotzdem selbst manchmal so handeln? Ich meine . . .« Er stockte. »Ich habe so geredet, wie man es mir auf der Abwehrakademie beigebracht hat und wie ich es jahrelang im Dienst der Abwehr selbst gemacht habe. Ich hatte immer geglaubt, meine Abwehrzeit sei längst vorüber, aber . . .«

Nikita Jedorow zündete sich nachdenklich eine Zigarette an.

»Natürlich«, sagte er. »Eingeschliffene Verhaltensweisen, die man jahrelang unbesehen für richtig gehalten hat, lassen sich nicht so einfach ablegen. Wenn man sich rational gegen etwas entschieden hat, kann es trotzdem noch lange dauern, bis man wirklich umgelernt und seine alten Verhaltensweisen, seine alte Rolle abgelegt hat. Ist das eine Antwort, die Ihnen weiterhilft?«

Mike nickte. »Ich glaube schon. Aber es ist bestimmt keine Antwort, die mir gefällt. Ich habe Angst davor, mir ständig selbst mißtrauen zu müssen.«

»Wer hätte das nicht?« fragte Nikita Jedorow ruhig.

Sie schwiegen eine Weile, bis der Kapitän seine Zigarette mit einer abrupten Handbewegung ausdrückte und sich wieder den Kontrollen zuwandte.

»Wie sieht die Detailplanung aus?« erkundigte er sich übergangslos.

Mike begriff. Er mußte sich jetzt zusammennehmen und wieder seine Rolle als Kommandant der Expedition der CEYLON übernehmen. Diese Aufgabe hatte im Moment absoluten Vorrang.

»Wie viele freiwillige Meldungen sind beim Computer eingegangen?« erkundigte er sich. »Und wie viele Besatzungsmitglieder wollen hier von Bord gehen?«

Die Ergebnisse entsprachen genau dem, was der Kapitän erwartet hatte. Und nach der Unterhaltung der letzten Minuten wußte Mike nicht mehr, ob er sich über die Ergebnisse freuen sollte.

Niemand wollte die CEYLON mit einem Beiboot verlassen. Und die Quote jener, die bereit waren, aktiv an dem bewaffneten Landungsunternehmen teilzunehmen, lag bei dreiundsechzig Prozent.

11

»Transition«, sagte Nikita Jedorow.

Sie sprangen direkt in ein Inferno.

Im Augenblick der Rematerialisation begannen die Alarmsirenen der CEYLON zu heulen. Auf dem Kommandopult leuchteten rote Lämpchen auf. Mike begriff sofort, was dieses Signal bedeutete: Der Computer hatte das Kommandopult gesperrt. Er war bei der logistischen Auswertung der Lage zu dem Ergebnis gelangt, daß Kapitän Jedorow keine Chance hatte, die CEYLON aus der Hölle hinauszusteuern, in die die riskante Transition das Schiff geschleudert hatte. Ein Mensch, so hatte der Computer ermittelt, war in dieser Situation einfach zu langsam.

Mit einem furchtbaren Ruck nahm die CEYLON Fahrt auf. Die Andrucksneutralisatoren konnten die extremen Beschleunigungswerte nicht rasch genug kompensieren. Mike fühlte, wie der Andruck ihn tief in seinen Kontursessel preßte. Rote Ringe begannen vor seinen Augen zu tanzen. Er keuchte. Jeder Atemzug bereitete ihm Pein.

Der Andruck wurde immer stärker. Ununterbrochen jaulten die Alarmsirenen, und aus der Tiefe des Schiffsrumpfes erklang das Dröhnen stark überlasteter Maschinen.

Obwohl der Computer sofort alle verfügbaren Filter vor die Aufnahmeoptiken der Hauptbildschirme geschaltet hatte, war die Zentrale von einem gleißenden Licht erfüllt. Mike versuchte verzweifelt, die Augen zu schließen, aber der Andruck trieb seine Augenlider nach oben, so daß er gezwungen war, unverwandt in das energetische Chaos hinauszustarren.

Stimmen kamen über die Tonkanäle des Bordcoms, aber Mike verstand nur einzelne Worte.

»Korona . . .«

Sie waren genau am Rande der Korona von DELTA OMICRON rematerialisiert. Und DELTA OMICRON war ein blauer Zwergstern, eine Sonne, die das Optimum ihrer Schrumpfung erreicht hatte und so heiß war, wie ein Stern nur sein konnte. An der Oberfläche dieses tobenden Gasballes mußten Temperaturen von fast 35 000 Grad Celsius herrschen — Hitzegrade, die weit jenseits des menschlichen Vorstellungsvermögens lagen.

»Abstand . . .« schrie eine Stimme direkt an Mikes Ohr.

Ein Kaleidoskop von Bildern wirbelte durch Mikes Gehirn. Er sah Gesichter vor sich, die mit der momentanen Situation so gar nichts zu tun zu haben schienen. Da war das Gesicht von Vicky, aus dem ihn vorwurfsvolle Augen anstarrten — und das Gesicht von Irena, deren Augen nicht vorwurfsvoll blickten, sondern eher traurig. Hatte Irena ihn verlassen, weil er nicht in der Lage gewesen war, umzulernen und seine überholten Verhaltensweisen abzulegen?

Aber das ist doch alles völlig verrückt, dachte Mike verzweifelt. Die CEYLON hängt in der Korona von DELTA OMICRON fest, und ich denke an Irena. Michael Manninghouse, Kommandant des Unternehmens DELTA OMICRON . . . Was für ein Witz!

»Notaggregate . . .«, schrie die Stimme. Sie mochte Kapitän Nikita Jedorow gehören, aber Mike war sich dessen nicht ganz sicher.

In diesem Moment war es ihm fast gleichgültig, ob der Hauptcomputer der CEYLON den Kugelkreuzer aus den Fängen der Sonnenanziehung würde befreien können. Eine tiefe Resignation breitete sich in ihm aus.

Der Schmerz in seinen Augen wurde stärker und riß Mike mit unwiderstehlicher Gewalt wieder in die Realität zurück. Tränen schossen ihm in die Augen, und er versuchte erneut, die Lider zu schließen.

Er schaffte es. Der Andruck hatte nachgelassen. Durch das Zuschalten der Notaggregate war wieder genügend Energie für den störungsfreien Betrieb der Andruckneutralisatoren vorhanden.

Mike atmete mehrmals tief durch. Ein schmerzhafter Krampf hatte sich in seinem Brustkorb breitgemacht. Mike spürte, daß auch sein Magen revoltierte. Er hatte Sodbrennen.

»Wir schaffen es«, sagte Nikita Jedorow. Er sprach jetzt wesentlich leiser, denn auch das Heulen der Sirenen war verstummt. Nur die Aggregate des Raumschiffes lieferten noch eine beängstigende Geräuschkulisse. Die Schwingungen, die durch das ganze Schiff drangen, waren so tief, daß sie teilweise unter der Hörbarkeitsgrenze lagen. Sie verursachten ein Gefühl der Beklemmung in Mikes Herzgegend.

»Wie . . .?« stammelte er.

»Wir sind mit nur wenigen Kilometern Abweichung angekommen«, antwortete der Kapitän auf Mikes unausgesprochene Frage. Dann lachte er humorlos. »Eine völlig normale Transition.«

Mit großer Mühe hob Mike die Hände an seine Augen und wischte die Tränen fort. Nach wie vor war er von der Lichtflut aus den Bildschirmen geblendet, aber auch diese Lichtflut ließ nun langsam nach.

»Wir sind jetzt im Korridor«, fuhr Jedorow fort. »Alles läuft genau nach Plan.«

Die Korona des blauen Zwergsterns lag hinter ihnen. Der Computer hatte sie sicher auf Kurs gebracht.

»Null komma fünf sieben LG«, meldete der Computer. »Mit abrupten Kurs- und Geschwindigkeitswechseln ist zu rechnen. Rotalarm kann nicht aufgehoben werden.«

»Entscheidung bestätigt«, sagte Nikita Jedorow. Er wandte sich an Mike. »Natürlich verläuft der Korridor nicht geradlinig«, bemerkte er ruhig. »Wir müssen einen ziemlich verrückten Slalom fahren, um nicht in die Ortungsbereiche der verschiedenen Satelliten zu geraten und dadurch unsere Anwesenheit zu verraten. Aber das ist eigentlich ein Routinemanöver.«

Das Sternmuster auf dem Bugbildschirm kippte plötzlich weg. Der Computer hatte die erste Kursänderung angeordnet. Gleichzeitig sank die Geschwindigkeit kurzfristig ab, um gleich darauf auf den alten Wert erhöht zu werden. Dann erfolgte eine neuerliche Kursänderung. Mike wurde beim Anblick der wild herumwirbelnden Sterne fast übel. Glücklicherweise arbeiteten jetzt wenigstens die Andruckneutralisatoren fehlerfrei.

»Wir steuern DELTA OMICRON I in einem weiten Bogen an«,

erläuterte der Kapitän. »Glauben Sie wirklich, daß wir mit unserem Bluff durchkommen?«

Mike nickte. »Unsere Strategie ist mit Hilfe von Computern ausgearbeitet worden. Wenn die eingegebenen Ausgangshypothesen nicht falsch waren, müßten wir die Besatzung der Geheimstation täuschen können . . . Schließlich wird man in der Station nicht damit rechnen, daß trotz der umfangreichen Sicherheitsmaßnahmen ein feindliches Schiff die richtige Route nach DELTA OMICRON I findet. Und bestimmt sind auch schon andere Nachschubschiffe so nahe bei der Sonne herausgekommen, daß es innerhalb des Schiffes Schäden gegeben hat. Wenn der Bordcomputer also aufgrund eines Defekts keinen Erkennungscode abstrahlen kann, wird man uns trotzdem landen lassen.«

Nikita Jedorow nickte langsam. »Das klingt logisch. Trotzdem habe ich ein ungutes Gefühl.«

»Nicht nur Sie«, sagte Mike. »Aber das muß nicht unbedingt ein schlechtes Omen sein.«

Der Computer steuerte weiter einen wahnwitzigen Zickzackkurs. Langsam wurde deutlich, daß dieser Kurs die CEYLON wirklich auf den ersten Planeten zuführte.

Mike wußte, daß DELTA OMICRON I eine Höllenwelt war. Er hatte die alten Berichte des Kommandanten der OMICRON gründlich studiert. Er wunderte sich nicht darüber, daß dieses Sonnensystem damals als ›völlig unbedeutend‹ eingestuft worden war.

Bei den Planeten II bis VI handelte es sich um Gasriesen vom Jupitertyp, die teilweise kaum dichter als Wasser waren. Nur DELTA OMICRON I machte da eine Ausnahme. Der Planet war etwa eineinhalbmal so groß wie die Erde, und seine Dichte entsprach in etwa der Terras. DELTA OMICRON I hatte einen mittleren Sonnenabstand von rund 175 Millionen Kilometern, aber da der blaue Zwergstern wesentlich heißer als Sol war, lag die Durchschnittstemperatur auf dem ersten Planeten bei hundertzehn Grad Celsius. Die Atmosphäre war erdähnlich, aber die hohen Temperaturen hatten die Entstehung von Leben verhindert. Ständig tobten in dieser überhitzten Lufthülle gigantische Orkane, die beträchtliche Staubmassen aufwirbelten. Der mit hoher Geschwindigkeit über die Planetenoberfläche getriebene Sand hatte die Felsen glattgeschliffen und eingeebnet.

Machten schon diese Tatsachen DELTA OMICRON I zu einer nicht sehr einladenden Welt, so wurde der negative Gesamteindruck noch von einem Phänomen verstärkt, für das die Wissenschaftler des Scoutschiffes OMICRON nie eine einleuchtende Erklärung gefunden hatten.

DELTA OMICRON I war radioaktiv verseucht. Der ganze Planet strahlte wie eine überdimensionale Atommülldeponie.

Und vielleicht war er das auch in grauer Vorzeit gewesen, dachte Mike. Lange vor uns hat es ja andere raumfahrende Rassen in diesem Bereich der Galaxis gegeben — Rassen, von denen es jetzt längst keine anderen Spuren mehr gibt.

Eine andere Theorie lautete, daß vor Jahrtausenden auf DELTA OMICRON I ein nuklearer Krieg ausgetragen worden war. Aber für keine der beiden Theorien waren bei der Ersterkundung schlüssige Beweise gefunden worden. Und später hatte man sich nicht mehr darum gekümmert, dieses Rätsel zu lösen. Es gab wichtigere Probleme, mit denen sich die Wissenschaftler herumschlagen mußten.

»Optische Erfassung mit Teleoptik auf den Hauptbildschirm!« befahl Nikita Jedorow.

Der Zentralcomputer der CEYLON nahm sofort die notwendigen Schaltungen vor.

Jetzt sah die Zentralebesatzung zum ersten Mal den Planeten, der das Ziel des Fluges war. DELTA OMICRON I wirkte wie ein riesiger Spiegel; der kristalline Sand, der ständig durch die Atmosphäre der Höllenwelt wirbelte, reflektierte einen großen Teil des sichtbaren Sonnenlichtes. Ohne diesen natürlichen Reflektor wäre es auf der Oberfläche des Planeten vermutlich noch wesentlich heißer gewesen, denn auch ein Teil der Wärmestrahlung wurde ins All zurückgeworfen.

»Auf dem Boden muß ewige Nacht herrschen«, bemerkte Mike. »Diese Sandstürme liegen wie ein Schleier um den Planeten.«

»Dieses Monstrum gefällt mir absolut nicht«, sagte Nikita Jedorow. »Wie sollen wir da eigentlich die Station finden?«

»Wir werden einen Leitstrahl bekommen«, entgegnete Mike. »Allerdings erst, wenn wir in unmittelbarer Nähe der Station sind.«

»Computerprognose?« fragte Jedorow.

Mike nickte nur.

Jetzt waren auf dem Bildschirm bereits Details erkennbar. Wirbelförmige Turbulenzen wühlten die Atmosphäre der Höllenwelt auf. Mike hatte das Gefühl, in einen Kessel zu starren, in dem eine trübe Substanz vor sich hin brodelte. Er empfand eine Art Ekel vor diesem Planeten. Zugleich begriff er, daß die Generäle von Terra HQ eine gute Wahl getroffen hatten, als sie DELTA OMICRON I zum Standort für die Geheimstation bestimmten. Auf dieser Welt würde bestimmt kein normaler Mensch eine Station vermuten — und natürlich auch kein Außerirdischer. Keine der bekannten galaktischen Rassen hätte sich auf DELTA OMICRON I wohl fühlen können.

Die CEYLON driftete an die Grenze der Atmosphäre heran.

»Korridor ist jetzt gradlinig«, meldete sich die Stimme des Computers.

»Dann ist das der richtige Einflugkurs«, sagte Nikita Jedorow bestimmt. »Wenn wir diesen Kurs halten, kommen wir genau über der Station heraus.«

Die CEYLON tauchte in einem flachen Winkel in die Atmosphäre ein. Der Computer projizierte ein schematisches Bild auf die Kontrollschirme.

»Tangentialkurs«, stellte Jedorow zufrieden fest. »Der Computer hat ein normales Abbremsmanöver schon in die Berechnungen einbezogen. Wir können unser Ziel gar nicht verfehlen!«

»Und selbst wenn wir etwas vom Kurs abweichen sollten, müssen wir nur auf den Leitstrahl der Station warten«, ergänzte Mike. »Fast zu simpel, nicht wahr?«

Die Hauptbildschirme zeigten jetzt ein waberndes Grau.

»Optische Erfassung kann ihre Funktion nicht länger hinreichend erfüllen«, meldete der Computer. »Umschaltung auf Komplexerfassung wird vorgeschlagen.«

»Akzeptiert. Durchführung.«

Alle verfügbaren Ortungssysteme traten in Tätigkeit. Das Bild auf den Schirmen änderte sich allerdings zunächst kaum, denn außer wirbelnden Sandmassen gab es draußen absolut nichts zu sehen.

»Hundert Kilometer über Grund«, las Nikita Jedorow eine Anzeige ab. »Gleich sind wir da.«

Die CEYLON kämpfte sich auf ihren Antigravfeldern durch die brodelnde Atmosphäre. Die Schutzschirme des Kugelkreuzers glühten ununterbrochen auf und umgaben das Schiff mit einer bunten Aureole. Die CEYLON zog einen langen Schweif von Turbulenzen hinter sich her.

Ohne die Schutzschirme, dachte Mike, würde der Sand die Außenhülle binnen weniger Minuten durchscheuern. Und wir wären auch schon längst radioaktiv verseucht.

»Wir empfangen Impulse«, meldete sich eine aufgeregte Stimme aus der Ortungszentrale. »Eindeutig kein natürliches Phänomen. Das ist der Leitstrahl!«

»Gut.« Nikita Jedorow atmete tief durch. »Damit wäre dann ja wohl alles klar.«

Der Computer hatte das Schiff sofort in den Leitstrahl ›gehängt‹, wie man in der Fachsprache sagte.

Mike wies auf die Bildschirme. »Da ist die Station.«

Gebannt betrachteten sie das merkwürdige Bild. Eigentlich stimmten nur die Umrisse der nun sichtbar werdenden Objekte. Die Farbwerte hatten nichts mit der Realität zu tun, da die Beobachtung ja nicht mit einer Normaloptik durchgeführt wurde.

»Raffiniert«, murmelte Mike. »Wenn mich nicht alles täuscht, besteht die Station aus drei Kreuzern, die bis zum Schiffsäquator in den Grund versenkt worden sind.«

Der Kapitän nickte. »Sieht ganz so aus.«

Die drei Kreuzer, deren Triebwerke vermutlich längst entfernt worden waren, bildeten ein Dreieck. Die Kugelwandung der ausrangierten Schiffe überschnitten sich an den Berühungsflächen etwas, so daß hier offenbar breite Durchgänge von einer Einheit zur anderen bestanden. Über der Station wölbte sich ein Energieschirm, der ebenso wie der Schirm der CEYLON die ständig heranwirbelnden Sandmassen verglühen ließ und wie eine kleine Sonne flammte.

Außerhalb dieses Energieschirmes befand sich eine zweite, wesentlich kleinere Halbkugel aus purer Energie. Die Orter der CEYLON verrieten, daß es unter dieser Halbkugel eine kreisförmige Öffnung gab.

»Ein Landeschacht«, mutmaßte Nikita Jedorow. »Die CEYLON paßt genau hinein. Aber das wird ein schwieriges Manöver . . .«

Die CEYLON kam exakt über dem kleineren Schutzschirm zum Stillstand. Der Computer senkte das Schiff sehr langsam ab — und dann berührten sich die beiden Schutzschirme. Es gab einen grellen Überschlagsblitz. Aber nach einer unmeßbar kurzen Zeitspanne waren der Schirm über dem Landeschacht und der Schirm der CEYLON zu einer Einheit verschmolzen.

Erneut ging die CEYLON tiefer. Der Computer baute das Schirmfeld des Kreuzers Meter um Meter von unten her ab, damit die enormen Energien nicht die Wandungen des Landeschachtes wegschmolzen.

Als die CEYLON schließlich auf ihren automatisch ausgefahrenen Teleskoplandestützen aufsetzte, waren ihre Schutzschirme ganz erloschen. Knapp oberhalb der oberen Polrundung wölbte sich nun wieder der flimmernde Schutzschirm des Landeschachtes.

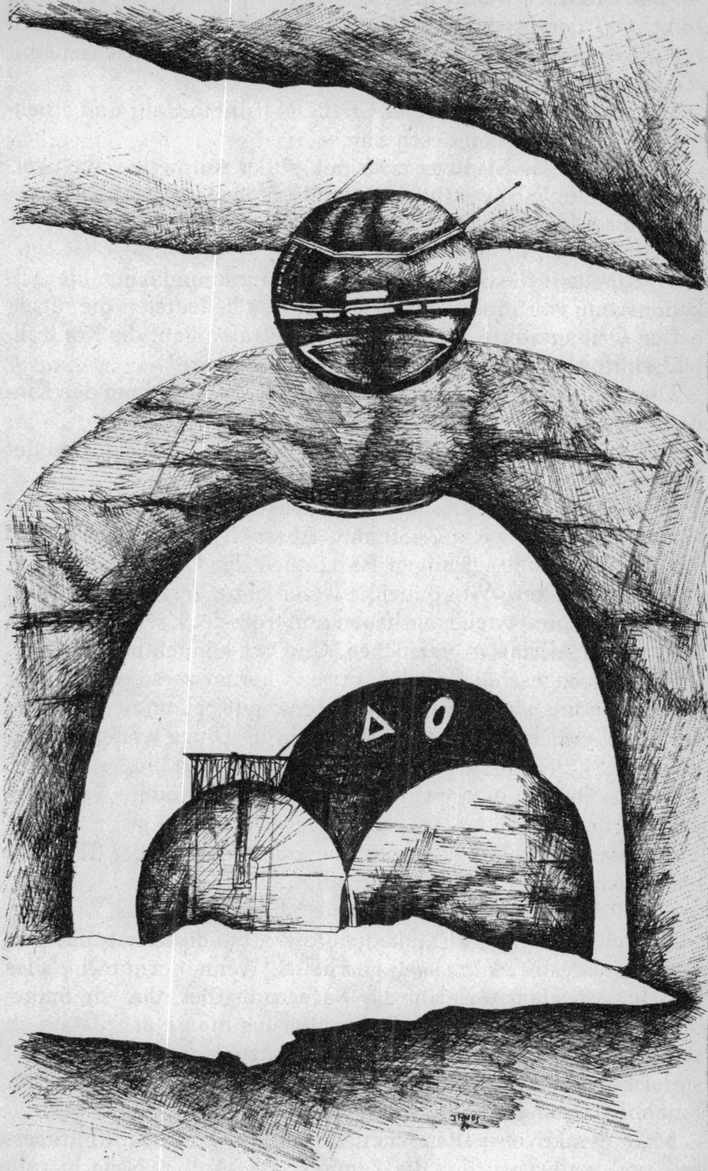

»Ein perfektes Manöver«, sagte der Kapitän voller Bewunderung. »Wir sind fabelhaft eingeschleust worden, ohne daß auch nur ein Körnchen Sand oder ein Rad Strahlung in den Schacht mit eingedrungen wäre.«

Die Außenscheinwerfer der CEYLON flammten auf und erhellten das Innere des Landeschachtes.

Mike hatte das Manöver zwar mit großer Aufmerksamkeit verfolgt, aber zugleich waren in seinem Kopf eine Vielzahl von komplizierten Überlegungen abgelaufen.

Irgend etwas stimmte hier nicht.

Warum hatte die Station sie nicht angefunkt und einen Identifikationscode von ihnen verlangt? Und was bedeuteten die rätselhaften Ortungswerte, die der Computer laufend auf die Kontrollbildschirme an den Kommandopulten projizierte?

Diese Werte besagten nämlich eindeutig, daß rund um den Landeschacht nichts war als natürlich gewachsener Fels.

Es gab keine Verbindung zwischen dem Landeschacht und der Station.

»Es könnte eine Falle sein«, sagte Mike plötzlich.

Nikita Jedorow nickte. »Stimmt. Aber wir haben immer noch Rotalarm, und alle wichtigen Funktionen der CEYLON sind auf *standby* geschaltet. Wir können jederzeit ohne Verzögerung unseren Schutzschirm wieder aufbauen und trotz der Energieglocke da oben einen Alarmstart versuchen. Und wir können natürlich mit unseren Bordgeschützen alles um uns herum zerstören — aber das würde uns vielleicht selber nicht so gut bekommen. Warten wir also lieber erst einmal ab, wie sich die Dinge weiter entwikkeln.«

Mike nickte. Auch er sah vorerst keine andere Möglichkeit.

Und dann leuchtete knapp vor der Frachtschleuse der CEYLON ein rötlich schimmernder Bogen auf.

»Ein Permanenttransmitter«, sagte Mike fassungslos.

»Stimmt«, entgegnete Nikita Jedorow. »Und diese Seite der Verbindung ist auf *Abstrahlung* geschaltet, wenn mich nicht alles täuscht. Man lädt uns ein, die Nachschubgüter, die wir mitgebracht haben, durch diesen Transmitter ins Innere der Station zu schicken. Ich verstehe nicht, wie die Besatzung der Geheimstation so leichtsinnig sein kann. Aber das ist jetzt egal. Sie sind an der Reihe, Kommandant.«

Mike desaktivierte die Sicherheitsautomatik seines Kontursessels und verließ wortlos die Zentrale. Der Antigravschacht trug ihn hinunter in die große Bodenschleuse, wo die bewaffneten Freiwilligen bereits auf ihren Einsatz warteten.

Auf dem Wege nach unten versuchte Mike, die verwirrenden Einzelbilder zu einem größeren Bild zusammenzusetzen. Und das war einfacher, als er zunächst gedacht hatte. Man mußte nur den Schlüssel finden ... und dieser Schlüssel hieß *totale Abschirmung.*

Nichts von dem, was im Innern der Geheimstation geschah, durfte nach dem Willen der Generäle jemals nach außen dringen. Darum war die Station so konzipiert worden, daß kein Mitglied der Besatzung von sich aus Kontakt mit der Außenwelt aufnehmen konnte. Mike war sich plötzlich sicher, daß es nicht nötig sein würde, den in der CEYLON installierten Störsender zu aktivieren. In der Geheimstation gab es nicht einmal einen Hypersender, um Notrufe abzustrahlen. Zu leicht hätten sich auf diesem Wege auch geheime Informationen verraten lassen.

Die totale Abschirmung war auch der Grund dafür, daß die CEYLON nicht mittels Normalraumfunk um Identifikation gebeten worden war. Selbst ein solcher kurzer Aufforderungsimpuls ließ sich mittels moderner technischer Mittel so manipulieren, daß er zusätzliche Informationen übermittelte. Die Generäle gingen lieber das kleinere Risiko ein, daß ein feindliches Schiff sich unidentifiziert der Station näherte. Schließlich wurde diese Möglichkeit durch die anderen Sicherheitsvorrichtungen — etwa den ständig wechselnden Verlauf des ortungsfreien Korridors — fast bis auf Null herabgedrückt. In diesem System gab es nur eine schwache Stelle: den Transmitter.

Natürlich mußte es wenigstens einen Zugang zur Station geben, denn sonst wäre eine Versorgung mit Nachschubgütern unmöglich gewesen. Dieser Zugang wurde durch den Transmitter gewährleistet — und John Rhinehart, dessen Flucht die Vernichtung von TEST 31 nach sich gezogen hatte, mußte genau diese Schwachstelle ausgenützt haben.

Es mußte ihm gelungen sein, den Transmitter im Innern der Station zu einem Langstrecken-Sendegerät umzufunktionieren. Durch einen puren Zufall — vermutlich eine Frequenzübereinstimmung — war der Transmitter von TEST 31 zur Gegenstation geworden.

Mike stutzte. Wenn es einen Eingang gab, mußte es auch einen Ausgang geben. Wie sonst hätte die Besatzung der Geheimstation Kontakt mit den Generälen aufnehmen und über die Ergebnisse ihrer Arbeit berichten können?

Auch hier lag die Antwort auf der Hand. Der Informationsausgang mußte so beschaffen sein, daß die Stationsbesatzung ihn nicht selbst aktivieren konnte. Vermutlich wurden die Mitteilungen im Computer der Station gespeichert und von den Computern der Nachschubschiffe mit einem speziellen Impuls abgerufen. Die codierten Botschaften konnten wahrscheinlich nur in Terra HQ aus den Speichern der Bordcomputer abgezapft und entschlüsselt werden.

Mike stutzte. Seine Überlegungen hatten noch eine andere Konsequenz.

Der Transmitter, durch den er und die Freiwilligen gleich springen würden, war mit größter Wahrscheinlichkeit als Einbahnstraße konzipiert. Es würde unmöglich sein, ihn umzuschalten und so zur CEYLON zurückzukehren.

Zwar hatte John Rhinehart eine solche Umschaltmöglichkeit gefunden, aber dieses Loch war mit absoluter Sicherheit jetzt verstopft. Und außerdem hatte Rhinhart fünf Jahre Zeit gehabt, den einzigen existierenden Ausgang zu finden.

Aber dieses Problem war eigentlich sekundär, fand Mike. Im Notfall würde sich ein anderer Weg finden. Man konnte sich zum Beispiel durch die Außenwandung der Station hindurcharbeiten und über die Oberfläche gehen.

Mike verwarf diesen Gedanken sofort wieder. Schließlich ging es auch viel einfacher.

Jeder Kreuzer hatte tragbare Miniaturtransmitter in den Depots, damit Landetruppen ohne Verzögerung in das Mutterschiff zurückkehren konnten. Es war überhaupt kein Problem, bei dem Stroßtruppunternehmen einen solchen Kleintransmitter mitzunehmen — oder besser noch zwei oder sogar drei. Es mochte zu Kämpfen kommen, in deren Verlauf ein Transmitter beschädigt werden konnte.

Mike hob sein Armbandcom an die Lippen.

»Kommandant an Stoßtrupp«, sagte er ruhig. »Sofort drei Landungstransmitter fertig machen. Die Geräte werden von der zweiten Welle mitgenommen.«

Mike vermutete, daß dieser Trick mit den Miniaturtransmittern auch für die Besatzung der Geheimstation der einzige Weg war, jemals wieder aus ihrem Gefängnis herauszukommen. Denn daß die Geheimstation ein Gefängnis — wenngleich auf freiwilliger Basis — war, daran zweifelte Mike nun keinen Augenblick lang mehr. Wer seinen Dienst in der Geheimstation antrat, kam nur dann wieder hinaus, wenn die Generäle damit einverstanden waren. Mike war sich völlig sicher, daß die normalen Nachschubschiffe *keine* Landungstransmitter an Bord hatten.

Endstation DELTA OMICRON I, dachte er ironisch, als er in den Frachthangar hinaustrat.

Sein Blick schweifte über die Gesichter der Frauen und Männer, die sich im Hangar versammelt hatten. Die Freiwilligen trugen Kampfanzüge und waren mit variablen Strahlern bewaffnet, die neben tödlichen Energiesalven auch Schockschüsse abstrahlen konnten. Man war bei der Planung des Einsatzes davon ausgegangen, daß Blutvergießen nach Möglichkeit vermieden werden sollte.

Einige Mitglieder des Stoßtrupps bildeten Kamerateams; ihre Aufgabe würde es sein, die Funde in der Geheimstation zu dokumentieren, damit der Rat von Terra Beweismaterial vorweisen konnte. Wieder andere hatten sich um Antigravscheiben versammelt, auf denen Datenspeicher montiert waren. Diese Datenspeicher konnten an die Computer der Station angeschlossen werden und das dort gespeicherte Datenmaterial abzapfen.

Mike bemerkte, daß alle Angehörigen des Stoßtrupps nervös waren. Nur wenige Gespräche wurden geführt. Wer sich trotz der großen Anspannung mit seinem Nebenmann unterhielt, sprach leise und hastig.

Mike kannte keinen dieser Männer und Frauen mit Namen. Einen Augenblick lang fühlte er sich wie ein archaischer Feldherr, der eine anonyme Masse von Rekruten in ein womöglich für alle tödliches Gefecht schickte — und dieses Gefühl war ihm unangenehm. Aus dem Hintergrund der Hangarhalle näherte sich eine weitere Gruppe. Mike erkannte, daß diese Gruppe die drei Miniaturtransmitter mit sich führte, die er auf seinem Weg nach unten angefordert hatte.

»Alles bereit?« erkundigte er sich mit lauter Stimme. Sein Tonfall war jetzt wieder so befehlsgewohnt wie während seiner Zeit bei der Abwehr.

Ein zustimmendes Gemurmel antwortete ihm.

»Gut«, sagte Mike. »Erste Welle versammelt sich an der Schleuse. Schleuse in dreißig Sekunden öffnen.«

Die erste Angriffswelle bestand nur aus Männern. Mike hatte darauf bestanden, diese Gruppe selber anzuführen. Damit handelte er zwar gegen einen ausdrücklichen Befehl von Lady Barbara, aber das war ihm in diesem Moment egal. Er konnte den Gedanken, die ganze Operation aus der Sicherheit der Kommandozentrale heraus zu lenken, einfach nicht ertragen.

Das Schleusenschott glitt auf.

Die Außenbord-Meßeinheiten der CEYLON hatten festgestellt, daß der Landeschacht der Geheimstation mit normaler irdischer Atmosphäre gefüllt war. So war es möglich, auf Raumanzüge zu verzichten. Wenn die Besatzung der Geheimstation bemerkte, daß die CEYLON keineswegs Nachschub brachte, sondern daß hier ein Überfall durchgeführt wurde, konnte es zwar passieren, daß als Abwehrmaßnahme der Landeschacht luftleer gepumpt wurde, aber in diesem Falle boten die Kampfanzüge kurzzeitig genügend Schutz. Mike hatte befohlen, die Visiere der Kampfanzüge vor Beginn der Aktion zu schließen.

Sie stürmten los.

Mike sprang mit einem weiten Satz auf die Antigravrampe und spürte, wie das AG-Feld ihn ergriff und rasch nach unten trug. Kaum war er auf dem Boden des Landeschachtes angekommen, als er auch schon wieder loslief. Er überbrückte die kurze Strecke bis zum Transmittertor in fünf oder sechs Sekunden und sprang hinein.

Der Durchgangsschock war so kurz und schwach wie immer. Noch bevor sich Mikes Gesichtsfeld wieder geklärt hatte, riß er den Strahler hoch und feuerte breitgefächerte Schocksalven ab. Er wollte kein Risiko eingehen.

In dem Hangar, in dem er rematerialisiert war, befanden sich zu diesem Zeitpunkt fünf Menschen. Mikes Schocksalven trafen drei davon. Die Körper wurden von der Aufprallwucht zurückgeschleudert und fielen hart zu Boden. Mike hoffte inständig, daß sich keiner der Niedergeschossenen beim Sturz ernsthaft verletzte.

Die beiden Männer, die hinter Mike aus dem Transmitter kamen, drehten sich nach rechts und links weg und feuerten in jene Bereiche des Hangars, die Mike mit seiner ersten Salve nicht bestrichen hatte. Die beiden letzten Hangartechniker hatten keine Chance. Zu blitzartig war der Überfall vor sich gegangen.

Mike lief mit erhobenem Strahler weiter. Die rötlichen Schleier vor seinen Augen lösten sich auf, und er konnte seine Umwelt wieder klar wahrnehmen. Im Innern des Hangars gab es keine Feinde mehr, die ihm hätten gefährlich werden können. Nur einige auf *standby* geschaltete Arbeitsroboter warteten summend auf ihre Einsatzbefehle. Von ihnen ging keine Bedrohung für die Männer der ersten Angriffswelle aus.

Mike mußte sich nicht umblicken, um zu sehen, was hinter seinem Rücken vorging. Er war sich sicher, daß jetzt die zweite Welle aus dem Transmitter quoll. Sie hatten zwar keine Gelegenheit gehabt, das Manöver zu proben, aber Kapitän Jedorow hatte Mike versichert, daß die Besatzung der CEYLON solche Landeeinsätze schon früher mit großer Präzision durchgeführt hatte.

Mike hatte inzwischen eine Anschlußstelle des Stationscoms ausgemacht. Mit der Waffe in Anschlag postierte er sich neben diesem in einer kleinen Nische installierten Gerät. Jetzt hatte er Zeit, sich einen Eindruck von der Situation im Hangar zu verschaffen.

Inzwischen waren rund zwanzig Personen durch den Transmitter in die Halle gekommen, und mit jeder Sekunde wurden es mehr. Die Miniaturtransmitter wurden bereits einsatzbereit gemacht, und die Kamerateams formierten sich. Kleine Einsatzgruppen hatten jetzt die Hangarausgänge erreicht, durch die man ins Innere der Station gelangen konnte. Mit kurzen Energiestößen aus den Strahlwaffen wurden die Schließmechanismen der Hangartore zerschmolzen, so daß die Durchgänge nicht mehr von der Stationszentrale aus gesperrt werden konnten.

Durch knappe Handzeichen signalisierten die Mitglieder von Mikes Gruppe die erfolgreiche Beendigung der zweiten Angriffsphase. Mike hob beide Arme und winkte. Der Vorstoß ins Innere der Station konnte beginnen.

Dann wandte er sich dem Com zu. Wie in terranischen Raumschiffen war auch dieses Gerät mit einer Prioritätsschaltung versehen. Mike zerbrach die Verplombung und aktivierte den Anschluß. Wenn er nun zu sprechen begann, würde man ihn überall in der Station hören. Alle anderen gerade laufenden Gespräche wurden durch die Prioritätsschaltung, die für extreme Notfälle gedacht war, automatisch unterbrochen.

Mike hatte sich vorher nicht überlegt, was er in diesem entscheidenden Augenblick sagen würde, sondern verließ sich voll und ganz auf seine Fähigkeit zur Improvisation. In solchen Situationen kam ihm seine gründliche Ausbildung in der Abwehrakademie sehr zustatten.

»Hier spricht der Kommandant des Landungsunternehmens DELTA OMICRON I«, sagte er langsam und deutlich in das Mikrofon des Coms. »Meine Truppe ist im Begriff, Ihre Station zu besetzen. Jede Gegenwehr ist zwecklos. Ich fordere Sie auf, sich sofort zu ergeben und sich genau an alle Anweisungen zu halten, die ich oder die Mitglieder meines Kommandos Ihnen erteilen werden. Wir haben eine Antimateriebombe ins Innere der Station gebracht und werden nicht zögern, sie auszulösen, wenn uns die Station nicht widerstandslos übergeben wird. Er machte eine kleine Pause, um den Mitgliedern der Stationsbesatzung eine Chance zu geben, sich von ihrem ersten Schrecken zu erholen.

»Und dies sind meine ersten Anweisungen«, fuhr er dann konzentriert fort. »Die Steuerzentrale der Station muß sofort desaktiviert werden. Alle internen Schleusen haben offen zu bleiben. Kommen Sie bitte nicht auf den Gedanken, den Transmitterweg vom Landeschacht ins Innere der Station zu unterbrechen, um uns aufzuhalten. Wir haben natürlich eigene Transmitter mitgebracht. Eine Unterbrechung des Transmitterweges würde als feindseliger Akt gewertet werden.

Die Mitglieder meines Kommandos sind angewiesen, ihre Waffen in diesem Fall nicht länger als Schocker, sondern als Strahler zu benutzen.

Versammeln Sie sich jetzt unverzüglich in den Messen der drei Stationseinheiten — und zwar unbewaffnet. Ich gebe Ihnen dafür eine Frist von drei Minuten. Wer danach noch außerhalb der Messen angetroffen wird, muß damit rechnen, ohne Anruf betäubt zu werden.

Frage an Kommandozentrale: Haben Sie meine Anweisungen vollständig erhalten?«

Mike mußte nicht lange warten. Aus dem Lautsprecher des Coms drang eine verängstigt klingende Stimme.

»Wir haben verstanden. Achtung, Zentrale an alle: Befolgen Sie die Anweisungen der Eindringlinge, um unnötiges Blutvergießen zu vermeiden.«

Mike war irritiert. Er hatte nicht damit gerechnet, daß der Überfall so glatt ablaufen würde.

»Zentrale an Kommandant der Eindringlinge«, erklang wieder die verängstigte Stimme. »Würden Sie wirklich die mitgebrachte Antimateriebombe zünden, wenn wir uns zur Wehr setzen?«

»Ja«, sagte Mike hart. »Mein Kommando besteht aus Freiwilligen, die zum Äußersten bereit sind.«

»Ich verstehe.« Die ferne Stimme war seltsam tonlos. Mike konnte nicht entscheiden, ob sie einem Mann oder einer Frau gehörte. »Sichern Sie uns eine ehrenvolle Behandlung zu?«

»Natürlich«, sagte Mike, während er beobachtete, wie weitere Besatzungsmitglieder der CEYLON durch den Transmitter kamen. »Sie brauchen keine Angst um Ihr Leben oder um Ihre Gesundheit zu haben, wenn Sie auf Gegenwehr verzichten.«

»Ich bin wohl dazu gezwungen, Ihnen zu glauben. Und ich appelliere an Sie, keine unnötige Gewalt anzuwenden, wenn sich einzelne meiner Mitarbeiter nicht an meine Anweisung zur Kapitulation halten.«

Mike wußte, daß er sich auf so etwas keinesfalls einlassen durfte. Sein Einverständnis mit dieser Forderung hätte einen Freibrief für bewaffneten Widerstand bedeutet.

»Dieser Appell ist vergebens«, entgegnete er daher, obwohl ihm die Brutalität seiner Worte widerstrebte. »Jede, ich wiederhole: *jede* Form der Gegenwehr, sei es durch organisierte Gruppen oder Einzelpersonen, wird die gleichen Konsequenzen nach sich ziehen. — Wo ist die Zentrale?«

Die Stimme klang nun sehr verschüchtert. »Sie sind im Hangar, nicht wahr? Gehen Sie durch den Grünausgang zum AG-Schacht. Benutzen Sie den Ausstieg auf Ebene 13 und folgen Sie dem grünen Gang zur ersten Einheit. Sie finden die Zentrale unter der oberen Polrundung.«

»Bleiben Sie dort!« befahl Mike. »Alle anderen Mitglieder der Zentralebesatzung gehen in die nächste Messe, wie angeordnet.«

Er blickte auf seine Uhr. »Dazu haben Sie noch fünfzig Sekunden.«

Auf diese letzte Äußerung erfolgte keine Reaktion.

Mike schaltete den Comanschluß aus und machte sich auf den Weg in die Zentrale. Seine Schockwaffe ließ er entsichert, denn er rechnete trotz der Versicherungen des Stationskommandanten immer noch mit Widerstand.

Aber nichts geschah. Die Gänge waren wie ausgestorben. Mike begegnete nur den Mitgliedern seiner eigenen Gruppe.

Kurz nach Ablauf des Ultimatums betrat er die Zentrale der Geheimstation. Vor den desaktivierten Kontrolleinheiten stand eine vielleicht vierzig Jahre alte Frau und blickte ihm entgegen. Sie trug eine einfache Kombination, an der keinerlei militärische Rangabzeichen zu erkennen waren. Jetzt verstand Mike langsam, warum der Überfall so reibungslos verlaufen war.

In dieser Geheimstation gab es keine Militärs, sondern nur Zivilisten. Eine interne Kontrolle der Besatzung war ja auch nicht nötig. Schließlich besaßen die Generäle das optimale Druckmittel — sie konnten jederzeit einfach den Nachschub stoppen.

Die Blicke der Stationskommandantin richteten sich auf das Oberteil von Mikes Kombination. Aber natürlich gab es an Mikes Kampfanzug keinerlei Hinweise auf seine Identität oder seinen Rang. Vor Beginn der Aktion waren alle verräterischen Indizien entfernt worden.

»Nennen Sie mich nur *Kommandant*«, beantwortete Mike die unausgesprochene Frage. »Wie heißen Sie?«

»Verena Keller«, entgegnete die Frau. Sie musterte Mike unsicher. »Ich bin die Kommandantin dieser Station — oder besser gesagt: Ich *war* die Kommandantin. Was haben Sie mit uns vor?«

»Nichts«, sagte Mike. Er hatte die Waffe inzwischen gesenkt. »Wir werden eine Dokumentation darüber anfertigen, was in dieser Station vorgeht. Danach fliegen wir wieder ab. Und ich hoffe sehr, daß Sie und Ihre Mitarbeiter uns nicht dazu zwingen, Gewalt anzuwenden.«

Er trat an das Kommunikationsgerät, wobei er Verena Keller nicht aus den Augen ließ.

»Kommandant an alle«, sagte er. »Ich befinde mich jetzt in der Zentrale.« Er gab eine kurze Beschreibung, wie man zur Zentrale gelangen konnte. »Alle Berichte bitte sofort an mich«, schloß er. »Erster Rapport der verschiedenen Einheiten in einer halben Stunde. Bei wichtigen Entdeckungen bitte sofortige Meldung.« Er zögerte für einen Augenblick. »Ich möchte nochmals darauf hinweisen, daß die Stationsbesatzung mit größter Rücksicht zu behandeln ist. Gewalt darf nur im Notfall angewendet werden.«

»Danke«, sagte Verena Keller. »Für wen arbeiten Sie, Kommandant? Für den Imperiumsrat? Oder für den Rat von Terra?«

Mike brachte ein Lächeln zustande. »Erwarten Sie darauf wirklich eine Antwort?«

Die Stationskommandantin schüttelte den Kopf. »Natürlich nicht. Aber an Ihrer Reaktion sehe ich, daß ich mit meiner Vermutung nicht ganz falsch liege. Ich hatte übrigens damit gerechnet, daß Rhineharts Flucht Konsequenzen haben würde. Sie sind uns doch durch Rhinehart auf die Spur gekommen, nicht wahr?«

Mike wurde plötzlich bewußt, daß diese Frau letztlich die Verantwortung dafür trug, daß John Rhinehart bei seinem Fluchtversuch niedergeschossen worden war.

»Ja«, sagte er. »Wissen Sie, was mit Rhinehart geschehen ist?«

»Woher denn?« fragte Verena Keller. »Wir erfahren hier nichts von dem, was draußen vorgeht. Ich weiß nur, daß er bei seiner Flucht von einem übereifrigen Kollegen angeschossen wurde. Hat er es überlebt?«

Mike zögerte. Er wußte, daß er nicht zu viele Informationen preisgeben durfte. Aber schließlich entschied er sich dafür, Verena Keller wenigstens einen Teil der Wahrheit zu sagen.

»Rhinehart ist nicht an den Folgen des Strahlerschusses gestorben«, erklärte er. »Er kam lebend im Innern des Asteroiden TEST

31 heraus. Der Zentralcomputer von TEST befahl die sofortige Vernichtung des Asteroiden. Außer Rhinehart starben dabei 24 Menschen.«

Verena Keller starrte Mike an.

»Darum sind wir hier«, fuhr Mike fort. »Wir möchten wissen, was in einer Geheimstation vorgeht, zu deren Schutz die Generäle nicht einmal vor einem Massenmord zurückschrecken.«

Verena Keller nickte langsam.

»Ich verstehe, Kommandant. Bitte, glauben Sie mir . . . von diesem Massenmord habe ich nichts gewußt. Aber ich kann ihn eigentlich auch nicht entschuldigen, aber . . .« Sie unterbrach sich. »Die Entscheidung des Computers war richtig.«

Mike war wie vor den Kopf geschlagen.

Bevor er auf Verena Kellers Worte antworten konnte, erschien im Eingang der Zentrale eine junge Frau.

»Wir haben etwas gefunden, Kommandant«, sagte sie. »Ich glaube, Sie schauen sich das besser mal selbst an.«

»Gut.« Mike war froh, daß er durch die Ankunft der Botin einer Antwort an Verena Keller enthoben worden war. Einen Augenblick lang hatte er befürchtet, daß er die Beherrschung verlieren würde. »Erklären Sie mir den Weg — und bringen Sie dann diese Frau in die nächste Messe.«

Wenige Minuten später befand sich Mike in der zweiten Einheit der Geheimstation. Einer seiner Männer nahm ihn in Empfang.

»Wir wissen jetzt, daß diese Station ein gigantisches Labor ist, Kommandant«, sagte Mikes Führer.

»Und wonach wird hier geforscht?« erkundigte sich Mike, während er durch eine Tür in einen nicht allzu großen Raum geleitet wurde.

Die Antwort war ausweichend. »Sehen Sie selbst.«

Der Raum wurde fast vollständig von mehreren sargähnlichen Tanks ausgefüllt. Die Tanks standen auf niedrigen Podesten. Mike betrat das nächste Podest. Jetzt konnte er durch einen Deckel aus Plastikglas ins Innere des ersten Tanks blicken.

Das Bild, das sich ihm bot, war übelkeiterregend.

In dem Tank lag ein menschlicher Torso. Von der Tankwandung führten Schläuche in den Körper hinein.

Unwillkürlich fühlte Mike sich versucht, seine Augen abzuwenden. Der Torso hatte keine Haut; überall war das rohe Fleisch zu sehen.

Auf der anderen Seite des Tanks stand ein Mann mit einem Videorecorder und hielt den scheußlichen Anblick mit wissenschaftlicher Akribie im Bild fest.

Zuerst glaubte Mike, hier die künstlich am Leben erhaltenen Überreste eines Menschen vor sich zu haben — bis er begriff, daß es sich genau anders herum verhielt, als er zunächst vermutet hatte.

Hier war kein Mensch verstümmelt worden. Hier wurde ein Mensch künstlich zusammengesetzt.

»Sie züchten Androiden?« fragte Mike mit belegter Stimme.

Der Mann mit der Kamera betätigte den Aus-Knopf und senkte die Optik. Dann nickte er.

»Ja«, sagte er. »Und wir haben in den Speichern der Laborcomputer ausführliche medizinische Dossiers über führende Politiker des Imperiums gefunden.«

Nur langsam verstand Mike, was der Kameramann damit hatte ausdrücken wollen.

Vor seinem inneren Auge entstand das Bild eines Androiden, der genauso aussah wie Lady Barbara Charroux, die Erste Vorsitzende des Rates von Terra.

Wenn dieses Forschungsprogramm jemals abgeschlossen wurde, konnten die Generäle unliebsame Politiker jederzeit gegen Androiden austauschen — und niemand würde das auch nur bemerken.

Die Zeit schien um Mike herum zu erstarren. Nach endlosen Augenblicken totaler Lähmung hörte er sich selbst mit fremder Stimme fragen: »Ist es schon geschehen?«

Der Kameramann wußte sofort, was Mike damit meinte. Er schüttelte den Kopf. »Offenbar nicht. Es gibt zwar Prototypen, aber sie sind noch nicht perfekt genug.«

Sehr langsam verschwand das unnatürliche Gefühl, das der Schock in Mike ausgelöst hatte.

»Wir haben noch mehr gefunden«, sagte sein Führer. »Kommen Sie bitte mit?«

Wie betäubt folgte Mike ihm in ein anderes Labor. Hier gab es keine Tanks, sondern lange Reihen von Elektronenmikroskopen, Brutschränken und anderen Apparaturen, deren Zweck Mike nicht einmal erraten konnte.

»Bakteriologische Forschungen?« erkundigte er sich tonlos.

»Ja. Mit einigen dieser Virenstämme kann man ganze Planetenbevölkerungen auslöschen. Diese Wahnsinnigen haben in ihrem Arsenal Viren und Bakterien für jede bekannte Rasse der Galaxis — nicht nur für Menschen.«

Die harten, technischen Konturen des Labors verschwammen vor Mikes Augen. Und es dauerte eine ganze Weile, bis er begriff, daß er zu weinen begonnen hatte.

12

Einige Minuten später hatte Mike seine Fassung zurückgewonnen und konnte die Meldungen der anderen Einsatzgruppen entgegennehmen. Noch war nicht die gesamte Station erkundet worden. Mike schätzte, daß die Erstellung einer ausführlichen Dokumentation selbst dann noch mehrere Stunden in Anspruch nehmen würde, wenn keine weiteren Laborkomplexe mehr entdeckt wurden. Aber damit wagte er gar nicht zu rechnen.

Nach Abschluß der Berichterstattung sprang Mike zurück in die CEYLON. In der Zentrale traf er Nikita Jedorow, der ihm erwartungsvoll entgegenblickte.

»Was haben Sie gefunden?« erkundigte sich der Kapitän direkt. »Hier in der CEYLON erfährt man ja nichts.«

»Später«, sagte Mike kurz. »Ich muß einen Zwischenbericht durchgeben, um mir neue Anweisungen zu holen. Wir sollten diese ganze verdammte Station in die Luft jagen, aber darüber kann ich nicht allein entscheiden.«

Jedorow blickte ihn lange an. »So schlimm?«

Mike nickte. »Sehr schlimm.«

Er betrat die Hyperfunkzentrale der CEYLON und schickte die diensttuenden Funker hinaus. Hinter ihnen verschloß er sorgfältig das Schott, um in den nächsten Minuten ungestört zu bleiben.

Irgendwo draußen im All wartete in diesem Augenblick ein zweiter Kreuzer. An Bord dieses Kreuzers befand sich Daniel Yoreth. Lady Barbara hatte Mike befohlen, jede Entdeckung sofort ihrem Sekretär durchzugeben, der dann die notwendigen Entscheidungen treffen konnte, die über Mikes Kompetenzen hinausgingen. Mike wußte nicht, in welcher Position Yoreths Kreuzer sich befand, aber der Computer der CEYLON hatte alle notwendigen Daten, um durch einen abgeschirmten Richtstrahl die Verbindung herzustellen.

Mike tastete das Richtstrahlprogramm in die Automatik ein. In seinem Innern hatte sich eine große Kälte ausgebreitet, und seine Handlungen ähnelten immer mehr denen eines Roboters.

»Verbindung steht«, meldete der Computer. »Sie können sprechen.«

Man hatte sich bewußt darauf beschränkt, eine akustische Verbindung herzustellen. Mike wußte, daß Daniel Yoreth zusätzlich über einen Stimmverzerrer sprechen würde, damit er auf keinen Fall identifiziert werden konnte, falls die Richtverbindung wider Erwarten doch durch Zufall abgehört werden sollte.

»*Auster eins* an *Zimmermann*«, sagte Mike. Er fand diese Decknamen reichlich absurd, aber während seiner Dienstzeit bei der Abwehr hatte er noch merkwürdigere Codebezeichnungen für Personen oder Projekte kennengelernt. »Können Sie mich gut verstehen?«

»Die Verbindung ist ausgezeichnet«, erwiderte eine seltsam mechanische Stimme. Der Stimmverzerrer funktionierte ausgezeichnet. Mike hätte Dan Yoreths Stimme nicht erkannt. War es die Stimme eines Androiden? »Codierer und Zerhacker sind eingeschaltet. Sie können sprechen.«

»Danke, *Zimmermann*.«

Mike berichtete ausführlich von den bisher im Innern der Station gemachten Entdeckungen.

»So ist also die Lage«, schloß er. »*Auster eins* schlägt vor, daß wir die Wissenschaftler der Station an Bord nehmen und eine mit Zeitzündung versehene Bombe zurücklassen, um die Geheimstation zu vernichten. Wie stehen Sie dazu, *Zimmermann*?«

Mit der Antwort, die er erhielt, hatte Mike nicht gerechnet. Und je länger Daniel Yoreth sprach, desto ungläubiger verfolgte Mike seine Worte.

»Negativ«, sagte Yoreth. »Ich muß Ihnen eine unangenehme Mitteilung machen, *Auster eins*.«

Noch immer ahnte Mike nicht, was nun geschehen würde.

»Wir haben mit dem, was Sie uns gerade berichtet haben, längst gerechnet«, fuhr Yoreth fort. »Rhinehart war, wie Sie sich erinnern werden, Biopsych-Techniker. Wir konnten feststellen, daß eine größere Anzahl von Genetikern, Biologen und Medizinern auf fast genau die gleiche Art wie Rhinehart von der Bildfläche verschwunden sind. Von diesem Augenblick an bestand eine hohe Wahrscheinlichkeit dafür, daß in der Geheimstation auf DELTA OMICRON I verbotene biologische Experimente durchgeführt wurden. Haben Sie sich nie überlegt, daß der Zentralcomputer von TEST viel zu extrem reagiert hat, um die Geheimstation zu schützen? TEST 31 wurde nicht vernichtet, um den Geheimnisträger Rhinehart aus dem Wege zu schaffen. Der Zentralcomputer hat Rhinehart als potentiellen Seuchenträger eingestuft, weil auf DELTA OMICRON mit absolut tödlichen Erregern experimentiert wurde. Aus eben diesem Grunde ist die Station auch so hermetisch abgeriegelt, wie Sie es vorhin beschrieben haben, *Auster eins.*«

Und dann wiederholte Dan Yoreth zu Mikes Entsetzen fast wörtlich, was Verena Keller in der Zentrale gesagt hatte:

»In Anbetracht der gegebenen Umstände war die Entscheidung des Computers richtig. Sie entsprach völlig den Vorschriften der Gesetze, die in Anbetracht der Luna-Katastrophe erlassen wurden. Diese Tatsache wird auch davon nicht berührt, daß die Einrichtung der Geheimstation bereits selbst einen Verstoß gegen die Schutzgesetze darstellt.«

Mike hatte das Gefühl, daß die Welt rings um ihn herum in Trümmer fiel.

»Aufgrund eben dieser Schutzgesetze«, fuhr *Zimmermann* fort, »kann ich Ihnen nicht gestatten, den Planeten DELTA OMICRON I wieder zu verlassen. Ein Start würde eine Gefährdung der gesamten bekannten Galaxis bedeuten.«

Die Stimme zögerte einen Moment lang.

»Da wir nicht uneingeschränkt damit rechnen können, daß Sie sich an diesen Befehl halten, habe ich während unseres Gespräches ein bereits für den Notfall vorbereitetes Befehlsband über die Richtverbindung in den Computer Ihres Schiffes überspielt. Sollten Sie die nun folgenden Anweisungen mißachten, wird der Computer selbständig die Antimaterie-Bombe zünden, die Sie an Bord haben.

Meine Anweisungen lauten:

Es ist Ihnen strikt verboten, das Schiff zu starten, die Hyperfunkanlage des Schiffes in Betrieb zu setzen oder die Transmitter der Station oder des Schiffes auf eine Ferntransition zu justieren. Von diesem Verbot ausgenommen sind nur die Reaktivierung des Hyperfunk-Richtstrahls, über den wir jetzt sprechen, sowie die Benutzung der Transmitterwege zwischen Schiff und Station.

Die Bombe wird außerdem dann ausgelöst, wenn Sie versuchen, Manipulationen am Computer vorzunehmen, um diese Befehle zu annullieren oder zu umgehen.

Sie können mir glauben, daß ich diese Entscheidung nicht gerne gefällt habe, *Auster eins.* Aber jede andere Entscheidungsalternative hätte ein nicht im voraus abschätzbares Sicherheitsrisiko mit sich gebracht. Es tut mir leid, *Auster eins.*«

Mike fühlte sich innerlich wie tot.

»Aber das ist doch irrsinnig«, sagte er tonlos. »Wenn Sie das im voraus *gewußt* haben . . .«

»Wir haben es nicht *gewußt*«, entgegnete Daniel Yoreth, »sondern nur *vermutet.* Und wir brauchten den endgültigen Beweis.«

»Wie lange müssen wir in Quarantäne bleiben?« fragte Mike zögernd. Natürlich kannte er die Antwort schon, aber er brauchte die Bestätigung aus Daniel Yoreths Mund.

»Zeitlich unbeschränkt.« Die elektronischen Verzerrer ließen nicht zu, den wirklichen Tonfall zu erkennen, in dem diese beiden Worte ausgesprochen worden waren. Durch die elektronische Verfremdung klang die Stimme Yoreths monoton und kalt — wie die Stimme eines automatischen Richters, der ohne jede Gefühlsbewegung ein Todesurteil aussprach.

»Wenn Sie uns nachher die Dokumente überspielen«, fuhr Yoreth eine Spur zu rasch fort, »haben wir alles in der Hand, was wir brauchen, um die Generäle unter Druck zu setzen. Das wird natürlich auf informellem Wege geschehen — wenn wir direkt an die Öffentlichkeit treten würden, müßten wir damit rechnen, daß die Generäle einen Putsch als letzten Ausweg in Betracht ziehen.

Ich bin sicher, daß wir bezüglich DELTA OMICRON I zu einer vernünftigen Vereinbarung mit den Generälen kommen werden. Wir werden dafür Sorge tragen, daß Sie ständig mit dem nötigen Nachschub versorgt werden. Es ist wohl klar, daß Sie als kleine Gegenleistung sicherstellen, daß die verbotenen Versuche sofort beendet werden, nicht wahr, *Auster eins*?«

Mike antwortete nicht.

»Wir sollten unser Gespräch an diesem Punkt zunächst abschließen«, sagte Yoreth nach einer kurzen Pause. »Lassen Sie sich in Ruhe durch den Kopf gehen, was ich Ihnen mitgeteilt habe. Sie werden dann sicherlich einsehen, daß wir nicht anders handeln konnten.«

Der Lautsprecher verstummte, und Michael Manninghouse war mit sich und seinen Gedanken allein.

Endstation DELTA OMICRON I, dachte er bitter. Mein Gott, was bin ich doch für ein Idiot!

Er blieb starr vor den Kontrollen der Hyperfunkanlage sitzen. Gleich würde er hinausgehen müssen, um seinen Kameraden von der CEYLON das Urteil zu verkünden. Aber jetzt hatte er einfach noch nicht den Mut dazu.

Gene Wolfe

Fährtensucherlied

Ich habe dieses kleine Gerät gefunden, das meine Worte aufzeichnet und sie dann durch irgendeinen Mechanismus, den ich nicht verstehe, mir wieder vorspricht. Vor ein paar Augenblicken habe ich zu entdecken versucht, wieviel es davon behalten kann, indem ich eine ganze Weile geredet habe. Es hat alles behalten. Nun habe ich all das wieder ausgelöscht — auch dafür ist ein Knopf da — und von neuem begonnen. Ich möchte eine Aufzeichnung dessen, was mir widerfahren ist, zurücklassen, damit, falls jemand kommt, mich zu suchen, und mich tot vorfindet, er alles begreifen kann. Ich habe das Gefühl, daß dieser Fall vielleicht eintrifft, auch wenn ich nicht weiß, warum. Und ich möchte, daß derjenige alles versteht.

Ich weiß meinen Namen nicht. Die Leute, bei denen ich zu mir kam und die bislang sehr nett zu mir waren, nennen mich Kehlschnitt. Der Grund dafür ist, daß ich ein rötlich-braunes Muttermal an meiner Kehle von einer Seite des Haaransatzes um den Hals herum bis zur anderen trage.

Jeder Tag wird mit einer Zahl beginnen. Heute ist der erste Tag.

Diese Menschen sind größer als ich — mein Kopf reicht nur bis zu den Schultern der Männer. Sie behaupten, sie hätten mich im Schnee gefunden, eine Stunde nachdem der Große Schlitten vorübergekommen wäre. Was jedoch der Große Schlitten ist, konnte ich nicht genau erfahren. Ich hielt ihn zuerst für eine Art Natursymbol — vielleicht für einen Schneesturm. Sie sagen jedoch, dies sei das erste Mal gewesen, daß sie ihn überhaupt gesehen hätten und daß sie sich am Anfang vor ihm versteckt hätten.

Sie brachten mich hier in ihr Lager; inzwischen bin ich wieder fähig aufzustehen und ein wenig umherzugehen, und ich stelle fest, daß ich ihre Sprache, wenn auch schlecht, beherrsche. Sie tragen Felle und ihre Hütten bestehen aus Häuten, die sie über junge Bäume gespannt und mit Schnee vollgepackt haben. Draußen fegt der Wind immer neuen Schnee heran, so daß rund um die Hütten Wehen aufgeworfen werden. Ich liege hier auf Fellen; das Licht spendet ein leuchtender Pilz, der an einer Schnur aufgehängt ist und nur sehr schummrig glüht.

Dies ist der zweite Tag. Ich erwachte, als eine der Frauen mit einer Steinschale zu mir kam, die eine Art von Suppe enthielt, welche wohl als Medizin gedacht war. Ich fragte sie darüber aus, und sie erklärte mir, sie stellten diese Suppe her, indem sie die Zweige eines gewissen Baumes auskochten. Sie ist dünn und für meinen Geschmack zu würzig, kräftigt jedoch. Ich stand auf und ging nach draußen, die Frauen zeigten mir, wo die Männer sich aufhalten, ein geschützter Fleck etwa hundert Meter vom Lager entfernt.

Als ich zurückkehrte, waren die Männer fort — auf der Jagd, wie die Frauen sagten. Ich erklärte ihnen, ich wäre gerne mit ihnen gegangen, da ich nicht von ihrer Barmherzigkeit leben, sondern vielmehr versuchen wollte, mehr Nahrung für die Gruppe zu beschaffen, als ich selbst verzehrte. Sie lachten mich an und sagten, ich sei doch zu jung und zu klein, um mit den Männern zu jagen. Dies war keinesfalls böswillig, sondern vielmehr lieb und gutmütig, so daß ich das Gefühl hatte, ich gehörte dazu — selbst wenn ich mich gar nicht genau erinnere, irgendwo besonders dazugehört zu haben, beziehungsweise erinnere ich mich eigentlich an gar nichts, was sich vor dem gestrigen Abend ereignet hat — trotz der Tatsache, daß wir in Schnee und Wind standen und es empfindlich kalt war. Sie lachten auch über meine Kleidung, die sich von ihren Pelzgewändern sehr unterscheidet.

Dann sagten sie mir, sie wollten zusammen Essen sammeln gehen, worauf ich erklärte, ich würde mitgehen und ihnen helfen; sie fanden auch dies sehr komisch und verfaßten darauf eine Art Lied, in dem es hieß, ich würde nur Pflanzen zertreten, und ehe die Sonne hoch am Himmel stünde, über Rückenschmerzen klagen. Als sie jedoch ihren Spaß gehabt hatten, trat Roter Krokus, die meiner Meinung nach die Mutter des Häuptlings ist und die Anführerin der Frauen des Stammes, in eine der Hütten und brachte eine Waffe heraus; sie sagte, ich sollte die Frauen begleiten und sie beschützen und alles Wild, das ich vielleicht erspähte, töten, während sie sammelten.

Die Waffe, die ich immer noch besitze, besteht aus einem Holzstock, drei flachen federnden Längsteilen aus knochenähnlichem oder vielleicht hornähnlichem Material und einer Schlinge. Man kann sie benutzen, Steine oder Eisklumpen damit zu schleudern, doch die eigentlichen Geschosse sind eine Art gebogene doppelköpfige Keulen aus sehr schwerem Holz, deren Endstücke zum Teil mit Knochensplittern oder scharfen Steinen gespickt sind.

Wir marschierten etwa drei Kilometer durch den Schnee, der an den meisten Stellen kaum kniehoch lag, wir gingen im Gänsemarsch und schlugen Haken, um die Spur manchmal zu unterbrechen. Die Füße der Frauen sind in Häute gehüllt, die sie sich mit Riemen festbinden, während ich Stiefel aus einem schwarzen synthetischen Material besitze, das warm ist und meine Füße trocken hält. Mehrere Male kamen wir an Bäumen vorüber, da Roter Krokus uns, wenn immer dies möglich war, zu den Stellen führte, wo die Schneedecke am dünnsten war; dies ist meist im Windschatten von Dickichten der Fall.

Soll ich die Bäume meine erste Überraschung nennen? Ehe ich sie sah, hatte mich eigentlich jede Kleinigkeit überrascht, war ich doch so verblüfft, mich ohne jede Erinnerung daran, wie ich hierhergelangt war, bei diesen Menschen wiederzufinden, so daß mich alles in einen Taumel versetzte. Aber wenn ich mich auch an nichts erinnern kann, stelle ich doch fest, daß ich gewisse feststehende, wenn auch unvollkommene Vorstellungen besitze, was den Gebrauch von Gegenständen und das Aussehen von Dingen betrifft, deren Namen mir geläufig über die Lippen kommen auch wenn ich mich nicht daran erinnern kann, sie jemals gesehen zu haben.

Ich weiß nicht, wie Bäume eigentlich aussehen müßten, und kann nicht genau sagen, was mit diesen hier nicht stimmt. Sie sind grün oder grünlichbraun und wachsen vom Boden aus mit einem einzigen Stamm zumeist, obwohl es auch Stammbündel gibt, oder mehrere Stämme sich zu einer einzigen Krone vereinigen. Die Spitzen der Äste, die Teile des Stammes sind, können gerade, gebogen oder winklig sein, je nach ihrer Art. Gelegentlich — je dikker der Ast, um so länger ist er auch — vereinigen sich diese Äste zu Knoten, nur um sich danach wieder zu verzweigen, um schließlich zu ganz dünnen Ästchen zu werden. Einige Bäume besitzen kleine Blätter, einzelstehende oder in Rosetten; andere tragen keine. Einige sind biegsam und neigen sich bereitwillig unter dem Gewicht des Schnees und federn hoch, wenn man in wegschlägt; es gibt auch zähere Arten, die hartnäckig Widerstand leisten.

Der Fleck, den die Frauen suchten, lag an einem langen, sanft nach Süden ansteigenden Hang, der mit Steinen übersät war. Hier war der Schnee an vielen Stellen nur ein paar Zentimeter tief. Die Frauen verteilten sich, scharrten ihn mit Händen beiseite und pflückten kleine, tiefwachsende Pflanzen, die unter dem Schnee zu gedeihen scheinen. Erst versuchte ich ihnen zu helfen, ich wußte jedoch nicht, welche Arten genießbar waren, und hatte ohnehin keinen Beutel mitgebracht; außerdem trieb mich ihr Lachen bald weg, worauf ich mit der Keulenschleuder übte.

Dies ist eine interessante Waffe, und eine, so fand ich heraus, die nicht allzuviel Geschick erfordert, da die Federn nach vorne gespannt sind und die wirbelnden Keulen eine Breitenwirkung entfalten, mit der ein Schütze sein Ziel kaum verfehlen kann. Zuerst benutzte ich Steine, Roter Krokus zeigte mir, wie sie in die Schlinge einzulegen waren; als ich mich dann erinnerte, daß ich außer diesem Rekorder ein Taschenmesser — ebenso wie einen Feueranzünder und mehrere andere Utensilien — in meiner Tasche hatte, versuchte ich es mit einer Keule, die ich mir selbst schnitt. Die hübsch geglätteten und geschnitzten aus dem Köcher schienen mir wirklich für Übungsschüsse zu gut, und gewiß würden Knochen- und Steinsplitter dabei abbrechen. Bis die Sonne fast direkt über uns stand, ereignete sich nichts Bemerkenswertes; dann hörten wir eine Folge durchdringender Schreie, die anscheinend von den Bäumen am Fuß des Abhangs emporstiegen. Plötzlich richteten sich die Frauen auf, wandten sich in die Richtung des Lärms und blieben reglos stehen wie Baumstämme. Die Keulenschleuder war zufällig für einen Übungsschuß gespannt, und ich blieb ebenfalls wie erstarrt stehen und hielt ihn fast in Abschußposition.

Während wir so lauschten, wurden die Schreie lauter: schließlich brach eine schlanke Gestalt zwischen den Bäumen hervor. Mein erster Eindruck war, daß es sich um ein Mädchen handelte. Mein zweiter, wie es so den Abhang auf uns zuhüpfte und dabei die Vordergliedmaßen benutzte, um Geschwindigkeit zuzulegen, daß es sich um ein Tier handelte. Mein dritter Eindruck war, als ich die kreischenden Schreie aus nächster Nähe vernahm und den langen Hals und die vorspringende Form der unteren Schädelhälfte erkannte, daß es sich um einen Vogel handeln mußte. Die Frauen verharrten reglos, bis das Wesen fast bei ihnen angelangt war, sie sah und abdrehte.

Dann handelten sie hektisch und spurteten hinterher — ich war erstaunt zu sehen, wie schnell selbst die älteste von ihnen laufen konnte — sie schrien und warfen Steine. Roter Krokus rief mir zu, ich sollte schießen, und nachdem ich einen Augenblick lang gezögert hatte — das Geschöpf wirkte immer noch seltsam menschlich — tat ich dies. Unglücklicherweise war der Bogen nur mit einer meiner leichten Übungskeulen gespannt. Es traf die rennende Gestalt in der Nähe der Leibesmitte und brachte sie zum Taumeln, zu Boden ging sie jedoch dadurch nicht. Ich lud erneut, so schnell ich konnte, diesmal mit einer schweren Keule aus dem Köcher, und raste hinter den Frauen her.

Ich sagte, ich ›rannte‹ — ich hätte sagen müssen, ich ›hüpfte‹. Ich *glaubte* zu rennen; doch jeder Schritt verwandelte sich in einen Fünf-Meter-Sprung, und im Verlauf von wenigen Herzschlägen hatte ich mehrere hundert Meter zurückgelegt. Sogleich erlebte ich eine Überraschung — die Frauen selbst, auch wenn sie mit gewöhnlichen Schritten liefen, taten dies auf der Schneeoberfläche — genau wie unsere Jagdbeute —, auch dort, wo der Schnee einen Meter hoch lag.

Als ich so nahe herangekommen war, daß die Möglichkeit, mein Ziel zu verfehlen, sehr gering war, tat ich einen letzten Sprung auf die Spitze eines Findlings und schleuderte von dieser günstigen Stellung aus die schwere bespickte Keule, mit der ich die Waffe geladen hatte. Ich zielte nach dem Kopf, der ungewohnte Winkel täuschte mich jedoch, und die Keule traf das langhalsige Geschöpf in den Kniekehlen und brach ihr beide Beine. Ich sage ›ihr‹, denn sobald sie zu Boden gestürzt war, erkannte man, daß es sich tatsächlich um eine Frau handelte. Ihr Körper hatte kaum den Schnee berührt, da lagen Roter Krokus und die anderen bereits über ihr. Ich sah, wie sie im Sterben das Gesicht der Sonne zuwandte; ihre Lippen zuckten — es war ein wunderschönes und zartes, wenn auch fremdartiges Gesicht —, dann verloren ihre Augen den Richtungspunkt und rollten zurück in ihre Höhlen. Roter Krokus hatte ihr die Halsschlagader aufgerissen, und das scharlachrote Blut, das sogleich, wie es herausspritzte, auch schon gefror, hatte ihr Leben mit sich genommen.

»Wer ist sie?« fragte ich und sprang von dem Findling.

»Eine Lenizeen. Eine Lenizeen-Kuh. Eine junge.« Blitzschnelle Aa, eine der Frauen, streckte die Hand aus und befühlte die Hinterbacken des Mädchens. »So etwas Gutes werden die Männer nicht gefangen haben, glaube ich. Sie ist weit gelaufen — ihr Fleisch wird so zart sein, das es uns glatt von den Spießen fällt.«

»Ihr wollt sie essen?«

Sie mißverstand mich. »Nachdem du deine Wahl getroffen hast.«

»Ja«, sagte Roter Krokus. »Kehlschnitts Schuß hat sie erlegt.«

»Wir sind eine richtige Jagdgesellschaft, Roter Krokus«, rief eine der übrigen.

Roter Krokus faßte sich ans Kinn, eine Geste, die, wie ich begriffen hatte, ›Ja‹ bedeutete; in diesem Augenblick ertönte vom Waldrand, von jener Stelle, wo das Mädchen aufgetaucht war, ein gewaltiges Brüllen. Dort stand direkt am Rand der Bäume eine seltsame Frau — so groß und kräftig gebaut, als könnte sie fast eine

Riesin sein —, die uns unverständliches Zeug zurief. Die Frauen begannen sogleich zurückzubrüllen und schwangen die schwarzen Steine, die sie bei der Verfolgung des Mädchens aufgesammelt hatten. Die riesige Frau brüllte weiter, mit einer Stimme, tiefer als jede Männerstimme, die ich mir vorstellen konnte — und schritt nervös am Waldrand auf und ab. Eine gewaltige, wirre kuhfarbene Haarflut hing ihr über den Rücken hinab bis fast zur Taille, das vierkantige und kräftige Gesicht war edel und zart zugleich, wie das einer barbarischen Königin. Ich wollte die Frauen fragen, wer das sei, sie veranstalteten jedoch ein solches Getöse, daß sie mich nicht verstehen konnten, und schließlich machte ich mich daran, die Keulenschleuder mit dem am bedrohlichsten wirkenden Geschoß zu laden, das ich im Köcher entdecken konnte, und kauerte mich nieder, um dem Angriff der Riesin zu begegnen, falls einer erfolgen sollte.

Es erfolgte keiner. Nach über einer Stunde, die sie uns anbrüllte, drehte sie sich um, verschwand zwischen den Bäumen und ließ die Frauen in Ruhe, die nun den Leichnam des toten Mädchens mit Triumph ins Lager brachten. Beim Rückmarsch fragte ich Roter Krokus, wer die gewaltige Frau gewesen sei.

»Ketincha.«

»Aber wer ist sie?«

»Sie ist Ketincha — du hast sie gesehen. Wir hatten Glück, daß ihr Mann nicht in der Nähe war.«

»Wo wohnen die denn?«

»Im Wald — ganz in der Nähe des kleineren Wasserfalls. Weißt du, wo das ist?«

Ich gab zu, daß ich es nicht wußte, und fragte, ob es ein großer Stamm sei. Roter Krokus lachte. »Kein Stamm. Dafür ist nicht genug Fleisch da — du solltest Ketin erst mal sehen. Sie hatten einmal einen Sohn, aber der ist weggezogen.«

Mir war übel bei dem Gedanken, vom Fleisch des Mädchens essen zu müssen, wie unmenschlich sie auch aussehen mochte. Doch in der Zeit, bis die Männer zurückkehrten — zufälligerweise mit fast leeren Händen —, wurde mir klar, daß ich eine Krise heraufbeschwören würde, wenn ich mich weigerte; so nahm ich einen Happen von dem zarten Fleisch und verschlang es, so gut ich konnte. Ich war tatsächlich sehr hungrig, und das Fleisch war sehr zart, wie Blitzschnelle Aa vorhergesagt hatte, schien im Mund zu zergehen und war nahezu geschmacklos. (Vielleicht liegt das daran, daß diese Menschen offenbar weder Salz noch andere Gewürze benutzen.) Außer der Lenizeen-Kuh verzehrten wir das wenige Wild, das die Männer gebracht hatten — es war zäher, aber aromatischer, wie ich fand — und Gemüse und Wurzeln, welche die Frauen gesammelt hatten.

Als wir um das Feuer saßen, bemerkte ich, daß mehrere der Männer mich anstarrten, doch es dauerte über eine Stunde, ehe ich begriff, was an mir sie betrachteten. Mein Bart hatte zu wachsen begonnen; keiner von ihnen trug Gesichtsbehaarung, außer ein paar Stoppeln auf der Oberlippe. Als ich verstand, was nicht in Ordnung war, entschuldigte ich mich und ging zum ›Sanitär‹-Bereich, den man mir am Morgen gezeigt hatte. Einer der Gegenstände, die ich in meinen Taschen gefunden hatte, ist ein Rasiermesser, und ich fuhr mir damit übers Gesicht, bis ich mich wieder ganz weich anfühlte, dann gesellte ich mich wieder zur Gruppe beim Feuer. Mehrere Leute schienen durch mein verändertes Aussehen verwirrt: ich glaube jedoch, daß sie bald zu der Überzeugung kamen, was sie zuvor erblickt hatten, wäre lediglich eine Täuschung im Feuerschein gewesen. Zumindest hoffte ich dies.

Dritter Tag. Sollte ich die wichtigsten Dinge des Tages jeweils zuerst erzählen oder die Tagesereignisse der Reihe nach? Ich habe über die Frage nachgedacht, ehe ich mich wieder an den Rekorder gesetzt habe, und, um die Wahrheit zu sagen, hatte ich mich zunächst dazu entschlossen, einen Abriß der wichtigsten Geschehnisse vorab zu geben. Als ich dies jedoch versuchte — so ein ganz einfacher Bericht über das, was ich heute gesehen habe —, verwirrte ich mich selbst in einem Netz von Erklärungen, weil er viel von den Neuigkeiten, die ich zu berichten habe, voraussetzte.

Heute ging ich mit den Männern zur Jagd. Roter Krokus hatte vor ihnen angegeben, wie schnell ich laufen konnte, und sagte, ich könnte die Keulenschleuder ihres Sohnes ohne jede Anstrengung spannen. Also verhielten sie sich wachsam und ein wenig feindselig.

Es kommt mir vor, als entwickelten sie bei ihrer Jagd kein allzugroßes Geschick. Einen halben Tag lang oder länger bahnten wir uns unseren Weg durch die Wälder und fanden nichts als ein paar kleine Tiere der Art, wie die Männer sie tags zuvor mit nach Hause gebracht hatten. Diese winzigen Affen sind sehr beweglich. Sie besitzen lange buschige Schwänze; und obwohl mehrere Arten existieren, ähneln sie sich im allgemeinen Aussehen und in ihrem Verhalten so sehr — soweit ich es beurteilen kann —, daß es schon näherer Untersuchung bedürfte, sie zu unterscheiden. Die Männer schossen auf diese Schneeaffen, wo immer sie sie erblickten, und benutzten dazu geschmeidige Keulen; und sobald sie sie erlegt hatten, vergruben sie die Kadaver im Schnee und markierten die Stelle mit einem Zweig.

Nachdem wir so vier oder fünf Stunden durch eisige Kälte gestapft waren, kreuzten wir die Spur von einem außergewöhnlich großen Menschen, der mit langen Schritten einhergehen mußte. Ich erinnerte mich daran, was Roter Krokus mir über Ketin, Ketinchas Mann, erzählt hatte, und diese Beschreibung hatte mir nicht so geklungen, als wollte ich ihm gerne im verschneiten Wald begegnen. Die Männer um mich her zögerten nicht. Sogleich begannen sie zu singen, eine ansteigende und fallende Weise, und verfielen in Laufschritt, der sie an der Schneeoberfläche hielt. Nach ein paar Versuchen, die entweder zu schnell oder zu langsam ausgefallen waren, war ich in der Lage, die Technik selbst zu meistern. Für mich war es offensichtlich leichter, da ich etwas kleiner als der kleinste von ihnen war. Der Anführer, Roter Krokus' Sohn Langmesser, erzählte mir (vermutlich weil er erkannte, daß ich am Anfang Schwierigkeiten hatte), daß es nicht immer so schwierig sei wie hier, über den Schnee zu laufen. Ich fragte ihn, ob dies daran läge, daß er tiefer sei als gewöhnlich.

»Nein«, antwortete er. »Häufig ist er viel tiefer als jetzt. Wenn er jedoch ein paar Tage liegt und kein Neuschnee gefallen ist, dann wird die Decke härter als eine Eisschicht auf einem See. Dann können wir darüberlaufen, und die Jagd fällt uns viel leichter. Manchmal, wenn der Schnee frisch gefallen ist, ist er so weich, daß man nicht darauf laufen kann. Dann bleiben wir im Lager, bis er sich verhärtet.«

Wind kam auf und begann neue Schneewehen zu bilden; ich fragte ihn, ob das das Fortkommen nicht erschweren würde.

»Nein, so wird die Oberfläche noch fester. Aber in dem Wind ist es jämmerlich schwer zu schießen.«

»Also keine Schneeaffen mehr?«

Er lachte. »Nicht, wenn wir Nashhwonk auf der Spur sind. Aber es ist gut für uns, daß er so ein großes Ziel abgibt. Wir werden uns ganz in seine Nähe begeben und dann mit dem Wind schießen. So werden wir ihn nicht verfehlen.«

Der Wind war so kalt, daß er mir mit jedem Atemzug die Lungen zu erfrieren schien. Ich lief weiter zwei bis drei Kilometer neben Langmesser her — wir waren vor allen anderen —, er sagte: »Läuft man in deinem Land nicht über die Schneeoberfläche?«

Ich sagte ihm, daß ich mich nicht an mein Land erinnerte.

»Dann stehst du unter einem Zauber. Das ist gut für dich.«

»Wieso das?«

»Dann wird dich keiner töten. Wenn ein verzaubertes Tier stirbt, so läuft der Zauberspruch die Waffe empor und sucht sich eine neue Heimat.«

»Ich bin kein Tier.«

Er kicherte beim Laufen. »Das sagen alle Tiere. Nashhwonk wird es auch sagen. Paß auf.«

»Wird er uns nicht kommen hören? Mit all dem Gesang?«

»Wir wollen ja, daß er uns hört. Nashhwonk hat Angst vor uns, und er wird laufen. Wir werden ihn einholen, und er wird zu erschöpft sein, um gut zu kämpfen. Er ist zu groß, um auf der Schneeoberfläche zu laufen.«

»Ist Ketin zu groß?«

Langmessers Gesichtsausdruck zeigte mir, daß es höflicher gewesen wäre, Ketin nicht zu erwähnen. »Ketin ist sehr leichtfüßig«, antwortete er und legte dann Geschwindigkeit zu, bis er zehn Meter vor mir herrannte.

Dies war so kindisch, daß ich wohl auch kindisch wurde, wie ich fürchte. Ich beschleunigte ebenfalls und stellte fest, daß ich, wie ich schon vermutet habe, viel schneller laufen konnte als er. Ich holte ihn ein, rannte neben ihm her, hielt meine Sprünge jedoch kurz und flach genug, damit ich nicht in den Schnee einsank. Mit einem erneuten Anlauf überholte ich ihn dann; und um meine Überlegenheit zu demonstrieren, behielt ich die gleiche Geschwindigkeit bei, bis ich außer Sicht und fast auch außer Hörweite der ganzen Gruppe war.

Die Bäume wurden dichter; bald brauchte ich meine halbe Kraft, Baumstämmen auszuweichen und über gefallene Stämme hinwegzuspringen. Dann stieß ich unvermittelt durch ein Dickicht und befand mich plötzlich auf offenem Gelände. Hier blies der Wind heftig; doch trotz des tobenden Schnees bemerkte ich über einen Kilometer entfernt von meinem Standort eine riesenhafte flache Spur, ein Band, mindestens hundert Meter breit, das sich durch den Schnee zog und, von Schneewehen etwas verwischt, jedoch noch klar erkennbar, auf einen flachen Hügel hinaufführte. Es sah so aus, als habe eine unglaubliche Kraft eine tonnenschwere Last über das leere Gelände getrieben.

Ich vergaß Nashhwonk, dessen riesenhaften und mühsam schleppenden Fußspuren ich bis dahin gefolgt war, und rannte vorwärts, um den großen flachen Pfad im Schnee zu untersuchen. Der Teil, der mir am nächsten lag, war hinter einer Bodenerhebung verborgen. Als ich die Kuppe erreichte, erblickte ich dahinter etwas, das mich einen Augenblick lang alle Gedanken an die Spur selbst vergessen ließ. Inmitten der Spur saß auf einem schweren hochlehnigen Stuhl aus dunklem Holz ein Mann, riesenhafter als ich mir jemals einen Menschen vorgestellt hatte. Er sah mir entgegen, als habe er nur darauf gewartet, daß ich auftauchte, obwohl etwas in seinem breiten Gesicht mich glauben machte, daß meine plötzliche Ankunft ihn irgendwie doch überraschte. »Bist du einer von ihnen?« fragte er, und eine leichte Kopfbewegung ließ mich begreifen, daß er die Männer vom Stamm meinte, deren wehklagender Gesang nun schwach über den Schnee zu uns herüberdrang.

»Nein«, sagte ich. »Ich bin ihr Gast.«

»Aber du jagst mit ihnen.« Er erhob sich und ging etwas tapsig, wie mir vorkam, um den Stuhl, bis er hinter ihm stand und sich auf die Rückenlehne stützen konnte. Riesenhaft und klobig, wie er war, wirkten seine Beine unproportioniert.

»Dich jage ich nicht«, sagte ich.

»Du bist gescheit.«

»Ich habe keine Angst vor dir.« (Dies war eine Lüge und vermutlich hörte man ihr es an.) »Ich mache nicht Jagd auf Menschen; ich dachte, wir seien hinter einem Tier her.«

(Noch eine Lüge — ich hatte doch seine Fußspuren gesehen, dies war mir jedoch weniger schuldvoll erschienen, als ihn nun sprechen zu hören.) »Bist du Nashhwonk?«

»Der Menschtöter, wie man zu mir sagt. Siehst du das hier?« Er hob den Stuhl empor, als handle es sich um eine Feder, und streckte ihn mir entgegen, damit ich sehen konnte, daß die Fußenden spitz zuliefen und dunkler waren als das übrige Holz. Sie sahen fast aus wie Metall.

Nashhwonk tippte mit einem Zeigefinger auf die Verbindungsstelle zwischen Bein und Sprosse, der so dick war wie mein Handgelenk. »Die Sehnen, die diese Holzverbindung zusammenhalten, sind aus dem Bein eines Menschen geschnitten. Und was die Art deiner Freunde betrifft, von denen habe ich schon Dutzende erledigt. Nun glauben sie, sie könnten mich im tiefen Schnee erwischen, wo sie wie die Fliegen umherhüpfen können. Aber hier auf der Spur des Großen Schlittens ist der Schnee zu Eis verharscht und sie können nicht besser laufen als ich — vielmehr nicht einmal so gut. Hier werde ich sie alle umbringen. Ist Langmesser ihr Anführer? Dann frag ihn mal, was mit seinem Vater geschehen ist.«

»Da ist er ja«, sagte ich. »Du kannst ihn selber fragen.«

Langmesser kam neben mich getrottet. »Ich sehe, du hast ihn gefunden«, keuchte er. »Ich dachte mir schon, daß er hier seine Bleibe aufschlägt. Manchmal stampft er auch den Schnee auf einer Lichtung fest, um sich ein günstiges Terrain zu schaffen. Aber das hier ist noch besser. Doch wir werden ihn so oder so schnappen.«

»Wenn ihr ihn bisher nicht erwischt habt, wieso seid ihr dann so sicher, daß es diesmal klappt?«

Nashhwonk war still geworden und starrte Langmesser aus zornigen, blutunterlaufenen Augen an. Nun begann er rückwärts von uns wegzugehen, wobei er seinen Stuhl vor sich hielt, und zog sich westlich den abgeplatteten Pfad hinab zurück. Langmesser und ich trotteten hinterher, um an ihm dranzubleiben, und hielten uns genau am Rand des tiefen Schnees. Ich konnte den Rest von Langmessers Stamm in den nahe gelegenen Wäldern hören.

»Wir werden ihn töten, keine Angst«, erklärte Langmesser. »Heute abend gibt es reichlich Fleisch. Wir haben ihn schon öfters umgebracht.«

»Wie kann er dann hier sein?«

»Nashhwonk bleibt Nashhwonk. Der hier oder ein anderer.« Der Wind fegte uns ins Gesicht und trieb uns den blendenden Schnee in die Augen; und noch im Sprechen legte Langmesser gewaltige Geschwindigkeit zu und rannte in den geglätteten Pfad hinein, etwa fünfzig Meter Nashhwonk voraus. Seine Keulenschleuder war gespannt, und ich erkannte, daß er hoffte, Rückenwind zu bekommen für seinen Schuß auf den Kopf des Riesen. Nashhwonk bückte sich jedoch sogleich auf halbe Höhe hinab und schob seinen Stuhl vor sich her, so daß der Sitz sein Gesicht beschützte und auch seinen Oberkörper, und so stürzte er auf Langmesser zu. Zu schießen hatte keinen Sinn, Langmesser warf sich in den tiefen Schnee. Der Rest des Stammes kämpfte sich nun zu uns durch.

»Was ist mit dir?« fragte Langmesser. »Du willst doch auch Fleisch essen, oder nicht?«

Ich sagte, ich glaubte wohl.

»Dann könntest du uns auch ein wenig helfen. Geh auf die gegenüberliegende Seite, damit wir ihn in die Zange nehmen können.«

Ich rannte hinter Nashhwonk vorbei und kam ihm beinahe zu nahe. Er drehte sich um, griff mich mit seinem Stuhl an und wirkte nun riesenhaft wie ein Baum. Ich war gerade noch in der Lage, einen Sprung zur Seite zu tun, ehe eine dieser grausamen Spitzen

JANOS
80

mich aufspießte. Er schwang das Ding wie einen Dreschflegel und verfehlte mich nur um ein paar Zentimeter. Eine von Langmessers Keulen traf ihn am Unterarm, verletzte ihn jedoch nicht, soweit ich sehen konnte, und fiel in den Schnee hinab. Nashhwonk drehte sich um und ging auf mich los. Seine Beine waren länger als ich von Kopf bis Fuß; sie verliehen ihm hier, wo der Schnee platt und fest war, eine überraschende Geschwindigkeit; ich war jedoch schneller und konnte mich rascher wenden, wenn dies nötig war. Wie die Dinge lagen, wußte ich, daß ich ihm entkommen konnte, vorausgesetzt, ich rutschte nicht aus und fiel hin; und ich hatte eine sehr lebhafte Vorstellung davon, was geschehen würde, wenn ich tatsächlich stürzte.

Als ich schließlich auf der gegenüberliegenden Seite anlangte, stieß der Rest des Stammes zu uns. Binnen weniger Minuten war Nashhwonk umzingelt. Ein Schlag mit einer gespickten Keule riß ihm eine Wunde auf der Stirn, die zottigen Augenbrauen schienen jedoch sehr wirksam das Blut von den Augen abzuhalten; und soweit ich dies beurteilen könnte, war er sonst unverletzt.

Darüber hinaus wurde es offensichtlich, daß wir auf Dauer nicht weiter Keulen auf ihn verschießen konnten. Jene, die auf die eingeebnete Spur des Großen Schlittens fielen, konnten — soweit sie nicht zu nahe bei Nashhwonk lagen — wieder aufgehoben und erneut verschossen werden; doch genauso häufig verfehlte ihn eine Keule und segelte an ihm vorüber, um im tiefen Schnee unterzugehen. Als die Keulen langsam zu Ende gingen und Nashhwonk müde wurde, zog sich der Kreis um ihn enger. Und jene, die gar keine Keulen mehr besaßen, hängten ihre Schleudern auf den Rükken und zogen ihre Messer — kurze, breite Klingen aus Rhyolit, deren Griffzapfen mit Leder zu einem Heft umwickelt waren. Als Nashhwonk ihnen den Rücken kehrte, stürzten sie hinzu, um ihm Messer in die Beine zu stoßen; ehe jedoch ein einziges davon blutige Wunden schlug, konnte er einen der kühnsten erwischen, indem er seinen Stuhl schwang. Der unglückliche Mann wurde weggeschleudert und schlitterte nach dem Aufprall noch ein halbes Dutzend Meter. Sogleich stand Nashhwonk über ihm und stieß seinen Stuhl herab, um ihn aufzuspießen; er drehte sich wie rasend und wäre fast freigekommen, doch eines der speerspitzen Beine durchbohrte seine linke Hüfte bis aufs Eis. Nashhwonk hob den Stuhl erneut, um ihm den Rest zu geben; währenddessen jedoch sprang Langmesser mit einem großen Sprung auf die Schultern des Riesen und bohrte ihm seinen Dolch in den Hals.

Ein Blutstrahl schoß heraus — als wäre Nashhwonk allein mit

dieser roten Flüssigkeit gefüllt — der im Herzschlag pulsierte. Er ließ den Stuhl fallen und riß Langmesser mit den Händen herab. Langmesser jedoch stach ihn durch ein Handgelenk, und in der Zwischenzeit waren ihm von den anderen die Achillessehnen durchschnitten worden, so daß er wie ein gewaltiger Baum zu Boden fiel. Während ich und ein paar andere Langmesser noch keuchend aus seinem Griff befreiten, starb er.

Wir verbanden die Wunde des Mannes, dessen Hüfte durchbohrt worden war; und ehe der Blutstrom versiegte, begannen die anderen Nashhwonk auszuweiden und zu zerlegen. Der große Kopf mit dem wilden Blick wurde zurückgelassen, ebenso Hände und Füße und die Innereien. Die Leber und das Herz — zusammen mit ihrer Fetthülle — waren besondere Leckerbissen, die man im Schnee tiefgefror und für Langmesser aufbewahrte. Auf seinen Befehl hin ging ein halbes Dutzend Männer in den Wald, um Schößlinge zu schneiden, aus denen sich ein Schlitten für das Fleisch herstellen ließ.

Die Arbeit ging so schnell voran, daß sie fast vollendet war, ehe man Nashhwonk ganz zerlegt hatte. Die biegsamen jungen Bäume wurden mit Riemen zusammengebunden und die Enden der zwei längsten hochgezogen, um sie als Kufen zu benutzen. Aus seinem Pelzanorak zog Langmesser ein großes dreieckiges Stück sehr dünnen Leders, zu dem man mehrere Häute kleiner Tiere verarbeitet hatte. Ein Schößling wurde inmitten des Schlittens aufgerichtet, der als Mast benutzt wurde, und zwei weitere Schößlinge band man an den dicken Enden zu einer Rah zusammen. Ich sagte Langmesser, ich hätte geglaubt, wir müßten den Schlitten ziehen.

»Wir werden auf den schwierigen Stellen schieben müssen«, erklärte er, »doch dies spart trotzdem eine Menge Mühe. Wir haben günstigen Wind. Wir werden ihn im Rücken haben, wenn wir die Spur des Großen Schlittens verlassen — dann kommt er von der Seite, wenn wir zum Lager zurückkehren. Seitenwind ist der beste von allen.«

Einer der anderen Männer sagte: »Wehte der Wind nicht günstig, so wären wir nicht hierhergekommen, Kehlschnitt. Gute Jäger jagen stets gegen den Wind oder quer zu ihm — auf diese Weise kann man zurücksegeln, wenn man viel Fleisch erbeutet hat, und man wird selbst nicht gewittert.«

»Ja«, stimmte Langmesser zu. »Aber nachdem wir Nashhwonks Spur gekreuzt haben, mußten wir ihm folgen, wohin er auch ging.«

Als der Schlitten beladen war, legten wir den verletzten Mann oben auf das inzwischen gefrorene Fleisch, dann hockten wir uns selbst darauf und hielten uns fest, wo immer wir konnten. Langmesser stand hinten, die Füße gegen die Überreste von Nashhwonks Beinen gestellt, und hielt die Segelleinen und die lange, alles überragende Ruderstange. Zum ersten Mal kam es mir in den Sinn, zu fragen, wie der Große Schlitten wohl aussah, und ich fragte einen Mann, der neben mir kauerte.

»Weißt du das nicht?« fragte er. »Du bist doch von dort.«

»Bist du sicher?«

»Du bist genauso angezogen wie sie, und wir fanden dich kurz nachdem er vorüber war.«

»Ich erinnere mich nicht. Er ließ eine sehr große Spur zurück — ist er denn breiter als lang?«

»Nein. Viel länger als breit. Wie ein Baumstamm.«

»Und es sind Menschen darauf?«

»Viele Männer und Frauen, die alle wie du gekleidet sind. Er ist auch nicht so flach wie der hier. Es steht eine große Hütte darauf und auf der großen wiederum viele kleine. Und er kommt ohne Segel voran, nichts zog ihn, als er aufbrechen mußte. Es war, als lehne sich die Welt auf die Seite nur um seinetwillen, und er glitt einfach daran herab.«

»Ich verstehe«, sagte ich, obwohl ich in Wirklichkeit kein Wort verstand. Da wir mit dem Wind im Rücken segelten, herrschte kaum eine Luftbewegung, die uns hätte frieren lassen — doch durch die Reglosigkeit des Sitzens fror ich viel mehr als während der Jagd auf Nashhwonk.

Ich fragte, ob der Große Schlitten auch so schnell vorangekommen sei; der Mann neben mir schüttelte den Kopf. »Nicht sehr viel schneller als guter Laufschritt. Wir folgten ihm lange Zeit, die Leute wollten uns jedoch nicht erlauben, hinaufzuklettern; so mußten wir schließlich umkehren. Da haben wir dann dich gefunden.«

Am Abend am Lagerfeuer dachte ich über den Großen Schlitten nach und darüber, wie wir Nashhwonk getötet hatten. Ich stellte mir vor, daß die Stammesleute gut von mir dachten. Da ich schneller laufen und weiter springen konnte als sie alle und da es eine Keule gewesen war, die die Lenizeen-Kuh niedergestreckt hatte, da ich es war, der Nashhwonks rechte Fersensehne durchtrennte, als er Langmesser töten wollte. Doch ein paar Augenblicke später setzte sich Langmesser zu mir, um mit mir zu reden, als die anderen bereits schliefen, und er sagte mir, es wäre wohl besser, wenn ich das Lager verließe. »Sonst«, meinte er, »wird jemand — vermutlich eine Frau — dich töten, wenn die Lebensmittel rar werden, ob nun ein Zauber auf dir ruht oder nicht.«

Ich sagte, ich glaubte nicht, daß sie so etwas fertigbrächten.

»Kennst du Hinkebein? Der, dessen Hüfte Nashhwonk verletzt hat?«

»Ja, aber ich wußte nicht, daß dies sein Name ist. Hieß er denn nicht Feuerfels?«

»Hinkebein wird er heißen, sobald seine Wunde verheilt ist. Entspräche es dem Gesetz, ihn zu töten und zu essen?«

»Ich weiß nicht, aber ich glaube nicht.«

»Es wäre gesetzwidrig. Die Leute vom Großen Schlitten stimmen da nicht überein, dies ist jedoch unser altes Gesetz, alles Fleisch darf verzehrt werden außer Menschenfleisch. Wenn Hinkebein jedoch vor der nächsten Hungerperiode wieder bei Kräften ist, wird er vermutlich geschlachtet werden. Das oberste Gesetz heißt Hunger — jene, die es brechen, sterben. Jene, die das andere Gesetz brechen, werden mit Krankheit oder Mißerfolg bei der Jagd bestraft; aber manchmal erhalten sie die Vergebung und manchmal können sie sie sich erkaufen.«

»Ich verstehe.«

»Du bist kein Mensch. Auf deinem Gesicht wachsen Haare, und du mußt sie dir abschaben — ich bin dir gestern abend gefolgt. Ich glaube, daß du ein Vetter von Ketin bist.«

»Ich habe ihn niemals gesehen.«

»Du erinnerst dich an nichts — warum solltest du nicht auch deine Vetternschaft vergessen haben? Er kann sehr weit springen, genau wie du, auch wenn er groß ist und du klein bist. Und auf seinem Gesicht wachsen ebenfalls Haare.«

»Was soll ich tun?«

»Verlaß uns morgen. Ein Teil von Nashhwonks Fleisch gehört dir. Ich werde es dir mitgeben, und du kannst den Schlitten nehmen, den wir heute für den Transport gebaut haben. Das Holz ist noch nicht verfeuert worden.«

»Kann ich das Segel bekommen?«

Langmesser schüttelte den Kopf. »Das ist zu kostbar.«

»Ich gebe dir dafür mein ganzes Fleisch von Nashhwonk.«

Er lachte. »Dann brauchst du ja auch keinen Schlitten mehr.«

»Ich werde mir neues Fleisch beschaffen, wenn ich weg bin. Ich gebe dir meinen ganzen Anteil von Nashhwonk für das Segel.«

»Abgemacht.« Er langte in seinen Anorak und holte ein Lederbündel heraus. »Die Leinen sind aufgerollt. Du mußt sie lediglich an die Rah binden, so wie wir dies heute getan haben.«

Als er weg war, fragte ich mich, wieviel von dem, was er gesagt hatte, der Wahrheit entsprach. Ich überlegte, ob ich mit dem Messer in der Hand schlafen sollte; doch nun war genug Fleisch vorhanden, und ich war sicher, daß ich mich in keiner unmittelbaren Gefahr befand.

Vierter Tag. Heute morgen fand ich den Schlitten am Rand des Dorfes. Er war unversehrt, wie Langmesser versprochen hatte, die Rah hing noch vom Mast herab. Ich ging zu Langmessers Hütte, wo er und Roter Krokus ihre Morgenmahlzeit zubereiteten, und gab die Keulenschleuder zurück, die Roter Krokus mir geliehen hatte. Ich hatte insgeheim gehofft, sie würde mir anbieten, sie zu behalten, dies tat sie jedoch nicht, sie luden mich aber ein, an ihrem Morgenmahl teilzunehmen. Dann ging ich zur Hütte, wo Hinkebein lag, und wünschte ihm alles Gute. Er behielt seinen Dolch in der Hand, während wir uns unterhielten, so vermute ich, daß Langmesser mir gestern abend die Wahrheit gesagt hatte. Ich hätte gern Hinkebeins Schleuder gehabt, hatte jedoch nichts, das ich ihm dafür hätte anbieten können.

Als ich ihm auf Wiedersehen gesagt hatte, gab es nichts mehr zu tun. Ich kehrte zum Schlitten zurück, befestigte das Segel an der Rah und richtete die Leinen. Der Wind hatte seit gestern nachgelassen, er blies jedoch immer noch aus dem Westen, was bedeutete, daß ich bis zur Spur des Großen Schlittens segeln konnte, würde den Schlitten aber dann ziehen müssen, sobald ich die Spur erreicht hätte.

Nun, da die Ladung so viel geringer war als gestern, glitt der Schlitten leicht über den weichen Schnee hin, und ich mußte nur zwei Mal etwas nachhelfen, als die Steigung zu stark war. Mir machte das Segeln ausgesprochen Spaß, und als ich erst einmal gelernt hatte, richtig zu trimmen, stellte ich fest, daß ich ziemlich schnell vorankam. Ich machte mir um die Nahrungsmittel Sorgen, es war jedoch sinnlos, anzuhalten und nach Schneeaffen auszuschauen, da ich nichts besaß, womit ich sie hätte töten können, falls ich welche entdeckte. Meine größte Chance bestand darin, den großen Schlitten so schnell wie möglich einzuholen, anstatt Zeit zu vertrödeln bei dem Versuch, waffenlos in der Wildnis Nahrung zu finden.

Nach allem, was ich erfahren hatte, konnte ich ungefähr davon ausgehen, daß der Große Schlitten sechzig Stunden vor mir lag; angeblich bewegte er sich jedoch recht langsam voran und hatte einen großen Teil des Tages mit Langmessers Leuten verbracht. Da ich die Absicht hatte, mit höchster Geschwindigkeit zu fahren, konnte ich damit rechnen, ihn heute — was ich nicht geschafft habe — oder morgen, was ich immer noch für möglich halte, einzuholen.

Als ich auf die Spur stieß, zog ich den Schlitten, bis ich auf der Spitze des ersten Hügels stand, jenes Hügels, den ich aus der Ferne gesehen hatte, als wir Nashhwonk jagten. Dann stieg ich auf — worüber ich sehr froh war — und glitt den Abhang hinab, was fast so flott ging wie zu segeln — um genau zu sein, war es so lustig, daß ich beschloß, ein wenig die Segelei zu probieren, trotz des Gegenwindes, indem ich mit dem Schlitten auf der hundert Meter breiten Spur kreuzte. Dies erwies sich als weit schnelleres Fortbewegungsmittel, als zu laufen und den Schlitten zu ziehen, und nach ein wenig Übung lernte ich den Schlitten am Ende der Fahrt jeweils so in die nächste Diagonale zu drehen, daß ich meine Geschwindigkeit ausnutzte, um wieder ein Stück hangaufwärts zu fahren.

Nach über einer Stunde dieser Zickzacksegelei begriff ich, daß es möglich war, den Schlitten erheblich zu erleichtern, indem ich einige der Bodenstangen entfernte — diese waren notwendig gewesen, um Nashhwonks Fleisch zu befördern, nun jedoch bedeuteten sie unnötigen Ballast. Ich band sie los und gewann auf diese Weise ein paar Extrariemen, die ich dazu benutzte, den Mast zu stabilisieren, dabei spannte ich je einen von der Spitze zum vorderen Ende jeder Kufe. Dies beschleunigte meine Geschwindigkeit beträchtlich, und zu meiner Freude drehte sich der Wind bald darauf nach Norden, und ich konnte mit ungeheurer Geschwindigkeit dahinsausen. Jedes Mal, wenn ich auf einem Hügelkamm ankam, hielt ich nach dem Großen Schlitten Ausschau. So segelte ich, bis es dunkel wurde, und selbst noch nach Sonnenuntergang — obwohl ich nun fast vor Kälte erstarrte —, solange noch beide Monde am Himmel standen. Als sie jedoch untergingen, konnte ich die Spur nicht mehr erkennen. Ich bekam Angst, ich könnte durch eine falsche Drehung verwirrt werden, daß ich die falsche Richtung nahm und so alles wieder verlöre, was ich heute gewonnen hatte. Gegen Mitternacht zog ich den Schlitten von der Spur. Einen halben Kilometer davon entfernt — vielleicht ist es auch weniger gewesen, ich bin sehr müde — entdeckte ich einen dichten Hain kleiner Bäume. Dort grub ich mir ein Loch in den Schnee, um gegen den Wind geschützt zu sein.

Fünfter Tag. Als ich heute morgen erwachte — was beinahe nicht mehr geglückt wäre —, waren meine Beine so kalt, daß ich sie nicht rühren konnte und sie lange mit den Händen bearbeiten und knaufen mußte, ehe Leben in sie zurückkehrte. Ich konnte mit meinen groben Handschuhen mein Gesicht berühren, ohne etwas zu spüren. Was mich rettete, so glaube ich, war die Wärme meiner Coveralls und die Tatsache, daß die Nacht schon halb verstrichen war, als ich mich niederlegte. Ich weiß nun, daß ich nie mehr so übernachten darf — ich muß einen besseren Schutz finden, ein Feuer machen, den Schnee wegräumen, wo ich mich hinlege.

Während meine Glieder allmählich wieder zu sich kamen, spürte ich, daß ich bald etwas essen mußte, auch wenn ich keinen Hunger empfand. Es war möglich, daß der Große Schlitten nur noch ein paar Kilometer vor mir war. Wenn nicht, dann würde ich bis zum Abend zu schwach sein, um den nächsten Tag erleben zu können. Ich machte ein Feuer und erinnerte mich an die Pflanzen, die die Frauen gesammelt hatten. So begann ich im Schnee zu wühlen.

Solange ich in dem Dickicht blieb, entdeckte ich nichts, nach ein paar Minuten fiel mir jedoch ein, daß die Frauen stets auf freien Hängen, die nach Süden lagen, gesucht hatten. Eine ähnliche Stelle lag nicht weit entfernt, und als ich dort grub, entdeckte ich Pflanzen, wie ich sie bei Langmessers Leuten gegessen hatte. Bald hatte ich einen Armvoll, den ich zum Feuer zurücktrug.

Roter Krokus und die anderen Frauen hatten gekocht, indem sie heiße Steine in einen Lederbeutel voll Schnee fallen ließen. Ich hatte keinen Lederbeutel, aber nach einigen Versuchen war ich in der Lage, das gleiche zu erreichen, indem ich mit meinem Messer ein Loch in den gefrorenen Boden schlug. Die Mahlzeit war dann ausgiebig, jedoch nicht sehr sättigend. Ich stellte fest, daß ich das Bedürfnis nach Fleisch hatte und insbesondere nach Fett.

Ich hatte gerade zuende gegessen und bereitete mich für den Aufbruch vor, als ich Geräusche aus der Richtung des Hügels vernahm, wo ich meine Gräser gefunden hatte. Ich versteckte mich hinter den niederen Pflanzen, die mich während der Nacht beschützt hatten, und spähte zum Hügel hinüber; dort sah ich über ein Dutzend Leute, Männer, Frauen und Kinder. Einige schienen die Unordnung in Augenschein zu nehmen, die ich im Schnee verursacht hatte, während die anderen nach Nahrung suchten. Ich stellte überrascht fest, daß sie kurzgewachsen und stämmig waren und daß sich unter ihnen Kinder aller Altersstufen befanden. Roter Krokus hatte mir erklärt, daß Kinder nur zu einer bestimmten

Jahreszeit geboren wurden, wenn auch genug Nahrung für sie da war, und daß jene fast halbwüchsig waren, ehe die nächste Generation kam.

Der Wind blies vom Norden her, und ich hatte es eilig, wieder loszusegeln, es schien jedoch unmöglich, an den Schlitten auf der Südseite des Dickichts zu gelangen, ohne gesehen zu werden. Dann wurden aus den Windstößen gelegentliche Böen, so daß die Schneeflocken, die zuvor gleichmäßig herabgeschwebt waren, in farblosen Säulen wie Geister in der Luft tanzten. Dies wäre sehr hübsch gewesen, dachte ich, hätte noch die Sonne geschienen, damit sie glitzerten, der Himmel jedoch wurde ständig dunkler — und zwar so sehr, daß ich daran dachte, mich davonzuschleichen, ehe es zu spät wurde, ohne daß die seltsamen Leute am Hang mich sahen.

Es war jedoch schon zu spät. Als ich gerade aufbrechen wollte, erstarrte die ganze Gruppe und drehte sich nach mir um; und einen Augenblick später trotteten vier in meine Richtung und schwenkten Werkzeuge, mit denen sie zuvor im Schnee gegraben hatten, Geräte mit kurzen Griffen und schweren, gebogenen Klingen.

Ich war sicher, ihnen entkommen zu können, wenn ich mich zum Laufen entschloß, doch ebenso sicher war ich, daß ich dann den Schlitten zurücklassen mußte; die kurzgewachsenen, stämmigen Männer bewegten sich überraschend schnell, und es bestand keinerlei Hoffnung, noch das Segel herauszuholen und ihnen mit dem Schlitten bei diesem unzuverlässigen Wind über den unebenen Schnee zu entkommen. Ihnen friedlich zu begegnen, erschien die bessere Alternative. Ich trat mit ausgestreckten Händen zwischen den Bäumen hervor und beschloß, mich nach vorne zu stürzen, wenn ich den Eindruck gewann, daß sie mich angreifen wollten.

Es funktionierte. Die vier blieben etwa fünf Meter entfernt stehen, und obwohl sie weiterhin ihre Werkzeuge kampfbereit hielten, wirkten sie eher überrascht als angriffsluftig.

Sie sind erschreckend häßlich. Ihre Gesichter sind fast so dickbackig und rund, als seien sie mit einem Zirkel gezogen, ihre Augen sind klein und unter schweren Brauen verborgen, die Nasen flach und kurz, daß ihre Nasenlöcher wie Kreise erscheinen. Ich sagte: »Ich komme in Freundschaft. Ich will nicht gegen euch kämpfen.«

Der Älteste (er hatte silbergraues Haar) und Größte sagte: »Wir wollen auch nicht mit dir kämpfen.«

»Dann laßt mich in Frieden ziehen.«

»Mir wäre lieber, du würdest uns dein Wissen vermitteln.« Er kam auf mich zu und hielt mit dem Griff nach vorne die geschwungene Klinge ausgestreckt. Ich nahm sie an, da dies offensichtlich irgendeine rituelle Begrüßungsgeste war, und als ich sah, daß er dies erwartet hatte, gab ich sie ihm zurück.

»Wirst du uns Wissen lehren?«

»Ich muß gehen.« Ich war mir plötzlich bewußt, daß der Wind ausgesetzt hatte. Es schneite nun dichter.

»Bald wird es schwer sein, weiterzukommen.«

Einen Augenblick lang fragte ich mich, ob er meine Gedanken gelesen hatte. »Ja«, stimmte ich zu.

»Komm mit zu unserer Behausung. Wir werden dir Essen geben. Wenn es aufgehört hat zu schneien, kannst du besser weiterfahren.«

Ich zögerte, die Erinnerung an die Kälte, in der ich vor ein paar Stunden erwacht war, war noch sehr lebendig in mir. Ich nickte, und ganz plötzlich lächelten die kleinen, häßlichen Männer (sie waren, wenn sie lächelten, meiner Meinung nach weniger häßlich) und lockerten ihre Haltung. Eine halbe Minute später standen sie alle um mich herum, als wir durch den Schneefall den Hang hinabgestiegen waren, um uns zu den Frauen und Kindern zu gesellen, und sie beschnüffelten meine merkwürdige Kleidung und stießen sich, wie es schien, gegenseitig scherzhaft an.

Diese Leute sind nicht annähernd so gut gekleidet wie Langmessers Stamm. Sie gehen auch im Schnee barfuß, und ihre Arme sind fast bis zu den Ellbogen bloß. Die Kinder sind völlig nackt, jedoch mit flaumigem Haar bedeckt, von dem bei den Erwachsenen nur vereinzelte Borsten zu bleiben scheinen.

Der Älteste und Größte, der sich Eisucher nennt, ist einen halben Kopf kleiner als ich; alle jedoch haben breite Schultern, und ihre Arme und Beine sind muskulös. Mit den Frauen und Kindern in der Mitte, Eisucher und einem der anderen Männer an der Spitze, zwei, die die Rückendeckung übernahmen, so brachten sie mich zu ihrer Behausung, wo ich mich nun befinde.

(Ich mache mir etwas Sorgen um den Schlitten, insbesondere, da ich das Segel nicht von der Rah nehmen konnte; es ist jedoch unwahrscheinlich, daß jemand sich in den Schneesturm hinausgewagt hat, der heute nacht tobte. Und der Schnee hat wahrscheinlich alles schon längst zugeschneit.)

Die Hütte besteht aus Buschwerk und ist ein weit weniger zufriedenstellender Schutz als die runden Lederzelte. Ein Balken von etwa sieben Metern Länge ist zwischen zwei Bäumen aufgehängt, Buschwerk und junge Bäume sind dagegengelehnt, so daß ein dreieckiger Innenraum gebildet wird, der den Schnee abhält. Weiteres Buschwerk schließt die eine Seite ab; die andere ist als Eingang offengelassen, und der Rauch des kleinen Feuers in der Mitte zieht so gut es geht durch eine Stelle ab, wo die Hitze ein Loch in die Schneedecke und das verwitterte Laubwerk geschmolzen hat. Die ganze Hütte riecht nach Holzrauch und dem strengen, irgendwie salzigen Körpergeruch dieser Menschen, die sich Pamigaka nennen.

Als wir in dieser Hütte angelangt waren und die Frauen Holz hereingebracht und ein Feuer entfacht hatten, lud man mich zu einer Mahlzeit aus Wurzeln und Gemüsen ein; dann wurde als Nachtisch eine Mischung von Kleinwild gereicht und verteilt — soweit ich es beurteilen konnte nach Rang oder Stand. Ich bekam das größte von allen, ein kurzschnäuziges Höhlentier. Eisucher nahm das nächstgrößte für sich, gab die drei nächstbesten den anderen drei Männern und verteilte dann den Rest, kleine mausähnliche Tiere, an Lieblinge unter den Frauen und Kindern. Ich bemerkte, daß eine besonders ausgezehrte Frau überhaupt nichts bekam. Ihr Name ist Blutgesicht-am-Morgen und sie scheint die unterste Stufe der sozialen Ordnung zu repräsentieren, fast eine Paria.

Wir häuteten die Tiere und übergaben die Felle den Frauen, dann rösteten wir das Fleisch im Feuer. Ich habe niemals etwas so Gutes gekostet und aß Teile des Tieres, die ich niemals für genießbar gehalten hätte — in der Tat fast alles außer Pfoten und Gedärm. Durch die Dunkelheit und die Mahlzeit hatte ich das Gefühl, es sei Abend — obwohl es ungefähr Mittag sein mußte und die Dunkelheit nur durch den dichtfallenden Schnee hervorgerufen wurde.

»Jetzt wollen wir Wissen von dir erfahren«, erklärte Eisucher.

Ich gestand ihm, daß ich fürchtete, wenig bieten zu können.

Er nickte. »Ja, das ist die erste Furcht der Weißheit — die Demut.«

»Ich würde lieber einiges von euch erfahren. Habt ihr den Großen Schlitten gesehen?«

Sie alle nickten, und ein wenig Unruhe kam über sie.

»Wie lange ist es her, daß er vorbeigekommen ist?«

»Er war hier, und dann war er einen Tag weg, und dann bist du gekommen. Wir wissen, daß du vom Großen Schlitten stammst, das sagt uns dein Anzug und dein Gesicht. Wie sie alle siehst du den Wiggikki ähnlich, aber wir wissen, daß du nicht grausam bist wie sie.«

»Wer sind die Wiggikki?«

»Die laufenden, singenden Jäger. Viel von diesem Fleisch gehört eigentlich ihnen.«

Ein Lächeln machte sich auf Eisuchers Gesicht breit. »Wir haben keine Angst vor ihnen. Sie jagen für uns und wenn sie für uns jagen, erfahren sie die Kraft unserer Hohleisen.«

»Ich verstehe nicht. Wieso jagen sie für euch?«

»Bei den Wiggikki ist es Brauch, das Tier zu töten und es im Schnee zu vergraben, um es bei der Rückkehr von der Jagd mitzunehmen. Wir finden es, und vieles von dem, was du hier siehst, stammt auch von ihnen — aber das beste, was du hattest, haben wir selbst getötet, den kleinen Wühlpummanga haben wir aus seiner warmen Höhle im Boden gegraben.«

»Ich glaube, ich kenne die Wiggikki; sie haben Nashhwonk getötet am Tag vor dem gestrigen.«

»Das sind ja wirklich Neuigkeiten. Wir . . .«

Von der offenen Seite der Hütte ertönte ein Schrei. Die Pariafrau, die dort gesessen hatte, kam in panischer Angst zu den anderen gestürzt. Unter ihren Füßen stoben Funken aus dem Feuer, und alle sprangen auf; ein Gebrabbel von Stimmen erhob sich, alles wurde übertönt von einer neuen Stimme, die manchmal so tief klang wie eine Kesselpauke, dann wieder jaulte wie ein großes Cello: »Seid gegrüßt, ihr Söhne des Schmutzes. Welche Früchte fandet ihr denn heute am Berghang?«

Ein Mann fast so groß wie Nashhwonk kniete neben dem Eingang der Hütte und stierte herein. Er hatte ein kurzes Kinn, eine kurze Oberlippe, hohe Wangenknochen und riesenhafte grüne Augen, die für ein männliches Gesicht viel zu schön waren, so daß er trotz seiner Größe und seiner offensichtlichen männlichen Merkmale einen weibischen, wenn nicht gar weichlichen Eindruck machte. In einer riesigen, schlaff wirkenden Hand hielt er eine Axt, die in schauerliche Haken wie Fischhaken auslief, welche aus den Rippen irgendeines großen Tieres gefertigt schienen.

Eisucher und die drei jüngeren Männer drängten sich nach vorne auf ihn zu, ein paar der älteren Jungen hielten sich hinter ihnen; die Frauen dagegen versammelten sich um Blutgesicht-am-Morgen, die eine klaffende Wunde im Rücken hatte, wo einer der Haken sie gestreift haben mußte. Ich ging mit den Männern, obwohl ich nicht wußte, wozu ich nützlich sein könnte, da ich keine Waffe besaß außer meinem Taschenmesser.

Eisucher hielt sein krummes Hohleisen über den Kopf, bereit zuzuschlagen. »Nimm mich nur«, sagte er. »Zieh mich an dich, Mimmunka. Ich werde dir das mit meinem letzten Atemzug in die Stirn rammen.«

Mimmunka zitterte wie Espenlaub, er zog die Lippen zurück und entblößte spitze Zähne. »Dich will ich nicht«, sagte er. »Dein Fleisch ist so zäh geworden wie die Wurzeln, die ihr eßt. Aber du kannst mir irgendeinen kleinen Zarten geben, der für dich nicht wichtig ist, dann verschwinde ich wieder.«

»Du kommst morgen wieder«, fuhr Eisucher fort.

»Nein, ich schwöre es, ich will mein Jagdrevier morgen verlegen. Ich gehe hinab in die Ebene beim Fluß. Die Sümpfe sind jetzt zugefroren, da kann ich zwei Mal am Tag Beute machen. Erinnerst du dich, wie ich das letzte Mal den kleinen Schreihals mitgenommen hatte, als die beiden Monde sich die Hände reichten? Wieviele Tage dauerte es dann, bis du mich wiedersahst? Zwanzig, wenn nicht noch mehr, glaube ich.«

»Weil wir dich in den Wald gejagt haben.«

»Aber nein. Ihr habt mir nichts getan — aber sieh dir alle hinter dir an. Sicher willst du die doch nicht alle behalten.«

»Unser Gesetz gebietet uns, unsere Art zu erhalten.«

»Ah. Ist das noch eines der großen Prinzipien, die euch der Große Schlitten gebracht hat?«

»Dies war unser Gesetz von Anfang an.«

»Was habt ihr denn dann von ihnen gelernt? War das alles nur Unfug?«

»Du hättest ja auch wie wir mit ihnen reden können.«

»Ja«, sagte Mimmunka. »Ich hätte ihnen viel beibringen können.« Er schien nun gar nicht mehr daran zu denken, sich ein Opfer zu greifen, doch ich bemerkte, daß er sich beim Sprechen näher an Eisucher heranschob.

»Du hättest ihnen nichts beibringen können. Denn was ist dein Leben schon anderes, als heute und morgen und immer wieder töten?«

»Du verstehst wenig. Gib mir die eine, die ich schon mit meinem Greifhaken angeritzt habe.«

Ein Gemurmel erhob sich unter den Frauen, und ich drehte mich um. Langsam wurde Blutgesicht-am-Morgen nach vorne gedrängt, während die Frauen die Reihen hinter ihr schlossen.

»Was habt ihr denn da bei euch?« fragte Mimmunka plötzlich. Er sah mich an. Selbst Eisucher antwortete nicht. Als Mimmunkas Blick von ihm wegwanderte, stürzte er nach vorne, schwang sein

Hohleisen nach dem dicken Vorderarm des Mannes. Mimmunka schmetterte seine Hand zurück, doch Eisucher hielt nicht inne, erholte sich sofort vom ersten Schlag, um die Waffe erneut zu schwingen, diesmal nach Mimmunkas Kopf.

Es gab einen so schnellen Wirbel, daß ich im Zwielicht gar nicht erkennen konnte, was geschah. Dann lag Eisucher blutend im Schnee neben dem Hütteneingang, und Mimmunka war weg. Zwei jüngere Männer rannten hinter ihm her und brüllten ihm in gutturalen Stimmen Drohungen nach.

Zwei der Frauen hatten Eisucher wieder auf die Beine gestellt, ehe ich neben ihm stand, und halfen ihm an die Feuerstelle. Albernerweise fragte ich ihn, ob er verletzt sei.

»Nur ein bißchen zerschrammt. Ich bin schon viele Male schlimmer verletzt worden.«

Die Frauen nahmen ihm das zerfetzte Lederhemd ab, um seine Wunden zu reinigen, und ich sah, das seine breite Brust mit Narben übersät war.

»Die jungen Männer sind hinter Mimmunka hergelaufen. Wird er sie nicht töten?«

Eisucher schüttelte den Kopf. »Er nicht. Der wird jetzt laufen, wenn sie ihn nicht in die Enge treiben. Wenn es sich um Ketin oder die Wiggikki handelte, wäre das etwas anderes, dann würde ich sie zurückrufen.«

Ein Junge, der schon fast erwachsen war, sagte traurig: »Und ich bin nicht mit ihnen gegangen.«

Eisucher kicherte. »Und das ist auch gut so. Selbst Mimmunka hätte sich vielleicht nach deinem saftigen Fleisch umgedreht, Weißapfel.«

»Und doch, ich hätte mit ihnen gehen sollen.«

»Nächstes Jahr wirst du dabei sein.«

Einer nach dem anderen kehrten die drei jüngeren Männer zurück und wirkten zornig und stolz. Als alle wieder da waren und das Blut in Eisuchers Wunden gestillt war, fragte ich ihn, was er und seine Leute den Männern beigebracht hatten, die auf dem Großen Schlitten fuhren.

»Alles, was wir wußten.« Er legte sich nun direkt vor dem Feuer auf den Rücken, wandte mir jedoch seinen häßlichen, grotesk aussehenden alten Kopf zu, um mich anzusehen. »Den Tenor unseres Gesetzes. Wie wir kämpfen und wo wir Nahrung finden. Wie wir Hütten bauen und alles, was wir von den anderen Völkern gelernt haben. Du bist doch einer von ihnen, haben sie es dir nicht erzählt?«

Ich dachte, es könnte vielleicht gefährlich sein zuzugeben, daß ich mich an nichts erinnerte. Ich sagte: »Ich würde es lieber von dir hören — um zurückzugehen an die Originalquelle.«

»Das reinste Wasser ist immer in Nähe der Quelle. Das ist Weisheit. So wie wir sie belehrten, so belehrten sie uns.«

»Kannst du das erzählen?«

»Ich werde einen anderen berichten lassen. Ich erinnere mich, doch wenn ich Blut verliere, fühle ich mich immer schon sehr alt. Ich lasse einen Jungen sprechen.«

Lange Zeit hindurch schwiegen alle. Schließlich stammelte Weißapfel: »Die Welt wird sich verändern. Der Schnee wird schmelzen und niemals wiederkehren, und die Kinder danach werden ihn niemals gesehen haben und sich fragen, wovon wir sprechen.«

»Wann soll dies geschehen?«

Weißapfel hob hilflos die Schultern. »Bald, so heißt es. Aber was ist für die Leute vom Großen Schlitten bald? Wer kann das sagen?«

»Vielleicht nicht zu unseren Lebzeiten«, ergänzte Eisucher. »Vielleicht, bevor ich sterbe.«

»Egal. Für uns zogen sie den Vorhang der Tage auseinander.«

Ich bat ihn, mir davon zu erzählen.

»Man brachte aus der Hütte auf dem Großen Schlitten einen Stein. Den berührten sie, und so erwachte er zum Leben, als brenne ein Feuer in ihm. Dann zerriß der Schleier der Tage, und wir sahen vor uns die Welt, wie sie sein wird, wenn der Schnee verschwindet. Die Sonne stand hell am Himmel, und es gab viele Pflanzen. Menschen unserer Rasse gingen dazwischen einher mit Lenizeen und Frau und Kind.«

»Und was müssen wir tun?« forschte Eisucher weiter.

»Gewisse Nahrung ist verboten.« Weißapfel wandte den Blick zu Boden, dann lächelte er. »Das ist der Punkt, den ich nicht begreife. Alle Lebensmittel, die man gewöhnlich findet, dürfen nicht gegessen werden. Aber wie können wir essen, was wir nicht finden können?«

»Was selten zu sehen ist, soll nicht gegessen werden, wenn man es sieht. So lautet das neue Gesetz. Gewisse Vögel, so heißt es . . .« Eisucher verstummte, als ich durch den Eingang ins Dunkle sah, bemerkte ich, daß der Schneefall bereits die Spuren der Rauferei mit Mimmunka verwischt hatte. Selbst sein Blut, das so hell im Schnee geleuchtet hatte, war nicht mehr zu sehen.

»Es gibt Vögel, die ihre Nester unter Zweigen verbergen, die zum Boden herabhängen«, erklärte Weißapfel. »Wenn die Wärme kommt, werden sie nicht wissen, wie sie sich verhalten müssen, und eine Zeitlang werden nur wenige Eier schlüpfen. Jene sind verboten.« Eisuchers Augen waren geschlossen, und als er nichts mehr sagte, neigte sich Weißapfel zu mir herüber und fuhr leise fort: »Er hat viele ihrer Nester gefunden und fühlt sich nun deshalb nicht wohl. Aber es war damals noch nicht unrechtmäßig. Kann denn das Gesetz rückwirkend gelten?«

Ich schüttelte den Kopf.

Unerwartet sagte Eisucher: »Ich hatte geglaubt, bei der Verteidigung der Frauen und der Kleinen zu sterben. Nicht neben der Feuerstelle.«

Sechster Tag. Ich habe gerade noch einmal abgespielt, was ich gestern gesagt habe — Käferchen schläft —, und habe bemerkt, daß ich meinen Bericht nicht so unvermittelt hätte beenden dürfen. Dies geschah nicht absichtlich. Es ist in der Tat nichts weiter geschehen, nachdem der Mann, den sie Mimmunka nennen, gegangen war. Es schneite weiter. Eisucher lag am Feuer, sein Atem ging keuchend. Ich verbrachte den Nachmittag damit, mich mit den anderen Stammesmitgliedern zu unterhalten und ihren Gesprächen zu lauschen; dann gingen wir alle zu Bett.

Als wir heute früh erwachten, war Eisucher tot. Ich glaube, ich war wohl der einzige, den dies überraschte — die anderen sagten mir, sie hätten gespürt, daß er seinen Tod ahne, als er vom Sterben am Feuer sprach. Und daß wohl auch aus diesem Grund alle heute nacht so gut geschlafen hätten — sie hatten sich bereits auf die Urauerfeier gefreut und geglaubt, ich warte ebenfalls darauf. Ich fragte sie, ob sie denn für das Fest Lebensmittel gelagert hätten: sie erklärten mir, daß Eisuchers Leichnam selbst das Mahl darstellen würde. Danach sagte ich nichts mehr, ich glaube jedoch, daß der Junge, der Weißapfel heißt, wohl mein bestürztes Gesicht gesehen hat, denn er nahm mich beiseite und versicherte mir, daß Eisucher selbst an vielen solcher Festmahle teilgenommen habe und daß sein Geist erst Frieden hätte, wenn sein Körper wieder in den Stamm aufgenommen sei, zu dem er gehörte. Unglücklicherweise erwähnte er das Detail, daß Eisuchers Mutter schon sehr lange tot ist, und erzählte mir, wenn sie noch lebte, hätte sie das Vorrecht auf seine Zunge und seine Augen als Muttergabe.

Während er sprach, begannen die Frauen den Körper bereits zu zerschneiden. Ich wollte nicht länger bleiben; sobald ich konnte, verdrückte ich mich aus der Hütte und bahnte mir meinen Weg zum Dickicht, wo ich meinen Schlitten zurückgelassen hatte. Es hing immer noch etwas Schnee in der Luft, und es herrschte gerade genug Wind, daß ich ihn auf meinem Gesicht spüren konnte. Ich entdeckte nun, wie weise es war, das Segel von der Rah zu nehmen und es in die Tasche zu stecken, denn als ich versuchte, es auszuschütteln, stellte ich fest, daß es über Nacht steif gefroren war, und schließlich mußte ich Feuer machen, um es aufzuwärmen, damit es sich am Mast ausbreiten ließ.

Trotzdem mußte ich meinen Schlitten auf die Spur des Großen Schlittens schleppen. Sobald ich jedoch erst dort war, war die Oberfläche glatter und der Wind, der dort wehte, war günstig, so daß ein Lufthauch genügte, um uns voranzutreiben, wenn auch nur langsam.

Ich stellte fest, daß diese langsame Fortbewegung ihren eigenen Reiz hatte. Ich konnte das Segel so trimmen, daß ich den vollen Wind nutzen konnte; und ich konnte auf dem Schlitten stehen oder sitzen, ohne befürchten zu müssen, meine Bewegungen würden ihn umstürzen. Jeder sanfte Hügel, den ich überwand, war ein Triumph, den ich feierte, indem ich auf der Gegenseite jubelnd hinabsauste, wobei das leere Segel einen Augenblick schlaff dahing, um sich dann erneut zu füllen und uns anzutreiben, wenn wir langsamer wurden, es war, als hätte es sich in der kurzen Ruhepause erholt.

Die Sonne stand etwa halbhoch am Himmel, als ich Käferchen Schimmern sah. Sie rannte, oder genauer gesagt: zuckelte, vor mir hin in der Spur, jedoch noch so weit entfernt, daß sie nur ein bewegliches braunschwarzes Fleckchen im Schnee bildete. Mit dem geringen Wind dauerte es sehr lange, ehe ich sie einholte; und ich erinnere ich, daß ich über eine halbe Stunde lang glaubte, es handle sich um einen Mann — nicht nur, weil es wahrscheinlicher war, daß eine so einsame Gestalt männlichen Geschlechts sein müßte, sondern auch, weil sie für eine Frau viel zu groß anmutete und ein Tempo anschlug, welches endlos beizubehalten sie in der Lage zu sein schien.

Ich empfand eine gewisse Besorgnis. Sie hielt sich zuverlässig rechts auf der Südseite der eingeebneten Fläche, so daß ich, wenn ich an der Nordseite an ihr vorbeifuhr, fast hundert Meter Zwischenraum beim Überholen zwischen uns bringen konnte. Sie konnte gefährlich sein; wenn ich jedoch an ihr vorüberfuhr, ohne anzuhalten, versäumte ich vielleicht eine wichtige Informationsquelle. Wenn ich jedoch stoppte, so verlor ich den Vorteil, den ich nun dank der Geschwindigkeit des Schlittens besaß.

Während sich der Abstand zwischen uns verringerte, war ich besser in der Lage, ihre Bewegungen zu beobachten, und gewann allmählich die Überzeugung, daß es eine Frau war — obwohl sie mit den langen Schritten eines Athleten lief. Ich konnte ebenfalls erkennen, daß sie außer einem gewöhnlichen Stock keine Waffe bei sich trug, ein Ding, das nicht viel größer war als die geschleuderten Keulen der Wiggikki, jedoch nicht so ausgewogen, um so gut zu fliegen wie jene.

Ich steuerte den Schlitten weg von der Nordseite der Spur. Sie mußte das Kratzen der Ruderstange auf der eisigen Kruste gehört haben; ohne in ihrem gleichmäßigen Langlauf innezuhalten, drehte sie den Kopf, um mich anzusehen. Vielleicht war sie überrascht, ihr Gesicht ist jedoch nicht sehr ausdrucksstark und selbst jetzt, nachdem wir zehn Stunden oder länger eng beisammen sind, habe ich noch nicht gelernt, ihren Ausdruck zu deuten. Zu jener Zeit sah ich nur, daß sie dunkle Augen und hohe Wangenknochen hatte. Wir waren außerdem viel zu weit voneinander entfernt, um uns anders als mit Schreien unterhalten zu können. Mit Gesten — während mir die Schnur entglitt, die den herabhängenden Zipfel des dreieckigen Segels im Wind hielt — fragte ich sie, ob sie gerne mit auf dem Schlitten fahren würde. Sie hob die Hand und berührte das Kinn, um ihre Zustimmung anzuzeigen, und ohne darauf zu warten, daß ich anhielt, sprintete sie herüber zum Schlitten, sprang auf und setzte sich auf die Überreste der Kreuzverstrebungen, die Nashhwonks Fleisch befördert hatten.

»Du bist eine gute Läuferin«, sagte ich.

»Aber das hier ist besser. Ich hätte ohnehin bald anhalten müssen. Kannst du ihn nicht schneller fahren lassen?«

»Wenn nicht mehr Wind aufkommt, nein. Aber wir werden gleich Tempo zulegen, jetzt wo das Segel voll gebläht ist.« (In Wirklichkeit begann ich mir schon darüber Sorgen zu machen, welche Auswirkungen ihr Gewicht haben könnte.)

»Wohin fährst du?«

Ich erklärte ihr, daß ich den Großen Schlitten einholen wollte.

»Werden sie denn nicht auf dich warten? Ich dachte, du seist einer von ihren Leuten.«

»Wenn sie auf mich warten, so weiß ich es nicht. Und was ist mit dir? Wohin willst du?«

Sie lächelte plötzlich und zeigte wunderbare Zähne. »Ich will ebenfalls den Großen Schlitten einholen.«

Ich war geschmeichelt und glaubte zu jener Zeit, dies bedeute, daß sie überall hinginge, wo ich hinging. Sie muß dies an meinem

Ausdruck erkannt haben, denn sie sagte: »Du glaubst mir nicht, aber es ist die Wahrheit. Fischfänger ist jetzt tot, so daß dies der einzige Platz ist, wo ich leben möchte.«

Ich fragte, wer Fischfänger gewesen sei.

»Ein Mann aus unserem Volk. Jemand hat ihn mit einer Endieva-Rute übers Gesicht geschlagen, und er hatte große Schmerzen. Als dann der Große Schlitten kam, trug ich ihn dorthin. Ich machte mir große Sorgen um ihn.«

Sie verstummte, und ich wußte nicht, ob es geschickt wäre, sie weiter auszufragen. Wir kletterten einen langen Abhang hinauf, und ich nutzte dies als Entschuldigung, abzuspringen und den langsamen Schlitten anzuschieben.

»Du bist stark für einen so jungen Mann«, meinte sie, als wir auf dem Gipfel waren und ich wieder hinten aufgesprungen war und das Ruder ergriffen hatte.

Ich sagte, der Wind habe die meiste Arbeit vollbracht.

»Aber du bist sehr stark. Ich habe sogleich gemerkt, wie wir schneller wurden, als du zu schieben begonnen hast, und schließlich lag das Segel flach am Mast, als wir auf dem Gipfel anlangten.«

»Ich glaube, ich war schon einmal schwerer.«

Sie legte zwei Finger über ein Auge, um mir anzuzeigen, daß sie mich nicht verstand.

Ich fand keine Möglichkeit, es ihr zu erklären, und schließlich sagte ich schlaff: »Ich glaube, daß ich in einer anderen Welt größer — schwerer war als hier.«

»Ja, es gibt andere Welten . . . Ich weiß es, auch wenn ich noch keine von ihnen je gesehen habe. Keiner wollte mir glauben, bis der Große Schlitten kam . . . Ich bin sicher, er stammt von einer anderen Welt — und dann gibt es noch die Welt der Träume und noch weitere Welten darunter und darüber. Von welcher Welt stammst du?«

»Das weiß ich nicht.«

»Das Gefühl kenne ich«, gab sie zurück.

»Möchtest du deshalb den Großen Schlitten einholen — weil er von einer anderen Welt ist?«

»Ich sagte es dir doch schon.«

Sie hatte mir ihr Gesicht zugewandt und saß mit dem Rücken zum Bug. Ihr Umhang hatte einen hohen lockeren Kragen, den sie aufgestellt hatte, so daß der Pelz ihr kurzes braunes Haar wie eine Kapuze umschloß. »Das ist der einzige Ort, an dem ich sein möchte. Glaubst du, sie werden mich hinauflassen?«

»Ich weiß nicht.«

»Ich glaube nicht . . . Aber vielleicht kann ich ihnen so lange nachlaufen, bis ich sie überzeugen kann.«

»Du sagtest doch, du hättest Fischfänger zu ihnen gebracht. Wie starb er denn?«

»Sie haben ihn nicht getötet, wenn du das meinst. Weißt du, ich glaube nicht, daß du überhaupt zu ihnen gehörst.«

Ich fühlte mich, als habe man mir einen Schlag versetzt. Und ich fühle mich noch jetzt so, nach über zehn Stunden. »Du bist zwar ganz wie sie gekleidet«, sagte sie, »aber du hast nicht ganz das gleiche Gesicht. Du könntest einer unserer Leute sein, der ihre Kleider trägt.«

»In welcher Weise ist mein Gesicht denn anders?«

»Dein Ausdruck ist anders. Und dein Mund zu breit, und deine Zähne zu kräftig. Aber vielleicht täusche ich mich — vielleicht ist das nur so ein Gefühl. Wo hast du denn die Kleider her?«

»Ich weiß nicht.«

»Von einem von ihnen?«

»Ich weiß es nicht. Leute — die Wiggikki haben mich gefunden, und ich trug dies am Leib. Ich weiß nicht, woher sie kamen oder woher ich kam.«

»Angenommen, sie glauben, wenn wir den Großen Schlitten einholen, du hättest einen ihrer Leute ermordet. Was wirst du dann tun?«

Ich erklärte ihr, daß ich darüber niemals nachgedacht hätte, und um auf ein anderes Thema zu kommen, fragte ich erneut, wie Fischfänger gestorben sei.

»Sie haben ihn geheilt — die Leute vom Großen Schlitten. Als ich ihn zu ihnen brachte, sagten sie zuerst, sie würden ihn nicht heilen, da sie mit seinem Leiden nichts zu schaffen hätten. Dann aber sagten sie, sie würden ihm helfen, da meine eigene Pein niemals bestünde, hätte ihre Anwesenheit nicht Hoffnungen in mir erweckt. Sie würden ihn nicht wegen seiner Schmerzen heilen, obwohl sein Rücken gekrümmt war wie ein Schilfrohr im Wind und der Seiber ihm aus dem Mund tropfte, daß sie ihn jedoch um meinetwillen heilen wollten, weil ich weinte und an meinen Haaren riß. Das kam mir damals sehr merkwürdig vor und wirkt auch heute noch so auf mich. Sie nahmen ihn mit sich, und als er zurückkehrte, ging es ihm viel besser, und eine Stunde später konnte er ohne Hilfe laufen. Als er später wieder bei Kräften war und ich ihn wieder schlug . . .« sie hielt die Gerte hoch, die sie bei sich hatte — »da starb er. Nun möchte ich bei ihnen sein. Ich weiß, ich bin lediglich für die niedrigste Arbeit bei ihnen geeignet, obwohl ich die älteste Tochter bin; doch die geringste Aufgabe dort bedeutet mir mehr als die größte anderswo. Ich möchte ihre Beutetiere ausnehmen und säubern – und werde die Innereien essen, wenn es nötig ist. Empfindest du das auch so?«

»Ich habe nur das Gefühl, daß ich zu ihnen gehöre ... Daß der Große Schlitten mein Heim ist oder zumindest Teil meiner Heimat.«

»Da hast du Glück. Ich wünschte, ich teilte dieses Gefühl.«

»Darf ich deinen Namen wissen?«

Sie lächelte. »Ich heiße Käferchen Schimmern. Findest du den Namen hübsch?«

Ich faßte mir ans Kinn.

»Als ich geboren wurde, wollte mein Vater mich Siebenschnee nennen, was bei uns ein häufiger Name für Mädchen ist. Ich wurde jedoch geboren, als er mit dem Boot unterwegs war; und ehe er zurückgekehrt war, hatte meine Mutter schon das Wochenbett verlassen und ein Käferchen von Baum zu Baum schimmern sehen, wie einen kleinen Stern in der Nacht, und so wurde mein Name vollendet.«

Wir lagerten, als die Sonne fast schon unterging.

Nach der frischen Spur zu urteilen, waren wir nur ein paar Stunden hinter dem Großen Schlitten – nur wenige Schneeverwehungen waren zu sehen, und die festgefahrene Oberfläche war derart glatt, daß wir selbst bei dem leichten Wind, wie er den ganzen Tag herrschte, mit großer Geschwindigkeit dahinflogen. Hätten wir nur ein bißchen mehr Wind gehabt – oder hätte ich Käferchen nicht mitgenommen –, so hätte ich ihn heute sicher eingeholt. So war ich versucht, noch nach Einbruch der Nacht weiterzufahren; dann erinnerte ich mich, was zuvor geschehen war, und zwang mich rechtzeitig anzuhalten, damit wir uns eine Art Schutz bauen konnten.

Käferchen versteht von solchen Dingen eine Menge mehr als ich. Ich hätte ein Lager auf offenes Gelände nicht weit entfernt von der Spur errichtet, sie jedoch wies mich zu einer kleinen Bodensenke ein paar hundert Meter weiter. Dort fließt ein Bach, und wir fanden an seinen Ufern eine Menge guten Feuerholzes und Schößlinge, die wir als Windfang aufstellen konnten. Ich sagte ihr, daß ich keinerlei Lebensmittel besäße, die ich mit ihr teilen könnte, sie jedoch lachte darüber und sagte mir, ich solle nur einen großen Stein anheben, um die Eisdecke über der nächsten Wasserstelle zu zerbrechen. Sie stand an einem seichten offenen Stück ein wenig flußaufwärts, wo die Strömung schnell dahinfließt, und stieß die Endieva-Rute, die sie bei sich trägt, ins Wasser. Als der Stein das Eis durchschlug, sah ich mehrere Fische ganz nahe vorbeischießen. Sie unternahm keinen Versuch, sie aufzuspießen, wir fanden sie jedoch mit dem Bauch nach oben treibend unter dem Eis der nächsten breiten Wasserstelle; nun war es eine Leichtigkeit, auch hier das Eis zu zerschlagen und sie mit Hilfe von Treibholz herauszuholen. Wir aßen gut, und sie schläft jetzt. Wind kommt auf, und wenn der Große Schlitten heute nacht nur für ein paar Stunden anhält, glaube ich, daß wir alle Chancen haben, ihn morgen nachmittag einzuholen. Wenn nicht, dann müssen wir uns auf einen weiteren vollen Tag des Hinterherjagens gefaßt machen.

Nun haben wir den siebten Tag. Wieder habe ich alles abgespielt, was ich gestern abend aufgezeichnet habe; und es kommt mir vor, als sei viel mehr als nur ein Tag verstrichen, auch wenn es im Grunde nicht viel zu erzählen gibt. Als ich gestern abend mit meiner Erzählung aufhörte, schlief ich sofort ein. Unser Schutzdach war an einem Ende offen — so wie Eisuchers Hütte —, und wir hatten am Eingang ein Feuer entfacht. Ich ließ Käferchen beim Feuer schlafen, nicht weil ich etwa den dummen Aberglauben von der weiblichen Schwäche hege, sondern weil ich überzeugt bin, daß ihr Pelz, so prachtvoll er auch aussieht, nicht so warm ist wie mein wattierter Coverall.

Irgendwann in der Nacht erwachte ich und sah, daß das Feuer bis auf die Asche niedergebrannt war. Käferchen schauderte im Schlaf, sie mußte unseren ganzen kleinen Holzvorrat im Laufe der Nacht ins Feuer geschoben haben. Ich stand auf, trat über sie hinweg und ging hinaus, um mehr Holz zu sammeln; ich schämte mich, daß sie diejenige war, die das Feuer in Gang gehalten hatte.

Beide Monde standen am Himmel. Der Schnee glitzerte in ihrem Schein, und der Bach wirkte an jenen Stellen, wo er eisfrei war, wie Schnipsel eines schwarzen Bandes. Wir hatten bereits alles Holz eingesammelt, das in der Nähe unseres Obdachs umherlag; ich ging nun zweihundert Meter stromabwärts und kehrte mit einem Armvoll zurück.

Zuerst glaubte ich, ich hätte Halluzinationen — die doppelten Schatten, die die Monde werfen, haben mich schon mehrmals getäuscht. Jedoch schienen sich Schatten, vielleicht die Schatten von Bäumen, wie ich zunächst glaubte, um unser erlöschendes Feuer zu drängen. Dann sah ich, wie einer sich hinabbeugte und ein weich konturiertes Bündel aufhob. Als dann das Ding, das Käferchen trug, sich umdrehte, traf das Mondlicht auf ihr Gesicht: ihr Kopf hing schlaff über den Arm des Geschöpfes und ihre Wangen wirkten blasser und blutloser als der Schnee.

Ich ließ alles Holz, das ich eingesammelt hatte, bis auf das größte Stück fallen, brüllte und stürmte auf sie los. Dies war ein lächerliches Unterfangen: sie waren zu viert, wie ich sogleich sah, und jeder war mindestens drei Meter groß. Nichtsdestotrotz brachte ich einen Treffer an. Einer von ihnen trat zwischen mich und jenen, der Käferchen Schimmern hielt, ich schwang mein Holzstück. Ich traf ihn voll und hörte ein metallisches Klirren; dann schien mein Körper Feuer zu fangen; ich fiel nach hinten und ein paar Sekunden lang beugte sich das Ding, das mich geschlagen hatte, über mich. Ich sah sein zerfurchtes Gesicht — wie ein Teil eines Alptraums, würde ich sagen, doch in Wahrheit befand ich mich mitten in einem Alptraum, und sogar jetzt spreche ich weitgehend nur deshalb, weil ich Angst habe, zu schlafen, da sie doch wiederkommen könnten.

Ich muß mehrere Stunden lang im Schnee gelegen haben. Der Schmerz selbst konzentrierte sich in meiner Brust auf der rechten Seite unter dem Wirbelansatz; irgendwie jedoch hatte ich das Empfinden, daß ich nicht ernsthaft Schaden genommen hatte. Es war irgendwie nur wie ein Peitschenhieb oder ein Stich, so daß ich trotz der Schmerzen mir mehr Gedanken über die Kälte und die Gefahr, an Ort und Stelle zu erfrieren, machte, als darüber, was sie mir angetan hatten.

Als schließlich gerade das erste Morgenlicht Streifen in den Schnee warf, stellte ich fest, daß meine Arme und Beine sich wieder soweit bewegen ließen, daß ich die Vorderseite meines Coveralls öffnen und die Wunde an der Brust berühren konnte. Ich zog die Hand heraus; sie war blutverschmiert.

Als ich in der Lage war aufzustehen, sammelte ich das Holz ein, das ich am Abend zuvor hingeworfen hatte, und entfachte ein Feuer. Ich hätte viel darum gegeben, ein Gefäß zu besitzen, in welchem ich das Wasser hätte erwärmen können, um meine Wunde und meine Kleider zu waschen. Ich besaß keinerlei Behältnis und mußte das eisige Wasser vom Bach auf die Blutflecken spritzen und mich wieder zum Feuer schleppen, als ich die Kälte nicht mehr ertragen konnte. Ich riß das Segel meines Schlittens in Streifen und benutzte sie dazu, die Blutungen zu stillen, ein weiteres Stück schlang ich durch das Loch in meinem Coverall und verknotete es auf beiden Seiten, um den Wind abzuhalten. Was immer meine Verletzung verursacht hatte, es war in meinen Körper eingedrun-

gen, ohne wieder auszutreten — zumindest ist keine entsprechende Wunde in meinem Rücken festzustellen.

Es entstand nun die Frage — und ich bin immer noch nicht überzeugt, ob ich mich richtig entschieden habe —, ob ich den Spuren der Geschöpfe folgen sollte, die Käferchen Schimmern mitgenommen hatten, oder ob ich weiter dem Großen Schlitten nacheilen sollte, um, sobald ich ihn erreicht hatte, zu versuchen, die Mannschaft — zu der ich offensichtlich gehörte — zu gewinnen, mir zu helfen. Ich habe mich entschlossen, selbst der Spur zu folgen, obwohl ich durchaus zugestehe, daß ich vielleicht die falsche Wahl getroffen habe. Wäre ich jedoch hinter dem großen Schlitten hergefahren, so hätte ich ihn vielleicht zu spät eingeholt — dies war die Hauptüberlegung; und ohne ein Segel kam ich kaum schneller voran, als ich jenen nachspürte, die heute Käferchen entführt haben.

Außerdem habe ich Angst davor — ich sollte dies ruhig eingestehen —, was ich entdecken werde, wenn ich den Großen Schlitten einhole. Falls sie ein Besatzungsmitglied durch einen Unfall vermißten, hätte dies nicht lange unbemerkt bleiben können. Der Große Schlitten wäre umgekehrt oder hätte einen Rettungstrupp auf dem Pfad zurückgeschickt. Soweit ich dies sagen kann, ist keines von beiden geschehen. Es ist sehr gut möglich, daß ich für irgendein Verbrechen ausgestoßen wurde; oder daß ich, wie Käferchen Schimmern angedeutet hat, diese Kleider gestohlen habe und mit ihnen eine Identität vortäusche, zu der ich nicht berechtigt bin.

Sonst gibt es von heute nichts zu berichten. Ich bin den Fußspuren nordwärts in zunehmend bergige Gegenden gefolgt. Da ich jedoch so schwach bin, bezweifle ich, daß ich mehr als zehn Kilometer zurückgelegt habe. Ich habe gesehen, wie die Spuren von Menschen die ihren im Schnee mehrere Male kreuzten, ich bin jedoch niemandem begegnet. Ich habe nichts zu essen. Vielleicht sollte ich auch erwähnen, daß ich Käferchen Schimmerns Waffe an mich genommen habe, den Endieva-Stock. Äußerlich wirkt er wie ein gerader Stecken, der etwa fünfzig Zentimeter lang ist und von zwei Zentimetern Durchmesser. Das Griffende ist hellbraun wie das Holz, aus welchem die Keulenschleudern geschnitzt waren — und besitzt eine Halteschlinge. Das Schlagende ist schwarz, und es stehen acht stoppelige Auswüchse wie Dornen hervor, die fast weiß sind. Ich habe es bis jetzt noch nicht benutzt und bin vorsichtig. Ich hüte mich davor, das dunkle Ende zu berühren.

Ich würde gerne sagen, daß dies der achte Tag ist, doch in Wahrheit bin ich mir nicht so sicher — hier gibt es weder Tag noch Nacht. Welche Zeit es auch immer sein mag, ich muß eine Pause machen, um auszuruhen; so zeichne ich also meine Erlebnisse auf — obwohl ich es für sehr wahrscheinlich halte, daß ich tot sein werde, ehe ich erzählen kann, was ich am neunten erlebe.

Gestern habe ich am späten Nachmittag haltgemacht. Ich baute mir ein Schutzdach im Dickicht und entfachte ein kleines Feuer, das schon fast ausging, ehe ich eingeschlafen war. Ich war zu schwach, noch etwas zu unternehmen, und erwartete schon halbwegs den Tod in dieser Nacht.

Als ich heute morgen aufwachte, sah ich als erstes einen Schneeaffen, der mich von einem Ast in etwa zwanzig Metern Höhe aus beobachtete. Ich warf den Stock nach ihm und spürte, wie etwas in meiner Brust riß, als ich den Arm zurückzog. Durch irgendein bemerkenswertes Glück traf ich ihn tatsächlich. Er sprang weg, als sei er ganz überrascht, und hüpfte einen Baum weiter. Nach einer halben Minute konnte ich sehen, daß er Schwierigkeiten hatte, sich an dem Stamm zu halten. Nach weiteren dreißig Sekunden fiel er herab. Er taumelte mehrere Schritte, ehe er zusammenbrach, und als ich neben ihm stand, lebte er noch und rollte seine kleinen Augen nach mir, als wollte er um Gnade bitten. Während ich ihn noch betrachtete, starb er, die braunen Augen umwölkten sich und verloren ihre Beweglichkeit, er zog die Lippen von den winzigen Zähnen zurück in einer letzten Grimasse.

Unglücklicherweise war der Endieva-Stab im Gegensatz zu dem Schneeaffen nicht herabgefallen. Er hing in einem Ast in etwa sechs oder sieben Metern Höhe fest, und ich mußte ein Dutzend Schneebälle nach ihm werfen, ehe ich ihn freibekommen konnte. Während ich den Affen verzehrte, schnitt ich aus dem restlichen Segelstück ein paar lange dünne Streifen, die ich zu einem schmalen Seil drehte, und knüpfte das eine Ende an die Armschlaufe des Stabes. So ausgerüstet hoffte ich in der Lage zu sein, das Ding ohne großes Verlustrisiko zu schleudern, obwohl ich noch keine Gelegenheit hatte, es auszuprobieren.

Der Affe bot so wenig Fleisch, daß es wenig Sinn hatte, etwas davon aufzubewahren. Ich verzehrte, was genießbar war, und sah mich dann wieder nach der Spur von Käferchen Schimmerns Entführern um. Die Nacht hindurch war es recht windstill gewesen, und es war fast so klar wie am Tag zuvor. Ich erinnere mich, daß ich mir beim Gehen einzureden versuchte, ich fühlte mich heute besser und wäre in der Lage weiterzugehen — dies stimmte jedoch nicht. Vielmehr fühlte ich mich schwächer denn je. Ich war kaum einen Kilometer weit gegangen, als ich wußte, daß ich bald wieder eine Pause einlegen mußte, und daß ich, säße ich erst einmal zwischen den Felsen im aufkommenden Wind, nie wieder genug Kraft sammeln könnte, um wieder aufzustehen.

Ich war soweit, mich nach einer Art Obdach umzusehen, als ich sah, daß sich die Spuren der Geschöpfe, die ich verfolgte, an einer Stelle zu verlieren schienen, nach der ich selbst suchte, in einer Höhle der Felswand. Ich dachte, sie hätten am Tag zuvor dort gerastet, und trat ein; sowie ich die Dunkelheit zwischen den hochsteigenden Gesteinswänden betrat, bemerkte ich, daß ihre Spur nicht wieder auftauchte.

Die Felsspalte, von der ich angenommen hatte, sie sei nicht mehr als einen oder zwei Meter tief, schien nicht zu enden. Statt dessen führte sie unter ein Steindach, das zuerst sehr hoch schien, und wand sich dann hinab in den Hügel.

Nach den ersten zwanzig Schritten war kein Lichtschimmer mehr zu sehen. Ich nahm den Feuermacher aus meiner Tasche und zündete ihn an, dann steckte ich ihn sogleich wieder weg, aus Angst, sie könnten mich sehen. Der Blick, den ich in die Höhle hatte werfen können, verwirrte mich ausreichend: sie führte in fast gerader Linie noch viel weiter, fünfzehn oder zwanzig Meter hoch und breit, Stalaktiten hingen von der Decke, und der Boden war (wie es schien) mit einer glatten Lehmschicht bedeckt, jedoch mit herabgefallenen Steinfragmenten übersät und mit Pfützen stehenden Wassers gesprenkelt.

Ich ging immer weiter, bis ich sicher war, daß ich mich weit von jener Stelle entfernt befand, die ich gesehen hatte. Nichts schien sich verändert zu haben, außer der Lufttemperatur, die ständig stieg. Nach einiger Zeit öffnete ich das Oberteil meines Coveralls.

Diese Umstellung — das Fehlen der Kälte und des Sonnenscheins der Welt draußen — schien eine entsprechende Veränderung in meinem Kopf zu bewirken. Ich war verwirrt und bin es noch immer — aber irgendwie fühlte ich mich dem Großen Schlitten näher, als kehrte ich durch den Eingang in diesen verborgenen Ort irgendwie in der Art Leben zurück, welches ich geführt hatte, ehe die Wiggikki mich in der Schneewehe fanden. Dies ist schwer zu beschreiben. Es erfüllt mich ein müdes Selbstvertrauen, als kennte ich meine Kräfte und meine Grenzen, als wüßte ich, was ich vollbringen kann und was nicht. Ich bin überzeugt, daß die Wunde in meiner Brust mich nicht umbringen wird, wenn sie auch mehr schmerzt denn je, und dieses Gefühl widerspricht meinen schlichten Überlegungen. Zur gleichen Zeit fürchte ich mich vor den Dingen, die Käferchen Schimmern entführt haben, mehr — weniger jedoch fürchte ich mich vor dem Tod selbst, der mir hier gar nicht so schlimm erscheint wie draußen. Doch mein Tag ist noch nicht zu Ende.

Ich ging dann weiter im Dunkeln, eine Hand tastete die Wand entlang, und ich ertastete mit dem Fuß jeden Schritt, ehe ich ihn aufsetzte; als ich dann weitergegangen war und schließlich müde wurde, tastete ich mich mit dem Stab weiter. Nach so vielen Stunden der Dunkelheit fiel es mir schwer, das Licht zu erkennen, als ich es schließlich sah; ich glaubte zuerst, es sei lediglich eine Störung meiner Augen vom langen Geradeausstarren, wie die Blitze, die man nachts sieht, wenn man die Hände auf die Augen drückt. Es wurde jedoch mit jedem Schritt heller, und schließlich sprang es ins Auge. Und an jener Stelle, an der das Licht war, man jedoch noch nicht genug erkennen konnte, begegnete ich zum erstenmal den Vampiren.

Zumindest nenne ich sie so. Es handelt sich um Fledermäuse mit menschlichen Gesichtern und haarlosen Körpern. Ihre Flügelspanne beträgt einen Meter oder vielleicht ein wenig mehr. Sie griffen mich, wie gesagt, hier zum ersten Mal an, wo ich sie nicht erkennen konnte, da mir ihr Flügelgeflatter die Lichtquelle vor mir einen Augenblick verdunkelte. Ich wehrte sie mit meinem Stab ab; sie stießen mit schrillen Stimmen Schreie aus, wenn ich sie berührte, und ich konnte hören, wie die vergifteten Exemplare die Wände entlangstreiften und auf dem Boden der Höhle entlangkrabbelten, obwohl ich damals noch nicht wußte, um was es sich handelte — und ich stolperte mehrere Male beim Vorwärtsgehen über sie. Glücklicherweise sind meine Stiefel zu zäh für ihre Zähne, ich mußte jedoch einen Riß im Außenmaterial meines Coveralls am rechten Vorderarm hinnehmen.

Als ich weitere hundert Meter zurückgelegt hatte, konnte ich sie besser sehen. Ihre Gesichter sind menschlich — und zwar so sehr, daß man ihr Geschlecht genau erkennen kann. Sie hatten langes, wehendes Haar. Ihre Arme und Finger — die Finger werden von einem Gewebe blasser, dünner, kaum sichtbarer Haut verbunden — bilden ihre Flügel. Die Finger sind übertrieben lang. Ihre Körper sind völlig nackt, und ihre Beine, die ich zunächst für kurz gehalten hatte, lang und schlank. Sie laufen sehr rasch am Boden der Höhle entlang. Sie können ihre Füße schließen wie eine menschliche Hand oder die Klaue eines Vogels, was ihnen gestattet, sich an die glatten Stalaktiten der Höhlendecke zu klammern.

Ich meine, daß ihre kleinen Gesichter mit den großen dunkelblauen Augen wunderschön wären, hätten sie nicht diese Zähne, die für die Münder viel zu groß und grausam spitz erscheinen. Seit ich die Nische gefunden habe, wo ich nun ausruhe, beobachte ich sie, wie sie in dem kleinen Bach unten umherwaten. Dort befinden sich blinde weiße Fische, und die Vampire stehen auf einem Bein, um sie zu fangen, indem sie das andere blitzschnell eintauchen und den unglücklichen Fisch mit ihren Klauen umklammern, so wie sie ihnen zu nahe kommen. Ich glaube, ich könnte auch Fische fangen, wenn ich sie mit Käferchen Schimmerns Stock betäuben würde, sie sind jedoch sehr schmal, und ich habe kein Feuer, über dem ich sie zubereiten könnte.

Der neunte Tag — ich habe zumindest geschlafen. Diese Stelle hier ist nur ein Viertel so hoch wie die gesamte Felswand; nichtsdestoweniger wirkt sie sehr hoch. Ich kann nun die Stadt im Innern der Höhle fast so sehen, als wäre ich ein Vogel. Oder besser, ein Vampir. Ich glaube, ich befinde mich ungefähr auf der gleichen Höhe wie ihre Turmspitzen.

Selbst von hier aus wirkt es gespenstisch, da die Häuser weder Wände noch Dächer besitzen. Es sind lediglich Metallskelette, die so gebaut wurden, daß ihre Hersteller eine Ebene über die andere legen konnten, damit die Höhle selbst das Dach und die Atmosphäre bildet. Den Eindruck, den sie hervorrufen, ist der totalen Zerfalls; hie und da stehen noch Mauerreste, die an den Gerüsten kleben.

Als ich heute erwachte, wußte ich, daß ich etwas zu essen finden mußte, wollte ich nicht noch schwächer und schwächer werden, bis ich schließlich starb, ohne Käferchen Schimmern wenigstens geholfen zu haben. Ich ging auf die Stadt zu in der Hoffnung, irgend etwas zu finden, mit dem ich die Fische aus dem Bach kochen konnte. Ich hatte den lehmgepflasterten Weg natürlich schon längst verlassen, ehe ich mich zum Schlafen hinlegte, da das Licht ständig heller wurde, bis ich Angst hatte, entdeckt zu werden.

Der Höhlenboden, über welchen ich ging, bestand aus glatten, vom Wasser abgewaschenen Schindeln, auf denen lediglich große Steinplatten umherlagen. Ich hielt mich soweit wie möglich im Schatten, als ich mich jedoch der Stadt näherte, nahm das Licht von den Gebäuden — so gelb und schummrig es auch war — zu, bis ich mich schließlich ganz nackt fühlte, als beobachteten mich viele Augenpaare von den mauerlosen Türmen, und es gab keine Möglichkeit, ihnen zu entfliehen.

Nachdem ich zwei oder drei Kilometer gegangen war, befand ich mich nahe genug, um zu erkennen, daß sie angefüllt waren mit Maschinen, die alle stillstanden. Aus irgendeinem Grund hatte ich angenommen, daß sich an den Rändern der großen Gebäude kleinere Häuser befanden und vielleicht gar Schuttplätze. Als ich jedoch näher kam, hielt ich das für einen Irrtum — die Türme schienen aus dem nackten Höhlenboden zu entspringen, als seien sie aus der unberührten Oberfläche gewachsen.

Als ich jedoch noch näher kam, stellte ich fest, daß meine erste Vorstellung zutreffend gewesen war. Ich überquerte einen Teil der Höhle, in der einmal Schutt angehäuft gewesen war. Der Schutt war jedoch völlig verschwunden, zusammengeschmolzen und verrottet im Kies und Lehm der Höhle selbst, nur gelegentlich zeigten leichte Unebenheiten und Verfärbungen in roten, gelben und braunen Flecken und gelegentliche Stücke nicht verrosteten Metalls aus irgendeiner haltbaren Legierung, die die Jahrhunderte überstehen konnte, ihre frühere Lage an.

Die gleiche Zeitspanne hatte die kleinen Häuser, die einst zu Füßen der großen gestanden hatten, zerstört. Ich stellte fest, daß ihre Grundrisse noch erkennbar waren, die Gewölbe, die sich einst unter ihnen befunden hatten, waren als rechteckige Teiche zu erkennen, voll von dunklem, stillem Wasser. Nichts jedoch blieb von ihren Hochbauten, und vielleicht waren es überhaupt nur einfache Plattformen gewesen, die keine Aufbauten besessen hatten.

In der Zeit, da ich mir meinen Weg zwischen diesen kalten Teichen bahnte, drohten die mauerlosen Türme über mir, und das Licht schien erbarmungslos. Ich ging, glaube ich, nur weiter, weil ich von einer Art Fatalismus getrieben wurde: ich konnte nicht zurückkehren, ohne einen Versuch gemacht zu haben, Käferchen Schimmern zu befreien. Außerdem würde ich bald sterben, wenn ich nicht etwas zu essen fand; hier gab es keine Nacht, also war der jetzige Zeitpunkt genau so günstig oder ungünstig wie jeder andere, um sich der Stadt zu nähern.

Die Tatsachen sprechen jedoch dafür, daß ich nicht beobachtet wurde. Es gab keine Wachtposten; und wenn jemals welche existiert hatten, so mußten sie gestorben und ihre Körper schon vor tausenden Jahren verwest sein. Hier gab es nur die breiten Straßen und die glatten Gerüste der Häuser, die sich Etage um Etage stapelweise nach geometrischen Plänen erhoben. Die Straßen wirkten zu offen, zu bloß, zu wehrlos, als daß sie nicht geplündert worden wären; die untersten Stockwerke eines Gebäudes in meiner Nähe befanden sich nur ungefähr einen Meter über der Höhe des

Pflasters ringsum. Ich kletterte hinein und betrat das Haus. Es hat keinen Sinn, all meine Streifzüge zwischen den Maschinen dort aufzuzeichnen, und ich erinnere mich nicht an alles, was ich sah, detailliert genug, um ihm gerecht zu werden. Meistens handelte es sich um völlig unverständliche Dinge für mich: alle Maschinen wirkten sehr alt. Einige hatten Glasfenster, diese waren jedoch blind und dunkel. Andere waren wie das Zerrbild von Menschen geformt; andere wie Tiere mit gegliederten Körpern.

Ich habe, als ich mit der Aufzeichnung begonnen habe, nicht erzählt, was ich mit einer der menschenförmigen Maschinen angestellt habe — es mag jedoch von Bedeutung sein, und so dumm ich mich auch verhalten habe, schien mir daraus kein Schaden zu erwachsen.

Ich habe eine Straße überquert, nachdem ich das zunächst betretene Haus verlassen hatte, und ging in ein anderes. Die Maschine stand in einer Nische, die von einem Nebenkorridor abging. Ich habe darüber nachgedacht, und ich frage mich, ob es nicht möglich ist, da fast alle Maschinen kaputt sind, daß diese eine, die nicht kaputt ist (oder zumindest nicht so sehr beschädigt wie die anderen), schon vor langer Zeit übersehen wurde, da sie so versteckt stand.

Einen Augenblick lang sah das Ding aus wie ein riesenhafter Mann, so daß ich erstaunt war — dies veranlaßte mich erst dazu, mich umzudrehen und auf ihn zuzugehen. Doch es war einem Menschen überhaupt nicht ähnlich. Seine Arme waren zu lang, und die Hände mit Haken und Zahnrädern versehen. Augen konnte ich nicht entdecken — was ich für Augen gehalten hatte, waren lediglich Lichter —, und seine Beine bildeten zwei Räder, auf welchen es umherbalancierte. (Die Tatsache, daß es nicht umgefallen war wie so viele andere, hatte vielleicht ursprünglich meine Aufmerksamkeit darauf gelenkt; es wirkte wie ein lebendiges Ding, das zwischen totem Metall stand.) Ich ging darauf zu, da sprach es zu mir.

Ich glaube nicht, daß ich diesen Augenblick jemals vergessen werde. Es war so, als habe ein Stein gesprochen; und doch, nachdem ich seit Käferchen Schimmerns Entführung so lange allein gewesen war, plötzlich war ich nun in Gesellschaft. Der Ton klang heiser, aber nicht unfreundlich, und obwohl es die gleiche Sprache sprach, die ich nun benutze, bestanden da gewisse Ausspracheschwierigkeiten bei bestimmten Wörtern, die ich nicht wiederzugeben versuchen will. Ich war zuerst zu erschrocken, daß ich nicht begriff, was es sagte. Es wiederholte den Satz noch einmal für mich: »Bereit, Anordnungen zu empfangen.«

Beim zweiten Mal war ich in der Lage zu erwidern: »Ich habe keine Anordnungen, die ich dir erteilen könnte.«

Die Maschine antwortete nicht. Mein erster Impuls war wegzulaufen; mein zweiter, mich zu verstecken. Und doch wirkte es irgendwie nicht fremd auf mich, mich mit einer Maschine zu unterhalten, obwohl ich sicher bin, daß Langmesser (um ein Beispiel aufs Geratewohl zu nennen) über etwas Derartiges entsetzt gewesen wäre, hätte er überhaupt begriffen, was geschah. Nach einer Zeit, während der die Maschine nicht wieder gesprochen hatte und auch kein anderer Laut in der stillen Höhle zu vernehmen gewesen war, faßte ich genügend Mut, um zu fragen: »Wie lange stehst du schon da?«

»Ich besitze keinen Mechanismus, um Zeitspannen zu verzeichnen.«

»Du bist dir aber dessen bewußt?«

»Ich bin mir bewußt, daß andere solche Mechanismen besitzen.«

»Wo kann ich etwas zu essen finden?«

»Im Lieferwagen.«

Einer der Vampire — vermutlich hatte ihn der Klang unserer Stimmen angezogen — war in das Gebäude geflattert. Nun flog er ruckartig zwischen den reglosen Maschinen umher. Ich fürchtete, wir würden noch mehr von ihnen anziehen, wenn wir weitersprachen, sagte jedoch: »Wo ist das?«

»Dort.« Einer ihrer Arme hob sich, um den Weg zu weisen. Ich nehme an, es ist Hunderte, wenn nicht Tausende von Jahren her, seit sie sich zum ersten Mal gerührt hatte. Der Arm zitterte zu Beginn der Bewegung, als stottere irgendein Kontrollmechanismus. Nach einiger Zeit jedoch vollzog der Arm die Geste ohne zu zittern und kehrte so geschmeidig an die Körperseite zurück, als sei er erst gestern zusammengesetzt worden.

Die Richtung, in welche er gewiesen hatte, stimmte mit keinem Korridor überein. Ich fürchtete, ich könnte die Stelle, die sie meinte, verpassen (falls sie überhaupt existierte). Ich fragte die Maschine, ob sie mich dort hinbringen könnte.

Sie antwortete: »Ja«, und ehe ich protestieren konnte, hatte sie mich mit ihren großen Metallhänden ergriffen und auf die Spitze einer Konstruktion gesetzt, die ich als ihren Kopf erachtet hatte. Rundum lief ein niedriges Geländer wie eine Krone — es reichte aus, einen Sturz zu vermeiden, wenn ich sitzen blieb.

Ich hätte gewiß meinen Stab verloren, wäre er nicht an der Schlinge gehangen. Während ich ihn zu mir hinaufzog, klapperte er gegen Metall. Der Vampir floh kreischend. Wir fuhren durch den Korridor und bogen in einen anderen ein, und nachdem wir diesem etwa einen Kilometer gefolgt waren, schwenkten wir in einen dritten. Inzwischen befanden wir uns so tief im dunklen Innern des Gebäudes, daß ich jede Orientierung verloren hatte. Schließlich hielten wir an einer Stelle an, die sich durch nichts von jeder anderen unterschied. Ehe ich sie darum bitten konnte, hob die Maschine mich vom Kopf und stellte mich sanft auf den Boden. Vor mir befand sich ein geschlossenes und rätselhaftes Gerüst ohne Räder oder, soweit ich dies beurteilen konnte, irgendwelche andere Fortbewegungsmittel. Seitlich befand sich eine Tür, jedoch kein Griff. Ich berührte den Kasten, und einen Augenblick später versuchte ich ihn mit meinen Fingernägeln aufzuziehen, doch vergeblich, er blieb dicht geschlossen.

»Es hätte dir Zugang verschaffen müssen«, sprach die Maschine hinter mir. Ich hatte plötzlich das irrationale Gefühl, daß das gesichtslose, kastenartige Ding mich als Schwindler identifiziert hatte und es der Maschine sagen würde. Statt dessen reichte sie über meinen Kopf hinweg und ergriff die Türkante mit der Fingerspitze.

In der Tür ertönte ein Schnappen, dann sprang sie auf. Albernerweise sagte ich: »Du hast sie aufgebrochen.«

»Sie funktionierte nicht mehr, sonst hätte sie dir Zugang verschafft.«

Ich trat ein. Der ›Lieferwagen‹ war einst mit Lebensmitteln gefüllt gewesen. Das meiste war jedoch schon längst verdorben, keinerlei Fäulnisgeruch war zurückgeblieben, und selbst der graue Staub, zu dem die Dinge zerfallen waren, und überall umher lag, roch nicht mehr nach Schimmel. Nachdem ich zwanzig Minuten lang gestöbert hatte, entdeckte ich eine Metalldose mit harten, weißen Würfeln, die keinerlei Anzeichen von Verfall erkennen ließen. Ich leckte daran: sie schmeckten scharf, ein wenig salzig — ein Geschmack, der viel zu stark war, doch ich hatte bereits erraten, daß diese Würfel aufgelöst werden mußten. Ich steckte die Dose in meine Tasche und trat hinaus, um die Maschine, die geduldig draußen gewartet hatte, zu bitten, mich an unseren Ausgangspunkt zurückzubringen.

Dort ließ ich sie stehen und bahnte mir einen Weg zu der Felsspalte, in der ich die letzte Nacht zugebracht hatte. Dort leerte ich die Würfel aus der Dose und löste einen davon in Wasser auf, das ich aus dem Bach geschöpft hatte. Dies ergab einen so köstlichen und wunderbar stärkenden Trunk, wie ich ihn noch niemals gekostet zu haben mich erinnere. Als ich ausgetrunken hatte, empfand ich keinen Hunger mehr. Ich trocknete die Dose aus und packte den Rest der Würfel wieder hinein; dann kletterte ich, da ich mich so nahe am Boden der Höhle unsicher fühlte, hinauf zu einem Felsvorsprung, wo ich diese Nacht schlafen werde.

Zehnter Tag. Mit Hilfe von drei der Maschinen haben wir uns einen Weg hinaus gebahnt; nun habe ich sie gebeten, die Nacht über anzuhalten an einer Stelle, wo sie uns Schutz vor dem Wind bieten können. Wir haben unser Lager etwa drei Kilometer vom Eingang der Höhle entfernt errichtet. Morgen werden wir südwärts ziehen, um nach der Spur zu suchen.

Die Verletzung an meiner Seite heilt allmählich, glaube ich, auch wenn sie mich mehr oder weniger ständig stört und manchmal unerträglich schmerzhaft ist.

Als ich heute morgen erwachte, kletterte ich die Höhlenwand hinab und ging wieder in die Stadt mit dem festen Entschluß, Käferchen Schimmern zu finden. Ich befand mich zwei Straßen hinter dem Gebäude, in dem ich gestern die erste Maschine entdeckt hatte — der ich den Namen ›Roller‹ gegeben habe wegen seiner Räder —, als ich fast mit einem Geschöpf der Art zusammenstieß, die Käferchen entführt hat. Rückblickend ist der Zwischenfall nicht wenig lächerlich, denn ich war übermäßig vorsichtig; trotzdem fand ich es im konkreten Augenblick keineswegs erheiternd.

Ich wollte gerade um eine Ecke biegen, als es von der anderen Seite kam. Ich erinnerte mich an die Waffe, die mich vor drei Tagen verletzt hatte, und lief nicht davon, sondern warf den Endieva-Stab nach ihm. Dieser traf es an der linken Schulter, wo es ganz aus Maschine zu bestehen schien, und fiel zu Boden. Es stürzte sich sofort auf mich, ich war jedoch in der Lage, mich unter einem ausgestreckten Arm hindurchzuducken und den Stab an seiner Schlaufe wieder einzuholen, um ihn sofort noch mal zu schleudern, sobald es sich umdrehte. Ich zielte nach seinem Gesicht — und traf die falsche Seite, ich hatte jedoch nun den Stab voll in der Gewalt und war in der Lage, ihn sogleich zurückzuziehen und erneut zu schleudern. Er schrammte seine linke Wange. Mehr war nicht nötig; ich sah, wie sich dort ein dünnes Rinnsal Blut bildete und sein linkes Auge in die Leere starrte. Es fiel auf die Knie — in dieser Stellung war es nicht viel größer als ich — und ich sah zu, wie der menschliche Teil von ihm starb.

Ich glaube, daß die Hälfte seines Gehirns noch mechanisch weiterfunktionierte, denn es dauerte lange Zeit, ehe es ganz aufhörte, sich zu bewegen. Mehrere Minuten lang, nachdem das Fleisch längst tot war, streckten sich seine Arme noch immer nach mir aus, und es versuchte, hinter mir herzukriechen. Es konnte nicht mehr gehen — das hat mich gerettet. Ich nehme an, daß seine Gleichgewichtssinne noch zu jenen Teilen gehörten, die einst seinen lebenden Körper gebildet hatten, und als jene starben, sobald das Gift sich ausgebreitet hatte, konnte es nicht mehr aufstehen.

Eine Zeitlang wartete ich, um zu sehen, daß die Maschinerie auch abstarb, sie war jedoch sehr zählebig, oder wie man dies sagen soll. Ich wich seinen Händen aus und trat mehrere Male nach seinem Kopf; das Geräusch, das wie das Schlagen eines dumpfen Gongs klang, war jedoch zu laut in den leeren Straßen, und ich hörte auf damit. Nach einiger Zeit ließ ich es liegen, während es sich immer noch wand und sich vorwärts zu ziehen versuchte. Mir war nach dieser körperlichen Anstrengung sehr warm in meinem Coverall. Ich dachte daran, ihn ganz auszuziehen, wollte ihn jedoch weder tragen noch zurücklassen — zusammen mit diesem Rekorder, dem Feuermacher, meinem Messer und so weiter. So entschloß ich mich, das Vorderteil zu öffnen und die obere Hälfte abzustreifen, um abzukühlen. Es gelang mir, die Ärmel um die Taille wie einen Gürtel zu knoten, dies war eine ganz angenehme Lösung, die der Temperatur in der Höhle entsprach. Nun glaube ich, daß dies außerordentlich wichtig war. Vermutlich werde ich nie vergessen, wie ich durch diese Stadt ging. Die Straßen waren sehr breit (obwohl ich mich nahe an den Gebäuden hielt und häufig den Weg durch sie hindurch abschnitt), weitere Straßen führten manchmal in Kurven darüber hinweg. Die Erbauer, so schien es, hatten ein fast unauslöschliches Licht geschaffen, denn die Lampen brannten immer noch schummrig an der Unterseite der Überführungen, an den Eingängen, in den Nischen und den Innenräumen der skelettartigen Gebäude.

Ich war mehrere Kilometer weit gegangen, als ich eine Veränderung im Muster des Pflasters bemerkte, über das ich hinwegschritt. Eine Zeitlang konnte ich mir nicht vorstellen, was es sein könnte. Ich versuchte mich zurückzuerinnern an die Strecke, die ich zurückgelegt hatte, und stellte fest, daß ich mir die Straßen ganz gut vorstellen konnte und eine sehr lebhafte Erinnerung von der einen besaß, auf welcher ich mit dem Geschöpf gekämpft hatte, dessen mechanische Teile nicht sterben wollten; nichtsdestotrotz dauerte es einige Zeit, ehe ich begriff, wo der Unterschied zwischen dem damals gesehenen und dem dunkleren Schatten nun lag. Dann endlich bückte ich mich hinab und berührte das steinige Material, auf welchem ich ging. Es fühlte sich leicht feucht an.

In der Trockenheit der Höhle schien dies unmöglich. Die Nische, in der ich die letzte Nacht geschlafen hatte, war völlig trokken und ebenso der gesamte Höhlenboden zwischen den Wänden der Stadt. Und ich war sicher, daß die Straße, auf der ich mit dem Maschinenmenschen gekämpft hatte, ebenfalls trocken gewesen war. Ich berührte die Häuser und dachte, daß vielleicht irgend etwas wie Regen gefallen sein mochte; doch obwohl sie glatt waren, fühlten sie sich völlig trocken an. Die Straße selbst jedoch mußte gerade naß gemacht worden sein.

Dann sah ich den Krokus. Er lag auf der gegenüberliegenden Seite der Straße, genau in der Ecke eines Häuserfundaments, und bildete einen scharlachroten Fleck gegen das dunkle Grau der feuchten Straße und das hellere Grau des Metallgerüsts. Mein erster Gedanke war, man habe ihn dort hingelegt, um mir eine Falle zu stellen, dafür gab es jedoch keinerlei Anzeichen — es war lediglich die rote Blüte eines Krokos mit ein paar Zentimetern Stengel, einem Halbdutzend Blättern, genau wie ich ihn schon mehrere Male unter dem Schnee hatte blühen sehen.

Als ich die Straße überquerte und die Blüte aufhob, stellte ich fest, daß es keine richtige Blume war. Sie war aus Stein gemacht, aus dünnen steinernen Blütenblättern wie aus dem Material der Stalaktiten, die man rot gefärbt hatte. Die Blätter bestanden aus dem gleichen Material, sie jedoch hatte man so eingekerbt, daß sie Krokusblättern ähnelten, und in einem durchschimmernden Grün gefärbt. Den Stengel bildete eine dünne Steinröhre, und in der Mitte der Blüte saß ein leuchtender Stein.

Als ich die Straße hinabblickte, sah ich mehrere dieser Blüten: nicht nur rote, vielmehr auch gelbe, weiße und blaue. Sie lagen auf dem Pflaster, als hätte sie der Wind dort verstreut — obwohl dies unmöglich war: hier herrschte kein Wind, und der kleinste Aufprall hätte die zarten Gebilde zerschmettert. Verwundert ging ich weiter und stellte fest, daß sie immer dichter lagen, je weiter ich vorankam. Auf einen Impuls hin betrat ich eines der Häuser und lief die langen, düsteren Korridore entlang, in denen sich die schweigenden Maschinen aufreihten. Ich kam an die gegenüberliegende Seite des Gebäudes und stand in der nächsten Straße. Sie war nicht naß gemacht worden, und hier lagen auch keine Blumen.

Nachdem ich ein paar Minuten lang ausgeruht hatte (das Laufen hatte Schmerzen in meiner Wunde verursacht), ging ich zur Straße der Steinblumen zurück. Es war fast unmöglich — aber tatsächlich schien es doch wahrscheinlich —, daß jemand mit meinem Kommen rechnete. Wenn dies jedoch der Fall war, so war es unvernünftig zu erwarten, daß ich sie lange täuschen könnte, indem ich auf eine andere Straße überwechselte. Andererseits bestand die Möglichkeit, daß die Blumen in keinem Zusammenhang mit mir standen. Nach allem, was ich wußte, konnten sie ebenso in der reglosen Luft der Höhle Hunderte oder gar Tausende von Jahren gelegen haben, und die Feuchtigkeit hatte vielleicht eine ganz andere Ursache. War dies der Fall, so mußte die Straße zu etwas Interessantem führen. Vielleicht war es nur Fatalismus, ich ging jedoch weiter auf das Zentrum der Stadt zu, zuerst hielt ich mich am Rand eines der mauerlosen Gebäude wie zuvor, bald jedoch mußte ich mitten auf der Straße gehen, da nun die Blumen immer dichter lagen und die Straßen um die Fundamente der Gebäude wie ein Teppich überzogen.

Bald darauf sah ich flüchtig eine lebendige Gestalt. Mehrere hundert Meter vor mir schoß eines der großen kauernden Geschöpfe, die Käferchen Schimmern entführt hatten, heraus auf die Straße. Genau in der Mitte stellte es sich aufrecht hin, was aussah wie eine Stange mit einem Paar schlanker und fast parallel verlaufender Hörner. Dann stürzte es wieder in das Gebäude, aus dem es aufgetaucht war.

Ich hielt bereits Käferchens Endieva-Stab bereit, überprüfte noch einmal die aufgerollte Schnur, um sicher zu sein, daß sie sich aufwickeln ließ, und schleuderte ein paar Mal zur Probe, dann ging ich langsam weiter und rechnete bei jedem Schritt mit dem Angriff.

Nichts geschah. Ich war überzeugt, von den Gebäuden zu beiden Seiten beobachtet zu werden, eine Attacke wurde jedoch nicht gegen mich geführt. Als ich mich der gegabelten Stange näherte, erkannte ich, daß es sich nicht, wie ich angenommen hatte, um einen glatten Holzschaft handelte, vielmehr um ein graues Metall, das kunstfertig abwechselnd mit geometrischen Mustern und Gesichtern geschmückt war. Die Hörner waren graziös wie Fühler geschwungen. Zuerst wirkte ihre Oberfläche rauh. Als ich jedoch nahe genug hinzutrat, um den Stab zu berühren, sah ich, daß sie mit einer so feinen Schrift bedeckt waren, die zu lesen fast unmöglich war, Schrift einer Art, die nie zuvor gesehen zu haben ich überzeugt war. Es schien klar, daß ich den Stab ergreifen sollte, obwohl er mich daran hindern würde, meinen Zauberstab bereitzuhalten. Nachdem ich einen Augenblick lang gezögert hatte, schlang ich die Schnur um meine rechte Hand und ergriff mit der linken den gehörnten Stab.

Er fühlte sich an, als hätte ich eine Schlange angefaßt. Meine Augen sagten mir, daß nichts geschehen war; der Stab war immer noch steif und gerade mit seinen aufwärtsgerichteten Hörnern. Meine Finger ertasteten jedoch ein Wesen: es war kalt, lebendig und muskulös. Im ersten Augenblick hätte ich es beinahe fallen gelassen, doch ich bin jetzt sicher, dies hätte meinen Tod bedeutet. Doch trotz all der Empfindungen einer lebendigen Kraft bestand ebenso das Gefühl von Gefügigkeit — ja Gehorsam, fast so, wie einem die eigenen Glieder gehorchen — also ließ ich ihn nicht fallen. Und obwohl die Stange leicht war, legte ich sie mir über die Schulter.

Und mit einem Mal kam Leben in die Stange. Wesen von der Art wie jene, die Käferchen mitgenommen hatten — ich habe inzwischen erfahren, daß sie sich die Min nennen —, stürzten aus allen Torbögen und hüpften sogar von den oberen Stockwerken und landeten klirrend und mit flachen Sohlen auf den Steinblüten, daß die Gemmen aus den Mittelpunkten der Blüten sprangen und unter ihren Füßen zermalmt wurden. Ich wollte loslaufen, sie jedoch bauten sich vor mir auf.

Sowie ich dies sah, hielt ich an und wartete, daß sie mich ansprachen; dies taten sie jedoch nicht. Als ich schließlich den Eindruck hatte, daß sie mir gar nichts Böses zufügen wollten, ging ich auf sie zu und beugte mich nieder, um einen zu berühren — da knieten sie sich vor mir nieder mit offenen Händen; und dann nahmen sie mich sehr zart und behutsam beim Arm und begannen mich die blütenübersäte Straße hinabzuführen, bis wir die Stelle erreichten, wo alle Straßen zusammenlaufen. Dort stand ein monströses Gebäude — riesenhaft und weitläufig hatte es so geringe Ähnlichkeit mit den anderen Bauwerken der Stadt, wie dies nur möglich war: es besaß Mauern und war mit Balkonen geschmückt. Es befand sich noch im Bau; ringsum lag Material, das alles gestohlen schien von den stillen, nackten Türmen.

Wir betraten dieses Gebäude, indem wir durch eine Art, wie ich meine, breites, niedriges Fenster traten. Ich war mir bis zu diesem Augenblick nicht gewiß, ob die Geschöpfe, die mich führten, sprechen konnten; als wir jedoch eintraten, hörte ich hinter mir Gemurmel aufkommen. Obwohl ich nicht begreifen konnte, was sie sagten, klang mir dies wie die Sprache der Wiggikki und aller anderen Völker, die ich getroffen hatte. Ich drehte mich zu einem von ihnen um und fragte, wohin sie mich führten.

»Zum hohen Thron, dem Ort des Gerichts.«

Ein anderer sagte. »Zum Sitz der Reinheit.«

»Warum?« fragte ich sie.

»Du bist unversehrt und ganz, du bist vollkommen.«

»Ihr nicht?«

Die Kreatur, an welche ich mich gewandt hatte, blieb stehen und wandte mir ihr Gesicht zu. Da, glaube ich, begriff ich zum ersten Mal, daß ihre Gesichter nicht nur das nackte Entsetzen waren, daß sie sogar einer Regung fähig waren, auch wenn es manchmal so schien, als ob ihre mechanischen Teile ihre Emotionen besser ausdrückten als jene Teile, die von dem ursprünglichen Organismus — der bei jedem Individuum anders gewesen sein muß — übriggeblieben waren. Etwas — zu diesem Zeitpunkt hielt ich es für Zorn, es mag jedoch auch Verzweiflung gewesen sein — verzerrte den Wirrwarr aus Metall, Plastik und organischer Substanz, der seine Züge darstellte, und er sagte: »Wir sind so, wie du uns siehst!«

»Es tut mir leid«, antwortete ich. »Ich bin an euer Aussehen nicht gewöhnt, und auf mich wirkt ihr auf eure Art vollkommen.«

Ein anderer, der hinter mir stand, meinte: »Und was ist mit deiner Art?«

Mein Ausdruck muß ihm gezeigt haben, daß ich nicht begriff, was er damit meinte.

»Wenn wir von deiner Art wären, was dann?«

»Aber das seid ihr nicht.« Ich glaube trotzdem, daß mir zu jenem Zeitpunkt eine Art von Begreifen dämmerte, um was es sich bei ihnen handelte, und ich sprach zu diesem Thema kein Wort mehr.

Wir gingen weiter. »Du bist männlich«, stellte einer von ihnen fest.

Ich nickte.

»Kennst du andere deiner Art?«

Ich sagte: »Ihr habt schon eine Frau mitgenommen, die ich kenne — Käferchen Schimmern.«

Mehrere von ihnen schüttelten den Kopf, und jener, an den ich mich gewandt hatte, sagte: »Sie ist keine Menschenfrau.«

»Mir kam es aber so vor.«

»Du bist getäuscht worden.«

Während wir so sprachen, bahnten wir uns einen Weg durch einen langen Korridor mit vielen Biegungen. Auf einer Seite befanden sich entlang der ersten paar Meter Fenster, diese endeten jedoch, als er sich ins Gebäudeinnere schlängelte, und es blieben lediglich die dunklen Wände, an denen man Lampen in der Art, wie die Gebäude sie außen trugen, befestigt hatte. Hinter mir hörte ich, wie eine der Kreaturen zu einer anderen sagte: »Also sind es jetzt zwei.«

Dann betraten wir einen breiten, dunklen Raum mit niedriger Decke, über dessen Fußboden rote Polster verstreut lagen. Ein niedriges Podest, nicht mehr als sechs Zentimeter hoch, verlief entlang den Wänden; dort wahren Lehne an Lehne ringsum Sessel aufgestellt. Alle waren leer, bis auf einen an der gegenüberliegenden Seite. Darauf saß ein Mann. Er hielt einen gehörnten Stab, wie ich einen hatte, und Käferchen Schimmern war an seinen Stuhl gekettet. Als der Mann sich erhob, um uns entgegenzugehen, sah ich, daß es sich um einen ungemein fetten Zwerg handelte.

Die Geschöpfe, die mich zu ihm geführt hatten, fielen auf die Knie, als er näher kam. Er betrachtete mich sorgfältig, lehnte sich auf seinen Stab und sagte dann: »Seht ihr denn nicht, daß er sterben wird? Er hat eine Wunde in der Brust.«

»Er kann noch gehen«, antwortete eine der knienden Kreaturen. »Er kann durchaus überleben, wenn wir ihn behandeln.«

»Er wird sterben«, sagte der Zwerg erneut. Käferchen Schimmern sprach kein Wort, sah mich jedoch auf eine Art an, die mir das Herz brach. Dann sah ich, was sie damit gemeint hatten, als sie sagten, sie sei keine Menschenfrau. Die Kette, die sie an den Thron des Zwergs fesselte, war um ihren Hals geschlungen.

»Dann nehmt ihn mit!« befahl der Zwerg. »Versorgt seine Wunde und berichtet mir, wenn er stirbt!«

Ich sagte ihm, daß ich, wenn ich irgendwo zur medizinischen Behandlung gehen sollte, Käferchen mitnehmen wollte.

Er wollte ablehnen; als er jedoch einsah, daß ich nicht ohne sie gehen würde, drehte er sich auf dem Absatz um und streckte die Hand nach ihrem Kragen aus. Ich konnte nicht erkennen, wie er ihn gelöst hatte — er schien jedoch allein schon auf seine Berührung hin aufzuspringen. Käferchen lief quer durch den Raum und umarmte mich, ich fragte sie, ob mit ihr alles in Ordnung sei.

»Ja«, antwortete sie, »jetzt schon. Aber sie haben mir meinen Umhang genommen. Wir werden ihn finden müssen, ehe wir gehen, sonst erfriere ich. Wie bist du verletzt worden?«

»Ich weiß es nicht. Sie haben es getan, als sie dich geraubt haben.«

»Komm«, sagte eines der Geschöpfe. »Wir werden dich behandeln, dich wieder heil machen.«

Ich fragte ihn, was er vorhätte.

»Deinen Körper reparieren. Einige Teile sind beschädigt — ich glaube, daß die Lunge durchstoßen ist. Wir werden dir eine neue geben, die nicht aus schwachem Fleisch hergestellt ist.«

»Und wenn ich genügend solcher mechanischer Ersatzteile besitze, dann werde ich sein wie ihr. Ihr sagtet doch, daß ihr mich haben wolltet, weil ich ›unversehrt und ganz‹ sei.«

Etwas wie Erheiterung verzerrte das Gesicht des Dings. »Du glaubst, daß wir so geworden sind, wie wir heute dastehen. Nein, bei weitem nicht.«

Kim erzählte: »Ich habe sie belauscht. Ich glaube, es waren einst weit weniger — sie haben sich jedoch zerstückelt und die Lücken mit diesen leblosen Dingen ergänzt.«

Das Geschöpf sagte: »Eine interessante Idee. Aber auch sie ist falsch.«

Der Zwerg, der wieder seinen Platz eingenommen hatte, spottete: »Du weißt gar nichts. Du bist wie ein Kind, das zufällig eine halbe Minute vor dem letzten Vorhang in ein Theater gelaufen kommt. Du siehst, wie die Leute sich bewegen und daß einige maskiert sind; du hörst die Musik, siehst die Handlung, begreifst aber nichts. Du weißt nicht einmal, ob es sich bei dem Spiel um eine Tragödie oder eine Komödie handelt, ja nicht einmal, welches die Schauspieler und welches die Zuschauer sind.«

Während er sprach, hielten alle Geschöpfe außer jenem, der mit uns geredet hatte, ihre Gesichter auf den Boden gepreßt. Dieses eine machte nun eine Handbewegung in unsere Richtung, und wir folgten ihm aus dem Thronsaal hinaus durch eine andere Tür. Ich fragte es, warum sich alle vor dem Zwerg verbeugten.

»Er ist ein Mensch«, sagte es. »Ein menschliches Wesen. Ehe du kamst, hielten wir ihn für den letzten.«

»Dann müßte es euch ja interessieren«, sagte ich, »wo ich herkomme. Wie wollt ihr wissen, daß es dort draußen keine menschliche Gemeinde gibt? Männer, Frauen und Kinder, alles Menschen, die an irgendeinem weit entfernten Ort leben?«

»Gibt es denn einen solchen Ort?« fragte es.

»Nein.« Ich schämte mich plötzlich.

»Warum sollten wir uns also Sorgen machen? Woher kommst du, wenn du keine menschliche Stadt verlassen hast?«

»Ich weiß es nicht; ich habe es vergessen. Vor ein paar Tagen haben die Wiggikki mich im Schnee gefunden, mehr weiß ich nicht.«

Käferchen Schimmern sagte: »Du brauchst ihm das alles doch gar nicht erzählen.«

Ich versuchte zu erklären, was ich empfand. »Ich habe keinerlei

Erinnerung. Aber irgend etwas liegt hinter dieser Nichterinnerung. Ich kenne Worte für viele Dinge, die gesehen zu haben ich mich nicht einmal erinnere. Ich denke an etwas Bestimmtes und suche danach, dann begreife ich, daß ich so etwas niemals besessen habe. Daß die Regale und Dosen und Schubladen, die ich in meinem Denken finde, gar nicht existieren. Ich denke an die anderen Menschen um mich her; aber sie sind nicht da.«

»Du weißt nicht, woher du kommst«, sagte das Geschöpf. »Aber ich werde es dir sagen. Irgendwo weit entfernt von hier in irgendeinem kleinen Tal in den Bergen bist du zwischen Menschen geboren worden, die sich noch an die alten Zeiten und das hohe Niveau, welches die Menschheit einmal besaß, erinnerten. Dort bist du aufgewachsen, als du jedoch größer wurdest, schwand dein Volk dahin — bis du schließlich feststelltest, daß alle älter waren als du und du das letzte Glied deiner Generation warst. Dann hast du sie sterben sehen, einen nach dem anderen, und wußtest, wenn der letzte gegangen sein würde, würdest du allein sein, umgeben von Tiermenschen, die Wurzeln ausgraben oder vom Blut der anderen trinken. Als schließlich der Tag kam, da schwanden dir die Sinne, und du bist weggelaufen von jenem Tal und jener alten Frau, die tot beim Feuer lag. Dann haben dich die Wiggikki gefunden. Nun bist du glücklich, da du keinen Unterschied zwischen den Tieren und dir siehst. Aber wir werden dich wieder ganz machen.«

Ich sagte: »Ich weiß, daß ich keiner der Wiggikki, der Pamigaka und keiner von Käferchen Schimmerns Volk bin. Aber . . .«

»Sie sind Staub unter deinen Füßen. Oder noch weniger. Schau dir die an, die neben dir steht! Wenn du sie tötest, nur weil es dir Spaß macht, so kannst du es tun.«

»Du hast recht«, sagte ich. »Das könnte ich. Aber lediglich, weil ich noch etwas besitze, was ihr gehört.« Ich löste die lange Schnur und die kurze Handschlaufe des Stabes und gab ihn Käferchen Schimmern zurück.

»Ich spreche von moralischer Stärke«, fuhr das Geschöpf fort. Wir bogen nun in einen dunklen schmalen Korridor und stiegen eine Treppenflucht hinab. »Wenn du oder er, der uns beherrscht, sie zerstören wollt, so ist daran nichts Böses. Weißt du, wie der Stab zu benutzen ist, den du da trägst? Eine Berührung mit seinen Dornen bringt den Tod.«

»Wenn ihr damit rechnet, daß ich Käferchen mit ihm töte, dann werdet ihr enttäuscht werden.«

Käferchen sagte: »Ich glaube nicht, daß der Raum, in den es uns bringt, ein Raum zum Heilen ist.« Tatsächlich war es so dunkel geworden, daß die schwachen Lampen immer düsterer und seltener wurden und ich kaum noch etwas außer vages Licht und Schatten auf dem hübschen Gesicht von Käferchen und das Blitzen der glasähnlichen Augen des Geschöpfes sehen konnte, das uns hierher geführt hatte.

»Es gibt verschiedene Typen des Heilens«, sagte es. »Physische, psychische und moralische.« Unvermittelt trat es ein paar Schritte von uns weg, und ich hörte, wie eine Tür geöffnet und geschlossen wurde.

Dann vertrieben strahlende Lichter die Dunkelheit. Nach Größe und Gestalt zu urteilen, nahm ich an, daß der Raum, in dem wir uns befanden, unter dem Thronsaal lag, wo der fette Zwerg saß. Anstatt jedoch ebenfalls von einem Podium umgeben und mit leeren Stühlen umstellt zu sein, war dieser Raum völlig kahl, der Boden mit Straßenpflaster aus der Stadt belegt.

Wir hörten an der gegenüberliegenden Seite schwach ein dumpfes Klicken, als würde ein Riegel zurückgezogen. Käferchen drückte sich an mich. »Es schickt jemanden rein, der uns töten soll«, sagte sie. Dann wurde eine der drei Türen, die jenseits der weiten Strecke des groben Fußbodens uns gegenüber lagen, aufgerissen.

Der Mann, der nun eintrat, war nicht so groß wie Nashhwonk, er mußte sich jedoch bücken, um durch die Tür zu kommen. Er trug einen verwilderten gelben Bart und langes zottiges Haar, das von seinem Kopf in einer Weise abstand, der ihn viel zu groß für seine Schultern wirken ließ, obwohl diese doppelt so breit waren wie die meinen.

Dies waren jedoch nicht die Details, die ich zuerst bemerkte. Auch waren es nicht, wie ich glaube, die Dinge, die jeder andere zuerst bemerkt hätte. Als allerestes erblickte ich seine Augen: sie waren riesenhaft und goldgelb. Danach fiel mir seine Art sich zu bewegen auf. Käferchen Schimmern ist wunderschön, und sie geht mit geschmeidiger Grazie; neben ihm wirkte sie jedoch tolpatschig.

Ich glaube, ich hatte erraten, wer da vor uns stand, ehe sie ihn beim Namen nannte.

»Ketin«, sagte sie und hob den Endieva-Stab, als wolle sie zuschlagen, und wich zurück, bis sie mit den Schultern an der Wand stand.

»Ja, Ketin«, stimmte ihr der bärtige Mann zu. Seine Stimme klang wie ein fünf Kilometer entferntes Gewitter. Er rüttelte an der

Tür neben jener, durch welche er getreten war, und seine Rückenmuskeln traten knotig hervor, bis sie wie orangenbraune Findlinge, die der Wind blankgescheuert hatte, aussahen.

Ich hatte Angst — doch in gewisser Weise auch nicht. Um dies so zu sagen: ich empfand meine körperliche Schwäche und ich wußte, daß Ketin ein tödlicher Widersacher wäre. Doch gleichzeitig wußte ich, oder glaubte ich zu wissen, daß Käferchen sich täuschte, als sie gesagt hatte: »Es schickt einen herein, der uns töten soll.«

»Ich bin sicher«, sagte ich zu Ketin, »daß du alle anderen Türen ebenfalls verriegelt findest.«

»Aha«, meinte Ketin und wandte sich um, als sei er eine Feder. »Ihr kennt dieses Haus also.«

»Nein, aber ich verstehe das Prinzip.«

Einen Augenblick lang ließ ihn das innehalten. Ich sah Zweifel wie Schatten über sein Gesicht huschen. »Und wer bist du?« meinte er. Und dann: »Du bist der, der dem Großen Schlitten gefolgt ist.«

»Der war ich.«

»Ich habe von dir gehört, gerade als sie dich gefangen haben. Mein Freund — weißt du, ich hatte ihn einfach so unterm Daumen und kitzelte ihn noch einen Augenblick lang, ehe ich ihn umbrachte, und bat ihn, mir ein paar Neuigkeiten zu erzählen — mein Freund erzählte mir dann, du hättest die Nacht bei seinem Volk verbracht und seist dann wieder aufgebrochen, um dem Großen Schlitten zu folgen. Ich könnte dich umbringen — oder sie — genau wie ich ihn umgebracht habe. Wenn du mir nicht sagst, wie ich hier rauskomme, werde ich es wir vorher nicht leichtmachen.«

»Du könntest mich nicht töten, Ketin.«

Ketin lächelte, lächelte ganz schwach, und begann den Raum in unsere Richtung zu durchqueren.

»Warte einen Augenblick und hör zu! Der Sinn, uns hier hereinzustecken, war, daß ich dich töten sollte. In einem fairen Kampf wäre ich dazu natürlich nie in der Lage. Aber dieser Stab ist eine tödliche Waffe — auf eine Weise, die ich nicht verstehe. Für mich wäre die Tatsache, dich zu töten, nur Selbstverteidigung, ich könnte jedoch bald dafür mit Stolz erfüllt sein und Leute wie dich und Käferchen vielleicht mit anderen Augen sehen, als mich selbst.«

»Und du wärst zu Recht mit Stolz erfüllt«, sagte Ketin, »wenn du Ketin töten würdest.«

»Ich bin viel stolzer darauf, daß ich dich bis jetzt nicht habe töten müssen. Und ich glaube, ich weiß einen Fluchtweg von hier. Sieh nach oben. Die Lampen erhellen die Decke nicht, ich nehme jedoch an, daß deine Augen in der Nacht besser sehen, als die meinen. Kannst du etwas erkennen?«

»Baumstämme, die das Dach tragen.«

»Dort im Dach muß irgendwo eine Tür sein. Eine Tür, die sich nach unten öffnen läßt.«

»Ich kann keine sehen.« Ketin tat ein paar Schritte nach vorne und reckte das Gesicht nach oben.

Käferchen fragte: »Kehlschnitt, wie willst du das wissen?« Sie blickte nun ebenfalls nach oben.

»Hier muß so eine Tür sein. Dieser Raum befindet sich genau unter dem Thronsaal. Er ist weiträumig und hat doch keinerlei Möblierung. Und Ketin wird in einem angrenzenden Raum gefangengehalten, damit man ihn sofort loslassen kann, wenn sich hier jemand befindet. Die Denkart, der eine solche Anordnung von Räumen Spaß macht, hätte auch Freude daran, ihre Feinde hier hereinfallen zu lassen. Dies stimmt mit der Natur dieses ganzen schaurigen Palastes genau überein — arglistig, planlos und einer Laune entsprungen; man hat dazu Bauteile aus besseren Häusern, die lange zuvor errichtet worden waren, geplündert. Kindisch.«

»Bist du sicher? Warum haben sie uns dann nicht herabfallen lassen?«

»Ich nehme an, daß der Kontrollmechanismus sich im Thron des Zwerges befindet. Er wird derjenige sein, der die Errichtung dieses Palastes befohlen hat, doch offensichtlich war er nicht derjenige, der uns hier unten haben wollte. Jedenfalls besitze ich den Endieva-Stab und könnte ihn benutzen, Ketin zu töten. War ich grausam dir gegenüber?«

»Manchmal«, gab Käferchen zu. »Aber nicht auf die Art, die ich erwartet hatte — nicht so wie Fischfänger dies immer war.«

Ketin brummelte: »Ich glaube, ihr wollt mich übertölpeln — oder ihr seid selbst übertölpelt worden.«

Ich schüttelte den Kopf und deutete mit dem Stab nach oben. »Dort oben ist die Tür.«

Ketin kam auf mich zu; und obwohl ich nun bemerkte, als er so dicht bei mir stand, daß er noch mächtiger war, als ich geglaubt hatte, hatte ich keine Angst mehr vor ihm. »Jetzt sehe ich sie«, sagte er. Er duckte sich nieder, dann sprang er hoch und packte die Tragbalken, die die Decke stützten.

»Ich habe sie nicht entdeckt«, gab Käferchen zu, »und sie befand sich genau in der Mitte, wo wir sie alle hätten sehen müssen.«

»Dort mußte sie sein — der Zwerg wird ja wohl die Leute herabstürzen lassen wollen, wenn sie vor seinem Thron stehen. Leute wie du und Ketin jedoch — und auch die Wiggikki, wie ich bemerkt habe — halten sich immer am Rand einer Einfriedung. Sogar in der Spur des Großen Schlitten bist du ganz am Rand gelaufen, als wir uns getroffen haben. Ihr wollt sehen, ohne gesehen zu werden, und eine Art Mauer hinter euch haben, an die ihr euch stützen könnt, wenn ein Angriff erfolgt.«

»Und du suchst immer die offene Mitte«, sagte Käferchen. »Manchmal verwirrt mich das. Auf diese Weise ähnelst du dem Zwerg — Mantru heißt er — mehr als uns. In der Zeit, da ich seine Gefangene war, bemerkte ich oft, daß er auch in der Mitte läuft.«

Über uns krachte der Riegel, der die Falltür vom Thronsaal hielt, dann brach er und stürzte polternd herab. Die Falltür sprang auf, und Ketin war trotz seiner riesenhaften Größe fast schneller hindurchgeschlüpft, als meine Augen ihm folgen konnten. Oben hörte man jemanden schreien.

»Kannst du da hinaufspringen, Kehlschnitt?« fragte Käferchen. »Ich bezweifle, daß Ketin uns holen kommt.«

Bevor ich die Wunde gehabt hatte, wäre dies eine Kleinigkeit gewesen. Nun kostete es mich meine ganze Kraft; alles, was ich tun konnte, war, mich an die Öffnung zu klammern und mit den Füßen Schwung zu holen; es gelang mir jedoch nicht, sie hoch genug zu bringen, um sie auf der anderen Seite festzuklammern. Ich fühlte, wie sich etwas losriß und Blut unter meinem Lederverband zu sickern begann. Dann tauchte Ketin auf, packte den verknoteten Coverall an meiner Taille und riß mich hoch.

Die Halle war leer bis auf vier krabbenähnliche rote Wesen, die im Blut umherpatschten und blindlings über den Boden krochen. Ich besah sie mir genauer und erkannte sie als zwei der Min. Die mechanischen Teile ihrer Körper lebten noch, obwohl Ketin sie in der Körpermitte in zwei Teile gerissen hatte. Nun durchstöberte er den Saal, als erwarte er irgend jemanden hinter den Sesseln versteckt zu finden. Sobald ich wieder zu Atem gekommen war, sagte ich ihm, daß ich mich an den Weg in das Gefängnis zu erinnern glaubte, und hinabsteigen wollte, um Käferchen zu befreien.

»Nicht nötig«, sagte er und sprang durch die Falltür hinab. Sogleich war er zurück und hatte Käferchen unter den Arm geklemmt wie ein Paket. Sie sah ängstlich drein, als er sie absetzte, sie hielt sich jedoch mit meinem Hornstab und dem Endieva-Stab aufrecht. »Jetzt können wir gehen«, grunzte Ketin.

»Wir müssen zuerst Käferchens Mantel finden.«

»Meinen auch. Sie haben ihn mir weggenommen.« Jetzt erst fiel mir auf, daß Ketin fast nackt war; ich erinnerte mich, daß seine Frau einen Überwurf aus vielen zusammengenähten Fellen getragen hatte.

Wir schlugen den Weg den ersten Korridor hinab ein, waren jedoch noch keine zwanzig Meter weit gegangen, als ein Geschoß irgenwelcher Art — ich nehme an, es handelte sich um eines der Art, die mich bei der Entführung von Käferchen getroffen hatte — pfiff zwischen Ketins Kopf und meinem hindurch und krachte hinter uns in die Wand. Er wollte nach vorne stürzen, ich hielt ihn jedoch zurück und sagte ihm, daß wir auf diese Weise bestimmt ums Leben kämen.

»Ich habe keine Angst.«

»Na gut, ich habe aber Angst für uns beide. Sie werden uns beide umbringen, ob wir Angst haben oder nicht. Wir kehren um.«

»Aber Ketin und ich können nicht so ins Freie«, widersprach Käferchen. »Auf diese Weise werden wir auch sterben.«

»Dort draußen ist eine ganze Stadt — und zwar im Innern der Höhle, wo es warm ist. Dort werden wir auch sicher etwas finden, was ihr als Bekleidung verwenden könnt.« Ich hatte sie beide ein Stück zurückgezogen, während ich sprach; ein paar Sekunden später befanden wir uns wieder in dem runden Thronsaal.

Als wir den verschlungenen Korridor hinabliefen, den Min mich kurze Zeit zuvor entlanggeführt hatte, glaubte ich, ich hätte mich verirrt. Doch dann standen wir plötzlich draußen in reinerer Luft, wo die hochragenden nackten Skelette der ehemaligen Gebäude stolz ihr Häupter über den zusammengeworfenen Haufen reckten, den das Schloß des Zwergs bildete.

Die Min verfolgten uns nicht. Stundenlang stapften wir die endlosen Gänge regloser Mechanismen hinab. Lange Zeit fragte ich mich, wo die Erbauer dieser Gebäude gelebt hatten. Irgendwo mußte es doch behagliche Zimmer geben, Räume, in denen man aß und schlief und sich erholte. Wir entdeckten jedoch nichts, außer dichten Reihen von Metallarmen und Händen, von Rädern und merkwürdigen Geräten und Lampen. Schließlich begriff ich, daß die ›Stadt‹ — wie ich sie gewohnheitsmäßig schon nannte — keine wirkliche Stadt gewesen war, sondern lediglich ein riesenhafter Komplex von Lagerhallen, den man unterirdisch errichtet hatte, wo die Maschinen allzeit gegen das Wetter geschützt waren. Die Erbauer, wer immer sie gewesen waren, hatten oben gelebt, und alles — oder fast alles — war schon längst vergangen. Ich erinnerte mich an den Lieferwagen, zu welchem mich die noch funktionierende Maschine gebracht hatte und in dem ich die weißen Würfel von Lebensmittelkonzentrat entdeckt hatte, die ich noch bei mir trug, und ich begriff, daß die wohl den Bauarbeitern gedient hatten — oder vielmehr ihren Herren, denn die Arbeiter waren wohl die Maschinen selbst gewesen.

Dieser Gedanke kam mir nicht eher, bis ich bemerkte, daß wir uns in der Nähe der Stelle befanden, wo ich über die große Maschine gestolpert war, die mich zum Lieferwagen gebracht hatte. Ich sagte Käferchen Schimmern und Ketin, sie sollten mir folgen, und ging voraus.

Er stand genau noch da, wo ich ihn hatte stehen lassen. Vielleicht erkannte er mich wieder — sein Kopf rührte sich, er schimmerte stumpf, als wir den Mittelgang herabkamen. Ich bildete mir ein, daß in den blinden Augen, die doch nur Lampen sind, ein Ausdruck des Willkommens stand, doch das ist wohl unmöglich. Als ich ihn fragte, ob er tun würde, was ich ihn hieße, faßte seine riesenhafte Klaue von Hand an sein Kinn. Ich bat ihn, in der Stadt nach weiteren Maschinen zu suchen, die wie er selbst noch funktionstüchtig seien.

Er entdeckte zwei. Eine besaß keine Arme und Hände mehr, jedoch einen langen biegsamen Hals und drei Meter starke Kiefern. Sie kroch wie eine Schnecke daher, und ich gab ihr den Namen ›Drachen‹. Die andere marschierte auf sechs Beinen und hebt jeweils drei und dann die nächsten drei. Sie besitzt vier Arme, von welchen zwei größer und zwei kleiner sind. Diese Maschine nenne ich ›Käfer‹. Mit den beiden und Roller kehrte ich dann zurück zu dem Schuttpalast.

Aus irgendeinem Grund hatte ich erwartet, die Min vor der Tür und abwehrbereit vorzufinden, es war jedoch keines dieser Wesen in Sicht.

Ich erklärte den drei Maschinen, daß wir nach warmen Kleidern suchten; ich vergewisserte mich, daß sie begriffen, was Kleider waren. Dann befahl ich ihnen, sich daranzumachen, das Gebäude des Zwergs auseinanderzunehmen und nicht eher innezuhalten, bis sie Kleidung fanden.

Dann sahen wir zu, wie der aufgetürmte Bau Stück für Stück zerlegt wurde. Ich hätte geglaubt, daß die drei Maschinen unabhängig voneinander arbeiteten, dies traf jedoch nicht zu — sie arbeiteten zusammen, als könnten sie auf eine Weise kommunizieren, die uns nicht zugänglich war. Drache packte die höchsten Teile, riß die Verkleidungen und Stützbalken mit seinem großen

Maul herab und reichte sie Roller herab, der sie wegtrug. Käfer hob die schwersten Teile und streckte und beugte seine Gliedmaßen dabei so, wie es notwendig war. Nun erhob sich zum erstenmal Staub in der Höhle, als sie so arbeiteten, und es hing ein saurer Geruch in der Luft.

Als etwa ein Zwanzigstel des Palastes abgerissen war, stürzten die Min heraus. Einige trugen Waffen, sie feuerten sie jedoch nicht auf die Maschinen ab und zielten auch nicht auf uns. Ein paar Augenblicke lang standen sie unschlüssig da und beobachteten die Zerstörung; und dann kam einer — ich glaube, es war der, der Käferchen und mich in den Raum unter den Thronsaal geführt hatte — auf uns zu. Seine Waffe hatte die Form einer Krücke; als er nur noch fünf Meter von uns entfernt war, legte er sie zu seinen Füßen nieder. »Gebietet ihnen Einhalt«, sagte er.

Ich sagte, er solle ihnen selbst Einhalt gebieten, wenn er könne.

»Das können wir nicht. Wir haben schon mit ihnen gesprochen, sie wollen uns aber nicht gehorchen. Wenn wir sie angreifen, so verteidigen sie sich. Was wollt ihr?«

Ketin sagte: »Meinen Umhang. Und Käferchens Mantel. Dann können wir wieder nach draußen zurück, wo wir hingehören, und lassen euch in diesem Grab, wohin ihr gehört.«

»Ihr sollt sie bekommen. Sagt den Maschinen, sie sollen aufhören.«

Käferchen schaute mich an, ich sagte nichts.

»Gleich. Sagt ihnen, sie sollen sofort aufhören.«

»Und wenn wir dann nicht mehr euren Ameisenhaufen zerlegen, dann werdet ihr uns umbringen.«

»Nein. Warum sollten wir euch umbringen? Wenn ihr doch weggehen wollt? Außerdem könntet ihr sie ja weiter arbeiten lassen, wenn ihr sterbt. Ich werde meine Waffe liegen lassen, wo sie liegt, und den anderen sagen, sie sollen die ihren ablegen.«

Ich befahl Ketin, die Waffe aufzuheben und sie zu zerstören; er brach sie mit einer schnellen Bewegung über dem Knie auseinander, so daß sie ganz verbogen und zersplittert war.

»Ich werde eure Kleider holen«, sagte das Geschöpf, »dann werdet ihr ihnen befehlen, aufzuhören.« Und er stürzte davon, ohne auf eine Antwort zu warten.

Bald war er zurück. Er lief wie eine Maschine, ich hatte jedoch den Eindruck trotz des leblosen Glitzerns seiner Augen, daß ein Mensch die mechanischen Beine bewegte. Wieder blieb er in fünf Metern Enfernung stehen. Er warf die Pelze zu unseren Füßen, als hätte er sich die Hände daran beschmutzt. Ich sah zu, wie Käferchen ihren wundervollen Umhang und Ketin seinen langen Mantel um die Schultern legte. »Sagt ihnen jetzt, daß sie aufhören sollen!« sagte die Kreatur.

Ich schüttelte den Kopf.

»Ihr wart doch einverstanden!«

Ich sagte ihm, daß ich mich mit gar nichts einverstanden erklärt hätte, und er deutete auf Käferchen. »Sie hat es gesagt. Wenn euch die Kleider wiedergegeben würden, so würdet ihr gehen; ihr würdet den Maschinen Einhalt gebieten und in die obere Welt zurückkehren.«

»Sie ist ein Tier«, sagte ich. »Ihr Wort bindet sie nicht und mich erst recht nicht.«

Er drehte sich um und stürzte wieder davon, die übrigen Min folgten ihm in das Gebäude.

»Willst du das alles niederreißen?« fragte Käferchen.

Ich nickte.

»Ich glaube kaum, daß Mantru das zuläßt«, meinte Käferchen. Und sie hatte recht. Es dauerte keine drei oder vier Minuten, und ich sah den Zwerg mit Unterstützung mehrerer Min durch die Trümmer klettern. Roller kam mit einer Ladung zerschlagener Paneelen auf uns zu, und ich glaubte, er bekäme es mit der Angst, dies stimmte jedoch nicht. Er brüllte Roller an — über den Lärm, den die anderen veranstalteten, konnte ich nicht hören, was er sagte —, und Roller hielt an und legte die Paneele nieder. Er brüllte noch einmal, und Käfer hielt inne. Drache zog langsam den Hals ein, bis er um dreiviertel geschrumpft war, dann verhielt auch er sich ruhig. Der Zwerg hielt seinen gegabelten Stab, als wäre er eine Lanze, und kam auf uns zu.

Ich hatte nicht die geringste Vorstellung, wie ich meinen Stab als Waffe benutzen konnte, ich trat ihm jedoch entgegen. »Wir sind die einzigen, die übriggeblieben sind«, sagte er. »Du hättest nicht versuchen sollen, mich darin umzubringen.«

»Durch das Vieh? Das hat mein Wesir getan, nicht ich. Außerdem bestand keine Gefahr — du hättest ihn leicht töten können, und wir glaubten dies auch.«

»Was geschehen ist, ist geschehen.«

»Nichts ist geschehen, das nicht wieder gutzumachen wäre. Schick deine Haustiere da nach draußen. Diese Maschinen, die du gefunden hast, und meine Untertanen können den Schaden wieder gutmachen. Und eines Tages . . .« Er verstummte. Ich konnte seine Miene in dem fetten schielenden Gesicht nicht deuten: es konnte ebensogut Hoffnung wie Verzweiflung sein.

»›Eines Tages‹?« fragte ich.

»Eines Tages finden meine Untertanen vielleicht eine menschliche Frau, die ich ... die wir uns teilen. Deshalb habe ich sie losgeschickt. Aber das Viehzeug wird uns immer ähnlicher; so daß sie manchmal Fehler begehen, die sie nicht begingen, hätten sie mein brillantes Denken zum Vergleich.«

»Ich glaube nicht«, sagte ich, »daß du das ursprünglich sagen wolltest.« Ich habe keine Ahnung, woher ich dies wußte, ich wußte es eben.

Sein Gesicht spannte sich an, so fett und schlaff es war. »Wenn du mich auslachst«, sagte er, »werde ich dich töten.«

»Ich habe schon lange nicht mehr über irgend etwas gelacht.«

»Eines Tages kehren menschliche Wesen auf diese Welt zurück. Dann finden sie uns hier, und wir werden dieses Viehzeug zerschmettern wie ehedem und neue Städte bis in die Sterne erbauen.«

»Ich verstehe«, erklärte ich ihm, »aber wir gehen nun.«

Ich weiß nicht, was ihm darauf durch den Kopf ging — jedenfalls war ich in dem Augenblick von seinem Angriff völlig überrascht. Vielleicht lag es nur daran, daß ich an seinem Traum nicht teilhaben wollte. Ich glaube aber vielmehr, daß es einen anderen Grund hatte: während ich sprach, löste ich die Ärmel meines Coveralls, die ich zur Abkühlung um die Taille geschlungen hatte, und schlüpfte mit den Armen hinein. Vielleicht sah er jetzt zum ersten Mal, daß ich nicht in Felle gekleidet war, daß ich die Kleider der Leute des Großen Schlittens trug — und er glaubte, ich wäre einer von jenen, auf die er wartete. Und daß ich nun vorhatte, ihn zu verlassen.

Wie dem auch war, er schleuderte seinen Stab auf mich, und dieser wurde im Flug länger, so daß der gegabelte Kopf wie ein Vampir durch die Lüfte zu segeln schien. Ich hob meinen Stab, um ihn abzuwehren, und er erwachte in meiner Hand zum Leben; ich fühlte erneut den muskulösen Körper irgendeines dünnen kalten Tiers. Es wand sich um den Stab des Zwerges, und die beiden bäumten sich auf und verkeilten sich mit den schlanken Hörnern ineinander.

Ich sagte, der Stab fühlte sich kalt an; er wurde nun jedoch noch kälter, kälter als alles, das ich jemals berührt habe. Und doch wußte ich, daß dies nicht die Kälte von Eis und Schnee war, sondern etwas anderes, eine Entäußerung, für die *Kälte* das einzige Wort ist, das ich finden kann.

Und dann begann sich der Stab des Zwerges — vielleicht auch nur weil er länger war — zurückzubeugen.

Ich sah ihm in dem Moment ins Gesicht und erkannte, daß der Zwerg in Schwierigkeiten war. Er hielt den Stab mit beiden Händen fest umklammert, und Schweiß lief ihm an seinem Doppelkinn herab, die beiden Stäbe beugten sich jedoch weiter zurück in seine Richtung, wobei ich fühlte, daß mir alle Kraft entzogen wurde. Meine Lebenskraft schien durch meine Hand und hinaus in den Schaft zu strömen.

Und dann näherten sich ihm die Spitzen, und von meinem Stab löste sich ein Meter seiner Länge; er griff den Zwerg selbst an. Dieser ließ seinen Stab fallen, doch die schlanken Hörner des meinen schoben sich zu beiden Seiten in seinen Körper. Als er starb, empfand ich große Genugtuung und Macht, aber dann fühlte ich mich schwach, erschüttert und entsetzt.

Ich sprach mit Käferchen und Ketin nicht darüber; sie unterhielten sich jedoch heute abend, nachdem wir das Lager aufgeschlagen hatten. Ich stellte fest, daß sie nicht gesehen hatten, was ich sah. Beide erzählten nur, wie der Zwerg seinen Stab auf mich gerichtet und ich den meinen auf ihn gerichtet habe, und er tot umfiel. Ich weiß nicht, warum dies sich so verhält. Und doch habe ich immer noch den Eindruck, als habe der Kampf der Stäbe jenseits der normalen Welt stattgefunden.

Wir verließen die Stadt, nachdem der Zwerg gestorben war. Die Kreatur, die er seinen Wesir genannt hatte, kam auf uns zu und fragte, ob wir vorhätten, die Reste des Palastes mitzunehmen. Ich konnte nicht sprechen, Käferchen sagte ihm jedoch, daß wir das nicht wollten.

»Es spielt keine Rolle, wenn er zerfällt. Wir werden das Material verwenden, um ein Grabmal für Mantru zu errichten.«

Ketin hatte es eilig zu gehen und drängte mich, ihm den Weg zu weisen; also lief ich los. Käferchen begleitete mich. Hinter ihr hörte ich das Klirren und Dröhnen der Maschinen. Ich drehte mich um und glaubte, sie seien dabei, die Zerstörung des Zwergenpalastes zu vollenden, dann sah ich jedoch, daß sie uns folgten.

Ich ging ungefähr einen halben Kilometer, dann war ich zu erschöpft, um weiterzugehen. Roller streckte seine großen Hände nach mir aus, und ich ritt auf seinem Kopf weiter wie damals, als ich ihn gefunden hatte. Es wäre genügend Platz für Käferchen und Ketin gewesen, sie hatten jedoch Angst und wollten nicht aufsteigen.

Nach erstaunlich kurzer Zeit gelangten wir an den Stadtrand. Unvermittelt endeten die Gebäude, und alles Licht der Höhle lag hinter uns, außer das der Maschinen. Dann überquerten wir den Boden der Höhle; Roller, Käfer und Drache wichen dröhnend den heruntergefallenen Felsplatten aus, Käferchen und Ketin mußten sich beeilen, um mit uns Schritt zu halten. Kurz darauf befanden wir uns in der schmalen Höhle, die zur Außenwelt führte, wo die Maschinen mit ihren stählernen Schultern die Stalaktiten von der Decke schlugen, wobei das Knirschen des zerschmetternden Steins beständig in der Höhle widerhallte, während wir unseren Weg zum Sonnenlicht hinaus bahnten.

Plötzlich wurde es viel kälter, und ich roch frische Luft und Schnee. Ich schlang das Vorderteil meines Coveralls enger um mich. Roller drehte eine Kurve, und ich konnte nun die schmale Öffnung der Höhlenmündung erkennen; draußen schimmerte das Licht der weißen Schneeflächen. Ich hatte befürchtet, es könnte Nacht sein, wenn wir nach draußen gelangten, es war jedoch Nachmittag.

Käferchen und Ketin wollten sich sogleich von der Höhle entfernen. Ich überredete sie jedoch zu bleiben und befahl den Maschinen, den Eingang zu verschließen; das taten sie denn auch, indem sie Tonnen von Gestein darüberschütteten. Angesichts der Energie und Entschlossenheit der Min bin ich überzeugt, daß sie sich durchaus ihren Weg ins Freie bahnen können, doch eine Zeitlang wird die Welt vor ihnen sicher sein.

Als die Maschinen damit fertig waren, stand die Sonne in halber Höhe am Himmel. Ich erklärte Käferchen und Ketin, daß ich weiter dem Großen Schlitten folgen wollte, und machte ihnen klar, daß dies mein persönlicher Entschluß war und daß sie sich nicht gebunden fühlen sollten, mich zu begleiten. Käferchen sagte, daß sie die gleiche Absicht hatte. Ketin wollte dies zwar nicht, sagte jedoch, er würde uns begleiten, bis er eine Gelegenheit fand, etwas für uns zu erbeuten, damit wir etwas zu essen hatten. Ich zeigte ihm die weißen Würfel, die ich aus dem Lieferwagen in der Höhle genommen hatte, ich glaube jedoch nicht, daß er verstand, worum es sich handelte.

Das ist alles für heute. Und ich glaube, dies war der längste Tag, den ich jemals aufgezeichnet habe. Um die Wahrheit zu sagen, ich will dies heute gar nicht versuchen zurückzuspulen — ich habe nämlich Angst, die Kapazität des Rekorders erschöpft zu haben. Während ich heute abend sprach, begriff ich, daß dieses Gerät nicht nur meine eigenen Worte aufzeichnet. Ich weiß nun, daß ich mit diesem Instrument ebenso kommunizieren kann, und daß ihr auf dem Großen Schlitten zuhört, wenn ich rede. Wenn ich still bin und das Feuer nicht gerade flackert und Käferchen leises Atmen und Ketins Seufzer nicht zu hören sind, so meine ich euch zu hören. Ich verstehe nicht, warum ihr nicht zu mir sprechen wollt, es genügt mir jedoch zu wissen, daß ihr da seid.

Das ist der elfte Tag. Es war ein so schlimmer Tag, wenn auch nicht ganz fürchterlich. Ich habe gestern abend von Käferchens Entführung geträumt — vermutlich weil ich wieder in der Kälte schlafen mußte. In meinem Traum kamen die Min, und ihr Geschoß traf mich wie zuvor; diesmal aber war der Schmerz weit größer als er tatsächlich gewesen war, und ich lag im Schnee mit all dem sinnlosen Feuerholz rings um mich her und wußte, daß alles von vorne begann, daß der Große Schlitten nun noch weiter entfernt war, wenn ich überhaupt jemals zurückkehren konnte.

Es war jedoch nur eine Traum.

Käfer wollte sich heute morgen nicht rühren. Offensichtlich hat ihn die Kälte heute nacht umgebracht. Roller gab uns verschiedene Hinweise, wie wir ihm eventuell helfen könnten; wir versuchten alles, aber nichts half. Käferchen weinte, es war das erste Mal, daß ich sie weinen sah. Roller erklärte, daß Käfer nicht wirklich tot sei, daß, wenn man ihn reparierte, er wieder leben würde. Sie begriff das nicht, und um ehrlich zu sein, glaube ich, daß sie der Wahrheit näher kommt als er — keiner wird jemals kommen, der über die Geräte und das Geschick verfügt, Käfers Mechanismus wieder in Gang zu bringen; wenn die Kälte einer einzigen Nacht genügt, ihn reglos werden zu lassen, was vermögen erst dann hundert kalte Nächte?

Wir gingen mit Roller und Drache weiter. Ich fuhr auf Roller, das Metall seines Schädels war jedoch so kalt, daß ich etwas Buschwerk abschneiden mußte, um mich draufzusetzen. Nach ein paar Stunden kamen wir an die Spur des Großen Schlittens. Sie ist nun ganz von Schneewehen bedeckt, jedoch noch ganz gut erkennbar, und die Maschinen laufen dort schneller, als wenn sie zwischen den Findlingen umherkriechen müssen.

Ketin ließ uns allein und sagte, wir sollten uns nur weiter an die Spur halten, so würde er uns schon finden, er wollte nun jagen gehen. Nachdem wir am Abend das Lager aufgeschlagen hatten, kehrte er zurück und trug den Kadaver einer jungen Frau irgendeiner Spezies, die ich nicht kenne, auf der Schulter. Sie war größer als wir alle, schlank und muß wunderschön gewesen sein, ehe Ketin ihr den Hals brach. Er wollte nichts essen und sagte, dies sei alles für uns; Käferchen und ich hatten bereits gegessen, also banden wir die Beute auf Drachens Rücken fest. Ketin wird uns morgen früh verlassen.

Ehe ich nun schließe, sollte ich noch sagen, daß der Ärmel meines Coveralls — da wo die Vampire ihn mit ihren Zähnen aufgeschlitzt haben, als ich die Höhle betrat — mir größere Schwierigkeiten bereitet hat, als ich erwartet habe. Die Löcher lassen die Kälte in den ganzen Anzug eindringen. Ich habe sie nun mit meinen letzten Lederstreifen vom Segel, das ich von Langmesser bekam, zugebunden, doch die Kälte ist immer noch sehr schlimm. Ich glaube, daß meine Verletzung dadurch jetzt noch mehr schmerzt als zuvor.

Zwölfter Tag. Wenig zu berichten. Wir sind den ganzen Tag lang der Spur gefolgt, sie wirkte jedoch keineswegs frischer. Ketin war verschwunden, als wir aufwachten. Ich bin sehr erschöpft, zwang mich jedoch, einen Teil der Zeit zu laufen, um mich warm zu halten. Gegen Mittag vernahm ich das Singen der Wiggikki — vermutlich eine andere Gruppe, jedoch das gleiche Lied. Es ließ mich an die Jagd auf Nashhwonk über den Schnee hinweg denken, und ich versuchte, ob ich immer noch über die Schneefläche laufen konnte wie damals, ich erreichte jedoch nicht genügend Geschwindigkeit dazu. Wenn es mir besser geht, werde ich es vielleicht wieder können. Wir haben heute abend ein Lager gemacht, wozu Roller Bäume fürs Feuerholz brach wie auch schon zuvor. Käferchen lieh sich mein Messer und schnitt einen Teil vom Bein der toten Frau auf Drachens Rücken, briet und verzehrte es, ich trank jedoch nur etwas von der Brühe aus einem der weißen Würfel. Käferchen war voll des Lobes über mein Messer und die Art, wie es das gefrorene Fleisch schnitt — wohl hauptsächlich deshalb, weil sie glaubt, ich sei bedrückt und benötigte eine Aufheiterung. In Wirklichkeit bin ich jedoch nur erschöpft.

Dreizehnter Tag. Innerhalb weniger Stunden haben wir sowohl Roller wie auch Drache verloren. Roller blieb als erster stehen und konnte nicht mehr sprechen. Drache war dazu niemals in der Lage gewesen, so daß er uns nicht sagen konnte, wie wir ihm helfen sollten, obwohl wir mit ihm die gleichen Versuche unternahmen, die er uns für Käfer geraten hatte. Nichts klappte. Er war ein guter Freund gewesen, wir werden ihn vermissen. Ein paar Stunden später blieb Drache ebenfalls stehen.

Käferchen und ich hielten uns weiter auf der Spur, nachdem wir uns die besten Fleischstücke von der Frau auf Drachens Rücken geschnitten hatten. Das ist für Käferchen. Ehrlich gesagt glaube ich nicht, daß ich davon essen könnte.

So etwa bei Einbruch der Dunkelheit, als wir gerade davon sprachen, ein Lager zu errichten, gesellte sich einer der Pamigaka zu uns. Zuerst erkannte ich ihn nicht, es ist jedoch Weißapfel. Er redet wie ein Wasserfall, und ich glaube, er ist sehr froh, uns eingeholt zu haben — er hat die vergangenen Nächte alleine verbracht; vermutlich hatte er große Angst gehabt.

Er sagte, er hätte mehrere Male von uns gehört — offensichtlich haben uns eine Anzahl Leute beobachtet, die jedoch Angst hatten, sich uns zu nähern. Wir sollen angeblich von Ungeheuern verfolgt werden. Ich fragte Weißapfel, ob er die Ungeheuer gesehen habe. Er lachte und sagte nein und brüstete sich damit, daß er solche Geschichten niemals glaubte. Er muß an Roller und Drache vorübergekommen sein, wie sie still und schneebedeckt dastanden, ohne zu begreifen, worum es sich bei ihnen handelte. Ich bezweifle, ob er überhaupt in der Lage ist zu verstehen, daß solche Dinge sich bewegen können, wenn er es nicht mit eigenen Augen sieht. Und doch hat er Fragen, die er den Leuten auf dem Großen Schlitten stellen will.

Käferchen und er schlafen nun beide. Er schnarcht, doch über dem Lärm, den er macht, kann ich jemand außerhalb des Feuerkreises hören — es sind staksende Bewegungen, etwa alle fünf Minuten. Der Wind hat sich gelegt, und der Schnee knirscht unter seinen Füßen, um wen immer es sich auch handelt. Ich halte meinen Stab ganz nahe bei mir.

Auch euch kann ich atmen hören, obwohl ihr weit entfernt seid im Großen Schlitten, und ich frage mich, warum ihr nicht sprecht. Unterzieht man mich einer Probe? Und wenn ich sie bestehe, und wenn ich nur einmal das Richtige tue, wird dann jemand mit mir sprechen?

Vierzehnter Tag. Ich weiß nicht, warum diese Zahl mir etwas bedeuten sollte, es ist jedoch der Fall.

Hatte vergangene Nacht schreckliche Träume. Während ich in der Höhlenstadt war, hatte ich einen der Min mit Käferchens Endieva-Stab getötet, und danach feierten sie mich als eine Art König. Gestern abend tötete ich in meinem Traum diesen Min immer wieder, während er sich vor mir niederwarf und mir versicherte, er wäre mein Sklave und würde alles tun, was ich verlange. Immer wieder schlug ich mit dem Stab auf ihn ein; jeder Schlag vergiftete ihn, er wollte jedoch nicht sterben. Ich war rasend und beschämt, fühlte mich schuldig, weil ich jemanden tötete, der nur mein Freund sein wollte — und doch wollte ich gleichzeitig, daß er sofort starb, damit es niemand erfuhr.

Ich wachte schweißgebadet auf, was in der Kälte sehr unbehaglich war; die Körperfeuchtigkeit schien fast auf meinem Körper zu gefrieren, als ich erwachte. Ich schlief nicht wieder ein, und sobald es hell wurde, sah ich mich nach den Fußspuren desjenigen um, den ich am Abend zuvor gehört hatte. Diese Spuren waren leicht zu finden, sie haben ungefähr die Größe meiner eigenen Füße. An einer Stelle war der Kerl bis auf fünfzehn Meter an unser Feuer herangekommen. Aus irgendeinem Grund ist seine Schrittlänge ungleichmäßig.

Heute haben wir eine jämmerlich kurze Strecke zurückgelegt. Ich war zu schwach, um weit zu laufen. Möglicherweise haben wir zehn Kilometer geschafft, jedoch keinesfalls mehr. Eure Spur wird immer verschwommener, also kommt ihr schneller voran als wir. Heute abend erklärte ich Käferchen und Weißapfel, sie sollten alleine weitergehen, keiner der beiden wollte jedoch etwas davon hören. Gestern abend verzehrte Weißapfel das meiste Fleisch, das Ketin uns beschafft hatte; heute hat er das wieder gutgemacht, indem er unterwegs Nahrung suchte, so daß ich zu meiner Brühe heute abend eine Schüssel Grünzeug hatte.

»Kehlschnitt, ich habe dich belauscht, als du glaubtest, ich schliefe. Ich weiß, daß du in dieses schwarze Ohr sprichst und daß es deine Worte wiedergibt, wann immer du dies willst. Nun schläfst du, und ich will zu dir sprechen, und vielleicht hörst du dies, wenn du erwachst und ich weg sein werde — oder irgendwann einmal hörst du meine Stimme sprechen, wenn du deine eigene suchst.

Ich liebe dich, ich kann dich jedoch nicht als Mann lieben und kann nicht länger bei dir bleiben. Wäre nur dein Herz in Fischfängers Körper geboren, so hätten wir an den Wassern leben können. Ich glaubte, ich wollte den Großen Schlitten einholen. Als du mich auf deinem Schlitten mitnahmst — erinnerst du dich daran? —, glaubte ich, ich wollte dies mehr als du. Damals glaubte ich aber, daß wir dies am nächsten Tag oder am Tag danach schaffen würden.

Nun weiß ich, daß nur eine sehr geringe Chance besteht, und die Spur wird von Tag zu Tag schwächer. Wir befinden uns bereits in Gegenden, die mir völlig fremd sind, und die Spur verblaßt hinter uns, so daß ich keine Möglichkeit habe, jemals zu den Seen und Flüssen zurückzukehren, die ich gekannt habe.

Deshalb gehe ich heute nacht. Wenn ich glauben würde, ich könnte dich irgendwie überzeugen, mit mir zu kommen, so würde ich dich pflegen, bis du wieder gesund bist; ich weiß jedoch, du kämst nicht mit mir, und ich kann auch nicht länger bleiben. Ich liebe dich und wollte, es wäre uns mögllich gewesen, immer zusammenzubleiben.«

Fünfzehnter Tag. Käferchen ist gegangen. Zuerst glaubte ich, sie sei wieder entführt worden, doch rund ums Lager war der Schnee weiß, und ich sah keine Fußspuren außer den ihren. Weißapfel und ich verfolgten diese Spuren etwa einen halben Kilometer weit oder mehr. Sie kreuzten die hinkenden Spuren, die der Fremde wieder um unser Lager gezogen hat, er wandte sich jedoch nicht ihrer Spur zu, um ihr zu folgen. Sie hat den Endieva-Stab mitgenommen.

Lebe wohl, Käferchen.

Gestern nacht wieder Träume, in denen ich Mantru getötet habe. Ich habe meine Brustverletzung und den Riß in meinem Coverall für meine Schwäche verantwortlich gemacht, jetzt weiß ich jedoch, daß es sich dabei um einen Irrtum handelte: die Ursache ist die Kraft, die mir der gegabelte Stab entzogen hat. Ich nehme an, daß Mantru den Stab mehrere Male benutzt hat, als er noch ein Kind war — und daß er deshalb so klein geblieben ist. Da ich nun aber nicht mehr schrumpfen kann, werde ich meinen Rücken nicht wieder aufrichten können . . . Da bin ich wieder. Es ist viel später; ich glaube, die Hälfte der Nacht ist schon verstrichen. Den ganzen Abend sind wir beisammengesessen und haben neue Pläne geschmiedet und geredet. Ich habe in dieses Ding geflüstert, als Weißapfel eingeschlafen war, dann kam Hinkebein. Ich bin erstaunt, wie sehr es mich gefreut hat, sein schmales zermürbtes Gesicht wiederzusehen — als sei ich bei den Wiggikki aufgewachsen und hätte nicht nur drei Tage dort zugebracht. Zweifellos liegt es daran, daß es die *ersten* drei Tage waren. Ich habe das Gefühl, als sei ich nach Hause gekommen oder ein Teil von zu Hause sei zu mir gekommen, auch wenn ich niemals viel mit Hinkebein zu tun gehabt habe. Wenn ich mir die Einzelheiten ins Gedächtnis zurückrufe, so waren mir damals immer Roter Krokus und ihr Sohn Langmesser wichtig. Hinkebein habe ich niemals wirklich bemerkt, bis Nashhwonk ihn fast getötet hätte. Zuvor hieß er Feuerfels.

Aber jetzt ist er bei uns — er sagt, er habe den Großen Schlitten die ganze letzte Woche verfolgt. Als er uns eingeholt hatte, war er zu scheu, um sich sogleich zu uns zu gesellen. Jetzt ist er da. Er ist um unser Feuer gegangen, so sagt er, fast die ganze Nacht über in den vergangenen zwei Tagen; er sah, wie Käferchen uns verließ, versuchte jedoch nicht, sie aufzuhalten oder anzusprechen. Er sagte, sie habe geweint. Ich hoffe, daß sich alles für sie gut entwikkelt.

Hinkebein hat einen Schlitten. Er sagt, er habe gehört, daß ich auch einmal einen hatte, und habe sich einen gebaut, um mich einholen zu können. Sein Schlitten ist größer, als der meine gewesen war — jener, den ich mit Nashhwonks Fleisch von Langmesser gekauft habe —, und müßte uns alle drei mit hoher Geschwindigkeit tragen können, selbst wenn nur leichter Wind herrscht. Wir werden morgen früh aufbrechen, und vermutlich hat keiner von uns Zweifel, daß wir den Großen Schlitten innerhalb der nächsten vier oder fünf Tage einholen.

Dieser sechzehnte Tag ist, glaube ich, der glücklichste meines Lebens gewesen. Den ganzen Tag lang sind wir mit seitlichem Wind gesegelt und sind schneller vorangekommen als der Wind selbst und mußten kaum einmal pro Stunde lavieren. Da die Spur nun von großen Schneewehen bedeckt ist, können wir nicht auf den abgeflachten Stellen fahren, wie ich damals, sondern wir segeln über die niederen Schneewellen hinweg. Hinkebein sitzt singend am Bug, er ist der Kapitän und trimmt die Segel; Weißapfel springt ab und schiebt, wenn es vonnöten ist, und trotz seines untersetzten kleinen Körpers und seiner scheinbaren Plumpheit stecken eine Menge Muskeln und Energie in ihm. Und ich sitze auf dem Bug und genieße die Fahrt als Passagier. Ich vermisse Roller, obgleich die Fahrt auf diesem Schlitten viel angenehmer ist; man hört keinerlei Geräusch, außer dem Knirschen der Schneekufen und der leichten Brise. Und immer wieder werden wir schneller oder verlangsamen die Fahrt, und ich verbringe meine Zeit über der Frage, wie Hinkebein die nächste Wendung handhaben wird.

Heute nacht haben wir das beste Lager, das ich jemals gesehen habe, seit ich von den Wiggikki weggegangen bin. Hinkebein hat ein kleines spitz zulaufendes Zelt, wie sie es benutzen, mitgebracht, das er und Weißapfel mit Schnee zugepackt haben. Nun flackert ein kleines Feuer in der Mitte, so daß es fast zu warm ist.

Ehe ich schließe, sollte ich vielleicht erwähnen, daß ich mir den ganzen Tag Sorgen gemacht habe — wenn auch nicht übertriebene

— aus Angst, jemand könnte mich fragen, was aus meinem Endieva-Stab geworden ist. Um die Wahrheit zu sagen, habe ich ihn ganz absichtlich liegenlassen, als wir gestern unser altes Lager verließen. Hinkebein hat seine Keulenschleuder bei sich, so daß ich den Stab nicht brauchen werde. Außer den Brühwürfeln und der kleinen Schachtel war dies das letzte, was ich aus der Höhle mitgebracht hatte — und es sind nur noch drei Würfel übrig.

Siebzehnter Tag. Dies war der wärmste Tag, den ich jemals erlebt habe; Weißapfel und Hinkebein bestätigen dies. Gegen Mittag schmolz der Schnee sichtlich überall. Wir hatten alle Angst, daß wir nun steckenbleiben würden, doch als es gerade unumgänglich schien, abzusteigen und den Schlitten zu ziehen, sank die Temperatur wieder ein bißchen, nachdem die Sonne den Zenit überschritten hatte; und schon bald hatten wir eine gute, harte Kruste, auf der wir segeln konnten.

Wir teilten uns heute abend die weißen Würfel aus der Höhle, wenn Weißapfel und Hinkebein sie zuerst auch nicht wollten. Dann ging Weißapfel hinaus und sammelte Gräser, Hinkebein ging mit seiner Keulenschleuder auf Jagd und brachte einen Schneeaffen mit. Alles in allem fast ein Festessen.

Jetzt ist es später. Ich habe nicht einschlafen können, also bin ich nach draußen gegangen. Es ist sehr hell. Als ich das strahlende Licht durch den Zelteingang auf dem Schnee blitzen sah, glaubte ich, beide Monde müßten nun am Himmel stehen; doch eigentlich war es schon zu kurz vor Tagesanbruch. Hoch am Himmel steht etwas, das aussieht wie die Sonne, nur etwas schummriger. Es wirkt wie ein Strahlen durch eine flüssige silberne Wolke, die fast von Horizont zu Horizont reicht und die Sterne verblassen läßt. Ich starrte es lange Zeit an, ehe ich begriff, was ich sah: ein Spiegel aus hellem feingekörntem Metallstaub umhüllte die nächtliche Hälfte der Welt. Die falsche Sonne ist die Widerspiegelung der richtigen und das Licht, das sich normalerweise im Raum verlöre, wird zum Boden reflektiert, wenn es auf diesen großen Konkavspiegel aus Silberstaub auftrifft.

Achtzehnter Tag. Als wir erwachten, lag die Temperatur nur ein paar Grad über dem Gefrierpunkt, und es wurde den ganzen Tag über wärmer. Die meiste Zeit am Morgen zogen wir den Schlitten, gaben jedoch schließlich auf. Ich wies Hinkebein an, Segel und Takelage abzunehmen, was er dann auch tat. Weißapfel trug das Zelt. Wir kamen nun viel langsamer voran, als wenn wir hätten segeln können, und hätten eigentlich entmutigt sein müssen, dies sind wir jedoch nicht. Wenn unser Schlitten nicht über den Schnee fahren kann, dann kann es der Große Schlitten erst recht nicht, denn er ist natürlich viel zu groß, um gezogen zu werden.

Wenn wir auch nur langsam vorankommen, kann er sich nun nicht weiter von uns entfernen. Ich glaube, Hinkebein ist am begierigsten darauf, ihn einzuholen. Er sagt, nachdem sein Bein verletzt worden war, wollte er nicht mehr bei seinem Volk bleiben. Da es ihm immer so vorgekommen sei, als ob ihre Gesichter einen anderen Ausdruck annahmen, wenn er sie nicht ansah, konnte er es nicht ertragen, länger bei ihnen zu leben. Seine Verletzung ist noch nicht ganz verheilt; er kann jedoch ganz gut mit seinem Bein gehen und sogar ein wenig laufen.

Heute hat uns den ganzen Tag lang das Geräusch von strömendem Wasser begleitet. Hinkebein und Weißapfel sagen, der Schnee sei früher auch schon geschmolzen, doch niemals so schnell. Ich zeigte ihnen heute abend die Silberwolke und versuchte ihnen zu erklären, was hier geschah. Sie bekamen es mit der Angst, ich glaube jedoch nicht, daß sie es begriffen haben.

Dies ist der neunzehnte Tag und heute abend bin ich allein. Heute morgen brachen wir unser Lager ab, und ich versuchte mit den anderen mitzumarschieren; nach ein paar Stunden konnte ich jedoch nicht mehr. Ich sagte ihnen, sie sollten ohne mich weitergehen. Weißapfel wollte mich tragen, allein schaffte er es jedoch nicht. Darauf baute er mit Hinkebein eine Bahre, wozu sie zwei Schößlinge und das Schlittensegel verwendeten, sie konnten mich jedoch nur ein paar Schritte schleppen — dann konnte Hinkebeins verletztes Bein das Gewicht nicht mehr tragen. Darauf meinten sie, sie wollten bei mir bleiben, bis es mir besser ginge.

Es blieb mir nichts anderes übrig, also tat ich so, als hätte ich Angst, sie würden mich umbringen und aufessen, wenn ich schwächer würde, wie die Wiggikki dies tun. In Wahrheit hätten sie mich natürlich schon leicht umbringen können, ohne daß ich mich hätte wehren können, und sie wußten dies auch. Da ich jedoch Furcht vortäuschte, entfernten sie sich, wenn sie auch oft zurückblickten.

Nun fühlte ich mich einsam, da sie gegangen sind, aber was sonst hätte ich tun können? Ich möchte nicht, daß sie um meinetwillen den Großen Schlitten verpassen, und ich bin kein solcher Narr zu glauben, daß es mir so bald wieder gutgehen wird. Vielleicht holen sie den Großen Schlitten ein und reden mit der Mannschaft und erzählen ihr von mir. Das ist es, was ich wünsche, und es ist wohl das Beste nach der Möglichkeit, den Schlitten selbst eingeholt zu haben.

Ich stelle fest, daß ich etwa fünf Minuten lang laufen kann, ehe ich mich ausruhen muß, also habe ich ein kleines Lager errichtet wie zu jenen Zeiten, da ich noch alleine unterwegs war. Dort lege ich mich wie jetzt auf den Rücken und kann die falsche spiegelartige Sonne beobachten. Die ganze Welt ist strahlend und fremdartig und voll der Geräusche der Schneeschmelze. Kleine Nachttiere, die ich niemals zuvor gesehen habe, kommen nun heraus; eines näherte sich mir vor ein paar Minuten mit großen Augen und einem menschenähnlichen Gesicht, es war jedoch ein kleiner Bär, obwohl ich, wenn ich genau darüber nachdenke, mich gar nicht erinnern kann, wie ein Bär aussehen muß.

Im Westen, in der Richtung des Großen Schlittens, scheint die Spur ewig weiter zu verlaufen unter diesem fremdartigen Licht, als führte sie rund um die Welt. Nach Osten, woher ich gekommen bin ...

Nun sehe ich, wie sich etwas rührt. Zuerst habe ich geglaubt, es sei noch ein Schlitten, ein Schlitten könnte jedoch bei der Schneeschmelze nicht weitersegeln. Was immer es ist, es kommt schnell auf mich zu und wirkt viel größer als ein Schlitten. Vielleicht hat die Wärme Roller wieder zum Leben erweckt ... Nein, selbst dafür ist es zu groß. Es ist so groß wie ein Berg, und ich sehe, daß Leute darauf stehen.

Und das genügt. Ich weiß nun, daß ihr es seid. Dieser kleine Planet ist rund, und ihr seid zurückgekehrt, und die Zeit, da ich in diesen schwarzen Kasten sprechen mußte, ist nun vorüber. Nun kann ich von Angesicht zu Angesicht mit euch sprechen. Wer ist der große Mann in eurer Begleitung? Ich glaube fast, er hat — Flügel?

Aus dem Amerikanischen übersetzt von Sylvia Pukallus

Joan D. Vinge & Vernor Vinge

Der Lehrling des fahrenden Händlers

Lord Fürnemham I. von Füffen räkelte sich auf seinem Thron und beobachtete seine beiden jüngsten Söhne bei ihrem Schlachtenspiel in dem leeren Audienzsaal. Die Dolche waren aus Holz, die Rivalität echt, der kleinere Junge war im Nachteil. Lord Fürnemham zupfte an seinem goldenen Ohrring; der magere, braunhaarige Hanaban war sein persönlicher Liebling; der Junge geriet in Aussehen und Wesen nach seinem Vater.

Der Herr der Flachlandterritorien war ein großgewachsener Mann, dessen ungekämmtes, braunes Haar an den Schläfen grau zu werden begann. Den blauen Augen in seinem mageren Fuchsgesicht entging nichts, wenn er auch dank jahrelanger Erfahrung seine Gedanken geheimzuhalten wußte. Mehr als zwanzig Jahre waren verstrichen, seit er die Herrschaft über dieses Land übernommen hatte; nicht ohne Grund hatte er seine Stellung als Lord so lange behaupten können.

Nun blitzte in seinen Augen die selten wahrzunehmende Zustimmung, als Hanaban schrie: »Schau mal dort, Trace!« und sowie sein Bruder verwirrt den Kopf wandte, ihm einen dröhnenden Hieb auf die Brust versetzte.

»Hab dich!« kreischte Hanaban begeistert. Trace schnitt eine abwertende Grimasse.

Ihr Vater kicherte, doch sein Ausdruck veränderte sich schlagartig, als er Tumult vor der Tür des Raumes hörte. Die schweren Glastüren am anderen Ende des Saales wurden aufgestoßen; der Kurier des Flachlandreiches schüttelte die Wachen ab, durchquerte den hohen, widerhallenden Saal und warf sich schwungvoll zu Boden, daß sein Gewehr auf den Fliesen klapperte. »Euer Lordschaft!«

Lord Fürnemham schnippte mit den Fingern; die keuchenden Kinder verließen stillschweigend den Raum.

»Steht auf!« befahl er ungeduldig. »Was, zum Teufel, gibt es denn?«

»Euer Lordschaft!« Der Kurier hob sein staubiges Gesicht und zuckte zusammen beim Klang des schleppenden Hochlanddialekts seines Herrschers. »Es gehen Gerüchte um, die Königreiche an der See hätten eine neue Armee aufgestellt. Sie überschreitet die Küstengebirge und . . .«

»Das ist doch gar nicht möglich. Es ist doch noch kein halbes Jahr her, daß wir sie völlig ausradiert haben.«

»Es leben eine Menge Leute an der Küste, Euer Lordschaft.« Der Reiter stand um Entschuldigung heischend da. »Und Hollerich Haifischzahn hat diesmal ein Bündnis mit dem Südreich geschlossen.«

Lord Fürnemham richtete sich steif auf. »Soweit ich mich erinnern kann, sind die sich immer gegenseitig an die Gurgel gefahren.« Er runzelte die Stirn und zupfte an seinem Ohrring. »Ihr einziges gemeinsames Interesse — bin ich. Verdammt!«

Er hörte sich zerstreut den Bericht des Reiters an, dann stand er unvermittelt auf und verscheuchte den Mann wie einen schlechten Einfall. Als die schweren Türen der Halle wieder zusammenklappten, schritt er schon auf den Fahrstuhl zu, der hinter der seit dreißig Jahren nicht mehr benutzten Abschußrampe für Flugapparate lag. Seine Hochlandstiefel mit weichen Sohlen verursachten keinerlei Geräusch auf dem kalten glänzenden Fußboden.

Von den Zinnen seiner Burg aus konnte er ein weites Gebiet seines Reiches überschauen. Die frischgepflügten Felder schimmerten dunkel und warteten auf die Frühjahrssaat; dies war nicht der Zeitpunkt, eine Armee aufzustellen. Er war überzeugt, daß sich seine Gegner dessen bewußt waren. Der Tag war außergewöhnlich klar, und am östlichen Horizont konnte er die grau umwölkte Purpurwand des Gebirges erkennen: das Hochland, wo seine Heimat lag — und etwas, das ihm nun noch wichtiger war.

Der trockene Wind zauste sein Haar, während er die dreißig Jahre zurückblickte; der Griff seiner sonnengebräunten Hände auf der alten grünschwarzen Brüstung wurde fester. »Zur Hölle, Mr. Saufkopf!« sprach er in den Wind. »Wo ist Eure Zauberei, wenn ich sie *brauche*?«

Es war an Wim Fürnemhams 17. Geburtstag gewesen, als der fahrende Händler von Osten her nach Finsterwald kam. Es war Frühsommer, und Wim konnte die Sonne auf dem Schnee blitzen sehen, der noch in den kiefernbewachsenen Hügeln lag, die sich hinter Finsterwald auftürmten. Endlich schmolzen auch die Schneewächten an den höheren Hängen, und Wasser füllte die Gräben, die das meiste Jahr über trocken lagen, und verwandelte den Großwasserbach in einen kalten, reißenden Strom, der die Erde unter den Hütten an der Nordseite der Straße wegspülte. Vor einer Woche noch hatte der Ostpaß unter sechs Metern Schnee begraben gelegen.

So etwas wie erwartungsvolle Stille machte sich unter den Einwohnern breit, als sie sahen, wie der Händler seinen Karren von Osten her in den Ort zog. Der Wagen war fast zweieinhalb Meter hoch und sechs Meter lang, seine hölzernen, geschnitzten Seitenwände wölbten sich über den Rädern, um in einem Giebel zusammenzulaufen. Wim gaffte verwundert beim Anblick der Räder, die aus dünnem Weidenholz waren und doch einen Durchmesser von anderthalb Meter hatten. Unter der Last des Wagens versanken die Räder über zehn Zentimeter im Straßenschlamm, durchfuhren ihn jedoch mühelos und ohne eine Spur zu hinterlassen.

Trotzdem mußte sich der Händler tief hinabbeugen vor Anstrengung, seine Ladung zu ziehen. Der Bursche war klein und stämmig, und seine Haut war ein gut Stück dunkler, als Wim dies jemals gesehen hatte. Sein spitzer, schwarzer Bart ragte in einem kühnen Winkel hervor, als der die zerfurchte Straße heraufstolperte, bis an die Knöchel im Matsch versinkend. Über seinen Knöcheln glänzten die ledernen Beinschienen schwarz und sauber. Ein paar räudige Hunde schnüffelten aufgeregt an ihm herum; er schenkte ihnen ebensowenig Beachtung wie den gaffenden Einwohnern.

Wim schob seinen leeren Krug wieder Randvoll Rumpster zu, der neben der Tavernentür hockte. »Noch einen«, sagte er. Randvoll fluchte, stand von den Stufen auf und verschwand in der Taverne. Wims Aufmerksamkeit wich keinen Augenblick lang von dem fahrenden Händler. Als der dunkelhäutige Mann die Verbreitung der Straße in der Mitte der Ortschaft erreichte, zerrte er seinen Wagen in den schlammigen Morast, wo einst das Haus der Witwe Henley gestanden hatte, ehe der Großwasserbach es wegspülte. Nun ruhten aller Augen auf dem Fremden. Selbst der Schmied hatte seinem Feuer den Rücken gekehrt, stand in seiner Toreinfahrt und schaute auf die Straße.

Der Händler kehrte ihnen den Rücken zu, während er eine Bremsvorrichtung an der Rückwand des bemalten Wagens bediente und sie im Schlamm verankerte. Dann wandte er sich wieder zur Vorderseite des Wagens und drehte an einem kleinen Rad, das aus dem Holz ragte; darauf schoß ein winziger blauer Wimpel aus dem Giebel des Fahrzeugs und flatterte kühn im Wind. Mit metallischem Scheppern erklang eine Melodie aus dem Innern des Wagens. Dieser Klang leerte schlagartig die Taverne und trieb die restliche Bevölkerung von Finsterwald auf die Straße. Randvoll Rumpster wäre fast die hölzernen Stufen hinabgefallen vor lauter Hast, den Ursprung der Musik zu sehen; er setzte sich schwerfällig und übergab Wim den gefüllten Krug. Wim beachtete ihn gar nicht.

Als der Händler sich der Menge zuwandte, verstummte die unheimliche Musik, und der Bach rauschte laut in der Stille. Dann donnerte ihnen die überraschend tiefe Baßstimme des kleinen Mannes entgegen. »Saovkof Katschaturiantz ist mein Name, feine Schmiedeware mein Geschäft. Nadeln, Axtblätter, Klingen — braucht ihr so was?« Er zog an einem Griff an der Wagenwand, ein Paneel schwang zur Seite auf und gab den Blick frei auf Reihen blitzender Messerklingen und so feiner Nadeln, daß Wim nur ihr Glitzern erkennen konnte, wenn das Sonnenlicht darauffiel. »Tretet näher, Leute! Riskiert einen Blick, fühlt ruhig mal an. Sagt mir, was sie euch wert sind.« Es bedurfte keiner weiteren Aufforderung — innerhalb von Sekunden war er von Menschenmassen umgeben. Alle Ortsbewohner scharten sich um ihn, er jedoch kletterte auf einen Treppenabsatz an der Seite des Wagens, so daß man ihn immer noch über die Menge hinweg sehen konnte.

Wims Jungens waren auf den Beinen; er aber saß reglos, sein scharfkantiges Gesicht angespannt. »Setzt euch!« sagte er gerade noch laut genug. »Euch fallen ja die Augen aus dem Kopf. Die würden uns hier sofort lynchen, wenn wir etwas versuchen würden. Es sind zu viele. Setzt euch!« Er gab dem nächststehenden, Bathekar Henley, einen seitlichen Tritt ans Schienbein; darauf nahmen alle Platz. »Gib mir mal deinen dicken Klunker, Stinkvoll!«

Randvoll Rumpsters jüngerer Bruder starrte ihn an, dann streckte er eine juwelengeschmückte Faust aus der schmutzigen Ärmelstulpe hervor. »Wie kommt's, daß du plötzlich so habgierig bist, Wim?« Verdrießlich ließ er den Ring in des anderen Hand fallen. Kommentarlos wandte er sich ab und gab den massiven Goldreif an Bathekars pummelige, hübsche Freundin weiter.

»Also, Emmy, du brauchst bloß dort hinüber zu gehen und zusehen, daß du uns ein paar Klingen kaufst — nicht zu lang, sagen wir so.« Er zeigte ihr die Länge mit gespreizten Fingern an. »Und versuche festzustellen, wie sie in dem Fach befestigt sind.«

»Klar, Wim.« Sie erhob sich von den Stufen und trippelte quer über die verschlammte Straße zu der Menge, die sich um den Wagen des fahrenden Händlers drängte. Wim zog eine Grimasse und sagte sich, daß das rote Strickkleid, das Bathekar ihr mitgebracht hatte, vielleicht doch etwas zu klein war.

Das Geschwätz des Händlers ging weiter und übertönte fast das Rauschen des Großwasserbachs. »Erprobt ruhig eure Klingen an den meinen, Freunde. Nur zu. Nicht der kleinste Kratzer auf meiner, seht ihr? Na, was ist es wert, Freunde? Ich nehme Gold und Silber. Oder gutes Kunsthandwerk. Und ich brauche ein Pferd. Hab meins verloren, als ich diese jämmerlichen Wege runterkam.« Er winkte in Richtung Ostpaß. Die Einwohner standen nun dicht zusammengedrängt, und jeder versuchte, das glänzende Metall zu erproben und ein Angebot zu machen, mit dem er auf die Zustimmung des Händlers hoffte. Emmy drängelte sich fachmännisch durch die Menge; innerhalb von Sekunden sah Wim ihr rotes Kleid in der vordersten Reihe des Gewühls auftauchen. Glücklich hätschelte sie die Ware und wetteiferte mit den übrigen, um die Aufmerksamkeit des Händlers auf sich zu lenken.

Hanaban Kroy schob sich auf die hölzerne Stufe. »Mir sagen die drei goldenen Schweinchen, daß der Fremde drunten vom Westen gekommen ist. Er ist bloß von Osten her in den Ort eingezogen, um sich ins Gespräch zu bringen. Östlich vom Paß macht keiner solche Klingen.«

Wim nickte schwach. »Mag sein.« Er beobachtete den Händler und fingerte an dem dicken, goldenen Ohrring, der von seinem zottigen, braunen Haar halb verdeckt war.

Jenseits der Straße war der Händler nun gleichzeitig in vier Verhandlungen verstrickt. Viele der Einwohner wollten Pelze oder Armbrüste bieten, doch Saovkof Katschaturiantz zeigte kein Interesse. Dies schränkte seine potentielle Kundschaft erheblich ein. Selbst während er lebhaft mit den unter ihm Stehenden argumentierte, huschte sein Blick die Straße hinauf und hinunter, heftete sich auf die Bande vor der Taverne und durchbohrte Wim einen langen, kalten Augenblick lang.

Der Händler hob mehrere Klingen aus dem Regal und gab sie nach unten, offensichtlich erhielt er dafür Metalle. Emmy bekam schließlich zwei. Dann hob er den Arm, um Ruhe zu gebieten. »Leute, es tut mir wirklich leid, hier so plötzlich eingefallen zu sein, da ihr auf meinen Besuch gar nicht vorbereitet wart. Wir wollen nun aufhören und es morgen noch einmal versuchen; dann könnt ihr ja bringen, was ihr einzutauschen habt. Ich nehme vielleicht auch ein paar Pelze. Und bringt auch Pferde, wenn ihr wollt. Da ich dringend eins benötige, will ich zwei, vielleicht auch drei Axtblätter für ein gutes Pferd oder Maultier geben. In Ordnung?«

Es war nicht in Ordnung. Ein paar unzufriedene Ortsansässige versuchten, Waren aus den Fächern zu stehlen. Wim stellte fest, daß sie dabei erfolglos blieben. Der Händler zog vorne am Wagen eine Leine, das Fach schwang nach innen und drehte wieder seine hölzerne Verkleidung der Außenwelt zu. Als die Menge sich lichtete, sah Wim auch Emmy, die zwei Messer und ein Stück bedruckten Stoff an sich preßte und immer noch mit dem Händler sprach.

Der Händler nahm eine silberfarbene Kette von seiner Taille, zog sie durch die Radspeichen und dann um einen nahestehenden Baum. Darauf folgte er Emmy über die Straße.

Randvoll Rumpster schnaubte: »Das ist doch wirklich ein Kinderspiel. Wetten, wir könnten es sofort knacken.«

»Mag sein . . .« Wim nickte wieder, ohne jedoch zuzuhören. Der Zorn ließ seine Augen zu blauem Eis werden, als Emmy den Händler direkt auf die Tavernenstufen zuführte.

»Oh, Bathekar, schau dir nur die feinen Nadeln an, die Mr. Katschatur mir verkauft . . .«

Stinkvoll rappelte sich auf die Beine. »Du dumme, kleine . . . kleine . . . Wir haben dir gesagt, du sollst Messer kaufen. Messer! Und du hast meinen Ring dafür benutzt, Nadeln zu kaufen!« Er riß Emmy das Tuch aus den Händen und versuchte es zu zerfetzen.

»Heh!« Emmy boxte in sinnloser Wut auf ihn ein und grapschte nach ihrer Beute. »Bathekar, sag ihm, er soll aufhören!« Bathekar und Randvoll zerrten Stinkvoll zu Boden und eroberten Stoff und Nadeln zurück. »Dummer Flegel!« schmollte Emmy.

Wim runzelte die Stirn und trank. Seine Aufmerksamkeit war einzig und allein auf den Händler konzentriert. Der dunkelhäutige Mann stand da, sah von einem Bandenmitglied zum anderen, die Hände locker an den Seiten, ein leichtes Lächeln auf den Lippen; den ruhigen, schwarzen Augen entging nichts. Solche Augen gehörten nicht in das Gesicht eines kleinen fahrenden Händlers. Wim rückte unbehaglich hin und her, von plötzlichen Zweifeln geplagt. Er schüttelte die Unsicherheit ab. Wieviele Gelegenheiten bekam man hier oben schon, einen Wettkampf zu bestreiten, dessen Ausgang nicht von vornherein feststand? Er stand auf und streckte die Hand aus. »Wim Fürnemham ist mein Name, Mr. Katschatur. Tut mir leid wegen Stinkvoll; er ist immer betrunken, ehrlich.«

Der Händler mußte sich leicht nach oben recken, um seine Hand zu schütteln. »Die meisten Leute sagen Saovkof zu mir. Freut mich, Euch kennenzulernen. Emmy hier hat mir erzählt, daß man Euch und Eure Männer engagieren kann, um Leute wie mich zu beschützen.«

Hinter ihm blieb Bathekar mit offenem Maul stehen. Emmy lächelte geziert; wieder einmal hatte sie gezeigt, daß sie nicht so dumm war, wie sie aussah. Wim nickte abwägend. »Das kann man, und wir sind sicher unser Geld wert. Es gibt einen Haufen Räuber hier im Gebirge, aber vor sechs guten Armbrustschützen schrekken sie zurück.« Er warf einen Blick auf Stinkvoll. »Oder vor fünf guten Armbrustschützen.«

»Nun gut.« Der untersetzte kleine Mann lächelte schmeichelnd, und einen Augenblick lang fragte sich Wim, wie er in diesem Gesicht irgend etwas Bedrohliches hatte sehen können. »Dann würde ich Euch gerne beschäftigen.«

Und so kamen sie herab aus den hohen Bergen. Es war Frühsommer, im Hochland jedoch eher ein ungestümer Frühling: Unter einem strahlend blauen Himmel sprießte überall Grün aus dem Boden, schob sich an die schmutzigen Schneehügel heran und an die zutage tretenden Granitschichten. Sprudelnde Gießbäche stürzten die Täler herab und sprangen über Wasserfälle und Stromschnellen, die das Naß zu weißem Schaum versprühten und es kaum zwei Zentimeter tief als glitzernde Schleier über das Grundgestein führten. Die zerklüfteten, gletscherbedeckten Gipfel blieben immer weiter zurück, doch der Tag wurde nicht wärmer; das eiskalte Wasser sorgte dafür, daß auch die Luft frostig blieb.

Der Händler und seine sechs ›Beschützer‹ folgten dem kurvenreichen Pfad durch tiefen, säuselnden Kiefernwald und über Bergwiesen, wo helle, sternartige Blumen blühten und kurzes nasses Gras das Gehen schwierig machte. Sie kamen durch Sumpfgegenden, die selbst bei dieser Kälte von Mücken wimmelten, und Wims Mokassins quatschten und quietschten auf der weichen, feuchten Erde.

Am späten Nachmittag hatte die Gesellschaft den Hexenlochweg erreicht, der Pferd und Wagen das Vorankommen erleichterte. Irgendwo vor ihnen hielt Randvoll Rumpster die Spitze; die Flanken deckten der dicke Hanaban, Bathekar und Zwuckel, während Stinkvoll — inzwischen nahezu nüchtern — den Zug nach hinten schützte. Im Hochland reisten sogar die Räuber (und sie insbesondere) mit großer Vorsicht.

Die meiste Zeit des Tages wanderte Wim schweigend, lauschte auf die reißenden Wasser, den Wind, das Zwitschern der Vögel in den Kiefern — und lauschte auf Geräusche, die menschlichen Verrat verhießen. Doch wie es schien, waren sie allein. Etwa fünf Kilometer hinter Finsterwald hatte er einen Bauern gesehen, seither niemanden mehr.

Tags zuvor hatte ihn der Händler über die Umgegend befragt, wie viele Menschen in der Nachbarschaft von Finsterwald wohn-

ten und womit sie ihren Lebensunterhalt verdienten. Er wirkte enttäuscht, als er vernahm, daß es sich bei den meisten um verstreut wohnende arme Bauern und Fallensteller handelte, und sagte, daß seine Waren wohl eher die reichen Stadtbewohner interessieren könnten. Wim hatte sofort zugegeben, daß er einer der wenigen Händler war, die jemals im Großen Tal und in der gewaltigen Stadt Füffen gewesen waren, und daß sie überglücklich wären, ihn dorthin zu bringen — gegen ein Entgelt. Wenn ein wenig Habgier ihre wahren Ziele verbergen konnte, dann um so besser! Und die Anzahlung des Händlers in merkwürdigen, juwelenbesetzten Silberkugeln hatte sie in ihren Absichten nur bestärkt.

Wim warf einen Blick zu dem Händler hinüber, der an seiner Seite neben dem gescheckten Droschkenpferd einherschritt. Aus der Nähe wirkte der Fremde noch eigenwilliger als aus der Entfernung. Sein glattes schwarzes Haar war mit unwahrscheinlicher Genauigkeit an seinem Halsansatz abgeschnitten. Wim fragte sich, ob man ihm einen Topf übergestülpt und drumherum geschnippelt hatte. Und er roch seltsam; nicht unangenehm, aber eher wie alte Fichtennadeln als wie ein Mensch. Der Silberfaden, der die weiche Lederjacke des Händlers mit Stickereien zierte, war feiner, als Wim dies jemals gesehen hatte. Das wäre eine schöne Jacke — Wim zerrte abwesend an den Metall- und Perlenschnüren, die an seinem abgetragenen Leinenhemd herabhingen.

Obwohl der Fremde klein und untersetzt war, schritt er kräftig aus und schien nicht zu ermüden; vielmehr wurde er freundlicher und gesprächiger, als der Nachmittag verstrich. Als sie jedoch das Hexenloch erreicht hatten, verfiel er wieder in Schweigen, besah sich zuerst den weichen Pfad und dann die nackte Felswand, die neben ihm aufragte.

Sie hatten etwa achthundert Meter zurückgelegt, als Wim von sich aus zu erzählen begann: »Die Gegend hier nennt man Hexenloch. Es gibt eine Sage, nach der hier einmal Leute mit merkwürdigen Apparaten und Zauberei durch die Lüfte geflogen sein sollen. Einer von ihnen soll hier seine Zauberkraft verloren haben und zu Boden gestürzt sein — bis vor etwa zwanzig Jahren gab es hier eine Stelle, wo man noch Knochen und verrostete Metallstücke finden konnte, sagt man. Manche sagen auch, hier sei es nicht ganz geheuer.«

Saovkof gab keine Antwort, er ging mit gesenktem Kopf weiter, daß sein spitzer, schwarzer Bart gegen seine Brust gedrückt wurde. Zum ersten Mal seit Antritt ihrer Reise schien sein Interesse für die Umgebung nachzulassen. Schließlich wollte er wissen:

»Wie lange, meint Ihr, ist es her, seit der Flugapparat hier abgestürzt ist?«

Wim hob die Schultern. »Mein Großvater hat die Geschichte schon von seinem Großvater gehört.«

»Hmm. Und das ist die einzige Zauberei, von der ihr jemals etwas gehört habt?«

Wim beschloß, dem Fremden nicht zu erzählen, was er von Füffen wußte. Vielleicht bekam es der kleine Mann sonst mit der Angst zu tun, würde umkehren wollen und somit eine verfrühte Konfrontation herbeiführen. »Na, wir haben auf den Wiesen hier Hexen, wie beispielsweise die Cousine von Witwe Henley, aber die meisten von ihnen sind nicht echt, zumindest die, denen ich begegnet bin. Außer denen und dem Unglück, das angeblich der Sünde folgen soll«, ein Grinsen verzerrte seine Mundwinkel, »nun, außerdem weiß ich nichts von Zauberei. Was hattet Ihr erwartet?«

Saovkof schüttelte den Kopf. »Zumindest etwas Besseres als ein paar lumpige, falsche Hexen, das ist sicher. Je besser ich die Gegend kennenlerne, um so fester bin ich überzeugt, daß dies nicht der Ort ist, den ich gesucht hatte.«

Den nächsten Kilometer gingen sie schweigend nebeneinander her. Der Pfad führte tiefer; Wim erblickte Hanaban hoch oben zu ihrer Linken, wo er parallel zum Wagen einherschritt. Sein Gesicht war vor Anstrengung gerötet, und er winkte ihnen kurz zu, zum Zeichen, daß alles in Ordnung war. Wim winkte zurück und widmete sich wieder seinen Überlegungen über den schrulligen, kleinen Mann an seiner Seite. Irgendwie ging ihm nicht aus dem Sinn, wie Hanaban am Abend zuvor gejammert hatte: »Wim, der kleine Kerl stinkt mir. Ich würde vorschlagen, wir lassen ihn fallen«, und wie Unbehagen in sein eigenes Denken gekrochen war. Wütend auf sich selbst und alles andere hatte er ihn angeschnauzt: »Kriegst du Schiß, Han? Bloß weil einer aus der Fremde kommt, braucht er nicht gleich den bösen Blick zu haben.« Und er wußte, daß dies sie beide nicht so recht überzeugt hatte . . .

Sei es, daß er die Stimmung der Stille spürte, oder sei es aus irgendeinem anderen Grund, jedenfalls begann der Händler wieder zu sprechen. Diesmal nicht über die Gegend, in die er aufgebrochen war, sondern über sich selbst und woher er kam — aus einer Stadt namens Sharn, einem Land mit derartigen Wunderdingen, daß Wim jeden anderen, der ihm so etwas erzählt haben würde, ausgelacht hätte.

Denn Sharn war ein Land, das von wirklichen Zauberern beherrscht wurde, ein Land, in dem das Bemerkenswerte von stählernen Flugapparaten allenfalls ihre weite Verbreitung war. Sharn war ein riesiges Land — aber ebenso eine Stadt, eine Stadt ohne Straßen, wo ein einziger schimmernder Kristall den Himmel mit Lichtblitzen erhellte. Und die Bewohner von Sharn waren durch ihre Magie zu Göttern geworden; sie trugen Gewänder aus Gaze und rasten mit Feuerstößen und von Donnern gefolgt durch den Himmel und konnten über riesige Entfernungen miteinander reden. Sie siedelten sich unterhalb der warmen Gewässer ihrer Küsten an, das Wetter gehorchte ihnen, und sie blieben ihr Leben lang jung. Darüber hinaus machte ihre Zauberkraft sie zu gefürchteten Kriegern und mächtigen Eroberern, denn es bedurfte nicht mehr als eines Gedankens und eines Kopfnickens von ihnen, um ihre Gegner zu töten. Stand ihnen ein Berg im Wege, so vermochten sie ihn augenblicklich zu zerstören. Wim dachte mit Schaudern an sein Hochland und umfaßte fest das beinerne Heft des Messers, das er an seinem Schenkel trug.

Jagit war von einem noch weiter östlich liegenden Land nach Sharn gekommen, das weit primitiver war. Er hatte in Sharn verweilt und sich dort soviel Magie wie möglich angeeignet. Die Waren, die er nach Sharn mitgebracht hatte, waren beliebt gewesen, und er hatte hohe Gewinne erzielt; in der Zeit, die er in Sharn zugebracht hatte, war es ihm gelungen, eine kleine Sammlung einfacher Zaubersprüche zu erwerben. Dann brach er auf, um für diese Kenntnisse einen Markt zu suchen — irgendein Land, in dem die Zauberei bekannt, aber nicht so geläufig war wie in Sharn.

Als der Händler mit seiner Erzählung zu Ende war, sah Wim, daß die Sonne schon fast auf den Berggrat westlich vor ihnen herabgesunken war. Einige Minuten lang schritt er schweigend weiter und versuchte im Sonnenlicht Spuren des verlorenen Sharn zu erspähen.

Der Pfad neigte sich nun steil abwärts und führte hinab in ein enges Tal. Halb im Dunkel der herabreichenden Schatten verborgen, die sich nun über das Land erstreckten, überquerte eine kühne Holzbrücke den brausenden Gebirgsbach. Auf der anderen Seite stiegen Kiefern den beschatteten Hang bis ins Sonnenlicht hinan. Auf den gegenüberliegenden Bergkämmen, keine anderthalb Kilometer entfernt, hielten zehn oder zwölf riesige, einsam stehende Bäume das Licht ab und überragten den Wald.

»Mr. Saufkopf, Ihr seid der beste Lügner, der mir jemals begegnet ist.« Trotzig schluckte Wim seine Furcht hinab, als er den zermürbenden Blick des fahrenden Händlers auf sich ruhen fühlte, und deutete über das Tal hinweg. »Noch diesen Bergrücken, dann haben wir vor, das Nachtlager zu errichten. Die Stelle heißt Großvaters Hain. So hohe Bäume habt Ihr nicht einmal in Sharn gesehen!«

Der Händler blinzelte in die untergehende Sonne. »Mag sein«, räumte er ein. »Auf jeden Fall würde ich die Bäume gerne mal aus der Nähe sehen.«

Sie stiegen aus dem Sonnenlicht in die aufkommende Düsternis hinab. Wim erblickte Randvolls hohen Filzhut, als sie auf die andere Seite des Tales gelangten; von den anderen Bandenmitgliedern war keiner zu sehen. Wim und der Händler mußten nun den Hexenlochpfad verlassen, das Vorankommen gestaltete sich für Pferd und Wagen immer schwieriger; in weniger als einer halben Stunde gelangten sie jedoch an den Rand von Großvaters Hain und umgingen einen, dann zwei und drei der hochaufragenden Bäume. Die verkrüppelten, dürren Kiefern lichteten sich und waren bald ganz verschwunden. Vor ihnen lagen nur noch Großvaters Bäume, deren zottige, streifige Stämme im erlöschenden Licht des Tages grüngolden glänzten. Der leichte Wind, der mit ihnen vom Tal heraufgestiegen war, das Brausen des Bachs, alles erstarb in der Kirchenstille, und nichts war mehr um sie her als die kühle, ruhige Luft und die goldschimmernden Bäume. Wim blieb stehen und neigte den Kopf zurück, um wenigstens einen Blick auf die untersten Äste werfen zu können, mit ihren scharfen, grüngoldenen Nadeln. Dies war ihr Land, und er kannte mehr als eine Sage, wie diese Bäume es beschützten, üble Geschöpfe fernhielten und dafür sorgten, daß selbst im Sommer die Luft kühl und der Boden feucht blieben.

»Hierher!« Hanabans Stimme war gedämpft zu ihrer Linken zu vernehmen. Sie schritten um den zwei Meter dicken Baumstamm und entdeckten Hanaban und Bathekar an einem kleinen Feuerchen. Reisig hatten sie in das Wäldchen mitgebracht — Wim wußte, daß die Rinde von Großvaters Bäumen fast nicht zum Brennen zu bringen war. Der flackernde Schein erhellte einen riesigen, düsteren Schlund hinter ihnen: den ausgehöhlten Stamm eines alten Großvaterbaumes, der eine lebende Höhle für ein Nachtlager darstellte. Bis sie gegessen und die Wachablösungen festgelegt hatten, war die Sonne untergegangen. Wim erstickte das Feuer, so daß das einzige Licht von der Mondsichel gespendet wurde, die der Sonne westwärts folgte.

Der fahrende Händler machte keine Anstalten, sich zur Ruhe zu betten, wie Wim mit wachsender Nervosität bemerkte. Er saß mit untergeschlagenen Beinen im Schatten seines Wagens: reglos und gegen den Frost in einen dicken, dunklen Mantel gehüllt, war er fast nicht auszumachen, doch Wim glaubte zu erkennen, daß der kleine Mann zum Himmel emporsah. Er behielt sein Schweigen bei, und Wim dachte, er müsse so tun, als ob er schliefe, ehe der Händler sich ebenfalls niederlegte. Schließlich stand Saovkof auf und trat an die Hinterseite seines Wagens. Er öffnete eine winzige Luke und entnahm ihr zwei Gegenstände.

»Was'n das?« erkundigte sich Wim, der zugleich neugierig und mißtrauisch war.

»Nur ein wenig harmlose Zauberei.« Er stellte den einen Apparat, der aussah wie eine Rute mit einem Griff am Ende, auf den Boden. Wim trat neben ihn, als er das zweite Gerät an sein Auge führte. Es sah weit komplizierter aus als das andere. Es blinkte, ja funkelte fast im schwachen Mondenschein, und Wim bemerkte Spiegel und merkwürdige Linien an den Seiten. Seitlich in einer Röhre schwamm eine winzige Blase. Der Händler besah sich durch das Ding das hingestreute Sternenmuster, das blaß zwischen den Bäumen hindurchschimmerte. Schließlich legte er das Gerät wieder in den Wagen zurück und ergriff erneut die Rute. Wim beobachtete ihn wachsam, als er auf den Höhlenbaum zuschritt. Die Rute sah zu sehr nach einer Waffe aus.

Saovkof fingerte am Griff der Rute, und ein unheimliches Heulen strich durch den Hain. Das Wehklagen verstummte, doch Wim war überzeugt, daß die Spitze der Gerte sich nun drehte. Saovkof setzte sie an der vom Mondschein silbern schimmernden Rinde an, und sogleich begann sich die Spitze der Rute mühelos in den massigen Stamm zu bohren.

Wims Stimme schwankte leicht. »Ist das . . . nun ein Stück Eurer Magie aus Sharn, Mr. Saufkopf?«

Der Händler kicherte leise und führte sein Experiment zu Ende. »Wohl kaum. Ein Sharnscher Zauberspruch ist weit ausgeklügelter als das hier und *wirkt* dabei weit weniger kompliziert. Das ist ein ganz einfacher Trick, um die Zeichen zu lesen.«

»Hm.« Wim schwankte nun fast sichtbar, seine Neugier lag mit seiner Furcht im Streit. In dem Höhlenbaum war ein tiefes, sauberes Loch zu erkennen. *Bloß weil einer aus der Fremde kommt, Han, braucht er nicht gleich den bösen Blick zu haben . . .* Instinktiv kreuzte Wim die Finger übereinander, denn es sah verdammt so aus, als sei der fahrende Händler nicht der beste Lügner, den Wim jemals gesehen hatte; und das hieß . . . »Vielleicht schau ich jetzt besser mal nach, wie die Jungs sich gelagert haben.«

Als der Händler nicht antwortete, drehte Wim sich um und lief schnell weg. So hoffte er zumindest, sah es aus; er hatte das Gefühl, daß er rannte. Er kam an Randvoll vorbei, der halb hinter einem riesenhaften Baumstumpf verborgen lag; Wim sagte nichts, gab ihm jedoch Zeichen, Händler und Wagen weiterhin im Auge zu behalten. Die übrigen warteten bei einem Großvaterbaum mittlerer Größe etwa hundert Meter von dem Höhlenbaum entfernt, wie sie es am Abend zuvor in Finsterwald ausgemacht hatten. Wim schritt lautlos über den federnden Boden und ging um die Überreste dessen herum, was einmal einer der größten Bäume des Hains gewesen sein mußte. Ein hundertfünfundzwanzig-Meter-Riese, den Krankheit und Alter zu Fall gebracht haben mußten. Die große Scheibe seines vernichteten Wurzelsystems erhob sich über neun Meter in die Luft und ließ ihn zwergenhaft erscheinen, als er sich neben Hanaban schwer zu Boden fallen ließ.

»Ich habe Randvoll und Stinkvoll als Wachen zurückgelassen«, flüsterte Bathekar Henley.

Wim nickte. »Es ist mir völlig gleich. Wir werden diesem Händler kein Haar krümmen.«

»*Was*!?« rief Bathekar laut vor Überraschung. Er senkte seine Stimme nur unerheblich, als er fortfuhr: »Ein Mann? Du hast Angst vor einem einzigen Mann?«

Wim gebot mit drohender Geste Schweigen. »Ihr habt gehört, was ich gesagt habe. Hanaban hat recht gehabt — dieser Saufkopf ist viel zu gefährlich. Er ist ein Zauberer, er hat den bösen Blick. Und er hat da so eine Art Messer, das glatt durch einen Großvaterbaum geht! Und nach dem, was er sagt, ist das noch gar nichts . . .«

Die dahingemurmelten Flüche der anderen unterbrachen ihn. Nur Hanaban Kroy bewahrte Stillschweigen.

»Du spinnst, Wim«, sagte der ungeschlachte Schatten von Shorty. »Wir sind heute zwanzig Kilometer gelatscht. Und jetzt erzählst du uns, das sei alles umsonst gewesen! Da kann man ja als Bauer noch leichter sein Geld verdienen!«

»Wir bekommen schon was, aber es sieht ganz danach aus, als müßten wir eine Weile mal auf ehrlich machen. Ich denk mir, wir geleiten ihn runter, sagen wir bis zum Rand der Laubwälder, und bitten ihn dann ganz freundlich um die Hälfte dessen, was er uns in Finsterwald versprochen hat.«

»Du kannst Gift drauf nehmen, daß ich mit niemandem so weit ins Tal hinunter ziehe.« Bathekar runzelte die Stirn.

»Na, gut, es steht dir ja frei, umzukehren. Ich führe diese Bande hier an, Bathekar, vergiß das nicht. Wir haben bei diesem Geschäft schon etwas verdient, diese Silberkugeln, die er uns als Vorauszahlung gegeben hat . . .«

Irgend etwas machte *zisch* und *peng*: Hanaban warf die Arme in die Luft und brach auf dem mondbeschienenen Boden zwischen den Schatten der Bäume zusammen. Der Bolzen einer Armbrust ragte aus seiner Kehle.

Während Wim und Bathekar eilig in die Deckung des Wurzelballens krabbelten, sprang Shorty auf. »Dieser verdammte Händler!« Das kostete ihm das Leben: drei Pfeile trafen ihn voll, und er stürzte quer über Hanaban.

Wim hörte, wie ihre Angreifer den Kreis um sie schlossen, sie waren so siegessicher, daß sie sich gar nicht bemühten, leise vorzugehen. Nach dem, was er sehen konnte, waren sie allesamt mit Armbrüsten bewaffnet; angesichts solcher Verhältnisse hatten seine Jungs nicht die geringste Chance. Er grub sich seinen Weg tiefer in das Wurzelgeflecht, fühlte, wie eine seiner Perlenschnüre riß, daß sich die Perlen wie Regen über seine Hand ergossen. Hinter ihm nahm Bathekar seine eigene Armbrust von der Schulter und spannte sie.

Wim warf einen Blick über die Schulter und sah, wie die silbrigweiße Mondlandschaft für einen Augenblick in eine bläuliche Strahlung getaucht wurde, die harte Schatten warf; dann vertrieben unvermittelte Schreie Verwunderung und Benommenheit aus seinem Kopf. Er begann gleichzeitig zu fluchen und zu beten.

Dann aber waren ihre Angreifer auch schon an den umgestürzten Baum gelangt. Wim hörte sie in den Wurzeln stöbern und zuckte unter jedem ihrer Messerhiebe weiter zurück. Neben ihm ertönte ein weiterer Schrei, dann rief eine Stimme: »He, Rufus, ich hab den Scheißer erwischt, der beim letzten Überfall Rocker erschossen hat.«

Darauf ein anderer: »Dann haben wir jetzt fünf. Fehlen bloß noch der Händler und Wim Fürnemham.«

Wim hielt den Atem an, er schwitzte. Er erkannte die zweite Stimme — Axel Bork, der älteste der Bork-Brüder. In den letzten zwei Jahren hatten sich Wim und seine Gang im traditionellen Diebesgebiet von Borks Clan breitgemacht, und bis zu diesem Abend hatte sie seine Gewitztheit vor der Rache der Borks bewahrt. An diesem Abend jedoch — was war nur schiefgegangen? Zur Hölle mit diesem Händler!

Er hörte Hände zwischen den Wurzeln wühlen, nun viel näher. Dann packten ihn unvermittelt Finger am Schopf. Er machte sich

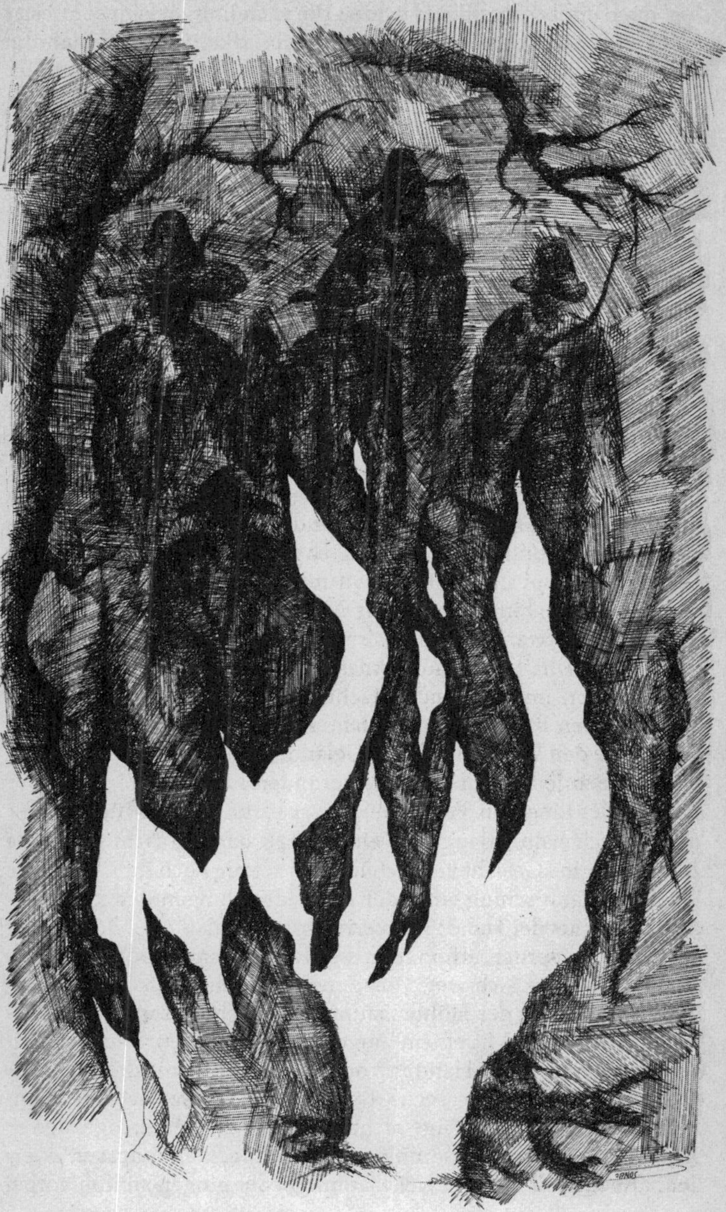

los, doch ein zweites Paar Hände griff nach ihm, bekam sein Haar zu fassen, dann den Kragen seiner Lederjacke. Grob riß man ihn aus dem Wurzelgestrüpp und warf ihn zu Boden. Er raffte sich auf, wurde jedoch in den Magen getreten, ehe er davonlaufen konnte. Keuchend fiel er auf die Erde zurück und spürte, wie ihm sein Messer aus der Scheide gerissen wurde; drei Schatten beugten sich bedrohlich über ihn. Der nächststehende setzte einen schweren Fuß auf seinen Leib. »So, Wim Fürnemham. Nun halte mal schön still, mein Junge! Das war ein erfolgreicher Abend, wenn wir auch diesen Händler nicht geschnappt haben. Du bist vor Habgier ein wenig übergeschnappt, mein Junge. Meine Vettern haben alle deine Jungs ins Jenseits befördert.« Ihr Lachen wühlte ihn auf. »Da haben wir in einer Viertelstunde erledigt, was uns zwei Jahre lang nicht geglückt ist.«

»Leo, du schaffst Wim hinüber zum Höhlenbaum. Wenn wir erst noch den Händler gefunden haben, werden wir uns einen Spaß mit den beiden machen.«

Wim wurde hochgezerrt und bekam einen Tritt versetzt, daß er über die Leichname von Hanaban und Shorty stürzte. Er rappelte sich auf und rannte los, wurde jedoch sogleich von einem anderen Bork geschnappt und mit Stiefeln malträtiert. Bis er am Höhlenbaum anlangte, hing sein rechter Arm reglos an seiner Seite herab und ein Auge war dick von warmem Blut verklebt.

Die Borks hatten versucht, das Lagerfeuer neu zu entfachen. Drei standen im flackernden Licht; er lauschte, wie die übrigen zwischen den Bäumen herumsuchten. Er fragte sich unbehaglich, warum sie den Wagen im freien Gelände nicht entdecken konnten, wo sie doch jeden seiner Jungs gefunden hatten.

Einer der jüngeren Vettern — er war kaum älter als fünfzehn — machte sich halb gelangweilt einen Spaß daraus, Wim glühende Zweigchen ins Gesicht zu werfen. Wim schlug nach ihm, verfehlte ihn, doch dann schlug einer der Borks dem Jungen den glimmenden Zweig aus der Hand; Wim erinnerte sich, daß Axel Bork selbst auf jeden Anspruch erhob, der die Rechte seiner Bande in Frage stellte. Er wälzte sich weg vom Feuer und lehnte sich gegen den trockenen Stamm des Höhlenbaumes, von Schmerz und Verzweiflung überwältigt. Mit einem Auge konnte er sehen, wie die übrigen Borks mit leeren Händen von ihrer Suche zurückkehrten. Alles in allem zählte er sechs Borks, doch im schwachen Flammenschein waren ihre Züge nicht zu erkennen. Der einzige, den er sicher hätte ausmachen können, war Axel Bork, und dessen zwergenhafte Gestalt fehlte. Zwei Clanmitglieder gingen an ihm vorbei in das schwarze Innere des Höhlenbaumes, er konnte hören, wie sie am Ende des Durchgangs auf allen vieren um die Ecke bogen. Der Händler hätte sich dort verbergen können, der Wagen jedoch hätte die ganze Eingangshöhle blockiert. Wim fragte sich erneut, warum die Borks den Wagen nicht entdecken konnten — und wünschte, er wäre ihm nie begegnet.

Die zwei Männer tauchten wieder aus dem Baum auf, als gerade auch Axel Bork in den flackernden Feuerkreis hinkte. Der verwachsene Bandit war mindestens vierzig Jahre alt, doch in diesen vierzig Jahren hatte er seinen Teil in Kämpfen geliefert und ging nun vornübergebeugt; Wim wußte, daß der Schlapphut einen kahlen Schädel mit Narben und sogar einer Kerbe verbarg. Der älteste Bork trat nahe ans Feuer und warf achtlos Staub und Rindenteile in die prasselnden Flammen. »Wo, zum Teufel, habt ihr Hurensöhne denn bloß eure nichtsnutzigen Augen gehabt? Ihr standet direkt bei dem Baum und habt außer Wim hier jeden von der Bande erwischt? Warum nicht den fahrenden Händler?«

»Er ist weg, Ax. Er ist weg.« Der Junge, der sich mit Wim vergnügt hatte, hielt dies wohl für eine Erklärung. Axel blieb jedoch unbeeindruckt, und sein Rückhandschlag schleuderte den Jungen an den Baum.

Eine der anderen silhouettenhaften Gestalten ergriff zögernd das Wort. »Du mußt mir glauben, Axel, was ich dir nun sage ... Ich sah genau zu diesem Höhlenbaum hierher, als du den andern nachgingst. Ich konnte den Händler genauso klar erkennen wie dich jetzt, er stand bei Wagen und Pferd. Dann war plötzlich ein blauer Blitz zu sehen — ich kann dir sagen, Ax, es war unwahrscheinlich hell! — einen Augenblick lang konnte ich überhaupt nichts erkennen, und als ich schließlich wieder sehen konnte ... tja, da war von diesem Ausländer keine Spur mehr weit und breit.«

»Hm.« Der ältere Bork akzeptierte die Geschichte ohne erkennbaren Zorn. Er kratzte sich in der linken Achselhöhle und schlurfte um das erlöschende Feuer zu der Stelle, wo Wim lag. »Weg, wie? Einfach so. Das hört sich ja nach einem tollen Treffer an ...«

Plötzlich streckte er die Hand aus, packte Wim beim Kragen und zerrte ihn auf das Feuer zu. Im Feuerschein blieb er stehen und zog Wim bis an sein Gesicht heran. Der breite, schlaffe Rand seines Hutes hüllte sein Gesicht in leere Finsternis, die auf gewisse Weise schrecklicher war als alle Wirklichkeit.

Als er Wims Gesichtsausdruck bemerkte, lachte er heiser und hielt sich weiter vom Feuerschein abgewandt. »Es ist schon eine ganze Weile her, daß in mir der Wunsch gekeimt ist, dir einmal die Leviten zu lesen, Wim. Und nun hab ich sogar die Gelegenheit, das Angenehme mit dem Nützlichen zu verbinden. Wir werden dich zentimeterweise einäschern, bis du uns verrätst, wohin sich dein Freund verkrümelt hat.«

Wim konnte kaum das Wimmern unterdrücken, das in seiner Kehle aufstieg, als Axel Bork begann, seine Hand Zentimeter für Zentimeter ins Feuer zu schieben. Am liebsten hätte er einfach die Wahrheit herausgeschrien, daß der Händler ihn niemals in seine Zaubergeheimnisse eingeweiht hatte. Aber er wußte, daß die Wahrheit ebensowenig nutzen würde wie die Bitte um Gnade; der einzige Ausweg bestand darin zu lügen — besser zu lügen als je zuvor. Die Berichte des Händlers vom vergangenen Tag kamen ihm in den Sinn und formten seine Worte. »Mach nur weiter, Ax! Amüsier dich ruhig! Ich weiß ohnehin, daß ich sterben werde. Aber ihr alle genauso . . .« Der Griff hielt seinen Nacken weiterhin fest umklammert, die knotige Hand drängte ihn jedoch nicht weiter zum Feuer. Er spürte, wie seine Hand in der heißen Luft über der Glut versengt wurde. Verzweifelt verdrängte er den Schmerz ebenso wie die Angst. »Was glaubt ihr, warum meine Jungs auf dem ganzen Weg keine Hand an den fahrenden Händler legten? Um euch die Gelegenheit zu geben, uns in die Falle zu locken?« Sein Lachen klang leicht hysterisch. »Die Wahrheit ist, daß wir zu Tode geängstigt waren. Dieser Fremde ist ein Hexenmeister. Er ist zu gefährlich, um es mit ihm aufzunehmen. Er kann euer Denken beherrschen, eure Sinne vernebeln, er kann euch Dinge sehen machen, die überhaupt nicht existieren. Er kann euch mit seinem bloßen Blick umbringen« — und hier setzte bei ihm die echte Eingebung ein —, »ja, er hätte einen deiner dummfrechen Vettern töten können und in der Verkleidung eines Bork hier stehen, und du würdest es nicht einmal merken, bis er dich selber erwischt . . .«

Axel fluchte und steckte Wims Hand in die Glut. Obwohl Wim dies erwartet hatte, konnte er nicht an sich halten und stieß einen lauten, schrillen Schrei aus. Nach einem Augenblick, der für Wim wie eine Ewigkeit war, zog Axel seine Hand endlich aus dem Feuer. Dies rührte die Kohlen auf, ließ aus der Glut eine letzte, bösartig rote Flamme emporzucken, ehe das Feuer erlosch und nur noch verschwommen glühende Pünktchen zurückblieben, die mit dem Mondlicht wetteiferten. Eine lange Weile schwieg alles; Wim biß sich auf die Zunge, um nicht zu stöhnen. Die einzigen Geräusche waren das schwache Rascheln des Windes hundert Meter über ihren Köpfen in den Kronen der Großvaterbäume und das Schnauben eines Pferdes ganz in ihrer Nähe.

»He, wir haben doch überhaupt keine Pferde«, sagte jemand voller Unbehagen.

Sieben menschliche Gestalten standen in dem riesenhaften Schatten des Höhlenbaums, der untergehende Mond zeichnete schwach silbern ihre Konturen nach. Die Borks standen völlig reglos da und sahen einander an — und dann begriff Wim, was auch ihnen inzwischen wohl aufgefallen war: es hätten acht von der Bork-Sippe anwesend sein müssen. Irgendwie hatte der Händler einen der Borks während des Angriffs so schnell und lautlos erledigt, daß man den Verlust gar nicht bemerkt hatte. Wim schauderte, als er sich plötzlich an das unheimliche blaue Leuchten und die Behauptungen erinnerte, die er selbst über den Händler aufgestellt hatte. Wenn einer der Borks so leicht zu beseitigen war, warum nicht zwei? In diesem Falle . . .

»Er steht hier und hat die Rolle von einem von euch übernommen!« schrie Wim mit krächzender Stimme.

Und er konnte fast das Entsetzen spüren, das von einem zum anderen wogte und anwuchs — bis eine der kleinsten Silhouetten ausbrach und ins Mondlicht davonstürzte. Er kam keine sechs Meter weit, als ihn auch schon ein Armbrustbolzen in den Rücken traf. Noch während der Flüchtige sich im weichen, silbernen Staub wälzte, zischte eine zweite Armbrust und ein weiterer der Brüder brach über Wims Beinen zusammen.

»Das war Clyne, du . . . Hexer!« Weitere Armbrüste wurden gespannt.

»Haltet ein!« brüllte Axel. Nun standen nur noch fünf Borks auf den Beinen; zwei von ihnen lagen reglos am Boden. »Der Händler hat uns verflucht. Wir müssen unsere fünf Sinne beisammenhalten und herausfinden, welcher von uns er zu sein vorgibt.«

»Aber Ax, er hat sich nicht bloß verkleidet, so daß wir erkennen könnten, welcher er ist . . . er . . . er kann uns glauben machen, jeder beliebige zu sein!«

Wim lag unter dem Leichnam gefangen und konnte nur fünf Schatten gegen den Nachthimmel ausmachen. Ihre Gesichter waren vom Licht abgewandt, und ihre Bekleidung verwischte alle Unterschiede. Er biß die Lippen zusammen, um die Schmerzenslaute zu unterdrücken; es war nicht der rechte Moment, um die Borks an Wim Fürnemham zu erinnern. Doch die Pein pulsierte seinen Arm hinauf, bis eine schreckliche Benommenheit die Welt vor ihm verschwimmen ließ und sein Kopf vornübersackte . . .

Als er die Augen wieder aufschlug, standen nur noch drei Männer auf der Lichtung. Zwei weitere waren ums Leben gekommen; ein Getroffener wand sich noch am Boden.

Axels Stimme klang schrill vor Zorn. »Du . . . Ungeheuer! Du hast uns alle so behext, daß wir uns gegenseitig umgebracht haben!«

»Nein, Ax, ich mußte ihn erschießen, er war der Händler, ich schwör's dir. Schau! Er hat Jan erschossen, nachdem du gesagt hattest, wir sollten aufhören . . .«

»Hexer!« kreischte eine dritte Stimme. »Sie sind alle tot . . .!« Zwei Armbrüste wurden angelegt und gleichzeitig abgedrückt. Zwei Männer stürzten nieder.

Einen Augenblick lang stand Axel schweigend und einsam zwischen den Toten. Der Mond war untergegangen, und die Sterne brachen nur spärlich und schwach durch die schwankenden Äste der Großvaterbäume weit über ihnen. Wim lag totenstill und registrierte nun den Gestank von Blut, Schweiß und versengtem Fleisch — und das Geräusch von Schritten, die näher kamen. Krank vor Angst blickte er hinauf in das dunkle, großflächige Gesicht von Axel Bork.

»Noch da? Das ist gut.« Ein Fuß in einem schwarzen Stiefel rollte den Leichnam von seinen Beinen. »Na, Junge, dann werde ich mir wohl besser einmal deine Hand besehen.« Diese Stimme gehörte Saovkof Katschaturiantz.

»Huch!« Wim begann zu zittern. »Äh. Mr. Saufkopf, seid . . . seid Ihr das?«

Aus der Hand des Händlers, der vom fernen Sharn gekommen war, strömte pötzlich ein Licht.

Wim wurde ohnmächtig.

Der Schein des frühen Tages brach mit staubigen Strahlen in Großvaters Hain. Wim Fürnemham saß mit dem Rücken an den Eingang des Höhlenbaumes gelehnt und nippte ungeschickt an einer Tasse mit einem heißen und bitteren Getränk, die er in der bandagierten Hand hielt. Die andere Hand hing in der Schlaufe seines Gürtels, damit die verstauchte Schulter ruhiggestellt blieb. Schweigend beobachtete er, wie der Händler sein scheckiges Zugpferd striegelte; blickte zum zehnten Mal über den sonnenbeschienenen Hain hinweg, wo keinerlei Anzeichen von den Ereignissen der letzten Nacht die Ruhe des Morgens störten. Die Erinnerung an den Schrecken kam ihm nun so unwirklich vor wie ein böser Traum, so daß er sich fragte, ob das auch ein Stück Hexerei war wie jener Trank, der die Schmerzen aus seinem Körper vertrieben hatte. Er wandte den Blick hinab, wo das Blut seine Hosen befleckt hatte. *Er würde sich um die Überreste kümmern,* hatte der Händler gesagt. Es stimmte also, nun gut — alle Borks. Und alle seine Jungs. Wehmütig dachte er einen Augenblick lang an all den Schmuck, der mit ihnen unter die Erde gegangen war; dann wurde dieses Gefühl von dem massiven Verlust, der dahintersteckte, verdrängt.

Der Händler kehrte zum Lagerfeuer zurück und schob mit dem Fuß Staub über die Glut. Es bereitete ihm keinerlei Schwierigkeiten, ein Feuer in Gang zu bekommen. Wim zog die Beine an; die dunklen Augen des Händlers ruhten fragend auf seinem verdrossenen Gesicht.

»Mr. Saufkopf« — in dieser Anrede lag nun keinerlei Hohn mehr —, »was wollt Ihr eigentlich von mir?«

Saovkof klopfte den Staub von seiner Lederjacke. »Nun, Wim, ich dachte, wenn du wolltest, könntest du unsere Abmachung erfüllen.«

Wim hob seine verbundene Hand in die Höhe. »Ein Krüppel ist eine besonders taugliche Leibwache!«

»Ich kenne den Weg ins Tal hinunter nicht, du aber wohl.«

Wim lachte ungläubig. »Ich schätze, Ihr könntet auf einem Besenstiel über den Mond fliegen und würdet keine Karte benötigen. Und einen Beschützer braucht Ihr schon gar nicht! Warum habt Ihr uns überhaupt jemals angeheuert, Mr. Saufkopf?« Trauer und plötzliches Begreifen ernüchterten ihn. »Ihr wußtet es die ganze Zeit, nicht wahr? Was wir vorhatten, meine ich. Ihr habt uns mitgenommen, damit Ihr uns im Auge behalten und einschüchtern konntet. Nun, Ihr braucht mich nicht mehr im Auge zu behalten. Ich . . . wir hatten uns schon anders entschlossen, als das mit den Borks geschah. Wir hatten vor, Euch wie verabredet ins Tal zu geleiten, ganz ehrlich.«

»Ich weiß das.« Der Händler nickte. »Hast du jemals das alte Sprichwort gehört, Wim: ›Vier Augen sehen besser als zwei?‹ Man kann nie wissen, eines Tages kannst du mir vielleicht nützlich sein.«

Wim hob kläglich die Schultern und fragte sich, wo der Händler jemals das ›alte Sprichwort‹ gehört hatte. »Nun — ich habe heute früh noch kein besseres Angebot bekommen.«

Sie ließen Großvaters Hain hinter sich und machten sich weiter an den Abstieg zum Großen Tal. Den ganzen Morgen über gingen sie zwischen Kiefern, doch gegen Mittag bemerkte Wim, daß die Nadelbäume allmählich Eichen und Platanen wichen und die Luft lange nicht mehr so frostig und feucht war. Am späten Nachmittag konnte er zwischen den Bäumen hindurch schon einen Blick auf die grün- und bernsteinfarbene Weite erhaschen, welche den Talboden bildete, und wies den Händler darauf hin. Saovkof nickte, schien erfreut und summte sogleich wieder vor sich hin, womit er nach Wims Meinung seine diabolischen Einfälle tarnte. Erneut warf er einen verstohlenen Blick auf den kleinen stämmigen fahrenden Händler — den letzten Menschen, dem einer magische Kräfte zugetraut hätte. Vielleicht waren sie gerade deshalb so beeindruckend . . . »Mr. Saufkopf? Wie haben Sie das gemacht? Die Borks zu behexen, meine ich?«

Saovkof lächelte und schüttelte den Kopf. »Ein guter Zauberer verrät niemals, wie. Was vielleicht, aber niemals wie. Du mußt zuschauen und das Wie selbst herausbekommen. So wird man *wirklich* ein guter Zauberer.«

Wim seufzte und schob seine Hand im Gürtel zurecht. »Dann werd ich's wohl nicht wissen wollen.«

Der Händler kicherte. »Auch gut.«

Verstohlen beobachtete Wim jeden seiner Schritte für den Rest dieses Tages.

Nach ihrer Abendmahlzeit brachte der Händler wieder einige Zeit im Dunkeln bei seinem Wagen zu. Wim streckte sich erschöpft neben dem Lagerfeuer aus und sah den Zauberstock des Hexenmeisters schimmern. Diesmal unternahm er jedoch nichts, dies genauer zu ergründen, sondern kreuzte nur die Finger als Vorsichtsmaßnahme. Die Tatenlosigkeit gab ihm viel Zeit zum Nachdenken. Er starrte unverwandt in die Flammen, seine Hand schmerzte.

»Schätzungsweise brauchen wir morgen früh noch eine Stunde, bis wir die Talsohle erreichen. Dann, so sagtest du, müßten wir uns nordwestlich halten, um nach Füffen zu gelangen?«

Wim zuckte beim Klang der Stimme zusammen. »Oh . . . ja, vermutlich. Haltet Euch nördlich, dann führt Euch jede Straße dorthin; sie führen alle nach Füffen.«

»›Alle Wege führen nach Füffen‹?« Der Händler kauerte sich neben dem Feuer nieder und brach unvermutet in ein lautes Gelächter aus.

Wim fragte sich, was daran so lustig war. »Von hier aus kann Euch jeder den Weg weisen, Mr. Saufkopf. Ich glaube, morgen früh mach ich mich auf den Rückweg; ich . . . wir hatten niemals daran gedacht, Euch so weit zu begleiten. Wir Bergbewohner machen uns nicht gern im Flachland zu schaffen.«

»Hm. Das tut mir leid, Wim.« Saovkof schob einen neuen Ast ins Feuer. »Aber irgendwie hatte ich geglaubt, du seist wirklich schon mal in Füffen gewesen?«

»Nun, ja, ich war es . . . fast.« Er blickte überrascht auf. »Vor drei, vier Jahren, als ich kaum mehr als ein Junge war, mit meinem Vater und ein paar anderen Männern. Wißt Ihr, mein Großvater war der Schmied von Finsterwald, und er besaß ein Gewehr . . .« Und da hörte er sich selbst dem Händler Dinge erzählen, die aller Welt bekannt waren, und Dinge, die er noch niemals einem Menschen anvertraut hatte. Wie sein Großvater das Schwarzpulver entdeckt und die Leute aus dem Hochland geplant hatten, die Herren von Füffen zu stürzen und sich die reichen Täler anzueignen. Und wie ihnen aus der Stadt Reiter entgegengezogen kamen, mit Gewehren und Zauberei, wie die Felder verwüstet und blutbesudelt zurückblieben und sein Vater gestorben war, als sein selbstgefertigtes Gewehr explodierte. Wie ein blutbeschmierter und schweigsamer Junge allein nach Finsterwald zurückgekehrt war und die Einwohner mit Schrecken vor den Herren von Füffen erfüllt hatte . . . Er saß da und fingerte aufgewühlt an seinem Ohrring. »Und ich habe so etwas läuten hören, als verfügten sie da unten über schwarze Magie, wie wir sie überhaupt nicht kennen, mit der sie alle Flachlandbewohner unter eine Art Bann gestellt hätten . . . Vielleicht überlegt Ihr es Euch noch einmal, ob Ihr wirklich da hinunter wollt, Mr. Saufkopf.«

»Ich danke dir für deine Warnung, Wim.« Saovkof nickte. »Aber ich will dir sagen — ich bin Händler von Beruf und aus Leidenschaft. Wenn ich meine Waren nicht verkaufen kann, hat mein Leben keinen Sinn, und in diesen Bergen kann ich sie nun einmal nicht verkaufen.«

»Habt Ihr keine Angst, daß sie versuchen könnten, Euch aufzuhalten?«

Er lächelte. »Nun, das habe ich nicht gesagt. Ihre Zauberkunst ist aber nicht auf dem Stand von Sharn, davon bin ich fest überzeugt. Aber es ist ein unbekannter . . . Wer weiß, vielleicht stellen sie sich als meine besten Kunden heraus; hohe Herren sind dafür bekannt, daß sie mit dem Geld um sich werfen.« Er sah Wim mit einer Art Respekt an. »Aber wie ich schon sagte, vier Augen sehen mehr als zwei. Es tut mir recht leid, daß du nicht mit willst. Aber vielleicht können wir morgen noch darüber reden . . .«

Am Morgen spannte der Händler seinen Wagen an und machte

sich auf den Weg ins Große Tal hinab. Und ohne recht zu begreifen, warum, begleitete ihn Wim Fürnemham.

Es war noch früh am Tage, als sie den willkommenen Schutz des letzten Eichenwaldes hinter sich lassen mußten und die offenen, mit blühendem wildem Gras bewachsenen Hügel überquerten, bis sie auf einen ausgefahrenen Weg stießen, der nordwärts führte. Wim streifte seine Jacke ab und knöpfte sein Hemd auf, seine blasse Hochlandhaut rötete sich rasch unter der aufsteigenden Sonne. Der dunkelhäutige Händler in seiner Lederjacke mußte über ihn lächeln, und Wim dachte verdrießlich, daß ihm die Hitze wohl auch noch angenehm war. Gegen Mittag gelangten sie an den ausgefransten Saum des bebauten Flachlands, es gab einen kleinen Ruck, und da befanden sie sich schon auf gepflasterter Straße. Saovkof kniete sich nieder, um auf die federnde Oberfläche zu klopfen, ehe sie ihrem Weg weiter folgten. Wim erinnerte sich verschwommen an das weiche Pflaster — einen verschrobenen Luxus für die Füße eines Hochlandbewohners —, wie es sich den ganzen Weg bis nach Füffen hinein erstreckte; diesmal bemerkte er, daß das Pflaster an manchen Stellen abgenutzt und mit säuberlich geschnittenen Steinplatten geflickt worden war.

Der Händler richtete selten das Wort an ihn, summte nur vor sich hin und war offensichtlich darauf aus, Zeichen für die Zauberei der Flachländer zu entdecken. *Ein guter Zauberer beobachtet . . .* Wim bemühte sich, die Landschaft, an die er sich zum Teil erinnerte, genau zu beobachten. Die reifenden Felder und Weiden überzogen das Tal bis zum Horizont wie eine riesige, lebendige Flickendecke in Grün- und Goldtönen, die sich über die fruchtbare dunkle Erde ausbreitete. In der Ferne sah er blassen Dunst über den Feldern hängen und fragte sich, ob dies nun ein Zaubertrick oder lediglich die Hitze war. Und er sah die Flachländer, die auf den Feldern links und rechts der Straße ihre Arbeit verrichteten — sie waren wohlgenährt und derb gekleidet; mit braungebrannten reglosen Gesichtern musterten sie die Vorübergehenden, und mit einer resignierten Interessenlosigkeit, wie man sie allenfalls von einem Maultier erwartet, das eine Mühle antreibt. Wim runzelte die Stirn.

»Ziemlich merkwürdig, so wenig Neugier, würde ich sagen — was meinst du?« Der Händler sah ihn an. »Das werden miserable Kunden.«

»Schaut sie Euch bloß an!« platzte Wim wütend heraus. »Wie haben sie das alles schaffen können? Sie sind doch keine besseren

Bauern als die Hochländer; droben schafft man sich die Hände blutig und erntet nichts als Steine — und jetzt schaut die an, vollgefressen, wie sie sind. Wie kommt das, Mr. Saufkopf?«

»Wie, glaubst *du* denn, schaffen sie das, Wim?«

»Ich ...« Er verstummte. *Gute Zauberer finden es heraus* ... »Tja, sie haben besseres Land.«

»Stimmt.«

»Und ... sie haben Zauberkräfte.«

»Siehst du welche?«

»Ihr habt es doch gesehen — diese weichen Straßen, das ist doch nicht natürlich. Aber sie sehen alle selber so aus, als seien sie verhext, genau wie ich gehört habe. Vielleicht verfügen auch nur die Herren von Füffen über die Zauberei — sind wir hinter denen her?« Er kreuzte vorsorglich die Finger.

»Vielleicht. Es sieht ganz so aus, als könnten sie unsere einzigen Kunden werden. Ich bin zu dem Schritt gezwungen, wenn das so bleibt.« Das Gesicht des fahrenden Händlers blieb völlig ausdruckslos. »Hör auf, die Finger zu kreuzen, Wim! Das einzige, was du dir damit vom Hals schaffst, ist der Respekt gebildeter Leute.«

Wim löste seine Fingerhaltung. Er marschierte einige Minuten lang weiter, ehe er bemerkte, daß der Händler nun im Flachlanddialekt sprach, wie er zuvor perfekt die Hochlandsprache beherrscht hatte.

Am späten Nachmittag gelangten sie bei einem der Dörfer zu einem Ziehbrunnen, der wie eine Radnabe im Mittelpunkt der Felder lag. Der Händler tauchte eine Tasse in das überlaufende Behältnis, Wim nahm einen Schluck direkt aus dem Eimer. Ein metallischer Geschmack erfüllte seinen Mund, voller Ekel spie er aus und warf dem Händler einen Blick zu. Saovkof strich mit der Hand über die Tasse, nein, er ließ etwas *in* die Tasse hineinfallen, und Wim konnte zusehen, wie das Wasser zu schäumen begann und sich hellrot färbte. Neugierig hob der Händler seine schwarzen Augenbrauen und goß das Wasser langsam auf die Erde aus. Wim wurde blaß und rieb sich den Mund heftig an seinem Ärmel ab. »Es schmeckt wie Gift!«

Saovkof schüttelte den Kopf. »Was man da herausschmeckt, ist kein Gift, das Grundwasser ist lediglich von der Landwirtschaft verschmutzt. Aber es ist mit Drogen versetzt.« Er sah zu, wie die Dorfbewohner unter gelegentlichem Murmeln um seinen Wagen herumschlichen.

»Schafsköpfe!« Wim verzog angewidert das Gesicht.

Der Händler zuckte die Achseln. »Aber alle gesund und kugelrund, na, ja — gesund?« Er trat hinzu, um seine Waren feilzubieten. Nur wenige kauften etwas. Als Wim zum hinteren Teil des Wagens zurückkehrte, um von dem Vorratsfaß einen Schluck klares Gebirgswasser zu trinken, hörte er den kleinen Mann vor sich hin murmeln, als sage er eine Beschwörungsformel auf. »*Füffen . . . Füffen . . Distadt-Füffen nennen sie es hier . . . Distrikt-Stadt Fünf? . . .* Das kann doch nicht sein.« Er runzelte selbstvergessen die Stirn. »Aber warum denn eigentlich nicht?«

Für den Rest des Tages schwieg sich der fahrende Händler aus, blickte merkwürdig grimmig drein und stieß nur gelegentlich einen Fluch in einer unverständlichen Sprache aus. Und als sie an jenem Abend lagerten, und Wim, ohne daß er sich dagegen wehren konnte, wieder der Verlust seiner einzigen Freunde hochkam, fragte er sich, ob der dunkelhäutige Fremde jenseits des Feuers nicht unter der gleichen Einsamkeit litt; ein fahrender Händler war immer fremd, auch wenn es sich in Wirklichkeit um einen Zauberer handelte. »Mr. Saufkopf, habt Ihr nicht manchmal Lust, nach Hause zurückzukehren?«

»Nach Hause?« Saovkof blickte auf. »Manchmal schon. Vielleicht heute abend. Aber ich bin so weit gereist, daß das wohl unmöglich ist. Wenn ich zurückkehrte, wäre doch alles verändert und vorbei.« Plötzlich wirkte sein Gesicht zwischen den Flammen hindurch sehr alt. »Was es zur Heimat gemacht hatte, war schon zerstört, noch ehe ich aufbrach . . . Aber vielleicht finde ich es irgendwo anders wieder, wenn ich weiterziehe.«

»Hm . . .« Wim nickte und verstand gleichzeitig mehr und weniger, als ihm bewußt wurde. Er rollte sich in seine Decke ein, fühlte sich auf merkwürdige Weise beruhigt und schlief kurz darauf tief und laut.

Auf ihrer Reise begegneten ihm noch eine Anzahl unbedeutendere Wunderdinge, und immer wieder tauchte die Frage auf: Warum? Saovkofs ständiges Mahnen verwandelte schließlich seine abergläubische Furcht in eine freche Neugier, die den Händler manchmal die Stirn kraus ziehen ließ, wenn er auch nichts dazu sagte.

So ging dies bis zum dritten Morgen, als Wim schließlich erklärte: »Alles ist ein Trick, wenn man nicht dahinterblicken kann, genau wie mit den Hexen in den Bergen. Alles hat . . . eine Ursache. Ich glaube, es gibt gar nicht so viel Zauberei.«

Saovkof musterte ihn mit einem langen, wohlwollenden Blick, und der Geist aus jener Nacht in Großvaters Hain schien wieder in seinen Augen aufzublitzen. »Meinst du nicht?«

Wim sah unbehaglich zu Boden.

»Es gibt Zauberei, Wim; rings um dich her. Nur siehst du jetzt alles mit den Augen eines Zauberers: Weil alle Geschehnisse eine Ursache haben — du weißt vielleicht nicht welche, aber du weißt, daß sie existiert. Das Wissen darum gestaltet die Dinge jedoch nicht weniger mysteriös, seltsam oder schrecklich — nur sind sie leichter zu handhaben. Das mußt du im Kopf behalten, wo immer du dich befindest . . . Und behalt auch im Kopf, daß ein *bißchen* Wissen eine verdammt gefährliche Sache ist.«

Wim nickte beschämt und fühlte, wie seine Ohren rot anliefen, als der Händler murmelte: »Ebenso wie ein bißchen Unwissen . . .«

Am Nachmittag des dritten Tages kam schließlich Füffen als verschwommener Klecks am Horizont in Sicht. Wim blickte über das endlose Grün hinweg zu den Bergen zurück, doch der gelbliche Dunst des Flachlandes hielt sie verborgen. Er wandte den Blick wieder nach vorn, der Stadt entgegen, und wurde gewahr, daß seine Angst mit ihrem Vorankommen auf dieser vertraut-fremdartigen Straße nach Füffen geringer und nicht größer geworden war. Das scheckige Wagenpferd schnaubte heftig in der heißen, staubigen Stille, und er begriff plötzlich, daß der Händler mit seinem Wagen voller Magie die Ursache seines wiedergefundenen Mutes war. Er lächelte und spannte seine verbrannte Hand. Saovkof hatte sich niemals entschuldigt für das, was er getan hatte, doch Wim war kein solcher Heuchler, daß er dies unter den gegebenen Umständen erwartet hätte. Und der Händler hatte ihn mit Tinkturen behandelt, daß die Quetschungen zu verblassen begannen und seine Haut fast so schnell heilte, daß er hätte zusehen können. Es war fast . . .

Wim wurde jäh aus seinen Gedanken gerissen, als er über einen grob behauenen Pflasterstein stolperte. Die Stadt, inzwischen nähergerückt, lag unerschütterlich zwischen den Feldern in den länger werdenden Schatten des heißen Nachmittags. Er fragte sich, auf welchem Feld sein Vater . . . Unvermittelt kehrten seine Gedanken wieder zu der vor ihm liegenden Stadt zurück, als er bemerkte, daß die Stadt weder eine Mauer noch sonstige erkennbaren Befestigungsanlagen besaß. *Warum?* Vielleicht, weil ihre Bewohner nichts zu befürchten hatten . . . Er spürte, wie die frühere Panik seinen Körper verkrampfte. Doch Saovkofs düstere Stimmung war angesichts des nahen Ziels offensichtlich verflogen, als sei er zu einem Schluß gekommen. Wenn der Händler zuversichtlich war, so konnte er es getrost auch sein. Er besah sich die Stadt mit den Augen eines Zauberers; da kam es ihm in den Sinn, daß wohl niemals exotischere Herausforderer die Herren von Füffen besucht hatten.

Sie zogen in die Stadt ein, und wenn der Händler auch fast enttäuscht wirkte, so konnte Wim doch kaum sein überwältigtes Gaffen verbergen. Schwere Häuser aus Stein oder Zedernholz drängten sich an den Kopfsteinpflasterstraßen; die Gebäude waren zwei und drei Stockwerke hoch, so daß sie den Blick auf die Gegend versperrten; am Straßenrand reihten sich die Auslagen der Geschäfte aneinander: bullaugige Glasscheiben und Schilder, die die Art des Geschäfts auswiesen. Die Etagen über den Läden, so vermutete er, bildeten den Wohnraum der Besitzer. Die verwitterten Randsteine waren von den zahllosen Füßen ausgetreten. Die Vorstellung von so vielen Menschen — 5000 hatte der Händler geschätzt — auf so engem Raum jagte ihm einen Schauer über den Rücken.

Sie bahnten sich ihren Weg zwischen den derb gekleideten, wohlgenährten Stadtleuten und Bauern hindurch, die am kühler werdenden Nachmittag allmählich ihre Tagesgeschäfte beendeten. Wim erhaschte Gesprächsfetzen von hitzigen Feilschereien, doch er bemerkte, daß die Städter kaum mehr Interesse an dem merkwürdigen Anblick, den er und der Händler boten, zeigten als die Leute, mit denen sie unterwegs zu schaffen gehabt hatten. Zumindest die Kinder hätten doch hinter dem bunten Wagen herlaufen müssen — er war etwas verwirrt, als ihm zu Bewußtsein kam, daß er kaum ein Kind gesehen hatte, weder hier noch sonstwo, und die wenigen, die sich blicken ließen, wurden streng in der Obhut der Eltern gehalten. Es sah ganz so aus, als sei es um die Geschäfte des Händlers hier nicht besser bestellt als in den Bergen. *Wie Schweine in ihrem Pferch . . .* Er warf einen Blick über die Schulter die Straße hinab. »Wo sind eigentlich die Schweine?«

»Was?« Der Händler schaute ihn verdutzt an.

»Es ist so sauber. Hier leben doch viele Leute, und es ist kein Abfall zu sehen. Wie ist das möglich, wenn sie keine Schweine halten, die die Abfälle fressen? Aber ich kann keine Schweine entdekken. Und auch keine Kinder.«

»Hm.« Der Händler hob lächelnd die Schultern. »Zwei gute Fragen. Vielleicht können wir sie den Herren von Füffen stellen.«

Wim schüttelte den Kopf. Er mußte sich eingestehen, daß die Stadt bei aller ihrer Fremdartigkeit bislang keinerlei Anzeichen von mächtigerer oder schlimmerer Zauberei erkennen ließ, als ihm in den Feldern widerfahren war. Vielleicht waren die Herren von Füffen gar nicht so furchterregend, wie man berichtete; vielleicht waren ihre Krieger gar nicht verzaubert, sondern besser bewaffnet.

Die Straße machte eine scharfe Biegung, dann mündete sie zwischen den engstehenden Gebäuden auf einen offenen Platz, auf dem die Buden eines Marktes standen. Und dahinter . . . Wim blieb stehen und beschaute es sich. Dahinter, so wußte er, erhob sich die Residenz der Herren von Füffen. Bulliger als alle Gebäude, die er bislang gesehen hatte, warfen die grünschwarzen Wände mit ihren Stützpfeilern das Bild des Platzes zurück wie ein düsterer, feindseliger Spiegel. Das Gebäude hatte die massive Stabilität von etwas Erdgewachsenem, eine Beständigkeit, die die Stadt selbst vergänglich und kurzlebig erscheinen ließ. Aber, so wußte er, er suchte an dem Haus die Zauberkraft zu entdecken, die dem Händler und Sharn ebenbürtig sein könnte.

Saovkof neben ihm lächelte aufrichtig und doch unergründlich. »Entschuldigt«, sprach er eine vorübergehende Frau an, die ein Kind an der Hand führte, »aber wir sind fremd hier. Wie heißt denn dieses Gebäude dort?«

»Nun, das ist der Regierungspalast.«

Die Frau wirkte ein wenig überrascht. Wim bewunderte ihre bestrumpften Knöchel.

»Ah, so. Und was machen die dort?«

Sie zog ihr kleines Mädchen unbewußt von dem Wagen weg.

»Dort sitzen die Regierenden. Man kann mit Petitionen und so hingehen. Sie — regieren, nehme ich an. Lissy, bleib von dem staubigen Tier weg.«

»Vielen Dank. Und darf ich Euch vielleicht meine Waren . . .«

»Heute nicht. Komm, Kind, wir sind spät dran!«

Der Händler verbeugte sich mit entsprechender Verbitterung, als die Frau sich zum Gehen wandte. Wim seufzte, und der Händler schüttelte den Kopf. »Wohl kaum ein Markt hier für Sharnsche Wunder, beginne ich zu glauben. Da habe ich mich wohl gründlich getäuscht. Offensichtlich bleibt mir nichts anderes übrig, als bei den Herren von Füffen selbst vorzusprechen; vielleicht habe ich doch ein oder zwei Dinge, die sie interessieren könnten.« Seine Augen verengten sich abschätzend, als er über den Platz hinüberblickte.

Auf ein mißbilligendes Grunzen von Wim hin warf Saovkof einen Blick zurück und wies auf die länger werdenden Schatten. »Es ist ohnehin zu spät, jetzt mit dem Verkauf zu beginnen. Was meinst du, sollten wir erst einmal einen Blick . . .?« Plötzlich verstummte er.

Wim drehte sich um. Eine Gruppe hartgesichtiger Männer kam auf sie zu; der Anführer trug einen mächtigen Federbusch auf einem steifrandigen Hut, an den Wim sich noch erinnern konnte. Sie nahmen die Gewehre von den Schultern. Wim würgte seine Frage hinunter, als sie schweigend den Wagen einkreisten und ihn von dem Händler abschnitten. Der Milizmann wandte sich mit leicht verächtlichem Ton an Saovkof. »Dier Guverneure . . .«

Wim packte den Lauf des nächsten Gewehrs, stieß den Besitzer zurück, daß er gegen den dahinter stehenden Mann taumelte, entrang ihm das Gewehr und setzte es dem dritten, maulaffenfeilhaltenden Bewaffneten an den Kopf.

»Wim!« Er erstarrte fast zu Stein beim Ton von Saovkofs Stimme und fuhr herum. »Laß das Gewehr fallen!« Der Händler stand ohne Widerstand zu leisten neben dem Wagen. Und die übrigen Wachen zielten auf Wim Fürnemham. Mit zornigem Gesicht über den Verrat warf er das Gewehr zu Boden.

»Bindet den Hinterwäldler . . . Die Herren wollen ein paar Worte mit Euch sprechen, Händler, wie ich schon gesagt habe. Ihr begleitet uns!« Der Milizführer trat ungerührt einen Schritt zurück, während die drei angerempelten Wachen sich wieder hochrappelten.

Wim stöhnte auf, als man ihm die Hände grob zusammenband, doch in dem zerschrammten Gesicht des Wachmannes war keinerlei Rachsucht zu lesen. Als er geschubst wurde, um neben dem Händler her zu laufen, murmelte er verbittert: »Warum wendet Ihr denn nicht Eure Zauberkunst an?«

Saovkof schüttelte den Kopf. »Das wäre schlecht fürs Geschäft. Schließlich sind die Herren von Füffen zu *mir* gekommen.«

Wim kreuzte bedächtig die Finger, als sie die grünschwarzen Stufen des Regierungspalastes emporstiegen.

Die Stunden zogen sich endlos hin in dem fensterlosen, nichtssagenden Raum, in dem man sie zu warten geheißen hatte, und Wim war es bald leid, die glatten Wände und die rauchlosen Lampen anzustieren. Der Händler saß da und spielte mit den paar Gegenständen, die er noch in den Taschen hatte; Wim nickte gegen seinen Willen ein, bis schließlich Wachen zurückkehrten und sie zu ihrer verspäteten Audienz mit den Herren von Füffen führten.

Die Wachen ließen sie mit dem Mann allein, der mit einem Lächeln hinter seinem riesenhaften orangebraunen Schreibtisch aufstand, als sie den Raum mit den grünen Wänden betraten. »Na also, endlich!« Der Mann war Ende fünfzig und genau wie die übrigen Stadtbewohner gekleidet, etwa von Wims Größe, allerdings etwas schwerer, sein Haar war ergraut. Wim erkannte, daß dieses lächelnde Gesicht nicht von der Stumpfheit der Soldatengesichter war. »Ich bin Karl Aydricks, Repräsentant der Weltregierung. Es tut mir leid, daß ich Euch so lange habe warten lassen, aber ich war — nicht in der Stadt. Wir haben Euer Vorankommen mit Interesse verfolgt.«

Wim fragte sich, für was dieser arme Teufel von Präsident sich eigentlich hielt, wenn er behauptete, die Flachlandterritorien seien die ganze Welt. Er starrte an Aydricks vorbei in den unpersönlichen, lampenerhellten Raum. Bis jetzt konnte er nur auf dem Schreibtisch das einzige Zeichen für den Reichtum eines hohen Herren ausmachen — einen seltsamen Ball, in den Metalle eingelegt waren, zumeist in Blau mit ein paar braunen und grünen Flekken, der auf einem goldenen Ständer befestigt war. Mit größerer Neugier erfüllte ihn die Frage, wo die anderen Herren von Füffen sein mochten; Aydricks war allein, er hatte nicht einmal Wachen bei sich ... Da erinnerte Wim sich plötzlich, daß dieser Mann, was immer er sonst sein mochte, ein Zauberer war, ebenso wie der Händler.

Saovkof machte eine höfliche Verbeugung. »Saovkof Katschaturiantz, ganz zu Euren Diensten. Kaufmann von Beruf, von Eurem Interesse geschmeichelt. Dies hier ist mein Lehrling ...«

» ... Wim Fürnemham.« Der abschätzende Blick des Herrschers wanderte unerwartet zu Wim hinüber. »Ja, ich erinnere mich noch an dich, Wim. Ich muß schon sagen, daß ich überrascht bin, dich hier wiederzusehen. Aber angenehm überrascht — wir wollten dich ohnehin fassen.« Ein zu begieriger Ausdruck streifte über Aydricks Gesicht.

Wim äugte sehnsüchtig nach der verschlossenen Tür.

»Bitte, nehmt Platz!« Der Präsident ging an seinen Schreibtisch zurück. »Wir bekommen selten so ... einzigartige Besucher ...«

Saovkof nahm ruhig Platz, Wim ließ sich in den zweiten Sessel fallen, die Knie waren ihm plötzlich weich geworden. Als er in dem bequemen Sessel saß, spürte er plötzlich einen unerklärlichen Druck auf sich lasten, sprang wie ein verängstigtes Fohlen hoch und wurde sogleich wieder in die Polsterung gezwungen. Keuchend spürte er, wie der Druck nachließ, als er endlich aufgab.

Saovkof sah ihn mitfühlend an, ehe er sich wieder dem Präsidenten zuwandte; Wim sah, wie sich die Finger des Händlers machtlos um die Sessellehne krampften. »Ihr werdet uns doch wohl nicht als Bedrohung erachten?« Leichter Spott lag in seiner Stimme.

Die Freundlichkeit des Präsidenten reichte nicht bis an seine Augen. »Wir wissen über die Kräfte, die Ihr in Großvaters Hain eingesetzt habt, Bescheid.«

»Ihr wißt Bescheid? Das hatte ich gehofft.« Saovkof begegnete dem Blick des anderen und hielt ihm stand. »Dann darf ich offenbar einige technologische Erfahrenheit voraussetzen. Ich hätte da ein paar Waren, die Euch interessieren könnten . . .«

»Ihr könnt versichert sein, daß ihnen die nötige Aufmerksamkeit zukommen wird. Aber wir wollen doch miteinander aufrichtig sein, nicht wahr? Ihr seid genausowenig ein fahrender Händler wie ich — nicht nach dem, was Ihr vollbracht habt, nach unseren Beobachtungen. Und wenn Ihr wirklich aus dem Osten gekommen wärt, von wo dort auch immer, so wüßte ich das; unser Kommunikationsnetz ist hervorragend. Ihr seid einfach aus dem Nichts im Hochlandreservat aufgetaucht. Und in Wirklichkeit kommt Ihr auch von nirgendwo auf dieser Erde, nicht wahr?«

Saovkof sprach kein Wort und schaute nur erwartungsvoll drein. Wim starrte unablässig auf die grüne Maserung der Wand und versuchte zu vergessen, daß er Zeuge eines Wortgefechts zwischen Zauberern wurde.

Aydricks rutschte ungeduldig hin und her. »Von nirgendwo auf dieser Erde. Unsere Mondkolonie ist längst zerfallen; also von keinem Planeten aus diesem Sonnensystem. Also bleiben nur die abtrünnigen Kolonien — Ihr seid von einer der Kolonialwelten des Imperiums gekommen, aus einem anderen Sonnensystem, Saovkof; und wenn Ihr erwartet, daß uns dies nach so langer Zeit überrascht, so irrt Ihr Euch.«

Saovkof versuchte ein Achselzucken. »Nein — offen gesagt, ich hatte das nicht erwartet. Aber ich habe auch mit all dem übrigen nicht gerechnet. Die Dinge haben sich ganz anders entwickelt, als ich dies geplant hatte . . .«

Wim lauschte wider Willen in stiller Verwunderung. Gab es Welten jenseits seiner eigenen, die nicht mehr als Funken in der nächtlichen Finsternis der Erde darstellten? Lag dort Sharn mit seinen Wundern? Jenseits des Himmels, wo — wie die Leute sagen — das Paradies liegt?

»Ganz offensichtlich stellt Ihr eine ungeheure Bedrohung für die Weltregierung dar. Denn hier haben wir die Regierung der Welt, und sie hat über Jahrtausende hinweg Frieden und Stabilität sichern können. Unser Raumabwehrsystem sorgt dafür — Außenstehende können den Frieden nicht gefährden. Zumindest stimmte dies bis zum heutigen Tag; Ihr seid der erste Mensch, der unser

System durchdrungen hat, und wir wissen noch nicht einmal, wie. Das genau wollen wir wissen — *müssen* wir wissen, Saovkof, nicht wen Ihr vertretet oder woher Ihr kommt oder warum, nichts interessiert uns so wie das *Wie*. Wir können nicht zulassen, daß irgend etwas unsere Stabilität ins Wanken bringt.« Aydricks beugte sich nach vorn über den Schreibtisch; seine Hand schloß sich beschützend um den Ständer der merkwürdigen Metallkugel. Seine Freundlichkeit war nun gänzlich erloschen, und Wim fühlte seine Hoffnung sinken, als er begriff, daß der Präsident auch das kleinste Geheimnis des Händlers kannte. Saovkof war nicht unfehlbar, und diesmal hatte er sich in eine Falle locken lassen.

Saovkof wirkte jedoch unbeeindruckt. »Wenn Ihr so großen Wert auf Eure Stabilität legt, dann ist es meiner Meinung nach höchste Zeit, daß einer kommt, um sie ins Wanken zu bringen.«

»Damit ist zu rechnen«, gab Aydricks zurück, er entspannte sich sichtlich und erwog die Fakten. »Aber Ihr werdet nicht derjenige sein. Wir hatten zehntausend Jahre zur Verfügung, um unser System zu vervollkommnen, und in der ganzen Zeit ist es niemandem gelungen, es zu durchbrechen. Wir haben schließlich all den Jahrtausenden der Verwüstung und Zerstörung in der Welt ein Ende bereitet . . .«

Zehntausend Jahre . . .? Während Aydricks redete, versuchte Wim eine zweite Wahrheit zu ertasten, die an den tiefsten Wurzeln seines Begreifens zerrte:

Die Menschheitsgeschichte reichte Wunder um Wunder unvorstellbare Jahrtausende mit ungeheuren Epochen und kleineren Perioden in diesen Epochen zurück. Die Zivilisation erreichte Höhen, auf denen jeder Traum zur Wirklichkeit geworden war und die Menschheit ihre Sprößlinge zu den Sternen sandte, um danach wieder durch den eigenen Irrwitz sich in Abgründe zu stürzen, wo das Leben selbst ein Alptraum war und die Menschen alles Menschliche ablegten. Dann drehte sich der Kreislauf weiter, und nach einiger Zeit würde die Menschheit zu neuen Gipfeln emporklettern, die sie paradoxerweise niemals halten konnten. Fast schien es, als könnte der Mensch auf der Höhe seiner Schöpferkraft dem Zerstörerdrang nicht widerstehen, und er fand jeweils die Mittel, diese Zerstörung vollkommen zu betreiben.

So ging das bis zum Ende des letzten großen Reiches, als eine Gruppe der herrschenden Klasse den Niedergang kommen sah und etwas dagegen unternahm. Sie hatte die Welt in eine neue Ordnung gezwungen, eine Ordnung konturloser Stabilität auf niederem Niveau, und dort hatten sie den Kreislauf angehalten.

»... Und dank uns ist dieser Zustand ohne Mühsal und Leid über zehntausend Jahre ohne schmerzhafte Veränderung gewahrt worden. Ich bin einer der Gründungsmitglieder der Weltregierung.« — Wim blickte ungläubig in das lächelnde alltägliche Gesicht; und er fand in den Augen den Blick des besessenen Eiferers und ein unglaubliches Alter.

»Da habt Ihr Euch gut gehalten«, meinte Saovkof.

Der Präsident brach in ein aufrichtiges Lachen aus. »Dies ist nicht mein ursprünglicher Körper. Durch unser Computernetz sind wir in der Lage, unsere Erinnerungen unbeschädigt in einen ›Erben‹ zu übertragen, einen jungen und fähigen Mann aus der Bevölkerung. Wenn die Persönlichkeit des Individuums angemessen ist, wird sie in das größere Ganze aufgenommen, und sie wird zu einem wiederbelebenden Teil von uns. Deshalb haben wir Wim auch nicht aus den Augen verloren; er hat die Charakteristika, die einen ausgezeichneten Präsidenten aus ihm machen würden.« Wieder zeigte sich das begierige Lächeln auf Aydricks Gesicht.

Wims gefesselte Hände ballten sich zu Fäusten — der unsichtbare Druck zwang ihn weiter in den Sessel zurück, sein Gesicht war von Schrecken gezeichnet.

Aydricks beobachtete ihn amüsiert. »Wissenschaftlicher Unternehmungsgeist und persönlicher Wagemut sind Schlüsselfaktoren einer instabilen Gesellschaft. Deshalb müssen wir zur Wahrung der Stabilität diese Faktoren in der Bevölkerung unterdrükken, während wir gewisse Kontrollgruppen — wie die Leute aus den Bergen, aus dem Hochland — unbeeinflußt lassen, um eine ständig verfügbare Quelle von Persönlichkeitstypen zu besitzen, die wir selbst benötigen.

Das System als Ganzes ist sehr gut durchdacht. Unser Computernetz sichert unseren Fortbestand durch die Technologie, die Kommunikation und — die Energiequellen, die wir benötigen, um die Stabilität aufrechtzuerhalten. Wir garantieren unsererseits den Fortbestand des Computers, da wir über das Knowhow verfügen, das ihn funktionieren läßt. Es liegt keinerlei Grund vor, warum das System nicht ewig funktionieren sollte.«

Wim sah den Händler an, in der Hoffnung, ein paar ermunternde Zeichen zu erhaschen; er erblickte jedoch einen Grimm, der ihn den Blick abwenden ließ, als Saovkof sagte: »Und Ihr glaubt, das sei eine Heldentat, die ich bewundern sollte, wenn Ihr das Schicksal jedes Lebewesens auf diesem Planeten zehntausend Jahre lang manipuliert habt nach Eurem Gutdünken, und daß Ihr unendlich so weitermachen wollt?«

»Aber es ist zu seinem eigenen Nutzen, begreift Ihr das nicht? Wir verlangen nichts von ihnen, keinerlei Gewinn für uns selbst, keinerlei Belohnung als das Wissen darum, daß die Menschheit sich nicht wieder in die Barbarei stürzen kann, daß der Kreislauf der Zerstörung, von Aufstieg und Fall auf der Erde endlich angehalten wurde. Die Menschen leben in Sicherheit, die Welt ist ruhig, sie wissen, daß es für alle zukünftigen Generationen so bleiben wird. Kann Eure Welt das von sich behaupten? Denkt an die Jahre, die während Eurer Reise hierher verstrichen sind — habt Ihr überhaupt noch eine Zivilisation, zu der es sich zurückkehren ließe?«

Wim sah, daß Saovkof sich zu Ruhe zwang; auf dem Gesicht des Händlers tauchte wieder das Lächeln auf, ein ironisches diesmal.

»Es bleibt jedoch ein Faktum, daß ein Kreis von Aufstieg und Fall der natürlichen Lebensordnung entspricht — Leben und Tod, wenn Ihr es so nennen wollt. Dies gibt der Menschheit die Möglichkeit, sich zu neuen Höhen aufzuschwingen, verhilft überkommenen Ordnungen zum fälligen Tod. Stasis bedeutet Bewußtlosigkeit, bedeutet das Fehlen von Höhen und Tiefen — und von jeder *Entscheidungsfreiheit.* Irgendwie bin ich überzeugt, daß Sharn der Tod lieber gewesen wäre als so etwas . . .«

»Sharn? Was wißt Ihr über das alte Reich?« Der Gouverneur lehnte sich nach vorn, alle Höflichkeit war verflogen.

»Sharn . . .?« Wims Entsetzen verlor sich im leeren Raum.

»Da, woher ich komme, weiß man alles über Sharn. Die Kristallstadt mit Fäulnis im Herzen, die Spiele der Drei. Sie sahen selbst die Tendenzen, die hierzu geführt haben, doch hatten sie keinerlei Vorstellung, daß es sich als derart erfolgreich erweisen würde.«

»Nun, das wird ja immer interessanter.« Die Stimme des Präsidenten wurde härter. Denn kein Außenstehender konnte über die letzten Jahre des Reiches Bescheid wissen. »Aber auf diese Weise werfen wir wohl nur noch mehr Fragen auf. Ich glaube, es ist an der Zeit, daß wir nun einmal ein paar Antworten bekommen.«

Wim sackte in seinem Sessel zusammen, Visionen von Folterszenen zogen an seinem geistigen Auge vorüber. Der Präsident erhob sich jedoch lediglich von seinem Schreibtisch, warf Wim einen hungrigen Blick zu und setzte einen filigrangeschmückten Silberreif auf Saovkofs Haupt.

»Ihr werdet vielleicht erstaunt sein über das Ergebnis.« Soavkofs Gesichtsausdruck blieb ruhig, Wim jedoch entging der angespannte Unterton seiner Stimme nicht.

Der Präsident kehrte zu seinem Sessel zurück. »Ach, das glaube ich nicht. Ich habe Euch mit unserem Computernetz verbunden . . .«

Unvermittelt reckte Saovkof sich vor Überraschung, dann lehnte er sich mit einem Lächeln zurück; jedoch nicht bevor Aydricks die Veränderung registriert hatte. »Wenn es erst einmal in Euer Denken eingedrungen ist, werdet Ihr Schwierigkeiten haben, etwas zu verbergen. Es arbeitet schnell und umfassend; aber ich kann nicht dafür garantieren, daß Ihr darüber nicht den Verstand verliert.«

Das Lächeln des fahrenden Händlers erstarb. »Wie menschlich«, kommentierte er ruhig. Er begegnete Wims fragendem Blick. »Also, Wim, du erinnerst dich an alles, was ich dir beigebracht habe. Und es hat dir nichts genutzt. Du hast die Finger gekreuzt, nicht wahr?«

Wim schüttelte den Kopf. »Was immer Ihr auch sagt, Mr. Saufkopf . . .« Er glaubte kaum, daß er jemals wieder die Gelegenheit haben würde, sich an irgend etwas zu erinnern.

Plötzlich keuchte der Händler, seine Augen schlossen sich, der Körper im Sessel erschlaffte. »Mr. Saufkopf . . .?« Er erhielt jedoch keine Antwort. Auf sich alleine gestellt fragte sich Wim benommen, welchen schrecklichen Zauberbann die Metallkrone in sich bergen mochte und ob es weh tat, wenn der Computer — was immer das war — einem die Seele aus dem Leib riß.

»Habt ihr auf Übertragung geschaltet? Alle Distrikte? Ja, direkte Schaltung.« Der hohe Herr schien sich mit seinem Schreibtisch zu unterhalten. Er zögerte, als lausche er auf etwas, dann starrte er ins Leere.

Wim lehnte sich schicksalsergeben im Sessel zurück, nachdem die größte Furcht überwunden war, und ignorierte die beiden behexten Männer, wie auch sie ihn ignorierten. Schweigen erfüllte das grüne Zimmer. Dann flackerte plötzlich das Licht und wurde etwas schwächer. Wims Augen weiteten sich, als er spürte, wie gleichzeitig der unsichtbare Druck auf den Sessel nachließ und dann mit der vollen Beleuchtung wieder zurückkehrte. Wie die Magie in diesem Raum funktionieren mochte, sie war einen Augenblick lang wirkungslos geworden; sollte sie wieder aussetzen, so wäre er bereit . . . Er warf Saovkof einen Blick zu. Lag nicht ein Lächeln auf seinem Gesicht . . .?«

»Hier Distrikt achtzehn; Aydricks, was ist los?«

Wim schauderte. Der lebende, entkörperlichte Kopf eines rothaarigen Jugendlichen war gerade auf einem hellgewordenen

Fleck an der Wand erschienen. Der Präsident wandte sich blinzelnd dem Geist zu.

»Unser Empfang ist gestört. Die Daten können nicht stimmen, angeblich sei er . . .« Das geisterhafte Gesicht flackerte, die Stimme ging in einem plötzlichen Rauschen unter. » . . . es, was stimmt denn mit der Übertragung nicht? Ist er auch direkt angeschlosen? Bis jetzt haben wir überhaupt nichts hereingekriegt . . .«

Zwei weitere Gesichter — ein altes, dessen Haut noch dunkler war als die des Händlers, und das einer Frau mittleren Alters — erschienen auf der Wand und beschwerten sich. Und da begriff Wim, daß er hier die anderen Herren von Füffen vor sich hatte — die Herren der Welt — die anwesend waren und auch nicht, die durch ihre Zauberei aus den entferntesten Ecken der Erde wie durch Fenster in diesen Raum blicken konnten. Der rothaarige Geist spähte zu Wim herüber, der unter dem Funkeln der jung-alten, zornigen Augen zusammenschrumpfte, dann wanderte der Blick zu Saovkof hinüber. Sein Stirnrunzeln vertiefte sich, seine Verwirrung wurde zur Ungläubigkeit. »Nein, das ist doch ganz unmöglich!«

»Was gibt's?« Aydricks wirkte gequält.

»Ich kenne diesen Mann.« Die schwarzhaarige Frau drehte sich um, als könnte sie ihn sehen. »Was meinst du damit, du . . .«

»Ich kenne ihn auch!« Ein anderes, dunkelhäutiges Gesicht tauchte auf. »Aus Sharn, aus dem Imperium. Aber . . . nach zehntausend Jahren, wie kann er da noch *derselbe* sein . . . Aydricks! Erinnerst du dich an den Mann, der mit primitiver Kunst gehandelt hat? Er war berühmt, er hat . . .« Die Stimme schwankte. »Trenn ihn sofort vom Kommunikationssystem! Er kennt die Codes der Satellitenrelais. Er kann uns . . .« Das geisterhafte Gesicht löste sich auf.

Aydricks sah entsetzt den reglosen Händler an, dann wandte er sich den anderen hohen Herren zu.

Wim wurde Zeuge, wie weitere Gesichter erschienen, ein anderes erlosch; *derselbe Mann . . .*

»Halt ihn auf, Aydricks!« Die eindringliche Stimme der Frau schwoll an. »Er wird uns zugrunde richten. Er verändert die Kommunikationscodes und legt die Verbindungen lahm!«

»Ich kann ihn nicht ausschalten!«

»Jetzt ist er auf meinem Kanal. Ich verliere die Kon . . .« Der rothaarige Geist verschwand.

»Halt ihn auf, Aydricks, oder wir legen Füffen in Schutt und Asche!«

»Saufkopf! Paß auf!« Wim kämpfte gegen die unsichtbaren Fesseln an, als er sah, wie der Herrscher in wilder Entschlossenheit nach der bunten Metallkugel auf dem Schreibtisch griff. Er wußte, daß er sie auf Saovkofs Schädel schmettern wollte, dessen Körper hilflos im Sessel hing. »Mr. Saufkopf, wacht auf!« Verzweifelt streckte Wim die Beine aus, als Aydricks vorbeikam; der Gouverneur stolperte. Ein weiteres Gesicht verschwand von der Wand, dann erloschen die Lichter. Wim glitt aus dem Sessel, war frei, tastete nach seinem Messer, das nicht mehr an seinem Platz war. Unter den unsteten Blicken der Geister an der Wand kroch Aydricks auf Saovkof zu. Als gerade das Licht wieder anging, bekam Wim Aydricks Füße zu packen und hielt sie an den Knöcheln fest. Der Präsident drehte sich fluchend um, doch Wim war schon auf den Beinen und duckte sich weg, um dem Schlag mit der Metallkugel auszuweichen. Er taumelte zurück.

»Aydricks, gebiete dem Händler Einhalt!«

Plötzlich von Wut gepackt keuchte Wim: »Zur Hölle, diesmal wirst du ihn nicht mehr aufhalten!« Als der Gouverneur sich Saovkof zuwandte, sprang Wim ihn von hinten an, brachte ihn zum Straucheln und schlang seine gefesselten Hände über Aydricks Kopf. Aydricks rang, um seinen Angreifer loszuwerden, ließ die Metallkugel fallen und warf sich zurück, um Wim gegen seinen Schreibtisch zu schleudern. Wim stöhnte auf, als sein Rückgrat gegen die harte Schreibtischkante schlug, und verlor das Gleichgewicht. Noch im Fallen riß er sein Knie hoch; ein scharfes Krachen ertönte, als der Präsident neben ihm niederstürzte und reglos liegen blieb. Wim erhob sich auf die Knie; die alten Augen durchbohrten ihn mit einem Ausdruck von Angst und Anklage. »Nein, oh, *nein*!« Dann wurden die Augen glasig.

Eine Woche nach seinem 17. Geburtstag hatte Wim Fürnemham einen Menschen getötet. Und unwissentlich dazu beigetragen, ein Reich zu stürzen. In dem Raum herrschte Stille; das letzte der Herrengespenster war von der Wand verschwunden. Wim erhob sich, kam auf die Beine, sein Mund verzog sich zu einem angeekelten Grinsen. Alle Magie der Welt hatte diesem Hexenmeister nichts genutzt. Er ging hinüber zu der Stelle, wo Saovkof noch immer in Trance saß, hob die Hände und wollte die Metallkrone abnehmen, um den Zauberbann zu durchbrechen — und zögerte plötzlich. Würde der Händler erwachen, oder würde er ihn umbringen, wenn er den Zauber gewaltsam brach? Sie mußten hier weg: aber irgendwie kämpfte Saovkof gegen die Hexerei an, soviel hatte er begriffen, und wenn er ihn nun unterbrach . . . Seine Hände sanken herab, er stand unentschlossen da und wartete und wartete.

Erneut streckte er die Hände nach dem Metallreif aus, hielt unschlüssig inne und zuckte zurück, als Saovkof ihn plötzlich anlächelte. Die dunklen Augen öffneten sich, der Händler richtete sich auf und nahm mit einem Seufzen das Metallband von seinem Kopf. »Ich bin froh, daß du gewartet hast. Wie froh, wirst du wahrscheinlich niemals ermessen.«

Wim grinste erleichtert.

Saovkof kam schwankend auf die Beine, warf einen Blick auf Aydricks Leichnam und schüttelte den Kopf; er wirkte verstört. »Ich habe gleich gesagt, daß du mir nützlich sein könntest, nicht wahr?« Wim stand schwerfällig da, während der Händler, der so alt war wie Sharn selbst, ihm die Fesseln von den wundgescheuerten Gelenken nahm. »Ich würde sagen, wir haben unsere Mission beendet. Bist du bereit, hier abzuziehen? Wir haben nicht allzu viel Zeit.«

Gleichsam als Antwort schritt Wim zur Tür, öffnete sie und stand Auge in Auge dem Wachmann aus der Halle gegenüber. Seine Faust traf dessen herunterhängenden Kiefer; dem Wächter gaben die Knie nach, dann fiel er bewußtlos zu Boden. Wim hob dessen Gewehr auf, da trat Saovkof neben ihn und wies den Korridor hinab.

»Wo sind sie alle?«

»Hoffentlich zu Hause in ihrem Bett; es ist halb fünf morgens. Jetzt dürfte kein Alarm ausgelöst werden.«

Wim lachte leichthin. »Das sieht ja leichter aus, als den Borks zu entkommen!«

»Noch sind wir nicht weg; vielleicht ist es schon zu spät. Die Gesichter an der Wand haben sich bemüht, einen — Sonnenstrahl auf Füffen fallen zu lassen. Ich glaube, ich habe sie rechtzeitig bremsen können, aber ganz sicher bin ich nicht. Falls es mir nicht geglückt ist, möchte ich das lieber nicht auf unangenehme Art erfahren müssen.« Er geleitete Wim das breite Treppenhaus in die leere Halle hinab, wo sich tagsüber die Bittsteller drängten. Wim stapfte über den widerhallenden Boden, doch Saovkof rief ihn zurück. Er spähte um sich, dann schlugen sie einen anderen Weg ein. Er führte in einen dunklen Schacht hinab; nur das Zauberlicht des Händlers erleuchtete ihn. Am Ende der Stufen angelangt, vereitelte eine versperrte Tür ihr Weiterkommen. Saovkof schaute besorgt drein, dann blitzte sein Lichtschein plötzlich blau auf; er richtete den Strahl gegen die Metallplatte der Tür, die daraufhin zur Seite glitt, so daß sie hindurchtreten konnten.

Wim folgte dem Händler in eine enge, sanft schimmernde Kam-

mer, die fast völlig ausgefüllt war von drei schwer gepolsterten Sitzen um einen merkwürdigen Tisch. Wim bemerkte, daß sie am Boden befestigt waren, und bekam plötzlich Platzangst.

»Nimm in einem der Sessel Platz, Wim. Ich habe mich nicht geirrt. Dieser Turm ist eine Abschußrampe. Leg die Gurte an. Wir werden das Ding benutzen.« Er begann an irgendwelchen Knöpfen zu hantieren.

Wim machte sich an den Sicherheitsgurten zu schaffen und hatte Angst, sich mit der Frage zu beschäftigen, was nun geschehen mochte, als eine schwere Innentür den Raum von der Außenwelt abschloß. Warum beeilten sie sich nicht, aus dem Gebäude wegzukommen? Wie kam es . . . Irgend etwas preßte ihn wie eine sanfte, aber entschiedene Hand in die Sitzpolster. Zuerst dachte er an eine neue Falle; als der Druck jedoch bestehen blieb, begriff er, daß es sich um etwas Neues handelte. Und als er dann über Saovkofs angespanntes Gesicht hinwegblickte, umgaben sie nicht mehr glatte Wände sondern der bestirnte Nachthimmel. Er beugte sich nach vorn; unter ihnen lag die Stadt Füffen, die mit jedem Herzschlag tiefer in die große Dunkelheit wegtauchte und dahinschrumpfte. Er sah die Welt mit den Augen eines Adlers — er flog. Er lehnte sich zurück und tastete, wie um sich zu vergewissern, nach dem harten Fußboden, den er nicht erkennen konnte — um plötzlich festzustellen, daß seine Füße den Boden nicht mehr berührten. Nun preßte ihn keinerlei Druck mehr nieder, er war plötzlich ohne Gewicht. Sein Körper schwebte leichter als ein Vogel in den Haltegurten. Ein kleiner Aufschrei ungläubigen Staunens entfloh ihm, und er starrte die Sterne an.

Und dann sah er, wie Helligkeit über die dunkle Linie des Horizonts kroch, sich ausbreitete und Sekunde um Sekunde weiter nach oben schob und die Sterne mit den Pastellfarben der Dämmerung löschte. Dann drängte sich das Flammenantlitz der Sonne selbst über den Rand der Erde, daß er die Augen zusammenkneifen mußte, und erhob sich mit geheimnisvoller Geschwindigkeit und unheimlicher Leuchtkraft in den Himmel, der hartnäckig nachtblau blieb. Schließlich war die ganze Kugel der Sonne erkennbar und kletterte weiter empor in das mitternächtliche Schwarz, bis Wim am Horizont einen schmalen Streifen Himmelblau sich ausdehnen sah, in dessen Mittelpunkt der Sonnenaufgang selbst zitronengelb schimmerte. Oberhalb dieses Streifens trug die Sonne vor dem dunklen Hintergrund einen Strahlenkranz, der alle anderen Sterne verblassen ließ; darunter war zu erkennen, wie sich die Welt am Rand des Horizonts in den Tag hineinschob. Und dieser Horizont erstreckte sich nicht flach, sondern war an den Seiten leicht abwärts geneigt ... Zu seinen Füßen erstreckte sich immer noch jene Dunkelheit, die Füffen verschlungen hatte. Er seufzte.

»Was für ein Anblick!« Saovkof lehnte sich von dem mit Leuchtpunkten übersäten Tisch zurück und schob sich leicht auf seinem Sitz umher, ein erschöpftes Lächeln auf dem Gesicht.

»Seht Ihr es auch?« erkundigte Wim sich heiser.

Der Händler nickte. »Ich habe es beim ersten Mal genauso empfunden. Das geht wohl jedem so. Jedesmal, wenn eine Zivilisation den Raum erobert, wird sie mit diesem Anblick belohnt.«

Wim antwortete nicht, ihm fehlten die passenden Worte. Seine Aussicht auf den geneigten Horizont hatte sich leicht verändert, nun trat, während er dies noch beobachtete, eine neuerliche Veränderung ein — die Sonne begann langsam, aber deutlich erkennbar auf der gleichen Bahn den Rückweg anzutreten, versank erneut zu jenem Fünkchen Dämmerung, aus dem sie erstanden war. Doch sie waren es, wie er plötzlich bemerkte, die hinabglitten, aus den Höhen des Ruhms wieder hinab in die Düsternis der Welt. Wim wartete, während die Sonne von jenem schwarzen, fremdartigen Himmel niedersank und wieder unterging, wo sie aufgegangen war, ihr Nachschimmer verschmolz mit der Nacht, während der Rand der Erde ihm wieder den Blick versperrte. Er ließ sich in seinen Sitz fallen, als habe die Welt ihn zurückgerufen; die Sterne erschienen wieder. Ein heftiger Ruck erschütterte die Kammer, dann stand alles still.

Er blieb ruhig sitzen, ohne etwas zu begreifen, während die Tür zur Seite glitt und den Blick freigab in die Dunkelheit. Ein Hauch beißender kalter Luft erfüllte den winzigen Raum. Er wußte, daß die Düsterkeit hinter der Tür nicht einen nächtlichen Korridor verhüllte. Saovkof zerrte müde an den Sicherheitsgurten seines Sitzes. »Am gleichen Tag zurück ...«

Wim konnte nicht länger warten, sondern trat wie vom Instinkt getrieben zur Tür. Er zuckte zurück, als er entdeckte, daß sie sich nicht zu ebener Erde befanden. Seine Füße fanden die Leiter, und als er von der letzten Stufe sprang, fühlte er das harte Knirschen von Kieseln unter seinen Füßen. Die einzigen Geräusche, die er außerdem vernehmen konnte, waren das Seufzen des eisigen Windes und das Plätschern von Wasser. Als seine Augen sich an das unsichere Licht gewöhnt hatten, bestätigten sie ihm, was all seine anderen Sinne schon wußten — daß er zu Hause war. Nicht in Finsterwald, aber irgendwo in seinen grausam schönen Bergen, im

Hochland. Zerklüftete Gipfel erhoben sich ringsum und verdunkelten die Sterne des Horizonts. Sterne blitzten im weichen Wasser des Sees; sie zitterten ein wenig, wie er in der kalten Brise zitterte, schweißklamm unter seinem dünnen Hemd. Er stand im Geröllfeld eines Bergpasses oberhalb der Baumgrenze, und im Osten schimmerte der Einschnitt zwischen zwei Gipfeln graurosa vom beginnenden Tag. Er hörte Saovkof hinter sich, drehte sich um und sah den Händler langsam die wenigen Stufen zum Boden herabklettern. Von außen hatte die Kammer des Zauberers die Form einer abgerundeten Patronenhülse. Saovkof trug das Gewehr, das sie dem Wachtposten abgenommen hatten, nun stützte er sich darauf wie auf einen Wanderstab. »Na ja, meine Navigationskünste haben mich jedenfalls nicht im Stich gelassen.« Er rieb sich die Augen und streckte sich.

Den Bruchteil eines Augenblicks lang erinnerte Wim sich an seine Bemerkung, ›mit einem Besenstiel über den Mond zu fliegen‹, die nun so lange zurücklag. Er blickte dem Morgenrot entgegen und sah, wie der Tag nun ganz ordnungsgemäß vorrückte und friedlich sich an dem heller werdenden Himmel abzeichnete. »Wir sind hierher geflogen. Nicht wahr, Mr. Saufkopf?« Seine Zähne klapperten. »Wie ein Vogel. Nur, daß . . . wir von der Welt weggeflogen sind.« Er verstummte, da ihm seine eigene Entdeckung Angst einjagte. Einen Augenblick lang schrie in seinem Inneren eine abergläubische Drohung, er habe kein Recht, solche Dinge zu sehen oder zu glauben — doch dann sprudelten die Worte trotzig aus ihm heraus. »Ja, das stimmt. Von der Erde weg. Und . . . es stimmt alles. Ich habe gehört, die Erde sei rund wie ein Kieselstein. Es muß stimmen, genauso wie es andere Welten gibt, wie Ihr damals sagtet, wo Leute leben wie hier. Ich habe es gesehen, die Sonne ist wie ein Stern, nur größer . . .« — er runzelte die Stirn — »oder . . . näher?«

Saovkof grinste, seine Zähne blitzten weiß aus seinem Bart. »Erkenntnis eines erstklassigen Zauberers!«

Wim sah zum Himmel empor. »Wenn das nicht alles in den Schatten stellt . . .«, sagte er leise. Dann, als ihm praktischere Erwägungen in den Sinn kamen: »Was ist mit diesen Geistern? Werden sie uns folgen?«

Saovkof schüttelte den Kopf. »Nein, ich glaube, ich habe diese Geister erst einmal für lange Zeit zur Ruhe gebettet. Ich habe den Code in ihrem Kommunikationssystem verändert, ein Gutteil ist nun unbrauchbar. Ihr Computernetz ist gestört, und ihre Raumwaffen funktionieren nicht, sonst hätten sie Füffen angegriffen.

Ich würde sagen, mit der Weltregierung ist es vorbei; die hohen Herren wissen es noch nicht, vielleicht dauert es auch noch ein paar hundert Jahre, aber sie werden untergehen. Ihre großartige ›Stabilitäts‹-Maschine hat nun Sand im Getriebe ... Ich vermute, sie werden ihre Zauberkünste in dieser Hinsicht nicht mehr anwenden können.«

Wim überlegte, dann sah er hoffnungsvoll auf. »Kehrt Ihr zurück und übernehmt den Laden, Mr. Saufkopf? Ich meine, Ihr könntet doch Eure Magie bei den Flachländern anwenden? Wir könnten ...«

Doch der fahrende Händler schüttelte den Kopf. »Nein, ich fürchte, daß ich daran kein Interesse habe, Wim. Das einzige, woran mir wirklich lag, war die Umklammerung zu lösen, in der diese Zauberer die Welt hielten. Und das ist mir gelungen.«

»Dann ... Ihr meint, Ihr habt unseren Kopf riskiert, Ihr habt all das umsonst getan? Wie Ihr sagtet, nur weil es nicht richtig war, daß sie ihre Magie gegen Leute angewendet haben, die sich nicht wehren konnten? Ihr habt das für uns getan — und wollt *gar nichts* dafür? Ihr müßt verrückt sein!«

Saovkof lachte. »Na, das glaube ich nicht. Ich sagte dir ja schon einmal: alles, was ich suche, sind neue Ausblicke und die Möglichkeit, meine Waren zu verkaufen. Und die Weltregierung war schlecht für mein Geschäft.«

Wim sah dem Händler in die Augen und blickte unsicher weg. »Wohin geht Ihr nun?« Er rechnete halb mit der Antwort: ›Zurück jenseits der Himmel.‹

»Zurück ins Bett.« Saovkof kehrte dem Flugapparat den Rücken und begann, den steinigen Abhang zu erklimmen. Er bedeutete Wim mit einer Handbewegung, ihm zu folgen.

Wim kletterte hinterher; er mußte in der dünnen Luft schwer atmen, bis sie eine gewaltige Halde mit Findlingen vor einer Felswand erreichten. Erst als sie direkt davorstanden, bemerkte er, daß sie sich am Eingang zu einer Höhle befanden, der hinter den Felsen versteckt lag. Ihm fiel auf, daß die Öffnung merkwürdigerweise symmetrisch war; und durch die Dunkelheit schien nebelhaft ein Regenbogen zu leuchten. Er starrte ihn fassungslos an und rieb sich die klammen Hände.

»Hier komme ich her, Wim. Nicht vom Osten, wie du geglaubt hast, und nicht aus dem Weltall, wie der Präsident meinte.« Der Händler nickte in Richtung des dunklen Eingangs. »Verstehst du, die hohen Herren der Weltregierung haben mich völlig falsch eingeordnet — sie glaubten, ich könnte nur aus einem Bereich jenseits ihrer Macht stammen. Vielmehr war ich die ganze Zeit über hier auf der Erde; diese Höhle hier ist seit 57 000 Jahren mein Zuhause. Darin herrscht eine Art Magie, die mich jeweils für fünf- oder zehntausend Jahre in eine Art Zauberschlaf versetzt. In der Zwischenzeit verändert sich die Welt. Wenn sie sich genügend gewandelt hat, wache ich auf und sehe sie mir an. Genau das habe ich vor zehntausend Jahren auch in Sharn getan: ich brachte Kunstwerke aus einer früheren, primitiven Epoche mit; sie wurden sehr beliebt, und ich entwickelte mich zu einer Art Berühmtheit. Auf diese Weise erhielt ich Zugang zu neuen Handelsobjekten — meiner Sharnschen Magie —, die ich anderweitig wieder verkaufen wollte, wenn die Umstände sich erneut verändert haben würden.

Darin bestand nun mein Problem mit der Weltregierung: Sie haben den natürlichen Kreislauf der Geschichte unterbrochen, von dem ich abhängig bin, dadurch wurde mein Zeitplan über den Haufen geworfen. Sie haben die Stabilität zu einer derartigen Perfektion entwickelt, daß sie die Zustände statisch hätten erhalten können über fünfzig- oder hunderttausend Jahre hinweg. Zehn- oder fünfzehntausend Jahre hätte ich ja abwarten können, aber fünfzigtausend waren mir zu lang. Ich mußte die Dinge wieder in Bewegung bringen, oder ich wäre aus dem Geschäft gewesen.«

Wims Vorstellungskraft schwankte bei der Aussicht auf jene Jahrhunderte, die ihn von dem Händler trennten, die ihn von allem trennten, was Teil des Menschen war oder sein konnte. Welchen Glaubens bedurfte es, wie mußte der Mensch beschaffen sein, der dies alleine auf sich nahm? Und welche Verluste oder Belohnungen konnten ihn dazu bringen? Es mußte doch etwas existieren, das ihm die Sache wert war ...

»Es wurde mehr *vollbracht,* Wim, als die Nachkommen von Sharn sich haben *träumen* lassen. Auf jedem neuen Gipfel, den ich erreiche, bin ich überrascht ... Ich werde jetzt von dir Abschied nehmen. Du warst ein besserer Führer, als ich erwartet habe; ich danke dir dafür. Ich würde sagen, Finsterwald liegt zwei oder drei Tagesreisen nordwestlich von hier.«

Wim zögerte, halb von Furcht, halb von Sehnsucht ergriffen. »Könntet Ihr mich nicht mitnehmen ...?«

Saovkof schüttelte den Kopf. »Da drinnen ist nur für einen Platz. Aber du hast doch bereits mehr Wunder erlebt als die meisten Menschen; und ich glaube, du hast auch ein bißchen etwas gelernt. Ich würde sagen, daß du viele Gelegenheiten haben wirst, diese Dinge anzuwenden. Du hast dazu beigetragen, die Welt zu verändern, Wim — welche Zugaben willst du noch?«

Wim stand da und schwieg unsicher; Saovkof hob das Gewehr und warf es ihm zu.

Wim fing es auf und begann zu lächeln, neue Möglichkeiten zeichneten sich auf seinem Gesicht ab.

»Auf Wiedersehen, Wim.«

»Auf Wiedersehen, Mr. Saufkopf.« Wim beobachtete, wie der Händler auf die Höhle zuschritt.

Am Eingang zögerte Saovkof und blickte zurück. »Und Wim — in dieser Höhle gibt es mehr Wunder, als du dir träumen läßt. Ich hätte nicht so lange durchgehalten, wenn ich ein leichtes Ziel wäre. Merk dir das! Laß dich lieber nicht zum Grabraub verführen!« Als er in die Dunkelheit trat, zeichnete sich seine Silhouette vor dem Regenbogen ab.

Wim drückte sich noch eine Zeitlang am Eingang herum, bis die Kälte ihn zwang, sich zu rühren. Er trat den Rückweg den steilen Hang hinab an. Am See hielt er erneut inne, spähte über das patronenförmige Vehikel des Zauberers hinweg zu den Berggipfeln empor. Die aufsteigende Sonne badete sie in goldenem Licht, aber irgendwie konnte er nicht mehr mit Sicherheit ausmachen, wo die Höhle lag.

Er seufzte, schulterte sein Gewehr und machte sich auf den langen Heimweg.

Lord Fürnemham seufzte angesichts dieser wiederbelebten Erinnerungen und des nagenden Wunsches, sich auf die Suche nach der Höhle des Händlers zu begeben; dieser Wunsch hatte ihn dreißig Jahre lang nicht losgelassen. Dort lagen die Lösungen zu allen Problemen, mit denen er sich jemals konfrontiert gesehen hatte, doch wollte er Saovkofs Warnung niemals auf ihre Ernsthaftigkeit prüfen. Schuld daran war nicht nur die Gefahr, obwohl die Gefahr durchaus groß und tödlich war — es war vielmehr das Wissen darum, daß alles, was immer er in seinem Leben erwerben würde, vergänglich war, geringer als nichts, gemessen an einem Mann, dessen Leben sich über die halbe Lebenszeit der Menschheit selbst erstreckte. In der Höhle des Händlers lag das Unmögliche, deshalb würde er niemals versuchen, sich dies anzueignen.

Statt dessen wandte er sich wieder dem Möglichen zu und schuf Fakten, die von ihm selbst abhingen und jenem seltsam klaren Sehvermögen, das der Händler ihn gelehrt hatte. Jedes Problem hatte er alleine zu lösen vermocht, weil er es einfach mußte, und nun würde er auch das vor ihm liegende allein lösen müssen.

Mit plötzlichem Besitzerstolz blickte er auf die Städter auf dem

Platz hinab, auf seine Stadt Füffen, die nun von einer standhaften Mauer umgeben war . . . Also hatten sich Westen und Süden zusammengeschlossen, und dies aus einem einzigen Grund. Dies ließ den Zeiger der Waage gewaltig auf die Seite des Hasses ausschlagen, und wenn man sie neu antippte . . . Ein paar Gerüchte, geschickt plaziert, und sie würden sich wieder an die Kehle fahren. Vielleicht brauchte er nicht einmal eine Armee aufstellen. Sie würden das Problem für ihn lösen. Und anschließend . . .

Lord Fürnemham mußte lächeln. Er hatte schon immer Lust auf eine Reise an die See gehabt.

Aus dem Amerikanischen übersetzt von Sylvia Pukallus